HEYNE BÜCHER

SCIENCE FICTION

Herausgegeben
von Wolfgang Jeschke

Von Robert Silverberg erschienen in der Reihe
HEYNE SCIENCE FICTION & FANTASY:

Gast aus der Zukunft · 06/3193
Das heilige Atom · 06/3224
Die Sterne rücken näher · 06/3248, auch ↗ 06/1001
Die Seelenbank · 06/3256
Exil im Kosmos · 06/3269
Schwingen der Nacht · 06/3274, erneut · 06/3929
Macht über Leben und Tod · 06/3282, auch ↗ 06/1006
Dimension 12 · 06/3309
Die Mysterien von Belzagor · 06/3345, auch ↗ 06/4337
Der Gesang der Neuronen · 06/3392, auch ↗ 06/1005
Kinder der Retorte · 06/3441, auch ↗ 06/1003
Es stirbt in mir · 06/3445
Ein glücklicher Tag im Jahr 2381 · 06/3477, auch ↗ 06/1007
Der Seher · 06/3590
Schadrach im Feuerofen · 06/3626, auch ↗ 06/4337
Mit den Toten geboren · 06/3644, auch ↗ 06/4337
Drei Romane in einem Band · 06/4337
(Die Mysterien von Belzagor/Schadrach im Feuerofen/Mit den Toten geboren)
König Gilgamesch · 06/4420
Tom O'Bedlam · 06/4456

Als Herausgeber:

Die Mörder Mohammeds · 06/3264
Menschen und andere Ungeheuer · 06/3378
Das neue Atlantis · 06/3755

ROBERT SILVERBERG

KÖNIG GILGAMESCH

Roman

Deutsche Erstausgabe

Aus dem Amerikanischen übersetzt
und mit Anmerkungen versehen
von Roland Fleissner

WILHELM HEYNE VERLAG
MÜNCHEN

HEYNE SCIENCE FICTION & FANTASY
Band 06/4420

Titel der amerikanischen Originalausgabe
GILGAMESH THE KING
Deutsche Übersetzung von Roland Fleissner
Das Umschlagbild schuf Jim Burns

Redaktion: Wolfgang Jeschke

Printed in Germany 1987
Umschlaggestaltung: Atelier Ingrid Schütz, München
Satz: Schaber, Wels
Druck und Bindung: Presse-Druck, Augsburg

ISBN 3-453-00437-X

EINS

Es erhebt sich in der Stadt Uruk eine gewaltige Terrasse aus ofengefeuerten Lehmziegeln, und die war einst der Spielplatz der Götter, lange vor der Großen Flut, in den Tagen, da der Mensch noch nicht geschaffen war und sie, die Götter, alleine die Erde bewohnten. Seit zehntausend Jahren tünchten wir diese Terrasse in jedem siebenten Jahr mit einer frischen Schicht edelsten Gipses, so daß ihre Fläche unter dem Auge der Sonne strahlt wie ein großer Spiegel.

Diese Weiße Terrasse ist der Wohnsitz der Göttin Inanna*, der unsere Stadt geweiht ist. Viele Könige in Uruk bauten ihr auf dieser Terrasse Tempel, auf daß sie darin lebe; doch keines von all diesen Häusern der Göttin war von größerer Pracht als jenes, das mein königlicher Ahnherr und Großvater, der Held Enmerkar für sie errichtete. Eintausend Bauleute und Kunstwerker mühten sich zwanzig Jahre lang, den Tempel zu vollenden, und die Einweihungszeremonien dauerten, ohne Unterlaß, elf Tage und elf Nächte lang, und es war während dieser ganzen Zeit der Abendmond in einen dichten Mantel blauen Lichtes gehüllt, zum Zeichen dafür, daß alles der Göttin wohlgefiel. »Wir sind Inannas Kinder«, sang das Volk, »und Enmerkar ist ihr Bruder, und seine Herrschaft soll währen immer und ewiglich!«

Von diesem Tempel ist nun nichts mehr übrig, denn ich habe ihn nach meiner Thronbesteigung schleifen lassen und errichtete an seiner Stätte einen noch weit prachtvolleren. Doch in seiner Zeit galt jener andere als eines der Wunder der Welt. Für mich wird dieser Ort immerdar etwas Besonderes sein und geheiligt: denn

* Inanna, in jüngeren Textversionen Ischtar.

eines Tages überkam mich dort in meiner Kindheit ein erster Anhauch von Wissen und Erkenntnis, der Umriß meines Lebens nahm da Gestalt an, und ich wurde auf eine Bahn gelenkt, von der ich niemals abweichen konnte.

Es war an dem Tag, an dem mich die Palastdiener aus meinem Spiel rissen, auf daß ich Zeuge würde, wie mein Vater, der vergöttlichte König Lugalbanda, sich zu seiner letzten Reise anschickte. »Lugalbanda zieht nun dahin und wird aufgenommen in den Schoß der Götter«, sprachen sie zu mir. »Und dort lebt er fortan mit ihnen in ewiger Freude und trinkt von ihrem Wein und kostet von ihrem Brot.« Ich glaube – und hoffe –, daß sie die Wahrheit sprachen; denn es war sehr wohl möglich, daß auf meinen Vater am Ende seiner letzten Fahrt das Land ohne Wiederkehr wartete und er in das Haus der Düsternis und des Staubes einziehen mußte, wo seine Seele kläglich umherkriecht wie ein Vogel mit verkrüppelten Schwingen und er sich von Lehmstaube nähren muß. Ich weiß es nicht.

Ich bin der Mann, den ihr Gilgamesch nennt. Ich bin der suchende Pilger, der alles gesehen hat, was es zu sehen gibt, in den Grenzen des Landes* und darüber hinaus. Ich bin der Mann, dem alles geoffenbart wurde, was da ist: die geheimen und verborgenen Dinge, die Wahrheit über Leben und Tod, ganz besonders das Geheimnis des Todes. Ich bettete mich mit der Inanna auf das Lager der Heiligen Hochzeit; ich zerschmetterte Dämonen und sprach mit den Göttern; ich bin zu zwei Teilen meiner Wesenheit selber göttlich, und nur ein Teil von mir ist sterblich. Hier, in dieser Stadt Uruk, bin ich der König, und wenn ich durch meine Straßen

---

* »Das Land« bezeichnet stets das Gebiet zwischen den Flüssen Euphrat und Tigris, also »Mesopotamien«, das »Zweistromland«, bzw. »Zwischendenströmenland«, in dem »die Menschen« leben, im Gegensatz dazu die »Barbaren«, also alle Stämme, die nicht zum »Lande« gehören.

schreite, bleibe ich allein, denn keiner wagt es, sich mir zu nähern. Ich würde dies zwar gern ändern, jedoch dafür ist es zu spät: ich bin ein Mann, der allein ist und abgesondert von allen anderen, und so wird es sein bis ans Ende meiner Tage. Einst hatte ich einen Freund, der war mir das Herz meines Herzens und wie mein innerstes, geheimstes Wesen, doch die Götter rissen ihn fort von mir, und er kehrte nie zurück.

Mein Vater Lugalbanda muß wohl eine ähnliche Einsamkeit gekannt haben wie ich, denn auch er war König und Gott und ein gewaltiger Held in seinen Tagen. Und gewiß sonderte ihn dies ab von den gewöhnlichen sterblichen Menschen, so wie ich ihnen enthoben bin.

Nach all den vielen Jahren sehe ich sein Bild noch immer deutlich in meiner Erinnerung: ein breitschulteriger Mann mit gewaltiger Brust, der zu allen Jahreszeiten bis zu den Hüften nackt einherging und nur einen knöchellangen Rüschenrock trug. Seine Haut war glatt und dunkel von der Sonne wie poliertes Leder, und er hatte einen dichten schwarzen Kräuselbart, wie es Brauch ist bei den Völkern der Wüste, doch anders als sie schor er sich den Kopf kahl. Am genauesten aber erinnere ich mich an seine Augen, diese dunklen, riesigen, schimmernden Augen, die seine ganze Stirn zu erfüllen schienen; manchmal, wenn er mich zu sich emporhob, nahe an sein Gesicht, glaubte ich, daß mich diese tiefen Augenteiche in sich aufsaugen würden und ich in der Seele meines Vaters für immer ertrinken könnte.

Ich sah ihn aber nur selten. Es gab zu viele Kriege zu führen. Jahr um Jahr zog er an der Spitze seiner Streitwagen aus, um den ewigen Aufruhr in unserem widerspenstigen Vasallenreich Aratta, weit drüben im Osten, zu ersticken, oder um die wilden Räuberstämme der Wüstenlande zu vertreiben, die sich nach Uruk hereinschlichen und unser Vieh und unser Korn stahlen; oder aber er zog aus, um die Macht unserer Stadt vor einer der großen Nebenbuhlerinnen zu entfalten, von den Städten Kish oder Ur. Und wenn er nicht auf irgendwelchen Kriegszügen war, mußte er die vorgeschriebenen Pilgerfahrten zu den heiligen Tempeln unternehmen: im Frühjahr nach Nippur, im Herbst gen Eridu. Aber sogar wenn er in Uruk weilte, hatte er nur selten Zeit für mich, denn dann war er damit beschäftigt, die vorgeschriebenen Heiligen Jahresfeste auszurichten, den Versammlungen der Stadtältesten zu präsidieren, sich um die Verfahren vor seinem Gerichtshof zu kümmern oder die niemals endenden Arbeiten zu überwachen, die zur Erhaltung unserer Kanäle und Deiche nötig sind. Aber mein Vater versprach mir, es werde die Zeit kommen, da werde er sich die Zeit nehmen und mich die Dinge des männlichen Lebens lehren und mit mir zusammen in den Marschlanden auf Löwenjagd ziehen.

Aber diese Zeit kam niemals. Die Unheil brütenden Dämonen, die unablässig über unserem Leben auf den Augenblick der Schwäche in uns lauern, werden nimmer müde. Als ich sechs Jahre alt war, gelang es einem dieser bösen Geister, die hohen Mauern des Königspalasts zu durchdringen, und er nahm die Seele des Königs Lugalbanda in Besitz und riß ihn davon aus dieser Welt.

Davon begriff ich damals noch überhaupt nichts. In jenen Tagen war das Leben ein einziges endloses Spiel für mich. Und der Palast, dieser furchteinflößende Ort mit seinen befestigten Tortürmen, den prachtvollen von Nischen und Hohen Säulen gegliederten Fassaden, war mein Spielplatz. Den ganzen Tag lang rannte ich in unerschöpflicher Lebensfreude umher, ich lachte und jauchzte, schlug Rad oder Saltos, indem ich mich mit den Händen vom Boden schnellte. Auch damals war ich bereits um ein Halbes größer als irgendein anderer Knabe meiner Jahre und dementsprechend auch kräftiger; so wählte ich mir denn meine Spielgefährten unter den älteren Kindern, und darunter auch wieder stets die derbsten, die wilderen, die Söhne von Stallknechten oder Mundschenken, denn an Brüdern war mir keiner geschenkt worden.

Also spielte ich denn Wagenrennen und Zweikampf, oder wir rangen miteinander und fochten mit Stöcken. Und über allem diesem begab sich eines Tages ein plötzliches Kommen und Gehen ganzer Horden von Priestern, Dämonenaustreibern und Zauberkundigen in unserem Palast, und das tönerne Abbild des bösen Dämons Namtaru wurde geformt und nahe dem Haupt des siechen Königs hingesetzt, und ein Kohlebecken wurde mit Asche gefüllt und ein Dolch hineingesteckt; und bei Einbruch der Nacht des dritten Tages wurde die Klinge hervorgezogen und in das Abbild des Namtaru gestoßen und das Bildwerk sodann in einem Mauerwinkel im Boden vergraben. Dann brachte man Trankopfer von Bier dar, schlachtete einen Jungeber und bot sein Herz dem Dämon an, um ihn zu beschwichtigen; und Wasser wurde versprüht und endlose Gebete gesungen. Und Lugalbanda kämpfte mit jedem neuen Tag um sein Leben, und mit jedem Tag näherte er sich der Niederlage in diesem Kampf ein wenig mehr. Von alledem sprach man zu mir kein einziges Wort. Meine Spielgefährten wurden scheu und verlegen und schienen sich irgendwie zu schämen, wenn sie mit mir herumtollten und brüllten oder Stockkämpfe ausfochten. Ich verstand nicht, warum sie so waren. Und niemand sagte mir, daß mein Vater auf den Tod darniederliege. Ich glaube aber, sie müssen es gewußt haben – und sie wußten wohl ebenfalls, welche Folgen sein Tod zeitigen müsse.

Dann trat eines Morgens einer der höheren Palastdiener zu mir und rief: »Leg du den Stecken beiseite, Knabe! Das Spiel ist nun zu Ende! Von heut an gilt es, daß du dich Männergeschäften widmest!« Und er trug mir auf, ein Bad zu nehmen, mich in mein prächtigstes Brokatgewand zu kleiden, mir das Stirnband aus Goldblättern und dem Blaustein Lapislazuli um den Kopf zu legen und mich zu meiner Mutter, der Königin Ninsun, in ihre Gemächer zu begeben. Denn, so sagte der Palastbeamte, bald solle ich sie zum Tempel des Enmerkar begleiten.

Ich ging also zu meiner Mutter, ohne den Grund zu wissen, denn es war an jenem Tage kein mir bekannter Feiertag. Meine Mutter erwartete mich: sie war überaus prächtig gekleidet, in einen Mantel aus brennend-karmesinrot gefärbter Wolle; auf dem Haupt trug sie einen Kopfputz, der von Karneolen, Topasen und Chalzedonen blitzte, und ihre Brust war mit goldenen Platten bedeckt, von denen elefantenbeinerne Amulette in Gestalt von Fischen und Gazellen herabhingen. Die Augenhöhlen waren mit Kohl* schwarzgefärbt, die Wangen mit grüner Schminke bedeckt, und so sah sie aus wie ein Geschöpf, das aus den unteren Tiefen des Meeres heraufgestiegen ist. Sie sprach nicht ein Wort zu mir. Aber sie hängte mir eine kleine Figurine des Wind-Dämons Pazuzu aus Rotstein um den Hals, als fürchte sie für mich und wolle mich schützen. Danach fuhr sie mir flüchtig mit der Hand über die Wange. Die Berührung war kühl.

Sodann traten wir hinaus in die weite Brunnenhalle, in der bereits zahlreiche Personen auf uns warteten. Und von dort aus zogen wir in einer feierlichen Prozession (der beeindruckendsten, die ich bis dahin je erlebt hatte) zum Tempel des Enmerkar.

Uns voran schritten zwölf Priester – nackt, wie es sich für Priester gebührt, wenn sie vor einen Gott treten – und auch ein Dutzend ebenfalls nackter Priesterinnen. Hinter diesen stolzierten zweimal zwölf hochgewachsene Krieger, die an den Feldzügen des Lugalbanda

---

* »Kohl«, eines der ältesten Kosmetika der Menschheit; eine schwarze Paste, die die Leuchtkraft der Augen steigern sollte.

teilgenommen hatten. Sie schleppten sich schwer dahin in ihrer vollen Kampfausrüstung: den kupfernen Helmen, den Streitäxten und den Schilden. Sie taten mir leid, denn es war der Mond Abu, und dies ist der Monat, in dem die sengende Sommerhitze am drückendsten über dem Land lastet, weil keine Regen fallen und die Glut wirklich unerträglich ist.

Hinter diesen Kriegern schritt der königliche Haushalt des Lugalbanda: Oberdiener, Aufseher, Mägde, Mundschenken, die Gaukler und Possenreißer, Stallknechte, Wagenlenker, Gärtner, Musikanten, Tanzdirnen und Tanzbuben, die Bartscherer und Badesklaven und all das übrige niedere Gesinde. Sie alle trugen feine neue Kleider, die schöner waren als alles, was ich an ihnen zuvor gesehen hatte; ein jeglicher führte die Gerätschaften seines Amtes mit sich, ganz so, als schickten sie sich an, dem Lugalbanda zu Diensten zu sein. Die meisten unter ihnen kannte ich. Sie hatten seit meiner Geburt im Palast gedient, und ihre Söhne waren meine Spielgefährten, und zuweilen hatte ich in ihren Wohnquartieren das Mahl mit ihnen geteilt. Jetzt aber, wenn ich ihnen zulächelte oder winkte, um sie zu grüßen, wandten sie die Augen von mir weg, und ihre Gesichter waren unerbittlich ernst und feierlich.

Der letzte Mann, der in dieser Gruppe einherschritt, war einer, der mir ganz besonders lieb und ans Herz gewachsen war. Ich schlich mich von meinem Platz am Ende der Prozession heimlich nach vorn, um an seiner Seite gehen zu können. Es war der Mann aber der alte Ur-kununna, der Barde und Hofsänger, ein spillerbeiniger Greis mit weißem Bart, sehr ernst in seinem Gehabe, aber mit freundlichen, mutwilligen Augen, ein Mann, der jede Stadt des Landes kannte und aller Lieder und Sagen kundig war. Des Nachmittags pflegte er im Ninhursag-Hof des Palastes zu singen, und ich saß zu seinen Füßen und lauschte ihm Stunde um Stunde, wenn er die Harfe spielte und die Lieder sang von der Heiligen Hochzeit der Inanna mit dem Dumuzi, oder von der Höllenfahrt der Inanna hinab in die Niederwelt, oder wenn er die Mär von Enlil und Ninlil sang, oder von der Fahrt des Mondgottes Nanna in die Stadt Nippur, oder die große Geschichte des Helden Ziusudra*, wie er das große Schiff baute, in dem die Menschen die Große Flut überlebten, und wie ihm dafür die Götter zum Lohne das Ewige Leben schenkten in jenem Paradiesesgarten auf Erden, dem Lande, das wir Dilmun nennen. Und er sang uns auch Balladen vor über die Kriege meines Großvaters Enmerkar gegen Aratta und auch jenes berühmte Lied über die Fahrten und Fährnisse des Lugalbanda, ehe er König wurde im Land, und wie er an einen Ort gelangte, an dem die Luft wie Gift war, so daß er beinahe den Tod fand, wovor ihn jedoch die Göttin rettete. Urkununna hatte mich einige dieser Gesänge gelehrt und mich unterwiesen, wie man die Harfe spielt. Stets hatte er sich mir gegenüber warm und herzlich gezeigt, und niemals erfuhr ich von ihm ein Zeichen des Unmutes oder der Ungeduld wider mich. Doch nun, während ich neben ihm herlief, erschien er mir als seltsam fremd und abweisend und unnahbar; auch sprach er nicht zu mir, wie alle anderen, und als ich ihm Zeichen machte, daß ich ihm gern die Harfe tragen wolle, da schüttelte er beinahe ärgerlich nur den Kopf. Doch dann zischelte mir meine Mutter den Befehl zu, daß ich wieder an den mir bestimmten Platz am Ende der Prozession zurückkehren müsse, an ihre Seite, wo sie mit fünfen ihrer Dienerinnen einherging.

Wir schritten die zahllosen Stufen des Palastes hinab und zogen dann in die Straße der Götter und über sie zum Pfad der Götter, der in den Eanna-Bezirk führt, in dem die heiligen Tempel liegen, und dann kletterten wir die unzähligen Stufen zu der Weißen Terrasse hinauf

* »Ziusudra«, in späteren Varianten »Utnapishtim«, der Erstentwurf des biblischen Noah.

und schritten, geblendet im grellen Licht der Sonne, über sie hin zum Tempel Enmerkars. Auf dem ganzen Prozessionsweg durch die Stadt standen stumm in den Straßen die Menschen zu Tausenden; es muß sich wohl die gesamte Einwohnerschaft Uruks da eingefunden haben.

Am Fuße der großen Treppe stand die Inanna zu unserem Empfang bereit. Mir lief ein Schauder über den Leib, als ich sie erblickte. Seit unvordenklicher Zeit ist Uruk und alles, was in Uruk ist, Eigentum der Göttin, und daß sie eine solche Macht über mich haben sollte, das ängstigte mich. Die da vor mir stand war natürlich nicht die Göttin selbst, sondern Ihre Priesterin, die Inanna-in-Menschengestalt. Aber damals erkannte ich den Unterschied zwischen den beiden noch nicht, und so dachte ich, ich stünde wahrhaftig vor dem Antlitz der echten Himmelskönigin, der wahren Tochter des Mondes. Was ja in gewisser Weise auch richtig gewesen wäre, da die Göttin sich in dem Menschenweibe verkörpert. Doch jung und töricht, wie ich es dazumal war, vermochte ich da keine feineren Unterschiede zu erkennen.

Die Inanna, die uns an jenem Tag in den Tempel einließ, war die alte Inanna, und sie hatte ein Gesicht wie ein Habicht und schreckliche Augen. Es war noch nicht jene viel schönere, aber keineswegs entsetzlichere und grausame Inannaverkörperung, die sich die Göttin in späteren Jahren zum Wohnsitz wählen sollte. Sie war gekleidet in einen Umhang aus scharlachrotem Leder, das über ein hölzernes Gestänge drapiert war, so daß es sich gewaltig um ihre Schultern bauschte und sich hoch über ihr Haupt erhob. Die Brüste der Gottpriesterin waren nackt und die Brustwarzen gefärbt. An den Armen trug sie kupferne Schmuckreifen in Schlangengestalt, denn die Schlange ist bekanntlich das der Inanna heilige Tier. Um ihren Hals aber ringelte sich nicht eine kupferne, sondern eine leibhaftige lebendige Schlange, die zwei oder drei Finger dick war, jedoch in der furchtbaren Hitze dermaßen von Trägheit überwältigt, daß sie nur ganz wenig mit ihrer schwarzen gespaltenen Zunge zu züngeln vermochte. Als wir vorbeizogen, besprengte uns die Inanna mit Duftwasser aus einer vergoldeten Kanne und murmelte irgendeinen halblauten Singsang über uns. Sie sprach dabei nicht die Sprache des Landes, sondern die Geheimsprache, die Mysteriensprache der Eingeweihten der Göttin, also jener, die dem Alten Brauch folgen, der im Lande Geltung hatte, ehe mein Volk aus den Bergen herabzog. Das alles wirkte auf mich feindselig und bestürzend, jedoch nur darum, weil es so ernst und feierlich vor sich ging und weil es mir so vollkommen unvertraut war.

In der großen Tempelhalle lag Lugalbanda.

Er ruhte auf einer mächtigen Platte aus geschliffenem Alabaster, und er sah aus, als schlafe er. Nie zuvor war er mir königlicher erschienen; anstatt seines gewöhnlichen hüfthohen Biesenrockes war er nun in einen weißen Wollmantel gekleidet und trug darunter ein tiefblaues Leibgewand, das üppig mit Fäden aus Silber und Gold durchwirkt war; Goldstaub war ihm auf seinen Bart gestäubt, so daß er blitzte wie das Feuerlicht der Sonne. Seinem Haupt nahe lag statt der Krone, die er im Leben getragen hatte, die Hörnerkrone* des Königs, der zugleich ein Gott ist. Zu seiner Linken lag das Zepter mit den Bändern aus dem blauen Stein Lapislazuli und Intarsien aus buntschimmernden Meermuscheln, und rechts von ihm lag ein wundersamer Dolch mit einer goldenen Klinge und einem Griff aus Blaustein mit Goldbeschlägen, und die Dolchscheide war aus Goldschnur geflochten, als wäre sie ein Geweb aus goldenen Grashalmen. Zu Füßen meines Vaters erhob sich auf

---

* Die »Hörnerkrone« ist ein im gesamten kleinasiatischen Bereich verbreitetes Götter- und Königssymbol; auf Zypern etwa gibt es die Statue eines »Gehörnten Gottes« aus dem 12. Jh. vor der Zeitrechnung.

dem Boden ein mächtiger Hügel von Schätzen: Ohrgehänge und Ringe für die Finger aus Gold und Silber, Trinkschalen aus gepunztem Silber, Bretter für das Würfelspiel, Schminkschatullen, Alabastergefäße voll köstlicher Wohlgerüche, goldene Harfen und stierschädlige Lyren, das in Silber getriebene kleine Abbild seines Streitwagens und eine Miniatur seines sechsrudrigen königlichen Schnellbootes, Kelche aus Obsidian, Rollsigille, Gemäße aus Onyx und Chalzedon, Goldschüsseln und so vieles andere mehr, so daß mir über der üppigen Pracht fast die Augen aus dem Kopf traten. Im Geviert standen feierlich aufgereiht die Notablen der Stadt um den Katafalk meines Vaters. Es waren ihrer vielleicht zwanzig an der Zahl.

Und wir stellten uns, meine Mutter und ich im Mittelpunkt der Gruppe, nun auch vor dem toten König auf. Hinter uns und um uns drängten sich die Palastdiener, und die Krieger bauten sich zu beiden Seiten davon auf. Aus dem Tempelhof hallte das laute vibrierende Dröhnen der Lilissu zu uns, der großen Kesseltrommel, die sonst nie geschlagen wird, es sei denn der Mond verfinstere sich. Dann hörte ich auch das hellere Rasseln der kleinen Balag-Trommeln und die schrillen Triller der tönernen Pfeifen, und die Inanna zog hinter ihren nackten Priestern und Priesterinnen in den Tempel ein. Sie schritt zu dem erhöhten Platz am Ende der Halle, dorthin, wo in Tempeln des An oder des Enlil das Abbild des Gottes stehen würde; doch im Tempel der Inanna von Uruk braucht man kein totes Abbild, denn die Göttin weilt ja selbst leibhaftig unter uns.

Sodann hob ein feierliches Singen und Beten an, überwiegend in der Sprache, wie sie der Alte Brauch verwendet, die ich damals nicht verstand und auch heute nur sehr mangelhaft erfasse, da dieser Alte Brauch ein Weibergeheimnis ist und ein Geheimnis der Göttin, und sie behalten ihn für sich. Es wurden Trankopfer gespendet von Öl und Wein, ein Stierkalb und ein Widder wurden herangeführt und als Opfer geschlachtet, und einiges von ihrem Blut wurde über meinen Vater gegossen. Sieben Goldschalen voll Wassers wurden verschüttet – als Gaben an die Sieben Planeten. Danach folgten weitere heilige Handlungen. Die Schlange der Inanna erwachte aus ihrem Schlummer und glitt ihr zwischen den Brüsten empor; sie zuckte mit ihrer Zunge, und dann richtete sie ihre Augen auf mich, und ich fürchtete mich sehr. Ich fühlte die Nähe der Göttin, bedrückend und erstickend, allgegenwärtig um mich herum.

Ich drückte mich an die Seite meines lieben Ur-kununna und flüsterte ihm zu: »Ist denn mein Vater tot?«

»Sei still, Knabe! Hier darf keiner sprechen.«

»Aber, bitte! Ist er tot! So sag es mir doch!«

Ur-Kununna schaute von seiner großen Höhe zu mir herab, und ich sah in seinen Augen das helle Licht der Weisheit leuchten und erkannte seine zärtliche Liebe zu mir, und ich dachte bei mir: wie ähnlich doch seine Augen denen des Lugalbanda sind, wie groß sie sind und wie dunkel, und wie sie fast seine ganze Stirn ausfüllen! Dann sprach Ur-kununna leise zu mir: »Ja, Kind, dein Vater ist tot.«

»Aber – was heißt das – totsein?«

»Es ist uns nicht erlaubt, während der Zeremonie zu sprechen.«

»War die Inanna auch tot, als sie in die Niederwelt hinabgestiegen ist?«

»Drei Tage, ja so ist es.«

»Und es war wie ein Schlaf?«

Er aber lächelte und schwieg.

»Aber dann erwachte sie doch wieder und kehrte zurück, und da steht sie jetzt vor uns. Wird mein Vater auch wieder aufwachen? Zurückkehren zu uns und über Uruk herrschen? Sag es mir, Ur-kununna!«

Ur-kununna schüttelte sacht den Kopf. »Er wird erwachen, ja. Doch er wird nicht zurückkehren und über

Uruk herrschen.« Dann legte der Alte den Finger über die Lippen und wollte nicht weiter mit mir sprechen; und so mußte ich ganz alleine bedenken, was es für mich bedeutete, daß der Tote da mein Vater war, während um mich herum sich das ganze Ritual endlos, wie mir schien, dahinzog. Der tote Lugalbanda lag bewegungslos auf seiner Bahre; er atmete nicht, und seine Augen waren geschlossen. Es sah wahrhaftig aus, als schlafe er. Aber es kann ja kein Schlaf gewesen sein. Es war der TOD. Als die Inanna in die Niederwelt hinabfuhr und dort getötet wurde, entstand in den Himmeln ein großer Schrecken, und der Himmlische Vater Enki verfügte, daß sie wieder zum Leben erweckt werden müsse ... Aber würde der Himmelsvater Enki auch bewirken, daß Lugalbanda zum Menschenleben zurückkehren könne? Nein, so dachte ich schon damals, das wird nicht geschehen. Aber wo befand sich dann Lugalbanda jetzt? Und wohin würde seine Reise danach führen?

Ich hörte den Klageliedern zu, und in ihnen kam mir meine Antwort: Lugalbanda war auf der Reise zum Palast der Götter, und sobald er dort angekommen war, würde er immer und ewiglich im Angesicht des Himmlischen Vaters An und des Vaters Enlil sein, der voll der Güte ist, und in der Nachbarschaft all der anderen Götter wohnen dürfen. Er würde in der Festhalle der Götter sitzen und mit ihnen speisen und süßen Wein trinken und Dunkelbier. Und da ich dies bei mir bedachte, dachte ich, daß sei doch kein allzu grimmiges Geschick. Natürlich vorausgesetzt, daß der Weg meines Vaters wirklich dorthin führen sollte. Aber wo gab es die Gewißheit, daß er auch tatsächlich an diesem Ziel ankommen werde? Wo gab es da Sicherheit? Wieder wandte ich mich Ur-kununna zu, doch er stand nur mit geschlossenen Augen da, wiegte den Oberkörper hin und her und sang. So blieb ich also meinem Nachdenken über den Tod allein überlassen, allein in meinem Bemühen zu begreifen, was da meinem Vater geschah.

Dann brachen die Litaneien ab, die Inanna hob die Hand, ein Dutzend der Edlen der Stadt knieten nieder, hoben sich den wuchtigen Alabasterblock auf die Schultern, auf dem mein Vater ruhte, und trugen ihn durch das Seitenportal aus dem Tempel. Wir folgten, meine Mutter und ich voran an der Spitze des Trauerzuges, die Priesterin Inanna an seinem Ende. Wir zogen der Länge nach über die Weiße Terrasse gen Westen, bis wir, einige hundert Schritte weit, im scharfen Schatten des An-Tempels anlangten. Ich sah, daß in dem trockenen Sandboden zwischen der Weißen Terrasse und dem An-Tempel eine tiefe Grube ausgehoben war, in die eine steile Rampe hinabführte. Wir stellten uns nun an dieser Rampe auf, und die Einwohner der Stadt bildeten einen Ring von Tausenden um die heilige Stätte.

Dann aber geschah etwas Bestürzendes: die Dienerinnen meiner königlichen Mutter umgaben sie und nahmen ihr nach und nach ihre kostbaren Prunkgewänder ab, bis sie im grellen Licht der Sonne nackt vor den Augen der ganzen Stadt dastand. Ich dachte an die Geschichte von der Niederfahrt der Inanna, wie sie bei ihrem Abstieg in die Untere Welt nach und nach alle ihre Kleider abstreifte, je tiefer sie hinabfuhr, bis auch sie am Ende nackt gewesen war, und mich packte Furcht, daß vielleicht auch meine Mutter sich bereitmachte, in die Grube zu fahren. Es kam jedoch anders. Die Hofdame Alitum, die meiner Mutter, Ninsun, dermaßen ähnlich sah, daß man sie für Schwestern hätte halten können, trat hervor und legte ihrerseits alle ihre Kleider ab, bis auch sie völlig entblößt war; darauf begannen die Dienerinnen damit, der Alitum den karmesinroten Rock meiner Mutter und ihren Kopfputz und die Brustplatten anzulegen und meine Mutter mit den schlichteren Gewändern der Alitum zu bekleiden. Als sie dies beendet hatten, konnte man nur schwer unterscheiden, welche der beiden Frauen die Alitum und welche die Ninsun war, denn auch das Gesicht der Alitum war mit grüner Schminke bedeckt wie das meiner Mutter.

Da erblickte ich einen meiner Spielgefährten, den Enkihegal, Sohn des Gärtners Girnishag, der zwischen zwei Priestern langsam auf mich zugeschritten kam. Ich rief ihn bei seinem Namen, doch er antwortete mir nicht. Seine Augen blickten fremd und glasig drein, und er schien mich überhaupt nicht zu erkennen, und dabei hatten wir doch erst gestern ein Wettrennen veranstaltet und waren achtmal, ohne innezuhalten, von einem Ende des weiten Ninhursag-Hofes bis zum anderen gelaufen.

Und dann begannen die Priester an meinem Brokatgewand zu zerren und streiften es mir ab und zogen dem Enkihegal meine Kleider an und mir die seinigen, die viel weniger fein waren. Sie nahmen mir mein goldenes Stirnband und legten es ihm um. Ich war so groß wie er, obschon er drei Jahre älter war als ich, und in den Schultern ebenso breit wie er. Als der Kleidertausch vollzogen war, hießen sie den Enkihegal sich an meine Seite zu stellen, so wie Alitum bei meiner Mutter stand.

Nun erschien ein von zwei Eseln gezogener Kufenwagen. Die Kanten des Gestells und der Kasten waren mit blauen, roten und weißen Intarsien geschmückt, an den Seitenwänden befanden sich goldene Löwenhäupter mit Mähnen aus Lapislazuli und Seemuscheln. Hoch häufte man da Schätze auf den Wagen. Sodann trat Ludingirra hervor, der Wagenlenker, der so viele Male mit meinem Vater in den Kampf gezogen war. Er trank aus einem gewaltigen Weinkrug, den die Priester herbeigeschafft hatten, einen tiefen Schluck, stieß ein scharfes Keuchen aus und schüttelte den Kopf, so als schmecke der Wein ihm bitter, dann stieg er auf den Kufenwagen und führte ihn langsam in die tiefe Grube hinab. Drei Stallknechte schritten an der Seite der Esel, um sie zu beruhigen. Darauf folgte ein zweiter und ein dritter Wagen, und jeder der Lenker und alle die Knechte tranken von dem Wein. Es wurden aber in die Grube hinabgeführt: Behälter und Gemäße aus Kupfer und Silber und Obsidian und Alabaster und Marmorstein, Spielbretter und Becher, Kelche, ein Bündel Schreibstichel und ein Schaber aus Gold und vieles andere mehr, aber alles sehr prunkvoll. Danach stiegen die Krieger in ihren Rüstungen hinab in die Grube, und nach ihnen einige der Palastdiener, Barbiere und Gärtner und auch einige der edlen Hofdamen, denen das Haar mit Goldschnur durchflochten war und die Kopfschmuck aus Karneol und Blaustein und schimmerndem Perlmutt trugen. Und sie alle tranken von dem Wein. Das aber begab sich alles in tiefem Schweigen; einzig die Lilissu-Pauke dröhnte unablässig.

Danach trat ein gewisser Großer der Stadt hervor, einer der Männer, die den Katafalk meines Vaters aus dem Tempel getragen hatten, und stellte sich seitlich an die Bahre. Er ergriff die Hörnerkrone, die bei meinem Vater lag, und hielt sie empor, damit alles Volk sie in der Sonne blitzen sehen könne. Es ist mir nicht erlaubt, den Namen zu nennen, unter dem dieser Edle damals bekannt war, denn er wurde später König in Uruk, und es ist verboten, den Geburtsnamen eines Mannes niederzuschreiben oder auszusprechen, der König wurde. Der Königsname aber, den er dann annahm, lautete Dumuzi*. Und er, der später Dumuzi sein sollte, hob die Hörnerkrone hoch gen Süden und gen Osten und dann gegen Norden und gegen Westen, und setzte sie sodann auf das Haupt meines Vaters, und aus dem Volk von Uruk erschallte ein großes Geschrei.

Nur ein Gott darf die Hörnerkrone tragen. Ich wandte

* »Dumuzi«, später »Tammuz«; die Namenswahl des Königs Dumuzi im weiteren Textverlauf ist insofern breits fatal, weil Inanna/Ischtar den Dumuzi/Tammuz töten läßt, um sich die Rückkehr ins Leben zu erkaufen.

mich zu Ur-kununna und fragte: »Ist mein Vater jetzt ein Gott?«

»Ja«, sagte der alte Harfensänger leise. »Lugalbanda ist jetzt ein Gott geworden.«

Aber dann bin ja auch ich ein Gott, dachte ich bei mir, und mir wurde dabei vor Erregung beinahe schwindlig. Oder doch wenigstens – so sprach ich zu mir selbst – bin ich teilweise ein Gott. In anderen Teilen war ich wohl zwangsläufig noch ein Sterblicher, mutmaßte ich, da ich ja in einen sterblichen Leib geboren war. Dessen ungeachtet aber mußte das Kind eines Gottes bis zu einem gewissen Grad ebenfalls göttlich sein, ist es nicht so? Es war ein kühner Gedanke, den ich damals in meinem Kopf erwog. Doch wahrlich, ich habe seither die Gewißheit erfahren, daß dies wirklich so ist und daß ich teilweise ein Gott bin, wenn auch nicht gänzlich.

»Aber wenn er jetzt ein Gott ist«, fragte ich den Barden Ur-kununna weiter, »wird er dann aus dem Tode wiederkehren, so wie die anderen Götter, die gestorben waren, wiederkehrten?«

Ur-kununna flüsterte lächelnd: »In so vielen Dingen der Welt haben wir niemals wirkliche Gewißheit, Knabe. Er ist ein Gott, sicherlich, doch ich glaube, er wird nicht wiederkehren. Doch nun sei artig und entbiete ihm den Abschiedsgruß.«

Ich sah, wie drei kräftige Diener des königlichen Schlafgemaches* und drei Wagenlenker die Alabasterbahre aufhoben und mit ihr in die Grube hinabzusteigen begannen. Auch sie hatten von dem Weine getrunken, und sie kehrten aus der Tiefe nicht wieder zurück;

* »Diener des königl. Schlafgemaches« – es ist nicht ganz abwegig, daß es sich um »Eunuchen« gehandelt haben kann; der Brauch, Knaben und Männer für bestimmte Aufgaben im Intimbereich der Herrscher, bzw. zu bestimmten Tempeldiensten zu kastrieren hielt sich in Nachfolgekulturen aus dem Nahen Osten bis in unser Jahrhundert (der letzte päpstliche Castrato-Sänger soll noch in den zwanziger Jahren in Rom gesungen haben).

keiner von allen, die hinabgestiegen waren, kam wieder herauf. Ich aber sprach zu Ur-kununna: »Was ist das für ein Wein, von dem sie alle trinken?«

»Er schenkt einen sanften Schlaf«, lautete die Antwort.

»Und sie schlafen nun alle dort drunten in der Erde?«

»In der Erde, ja. Neben deinem Vater.«

»Werde auch ich trinken? Und du?«

»Das wirst du, aber ich glaube, erst viele, viele Jahre später. Ich aber werde ihn in wenigen Augenblicken trinken.«

»So daß auch du in der Tiefe bei meinem Vater schlafen wirst?«

Er nickte stumm.

»Bis morgen zum Frühbrot?«

»Für immer«, sprach er.

Ich überdachte das. »Aber dann ist es doch so ähnlich wie der Tod.«

»Wahrlich, Knabe, wie der Tod.«

»Und alle die anderen, die hinabgestiegen sind, sterben auch sie?«

»Ja, Kind«, antwortete Ur-kununna.

Auch dies erwog ich. »Aber es ist schrecklich zu sterben! Und sie trinken, ohne einen Laut, und steigen schweigend mit stetem Schritt in das Dunkle hinab!«

»Es ist schrecklich, in das Haus des Staubes und der Düsternis einzugehen«, sprach er, »und unter den Schatten einherzuschleichen und sich vom Lehmstaub zu nähren. Doch wir, die wir deinen Vater begleiten, ziehen ein in das Haus der Götter und dienen ihm dort fortan ewiglich.« Dann sprach er weiter und erklärte mir, welch hohe Auszeichnung es sei, als Gefährte eines Königs sterben zu dürfen. Und wieder sah ich das weiße Licht der Weisheit aus seinen Augen leuchten, und sein Antlitz erstrahlte in heller Freude. Dann aber fragte ich ihn, ob er denn Gewißheit habe, daß er mit Lugalbanda in die Heimstatt der Götter einziehen werde und nicht etwa doch in das Haus des Staubes und der Düsternis eintreten müsse, und da erlosch das Leuchten in seinen Augen, und er lächelte trüb und sagte, daß nichts jemals gewiß sei – und ganz besonders nicht dieses. Und er strich mir über die Hand, wandte sich von mir und spielte ein paar Töne auf seiner Harfe, trat vor und trank von dem Wein und stieg dann singend in die Grube hinab.

Auch andere gingen in das Loch in der Erde – sechzig, siebzig vielleicht insgesamt. Zuletzt verschlang die Grube die Frau Alitum, die das Gewand und den Schmuck meiner Mutter trug, und den Knaben Enkihegal, der in meine Kleider gekleidet war. Und da verstand ich, daß sie an unserer Statt starben. Dies ließ eine Angst in mir aufwallen, denn ich erkannte, daß ich selber – wären die Bräuche nur ein weniges anders – von dem Wein hätte trinken und in die Grube steigen müssen. Doch war diese Angst keine sehr große, denn in jenen Tagen besaß ich noch nicht die tiefe Erkenntnis des Todes und sah in ihm nur so etwas wie einen unbekannten fremdartigen Schlaf.

Dann verstummten die Trommeln, und Sklaven schafften Erde über die Rampe in die Grube hinab, wo sie alles damit bedeckten, die Wagen und die Esel, den Grabschatz, die Leibdiener und Hofdamen, die Palastmägde und Palastdiener und den Leib meines Vaters und den Rhapsoden Ur-kununna. Danach begaben sich Werkleute an die Arbeit und verschlossen die Rampe mit Ziegeln aus ungebranntem Lehm, so daß nach wenigen Stunden keine Spur mehr sichtbar wäre von dem, was sich darunter verbarg.

Wir aber, die von dem ursprünglichen Trauerzug übriggeblieben waren, kehrten in den Tempel der Inanna zurück.

Unsere Zahl war nun sehr viel kleiner: meine Mutter und ich, die bedeutendsten Edlen der Stadt und andere Personen von Gewicht; aber keiner der Palastdiener oder Krieger begleitete uns, denn sie lagen alle bei meinem Vater in der Grube. Wir scharten uns um den Altar, und wieder spürte ich die Nähe der Göttin, ganz dicht um mich herum und beinahe erstickend. Auf meine Seele senkte sich eine Last widerstreitender Gefühle, die mich tief bedrängten. Noch nie zuvor hatte ich mich so allein und verlassen gefühlt. Die Welt steckte voller unlösbarer Rätsel und Geheimnisse für mich. Ich war wie in einem Wachtraum. Suchend blickte ich mich nach Ur-kununna um; doch er war nicht da, und so würden die Fragen, die ich ihm stellen wollte, ohne Antwort bleiben. Dadurch eröffnete sich mir eine erste frühe Erkenntnis dessen, was das Wesen des Todes ausmacht, und zwar, daß unsere Stimme die Toten nicht mehr erreicht und daß wir ohne Antwort bleiben, wenn wir zu ihnen sprechen. Und da war mir, als hätte man mir eine Schüssel saftigen Bratfleisches gereicht und mir, während ich mich zu essen anschickte, den Bissen vor dem Munde fortgestohlen, so daß ich ins Leere beißen mußte.

Das Trommeln und Litaneiensingen hob von neuem an, und mir fuhren tausend verschiedene Gedanken über den Tod durch den Sinn. Ich dachte: mein Vater ist also für immer fortgegangen; aber das ist nicht gar so furchtbar, denn er ist ja ein Gott geworden; also bin damit auch ich teilweise ein Gott; außerdem hat er sowieso nie viel Zeit für mich gehabt, weil er beständig irgendwo kriegen mußte, obwohl er mir doch versprochen hatte, mir eines Tages die Geheimnisse der Mannheit zu eröffnen. Ich würde sie also von einem anderen Lehrer erfahren. Aber auch Ur-kununna hatte mich ja verlassen. Nie wieder würde ich ihn singen hören. Und der Knabe Enkihegal, mein Spielkamerad, und der Gärtner Grinishag und alle die vielen anderen, die Teil meiner Tage gewesen waren ... sie alle waren dahin, dahin, fort und verschwunden. Und mein Verlangen nach ihnen biß in leere Luft ...

Und ich? Würde denn auch ich sterben?

Ich werde es nicht zulassen, daß mir dies geschieht, schwor ich mir da. Nein, nicht mir! Ich bin zu einem Teil ein Gott. Zwar sterben auch die Götter manchmal, so wie einst die Inanna, als sie in die Niederwelt hinabfuhr, doch der Tod der Götter ist nicht lang. Und das sollte auch für mich gelten. Ich schwor es mir, daß der Tod mich niemals besiegen sollte.

Denn die Welt ist zu reich an Dingen, die ich ergründen muß, und große Taten warten darauf, getan zu werden. So sprach ich bei mir selber. Ich will den Tod zum Kampfe fordern, beschloß ich. Und ich werde ihn überwinden. Ich hege für den Tod nur Verachtung und Hohn, und ich werde ihn nicht obsiegen lassen über mich. Tod, du bist mir nicht ebenbürtig! Tod, ich will dich überwinden!

Sodann dachte ich daran, daß ich ja – selbst wenn ich eines Tages doch irgendwie sterben sollte – zu einem Teil ein Gott bin und dazu bestimmt, ein König zu sein, und daß ich bei meinem Tode wie Lugalbanda in das Haus des Himmels einziehen würde. Ich würde nicht, wie es den gewöhnlichen Sterblichen bestimmt ist, in das Haus des Staubes und der Düsternis fahren müssen.

Dann aber bedachte ich: nein, da gibt es keine Gewißheit. Die Inanna selbst stieg ja an jenen Ort hinab; allerdings hat man sie von dort wieder ziehen lassen; aber wenn ich dort hinunterfahre, wer gibt mir die Gewißheit, ob ich jemals wieder auferstehen werde? Da überfiel mich eine schwere Angst. Ungeachtet dessen, wie erhaben deine Stellung im Leben sein mag, überlegte ich, gleichgültig, wie zahlreich deine Dienerschaft sein mag und die Schar deiner Krieger, die man mit dir in der Todesgrube in den Schlaf senkt, auf daß sie dir im anderen jenseitigen Leben dienen, es besteht doch stets die Möglichkeit, daß du an jenen finsteren Ort der Greuel gesandt wirst ... Die höhnische Verachtung, die ich vor kurzem noch gegenüber dem Tod empfunden hatte, wich einer Furcht, einer allesdurchdringenden überwältigenden Angst, die mir ins Herz schnitt, als sei eine eisige Winterskälte hereingebrochen. In meiner Seele breitete sich ein Fremdes aus, das ganz und gar Ungeheuere, wie man es in Träumen erlebt, und ich wußte nicht, träumte ich nun oder wachte ich. Ein Druck in meinem Kopf ließ mir fast den Schädel bersten. Es war dies eine körperliche Erfahrung, wie ich sie nie zuvor erlebt hatte, die ich jedoch im weiteren Verlauf meines Lebens noch oft zu erdulden hatte, und dann weit heftiger und gewaltsamer als bei diesem ersten flüchtigen Anfall. Eine Gottheit versuchte in mich einzudringen. Dessen war ich mir gewiß. Aber ich wußte nicht, welche Gottheit dies war.

Jedoch wußte ich auch damals bereits, daß es ein Gott sein müsse, nicht irgendein übelwollender Dämon, und ich wußte, mir wurde da eine Botschaft gebracht, die lautete: *Du sollst König sein, und du wirst ein großer König sein, und dann wirst du sterben, und so sehr du dich auch mühst, diesem Geschick kannst du nicht entrinnen.*

Ich aber wollte die Gottheit nicht in mich einlassen und nicht ihre Botschaft vernehmen. Es war in meinem Herzen noch kein Raum für solche Dinge. Noch war ich nur ein Kind.

In meiner Wirrsal erblickte ich den Tod in leibhaftiger Gestalt vor mir, strotzend von zahllosen Greifenklauen, mit den Schwingen die Luft zerschmetternd. Und ich schrie ihm entgegen: Ich will dir entkommen! Und flüchtig spürte ich in mir einen starken Mut, der jedoch, Augenblicke später, etwas anderem wich: der Angst, noch größerer, entsetzlicher Angst. Sie schlafen dort unten alle in der Grube neben dem Lugalbanda, dachte ich. Wo aber werde *ich* liegen und schlafen?

Ein Schwindelgefühl überwältigte mich. Der Gott hämmerte gegen meine Seele und forderte Einlaß. Ich aber vermochte weder, mich ihm hinzugeben, noch ihm

Widerstand zu bieten, da die Vorstellung des Todes und meine Furcht vor dem Tode mich lähmten. Dies aber war mir nie zuvor widerfahren. Ich wankte auf meinen Füßen und taumelte und versuchte nach der Hand des Ur-kununna zu greifen, doch er war nicht mehr bei mir, und so fiel ich nieder auf den Boden des Tempels und lag dort, ich weiß nicht, wie lange Zeit.

Dann hoben mich Hände auf, und Arme umfingen mich.

»Sein Kummer hat ihn niedergestreckt«, sagte eine Stimme.

Nein, dachte ich. Ich fühle keinen Kummer, keine Trauer. Die Fahrt des Lugalbanda ist Lugalbandas Sache. Mir aber geht es um meine eigene Aufgabe, nicht um die seine. Denn ihm ist bestimmt, den Tod zu erfahren, mein Ziel jedoch ist das Leben. Und darum waren es nicht Gram und Trauer, die mich zu Boden stürzten, sondern die Gottheit, die in meine Seele einzugehen suchte, als ich da stand und ganz von Furcht umfangen war. Von diesen Dingen aber sprach ich damals zu keinem.

ZWEI

Im Mond Kisilimu, als die schweren Winterregen wie Sensen über das Land fegten, schenkten die Götter Uruk einen neuen König. Das geschah zur ersten Stunde des Mondes, also zu jenem Zeitpunkt, da die junge Sichel des neuen Mondes sich zum erstenmal wieder am Himmel zeigte. Es erhob sich ein Dröhnen von Trommeln und ein Lärmen von Trompeten, und wir zogen im Fackelschein zum Tempelbezirk Eannas*, zur Weißen Terrasse, auf der sich der Tempel erhebt, den einst mein Großvater, der Held Enmerkar, erbaut hatte.

»Ein König ist erschienen!« schrie das Volk auf den Straßen. »Ein König ist uns geschenkt! Ein König!«

Es kann nämlich eine Stadt nicht lange ohne König sein. Die Götter verlangen nach ihren Opfergaben, und dies bedeutet, daß die Darbringungen an den Himmel angemessen und zu angemessener Zeit geleistet werden müssen, denn wir sind die Geschöpfe der Götter und ihre Diener: also muß ausreichend Korn vorhanden sein, und es muß Fleisch geben. Und die Brunnen sind zu erneuern und die Kanäle müssen geschlämmt und erweitert werden; die Felder müssen auch in trockener Zeit weitergrünen, die Tiere müssen besorgt werden, auf daß sie fett werden. Und zu all diesem Behufe muß die Ordnung gewahrt bleiben, und diese Bürde lastet auf den Schultern des Königs. Er ist der Hirte seines Volkes, und ohne den König würden alle Dinge verderben und zugrundegehen, und die Bedürfnisse der Götter, zu deren Befriedigung sie uns Menschen erschufen, blieben ungestillt.

* Eanna, eines der mythischen uralten Heiligtümer, wechselweise als Tempel (»Himmelshaus«) des himmlischen Vaters An/Anu und der Inanna/Ischtar angesehen.

Drei Throne waren in der Großen Tempelhalle aufgestellt. Der zur Linken trug das Zeichen Enlils, der zur Rechten war mit dem Symbol des An geschmückt.* Der Thron aber, der in der Mitten stand, hatte zu beiden Seiten gewaltige Schilfbündel, deren Kronen zu Schleifen gebunden waren, welchselbe sind das Zeichen der Göttin; denn die Inanna herrscht gewaltig in Uruk.

Auf dem Enlil-Thron ruhte das Zepter der Stadt, und auf dem An-Thron lag die goldene Krone, die mein Vater getragen hatte, als er König war. Auf dem Thron aber in der Mitten saß die Priesterin Inanna und war von solcher Pracht und solchem Glanz, daß ihr Anblick mir in den Augen schmerzte, wenn ich sie anschaute.

Sie trug in jener Nacht keine Kleider. Aber sie war auch keineswegs nackt, denn ihr Leib war allüberall bedeckt von Schmuck und Geschmeide: Ketten aus Blausteinperlen flossen ihr über die Brüste, eine dreieckige Goldplatte bedeckte die Lenden, Goldschnüre waren in ihr Haar geflochten, ein goldener Ringgürtel lag um ihre Hüften, ein Edelstein in der Nabelgrube, Schmucksteine lagen auf den Hüften, in den Nasenflügeln, an den Augen, zwei Paar Ohrgehänge in der Gestalt des jungen Mondes, davon eines aus Gold, das andere aus Bronze. Die Haut darunter war mit Öl gesalbt; im Fackelschein schimmerte und leuchtete sie wie ein Wesen, das von innen heraus strahlt.

Hinter den Thronen und zur Seite standen jene Würdenträger des Hofes, die nicht mit Lugalbanda in die Grube gefahren waren: der Oberhofkämmerer, der Thronträger, der Kriegsminister und der Wasserminister, der Staatsminister, der Oberaufseher über die Fischerei, der Obersteuereinnehmer, der Oberhaushofmeister, der Oberste der Grenzmesser und zahlreiche

* Der »Obergott« An/Anu nahm eine Art Primus-inter-pares-Stellung im Götterhimmel ein, vergleichbar etwa einer konstitutionellen Monarchie, bzw. einer Oligarchie mit parlamentarisch kontrolliertem Oberhaupt.

andere. Der einzige, den ich unter ihnen nicht sah, war jener hohe Edle, der meinem Vater die göttlichen Hörnerkrone auf die Stirn gesetzt hatte. Er fehlte aus gutem Grund, denn er war der Mann, den die Inanna erwählt hatte, auf daß sie ihn an diesem Tage mit der Königswürde bekleide, und in jener Zeit war es dem König nicht erlaubt, den Tempel der Göttin zu betreten, solange sie ihn nicht zu sich befohlen hatte. Ich sorgte in späteren Jahren für die Abschaffung dieses Brauches.

Es dauerte Stunden, bis der neue König in den Tempel gerufen wurde, so jedenfalls wollte es mir damals scheinen. Zunächst gab es Gebete und Trankopfer, jeder Gott wurde der Reihe nach angerufen, angefangen bei den kleineren Gottheiten: Igalimma, der der Türhüter der Götter ist; Dunshagana, der Haushofmeister; Enlulim, der göttliche Geißhirte; Ensignun, der Schutzgott der Wagenlenker ... und so viele mehr noch wurden da angerufen, so daß ich der Flut der Namen kaum zu folgen vermochte. Dann aber war man endlich bis zu Enki und Enlil und An vorgedrungen. Die Stunde war schon spät und die Lider meiner Augen schwer, und ich vermochte mich kaum und nur mit Mühe wachzuhalten.

Daneben überkam mich eine schreckliche Ruhelosigkeit. Niemand schien meine Anwesenheit zu bemerken oder sich um mich zu kümmern. Und der Singsang tönte fort und fort, und so schlenderte ich schließlich in das Dunkel hinter dem Fackelschein und gelangte irgendwie an einen Durchlaß, der zu einer Vielzahl kleinerer Seitenkapellen des Tempels führte. Mir wollte dort scheinen, als hörte ich das Klatschen unsichtbarer Vogelschwingen und weit entferntes, krächzendes Gelächter, und Angst überkam mich, und ich wünschte mir, ich wäre zurück in der Großen Tempelhalle. Doch ich konnte den Weg zurück nicht finden. In meiner Verzweiflung rief ich Lugalbanda an, er möge mich geleiten.

Doch statt des Lugalbanda kam eine der Leibmägde der Inanna zu meiner Rettung, ein hochgewachsenes

Mädchen von zehn, elf Jahren mit funkelnden Augen. Sie war nackt bis auf sieben Blauperlenschnüre um den Leib, und an den Spitzen ihrer Haare waren fünf Amulette aus Rosenmuscheln eingebunden, und ihr Leib war auf der Vorderseite und an den Flanken mit Schlangenzeichnungen bemalt. Sie fragte lachend: »Wohin gehst du, Sohn des Lugalbanda? Suchst du die Pforte zur Niederwelt?«

Ich hielt es für unter meiner Würde, den Spott in ihrer Stimme zur Kenntnis zu nehmen. Ich reckte mich hoch, doch sie blieb weiterhin größer als ich, und ich sprach zu ihr: »Laß mich, Mädchen! Ich bin ein Mann.«

»Ach so, ein Mann! Ein Mann bist du? Ja, wahrhaftig, das bist du, Sohn des Lugalbanda! Ein sehr bedeutender Mann!«

Und da vermochte ich nicht zu entscheiden, ob sie mich verhöhnte, oder nicht. Vor Zorn über die Magd begann ich zu beben, und eine innerliche Wut über mich selbst schüttelte mich, weil ich das Spiel nicht verstand, das sie da mit mir trieb. Ich war dafür zu jener Zeit noch zu jung. Sie faßte nach meiner Hand und zog mich an sich, als wäre ich ein Püppling, und sie preßte meine Wange gegen ihre knospenhafte Brust. Ich roch den scharfen Duft, der von ihr ausging. »Kleiner Göttersohn«, murmelte sie, »ach, du süßes Göttchen!« Und wieder war da in ihrer Stimme dieses Schwingen zwischen leisem Spott und echter Ehrerbietung. Dann streichelte sie mich und nannte mich ganz vertraulich bei meinem Namen und nannte mir den ihren. Und als ich mich aber zur Wehr setzte und mich zu befreien versuchte, ergriff sie beide meine Hände mit den ihren und zog mich so fest an sich, daß meine Augen in die ihren blicken mußten. So hielt sie mich fest und flüsterte dabei leidenschaftlich: »Wenn du der König bist, dann will ich in deinen Armen liegen!«

Aber diesmal schwang in ihrer Stimme kein Spott mehr mit.

Verwirrt starrte ich sie an. Wieder fühlte ich diesen seltsamen Druck hinter meiner Stirn, der bedeutete, daß der Gott mit flüchtiger Hand den Rand meiner Seele streifte. Doch es dauerte nur einen Augenblick. Meine Lippen zuckten, und ich fürchtete schon, ich würde gleich zu weinen beginnen, doch ich erlaubte es mir nicht.

»Komm mit mir!« sagte die Magd. »Du darfst bei der Krönungszeremonie nicht fehlen, kleiner Göttersohn. Eines Tages wirst du wissen müssen, wie solche Dinge zu tun sind.«

Sie brachte mich in die Große Tempelhalle zurück, gerade als dort ein gewaltiges Getöse lauter Musik erschallte: Flöten und Doppelflöten, die Langposaunen und die Zimbeln und die Handtrommeln. Der junge König hatte also endlich seinen Einzug gehalten. Sein Oberkörper war nackt, und von den Hüften hing ihm der gefalbelte Rock. Sein langes Haar war zu Zöpfen geflochten und um den Kopf gelegt und bildete im Nacken einen Schweif. Er entzündete eine Weihrauchkugel und setzte Weihegaben vor die Throne nieder: eine Goldschale mit zartduftendem Öl, ein Mana Silbers und ein reichbesticktes Gewand. Sodann berührte er mit der Stirn den Boden vor der Inanna und küßte die Erde vor ihr und reichte ihr einen Flechtkorb, der von Korn und Früchten überquoll. Darauf erhob sich die Göttin von ihrem Thron und stand im Fackelschein da wie ein großes Leuchtfeuer. »Ich bin Ninpa, die Herrin des Zepters«, sprach sie mit einer tieftönenden Stimme, die ich kaum für die eines Weibes halten mochte; dann nahm sie das Zepter vom Throne des Enlil und reichte es dem neuen König. »Ich bin Ninmenna, die Herrin der Krone«, sprach sie sodann und nahm das goldene Diadem vom Sitz des Himmelsvaters An und drückte es dem König aufs Haupt. Dann nannte sie ihn bei dem Namen, den er bei seiner Geburt erhalten hatte und der von nun an nie wieder genannt werden durfte, und rief sodann seinen Königsnamen aus und sprach: »Du bist Dumuzi* und du bist der Große in Uruk. So lautet der Ratschluß der Götter.«

Die Laute der Überraschung, die durch die Tempelhalle fuhren, waren unüberhörbar: hastig eingezogener Atem, Gemurmel, Hüsteln. Den Grund dafür erfuhr ich erst viel später. Es war nämlich so, daß der neue König geruht hatte, sich den Namen eines Gottes zuzulegen, und nicht etwa den eines der Geringeren unter den Göttern. Seit Menschengedenken hatte so etwa niemand mehr gewagt.

Natürlich wußte ich von dem Gott Dumuzi. Die Geschichten über ihn kennt ja jedes Kind ... Der Göttliche Hirte der Schafe und Lämmer buhlte um die Gunst der Göttin Inanna und gewann sie sich zum Weibe, und dann herrschte er als König über Uruk sechs und dreißigtausend Jahre lang, bis die Inanna, um sich aus der Gewalt der Dämonen der Niederwelt zu befreien, die sie gefangenhielten, ihn an jene verschacherte, auf daß er an ihrer Statt in die Tiefe führe. Es war wirklich sehr seltsam, daß der neue König sich diesen Herrschernamen gewählt hatte. Denn ist nicht die Geschichte des Dumuzi die Geschichte der Niederlage des Mannskönigs gegenüber der Göttin? Und war dies das Geschick, das der neue Herrscher in Uruk für sich erstrebte? Aber vielleicht blendete ihn nur der glanzvolle Ruhm jenes ersten Dumuzi, und er bedachte nicht den Verrat und den Untergang, die ihm die Inanna bereitete? Oder hatte er etwa überhaupt nichts gedacht? Nun, er war jetzt Dumuzi – und er war der König.

---

* Dumuzi/Tammuz ist der mehr oder weniger verbürgte Vorgänger des historischen Gilgamesch als König von Uruk; die Namenswahl läßt die Interpretation zu, daß dieser (schwächliche) König wie der Gott Tammuz von der Inanna/Ischtar ermordet wurde. Die Anspielung bei Silverberg auf den »Göttlichen Hirten« ist keineswegs unbeabsichtigt. Die mythengeschichtlichen Zusammenhänge sind zwar nicht eindeutig, aber auch kaum zu übersehen.

Als der Krönungsritus beendet war, führte der neue König, wie es der Brauch ist, den Festzug zum Königshaus zurück, wo seine Thronbesteigung ihren Abschluß finden sollte. Hinter ihm drein schritten alle die hohen Würdenträger der Stadt. Auch ich kehrte in den Palast zurück, doch ich nur, um mich in mein Schlafgemach zu begeben. Während ich schlief, brachten die Edlen des Reiches dem Dumuzi Geschenke und legten ihm die Insignien ihres Amtes zu Füßen, auf daß er sich, wie es rechtens ist, nun selbst seine neuen Mitarbeiter und Beamten auswähle. Es hat sich aber schon seit langem der Brauch eingeführt, daß derartige Amtswechsel niemals am Tage der Krönung selbst erfolgen, und so erklärte denn Dumuzi feierlich, wie alle Könige vor ihm feierlich erklärt hatten: »Es möge ein jeder sein Amt wieder aufnehmen.«

Desungeachtet traten aber bald Veränderungen ein. Die für mich einschneidendste bestand darin, daß meine Mutter mit mir aus dem Königspalast, in dem ich mein bisheriges Leben verbracht hatte, auszog und fortan in einem zwar prunkvollen, aber doch weitaus weniger beeindruckenden Haus im Kullab-Bezirk residierte; das ist aber das Stadtviertel, das im Westen an den Tempelbezirk des An grenzt. Und dem Dienste des An weihte meine Mutter fortan als Oberpriesterin den Rest ihrer Tage. Inzwischen habe ich per Dekret meine Mutter zu einer eigenständigen Gottheit gemacht, so daß sie wieder mit dem Lugalbanda vereint sein könne. Denn wenn er im Himmel ist und lebt, dann gebührt ihr gewiß der Platz an seiner Seite. Und auch wenn ich oben schrieb, daß ich nicht glaubte, er sei im Götterhimmel, so wäre derlei ja doch immerhin möglich, und dann wäre es schandbar und übles Unrecht von mir, hätte ich nicht dafür Sorge getragen, daß auch meine Mutter dorthin gelangen könne.

Es fiel mir schwer zu begreifen, warum ich gezwungen sein sollte, aus dem Palast meiner Kindheit auszuziehen. »So schau doch«, erklärte mir meine Mutter, »der Dumuzi ist nun der König. Der Rat der Stadt hat ihn erwählt. Die Göttin hat ihn anerkannt. Der Palast gebührt ihm.« Aber ihre Worte gingen an mir vorüber wie das Wehen des Dürrewindes über die Ebene. Dumuzi mochte ja meinetwegen gern König sein, aber dieser Palast war mein Haus und meine Heimstatt. »Werden wir wieder dorthin zurückgehen, wenn die Inanna den Dumuzi in die Niederwelt schickt?« fragte ich, und meine Mutter blickte mich streng an und gebot mir, solches nie wieder auszusprechen. Dann aber sprach sie mit weicherer Stimme: »Doch, das glaube ich, daß du eines Tages wieder dort in dem Palaste wohnen wirst.«

Dieser Dumuzi war ein junger Mann und stark und voller Lebenskraft. Er entstammte einer der mächtigsten Familien in Uruk, einer Sippe, die lange Zeit erblich die Sheshgal-Priester für den Tempel der Inanna gestellt hatte und die die Oberaufsicht über die Fischereigewässer und andere hohe Ministerposten innegehabt hatte. Der Mann sah gut aus, und er betrug sich mit königlicher Würde und hatte dichtes Haar und einen starken Bart.

In seinem inneren Wesen jedoch schien etwas Weichliches und Unliebsames zu lauern, und ich vermochte nicht zu verstehen, warum man gerade ihn zum König gewählt hatte. Seine Augen waren klein und glanzlos, die Lippen fleischig, und die Haut an seinem Leibe war wie die Haut eines Weibes. Ich dachte bei mir, daß er sie wohl an jedem Morgen mit Öl salben lassen müsse. Vom ersten Tag seiner Herrschaft an verachtete ich ihn. Es ist sehr wohl möglich, daß ich ihn nur deshalb verabscheute, weil er den Platz meines Vaters als König eingenommen hatte; doch ich glaube, dies war nicht der einzige Grund. Wie dem auch immer, ich hege jetzt keinen Groll mehr gegen ihn. Für den törichten Dumuzi empfinde ich jetzt nur noch Mitleid: denn mehr als wir alle war er nur ein Spielzeug der Götter.

DREI

Mein Leben erfuhr nun eine tiefgreifende Veränderung. Das Spiel und die Verspieltheit fanden ein Ende, und für mich begannen die Tage des Lernens.

Da ich ein Prinz war und aus dem Geblüt des Enmerkar und Lugalbanda, brauchte ich nicht an dem allgemeinen Unterricht im Haus der Schrifttafeln, den gewöhnliche Menschen besuchen mußten, teilzunehmen; dort lehrte man die Söhne von Kaufleuten und Aufsehern und Tempelbeamten die Kunst des Schreibens. Ich dagegen ging statt dessen an jedem Tag zu einem kleinen uralten Tempelchen an der Ostseite der Weißen Terrasse, wo in einem engen, niedrigen Gemach ein Priester mit geschorenem Kopf und glattgeschabtem Gesicht acht oder neun Knaben von hoher Geburt Privatunterricht erteilte. Meine Mitschüler waren die Söhne von Statthaltern, Gesandten, Generälen und Hohepriestern, und ein jeder von ihnen hielt sich für etwas Besonderes. Ich aber war der Sohn eines Königs.

Das brachte mich rasch in Schwierigkeiten. Ich war es gewohnt, privilegiert zu sein und überall den Vortritt zu genießen, also bestand ich ganz selbstverständlich auf den mir vertrauten Rechten. In dieser Schule aber besaß ich auf einmal keinerlei solche Rechte mehr. Ich war zwar hochgewachsen, und ich war sehr kräftig, jedoch war ich weder der größte noch der stärkste unter den Schülern, denn einige der Knaben hatten mir vier oder gar fünf Jahre an Alter voraus. Und so wurden die ersten Lektionen, die ich zu lernen hatte, für mich reichlich schmerzhaft.

Vor allem zwei meiner Mitschüler ließen es sich angelegen sein, mir zu rechten Plagegeistern zu werden. Der eine war der Bir-hurturre, Sohn des Ludingirra, der Meister der Wagenlenker bei meinem Vater gewesen und mit ihm in die Totengrube gegangen war um dort an seiner Seite zu schlafen. Der andere Knabe war ein gewisser Zabardi-bunugga, Sohn des Gungunum, der Hoherpriester des An war. Ich glaube, Bir-hurturre hegte einen Groll wider mich, weil sein Vater hatte sterben müssen, als der meine gestorben war ... Welchen Anlaß zum Zank der Zabardi-bunugga hatte, habe ich niemals so recht verstanden, doch ist es möglich, daß seine Feindseligkeit aus einer alten neidischen Eifersucht entsprang, die sein Vater gegen den Lugalbanda empfand. Wie dem immer sei, diese beiden Knaben schienen, aus welchen Gründen auch immer, fest dazu entschlossen zu sein, mir einzubleuen, daß mein Rang und meine Privilegien ein Nichts geworden waren, nachdem die Krone auf den König Dumuzi übergegangen war.

Ich setzte mich in dem Unterrichtszimmer auf den vordersten Stuhl, denn es war ja mein Recht, vor den anderen zu sitzen. Bir-hurturre aber sagte: »Dieses ist mein Platz, Sohn des Lugalbanda!«

Und wie er dies so sprach – »Sohn des Lugalbanda« –, da klang es aus seinem Munde wie »Sohn der Kotfliege« oder wie »Sohn des Mistkäfers«.

»Aber dies ist mein Platz«, beschied ich ihn ganz ruhig. Für mich war dies so offenkundig, daß weder eine Entschuldigung noch eine Erklärung vonnöten waren.

»Ach so? Ja, dann wird es wohl sicher so sein, Sohn des Lugalbanda«, antwortete er und lächelte dabei schief.

Als ich nach der Mittagspause in das Lernzimmer zurückkehrte, sah ich, daß einer zum Fluß hinuntergestiegen sein mußte, um dort eine gelbe Kröte zu fangen, die sie dann auf meinem Sitz aufgespießt hatten. Sie war noch nicht ganz tot. Neben ihr hatte einer die böse Fratze des Dämons Rabisu gezeichnet, der in den Türeingängen lauert, auf der anderen Seite war ein Bild des

Sturmvogelweibchens Imdugud mit weit herausgestreckter Zunge gemalt.

Ich befreite die Kröte von dem Nagel und reichte sie dem Bir-hurturre. »Anscheinend hast du dein Mittagsmahl auf meinem Platz liegen lassen«, sagte ich. »Hier ist es. Du magst es lieber selber essen. Ich bin nicht hungrig.«

Und dann packte ich ihn an den Haaren und stieß ihm die Kröte gegen den Mund.

Bir-hurturre war zehn Jahre alt. Er war zwar nicht größer als ich, aber schon sehr breit in den Schultern und außergewöhnlich stark. Er packte mein Handgelenk, riß meine Finger aus seinen Haaren und drehte mir den Arm um, so daß er fest gegen meine Flanke gepreßt war. Kein Mensch hatte es jemals gewagt, mich so zu behandeln. Ich fühlte eine wilde Wut in mir aufwallen, so wild wie die Sturzfluten im Winter, wenn sie über das Land hereinbrechen.

Zabardi-bunugga, der uns grinsend zuschaute, fragte: »Ja, aber warum will er denn nicht seinen Platz mit seinesgleichen teilen?«

Mit einem heftigen Ruck befreite ich mich aus dem Griff des Bir-hurturre und schleuderte die Kröte dem Zabardi-bunugga ins Gesicht. »*Meines*gleichen?« schrie ich. »Oh, nein! Sie gehört zu dir! Ihr seid aus einem Fleisch und Blut!« Und wahrlich, so abwegig war dies gar nicht, denn Zabardi-bunugga war bemerkenswert häßlich; er hatte eine kurze dicke Nase, und seine Haare wuchsen ihm irgendwie grob und in dicken Strähnen nach allen Seiten aus dem Schädel.

Da griffen sie mich beide zugleich an. Sie zerrten mir den Arm auf den Rücken und hielten mich fest, und sie verhöhnten mich und schlugen mir ins Gesicht. Niemand im Palast hatte mich jemals dermaßen lästerlich festgehalten, nicht einmal dann war dies geschehen, wenn unsere Spiele ein wenig ausarteten und grob wurden. Es hätte einfach keiner gewagt, dies zu tun.

»Ihr dürft mich nicht anfassen!« schrie ich. »Ihr Feiglinge! Ihr Schweine! Ja wißt ihr denn nicht, wer ich bin?«

»Du bist Bugal-lugal, der Sohn von Lugal-bugal«, höhnte Bir-hurturre, und dann grölten sie vor Lachen, als hätte er etwas außerordentlich Gescheites gesagt.

»Ich werde eines Tages euer König sein!«

»Bugal-lugal! Lugal-bugal!«

»Ich werde euch zerfetzen! Ich zerreiße euch in kleine Stücke und werfe euch in den Fluß!«

»Lugal-bugal-lugal! Bugal-lugal-lugal!«

Und da dachte ich, mir müsse das Herz aus dem Leibe springen. Ein paar Lidschläge lang vermochte ich weder zu atmen, noch zu denken, noch zu sehen. Ich wehrte mich und stieß zu, und ich hörte ein Keuchen, und ich stieß erneut zu, und ich hörte ein Winseln. Dann gab mich einer der beiden frei, und von dem zweiten befreite ich mich selbst. Und dann rannte ich aus dem Unterrichtsraum, aber nicht etwa aus Furcht vor meinen Peinigern, sondern weil ich fürchtete, ich könnte sie töten, solange ich noch im Griff dieser wahnwitzigen Wut war.

Der Schulmeister und sein Gehilfe kamen da aber gerade von ihrem Mittagsmahl zurück. Blind in meiner Wut rannte ich gegen sie, und sie fingen mich auf und hielten mich fest, bis ich mich beruhigt hatte. Ich zeigte mit der Hand zu dem Lernzimmer, von wo Bir-hurturre und Zabardi-Bunugga zu mir herstarrten, mir mit ausgestreckter Zunge Fratzen schnitten und forderten, ich solle sie doch sofort zum Tode verurteilen. Der Schulvater aber sagte nur, ich hätte mich unerlaubt von meinen Platze entfernt und hätte ihn unaufgefordert angesprochen; und dann überantwortete er mich dem Prügelsklaven, damit dieser mich für meine Unbotmäßigkeit mit dem Rohr bestrafe.

Es war nicht das letztemal, daß diese beiden wilden Knaben mich zu plagen versuchten; manchmal fanden sich auch einige der anderen dazu bereit und halfen ihnen dabei, jedenfalls die Mitschüler, die schon etwas größer waren. Ich fand heraus, daß ich gegen eine derartige Verfolgung und Unterdrückung nichts unternehmen konnte. Der Schulvater und sein Gehilfe ergriffen stets die Partei meiner Quälgeister und beschieden mich, ich solle mich gefälligst still verhalten und mich beherrschen lernen. Ich schrieb mir alle die Namen meiner Todfeinde auf, die meiner Schulkameraden und die meiner Lehrer, um sie später, wenn ich erst einmal König wäre, bei lebendigem Leibe zu Tode peitschen zu lassen. Doch als ich das Leben erst ein wenig besser begreifen lernte – und dies geschah bald darauf –, verwarf ich meine Todeslisten.

Schreiben und Lesen lernte ich zuerst. Es ist für einen Fürsten von hoher Wichtigkeit, sich in diesen Sachen auszukennen. Man bedenke doch nur, daß man sich als Herrscher in allen Stücken auf die Ehrlichkeit und Ehrenhaftigkeit seiner Schreiber und Beamten verlassen müßte, wenn auf dem Schlachtfeld die Nachrichten hin- und herüberfliegen, oder wenn man schriftliche Botschaften mit dem König eines anderen Landes tauscht! Wenn der Herrscher des Lesens und Schreibens unkundig ist, dann kann betrügerisches Spiel jeglicher Art mit ihm getrieben werden, und ein Gewaltiger könnte leicht durch Verrat in die Hände seiner Feinde geraten.

Ich wünschte, ich könnte mit einiger Ehrlichkeit behaupten, daß meine Gründe, aus denen heraus ich mich diesen Künsten zuwandte, auch nur halbwegs von solcher Klarsicht und Vorausschau bestimmt gewesen wären. Doch leider waren damals meine Interessen keineswegs von derartigen führungspolitischen Ideen bestimmt. Ich war vielmehr davon überzeugt, daß in der niedergeschriebenen Sprache ein Zauber liege, und dies zog mich zu dieser Kunst hin. Einen Zauber ausüben zu können – diese Art Magie, oder eine beliebige andere Art von Magie, das erschien mir damals als unglaublich verführerisch, und so wollte ich – lernen.

Mir kam es vor wie ein Wunder, daß man Wörter einfangen konnte, wie einen Falken im Fluge, sie auf einem Stücklein roten Tons festhalten konnte wie in einem Käfig, und daß ein jeglicher, der die Kunst-Magie beherrschte, sie wieder frei und lebendig zu machen vermochte. Zu Beginn hielt ich das Ganze einfach für unglaubwürdig. »Du denkst dir die Wörter nur aus, während du weitergehst«, sprach ich zu dem Schulvater. »Du tust so, als liege da eine Bedeutung, aber im Grunde erfindest du das alles nur neu!« Gleichmütig reichte er die Tafel an seinen Gehilfen weiter, und dieser las von ihr wortgetreu und genau jene Worte ab, die der Schulvater zuvor gesprochen hatte. Sodann rief er aus einem anderen Raum einen der älteren Knaben herbei, und auch dieser las gleichermaßen die gleichen Wörter von der Tafel; und danach bekam ich einige Griffelhiebe über meine Fingerknöchel als Strafe für meinen Zweifel. Aber ich zweifelte ja bereits nicht länger. Diese Menschen da – ganz gewöhnliche Sterbliche, nicht etwa Götter! – verfügten irgendwie über die Macht, die Wörter aus der Tontafel wieder zum Leben zu erwecken. Darum achtete ich sehr genau darauf, was er tat, als der Gehilfe des Lehrvaters mir zeigte, wie man die Täfelchen aus weichem Lehm zubereitet und gebrauchsfertig macht, wie man aus Schilf sich den Stylos keilförmig zurechtschneidet, wie man den Griffel in den Ton drückt und jene Zeichen hineingräbt, welche da die in der Schrift festgehaltene Sprache der Menschen ist. Und sodann plagte ich mich gewaltig, diese Zeichen zu begreifen.

Am Anfang fiel es mir sehr schwer, aus ihnen eine Deutung herauszufinden, denn die Glyphen waren wie die krakeligen Kratzspuren einer Henne im Sande. Bald aber lernte ich die Unterschiede erkennen, aus denen sich ihre Be-Deutung ergibt. Einige nämlich unter diesen Zeichen standen für hörbare Laute, wie etwa *na, ba* und *ma* undsofort, andere wiederum versinnbildlichten, wie ein Wort im Zusammenhang mit den anderen Wörtern um es herum zu deuten sei, etwa mit den bildhaften Vorstellungen – und Zeichen – für *Gott*, oder *König*, oder *Pflug*. Aber irgendwann erfaßte ich, worin der Kniff dieser wundersamen Magie bestand. Ich fand heraus, daß ich, beinahe mühelos, die Keilzeichen dazu bewegen konnte, meinen Augen ihren Sinn zu offenbaren, so daß ich schon bald eine Schreibtafel überfliegen und aus ihr eine Vielzahl von Dingen ablesen konnte: die Wortzeichen für »Gold«, »Silber«, »Bronze«, »Kupfer« oder für »Nippur«, »Eridu«, »Kish«, »Uruk«, oder für »Pfeil«, »Wurfspeer«, »Lanze«, »Schwert«. Natürlich lernte ich niemals so geläufig lesen, wie Schreibgelehrte lesen, die rasch die Zeichensäulen einer Tafel überfliegen und daraus den ganzen Reichtum an Bedeutungen in allerfeinsten Einzelheiten an den Tag bringen können: dies erfordert eine lebenslange Hingabe, und auf mich warteten späterhin andere Pflichten. Jedoch, ich erlernte die Schriftzeichen recht gut, und ich beherrsche sie noch immer, und mich wird niemals ein hinterhältiger Untergebener täuschen und betrügen, falls einer daran denkt, mich zu hintergehen.

Man unterrichtete uns aber auch in den Götterdingen, über Erschaffung der Welt und die Entstehung des Landes. Der Schulvater erklärte uns, wie der Himmel und die feste Erde aus dem Meer stiegen, und daß das Firmament zwischen die beiden gesetzt sei, und wie danach der Mond und die Sonne und die Planeten erschaffen wurden. Er erzählte uns von dem in seinem Leuchten strahlenden Himmelsvater An, welcher da verfügt, was zu geschehen hat, und von Ninhursag, der Großen Mutter, von Enlil, dem Herrn der Stürme, von dem weisen und gütigen Enki, von dem strahlenden Gott Utu, der Quelle der Gerechtigkeit, von der kühlsilbernen Nanna, der Beherrscherin des nächtlichen Himmels, und so sagte er denn auch vieles über die Inanna, die herrschende Göttin in Uruk. Als er uns aber verriet, wie das Geschlecht der Menschen erzeugt wurde, da betrübte und erboste mich die Geschichte sehr. Es ärgerte mich nicht, daß wir geschaffen sind, um Sklaven und Leibeigene der Götter zu sein, denn wer wäre ich, dies zu bestreiten; was mich erzürnte, war, daß das Werk auf so brutal-dumme und liederlich-schlampige Art getan wurde.

Denn sehet ihr doch her und erkennet, wie schlecht diese Arbeit geleistet wurde – und wie wir allesamt leiden wegen der Torheit derer, die uns erschufen!

Es begab sich zu einer Zeit, da die Götter, den Sterblichen gleich, auf der Erde hausten, den Boden bestellten und ihre Herden weideten. Weil sie aber Götter waren, empfanden sie es als Last und ihrer unwürdig, sich um derlei niedrige Dinge zu bemühen, und so verdorrte ihnen das Korn auf dem Halm, und ihr Vieh verdarb und ging ein, und so litten die Götter bald Hunger. Darum begab sich denn die Meermutter Nammu zu ihrem Sohne Enki, der dazumal faul und bequem im Lande Dilmun weilte, das ein glückliches Land ist und ein fettes, in welchem der Löwe nicht tötete und der Wolf keine Lämmer riß, und sie erzählte ihm von den Besorgnissen und Kümmernissen seiner Mit-Götter. »So erhebe du dich doch von deinem Lager«, sprach sie zu ihm, »und benutze endlich einmal dein Wissen und deinen Witz und erschaffe uns treue Diener, damit sie uns die Arbeit abnähmen und unserer Not Abhilfe schüfen.«

»Oh, meine Mutter«, antwortete ihr darauf Enki, »dies ist ganz leicht.« Und dann bat er sie, in die Tiefen ihres Abgrundes zu greifen und eine Handvoll Schlamm aus dem untersten Meer zu schöpfen; daraufhin nahmen sich der Enki und sein Weib, die Erdmutter Ninhursag, und die acht göttlichen Geburtshelferinnen den Schlamm vor und kneteten ihn und walkten ihn zurecht und formten daraus den Leib und die Gliedmaßen des allerersten sterblichen Wesens und sprachen über ihm: »So sollen unsere Diener aussehen.«

In ihrer Freude über das erste Modell, das ihnen da geglückt war, bereiteten Enki und Ninhursag den übrigen Göttern ein gewaltiges Fest, um ihnen zu zeigen, wieviel leichter ihr Götterleben durch die Erschaffung des Menschen sein werde. »Versteht ihr nicht«, sprach Enki zu den anderen Göttern, »ein jeder unter euch wird sein eigenes persönliches Reich auf Erden haben, und diese Kreaturen werden sich eurer Arbeit annehmen und sich euch dienstbar erweisen. Sie werden sein die Leibeigenen und Sklaven, die sich placken und abmühen, und wir wollen über sie setzen: Richter und Gerichtsbeamte und Aufseher und Polizeikommissare, und über diese wiederum Könige und Königinnen, und sie sollen wohnen in Palästen wie wir, und sollen Kellermeister haben und Hofmeister und Kammerherren und Lakaien für ihre Wagen und auch Hofdamen. Und alle diese Kreaturen werden sich Tag und Nacht mühen, auf daß es uns wohlergehe.« Daraufhin klatschten die Götter und Göttinnen die Hände gegeneinander, und sie leerten manche mächtigen Gemäße voll Wein oder Bier, und sie wurden allesamt ganz wundersam betrunken.

In ihrer trunkenen Lust aber erschufen der Enki und die Ninhursag taumelnd immer neue Geschöpfe aus dem Lehm der Tiefe. So formten sie ein Geschöpf, das war in seiner Körperlichkeit weder so wie ein Mann noch wie ein Weib, und so bestimmten sie kichernd, das solle der Eunuch sein, der Verschnittene, und er solle über die Frauengemächer des Königs wachen. Darob aber erhob sich unter der Schar der Götter ein gewaltiges Gelächter. Dann kleisterten sie zusammen Geschöpfe, die mit dieser oder jener Verunstaltung behaftet waren, Wesen mit körperlichen oder geistigen Mißbildungen. Und auch diese setzten sie in die Welt. Und zuletzt formten sie einen, dessen Name etwa lautete »Ich ward vor langer Zeit geboren«, und er vermochte weder zu sitzen noch aufrecht zu stehen, noch konnte er seine Knie beugen, und seine Augen blickten glanzlos, und seine Hände zuckten. Und auf diese Weise kam das Alter in die Welt, und es kamen die Krankheiten in die Welt, und der Wahnsinn und all diese anderen üblen Dinge, unter denen die Menschen leiden ... als ein Jux, den sich der Gott Enki und sein Gespons, die Göttin Ninhursag, in ihrer Besäufnis erlaubten. Als aber Enkis Gebärerin, die Meeresmutter Nammu, sah und erkannte, was er da angerichtet hatte, verstieß sie ihn in die tiefsten Tiefen des Abgrundes, woselbst er bis zu diesem Tage hausen muß. Jedoch, der Schaden war angerichtet, und die trunkenen Götter hatten ihren Spaß gehabt. Und wir, wir Menschen leiden darunter und werden leiden ewiglich. Ich kann und will nicht mit den Göttern ins Gericht gehen und sie anklagen, daß sie uns erschaffen haben als ihre Sklaven und als ihr Spielzeug. Doch warum mußten sie uns denn dermaßen voller Mängel und Unvollkommenheiten erschaffen?

Ich trug diese Frage dem Schulvater vor, und er ließ mir Hiebe auf die Fingerknöchel verabreichen, weil ich zu fragen gewagt hatte.

Aber ich lernte auch anderes, was mich verwirrte und mir Angst einflößte. Es waren dies die Geschichten und Legenden der Götter, und sie waren jenen gleich, die der Barde Ur-kununna zur Harfe im Palasthof gesungen hatte. Doch wenn diese Märchen von den Lippen dieses freundlichen alten Mannes in mein Ohr drangen, entzündeten sie in meiner Seele das warme Feuer der Freude; nun, da ich die gleichen Sagen in der trockenen übergenauen Stimme des sauertöpfischen Schulvaters vernahm, schienen sie irgendwie zu etwas beunruhigend Düsterem verwandelt zu sein. Bei Ur-kununna waren die Götter kluge, verspielte und wohlwollende Überwesen; im Munde des Schulvaters hingegen wurde sie gänzlich anders: dumme gedankenlose grausame Toren. Und dennoch waren sie die gleichen Götter und es waren die Geschichten die gleichen, ja sogar die Worte waren gleich. Was also hatte sich da verändert? Ur-kununna hatte davon gesungen, wie die Götter einander liebten, Feste feierten und Leben brachten. Der Schulvater führte uns dagegen zänkische, kleinlich-hadernde und treulose Götter vor, die erbarmungslos und ohne Vorwarnung ihren düsteren Schatten über das Land fallen ließen. Ur-kununna hatte in der Freude gelebt, und er war klaglos in seinen Tod geschritten, da er ja wußte, daß die Götter ihn liebten. Der Schulvater hingegen lehrte uns, daß die Sterblichen das Leben in niemals endender Furcht zu durchmessen haben, weil die Götter nicht freundlich gesonnen sind. Und doch waren es die gleichen Götter: der weise Enki, der stolze Herr Enlil, die in Schönheit strahlende Inanna. Aber der weise Enki hatte für den Menschen das Alter erschaffen und die Schwächen des Fleisches. Der herrliche Enlil hatte in seiner unstillbaren Lust der Kindgöttin Ninlil Gewalt angetan, trotz ihres schmerzlichen Schreiens, und sie mit dem Mond geschwängert. Und die wundersam-schöne Inanna hatte, um sich aus der Niederwelt freizukaufen, ihren Gemahl Dumuzi an die bösen Dämonen verschachert. Also waren die Götter, alles in allem betrachtet, um keinen Deut besser als das Menschengeschlecht. Sie waren ebenso gemein, kleinlich, selbstsüchtig und gedankenlos wie der Mensch. Wie aber konnte es dann sein, daß ich alles dieses nicht erkannte, wenn ich dem Harfenisten Ur-kununna lauschte? Oder lag es vielleicht daran, daß ich damals noch zu jung war, um zu verstehen? Oder könnte es sein, daß durch die milde Glut seines Gesangs das Tun der Himmlischen in einem anderen Lichte erschien?

Die Welt, die mir der Schulvater eröffnete, war eine Welt ohne Tröstung, aber voller Gefahren. Und er bot uns nur eine Rettung und einen Ausweg aus dieser Welt – den Übertritt in ein Leben danach, das noch grausamer und fürchterlicher war. Wo gab es da noch Hoffnung? Wo könnten wir Hoffnung suchen, wir

Sterblichen, gleich ob König oder Bettler? Dies war es, was die Götter uns bestimmt hatten; und sie selbst, die Götter, sind ja genauso verletzlich und von Ängsten geplagt wie wir. Da haben wir die Inanna, all ihrer Kleider entledigt auf ihrer Höllenfahrt in die Niederwelt, bis sie nackend und bloß vor der Herrscherin der Hölle steht. Eine monströse, eine abscheuliche Vorstellung! Es gibt nirgends Hoffnung, dachte ich damals, weder hier noch irgendwo danach.

Schwer lastende Gedanken für ein Kind von so jungen Jahren, selbst wenn dieses Kind der Sohn eines vergöttlichten Königs ist und zu zwei Teilen selbst göttlich und nur zu einem Teile ein Sterblicher. In jenen Tagen stieg mir die Verzweiflung oft hoch in den Hals herauf. Ganz für mich allein begab ich mich an einem Tag an das Ende der Stadt, das nahe beim Fluß liegt, und ich spähte über die Mauer hinab und sah die Leiber der Toten im Wasser treiben, die Kadaver jener, die sich keine anständige Beerdigung leisten konnten. Und da dachte ich bei mir: Es ist alles eins und alles ist sinnlos, gleich, ob Bettler, ob König, ob König oder Bettler, eitel ist alles und ergibt keinen Sinn, weder hie noch da – noch irgendwo. Düstere Gedanken für ein Kind! Doch nach einigem verbannte ich sie aus meinem Herzen. Ich war jung, und darum konnte ich nicht unentwegt über solch düsteren Dingen brüten.

Später erkannte ich dann die eine Wahrheit, die in der anderen verborgen ist: Wenn die Götter ebenso launisch-unberechenbar und grausam sind wie wir Menschen, so gilt doch auch, daß Sterbliche sich zur Erhabenheit der Götter aufschwingen können. Doch sollte es lange dauern, bis ich dieses Lehrstück verstanden hatte.

VIER

Da göttliches Blut* in meinen Adern fließt, wuchs ich rasch zu ungewöhnlicher Körperlichkeit und Kraft heran. Mit neun Jahren war ich größer als alle anderen Knaben in unserer kleinen Tempelschule, und Bir-hurturre und Zabardi-bunugga und ihresgleichen belästigten mich nicht länger. Im Gegenteil, sie sahen in mir ihren Anführer, und wir spielten die Spiele, die ich bestimmte, und sie ließen mir den Vorrang und ersten Platz in allen Dingen. Der einzige Unterschied zwischen uns war, daß ihnen Haare am Leib und Flaum im Gesicht wuchsen, mir jedoch nicht.

Also ging ich eines Tages zu einem weisen Mann im Kullab-Viertel und erwarb mir von ihm – für neunzig Se Silbers und ein halbes Sila guten Weines – einen Zauber, den er aus zerstampfter Wacholderwurzel, dem Safte der Sennespflanze, aus Antimon, Harzleim und noch anderen Zutaten bereitete und der den Ausbruch meiner Männlichkeit beschleunigen sollte. Ich rieb mir diese dicke Tunke in die Achselhöhlen und in meinen Schoß, und sie brannte mich wie eintausend Teufel. Doch bald darauf sproßten mir die Haare so dicht wie bei nur irgendeinem anderen Krieger.

Der König Dumuzi unternahm zu jener Zeit Kriegszüge gegen Aratta**, gegen die Stadt Kish und wider die unzivilisierten Martu-Stämme der Wüste. Ich war noch zu jung, um in diesen Kriegen zu kämpfen. Aber ich übte mich jeden Tag in der Fertigkeit, den Wurfspeer zu

* Die Vorstellung, daß Helden und Herrscher »göttliches Blut« (den sog. *ichor*) in sich trügen, setzte sich aus der Frühgeschichte fort bis zu Alexander von Makedonien (336–323) und zu den römischen Cäsaren nach der Zeitenwende.

** Haratta

schleudern und das Schwert, die Kampfkeule und die Streitaxt zu führen. Wegen meines überhohen Wuchses fürchteten sich die anderen Knaben davor, sich mir auf dem Übungsplatz zum Zweikampf zu stellen, und so war ich gezwungen, mit den Jungmännern zu trainieren. Eines Tages focht ich gerade mit einem Krieger namens Abbasagga zur Übung mit der Streitaxt und spaltete dabei seinen Schild mit einem einzigen Hieb mittendurch, so daß er seine Waffe fallenließ und eilends vom Kampfplatz rannte. Daraufhin fiel es mir immer schwerer, Kampfpartner, selbst unter den Männern, zu finden. Einige Zeit lang hielt ich mich abseits und übte mich in der Kunst des Pfeilbogens, obwohl dies ja eine Waffe ist, die nur von Jägern benutzt wird, nicht aber von Kriegern. Der erste Bogen, der für mich gefertigt wurde, war zu schwach und zerbrach mir in den Händen, als ich ihn spannte; daraufhin erwarb ich mir einen teureren Bogen, der aus mehreren Lagen verschiedener Hölzer kunstvoll zusammengefügt war: aus dem Holz der Zeder und des Maulbeerbaumes und der Kiefer und der Flußweide. Dieser Bogen entsprach meinen Bedürfnissen weit besser. Ich besitze ihn noch heute.

Sodann erwarb ich mir einige Fertigkeit in der Baukunst. Ich erlernte die Geheimnisse der Mischungen von Mastix und Mörtel aus Bitumen und anderen Asphalten, ich lernte das Backen der Ziegel, den Verputz und die Verzierung des Mauerwerkes und zahlreiche andere niedere Arbeiten mehr, und ich vergoß in der heißesten Mittagsglut schwer sklavend meinen Schweiß an der Seite der Bauwerker, um meine Kundigkeit zu bessern. Einer meiner Gründe für diese Mühsal war der, daß es bei uns Sitte ist, königliche Prinzen derlei Dinge lernen zu lassen, auf daß sie späterhin die ihnen gemäße Rolle bei der Errichtung und Einweihung neuer Gebäude und Wälle mit Anstand erfüllen könnten. In anderen Reichen, das ist mir bekannt, haben Prinzen und Könige kein weiteres Geschäft, als daß sie auf die Jagd reiten und sich mit Weibern vergnügen; doch hier bei uns ist das anders. Aber abgesehen davon, daß ich eines Tages wohl Verantwortung und Pflichten würde übernehmen müssen, so hoffte ich jedenfalls, bereitete es mir eine tiefe Befriedigung, diese manuellen Künste zu meistern. Ziegel zu formen und sie dann so in einer Reihe aufzusetzen, daß aus ihnen eine Mauer erwächst, das erfüllte mich mit einem Gefühl, etwas geleistet zu haben. Und dieses Erfolgsgefühl war gewißlich ebenso stark wie alle Befriedigung, die ich in meinen späteren Heldentaten fand; ja, ich vermute, in mancherlei Hinsicht war es sogar ein reineres Leistungsgefühl. Das Formen von Ziegeln etwa war zuweilen ausgesprochen lustvoll-sinnlich, wenn ich die Mischung aus Lehm und Stroh bereitete und die feuchte Masse in die wartende Kastenform preßte und das Zuviel mit der Kante meiner Hand wegstreifte ...

Natürlich gibt es andere, weniger subtile Formen des Lustgewinns und weit direktere Lustempfindungen. Auch in diesem Bereich begann meine Erziehung recht früh.

Meine allererste Lehrerin war eine kleine schlitzäugige Geißhirtin, die mir an einem späten Wintertag in der Straße der Skorpione über den Weg lief. Ich war zehn oder elf Jahre alt, sie, glaube ich, wohl ein wenig älter, da sie schon kleine Brüste hatte und ihr der Flaum zwischen den Beinen sproßte. Sie bettelte, ich möge ihr den Streifen Goldband geben, den ich mir ins Haar geflochten hatte, und ich sprach: »Was wirst du mir dafür geben?« Und sie lachte und sagte: »Komm mit, ich zeige es dir!«

In einem düsteren Kellerloch und auf einer Schütte alten fauligen Strohs verdiente sie sich das Haarband; allerdings, was wir beide da veranstalteten, war wohl eher ein Ringkampf als eine geschlechtliche Vereinigung. Ich bin mir bis heute nicht sicher, ob ich an jenem Tage wirklich in sie eindrang, denn dies alles war mir so neu und ich war schrecklich unerfahren. Allerdings trafen wir einander danach noch zwei-, dreimal, und über diese Begegnungen kann ich immerhin mit Sicherheit behaupten, daß wir dabei das Opferritual richtig vollzogen. Ich habe sie nie nach ihrem Namen gefragt, doch nannte ich ihr den meinigen. Sie roch nach Ziegenmilch und Ziegenpisse, und ihr Gesicht war grobknochig und die Haut dunkel und unrein; aber wenn ich sie in meinen Armen hielt, warf sie sich her und hin und zuckte wie ein schlüpfiges Geschöpf aus dem Fluß. Aber während ich sie umarmte, war sie für mich schön wie die Inanna, und die Lust, die sie mir in ihrem mageren Schoß bereitete, schnitt messerscharf in mich hinein, als hätte Enlil von den Stürmen mich mit seinem Blitz getroffen. Auf diese Weise wurde ich in das große Mysterium eingeführt; ein wenig früher, gewiß, als es üblich ist, und auf recht regelwidrige Weise.

Nach ihr kamen viele weitere Mädchen. Unsere Stadt wimmelte von jungen Weibern mit beschmierten Gesichtern, die nur allzu gern bereit waren, ein Stündchen mit einem standhaften jungen Prinzen zu verbringen. Und ich habe mich wohl an gut der Hälfte von ihnen erprobt.

Dann fand ich heraus, daß die gleichen Wonnen – ohne den durchdringenden Körpergeruch und andere kleinere Unannehmlichkeiten – genausogut bei Mädchen einer etwas gehobeneren Gesellschaftsklasse zu finden wären. Ich wurde selten abgewiesen, und jene, die sich mir verweigerten, taten dies, so glaube ich jetzt, vorwiegend deshalb, weil sie Entdeckung und Strafe fürchteten. Was aber mich betraf, so konnte ich von dieser Wonne nie genug bekommen, und ich hatte das Gefühl, daß mein Leib, wenn er in diesen Entzückungen bebte und außer sich geriet, mich unmittelbar mit den Göttern verband und verschmolz. Es war als würde einer Hals über Kopf in das Allerheiligste geschleudert. Aber ist es denn nicht wahrlich so? Ist denn nicht der

Akt der Zeugung das Auftun und die Erfüllung von allem, was heilig ist im Menschenleben? Ich aber künde euch, solange ihr dies nicht getan habt, werden euch die Bereiche der höheren Gesittung verschlossen sein und ihr werdet unzivilisiert bleiben! Ihr werdet euch kaum über die niederen Tiere erheben, wenn ihr euch vereinigt. Es ist aber die Verbindung von Fleisch und Geist bei dieser Vereinigung, die uns der Gottheit annähert. Ich selbst habe jedesmal in den Augenblicken meiner wildesten Ekstase, ehe ich meine Saat in sie ergoß, gedacht: das ist nicht irgendein gewöhnliches Mädchen aus Uruk, das sich mir entgegendrängt, sondern es ist die glühende Inanna selbst – die Göttin (nicht ihre Priesterin), und was wir tun, ist etwas Heiliges.

Ich sollte hier anführen, daß ich – ganz abgesehen von derlei erhabenen Erwägungen – schon recht bald erkannte, daß dieser Vollzug der körperlichen Vereinigung mir auf wundersame Weise die Seele besänftigte. Denn zu jener Zeit, und noch viele Jahre danach, war meine Seele erfüllt von einem tiefinnerlichen wilden Rasen und Sehnen, das ich dazumal kaum verstand und gegen das mir kein Mittel zur Verfügung war. Ich glaube, diese meine heiße Lust erwuchs nicht nur und nicht so sehr aus der gewöhnlichen Leidenschaft und Begier des Fleisches, sondern hatte eine tiefere und verborgenere Quelle und entsprang jener dunklen und schmerzlichen Einsamkeit, die mich so oft überfiel wie eine Wölfin in der Dunkelheit. Oft empfand ich mich selbst als das einzige lebendige Wesen in einer Welt voller kalter Trugbilder. Vaterlos, wie ich war, ohne einen Bruder oder einen wahren Freund, abgesondert von den übrigen Menschen durch meine gottnahe Besonderheit (die sogar ein Tor auf mir lasten sehen konnte), drohte ich oftmals in der bestürzenden Leere und Unerfülltheit meines Herzens fast zu ertrinken. Dieser Mangel war beißend und brannte mich, wie das Eis aus den hohen Bergen einem die Haut brennt. Darum klammerte ich mich denn an die Mädchen und die Frauen als den einzigen Balsam, den ich für meine Wundheit zu finden vermochte. Denn die gestillte körperliche Leidenschaft brachte mir doch zumeist ein paar Stunden Erlösung und Ruhe vor diesen Stürmen meiner Seele.

Als mir zu meinem zwölften Jahr nur noch ein Mond fehlte, sah mich einer meiner Onkel im Badhause und erkannte, daß mein Leib der Leib eines Mannes geworden war. Und er sprach also zu mir: »Wir wollen doch diesen Nachmittag zum Tempelkloster gehen, denn ich glaube, es ist höchste Zeit für dich.«

Natürlich wußte ich, was er damit sagen wollte, doch ich brachte den Mut nicht auf, ihm zu gestehen, daß ich leider die traditionelle Einweihung nicht abgewartet hätte.

Nachdem sich die mittägliche Hitze ein wenig gelegt hatte, zogen wir uns Hüftgewänder aus feinem weißen Linnen an, und mein Onkel knüpfte mir ein schmales rotes Band um die Schultern und schnitt mir eine Locke meines Haupthaares ab, und dann wanderten wir gemeinsam zum Tempel der Inanna. Wir traten durch den hinteren Tempelhof ein und durchschritten ein Gewirr kleinerer Gemächer, ich glaube, es waren Werkstätten und Gerätekammern und auch die Bibliothek, in der die heiligen Tafeln verwahrt sind, und endlich gelangten wir in jenen abgeschiedenen Bereich des Tempelklosters, in dem die Hierodulen, eine besondere Art von Dienerinnen der Göttin, die dort auf die opferwilligen Anhänger der Göttin warten. »So, und hier wirst du dich nun der Göttin darbringen«, sagte mein Onkel in barschem Ton.

Es war nur ein kurzer, aber entsetzlicher Augenblick, in dem ich mir überlegte, ob er vielleicht gar für mich ausgehandelt haben könnte, daß ich meine sogenannte männliche Jungfräulichkeit der Inanna höchstpersönlich darbringen solle. Vielleicht war es ja Sitte, daß der Sohn eines Königs von einer dermaßen erhabenen Frau initiiert werden mußte. Ich war inzwischen – jedenfalls in meinen geheimen Gedanken – zu einem kleinen Prahlprotz herangeschwollen, und so malte ich mir aus, daß ich auch dabei durchaus die erwünschte Standfestigkeit würde bewahren können, wenn ich einer Göttin beizuliegen gezwungen wäre: aber ihre Hohepriesterin zu begatten, das war denn doch ein ganz anderes Paar Sandalen. Das Habichtsgesicht dieses Weibes hatte mir Furcht eingeflößt, und allein die Vorstellung ihrer überquellenden Fleischesfülle jagte mir Angstschauder über den Rücken. Außerdem, sie war ja sogar noch älter als meine Mutter! Gewiß, ich zweifelte nicht daran, daß sie ehemals die Allerschönste unter den Frauen gewesen war; vielleicht; doch nun ging die Rede von ihr, sie sei unwohl und kränkle, und bei ihrem letzten Auftritt, der Epiphanie der Göttin beim Erntefest im letzten Jahre, war mir trotz der besalbten Haut und der Edelsteine über ihrer Nacktheit doch aufgefallen, wie sehr der Glanz und die Herrlichkeit von ihr gewichen waren. Aber ich ängstigte mich unbegründet, ja völlig unsinnigerweise, denn die Inanna, sei sie nun jung oder alt, ist einzig dem König vorbehalten. Die Hierodule, die mir mein Onkel im Tempelkloster ausgesucht hatte, war ein saftschwellender Pfirsich von etwa sechzehn Jahren. Sie hatte die Wangen mit Goldschminke geschönt, und an ihrem linken Nasenflügel funkelte ein roter Edelstein.

»Ich bin die Abisimti«, sagte sie zu mir und berührte in dem geheiligten Ritual der Inanna mit ihren Händen ihre Brüste und ihre Schenkel. Sodann führte sie mich in ihre kleine Klosterzelle, während mein Onkel sich entfernte, um seinerseits mit der Priesterin seiner Wahl das heilige Opfer zu vollziehen.

Es gab in der Kammer der Abisimti: eine Lagerstatt, ein Wasserbecken und ein Abbild der Göttin. Sie entzündete die Lichter, nahm die vorgeschriebenen Ablutionen und Trankopfer für uns beide vor und führte mich sodann an das lange, recht schmale Lager. Wir knieten uns beide davor nieder und sprachen gemeinsam die vorgeschriebenen Gebete (sie sprach die ihren sehr ernst und feierlich); sodann verbrannte sie in einem kupfernen Kohlebecken die Haarlocke, die mir mein Onkel vom Kopf geschoren hatte. Dann zog sie mir mein Kleid vom Leibe und wischte meinen Leib mit einem kühlfeuchten Tuch. Als sie mich aber so nackend erblickte, runzelte sie die Stirn und fragte:

»Wie alt bist denn du?«

»Zwölf. Zwölf werde ich sein, im nächsten Mond.«

»Zwölf? Erst zwölf Jahre?« Und darauf lachte sie silbern und klatschte ihre Hände gegeneinander. »Aber dann hegen die Götter ein hohes Wohlwollen für dich!«

Ich sagte dazu nichts. Ich starrte nur auf das dünne linnene Gewand, unter dem sich ihre Brüste rund und straff und fast nackt abzeichneten.

»Wie hast du es eilig!« rief sie aus. »Da gehst du an deinen ersten Versuch im heiligen Mysterium und kannst es kaum mehr erwarten!«

Ich wagte es nicht, eine Priesterin der Göttin zu belügen, doch andererseits, die Wahrheit wollte ich ihr auch nicht sagen. Also wandte ich die Augen zur Seite und tat, als überwältige mich knabenhafte Schüchternheit.

Darauf ließ die Abisimti ihr Gewand zu Boden gleiten. Leider mußte sie mir, ehe ich sie besteigen durfte, noch des langen und breiten und sehr ausführlich den geheimen Sinn des Rituals erläutern, das zu vollziehen wir uns anschickten und das ich ja längst ganz allein und von selbst erkannt, begriffen und ausgeübt hatte. Sodann erteilte sie mir einigen Unterricht in der Methodik und Praxis der körperlichen Vereinigung zwischen den Menschen. Auch dies war eigentlich überflüssig, da ich ja bereits Bescheid wußte, aber ich stand es einigermaßen geduldig durch. Aber dann begaben wir uns ans Werk, und ich spielte ihr eine Unbeholfenheit vor, die ich schon seit langem überwunden hatte. Wie auch immer, die Augen der Abisimti glänzten, als wir unser

Werk vollbracht hatten. Ich aber fragte mich, ob das denn rechtens sein dürfe, daß sie, die doch eine der Göttin geweihte Priesterin war, dabei solche Wonnen erführe. Viel später erkannte ich dann allerdings, daß es nicht nur rechtens ist, wenn es sich so ergibt, sondern ein Segen und eine Gnade, wenn die Hierodulen, die als Heilige Tempelhuren Dienst tun für die Göttin im Tempel, bei ihrem Opfer auch ein weniges an Lust empfinden. Eine gewöhnliche Lustdirne mag wohl ihr Gewerbe hassen und ihre Kunden verabscheuen, das würde mich nicht erstaunen, aber eine Priesterin vollzieht mit dem Manne den heiligsten Akt, den es gibt: und das ist die Überbrückung dieser gewaltigen Kluft im Manne zwischen dem zum Sterben verurteilten Menschen und der götterhaften Unsterblichkeit. So ähnlich hat das wohl auch Gültigkeit, wo es um die ordinäre Lustbuhlin geht, doch die versteht sich auf derlei Subtilitäten eigentlich kaum jemals.

So glitt ich also ziemlich ungestört in meine Mannheit hinein, und ich glaubte zu erkennen, wie mein fürderes Leben sich entfalten werde. Ich würde gut essen und trinken und mich vieler Weiber erfreuen; ich würde ein Krieger sein und ein Priester und ein Fürst; und eines Tages würde der Dumuzi sterben, und dann würde man mich zur Königsherrschaft über Uruk berufen. Dies alles erschien mir zu jener Zeit als sicher und unbezweifelbar als das mir klar vorherbestimmte Schicksal. Zwar wußte ich auch damals schon ganz gut, daß die Götter launenhaft sind, aber ich hielt sie doch nicht gerade für dumme Toren; denn wer sollte besser geeignet sein, sobald er nur erst das rechte Alter hatte, die Stadt zu beherrschen, als der Sohn des Lugalbanda? So erschien es mir als unumstößlich, daß die Ältesten der Stadt und der Volksrat mich erwählen müßten, wenn des Dumuzi Zeit verstrichen war.

Aber noch war Dumuzi der König. Und obschon er keineswegs mehr ein Jüngling war – er zählte damals mindestens vier Jahre und zwanzig –, so war er doch auch kein alter Mann. Er mochte gut und gern noch weitere zwanzig Jahre leben, sofern ihm das Glück auf dem Schlachtfeld wohlgesonnen blieb. Für mich war dies eine lange Zeit, um auf meinen Thron zu warten. In mir erhob sich große Unruhe. Doch ich zwang mich, sie im Zaum zu halten.

FÜNF

Es kam aber eines Tages in jener Zeit, während ich mich gerade im Schleudern des Wurfspießes übte, ein Sklave zu mir, der das Zeichen der Inanna trug, und sprach: »Du sollst sogleich in den Tempel der Göttin kommen.«

Er führte mich durch gewundene Gänge, von denen ich nie etwas gewußt hatte, in die Tiefen des Tempels meines Großvaters Enmerkar und wohl noch tiefer darunter hinab durch schmale Gangfluchten, die in die Weiße Terrasse hinabführten. Ich sah in dem schütteren Licht unserer flackernden Öllämpchen, daß hier hochgewölbte Säle lagen, die mit roten und gelben Mosaiken reich geschmückt waren. Dies berührte mich als seltsam an einem solchen Ort der ewigen Nacht. Durch die Luft kroch der Geruch von Weihrauch, und es lag in ihr eine Feuchte, als sonderten die Wände kalten Schweiß ab. Ohne Zweifel, wir befanden uns hier in einem verborgenen Heiligtum, vielleicht dem Allerheiligsten der Inanna selbst. Dies flößte mir Unbehagen ein, wie es mir stets geschah, wenn ich mit Dingen zu schaffen hatte, die allzu eng mit der Inanna in Verbindung standen.

In der Finsternis hörte ich kleine Geschöpfe umherhuschen, und ich hörte das Rasseln eines rauhen stockflüssigen Atems. Hin und wieder kreuzten weitere Gänge den unseren, und ich sah weitab Lämpchen glühen. Zweimal stießen wir auf Zauberkundige und Geisterbanner, die im Kerzenschimmer auf den gekachelten Fußböden hockten und mit Gerstenmehl und Tamariskenzweigen herumhantierten und ihre Beschwörungen vornahmen. Sie beachteten uns überhaupt nicht. Wenig später spähte ich einen anderen Kreuzgang hinunter und erhaschte einen flüchtigen Blick auf drei ungeschlachte braune zweibeinige Geschöpfe mit schweren Zottelbrüsten, die auf Bocksbeinen vor uns hinwegstoben. Ich bin mir ganz sicher, daß ich diese Ungestalten sah, und ich zweifle nicht daran, daß es Dämonen waren. Da erkannte ich denn, daß ich mich an einem Ort der Gefahren befand, einem Ort, an dem die eine Welt dicht an die andere stößt und wo Dinge, die bestimmt sind, unsichtbar zu bleiben, über verbotene Grenzen dringen.

Wir aber verfolgten unseren Weg immer tiefer hinab. Endlich gelangte ich vor eine große Pforte, deren bronzebeschlagene Tür sich um einen mächtigen schwarzen, im Fußboden eingelassenen Angelstein drehte.

»Tritt ein!« sagte der Sklave.

Ich kam in einen langen, tiefen, engen und dunklen Raum. An den unverputzten Ziegelmauern waren Zierate aus Schwarzschiefer und Rotsandstein, abgesetzt in Erdpech, und von hoch oben spendeten vier Wandampeln schwachschimmerndes Licht. In den Boden waren zwei einander überschneidende Dreiecke aus Weißmetall eingelegt, so daß sie den Umriß eines sechszackigen Sternes ergaben*.

An der obersten Spitze dieses Sternes aber stand völlig bewegungslos eine Frau.

Ich hatte damit gerechnet, vor das Angesicht der Inanna selbst befohlen zu sein, doch das Weib da war

* Es ist vielleicht von Interesse, daß der sogenannte »Davidstern«, also, die zwei einander durchdringenden gleichschenkligen Dreiecke, ein sehr viel älteres Menschheitssymbol sind, als gewöhnlich vermutet wird: die Durchdringung der beiden, geometrisch identischen, Zeichen für »Menschliches« und »Göttliches«, bzw. »Männliches« und »Weibliches« findet Ausdruck lange vor der judäo-christlichen Tradition. Man vergleiche damit das »Yin-Yang-Prinzip« der alten chinesischen Philosophie. Desgleichen ist von Interesse, daß die gebogenen Schilfbündel der Inanna/Ischtar ihr Gegenstück in den heiligen Insignien der Pharaonen (bis hin zu den Krummstäben christlicher Würdenträger) haben und auch, daß das Cedille-Kreuz der Urkelten als Abwehrzauber gleichfalls auf diese kleinasiatischen Ursprünge zurückzuführen sein dürfte.

nur eine Priesterin geringeren Ranges, und sie war sehr hochgewachsen, weit jünger und viel weniger üppig im Fleische als die Inanna. Ich hatte das sichere Gefühl, sie schon gesehen zu haben, bei den Zeremonien der Göttin, dicht rechterhand von der Inanna, wo sie sie dem Brauch gemäß entkleidete und bekleidete: eine Leibdienerin der Göttin war sie und gehörte zum innersten Kreise der Tempelpriesterinnen. Lange, lange starrte ich sie an, und sie starrte stumm zurück. Sie war überwältigend schön. Ihre Schönheit packte mich wie eine gewaltige Hand, der ich nicht zu entrinnen vermochte. Ich spürte ihren Zugriff, der nach meiner Seele langte und sie erzittern ließ wie in einem heißen Sommerwind. Sie war höchst kunstvoll herausgeputzt: auf ihren Wangen blühte Gelbockerschminke, ihre oberen Augenlider waren mit dem schwarzen Kohl bedeckt, und unter ihre Augen hatte sie grünen Malachitstaub getupft, das dichte Haar funkelte hennarot. Sie trug reiche Gewänder, und über ihren Brüsten waren die Schilfbündel, die heiligen Zeichen der Inanna, eingestickt. In einer Räucherschale auf einem silbernen Dreifuß schwelte eine Myrrhenkugel. Die Augen der Priesterin glitten dunkel und forschend über meinen Leib hin, von der einen Schulter zur anderen, von meinem Haupte bis zu meinen Zehen: sie schien mir das Maß zu nehmen.

Dann schließlich grüßte sie mich mit meinem Namen, jenem, den ich bei meiner Geburt erhielt. Ich aber wußte für sie keinen Namen, und so antwortete ich ihr nicht. Ich stand nur da und starrte sie an wie ein Tor.

Sodann sprach sie, und es klang beinahe erzürnt: »Nun? Erinnerst du dich meiner nicht?«

»Ich ... ich habe dich gesehen, im Dienste der Inanna bei den Feierlichkeiten.«

Ihre Augen blitzten. »Gewiß hast du das. Jeder Mann hat mich da gesehen. Doch du und ich, wir sind einander nahe begegnet und haben zueinander mit Worten gesprochen.«

»Taten wir das?«

»Ja. Es ist lange her, und du warst noch sehr jung. Du hast es wohl vergessen.«

»So sag mir deinen Namen an, damit ich weiß, ob wir uns kennen.«

»Ach. Ich verstehe, du hast mich also doch vergessen!«

»Ich vergesse nur weniges. So sag mir doch deinen Namen an«, bat ich.

Sie lächelte, fast ein wenig boshaft, und sodann sprach sie ihren Namen; der aber ist einer, den ich hier nicht preisgeben darf, denn genau wie mein eigener Geburtsname wurde auch der ihrige von einem geheiligteren Namen abgelöst und muß daher für alle Zeit vergessen sein. Der Klang ihres Namens aber hob den Riegel von der Tür meiner Erinnerung, und aus der Kammer meines Gedächtnisses stieg überwältigend ein Bild herauf: Ketten von Perlen aus dem blauen Stein Lapislazuli, Amulette aus rosigem Perlmutt, ein geschmeidiger Mädchenkörper, der mit Schlangenmuster bemalt war, kleine sprossende Brüste, ein scharfer Wohlgeruch. Sollte dieses Weib hier ein und dieselbe sein wie damals jenes pfiffige Kind? Ja. Ja doch! Ihre Brüste waren nun keine Knospen mehr, ihr Gesicht hatte sich zwischen den Wangenbeinen verbreitert, und das mutwillige, leise boshafte Funkeln der Augen war verdeckt und verschleiert durch die kosmetischen Künste der Weiber, deren sie sich geschickt bediente. Dennoch fühlte ich Gewißheit, daß ich hier, verborgen unter der Hülle des vollerblühten Weibes, dem Mädchenkinde von damals gegenüberstand.

»Aber ja doch«, sprach ich. »Natürlich erinnere ich mich. Es war am Tag, als der neue König ausgerufen wurde. Und ich war im Labyrinth des Tempels verlorengegangen, und du suchtest mich und kamst zu mir und tröstetest mich und führtest mich zu den Festlichkeiten zurück. Du hast dich aber mächtig verändert.«

»Doch nicht gar so sehr, meine ich. Ich war schon fast Frau damals und hatte bereits dreimal der Göttin mein Blut geblutet. Und ich glaube nicht, daß ich nun sehr viel anders aussehe. Du aber, du bist ein ganz anderer geworden. Du warst dazumal wirklich noch Kind.«

»Das war vor sechs Jahren oder noch mehr ...«

»Ach, wirklich? Was warst du doch für ein süßer Knabe!« Und dabei warf sie mir einen eindeutig schamlosen Blick zu. »Aber man sieht ja, du bist kein Knabe mehr. Die Abisimti hat mir berichtet, daß du nun wahrlich ein Mann bist.«

Bestürzt und entsetzt rief ich aus: »Und ich hatte geglaubt, was eure Priesterinnen da tun, ist ein heiliges Geheimnis!«

»Oh! Die Abisimti erzählt mir alles. Wir sind wie Schwestern.«

Bestürzt trat ich von einem Fuß auf den anderen. Wie schon einmal, vor langer Zeit, fühlte ich in mir Verärgerung und Unsicherheit, weil ich nicht zu erkennen vermochte, ob sie meiner spottete. Und dabei war ich vor ihrer Arglist und Schläue seltsam wehrlos. Gewiß, ich war älter geworden, aber auch sie war älter, und ich war kaum mehr als zwölf, sie hingegen mindestens schon sechzehn Jahre alt und mir immer weit voraus. Es war in ihrem Wesen etwas wie ein scharfes Messer, das mich stets verletzte, wenn ich sie zu fassen versuchte.

Ich fragte, womöglich aus Unsicherheit ein wenig zu grob: »Warum also sollte ich zu dir kommen?«

»Oh? Nun, ich fand es an der Zeit, daß wir einander wiedersähen. Aufgefallen bist du mir neulich im Tempel, als du bei der Zeremonie Opfergaben darbrachtest. Da fiel mein Blick auf dich, und ich verwunderte mich über dich und fragte jemand: Wer ist dieser Mann? Und die Person sagte: Das ist kein Mann, das ist doch nur ein kleiner Knabe und der Sohn des Lugalbanda. Mich aber erstaunte, daß du so hoch herangewachsen warst, denn ich hielt dich ja für noch sehr jung. Aber dann erzählte mir ein paar Tage darauf die Abisimti, daß ein junger Prinz zu ihr in ihre Klosterzelle getreten sei und daß sie ihn in seine Mannheit eingeführt habe. Und ich fragte, welcher Prinz war denn das? Und sie sprach: der Sohn des Lugalbanda. Und nachdem ich alles gehört hatte, was die Abisimti mir zu sagen hatte, ward ich neugierig und beschloß, mich einmal mit dir zu unterhalten.«

Es erboste mich, daß ich noch immer so schlichten Gemütes war, daß es mir nicht gelang, aus ihren Worten herauszuhören, was sie wirklich im Sinn hatte. War das eine Andeutung, daß sie und ich uns gemeinsam zu einer Klosterzelle begeben möchten? Es sah fast so aus, denn wozu sonst hatte sie mich rufen lassen und warum sonst mußte sie ihre Augen so buhlerisch über meinen Leib streifen lassen? Gewiß, nur allzu bereitwillig wäre ich mit ihr dorthin gegangen, denn ihre Schönheit ließ in mir ein rasendes Feuer aufzüngeln, schon damals! Aber ich war so unsicher und wußte nicht, ob es das war, was sie von mir erwartete, und ich wagte keine Andeutung zu machen, weil ich die Zurückweisung fürchtete. Denn, das müßt ihr wissen, man darf die Priesterinnen der Inanna nicht einfach so auffordern, das Lager mit einem zu teilen, dies ist nur erlaubt bei jenen, die sich der Göttin als Heilige Huren geweiht haben. Es gilt als schandbar und schmählich, den anderen mit solchem Wunsch entgegenzutreten, denn sie sind die auserwählten Bräute des Gottes, oder aber des Königs, in dem der Gott Menschengestalt annimmt. Ich aber wußte nicht, zu welcher Priesterinnenordnung diese Mädchenfrau gehörte. Und womöglich trieb sie nur ein Spiel mit mir, und ich war weiter nichts für sie als ein Spielding, ihr Manns-Püppchen, anstelle des Kindpüppchens, das sie einst an sich gedrückt hatte. Aber ich fühlte, wie sich ihr Spinngespinst um mich herumwebte, und ich spürte, daß ich mich darin verlor.

Sodann fragte sie: »Wie ist es dir ergangen? Was

treibst du denn so? Ich komme ja leider nie aus dem Tempel heraus, also habe ich keine Ahnung, was sich in der Stadt so tut. Ich höre immer nur den Tratsch, den die Dienstmägde mir zutragen.«

»Meine Mutter ist Priesterin im Tempel des An. Ich habe einige Aufgaben dort. Und ich erwerbe mir, natürlich, die Kenntnisse und Fertigkeiten, die man als junger Mann erlernen und erwerben muß. Und ich warte darauf, in meine volle Mannheit einzutreten.«

»Und dann? Was wird dann sein?«

»Dann will ich tun, was die Götter mir zu tun bestimmt haben.«

»Aber hat dich bereits ein Gott erwählt, so daß du sein eigen bist?«

»Nein«, erwiderte ich. »Noch nicht.«

»Aber du wünschest dir das?«

Ich zuckte die Achseln. »Was sein soll, wird sein.«

»Mich hat die Inanna erwählt, als ich sieben Jahre alt war.«

»Was sein soll, wird sein«, wiederholte ich.

»Doch wenn du Gewißheit hast, wirst du dann zu mir kommen und mir sagen, welcher Gott dich erkoren hat?«

Dabei blickte sie mich starr und stetig an. Es war so, als erhöbe sie irgendeinen festen Anspruch auf meinen Leib, und ich verstand nicht, aus welchem Grund sie dies tun sollte. Außerdem fühlte ich mich sehr unbehaglich. Aber ihre Persönlichkeit war mächtig, und so hörte ich mich denn selbst demütig stammeln: »Ja, ich will es dir künden, wenn es das ist, was du von mir wünschest.«

»Es ist das, was ich von dir wünsche«, sprach sie.

Daraufhin schien sich ihr Wesen zu mildern und sanfter zu werden, und diese boshafte Schärfe verlor sich aus ihrem Verhalten, auch jener merkwürdige Ausdruck in ihren Augen war dahin, den ich für buhlerische Verführung gehalten hatte. Sie steckte die Hand in einen Beutel an ihrem Leib und zog daraus ein Amulett hervor und legte es mir in die Hände und schloß meine Hände darum. Es war eine ganz kleine Statue der Inanna, ein Weibungetüm mit gewaltigen Brüsten und schwellenden Schenkeln, und es war geschliffen aus einem glatten grünen Stein, wie ich seinesgleichen nie zuvor erblickt hatte. Das Bildnis schien wie von einer inneren Glut heraus zu leuchten. »Bewahre du dies stets nahe bei dir!« sagte sie beschwörend.

Es war mir unangenehm, ein solches Geschenk von ihr zu erhalten. Mir war fast, als wäre der Preis für dieses Amulett meine eigene Seele.

Ich stammelte also: »Wie dürfte ich ein so kostbares Geschenk annehmen?«

»Du kannst es nicht zurückweisen. Es wäre sündhaft, die Gabe einer Göttin abzulehnen.«

»Es ist aber doch wohl eher das Geschenk einer Priesterin, nicht wahr?«

»Die Göttin spricht durch den Mund ihrer Priesterinnen. Und dies ist nun dein, und solange du es in deinem Besitz hast, stehst du unter dem Schutz der Großen Göttin.«

Schön, das mochte wohl so sein. Mich aber beunruhigte das alles. Ein jeglicher hier in Uruk steht unter dem Schutz der Großen Göttin; aber, alles in allem, die Inanna ist eine recht gefährliche Göttin, und sie geht mit ihren Dienern auf sehr rätselhafte und geheimnisvolle Weise um, und es ist weder weise noch ratsam, sich allzu eng mit ihr einzulassen. Mein Vater hatte – wie es die Pflicht der Könige in Uruk ist – der Inanna gedient und ihr aufgewartet; aber ein jegliches Mal, daß er privat in einem Tempel seine Ehrerbietung erweisen wollte, war es der Tempel des Himmelsvaters An gewesen. Und was mich anging, so fühlte ich mich bei dem Herrscher der Stürme, dem Gotte Enlil, weitaus heimischer als bei der unheimlichen Göttin. Aber ich hatte keine Wahl, dieses Amulett mußte ich entgegennehmen, denn es mag zwar lebensgefährlich sein, der Inanna zu dienen, aber noch viel tödlicher ist es, wenn man ihren Zorn auf sich herabbeschwört.

Als ich an jenem Tag die Priesterin verließ, war mir absonderlich zumute, fast so, als hätte etwas mich gezwungen, ein mir unschätzbares Gut preiszugeben und fortzuwerfen. Aber ich wußte nicht, was es war.

Im Verlauf der nächsten Monde wurde ich mehrmals in jene Audienzkammer befohlen, die am Ende der Gängefluchten voller Dämonen und Dämonenbeschwörer tief unter dem Tempel des Enmerkar lag. Und das Begebnis war stets gleich: ein Wortetausch, der zu keinem Ziele führte, eine verwirrende Zurschaustellung bedrohlicher Koketterie (die gleichfalls zu nichts führte), und am Ende das Gefühl, daß mich diese Frau in einem Spiel, dessen Regeln mir nicht bekannt waren, haushoch geschlagen hatte. Oft hielt sie ein kleines Geschenk für mich bereit; wenn ich jedoch meinerseits ihr eine kleine Gabe darbringen wollte, verweigerte sie die Annahme jedesmal. Sie fragte mich viele Dinge – was es an Neuem gebe bei Hofe, und wie die Sitzungen des Rates der Stadt verlaufen seien, und was der König so treibe. Hatte ich dazu etwa irgendwelches Geraune gehört? Was flüsterte man denn so im Palast? Sie war in dieser Hinsicht unersättlich. Und ich wurde allmählich vorsichtig, sagte ihr nur wenig und beantwortete ihre Fragen so knapp und ausweichend, wie es die Höflichkeit nur gestattete. Ich begriff einfach nicht, was sie von mir erwartete. Außerdem erschreckte es mich, wie schön sie war, denn die Macht ihrer Schönheit – und dies hatte ich nun nur allzu klar erkannt – war durchaus imstande, mich ins Verderben zu stürzen. Zu einem jeden anderen Weibe hätte ich in meiner jugendlichen Kühnheit so gesprochen: »Komm du doch mit mir und lege dich zu mir!« Aber wie hätte ich es wagen können, solche Worte zu *ihr* zu sprechen? Zu ihr, die von der Aura der Göttin abgeschirmt war, zu ihr, die für mich unerreichbar bleiben mußte, solange sie nicht selbst das Wort ihrer Bereitschaft sprach? Auf ein einziges Wort von ihr hin, ja auf den kleinsten Wink ihres kleinen Fingers, hätte ich mich zu ihren Füßen auf die Knie geworfen. Aber sie sagte das Wort nicht. Und sie krümmte auch nicht den Finger. Ich wimmerte zu den Göttern, sie möchten sie wenigstens ein einzigesmal, wenn sie mich zu sich berief, in meine Umarmung überantworten. Jedoch, das warme Lächeln, das sie für mich bereithielt, redete in einer Sprache, und das eiskühle dunkle Funkeln in ihren Augen in einer gänzlich anderen. Und all dies hemmte und dämpfte meine Männlichkeit und hielt mich von ihr zurück, ganz als wäre ich ein Eunuch. Alles in allem erschien sie mir als vollkommen unerreichbar für mich. Und dennoch und über alledem konnte ich die Worte nicht vergessen, die sie zu mir gesprochen hatte, da ich noch ein Kind war, am Tage der Krönung des Dumuzi: *Wenn du der König bist, so will ich in deinen Armen bei dir liegen.*

SECHS

UND DANN KAM der Monat Tashritu, die Zeit des Neuen Jahres, in der die Heilige Hochzeit des Königs mit der Inanna vollzogen wird und alle Dinge neues Leben gewinnen. Es ist dies die Zeit, da der Gott gleich einem donnernden Sturm über die Schwelle des Tempels fährt und seine Saat in die Göttin senkt, und es kehren die Regen zurück nach der langen schweren Zeit, in der das Leben vom Tode umfangen ist, welche da unser Sommer ist.

Es ist aber das bedeutendste und heiligste aller Feste in Uruk, denn alles übrige hängt von ihm ab. Wenn der Sommer schwindet ist jeglicher in der Stadt wochenlang vorher mit den Vorbereitungen beschäftigt. Alles, was im verflossenen Jahr besudelt, geschändet oder verunreinigt wurde, muß nun durch Schlachtopfer und Räucheropfer gereinigt werden. Die von Geburt an rituell Besudelten, die Angehörigen der Kasten der Unreinen, müssen vor die Wälle der Stadt hinausziehen und sich dort in Notunterkünften aufhalten. Schwache und mißgebildete Tiere müssen geschlachtet werden. Alle Häuser der Menschen und die öffentlichen Bauten, die der Ausbesserung bedürfen, werden in Ordnung gebracht, und das Volk schmückt alles mit festlichem Schmuck. Zuletzt finden dann die feierlichen Prozessionen statt, die von Harfenisten und Zymbalspielern angeführt werden. Die Stadthuren kleiden sich in grellbunte Tücher und in den Umhang der Göttin. Manche Männer bekleiden die linke Seite ihres Leibes mit weiblichen Gewändern. Priester und Priesterinnen schleppen die Schwerter und doppelschneidigen Äxte* durch die Straßen, blutbedeckt noch vom Schlachten der Op-

* Die doppelschneidige Axt, die »Labrys«, als Zeichen göttlicher, bzw. weltlicher Macht, findet sich durch die Kulturen in abgewandelten

fertiere. Tanzakrobaten springen durch Reifen oder hüpfen auf Seilen. In ihrem Tempel wird die Inanna gebadet und gesalbt und legt ihren geheiligten Ornat an: den schweren Karneolreif und die Blausteinketten, die glänzende goldene Lendenplatte und die Schmucksteine für ihren Nabel und ihre Hüften und ihre Nase und ihre Augen, die Gehänge aus Bronze und aus Gold für ihre Ohren und die Brustschalen aus Elefantenbein. Und der Gott Dumuzi, der Spender der Fruchtbarkeit, fährt ein in den König, der in seinem heiligen Schiff* zum Tempelbezirk fährt und durch die heiligen Pforten des Eanna-Tempels einzieht, wobei er ein Mutterschaf am Bande führt und ein Zicklein auf seinen Armen trägt. Und sie stellen sich da gemeinsam auf, die Priesterin und der König, in der vorderen Säulenhalle des Tempels, als die Göttin und der Gott, und alle Stadt jubelt ihnen voll Freuden zu. Sodann ziehen sie ein in den Tempel und in das Bettgemach, das ihnen dort bereitet ist, und er schmeichelt ihr mit süßen Worten und streichelt ihren Leib, und er geht zu ihr ein und beackert ihr Feld und ergießt seine Fruchtbarkeit in ihren Leib. So geschieht es seit dem Urbeginn aller Zeiten, als nur die Götter allein waren und das Königtum noch nicht herabgekommen war vom Himmel.

Am Tage des Neuen Mondes, der den Beginn des kommenden Jahres bestimmt, begab ich mich mit allen anderen Menschen zur Weißen Terrasse, um dort vor dem Tempel des Enmerkar auf die Epiphanie der Inanna und des Dumuzi zu warten. Von Süden her wehte ein leichter Wind; feucht und duftgeschwängert.

Formen immer wieder; im minoisch-kretischen Kulturkreis bis hin zu den Emblemen der Liktoren der römischen Kaiserzeit (bzw. bis zu Mussolini).

* In dem »heiligen Schiff« wurden auch die ägyptischen Götter und Pharaonen zu besonderen Zeremonien getragen. Die Anspielung auf den »Guten Hirten« der Bibel, dessen Urbild der göttliche Schäfer Dumuzi/Tammuz ist, dürfte unübersehbar sein.

Es war jener Wind, den wir den »Trüger« heißen, weil er den Frühling verspricht, doch in Wahrheit den Winter ankündigt.

Der König erschien, mit seinem Schaf und dem Zicklein, am westlichen Ende der Terrasse. Die Menge teilte sich vor ihm, als er langsam die Stufen emporschritt, die zum Tempelheiligtum führen. Er sah herrlich aus, Götterlicht ruhte auf ihm, und sein Leib glühte von innen heraus.

Ich glaube, der Vollzug der Heiligen Hochzeit ist ein Mysterium, das einen jeden Mann über sich entrücken würde. Es war dies zum sechstenmal, daß der Dumuzi seit seiner Thronbesteigung das Ritual erfüllte; und in jedem Jahr, während ich ihn beobachtete, wie er über die Terrasse einzog, hatte mich der Schauder von Ehrfurcht erstaunt, den er mir dabei in der Seele bewirkte: er, dieser Mann, der mir bei allen sonstigen Anlässen als dermaßen gewöhnlich und kraftlos in seiner Seele erschienen war. Aber wenn der Gott in den König eingegangen ist, dann ist der König ein Gott. Nie aber würde ich vergessen können, welches Bild mein Vater bei dieser nächtlichen Zeremonie bot: gewaltig und großmächtig und überwältigend, ein Riese, und wie er weder zur einen noch zu der anderen Seite blickte, als er an der Stelle vorbeizog, an der meine Mutter und ich unter den Zuschauern standen; wie er in den Tempel einging und mit der Inanna an seiner Seite wieder hervortrat, und die Hände breitete über alles Volk der Stadt und wieder zurückging in den Tempel, um die Göttin zu ihrem Schlafgemach zu geleiten. Doch Lugalbanda war zu allen Gelegenheiten stets vom Hauch der Majestät umgeben. Von Dumuzi dagegen hätte ich nicht erwartet, daß er mit einer solchen Erhabenheit wetteifern könne. Doch in dieser einen besonderen Nacht war ihm eben dies seit sechs Jahren gelungen.

Diesmal jedoch schien sich etwas Außergewöhnliches abzuspielen. Der Brauch will es, daß der König und die

Priesterin sich zur Epiphanie gemeinsam dem Volke zur Schau stellen, sobald die dünne Sichel des neuen Mondes sich über der Tempelkrone zeigt. Doch in jener Nacht kam dieser Zeitpunkt, und er verging, und das Tor des Tempels tat sich nicht auf. Ich weiß heute nicht mehr, wie lange wir wartend standen. Mir erschien es wie Stunden. Alle blickten einander fragend an, doch keiner wagte zu sprechen.

Doch endlich flog die mächtige eherne Tür auf, und das Heilige Paar erschien. Bei ihrem Anblick verdichtete sich das Schweigen im Volke noch mehr. Es war, als hätte sich in der Erde eine tiefe Kluft der Stille aufgetan und jeden Laut verschlungen. Jedoch dauerte dies nur einen Lidschlag lang. Denn weniges später konnte man ein dumpfes Murren und ein Zischen vernehmen, als jene, die in der Menge weiter vorn standen, vor Überraschung zu grollen und zu murmeln begannen.

Da ich sehr weit hinten stand, vermochte ich zunächst nicht zu erkennen, was diese Störung verursacht haben mochte. Denn dort stand der Dumuzi mit seinem blitzenden Diadem und in dem Königsgewand aus leuchtendem Purpurblau, und dicht an seiner Seite stand die Inanna. Und dann erst erkannte ich, daß die Frau, die den heiligen Zierat aus Elefantenbein und Gold und Blaustein und Karneolen trug, nicht Inanna war, oder doch jedenfalls nicht *die* Inanna, die bei diesem hehren Anlaß zeit meines Lebens in solcher Nacht dem Volke erschienen war. Jene Frau war kleinwüchsig und fett im Fleische gewesen, diese aber schien aus edlerem Stoff gebildet, denn sie war schlank, ja beinahe zerbrechlich, dabei aber hochgewachsen, so daß ihre Schultern fast gleich an Höhe waren denen des Dumuzi. Und ein weniges später fuhr die Erkenntnis wie ein Blitz durch mich hindurch, als mir aufging, wer sie sein müsse, daß mir im nächsten Augenblick etwas genommen werden würde, das niemals mein gewesen war. Und da stand ich, hilflos, und ich konnte es nicht verhindern.

Ich mußte ihr Antlitz schauen. Ich drängte mich nach vorn und stieß das gaffende Volk beiseite, als wären es dürre Schilfrohre.

Und dann blickte ich aus zwanzig Schritt Entfernung direkt in ihre Augen und erkannte das dunkle mutwillig-boshafte Funkeln in ihnen. O ja, natürlich war sie es, die so urplötzlich aus ihrem unterirdischen Gemach gezerrt und auf den höchsten Gipfel heiliger Macht in Uruk versetzt worden war*: nicht länger war sie Dienstmagd der Göttin, sondern mit einem Schlage überraschend und verwirrend die Inanna selbst geworden. Ich stand vollkommen erstarrt da. Eine Schwere durchströmte meine Beine, als wüchsen sie mir in den Bodenziegeln fest. In meiner Kehle stieg etwas Dickliches herauf, wie klumpiger, feuchter Sand, den ich weder zu schlucken vermochte, noch ihn auszuspeien.

Sie starrte zu mir her, doch schien sie mich nicht zu sehen, obgleich ich doch mehr als einen Kopf größer war als alle um mich herum. Sie schien vollkommen versenkt zu sein in das heilige Geschehen. Ich sah, wie sie dem Dumuzi das weiße Ritualgefäß mit dem Honig reichte und von ihm das rituelle Gemäß voll Gerste empfing. Ich hörte sie die Zeremonienformel sprechen, er zu ihr und sie zu ihm: »Mein geheiligter Edelstein, meine wunderbare Inanna« – und ihre Worte: »Oh, du mein Gemahl Dumuzi, wahrlich du bist mein Geliebter!«

Mit schwerer Stimme flüsterte ich einem Edlen zu, der neben mir stand: »Was ist geschehen? Wo ist die Inanna?«

»Da steht sie, die Inanna!«

»Aber dieses Mädchen ist nicht die Hohepriesterin.«

»Von dieser Nacht an ist sie es«, gab mir der Mann zurück. Ein zweiter aber, der links von mir stand, sprach: »Es ging die Rede um, daß die alte Inanna lange

* Dies gilt auch für die Frühform des Persephone-Mythos und dessen Umfunktionierung in die dreitägige »Höllenfahrt« der christlichen Zentralgestalt.

kränkelte und daß es mit ihr den ganzen Tag lang übler wurde und daß sie bei Sonnenuntergang gestorben ist. Sie hatten aber schon eine andere Priesterin in Bereitschaft, die durchaus vorbereitet war für die heilige Weihe. Also holte man sie eilends und badete sie und kleidete sie in die Gewänder, so daß sie sich in dieser Nacht dem Dumuzi verbinde. Dies ist der Grund für die Verzögerung.«

Ich hörte die Worte, und sie hallten dröhnend in der Leere meines Kopfes: *in dieser Nacht – dem Dumuzi verbinden* ... Mir war, als müßte ich sogleich kopfüber zu Boden stürzen.

Der König trank den rituellen Schluck aus dem Honigkrug und reichte ihn ihr zurück, so daß auch sie trinke. Und sie vereinigten ihre Hände und schütteten die Gerste auf den Boden und gossen sodann den goldenen Honig über die Saat. Und die Tempelmusikanten zupften die Saiten und schlugen auf ihre Instrumente ein und sangen den Hymnus von der Zurschaustellung des Gottes und der Göttin. Und damit war es fast vollbracht: nicht lange mehr, und die beiden würden sich in den Tempel zurückziehen. Und dorten, im heiligen Schlafgemach der Göttin, würden die Leibdienerinnen ihr die Ringe abstreifen, die Perlenschnüre von ihr heben, die Brüsteplatten und das goldschimmernde Dreieck, das ihre Lenden verbarg ... und dann würde er – *er* – sie zärtlich an ihren zarten Stellen berühren und die Worte der Heiligen Hochzeit zu ihr sprechen ... und dann ... dann ...

Es war mir unmöglich, hier länger zu bleiben und dem allem noch weiter zuzuschauen.

Ich warf mich herum und rannte wie ein rasender Stier von diesem Ort und stieß viele zu Boden, die mir nicht eilends genug aus dem Wege wichen. Und hinter mir dröhnte und schrillte die Musik der Zimbeln und Flöten, und das Lärmen war mir unerträglich. Jetzt sind sie schon in der Kammer, dachte ich. Jetzt faßt er sie an und streichelt sie an ihren verborgenen Stellen. Jetzt legt er seinen Mund auf ihre Lippen, und er wird sie besteigen und sich mit seinem Leib über sie legen und in sie eindringen ...

Blindlings rannte ich durch die dunkle Nacht dahin und dorthin, ohne zu wissen, wohin es mich trieb, und ohne dessen zu achten. Eine Seelenpein, wie ich sie schon allzu oft durchlitten hatte, überwältigte mich erneut. Ich fühlte mich verlassen, als ein Fremdling und Abgesonderter in meiner eigenen Heimatstadt. Ich war vaterlos und ohne Brüder, ich hatte kein eheliches Weib, noch war mir irgendein Mensch gegeben, den ich meinen wirklichen, wahren Freund hätte heißen können. Die Einsamkeit stand wie eine feurige Mauer um mich herum und schloß mich in sich ein. Ich sehnte mich stark, die Hand auszustrecken und einen Menschen zu berühren – irgendeinen Menschen. Aber da gab es keinen. Also blieb mir nichts, als weiterzulaufen, und ich rannte und rannte, bis mir fast das Herz im Leibe barst. Dann aber erkannte ich, daß ich durch die menschenleeren Straßen des sogenannten Löwenbezirkes taumelte, wo die Kasernen der Krieger liegen. Es kann aber kein Zufall gewesen sein, daß mich meine Füße ausgerechnet dorthin trugen, denn wenn uns eine so tiefe Blindheit der Sinne überfällt, dann führen und lenken uns die Götter. Es gab aber damals, mitten im Löwenbezirk, einen heiligen Schrein, den der Dumuzi sogleich nach seinem Regierungsantritt dem zu den Göttern erhobenen Lugalbanda errichtet hatte. Nichts von besonderer Großartigkeit, nur ein Abbild meines Vaters, um ein kleines Stück größer als Menschengestalt, das Tag und Nacht von drei bescheidenen Ölfunzeln am Fuße beleuchtet ward – ein im Grunde sehr magerer Tribut an einen König, der vergöttlicht wurde. Ich aber warf mich davor nieder und krallte meine Finger in die Ziegel des Sockels. Und dann spürte ich, wie eine altvertraute, aber fremdartige Wesenheit sich meiner Seele bemächtigte.

Es war diese selbe Fremdheit, die zum erstenmal am Tage der feierlichen Grablegung meines Vaters über mich gekommen war; und während der letzten Jahre hatte sie mich zwei- oder dreimal in weit milderer Form gestreift: eine Empfindung wie von einen Druck gegen meine Stirn und der Eindruck, als schlügen mächtige unsichtbare Vogelschwingen gegen meine Seele. Doch diesmal war die Erfahrung weit überwältigender als jemals zuvor. Sie war so stark und gewaltsam, daß ich keinen Widerstand mehr gegen sie zu finden vermochte. Die Haut meines Leibes überzog sich mit einem kitzelnden Brennen, und dann überkam eine Taubheit mich ganz und gar an meinem Leibe. Ich vernahm einen dünnen summenden Laut, dem vergleichbar, den man an einem Nachmittage vernimmt, wenn sich fernab ein Schwarm Heuschrecken erhebt und über die Flußebene heranzieht. Dann aber verstärkte sich das Summen, ganz so als wären nun diese Fresser dicht über mir und als verdunkelten sie in dichten schwärzlichen Wolken das Angesicht der Sonne. Mir drang der stechende Geruch brennenden Kerzenwachses in die Nase, obwohl da nirgendwo Kerzen brannten. Aber aus den Häusern und Straßen um mich waberte ein kaltes blaues Feuer empor, das sich in flachen Schüben flammend über mich schob und mich verschlang, ohne mich zu brennen*.

Ich erhob mich dann – oder vielmehr »etwas« hob mich wieder auf die Füße. Und ich erblickte vor mir einen vollkommen gerundeten Gang mit glatten schimmernden Wänden, von denen ein leuchtend blauer

---

* Die Schilderung der »Exaltation« des Gilgamesch läßt deutlich eine Diagnose des *morbus sacer* (der »heiligen Krankheit«) zu: Epilepsie, bzw. epileptoide Zustände (*grand mal, petit mal*) wurden in vielen antiken Heldengeschichten als Zeichen der göttlichen Abstammung, bzw. der Gottberührtheit angesehen; anscheinend erkannte man in dem einen (physischen) abnormen Zustand den psychischen, die ungewöhnliche »Gabe«, etwa des religiösen oder Volksführers (Cäsar, manche christliche Heilige und moderne Staatenlenker).

Schein strahlte. Ich fühlte mich zwanghaft dahingezogen. Und ich gab dem Zwang nach. Ich weiß, ich hörte das dumpfe, langsame Dröhnen einer Trommel, die mit jedem Schlag lauter und lauter wurde. Ich war ganz ohne eigenen Willen, stand ganz unter dem Bann der Gottesgewalt, und das ängstigte mich so, wie nichts zuvor im Leben mich je so geängstigt hat. Denn ich fühlte, wie ich mir selber verlorenging, wie ich hinabgezerrt wurde an einen Ort der Vernichtung und Auflösung, an dem alle Wesenheit und Eigenheit in dem allesverzehrenden Feuer sich auflösen und verschmelzen.

Dann erhob sich hinter meinem rechten Ohr eine ruhige Stimme und sprach: »Fürchte dich nicht, denn Lugalbanda ist mit dir. Es besteht zwischen uns ein Vertrag und ein Bündnis für alle Zeiten, die da kommen sollen.«

Bei diesen Worten wichen von mir alle meine Ängste und Kümmernisse und Schmerzen und mir widerfuhr eine grenzenlose Freude und eine tiefe unendliche lustvolle Entrückung.

Es gab keine Gefahr mehr. Ein Gott war mit mir. Ich war in Sicherheit. Nun wehrte ich mich nicht mehr – und gegen nichts. Denn es war ja ein Gott mit mir. Mit jedem meiner Atemzüge, sog ich Göttliches in mich hinein. Und so vollzog ich mein Opfer der völligen Hingabe und ließ ganz zuletzt den Gott durch die Wehrwälle meiner Seele fließen und in mich dringen, bis er mich schließlich in all seiner Fülle besaß.

Fürchte dich nicht, denn Lugalbanda ist mir dir ...

Und ich tanzte einen wilden Tanz und brüllte dabei und stampfte mit meinen Füßen die Erde. Lugalbanda legte mir eine Trommel in die Hände, und ich schlug sie und sang ihm einen Lobgesang zu seinem Preis. Kraft strömte durch meinen Leib und zugleich eine gewaltige Hitze. Furchtlos lief ich voran in den blauen Gang und folgte der wirbelnden taumelnden Kugel aus wabern-dem purpurblauen Licht, die wie eine kleine Sonne dicht vor meinem Auge flammte. Die ganze Nacht lief ich so, ohne zu ermüden, durch alle Viertel der Stadt, durch den Löwenbezirk und den des Schilfes und den des Bienenstocks, durch Kulab und Eanna, vorbei am Königspalast, die Treppen der Weißen Terrasse hinauf und wieder hinab, in diesen Tempel und jenen, vorbei an den Bräuhäusern, den Schenken, den Häusern der Huren, über den Gewürzmarkt, die Flußkais und an den Viehhöfen vorüber, den Schlachthöfen und Gerbereien, durch die Straße der Schreiber und durch die Straße der Orakelkundigen und Wahrsager. Ich blickte hinab in das Herz der Erde und schaute dort Dämonen und Gespenster in feuererfüllten Höhlen schweres Sklavenwerk leisten. Ich ruhte auf dem rechten Arm Lugalbandas und flog mit ihm durch die Himmel und erblickte dort die Großen Götter unendlich ferne in ihren kristallenen Schalen und bezeugte ihnen meine Ehrerbietung*. Und ich kehrte zurück auf die feste Erde und reiste von Land zu Land, und ich hielt mich auf in Dilmun, dem gesegneten Ort, und in Meluhha und Makan und in den von bösen Teufeln bewachten Zedernbergen, und weilte an vielen fernen Orten, die voll sind von Wundern und Geheimnissen, die ich für Lügenschaum gehalten hätte, wäre ich meiner normalen Sinne mächtig gewesen.

Was danach geschah – ich erinnere mich nicht mehr. Dann jedoch graute der Morgen, und ich lag rücklings vor dem Schrein des Lugalbanda mitten auf der Straße.

Ich war so zerschlagen und steif, als hätten Ungeheuer mir ein jegliches Glied meines Leibes verrenkt. Ich wußte überhaupt nichts mehr von dem, was sich in der Nacht zugetragen hatte, noch wie ich hierher an die-

* Der Flug des Gilgamesch in die »gläsernen« Planetenschalen, wo er von fern die Götter schaut, hat gleichfalls zu zahlreichen Kopien geführt: der biblische Prophet Elias, der Jüngling Ganymed, den der griechische Göttervater Zeus in Gestalt eines Adlers in den Himmel entführt usw.

sen Ort gelangt war. Nur soviel war mir einsichtig, daß ich nämlich die Nacht schlafend im Freien verbracht haben mußte und daß ich mir ein seltsames Verhalten hatte zuschulden lassen kommen. Meine Kinnbacken schmerzten entsetzlich, und die Zunge in meinem Munde schmerzte und war geschwollen – vielleicht hatte ich ein paarmal mit meinen Zähnen daraufgebissen –, und auf meinem Kinn spürte und auf meinem Kleid sah ich vertrockneten Speichel. Zwei junge Krieger beugten sich mit verwirrten Gesichtern über mich.

»Ich glaube, er lebt noch«, sprach der eine.

»Wirklich? Aber seine Augen sind wie Glas. He, du da, lebst du oder bist du tot? He!«

»So rede doch höflicher zu ihm! Das ist der Sohn des Lugalbanda!«

»Das macht keinen Unterschied mehr, wenn er tot ist.«

»Aber er lebt doch noch, so schau doch, er atmet! Und seine Augen bewegen sich.«

»Tatsächlich!« Und dann sprach der junge Mann zu mir: »Bist du wahrhaftig der Sohn des Lugalbanda? Ach ja, ich glaube, du bist es wirklich. Du trägst ja da den Ring eines Prinzen. Also, hoppla, laß uns dir helfen! Na, komm schon!«

Ich schüttelte seine Hand ab. »Ich kann allein«, sagte ich, und meine Stimme klang wie ein grünspanzerfressener Kupfergong. »Laßt mich! Tritt beiseite!«

Es gelang mir, mich irgendwie taumelig und unbeholfen aufzurichten. Die Krieger standen abwartend neben mir, so daß sie mich nötigenfalls auffangen könnten, und sie blickten ein wenig ängstlich drein, was ich auf meine gewaltige Körpergestalt zurückführte. Der eine Jungkrieger kniff ein Auge zu und sagte: »Wir haben wohl bei der Heiligen Hochzeit ein bißchen zu deftig gefeiert, Herr? Na, das ist ja keine Schande oder Sünde. Friede sei mit dir, edler Herr! Freude und Glück im neuen Jahr!«

Die Hochzeit. Diese Vermählung! Qualvoll stürzte die Erinnerung wieder über mich herein ... Inanna und Dumuzi ... Dumuzi ... Inanna!

Schmerzbebend wandte ich mich ab, denn nun wußte ich alles wieder. Und erneut überkam mich dieses furchtbare Gefühl meiner Einsamkeit, dieses Wissen, daß ich allein war und verlassen unter den Sternen. Wieder tobte jene Qual der Seele in mir, und die Schmerzen und Prellungen meines Leibes waren daneben wie ein Nichts.

Die beiden Männer runzelten die Stirn. »Wird das denn gehen, edler Herr? Können wir etwas für dich tun?«

»Nein, danke, aber laßt mich jetzt in Ruhe«, sagte ich kläglich.

»Wie du befiehlst, Herr.« Sie zuckten verächtlich die Achseln und schickten sich an, die Straße davonzugehen. »Möge der süße Honigtau der Inanna auf dir sein – Herr!« rief einer der beiden zurück. Und der andere lachte und sprach zu seinem Gefährten: »Was für eine besonders süße Süße muß uns doch dieses Jahr bringen. Hast du sie geschaut? Die Neue? Die Junge?«

»Und ob! Was für Wonnen sie dem König bereitet haben muß!«

»Genug davon!« knurrte ich keuchend.

Und aus der Ferne drangen die Stimmen der Soldaten zu mir: »Die Göttin ist tot! Lang lebe die Göttin!«

Und dann waren sie verschwunden, und ich saß da, allein mit meiner Qual und meinem Kummer und meiner schmerzlichen Sehnsucht und meiner tiefen Verwirrung. Jedoch, ich war nicht ganz allein. Denn noch immer fühlte ich die Göttliche Nähe, warm und wie eine sanfte Glut tief hinten an jener Stelle hinter meinem rechten Ohr, und was der Gott zu mir sprach, war: *Fürchte dich nicht! Fürchte nichts!* Denn von Stund an war Lugalbanda bei mir und mit mir und in mir, und *er* würde mich niemals verlassen.

SIEBEN

FRÜH IM NEUEN JAHR, als die Festlichkeiten der Heiligen Hochzeit endlich vorbei waren und das Begräbnis der vorigen Hohepriesterin vollzogen, wurde ich vor das Angesicht gerufen Jener-die-leibhaftig-Inanna-ist. Ich konnte mich einem solchen Befehl schlecht verweigern. Doch in mir sträubte sich etwas, sie wiederzusehen, nun, da der Schatten des Dumuzi zwischen uns gefahren war wie ein Schwert.

Drei kleine Tempelsklaven, die mich mit weiten runden Augen anstarrten, als wäre ich irgendein riesenhafter Dämon, geleiteten mich zum Gemach der Göttin im allerheiligsten Bereich des Eanna-Bezirks. Nicht länger brauchten wir uns in verborgenen Seitenkapellen an spukerfüllten düsteren Gängen unter dem Tempel treffen. Der Raum, in dem sie mich empfing, war ein prächtiger Saal, erbaut aus weißgestrichenen Ziegeln mit durchbrochenem Mauerwerk, durch das die feurigen Lichtspeere der Sonne hereindrangen. Wo aber die Wände gegen die Decke stießen, verlief ein fremdartiges Band mit eigentümlichen Schmuckelementen: pralle scharlachrote Kugelgebilde, die mich stark an Brüste erinnerten. Vielleicht war dies tatsächlich ihr Zweck, denn die Große Mutter ist in einer ihrer Verkörperungen auch die Große Metze, die Herrin des Verlangens und der Lust*.

* Da frühgeschichtliche Menschen offenbar ein anderes Verhältnis zu körperlicher Blöße besaßen, als uns heute noch nachvollziehbar ist, erstaunt es nicht, daß Silverbergs Gilgamesch nicht übermäßig erstaunt ist über die Erkenntnis, daß die allmächtige Muttergöttin in Uruk zugleich auch die »große Hure« ist (die in späterer Zeit oftmals mit einer Vielzahl von Brüsten, bzw. von Männer- oder Stiergenitalien dargestellt wurde). Da das Gilgamesch-Epos ganz zweifellos einen der

Ich schritt dort eine lange Zeit auf und nieder, ehe die Inanna eintrat. Sie rauschte mit großem Pomp herein, vier edle Knaben trugen die hohen, an der Spitze gekrümmten Schilfbündel von anderthalb Mannslängen, die überall mitgeführt werden, wohin die Inanna geht. Sie entließ mit einer raschen Handbewegung die Schilfträger, und wir waren allein.

Hochaufgerichtet stand sie vor mir. Sie wirkte hoheitsvoll, triumphierend und schrecklich zugleich. Ich sah, da war noch ein Rest ihrer Jungmädchenhaftigkeit, doch war es nur mehr ein Hauch. Seit ich zuletzt zu ihr gesprochen hatte, war sie verwandelt worden und war nun ein Wesen, das meinem Zugriff und meinem Begriffsvermögen entzogen war.

Durch meinen Sinn fuhr mir das Bild, wie sie da nackt in den Armen des Königs, der der Gott ist, gelegen haben mußte, in jener Nacht der Heiligen Hochzeit, die zugleich die erste Nacht als Hohepriesterin war, und mir stieg ein gallebitterer Geschmack im Munde auf.

Sie war in ein schlichtes weißes Haubengewand gekleidet, das sie von Kopf bis Fuß einhüllte und nur die rechte Schulter freiließ. Die dunklen Haare waren in der Mitte gescheitelt und zu einem dichten Zopf geflochten, der um ihr Haupt gelegt war. Ihre Wangen waren leicht mit Gelbocker getönt, die Augenlider von Kohl geschwärzt, sonst jedoch war sie ohne Schminke. Das einzige sichtbare Zeichen der neuen Würde an ihr war eine feingearbeitete schmale goldene Kettenkrone, verschlungen in den Schlangenmotiven der Göttin, um ihre Stirn. Aber da waren andere, feinere Zeichen. Die

---

Übergänge von einer vorzeitlich matriarchalen zu einer patriarchalen Kultur darstellt, ist die Szene nicht ohne leise Komik, da die »inkarnierte« Muttergöttin Inanna (wohlgemerkt, erzogen in der Weisheit des Alten Volkes) dem quicken Knaben Gilgamesch eine ganz hübsche Show vorspielt; es ist anzunehmen, daß Silverberg dies und einiges im weiteren Text nicht ohne ironische Anspielung auf Zustände und Trends in moderneren Zeiten angelegt hat.

Aura der göttlichen Macht lag auf ihr, und das Leuchten der Himmelsgewalt glühte durch ihre Haut.

Ich starrte sie an, aber meine Augen vermochten den ihren nicht zu begegnen. Ich konnte nur eines denken: daran wie sich ihr Leib unter dem Leibe des Dumuzi lustvoll gewunden haben mußte, wie ihre Lippen an seinem Munde lagen, wie seine Hand fordernd ihr zwischen die Schenkel fuhr und ... ich brannte innerlich vor Schmach und Verdruß.

Dann aber mahnte ich mich daran, daß die Frau, vor der ich stand, ja nicht nur ein Weib war, das ich einst begehrt hatte. Sie war nun die Verkörperung der höchsten Macht auf Erden; ja, sie war die Göttin in Menschengestalt. Der Abgrund zwischen ihr und mir war unendlich tief, und vor ihr waren alle meine Sehnsüchte belanglos und meine Lust wie ein Nichts und ein Hauch.

»Nun?« sprach sie nach einer langen Stille.

Ich machte das Grußzeichen der Göttin wider sie. »Königin des Himmels und der Erde«, stammelte ich. »Göttliche Mutter. Erstgeborene Tochter des Mondes ...«

»Schau mich an!«

Ich hob den Blick, aber er stieg nicht ganz bis zu ihren Augen empor.

»So sieh mich doch an! Schau mir in die Augen! In die Augen! Was soll dies Zittern und Zagen? Habe ich mich denn so sehr verändert?«

»Ja.« Ich flüsterte es. »Gewaltig hast du dich verändert.«

»So fürchtest du mich also?«

»Ja, ich fürchte dich. Denn du bist Inanna.«

»Ach ja, Königin des Himmels und der Erde undsofort! Göttliche Mutter! Erstgeborene Tochter des Mondes!« Sie drückte die Finger auf die Lippen, um ein Kichern zu unterdrücken, doch dann brach das Kichern hervor und wurde ein schaurig-schrilles Gelächter.

Verdutzt und zitternd schlug ich wieder und wieder das Zeichen der Göttin.

»Ja, fürchte mich nur!« rief sie laut, als könne sie ihre wilde Erheiterung nicht mehr bändigen. Dann bewegte sie gebieterisch die Hand. »Hinab und krieche! Du Tor! Was bist du doch noch für ein Kind! Ha, Königin des Himmels und der Erde! Erstgeborene Tochter des Mondes!«

Ich konnte ihr Lachen nicht fassen, das ihr so unbändig von den Lippen tönte. Es entsetzte mich. Erneut schlug ich das Zeichen der Göttin. Schon immer war dieses Weib für mich verwirrend und bestürzend gewesen, selbst damals schon, da sie noch ein nacktes Mädchenkind mit Funkelaugen und Knospenbrüsten war, das mich im Tempelgang wild und lachend an sich preßte und mir große Dinge vorhersagte. Und danach die listenkundige Jungpriesterin, die ihre Verführungskünste an mir übte und mich verwirrte. Doch dies hier nun, dies war zuviel, dieser Hohn und Spott wider die Göttin, nun da sie selbst doch die Göttin war! Ich fürchtete mich. Ich bebte vor Entsetzen. Stumm flehte ich zu Lugalbanda, er möge mich beschützen.

Nach einigen Augenblicken wurde sie wieder ruhig, und mein Unbehagen verlor sich ein wenig. Leise sprach sie: »Ja, nun bin ich eine andere. Ich bin jetzt die Inanna. Aber Inanna war ich immer – verstehst du das? Oder glaubst du, die Göttin hätte nicht von Anbeginn aller Zeiten gewußt, daß sie sich meinen Leib als Wohnsitz wählen würde, sobald sie jener anderen überdrüssig geworden war? Also, nun ist meine Zeit gekommen. Warst du dabei, in jener Nacht der Vermählung?«

»Ich war dort, ja. Und ich stand ganz vorn. Und du hast mir direkt ins Gesicht geblickt, aber gesehen hast du mich nicht.«

»Das Feuer der Göttin blendete mich in jener Nacht.«

»Oder die Glut des Gottes«, fuhr es mir unbedacht von den Lippen.

Sie starrte mich verdutzt und dann mit plötzlichem Zorn an. Unter dem Gelbocker röteten sich ihre Wangen, und ihre Augen schleuderten Blitze. Doch schien der Zorn ebenso rasch wieder zu schwinden, wie er entflammt war. Sie lächelte mich an und sprach: »Ach? Steht es so um dich, Gilgamesch? Ist dies die Natter, die in deinem Herzen nagt?«

Ich brachte kein Wort hervor. Meine Wangen brannten schamrot, und ich blickte starr vor meine Füße nieder.

Aber dann trat sie zu mir und ergriff mit beiden Händen meine Hand und sprach leise: »Ich sage dir, bekümmere dich nicht und gräme dich nicht um *seinet*willen. Es war ein Nichts! Ein alter Brauch, dem ich mich pflichtgemäß unterwarf, weiter nichts. Es war die Göttin, der er beilag, nicht die Priesterin. Und zwischen dir und mir ist *nichts* dadurch verändert worden. Verstehst du dies?«

Wenn du König bist, will ich in deinen Armen liegen ...

Ich hob die Lider, und zum erstenmal an diesem Tage schauten wir einander direkt in die Augen.

»Ich glaube – ich verstehe.«

»So sei es denn also!«

Ich schwieg. Noch immer war sie mir zu stark, und die Kraft, die aus ihr strahlte, schien mir überwältigend.

Nach einer Weile fragte ich: »Was war das für ein Name, mit dem du mich genannt hast?«

»Gilgamesch.«*

»Aber dies ist mein Name nicht.«

»Einst wird er es sein«, gab sie zurück. »Gilgamesch, der Gotterkorene. Du wirst Herrscher sein unter diesem

* »Gilgamesch«, sumerisch »Bilgamesch«, d.h. »Der Alte ist ein Held«, was selbstverständlich absurd ist in diesem Textzusammenhang, da der »junge« Held erst später Held und König wurde. Vielleicht darf man hier (bei Silverberg) eine Anspielung auf die US-amerikanische »Mutterkultur« annehmen, so etwa, daß »die Mütter sich ihre Helden wählen«.

Namen. Und es ist ein Name des Alten Volkes, des Volkes der Göttin, das vor langer Zeit das Land besaß. Das Wissen davon zog in mich ein, als ich träumte und als die Göttin zum ersten Mal in mir wohnte. Nun sprich den Namen: *Gilgamesch ... Gilgamesch.*«

»Gilgamesch.«

»König Gilgamesch ...«

»Das wäre Lästerung, denn König ist Dumuzi!«

»Gilgamesch der König! König Gilgamesch! So sprich doch! Sag es laut!«

Und wieder lief mir ein Frösteln über den Leib. »Ich flehe dich an, laß mich, Inanna! Wenn die Götter beschließen, mich zum König zu machen, so wird dies geschehen – zur rechten Zeit. Doch auf dem Hohen Thron sitzt nun Dumuzi. Und ich will mich nicht in dein Antlitz hinein König heißen, nicht jetzt – und nicht hier im Hause der Göttin!«

Wieder glomm der Zorn in ihren Augen auf. Sie mochte keinen, der ihr widerstand.

Dann warf sie die Schultern zurück, und es sah so aus, als verscheuche sie, von einem Lidschlag zum andern, alles, was wir gesprochen hatten, gänzlich aus ihrem Denken. Mit einer anderen, einer flachen und geschäftsmäßigen Stimme fragte sie: »Warum verbirgst du etwas vor mir?«

Das bestürzte mich. »Ich? Etwas verbergen?«

»Du weißt, was du mir verheimlichst.«

Da verspürte ich hinter dem rechten Ohr jenen Druck, und er war wie eine Warnung. Ich wußte, was sie von mir zu erfahren wünschte, und ich scheute davor zurück, es sie wissen zu lassen. Also schwieg ich. Mit ihr zu sprechen, das war, wie wenn einer über schlüpfrige Trittsteine durch ein fließendes Gewässer schreiten will. Ich könnte im nächsten Augenblick den sicheren Halt verlieren und hinweggerissen werden.

»Warum verbirgst du etwas vor mir, o Gilgamesch?«

»Du darfst mich nicht mit diesem Namen nennen!«

»Ja. Das ist wohl richtig. Noch nicht. Doch wirst du mir nicht so leicht entschlüpfen.«

»Warum denkst du, daß ich dir etwas verheimliche?«

»Weil ich weiß, daß es so ist.«

»So kannst du also in meine Gedanken schauen?«

Ein rätselhaftes Lächeln spielte um ihre Lippen. »Vielleicht. Vielleicht kann ich es wirklich.«

Ich rang mir mühsam Störrischkeit ab und widerstand ihr. »Ja, dann, dann habe ich ja keine Geheimnisse vor dir. Du kennst sie doch alle bereits«, sprach ich.

»Aber ich will es aus deinem eigenen Munde hören. Seit Tagen schon warte ich darauf, daß du zu mir kommst, um es mir zu sagen. Und als du nicht vor mich gekommen bist, da ließ ich dich rufen. Auch du bist verwandelt. Es ist etwas Neues in dir.«

»Nein«, antwortete ich. »*Du* bist es, die sich verändert hat.«

»Ja, aber auch du«, sagte die Inanna. »Bat ich dich nicht einst, du mögest zu mir kommen, wenn ein Gott dich zu seinem Eigentum erwählt hätte, und mir sagen, wer der Gott sei?«

Ich blickte sie ziemlich töricht und verwirrt an. »Das weißt du also?«

»Es ist nicht schwer, das zu erkennen.«

»Aber wie siehst du es? Kannst du es in meinem Gesicht ablesen?«

»Ich konnte es durch die halbe Stadt hindurch *fühlen*. Du trägst nun in dir einen Gott. Willst du das leugnen?

Ich schüttelte den Kopf. »Nein, das kann ich nicht.«

»Aber du hattest es mir versprochen, daß du mir sagen wolltest, wenn einer dich erwählte. Es war ein – feierliches Versprechen, ein Gelöbnis!«

Ich senkte den Blick vor ihr und sprach, ziemlich zerknirscht: »Es handelt sich leider bei dieser Erwählung um eine sehr persönliche Sache.«

»Aber da war dein Gelöbnis ...«, sagte sie.

»Ich dachte, du würdest zu beschäftigt sein ... mit den Hochzeitsfeiern ... mit der Bestattung der alten Inanna ...«

»Aber es war ein Gelöbnis«, wiederholte sie.

Inzwischen tobte die ganze rechte Hälfte meines Kopfes. Ich war dieser Frau vollkommen ausgeliefert. *Lugalbanda,* flehte ich, *Lugalbanda, behüte mich und leite mich!* Doch mir kam keine Antwort, und da war nur dieses hämmernde Pochen in meinem Kopf.

Sie aber sagte: »So sage mir nun auf der Stelle den Namen des Gottes, unter dessen Schirm und Schutz du fortan gehst!«

»Du weißt doch alle Dinge«, gab ich ihr keck zurück. »Warum soll ich dir sagen, was du doch schon weißt?«

Meine Frechheit erheiterte sie, erzürnte sie jedoch zugleich. Sie kehrte mir den Rücken zu und stapfte im Saale auf und ab und fuhr mit ihren Händen in die dichten Schilfbündel und klammerte sich fest in sie und wollte mir nicht einen einzigen Blick gönnen. Es trat eine Stille ein zwischen uns, die mich wie mit bronzenen Fesseln in Bande schlug. Und fast wollte mir unter der Last dieses Schweigens der Atem in der Brust stokken. Es ist nämlich, müßt ihr wissen, nicht harmlos und ist kein Geringes, wenn ein Mann einem anderen Menschen seinen persönlichen Gott preisgibt und enthüllt: es ist, als überantwortete dieser Mensch einen Teil jener Kraft einem anderen, die der Gott ihm schenkt. Und ich – ich war mir meiner Kraft noch bei weitem nicht sicher genug, als daß ich eine solche Hingabe und Preisgabe hätte wagen dürfen. Doch gleichermaßen war ich auch noch nicht fest genug, der Inanna die Kenntnis zu verweigern, die sie haben wollte. Mein Versprechen hatte ich einer Priesterin gegeben, doch nun war es die leibhaftige Göttin in Menschengestalt, die mein Gelöbnis einforderte.

Also sagte ich, ganz leise: »Der Gott, der mich erkor

und in mich einging, ist mein Vater, der Held Lugalbanda.«

»Aaaah!« sagte sie. Und noch einmal: »Aaah!«

Dann schwieg sie, und wieder fiel diese schreckliche Stille über uns. Dann sagte ich: »Das darfst du aber keinem sagen!«

»Ich bin Inanna!« schrie sie wild. »Kein Mann kann mir befehlen!«

»Ich bat dich nur, es keinem zu sagen. Ist das ein so ungebührliches Verlangen?«

»Du hast kein Recht, mich um *irgend etwas* zu bitten!«

»Aber so versprich mir doch einfach ...«

»Ich verspreche dir nichts, denn ich bin die Inanna!«

Und dann durchflutete die Macht der Göttin den ganzen Saal. Ihr wißt vielleicht, daß die wahre Gegenwart des Göttlichen wirkt wie eine Kälte und ein Frost, die schärfer sind als die harscheste Winterskälte, denn sie saugt die ganze Wärme des Lebendigen in sich hinein. Und in diesem meinem Lebensaugenblick hatte ich das Gefühl, als bemächtige sich die Inanna meiner warmen Lebenskraft und sauge sie aus mir heraus, so daß nichts von mir übrigbleiben könne, als vor Kälte starrende verdorrte Spreu und Spelze. Ich war wie gelähmt. Ich brachte kein Wort hervor. Ich kam mir so jung vor, so töricht und ohne Verstand ... und zugleich so unschuldig. Denn was ich vor mir erblickte, das war die Apotheose der wahren fleischgewordenen Göttin, und ihre gelbgoldenen Augen glühten wie die eines nächtlichen Tiers.

ACHT

Einige Tage später, als ich nach einem Tag voller Spiel und Sport auf dem Speerfeld in mein Haus zurückkehrte, fand ich dort auf meinem Lager ein versiegeltes Tontäfelchen vor. Es war dies aber, daran erinnere ich mich, der neunzehnte Tag des Mondes, und dieser Tag ist immer ein äußerst unheilvoller. Hastig erbrach ich die Umhüllung aus Braunton und las die darunterliegende Botschaft, und las sie noch einmal und las sie ein drittesmal. Die wenigen in den Ton geritzten Worte trafen mich schwer. In einem einzigen Augenblick entrissen mir diese kargen Worte alle Annehmlichkeiten meiner Geburtsstadt und trieben mich in das unbehauste Leben eines Verbannten in der Fremde, ganz als wären es nicht bloße Worte, sondern der Sturmesatem des hohen Gottes Enlil.

Was die Tafel sagte, war: *Fliehe du sogleich aus Uruk fort – denn der Dumuzi sinnt auf deinen Tod.*

Gezeichnet war die Botschaft mit dem Sigill der Inanna.

Mein unmittelbares Gefühl war ein heißer Trotz. Das Herz dröhnte mir donnernd in der Brust, und meine Hände ballten sich zu Fäusten. Wer war dieser Dumuzi, daß er es wagen durfte, den Sohn des Lugalbanda zu bedrohen? Was hatte ich denn von einem trägen feisten Wurm wie ihm zu fürchten? Und ich dachte auch bei mir: die Macht der Göttin ist höher als die Macht des Königs, deshalb besteht keine Notwendigkeit für mich, aus der Stadt zu weichen, denn die Inanna wird mich beschützen.

Während ich noch erregt und mißmutig in meinem Gemach umherstapfte, trat einer meiner Diener ein. Er erkannte mein Wüten und wollte sich zurückziehen, doch ich befahl ihm zu bleiben. »Was gibt's?« verlangte ich zu wissen.

»Zwei Männer – oh – Herr, zwei Männer sind gekommen ...«

»Wer waren sie?«

Zunächst brachte er kein Wort hervor, dann aber stammelte er: »Leibsklaven des Dumuzi, glaube ich. Sie trugen sein rotes Band am Arm.« Seine Augen glosten vor Furcht. »Sie trugen Messer bei sich, Herr. Versteckt in ihrem Gewand, aber ich sah sie blitzen. Ach, Herr ... mein Herr ...«

»Sagten sie dir, was sie begehrten?«

»Sie wollten dich sprechen, sagten sie.« Er stotterte immer noch, und er war vor Angst ganz bleich und wirkte krank. »Ich sagte ihnen, du seist bei der G-g-göttin, und sie antworteten, sie wollten zurückkehren – sie w-w-wollten an d-d-diesem Abend w-w-wiederkommen ...«

»Aha«, sprach ich leise. »So ist es also wahr.« Ich faßte den Diener am Zipfel seines Gewandes und zog ihn ganz dicht zu mir heran. Dann flüsterte ich ihm zu: »Halte Wacht! Und wenn du diese Männer in der Nähe erblickst, dann komme du sofort zu mir!«

»Ich höre und gehorche, Herr.«

»Und sag zu niemand ein Wort, wo ich bin!«

»Nicht ein Wort, Herr!«

Ich entließ ihn, und er huschte hinaus. Ich aber stapfte wieder in meinem Gemach auf und ab. Meine Kehle war wie ausgetrocknet, und ich zitterte, nicht so sehr aus Furcht, sondern vor Zorn und Bestürzung. Welchen anderen Ausweg hatte ich denn als die Flucht? Ich erkannte, wie töricht das gewesen, was ich noch vorhin so kühn gedacht hatte. Gewiß, ich konnte auch weiterhin stolz und mutig bleiben, doch war mir dabei der Tod sicher. Wie großspurig ich doch zuvor in meinem Denken gewesen war! Ich hatte gefragt, wer denn dieser Dumuzi sei, daß er den Sohn des Lugalbanda bedrohen dürfe? Nun, Dumuzi war der König, und falls es ihm so beliebte, dann war mein Leben verwirkt. Und wenn die Inanna mich auf irgendeine Weise hätte schützen können, warum sollte sie mir dann eine Botschaft senden, daß ich eilends fliehen solle? Vor mir tat sich eine schreckliche Leere auf. Jedoch, ich durfte keinen Augenblick länger säumen, dies begriff ich, nicht einmal, um nach Erklärungen zu forschen. Ich mußte fort, und es mußte rasch sein; ich konnte nicht einmal mehr meiner Mutter Lebewohl sagen oder vor dem Schrein des Lugalbanda niederknien. Denn in diesem Augenblick konnten die vom Dumuzi bestellten Mörder auf dem Weg dahin sein, um mich zu suchen. Nein, ich durfte nicht zaudern.

Ich dachte nicht, daß ich lange fernbleiben würde. Also wollte ich für einige Tage oder nötigenfalls einige Wochen in irgendeiner der anderen Städte Zuflucht suchen, bis ich in Erfahrung gebracht hatte, womit ich mir den König zum Feinde gemacht haben mochte und wie man den Zwist bereinigen könnte. Ach, mir war damals nicht bewußt, daß ich mich zu vier Jahren der Verbannung in der Fremde anschickte. Doch dies widerfuhr mir sodann.

Wie betäubt und mit zitternden Händen raffte ich einiges von meinem Besitz zusammen. An Kleidung nahm ich soviel mit, wie in einem Schultersack Platz hatte, und ich nahm meinen Bogen und ein Schwert und das Pazuzu-Amulett, das mir vor langer Zeit meine Mutter geschenkt hatte, und die kleine Grünsteinfigur der Göttin, die ich von der Inanna erhalten hatte, als sie noch eine gewöhnliche Priesterin gewesen war. Und ich selbst hatte mir ein Täfelchen erworben, auf dem ein paar magische Zaubersätze geschrieben standen, wie sie bei Verletzungen oder Krankheit nützlich sind, und auch dies packte ich ein, ebenso den ledernen Beutel mit der Arznei, die man in der Wildnis verbrennen muß, um die bösen Geister zu vertreiben. Und zuletzt nahm ich auch noch ein schmales Messer von sehr alter Arbeit; es hatte ein edelsteingeschmücktes Heft und war nicht besonders scharf, doch ich liebte es sehr, denn Lugalbanda hatte es mir von einem seiner Kriegszüge mitgebracht.

Zur ersten Nachtwache, der Zeit des Aufgangs der Gestirne, schlich ich mich aus meinem Hause und glitt behutsam durch das enge Gewirr der Gassen und Straßen auf das Nördliche Tor zu. Es fiel ein leichter Regen. Schwaden von den Lampen der zehntausend Häuser stiegen in den dunkelnden Himmel. Das Herz in meiner Brust schmerzte mich elendiglich. Nie zuvor war ich von Uruk fern gewesen, und ich hatte nicht die geringste Vorstellung davon, was außerhalb seiner Mauern mich erwartete. Ich war ganz und gar in der Hand der Götter.

Es war aber die Stadt Kish, zu der zu wandern ich mich entschloß. Zwar lagen Eridu und Nippur viel näher und wären leichter zu erreichen gewesen; doch mir erschien Kish als sicherer. Denn der Dumuzi besaß großen Einfluß in Eridu und Nippur, Kish aber war ihm nicht freundlich gesonnen. Und mir lag wenig daran, einen Ort zu erreichen, an dem man mich sogleich zusammenpacken und als Freundschaftsgeschenk an den König von Uruk zurückschicken lassen konnte. Der König Agga von Kish hingegen würde wohl kaum geneigt sein, sich dem Dumuzi gefällig zu erweisen; außerdem hatte Lugalbanda oft von ihm gesprochen, das rief ich mir nun in Erinnerung, und ihn gepriesen als einen standhaften Kriegshelden, einen würdigen Gegner und einen Mann von Ehre. Auf also nach Kish denn, um mich der Gnade des Agga zu überantworten.

Kish aber lag weit und fern im Norden, und der Fußmarsch bis dorthin war viele Tage lang. Ich durfte natürlich nicht übers Wasser reisen. Erstens war es nicht einfach, in einem kleinen Boot oder mit einem Floß den rasch strömenden Buranunu* flußabwärts zu ziehen, und es wäre für mich viel zu gefährlich gewesen,

---

* Siehe Anm. S. 94

mich an Bord eines der großen Segelschiffe der Könige zu schleichen, die den Fluß zwischen den Städten befahren. Aber ich wußte, daß sich am Ostufer des Buranunu eine Karawanenstraße entlangzieht. Wenn ich ihr nordwärts folgte und brav einen Fuß vor den andern setzte, so mußte ich doch sicherlich früher oder später nach Kish gelangen.

Und so wanderte ich munter drauflos, und manchmal schlug ich auch einen leichten Trab an, und bald schon versank Uruk hinter mir in der Dunkelheit. Ich hielt erst um die mittlere Nachtstunde inne. Und dann überkam mich aber bereits ein Hauch des lastenden Gefühls, daß ich schon weit von meiner Vaterstadt entfernt sei und daß ich mich zu einer gewaltigen Reise angeschickt hätte, die mich bis an die fernen Enden der Welt führen werde, eine Reise, die nimmermehr ein Ziel und Ende haben sollte. Und so war es denn auch, meine Reise fand nie ihr Ende – bis heute nicht.

In dieser ersten Nacht schlief ich auf einem frischgepflügten Feld, in meinen Umhang gehüllt, und der Regen regnete mir ins Gesicht. Jedoch ich schlief tief und fest. Im Morgendämmer erhob ich mich, badete im trüben Kanal irgendeines Bauern und bediente mich zum Frühbrot mit seinen Feigen und Gurken. Dann zog ich weiter nordwärts. Ich fühlte mich getragen von einer unerschöpflichen innerlichen Kraft, und es ermüdete mich auch nicht, alle Stunden des Tages hindurch zu wandern. Dies aber war der Gott in mir, der mich – wie fortan stets – zu übermenschlichen Taten antrieb.

Das Land war viel schöner, als ich es mir jemals hätte träumen lassen. Der Himmel war gewaltig und leuchtete und erzitterte von der göttlichen Gegenwart. Nach der scharfen Dürre des Sommers begann auf den sanften Matten der weiten üppigen Flußniederung das erste zarte Gras des Herbstes zu sprießen. An den Kanälen erwachten die Mimosenbäume, die Weiden und die Erlen, das Röhricht und die Binsen allesamt zu neuem grünen Leben. Zu meiner Linken floß der dunkle Strom Buranunu in seinem Bett aus Schwemmsand hoch über der Ebene dahin. Irgendwo, weit drüben im Osten, so hatte man mich gelehrt, lag der zweite große Strom, der reißende, wilde Idigna*, der die andere Grenze des Landes bildet. Denn wenn wir sagen »das Land«, so meinen wir damit das Gebiet der zivilisierten Menschen zwischen den Strömen. Alles aber, was außerhalb davon liegt, ist für uns barbarische Fremde; was jedoch zwischen den Strömen ist, das ist das uns von den Göttern zugewiesene Menschenland.

Die Flüsse bringen uns Notstand und Gefahren – schreckliche Sturzfluten und lebensbedrohliche Überschwemmungen –, doch es kommt auch von ihnen gewaltige Fruchtbarkeit, und deren Anzeichen, den Hauch dieses Göttergeschenkes, sah ich nun überall um mich her. Dieses Geschenk verdanken wir dem Vater Enki. In den Liedern singen sie von dem Weisen-Erhabenen, dem Gott, der die Gestalt eines wilden Stieres annahm und sein gewaltiges Götterglied in die ausgedorrten Furchen der beiden Flüsse stieß, und seinen Samen mit mächtigem Schwall in sie ergoß, so daß sie sich mit dem süßen funkelnden Wasser des Lebens füllten. Und so ist es seitdem ewiglich: das Lebenswasser des Hohen Vaters befruchtet das Land, das unsere Mutter ist. Und es war ebenfalls Enki, der – sobald die Flüsse voll waren von seiner befruchtenden Samenflut – sich die Kanäle erdachte, um die Wasser auf die Felder zu lenken, und der die Fische erschuf und das Schilf in den Marschen, das grüne, saftige Gras der Anhöhen und die Körner und eßbaren Kräuter und Wurzeln der bebauten Erde und auch das Vieh auf den Weiden. Er überantwortete aber ein jegliches seiner Zeugung in die Obhut eines bestimmten Gottes.

---

* Buranunu und Idigna sind die Flüsse Euphrat und Tigris, bildeten in jener Frühkultur tatsächlich die »Grenzen des Landes«.

Solche Wahrheiten hatte ich von dem Harfensänger und Hofrhapsoden Ur-kununna erfahren, und natürlich auch von dem Schulvater der Tempelschule; doch dazumal waren es für mich nur trockene Worte und wie eine tönerne Schelle gewesen. Nun aber sah ich das alles greifbar und wahrhaftig vor mir. Ich schaute die vom Weizen und von der Gerste schweren Felder. Ich sah die Dattelpalmen, voll von noch nicht reifer Frucht. Ich sah den Maulbeerbaum und die Zypresse, die Rebstökke, prall voll dunkler schimmernder Beeren, die Mandelbäume und die Walnußbäume, und ich sah die Herden der Rinder und Ziegen und Schafe. Das Land war reich und fett von Lebendigem. In den Tümpeln neben den Kanälen sah ich sich suhlende Wasserbüffel, gewaltige Schwärme von Vögeln mit buntschillerndem Gefieder, und Legionen von Schildkröten und Schlangen. Einmal erspähte ich einen Löwen, der eine schwarze Mähne hatte. Er aber sah mich nicht. Es verlangte mich sehr, den Elefanten zu sehen, von dem ich wundersame Dinge vernommen hatte, doch waren wohl zu dieser Jahreszeit die Herden anderwärts. Aber von anderen Geschöpfen sah ich eine Vielzahl: Es gab Wildschweine, Hyänen, Schakale, Wölfe und Adler und Geier und Antilopen und Gazellen im Überfluß.

Wenn ich an unbebautes Land gelangte, so jagte ich mir einen Hasen oder eine Gans für meine Mahlzeit, auch fand ich stets irgendwelche Beeren oder Nüsse, die man essen konnte. In den Dörfern nahmen mich die Bauern bei sich in ihren Hütten auf und teilten mit mir ihre Bohnen und Erbsen und Linsen, ihr Bier und ihre Honigmelonen. Ich sagte keinem meinen Namen, auch nicht, woher ich käme; doch ich betrug mich natürlich wie ein junger Prinz und anständig, also waren sie womöglich darum so unendlich gastfreundlich zu mir. Es ist ja klar und so gesetzt, daß es eine Beleidigung der Götter ist, wenn einer einen friedfertigen Fremdling von seiner Schwelle weisen wollte. Dies nutzte mir sehr. Die

Mädchen auf diesen Höfen wärmten mich bereitwillig in der Nacht, und mehr denn einmal bedauerte ich es, daß ich weiterziehen mußte, oder ich kämpfte einen Kampf mit mir selber, ob ich nicht diese oder jene zärtliche Gefährtin einer Nacht mir mir auf die Reise nehmen solle. Doch ich zog immer unbeweibt und unbegleitet aus diesen Dörfern weiter. Allein und ohne Gefährten langte ich dann endlich vor der großen Stadt Kish an.

Mein Vater, der Held Lugalbanda, hatte stets wohlwollend über Kish gesprochen. »Wenn es wirklich eine Stadt gibt, die rechtens von sich behaupten könnte, sie sei Uruk, an Größe gleich«, pflegte mein Vater zu sagen, »so ist dies Kish.« Ich kann ihm darin nur rechtgeben.

Wie Uruk liegt auch Kish nahe dem Buranunu, und so wächst und gedeiht diese Stadt durch den Flußhandel, aber auch durch den Handel, der nicht nur zwischen den Flußstädten erfolgt, sondern von den Ländern am Meer den Fluß heraufkommt. Und gleich Uruk ist Kish von hohen Wällen umgeben und sitzt sicher hinter seinen Mauern. Es leben dort viele Menschen, wenn auch nicht ganz soviele wie in Uruk, das wohl die volkreichste Stadt ist auf der Erde (meine Steuereinnehmer veranschlagten später, im fünften Jahr meiner Herrschaft, eine Einwohnerschaft von neunzigtausend, einschließlich der Nichtvollbürger und Sklaven). Ich schätze, Kish hatte etwa zwei Drittel dieser Zahl, aber auch dies ist ja noch immer recht beeindruckend.

Lange bevor Uruk groß ward, hatte Kish die Vorrangstelle im Lande. Dies ist auf die Tatsache zurückzuführen, daß die Königsherrschaft ein zweitesmal vom Himmel herabgestiegen war, nachdem die Große Flut die früheren Städte der Menschen vernichtet hatte. So kam es, daß Kish der Sitz der Königsherrschaft wurde, als Uruk nichts weiter war als ein großes Dorf. Ich weiß noch recht gut, wie uns der Barde Ur-kununna die Mär vorsang von Etana, dem Könige von Kish, der das Land festigte und den man dann allerorten pries als den höchsten Herrscher und Großkönig.* Aber Etana war auch jener Mann, der auf den Schwingen eines Adlers sich in den Himmel schwang, denn weil er ohne Söhne geblieben war, suchte er nach der Wurzel der Geburt, die aber nur bei den himmlischen Göttern gedeiht.

Seine wundersame Himmelfahrt aber brachte dem Etana von Kish seinen so ersehnten Manneserben. Und dennoch und trotz alledem hockt dieser Etana jetzt im Hause des Staubes und der Düsternis, und die Stadt Kish ist nicht länger die Beherrscherin des Landes. Denn zu der Zeit, als Enmebaraggesi König ward in Kish, war Uruk allmählich zu einiger Macht und Größe erwachsen. Und unser König wurde Meskiaggasher, ein Sohn der Sonne, als Uruk noch nicht das gewaltige Uruk war, sondern nichts weiter als die zwei Dörfer Eanna und Kullab. Doch Meskiaggasher überwand den Enmebaraggesi, so daß der ihm tributpflichtig ward und ihn als Oberkönig anerkannte. Und nach diesen folgte mein Großvater, der hehre Held Enmerkar, und er schuf aus den zwei Dörfern die Stadt Uruk. Und nach ihm kam Lugalbanda. Und unter Führung dieser beiden Helden erkämpften wir uns die Freiheit von Kish und wuchsen heran zu unserer wahren Größe und Macht, deren Hüter und Verwalter ich nun schon seit so unendlich vielen Jahren sein muß.

Zu der Zeit aber, von der ich vorhin berichtete, als ich noch fast ein Knabe war, und flüchtig, war Enmebaraggesi natürlich lange schon gestorben, und sein Sohn Agga war König in Kish. Im klaren hellen Lichte eines Wintermorgens erblickte ich zum ersten Mal diese Stadt. Sie ragt hoch auf über der flachen Ebene der Flußniederungen des Buranunu und ist eine Stadt mit mächtiger Mauer und vielen Türmen, die in blenden-

---

* Der Begriff »Großkönig« ist zwar historisch erst aus dem viel späteren Perserreich bekannt, aber wohl doch angesichts der faktischen Oberherrschaftsbestrebungen des (späteren) Usurpators Gilgamesch durchaus angebracht.

dem Weiß bemalt sind und von welchen karmesinrote und smaragdgrüne Banner wehen. Diese Stadt Kish war sozusagen ein zweihöckeriges Kamel, soviel war sogleich ersichtlich, denn sie besaß zwei Mittelpunkte, jeweils im westlichen und östlichen Teil der Stadt, und dazwischen erstreckte sich ein tieferliegender Bezirk. Die Tempel aber in Kish stiegen von Terrassen auf, die bei weitem höher waren als die große Weiße Terrasse in Uruk, und ihre Stufen bogen sich aufwärts und hinauf und in die Höhe, so daß einer fast hätte glauben mögen, sie stießen an das Firmament. Mir, in meiner Jugend, erschien dies als ein gewaltig Ding, die Häuser der Götter so sehr dem Himmel nahe zu bauen, und als ich dann später die Tempel in Uruk neu errichten ließ, folgte ich dem Vorbild, das ich mir von den hohen Götterwohnungen in Kish in meinem Innern bewahrt hatte. Doch dies war erst viele Jahre später.

Ich war auf die bestürzende Größe Kishs nicht vorbereitet gewesen. An diesem Ort schien alles lauthals zu schreien: »So siehe doch, ich bin großmächtig, ich bin die allgewaltige, die unüberwindliche *Stadt!*« Und ich, immer noch ein halbes Kind, war zum erstenmal in meinem Leben allein und fern von meinem Ursprung und Zuhause. Jedoch in meinem Herzen war keine Furcht.

Und so trat ich denn vor die Mauern von Kish, und an dem Tor trat ein sauertöpfisch dreinblickender Wächter mit einem langen Bart hervor und ließ gemächlich seinen bronzenen Amtsstab wirbeln. Er musterte mich, als wäre ich ein Nichts und ein Niemand, nichts weiter als ein Brocken Fleisches, der zufällig auf zwei Beinen einhergeht. Ich aber gab ihm seine Unverschämtheit mit einem gleichermaßen überheblichen Blick zurück. Ich ließ meine Hand unmerklich leicht auf dem Knauf meines Schwertes ruhen und sprach sodann zu dem niederen Knecht: »Ach, sage doch deinem Herrn an, daß der Sohn des Lugalbanda hergekommen ist aus Uruk, und daß er wünscht, ihm seine Aufwartung zu machen.«

NEUN

In jener Nacht speiste ich von goldenen Tellern im Palaste mit König Agga. Und so begann mein vierjähriges Exil in der Stadt Kish.

Agga empfing mich sehr herzlich; ob der Grund dafür die Achtung war, die er für meinen Vater hegte, oder irgendwelche ränkevollen Planungen, mich gegen Dumuzi zu benutzen, das hätte ich damals nicht zu sagen vermocht. Es war wohl etwas von beidem, denn er war zwar bekanntlich ein Ehrenmann, aber doch auch mit jeder Faser seines Herzens ein Herrscher, also schon aus diesem Grunde bestrebt, alles zum Wohle und zur Mehrung seiner Stadt zu wenden, was sich ihm bot.

König Agga war ein untersetzter Mann mit rosiger Haut und voll des Fleisches und der Leibesfülle, wahrhaftig einer, der sein Bier und seinen Braten nicht verschmähte. Sein Kopf war vollkommen haarlos, denn er ließ sich an jedem Morgen den Schädel im Thronsaal seines Palastes rasieren, was ein feierlicher Staatsakt war, zu dem ein ausgewähltes Publikum von Höflingen und Beamten geladen ward. Die Klingen, die seine Barbiere dabei benutzten, waren aus einem hellen Metall gefertigt, wie ich es nie zuvor gesehen hatte, und sie waren ungewöhnlich scharf. König Agga erklärte mir, sie seien aus »Eisen«, was mich etwas verwirrte, denn unter »Eisen« verstand ich einen viel dunkleren metallischen Stoff, der von nur geringem Nutzen war; denn Eisen ist weich und mag sich nicht zu einer scharfen Schneide schleifen lassen. Später aber befragte ich einen der Kammerherrn, und dieser erklärte mir, das sei eine besondere Art von Eisen, das im Lande Dilmun vom Himmel gefallen sei, und es sei vermischt mit einem anderen, einem namenlosen Metall, welches ihm seine Färbung und diese besondere Härte verleihe. Wie oft habe ich seit damals gewünscht, daß ich einen Vorrat dieses Wundermetalls für meine Waffen besäße – und das Geheimnis seiner Verarbeitung –, jedoch es gelang mir nie, mich des einen wie des anderen zu bemächtigen.

Je nun. Niemals aber habe ich einen sauberer geschorenen Schädel an einem Manne erblickt als an dem Agga. Auch seine höchsten Würdenträger gingen kahlen Hauptes einher, außer jenen, die ihre Abstammung auf die Völker der Wüste zurückführten, denn deren dichtes gekraustes Haar widersteht dem Schermesser denn doch allzu stark. Ich habe dafür Verständnis, denn auch mein Haarwuchs ist ähnlich dicht, und so war es der des Lugalbanda. Es muß wohl so sein, daß ich ein Teil des Blutes der Wüstensöhne in mir habe: meine Leibesgestalt spricht dafür, ebenso die Beschaffenheit meines Haupthaares und meines Bartes, obschon meine Nase nicht so schmal und nicht so gekrümmt ist, wie es ihre Nasen zu sein pflegen. Es leben zwar in jeglicher Stadt des Landes viele aus dem Samen der Wüstenvölker, es waren ihrer jedoch in Kish weit mehr als an irgendeinem anderen Orte, den ich besuchte. Sie machten wohl gut die Hälfte der Einwohner aus, und ich hörte ihre Sprache, die von der der Menschen des Landes so verschieden ist, beinahe so häufig wie meine eigene.

König Agga wußte, daß ich vor Dumuzi geflohen war. Er wußte anscheinend überhaupt recht gut Bescheid über die Begebnisse in Uruk, ja wahrscheinlich wußte er sehr viel mehr darüber als ich. Das konnte mich eigentlich nicht sehr erstaunen, daß ein so mächtiger Herrscher wie Agga in der Stadt ein Netz von Spionen unterhielt, die seine schärfste Rivalin war. Was mich allerdings wirklich verblüffte, war eine der Quellen, aus denen er seine Kenntnisse zog. Aber auch davon erhielt ich erst sehr viel später genaueres Wissen.

»Was hast du denn getan«, fragte mich der Agga, »daß dein König sich solchermaßen wider dich erzürnt?«

Diese Frage hatte ich mir selbst auch bereits gestellt. Es war einfach absurd, daß Dumuzi so überraschend in mir seinen Feind sehen sollte, nachdem er mir während der sechs, sieben Jahre nach dem Tode meines Vaters nicht die geringste Beachtung geschenkt hatte. Und in dieser Zeit war ich zweifellos kaum eine Bedrohung seiner Macht gewesen. Gut, ich war ein hochgewachsener Jüngling und über meine Jahre hinaus stark, aber ich war doch andererseits noch weit davon entfernt, irgendwelche Ansprüche auf auch nur die geringste Machtposition in der Stadt zu erheben. Das mußte doch Dumuzi – ebenso wie alle anderen Mächtigen in Uruk – genau wissen. Und wenn ich mich schon, in meinen frühen Knabentagen, damit gebrüstet hatte, daß ich einst König sein würde in Uruk, nun, so mußte man dies doch ganz schlichtweg als das laute Geprahle eines Kindes abtun, dem Glanz und Glorie seines Vaters Lugalbanda die Erinnerung überstrahlte. Und wenn ich dann später von der Königswürde träumte – und ich leugne es ja nicht, daß ich solche Träume spann –, so war ich doch bereits gescheit genug, sie ganz für mich zu behalten und keinem davon zu sagen.

Während ich aber neben dem König Agga an seiner Festtafel schmauste, kam mir in Erinnerung, daß es ja in Uruk noch einen Menschen gab, der sich voll Eifers dem Zeitvertreib widmete, mir meine Geschicke vorauszubestimmen: *sie* nämlich, die keinen Zweifel zu hegen schien, daß ich dereinst dort König sein würde. Hatte sie mir denn nicht ins Ohr geflüstert, welche Lust und Wonne sie mit mir teilen werde, sobald der Tag gekommen war? War sie nicht gar so sträflich kühn gewesen, sich den Namen auszudenken, unter dem ich einmal herrschen sollte?

Und sie – sie war doch nun wirklich dem Ohr des Dumuzi gar sehr nahe.

»Was möchte nun wohl Dumuzi denken«, fragte ich den König Agga, »wenn er argwöhnte, daß der vergöttlichte Lugalbanda Besitz von meiner Seele ergriffen hat und daß sein göttergleicher Geist nun in mir wohnt?«

»Aha? So ist es also?« Agga fragte hastig, und seine Äuglein glitzerten.

Ich griff nach der Bierkumme und trank, gab ihm jedoch keine Antwort.

Er schaute mich prüfend an, und nach einigem sagte er: »Wenn dem so wäre – oder wenn der Dumuzi auch nur glaubte, dem wäre so – nun, ich denke, dann müßtest du ihm als eine sehr bedenkliche Gefahr erscheinen. Denn er weiß ja, daß er keine fünf Haare aus dem Barte deines Vaters wert ist. Schon der Name des Lugalbanda allein macht ihn erzittern. Aber der *tote* Lugalbanda ist für den Thron des Dumuzi keine Bedrohung.«

»Ja. So ist es, wahrhaftig.«

»Aha«, sagte König Agga und lächelte dabei. »Was aber würde sein, wenn es bekannt würde in Uruk, daß der Geist des gewaltigen und kühnen Helden Lugalbanda nunmehr seinen Wohnsitz habe in dem starken Menschenleib des Sohnes von Lugalbanda? Und wenn nun dieser Sohn heranwüchse an Jahren, so daß alle Welt von ihm erwartet, daß er begönne, in der Regierung seiner Stadt eine merkliche Rolle zu spielen? – Nun, wenn dem so wäre, dann, wahrlich, müßtest du Dumuzi als eine große Gefahr, ja als eine tödliche Gefahr erscheinen ...«

»Als so gefährlich, daß er mich niedermetzeln lassen müßte?«

König Agga hob die Händchen mit den Handflächen nach oben gerichtet bis in Schulterhöhe und fragte: »Wie heißt doch der Spruch? – ›Der Feige sieht Löwen, wo Furchtlose nur große Katzen sehen.‹ Wäre ich an der Stelle des Dumuzi, ich fürchtete den Geist des Lugalbanda nicht. Aber ich bin eben nicht Dumuzi. Und er ... nun ja, er sieht dies wohl alles unter ganz anderen Gesichtspunkten.« Und sodann gab mir König Agga noch mehr Bier, und zwar schenkte er es mir mit eigener Hand ein und schickte den Mundschenk fort und goß mir selbst ein aus dem großen Kruge. Dann sprach er: »Sieh mal, lieber junger Gastfreund, wenn es wirklich der Gott Lugalbanda war, der dich erwählte und in dich einging – und ich wäre ja keineswegs erstaunt, wenn es denn wirklich an dem wäre –, dann war es aber doch schon ziemlich vorschnell, wenn nicht unklug von dir, wenn du erlaubst, daß ich es so sage, daß du dem Dumuzi auch nur den Hauch eines Verdachtes davon zukommen ließest.«

»Ich höre dich und verstehe. Aber was Dumuzi weiß, er hat es nicht von mir erfahren.«

»Aber von irgendeinem hat er es erfahren, und diese Person kann es ja wohl nur von dir wissen. Oder irre ich da?«

Ich nickte nur.

»Schön. Also hast du unbedacht dich einem Freunde anvertraut, der dir kein Freund war. Man hat dich getäuscht und verraten, wie? Ist es nicht so?«

Ich preßte die Worte zwischen die Lippen hervor: »Ich bat sie, ich flehte sie an, kein Wort davon zu sagen, zu keinem Menschen! Aber sie wollte mir das nicht versprechen. Ja, sie geriet sogar in Zorn, als ich sie um ihr Versprechen bat.«

»Aaah? Ach ja! *Sie?*« sagte der Agga.

Mein Gesicht überzog sich mit heißer Scham. »Ich sage dir bereits mehr, als ich enthüllen dürfte.«

Er aber legte mir die Hand auf die meine und sprach: »Ach, du Knabe, du Kind! Mir verrätst du doch nichts, was ich nicht lang schon wüßte! Du bist hier in Sicherheit vor Dumuzi. Du stehst unter meinem Schutz, und kein Verrat wird sich dir nahen ... Hier, so nimm doch noch und trinke noch vom Bier. Was für ein gar köstliches Gebräu dies doch ist! Die Gerste, aus der sie es zubereiten, ist einzig dem Haus des Königs vorbehalten.

So trink doch noch, mein Söhnchen! Trink! Trink und trink und trink!«

Und ich trank und trank, und dann trank ich noch einiges mehr. Meine Seele aber blieb ungetrübt, denn in mir brannte ein Zorn, der auch eine größere Besäufnis hätte verzehren müssen, als sie das köstliche Bier des Königs Agga zu bewirken imstande war. – Nein, ich konnte nicht daran zweifeln: sobald *sie* mir mein Geheimnis abgeluchst hatte, hatte sie sich eilends aufgemacht und hatte alles dem Dumuzi hinterbracht; und sie hatte nicht einen Lidschlag lang daran gedacht, daß ihr Verrat mich in Gefahr stürzen müsse. Oder war es vielleicht genau dies, was sie sich ausgekocht hatte? Mich an den zu verraten? Aber warum denn? Ich fand in mir keinen Grund für ihre Treulosigkeit. Hatte sie es womöglich aus reiner Hirnlosigkeit getan, als sie Dumuzi genau das verriet, was keinem preiszugeben ich sie so inständig gebeten hatte? Es konnte aber auch sein, daß sie einem Plan folgte, der viel zu knífflig und ausgeklügelt war, als daß ich ihn hätte durchschauen können. Ich verstand auf einmal gar nichts mehr, nur soviel war mir bewußt: *sie* war es gewesen, ganz sicher *sie*, die mein Geheimnis jenem Manne preisgab, der sich dadurch am stärksten bedroht fühlen mußte; und so hatte *sie* mich ins Exil getrieben. Im Augenblick, da mir dies bewußt wurde, schoß ein solch rasender Zorn durch mich hindurch, daß ich dieses Weib, wäre sie mir nahe und greifbar gewesen, unweigerlich zu Boden geschmettert hätte, ungeachtet ihres hohepriesterlichen Standes.

Nach einer Weile erlosch mein Zorn. Wir saßen bis spät in die Nacht beisammen, König Agga und ich, und er erzählte mir Stückchen aus seinen Kriegen gegen Lugalbanda; insbesondere von einem denkwürdigen Tag, an dem die beiden Helden sich vor den Mauern von Kish zum Zweikampf trafen, und wie dazumal die Streitäxte, Stunde um Stunde, wider den gegnerischen

Schild prallten, bis die Dunkelheit hereinbrach, und wie keiner der Helden dem anderen eine Wunde zu versetzen vermochte. Es sagte da aber Agga, er habe stets für meinen Vater die höchste Achtung empfunden, selbst zu einer Zeit, da sie verschworene Feinde bis in den Tod gewesen seien. Daraufhin ordnete er an, daß ein weiteres Gemäß Bier angebrochen werde, und es verblüffte mich mächtig, wieviel er in sich hineinzuschütten vermochte; kein Wunder, dachte ich, daß ihm das Fleisch so feist über seinen Knochen sitzt. Und je mehr er sich von dem rauschigen Trank umnebeln ließ, desto verschwommener und nebelhafter wurden auch die Geschichten, die er mir anvertraute, so daß ich ihnen im Grunde kaum noch zu folgen vermochte. Er brabbelte prahlend von den Feldzügen seines Vaters, des Enmebaraggesi, und dann von denen seines Großvaters, des Enmerkar, also von Kriegen, die gefochten wurden, als er selbst noch ein kleiner Knabe war. Daraufhin verirrte er sich dann in der Erzählung uralter Legenden aus Kish, in einem Sagendickicht, in dem Königsnamen spukten, die für mich nichts weiter waren als bloße Namen, und noch dazu völlig absurd und ausländisch klingende Namen, wie: Zukakip, Buanum, Mashda und Arurim und dergleichen. Und je trunkener und schläfriger der König lallte, desto wacher wurde ich. Jedoch merkte ich auch, daß er keineswegs so bierbenebelt war, wie er tat, sondern daß er mich die ganzen Stunden über mit wacher Schärfe beobachtete. Und ich vergaß natürlich nicht einen Augenblick lang, daß dieser alte Säufer da der König war in Kish, ein großmächtiger Herrscher über eine mächtige Stadt, ein Krieger und Kämpfer, der hundert blutige Schlachten überlebt hatte, und außerdem wahrscheinlich der gewitzteste und klügste Mann im ganzen Lande.

Der König ließ mir in seinem Palast Gemächer zuweisen, und es waren gar prächtige Räume, und er ließ mir Beischläferinnen senden, soviel ich nur begehren mochte. Und nach einigem gab er mir auch ein eheliches Weib. Ihr Name war Ama-sukkul, und sie war von ihm selber mit einer seiner Hofdamen gezeugt und ein Kind seiner Lenden. Sie war dreizehn Jahre alt und noch Jungfrau. Als er sie mir andiente, wußte ich nicht, wie ich mich verhalten sollte, denn ich war mir ja keineswegs gewiß, ob es mir erlaubt sei und meinem Rang entsprechend, ein Weib aus einer fremden Stadt ehelich zu mir zu nehmen; ich überdachte, ob ich nicht wenigstens das Einverständnis meiner Mutter, Ninsun, dafür einholen müsse. Der König Agga seinerseits schien sehr nachhaltig die Überzeugung zu hegen, daß ein Prinz aus Uruk, der bei ihm in seinem Kish Gast war, nicht ohne die legalen Ehewonnen bleiben dürfe. Es war keineswegs schwer für mich zu begreifen, daß der Agga höchst ärgerlich sein würde, wenn ich seine Tochter ausschlagen und damit seine Gastlichkeit mit Füßen treten sollte. Aber eine Heirat, so rechnete ich mir aus, würde mich ja in meiner Heimat nicht binden, sollte es mir jemals als wünschenswert erscheinen, mich aus ihr zu lösen. Und so vermählte ich mich denn mit der ersten meiner ehelichen Frauen. Ama-sukkul war ein fröhliches Kindweib und hatte runde Brüste und ein liebliches Lächeln, doch sie wußte nur wenig zu sagen: ich glaube, in all der Zeit, die wir beisammen waren, brachte sie von sich aus nie ein einziges Wort hervor, außer man sprach sie an. Ich wünschte, wir wären einander vertrauter geworden. Doch die Götter haben mir das hohe Glücksgeschenk versagt, daß ich mein Herz öffnen könnte einem Weibe gegenüber, dem ich vermählt bin. Gewiß, ich besaß Eheweiber, das ist die Pflicht eines Königs, aber sie alle blieben mir wie Fremde, und ich kannte sie nicht.

Ich weiß, warum dies so ist, und ich scheue mich auch nicht, dies bereits hier deutlich bloßzulegen, obwohl ein jeglicher unter euch es selbst erkennen kann, wenn er dem Bericht meiner Lebensjahre weiterhin folgen mag.

Es ist der Grund dafür aber der, daß ich durch alle meine Tage hindurch auf eine seltsame, unergründliche Weise verknüpft bin und verflochten mit jenem Weibe mit der dunklen Seele, der Priesterin Inanna, die niemals in der üblichen ehelichen Weise mein werden konnte, die jedoch keinen Raum ließ in meinem Herzen für andere, für durchschnittlichere Frauen. Ich habe dieses Weib geliebt, und ich habe für sie Abscheu und Haß empfunden, und oft alles zur selben Zeit; ich war mit ihr in einen so gewaltigen Kampf der Seelen verstrickt, daß mir der gewöhnliche Genuß ehelicher Liebesfreuden mit anderen Weibern versagt geblieben ist. Das ist meine Wahrheit. Wer mag da noch sagen, daß das Leben der Könige und Helden leicht sei?

Doch König Agga band mich auch noch auf andere Art an sich, indem er mir nämlich ein Bündnis abverlangte und einen Eid, der gültig sein sollte mein Leben lang, selbst wenn ich einstmals König sein würde in Uruk. »Ich habe geschworen, dich zu schützen«, erklärte er mir, »also mußt du schon auch umgekehrt mir Treue schwören.«

Ich dachte darüber hin und her; verkaufte ich nicht damit auf schändliche Weise Uruk an ihn, wenn ich mich so zu seinem Vasallen machte? Doch wenn ich im verborgenen niederkniete und zu Lugalbanda um Führung und Leitung flehte, so ertönte da in meinem Innern keine Stimme, die mir verkündet hätte, es sei falsch und ein Fehler, ihm den Eid zu schwören. Und es gab da noch eines, was ich mir überlegte: daß nämlich im Grunde jedermann im Lande noch immer zur Lehnstreue gegen Kish verpflichtet sei, denn es war Kish gewesen, auf das nach der Großen Flut die Königsherrschaft herabgestiegen war – und in all den Jahren seitdem hatten die Götter dieses Vorrecht der Oberherrschaft niemals klar und schlüssig widerrufen. Schwor ich nun also einen Eid, so bestätigte ich damit im Grunde nur eine Art Lehnstreue, wie sie schon lange schemenhaft Bestand gehabt hatte. Und natürlich schoß mir auch der Gedanke durch den Sinn, daß es für mich wohl kaum von großem Gewicht sein werde, sobald ich erst König war in Uruk, daß ich den König Agga als meinen Großkönig anerkannt hatte, solange er nicht von mir forderte, ich müsse ihm Tribut zahlen oder mich seinen Befehlen unterordnen; und der Bündniseid, den er forderte, enthielt weder die eine noch die andere Bedingung. So leistete ich also den Eid und schwur beim Netz des Enlil dem Könige von Kish Treue.

Es konnte inzwischen natürlich keine Rede mehr davon sein, daß ich in wenigen Tagen oder Wochen nach Uruk heimfahren würde, wie ich mir dies anfangs so ausgemalt hatte. Denn kurz nach meinem Eintreffen in Kish langten in dieser Stadt Abgesandte des Dumuzi an und forderten den Agga taktvoll, aber nachdrücklich auf, mich ihnen zu überantworten. »Man vermißt den Sohn des Lugalbanda schmerzlich in Uruk«, sprachen sie mit scheinheiliger Hinterlist. »Unser König entbehrt seines Ratschlags, und er sehnt sich nach seinem starken Arm in der Schlacht.«

»Aaah«, machte König Agga und ließ seine Augen rollen und blickte drein, als habe ihn eine große Betrübnis überkommen. »Aber der Sohn des Lugalbanda ist nun auch mein Sohn geworden, und ich vermöchte mich nicht von ihm zu trennen, auch wenn man mir das ganze Land böte. So sagt also dem Dumuzi an, daß mir vor Kummer das Herz brechen müßte, wenn der Sohn des Lugalbanda so bald schon fortginge aus Kish.«

Unter vier Augen aber erzählte mir Agga, seine Spione hätten ihm berichtet, Dumuzi sei fast von Sinnen vor Furcht, ich könnte in Kish ein Heer aufstellen und ihn damit stürzen. Man habe mich auf den Straßen Uruks öffentlich zu einem Feind der Stadt erklärt, und ich würde sicherlich erschlagen werden, wenn ich Dumuzi jemals in die Hände fallen sollte. Und so blieb ich in Kish. Es gelang mir jedoch, meiner Mutter geheime Botschaft zu senden und ihr zu sagen, daß ich bei bester Gesundheit sei und es mir wohlergehe und ich nur auf den rechten Zeitpunkt für meine Heimkehr wartete.

In vielen Stücken war Kish der Stadt Uruk recht ähnlich. In Uruk aßen wir Fleisch und Brot und tranken Bier und Dattelwein, und dies galt auch für Kish. In Uruk wie in Kish war das Kleid der Menschen von Wolle oder Linnen, je nach der Jahreszeit, und die Art, wie man es trug, war an beiden Orten ähnlich. In Uruk waren die Gassen eng und gewunden, mit Ausnahme der großen Paradestraßen, und so war es auch in Kish. Die Häuser hatten Flachdächer und waren ein oder zuweilen auch zwei Stockwerke hoch, gebrannte Ziegel unten, luftgetrocknete Lehmziegel, mit weißem Gips verputzt, darüber; und auch dies war so in Kish. Man schrieb in Kish auf Tafeln aus Ton, ganz wie in Uruk, und die Glyphen, die man einritzte waren die gleichen. Der einzige Unterschied – der aber war für mich ein gewaltiger – waren die Götter. In Uruk sind die Haupttempel – natürlich – der Inanna und dem Himmelsvater An geweiht. In Kish würde zwar niemand die Herrlichkeit Ans leugnen oder die Macht der Inanna bestreiten; doch hier sind die Tempel dem Vater Enlil geweiht, dem Herrn der Stürme, und der Großen Mutter Ninhursag. Für mich war es seltsam, beständig in der Nähe dieser mächtigen Götter zu weilen und nicht unter dem Schutz derer von Uruk. Der Inanna-Göttin gegenüber empfinde ich zwar mehr Furcht als Liebe, aber eben doch auch einige Liebe, und es fällt dem Menschen schwer, an einem Orte zu leben, wo die Inanna nicht allgegenwärtig ist. Es mag ja dem Augenschein nach alles gleich sein oder ähnlich, doch unter der Oberfläche ist alles anders und dem Menschenherzen fremd: sogar die Luft in Kish hat eine andere Färbung, und ihr Geschmack ist ein anderer, denn man atmet dort nicht mit jedem Atemzug die Inanna ein.

In Kish allerdings erwarb ich mir endlich die volle

Meisterschaft in den Kriegskünsten, und ich war darin gewissermaßen so etwas wie ein Spätling: denn inzwischen war ich meinen Jahren nach zum Mann geworden und in meiner körperlichen Kraft und Größe mehr als ein Mann, jedoch ich hatte noch niemals eine echte Schlacht gekostet. Der König Agga gewährte mir davon die erste Probe, ja mehr als nur ein kleines Probierstückchen, denn es handelte sich dabei eher um ein Festmahl, ein üppiges Bankett sozusagen von Keulen und Schlegeln.

Seine Kriege wurden im Osten gefochten, in dem unwirtlichen Bergland Elam. Das Volk dort ist reich an vielen Dingen, derer wir im Lande gänzlich ermangeln: Bauholz, die Erze Kupfer und Zinn, an Steinen solche wie Alabaster, Obsidian, Karneol und Onyx. Wir hinwiederum besitzen Dinge, die den Elamitern kostbar sind: die Ernten unserer üppigen Felder, unsere Gerste und unsern Weizen und die Aprikosen und Limonen, aber auch unsere Wolle und unser Flachs. Darum gäbe es der Gründe genug, daß Handel herrsche zwischen Elam und den Städten des Landes, jedoch die Götter erlauben dies nicht: für ein jegliches Jahr in dem wir mit den Elamitern im Frieden leben, bestimmen uns die Götter drei Jahre Krieg. Die Elamiter fallen zu Raubzügen in unsere Niederungen herein, und wir müssen unsere Heere aufstellen und aussenden, um sie zu vertreiben, sie zu schlagen und ihnen sodann jene Güter zu entreißen, derer wir bedürfen.

Aggas Vater, der königliche Enmebaraggesi, hatte gewaltige Siege über die Elamiter errungen und Elam für einige Zeit Kish untertan gemacht. Doch unter der Regierung des Agga waren sie erneut aufsässig geworden, und nun herrschte wieder die ganze Grenze entlang der Krieg. Und so zog ich denn im zweiten Jahr meines Exils in Kish mit dem Herr hinaus auf jene weite von Winden gepeitschte Ebene, jenseits derer Susa liegt, die Hauptstadt der Elamiter.

Viele Jahre lang hatte ich vom Kampf geträumt, schon in meiner Kindheit, wenn mein Vater zu kurzer Rast aus seinen Kriegen nach Hause kam und mir von Streitwagen und Kampfspeeren erzählte. Auf den Feldern Uruks hatte ich Krieg gespielt und Schlachtordnungen in den Staub gemalt und meine Spielgefährten in wilden Attacken gegen den unsichtbaren Feind angeführt. Aber es gibt eine Melodie des Schlachtfeldes, die nur dem Ohr des Kriegers vernehmbar wird, und sie ist ein heller, ein schneidender Klang, der durch die träge Luft fährt wie eine scharfe Klinge, und ehe ein Mensch diesen Klang nicht gehört hat, ist er kein Krieger, ist er kein Mann. Ich wußte nichts von diesem Gesang, bis ich ihn zum ersten Mal hörte. Und dies war an den Wassern eines Flusses namens Karkhah im Lande Elam.*

Unter einem hellstrahlenden Mond bereiteten wir uns die ganze Nacht lang auf den Angriff vor; wir ölten, was an Rüstung oder Waffen aus Holz oder Leder gefertigt war, und wir polierten alles Bronzene, bis es schimmerte. Das Himmelsgewölbe hing klar und hell über uns, so daß wir die Götter darin umherwandern sehen konnten: als gewaltige dunkle gehörnte Gestalten, die blau vor der Schwärze von Wolke zu Wolke schritten. Das riesige Antlitz Ans schien ruhig und allessehend das ganze Firmament zu erfüllen. Der großmächtige Enlil ruhte auf seinem Thron und braute Stürme zusammen für ferne Reiche. Die Macht dieser Götter lag schwül und schwer in der Luft wie der fieberbringende Wind. Wir entzündeten den hohen Göttern Feuer und opferten ihnen Stierkälber, und sie neigten sich tief zu uns hernieder, so daß wir ihre göttliche Schwere auf unseren Herzen lasten fühlten. Und im Morgengrauen, ohne auch nur eine Stunde Schlafs genossen zu haben, setzte ich mir den schimmernden Helm aufs Haupt, bekleidete

* Susa, das heutige Shushtar im Iran; der Fluß möglicherweise der Khersan.

mich mit meinem Kurzwams aus Schafshaut, mit dem ledernen Lendenschutz darunter, und bestieg meinen Streitwagen, als wäre dies mein zwanzigstes Jahr im Felde.

Die Trompeten schmetterten, und aus zweihundert Kehlen erhob sich das Kampfgeschrei: »Für Agga und Enlil! Für Agga und Enlil!«

Und ich hörte mich selber grölen, mit tiefer rauher Stimme brüllte auch ich diese Worte, von denen ich mir nie zuvor hätte träumen lassen, daß sie mir einmal über die Lippen kommen sollten.

»Für Agga und Enlil!«

Und damit rückten wir auf das Schlachtfeld vor.

Mein Wagenlenker hieß Namhani. Er stammte aus der Stadt Lagash, war breitschultrig und hatte eine mächtige Brust. Sie hatten ihn als Knaben an die Stadt Kish verkauft, und er kannte kein anderes Handwerk als das Kriegen. Wie Ehrenbänder überzogen Narben seinen ganzen Leib, und manche davon brannten in einem zornigen Rot, andere aber hatten schon längst die gleiche dunkle Färbung wie seine Haut angenommen. Er wandte sich zu mir um und grinste, ehe er lospreschte. In seinem Mund war kein Gebiß, sondern es waren da nur noch vier, fünf üble gelbe Stümpfe zu sehen.

König Agga hatte mir einen großartigen Streitwagen zugeteilt – einen vierrädrigen, anstatt des üblichen mit zwei Rädern, die Frischlinge der Schlacht sonst erhalten. Der Sohn des Lugalbanda, sprach er zu mir, dürfe nicht auf einem geringen Gefährt fahren. Als Zugtiere hatte mir der König vier kräftige Esel gegeben, die besonders schnell und ausdauernd waren. Ich selbst hatte dem Namhani geholfen, sie anzuschirren, und hatte ihnen die Zuggurte um die Brust gelegt und ihnen das Joch und die Kummete aufgesetzt und mit eigenen Händen die Zügel an den Ringen ihrer oberen Lippen befestigt. Es waren gute Tiere, geduldig und klug. Seither überlege ich mir zuweilen, wie dies wohl sein müßte, wenn einer mit einem Streitwagen ins Gefecht brauste, den die starken langbeinigen Pferde zögen, statt unsere geduldigen gemütlichen Esel; aber davon auch nur zu träumen, daß ein Mensch jemals diese wilden, geheimnisvollen Bestien aus den nordöstlichen Berglanden unter ein Joch zwingen könnte, das wäre ja, als maßte sich einer an, den Wirbelsturm zu bändigen. Man sagt aber, daß in Ländern jenseits von Elam die dort lebenden Völker eine Methode entwickelt hätten, diese schnellen Tiere zu zähmen, ja sogar auf ihnen zu reiten, doch das halte ich für ein reines Lügenmärchen. Ich habe hin und wieder in fernen Landen flüchtig schwarze Pferde erblickt, die wie Geister über sturmgepeitschte Talkessel dahinstoben. Doch ich vermag mir nicht vorzustellen, wie derartig ungebärdige Geschöpfe, sollte man sie denn überhaupt je einfangen können, für unsere Zwecke der Menschen nutzbar gemacht werden sollten.

Namhani packte die Zügel und stemmte sich nach vorn gegen das Leopardenfell, das den Wagenrahmen umspannte. Ich hörte, wie der Achsenbalken knirschte und die hölzernen Räder knarrten. Dann fanden die Esel den rechten Tritt und strebten voran, und wir hoppelten über den weichen schwammigen Boden auf das dunkle Band von Elamitern zu, die uns am Horizont erwarteten.

»Für Agga! Für Enlil!«

Und ich, brüllend mit den anderen, fügte noch meinen ganz persönlichen Kampfruf hinzu: »Lugalbanda! Himmelsvater! Inanna! Inanna! Inanna!«

Mein Streitwagen war der fünfte – was eine hohe Ehre für mich bedeutete, denn die vier vor mir waren jene des Feldherrn, der die Schlacht anführte, und dreier Söhne des Agga. Nach mir kamen acht oder zehn weitere Streitwagen. Und hinter den ächzenden und knarrenden Kampfmaschinen marschierten die Säulen der Fußkämpfer auf, vorab die schwere Infanterie, bewaffnet mit Streitäxten und geschützt durch Kopfhelme und Mäntel aus dichtem schwarzen Filz; dahinter kamen die Leichten Kämpfer, die nahezu völlig nackt waren, mit ihren Lanzen und Kurzschwertern. Meine persönliche Lieblingswaffe aber war der Wurfspieß, und ich hatte ein Dutzend davon, lang, schlank und höchst trefflich gefertigt, in meinem Köcher. Ferner trug ich zur Verteidigung eine doppelköpfige Axt, wenn ich meine Wurfspieße verschossen hatte, und ein Kurzschwert, ein handliches kleines Messerchen, für den äußersten Notfall.

Und während wir so auf den Gegner zurumpelten, vernahm ich im Winde eine Musik, wie ich solchen Klang noch nie zuvor gehört hatte: eine einzelne Note, nur ein Ton, schneidend und wild, der erstaunlich dünn anhob, dann aber anschwoll und immer lauter und lauter wurde, bis die ganze Luft davon erfüllt war. Ich fühlte mich ein wenig an die Wehklagen erinnert, welche die Frauen anstimmen, wenn sie beim Erntefest schrill den Tod des Gottes Dumuzi beweinen. Doch hier war es keine Totenklage: sondern der Klang war grell, feurig und jubelnd, und er vibrierte heiß und hell in der Luft. Es brauchte mir keiner zu erklären, was diese Musik war: es war das Schlachtgeschrei, das aus unser aller Seelen zugleich hervorbrach. Denn nunmehr waren wir alle, alle wir Kämpfer, wie zu einem einzigen Wesen verschmolzen, das ein einziger gemeinsamer Wille antrieb, den Elamitern entgegen, und aus der Glut dieser Verschmelzung stieg dieser lautlose Gesang auf, den nur der Kämpfer zu hören vermag.

Zugleich aber fühlte ich, wie sich die Aura des Göttlichen über mich breitete, und ich hörte dieses summende Dröhnen in meinem Innern, spürte ein goldenes Glühen, war umfangen von einer gewaltigen Fremdheit, und an alledem erkannte ich, daß Lugalbanda sich in mir zu regen begann. Jedoch ich blieb aufrecht, ja mir kam es sogar vor, als wäre ich ein Fels in einem rasch dahinschießenden dunklen Fluß, aber mich überwältigte keine Furcht. Vielleicht kam mir für eine Weile das klare Bewußtsein abhanden. Dann aber war ich wieder hellwach, so wach und scharfgespannt wie nie zuvor in meinem Leben. In vollem Galopp preschten wir gegen die Kampflinie der Elamiter vor.

Die Elamiter benutzen keine Streitwagen. Ihr Vorteil liegt in ihrer großen Zahl von Kämpfern, in ihren dicken festen Schilden und einer dumpfen Seelenfestigkeit, die manch einer vielleicht als Stumpfheit bezeichnen würde, die ich hingegen als den Ausdruck echter Mannestapferkeit erachte. Da standen sie also vor uns aufgebaut, Männer mit starken Bärten und Augen so schwarz wie ein ganzer Monat der Verfinsterung des Mondes; in graue Lederwamse gekleidet, in den Händen schreckliche Speere mit breitem Klingenblatt. Diese Männer hatten keine Gesichter, sondern sie waren nur Augen und Haare. Mein Namhani stieß ein gewaltig lautes, röhrendes Brüllen aus und fuhr mit meinem Streitwagen mitten unter sie hinein.

»Enlil«, riefen wir. »Agga!« Und ich schrie: »Inanna! Inanna!«

Und die Göttin des Krieges zog vor uns einher und warf die Elamiter zu Boden, als wären sie bloße Stecklatten auf einem Spielfelde. Mit schrillen Schreien sackten sie vor den Hufen meiner vier Zugtiere nieder, und mein Streitwagen sprang und hüpfte wie ein Nachen in sturmgepeitschtem Wasser, wenn seine Räder über die gestürzten Leiber rollten. Der Namhani schwang eine mächtige in scharfem Winkel angesetzte langstielige Streitaxt und ließ sie auf jeden elamitischen Speerkrieger niedersausen, der sich in unsere Nähe wagte. Ich aber faßte mit beiden meinen Händen die Schäfte zweier Wurfspieße und zielte. Mein Vater Lugalbanda hatte mir oft genug erklärt, es sei die Aufgabe der Vorhut, den Kampfeswillen des Feindes zu brechen, auf daß sodann die übrigen Streitwagen und die Fußkämpfer hinter diesen ungehinderter vorrücken könnten. Das, hatte mein Vater gesagt, erreiche man am besten, indem man sich die hervorragenden Männer der gegnerischen Seite zum Ziel suche, die Helden und die Hauptleute, und diese zuerst niederstrecke.

Also schaute ich mich um. Aber ich sah nur Chaos, ein Wirbeln von taumelnden Gestalten und ein Gewoge von Speeren. Doch dann machte ich meinen Mann aus. Als ich ihn nämlich mit dem Blick erfaßte, schwoll mir der Schlachtgesang in den Ohren lauter an und wurde hitziger, und in mir loderte das glühende Lugalbanda-Feuer heißer auf wie eine blaue Flamme, die aufzuckt, wenn einer Dattelwein in ein Freudenfeuer gießt. *Dieser ist es. Der dort! Töte den, dann wird dir alles andere leicht sein.*

Und auch er sah mich. Er war aber einer der Häuptlinge aus den Bergen und war von Haaren bedeckt wie von einem schwarzen Pelz, und auf seinem Schild war das Gesicht eines bösen Dämons zu sehen, gelb und mit funkelnden roten Augen. Und auch er wußte wohl, wie entscheidend es ist, daß man die Helden als erste töte, und ich möchte gern glauben, daß er mich als seinen Helden auserkor unter den anderen, obgleich ich damals eine solch hohe Ehre ja kaum schon verdient hatte. Aber seine Augen blitzten scharf, als er den Speer ansetzte.

Mein rechter Arm fuhr in die Höhe, und ich schleuderte ohne Zögern den Wurfspieß. Und die Göttin verlieh meinem Wurf Zielschärfe: der Speerkopf fuhr ihm unter seiner Kehle in den Leib, an jener schmalen Stelle unterhalb des Bartes und über dem oberen Rand seines Schildes. Dann sprudelte Blut von seinen Lippen, und seine Augen begannen wild zu rollen. Er ließ den Wurfspeer sinken, fiel rücklings auf die Erde, und seine Beine stießen heftig zuckend in die Luft.

Ein großer Lärm, wie das keuchende Gebrüll eines riesenhaften wilden Tieres, stieg aus den Mündern der

Männer um ihn her in die Luft. Einige bückten sich zu ihm hinab und schleppten ihn aus dem Schlachtgemetzel. Dadurch aber hatte sich eine Bresche in der elamitischen Schlachtreihe geöffnet, und mein Namhani lenkte sofort unseren Streitwagen in sie hinein. Ich schleuderte meinen zweiten Wurfspeer mit der Linken – und mit ebenso hohem Geschick wie den ersten, wenn ich dies bescheiden sagen darf –, und ein zweiter hoher Held in den Reihen unseres Feindes sank entseelt zu Boden. Dann aber waren wir bereits mitten im Kern der feindlichen Streitmacht, und vier oder fünf weitere Streitwagen stießen als Flankenschutz mit uns vor. Ich sah, wie die Kämpfer aus Kish zu mir herüberstarrten und mit dem Finger auf mich deuteten, und ich konnte zwar nicht hören, was sie riefen, aber sie schlugen beständig das Götterzeichen in meine Richtung, ganz so, als sähen sie wahrhaftig den tarnenden Mantel der Überirdischen um mich gebreitet.

Ich verbrauchte alle meine Wurfspieße und verfehlte kein einzigesmal das Ziel. Die Wucht der anstürmenden Streitwagen versetzte die Elamiter in Verwirrung, und obgleich sie wahrlich tapfer kämpften, stand doch ihre Sache bereits nach den ersten Augenblicken der Schlacht sehr schlecht und war bald hoffnungslos. Es gelang einem der Elamiter, sich bis zu meinem Streitwagen vorzukämpfen, und er versetzte dem linken Leitesel einen schweren Hieb. Doch Namhani schmetterte den Menschen mit einem einzigen Hieb seiner Axt zu Boden. Dann sprang mein tapferer Wagenlenker auf die Deichseln hinaus und zerschnitt mit dem Kurzschwert die Zugriemen, so daß das verwundete Tier freikam und uns nicht am weiteren Vorpreschen hindern konnte. Ein weiterer Elamiter kam hinterrücks heran und zielte gegen den Rücken des Namhani, doch ich streckte ihn mit einem Hieb meiner Streitaxt zu Boden und wandte mich gerade noch rechtzeitig, um einem weiteren Feind den Stiel meiner Axt in den Leib zu rammen, der von hinten auf unseren Streitwagen gesprungen war. Aber dies waren die einzigen Augenblicke, in denen ich mich in echter Lebensgefahr befand. Die Streitwagen stießen weiter vor und durch die Reihen der Feinde hindurch, wendeten sodann und griffen den Feind von rückwärts an, und indessen waren unsere Fußkämpfer nachgerückt und stießen nun in einer gar furchtbaren elf Mann breiten Schlachtreihe vor. Und so kam es, daß an jenem Tag der Sieg der Stadt Kish zufiel. Als aber die Nacht hereinbrach, schäumte der Fluß Karkhah rot vom Blut der Gefallenen, und wir feierten ein fröhliches Siegesfest, bei dem die Rhapsoden unsere heldischen Taten priesen und der Wein in Strömen floß. Und tags darauf dauerte es beinahe bis in die Abenddämmerung, bis die Kriegsbeute verteilt war, denn da war ein solch üppiges Übermaß angefallen.

Bei diesem Feldzug kämpfte ich in neun größeren Schlachten und sechs kleineren Scharmützeln. Nach der ersten Schlacht erhielt mein Streitwagen eine Auszeichnung und durfte in die zweite Position vorrücken, dicht hinter dem Wagen des Feldherrn und vor jenen der Söhne des Königs Agga. Aber nicht einer der Söhne Aggas neidete mir dies oder erzürnte sich deswegen wider mich. Hin und wieder mußte ich ein paar geringfügige Wunden einstecken, aber sie waren wirklich bedeutungslos, und wann immer ich meinen Wurfspieß schleuderte, so kostete das einen Feind das Leben. Ich war – wohlgemerkt – zu jener Zeit kaum fünfzehn Jahre alt, aber es fließt nun einmal Götterblut in meinen Adern, und dies dürfte ja wohl einen gewissen Unterschied bedeuten. Es war nämlich so, daß sogar meine eigenen Krieger mir mit Scheu und Zittern begegneten. Nach unserem dritten Sieg in einer Schlacht bat mich der Heerführer beiseite und sprach zu mir: »Du kämpfst wie kein Mann, der mir je begegnet ist. Aber da ist eines, und ich wünschte sehr, du wolltest es unterlassen, wenn du dich auf den Feind stürzest.«

»Und was sollte das wohl sein?«

»Du schleuderst deine Wurfspieße beidhändig. Also, mir wäre es wirklich lieber, du wolltest sie mit der einen oder mit der anderen Hand werfen, nicht aber mit allen beiden.«

»Ja, aber ich kämpfe nun einmal mit beiden Händen gleich gut, nach rechts wie nach links«, sagte ich. »Außerdem glaube ich, es jagt dem Feind einen gehörigen Schrecken ein, wenn sie merken, daß ich so etwas kann.«

Der Feldherr lächelte bläßlich. »Jaja, gewiß, so ist es schon. Doch leider sehen auch meine eigenen Krieger, was du da für eine Schau abziehst. Und die glauben nun leider immer mehr, daß so einer wie du kein Sterblicher sein kann. Sie glauben, daß du etwas Höheres sein mußt, ein Gott oder etwas in der Richtung, denn kein gewöhnlicher Sterblicher kämpft so wie du. Und diese Geschichte, du verstehst mich da ja vielleicht, könnte mir eine ganze Menge Probleme bringen. Klar, Mann, es ist wunderbar, daß wir in unseren Reihen einen echten Helden haben ... sehr nützlich, wenn wir in den Kampf ziehen. Aber andererseits ist es ja möglich, daß die Kampfmoral der ganzen Truppe beträchtlich sinkt, wenn die da glauben, es sei ein Gott in ihrer Mitte. Schließlich hofft und wünscht ja jeder Krieger im Heer, daß er ganz persönlich und tagtäglich großartige und preiswürdige Heldentaten vollbringen darf. Gut so, diese Hoffnung verleiht seinem Arm Stärke im Kampf. Aber wenn er gewiß sein muß, daß er selbst nie und nimmer der Held des Tages sein kann, weil er ja mit einem Gott sich messen muß, dann führt das zwangsläufig dazu, daß sein Kampfgeist von ihm weicht und eine lästige trübe Trägheit sich ihm aufs Herz legt. Darum also, Sohn des Lugalbanda, wolle doch künftighin deine Speere schleudern entweder mit der rechten Hand oder mit der linken, aber nicht mit beiden. Ist das klar, Mann?«

»Ja. Ich höre und habe verstanden«, sagte ich. Und danach war ich stets bemüht, nur mit dem rechten Arm meine Wurfspeere zu schleudern. Um die Ehre der anderen Kämpfer zu schonen. Jedoch, es ist nicht immer leicht, in der Hitze des Gefechts an all das zu denken, was man gelobt hat, und daß man sich bereiterklärte, nur mit dieser oder mit jener Methode ausschließlich zu kämpfen. Wenn ich danach also in einem Gefecht nach einem Wurfspieß griff, so geschah es eben dennoch, daß zuweilen meine linke Hand schneller war und ihn faßte, und dann wäre es ja wohl sehr töricht gewesen, hätte ich die Waffe in meine rechte Hand gewechselt und sie erst dann geschleudert. Also vergaß ich nach einiger Zeit geflissentlich die oberfeldherrliche Mahnung. Und so siegten wir denn in allen Gefechten, und auch der Feldherr kam mir gegenüber niemals mehr auf diesen Punkt zu sprechen.

ZEHN

Im Anfang gedachte ich Uruks oft, dann immer weniger und zuletzt überhaupt nicht mehr. Ich war ein Mann von Kish geworden. Hatte ich zu Beginn, wenn mir Berichte zu Ohren kamen, daß Uruks Heer über die Stämme der Wüste oder irgendeine Stätte in den östlichen Bergen Siege errungen hatte, noch einen gewissen Stolz verspürt, darüber, was »wir« geleistet hatten, so ertappte ich mich später oft dabei, daß ich von der Streitmacht Uruks als »sie«, nicht mehr als »wir« dachte, und dann verloren die Ruhmestaten dieses Heeres sogar alle Bedeutung für mich.

Aber dennoch, wenn immer ich mir erlaubte, darüber nachzudenken, erkannte ich, daß mein Leben in Kish kein Ziel hatte und in die Bedeutungslosigkeit führen müsse. Gewiß, ich lebte am Hofe des Königs Agga als ein Edler und Prinz, und in der Zeit der Kriegszüge räumte man mir im Feldlager einen hohen Rang ein, ganz so, als wäre ich ein leiblicher Sohn des Königs. Aber ich war eben nicht der Sohn dieses Königs, und ich erkannte, daß ich in Kish bereits den Gipfel an Ehren erlangt hatte, der mir dortselbst jemals erreichbar sein konnte: ich war ein Prinz und ein Kriegsheld, vielleicht würde ich eines schönen Tages Feldherr sein; mehr jedoch bot sich mir nicht. In Uruk hingegen könnte ich als König herrschen.

Des weiteren bedrückte und beunruhigte mich wie immer schon jenes Gefühl einer gewaltigen eisigen Kluft, die mich von anderen Männern trennte. Gewiß, ich hatte Gefährten und Kampfgenossen, mit denen ich loszog, um zu trinken, oder um Weiber aufzutun, oder um eine saftige Rauferei zu veranstalten. Aber ihre Herzen waren mir verschlossen, und ich verstand sie nicht.

Was war dies, das mich so von ihnen trennte? War es mein hoher Wuchs, mein königliches Gebaren, oder war es gar jene Gottesnähe, die mich stets umgab? Ich wußte es nicht. Ich erkannte nur eines: hier in Kish, wie vordem in Uruk, schleppte ich meine Einsamkeit wie einen Fluch mit mir herum, und ich wußte keinen Zauber, durch den ich sie von meinen Schultern hätte streifen können.

Oft überkamen mich auch betrübte Gedanken an meine Mutter. Es tat mir weh, daß ihr ein Alter bestimmt sein sollte, ohne daß ein Sohn ihr zur Seite stünde. Manchmal sandte ich ihr durch Boten kleine Geschenke und erhielt meinerseits Botschaft von ihr, durch jene Wanderpriester, die als Nachrichtenübermittler zwischen den Städten umherziehen. Aber sie fragte mich nicht ein einziges Mal, wann ich denn heimkehren wolle; ich jedoch wußte, dies war der eine Gedanke, von dem ihre Tage und Nächte beherrscht waren. Auch drängte es mich zuweilen sehnlich, vor dem Schrein meines Vaters zu knien und seinem Angedenken den gebührlichen Respekt zu erweisen. Denn wenn mir auch stets bewußt war, daß sein Geist von meiner Seele Besitz ergriffen hatte und alles sah und erkannte, was ich sah und erkannte, so entband mich dies doch nicht von meiner Sohnespflicht, ihm die gebührenden Ehrenrituale für seine Schattenseele zu erweisen. In Kish vermochte ich dies nicht. Und dies beschwerte mir das Herz und verfolgte mich wie ein übler nächtlicher Dämon.

Auch wollte es mir nicht gelingen, das Bild der Priesterin Inanna ganz aus meinem Gedächtnis zu bannen: diese funkelnden Augen und diesen schlanken geschmeidigen Leib. In jedem Jahr, wenn der Herbst sich nahte und die Zeit für die Heilige Hochzeit in Uruk, malte ich mir aus, ich stünde wieder im Gedränge der Menschen auf der Weißen Terrasse und sähe, wie der König und die Priesterin, der Gott und die Göttin, sich allem Volke darstellten. Und dabei stieg in mir ein bitterer Schmerz auf, wenn ich bedachte, daß sie in der Nacht das Lager teilen würde mit Dumuzi. Ich sagte mir vor, daß sie mich verraten habe – oder doch zumindest treulos an mir gehandelt; aber trotzdem brannte sie mir wie eine glühende Kohle im Hirn, und ich sehnte mich sehr nach ihr. Die Priesterin – wie die Göttin, der sie dient und die sie leibhaftig verkörpert – war für mich eine unheilschwangere, aber zugleich unwiderstehliche Wesenheit; Tod und Vernichtung schwebten um sie her, doch zugleich auch der verführerische Hauch leidenschaftlicher Fleischeswonnen; und darüber hinaus sogar noch ein weiteres: die Verschmelzung zweier Seelen, welche die wahre Heilige Hochzeit ist. Sie war wie meine andere, verlorene Hälfte. Und sie wußte es, hatte es von Anfang an gewußt. Von jenem Tag an, da ich als kleiner Knabe durch die Düsternis der Gänge im Tempel Enmerkars gestolpert war. Jedoch, nun war ich ein Krieger in Kish, und sie war die Göttin in Uruk, und ich vermochte nicht zu ihr zu kommen, denn sie hatte durch ihre Ränke dafür gesorgt, daß mein Leben in meiner Geburtsstadt verwirkt war – dadurch oder durch ihre Unbedachtheit.

Im vierten Jahre meines Exils suchte mich eines Tages im Palaste des Agga ein kahlgeschorener Priester aus Uruk auf, der erst kürzlich in die Stadt gekommen war, und schlug das Zeichen der Göttin vor mir. Aus seinem Kleid zog er einen kleinen Beutel aus schwarzem Ziegenleder, drückte ihn mir in die Hand und sprach dabei: »Hier ist ein Zeichen für den König Gilgamesch aus der Hand der Göttin.«

Ich hatte diesen fremdartigen Namen – Gilgamesch – nur einmal gehört, und dies vor langer Zeit, doch als ihn nun der Priester vor mir sprach, konnte ich keinen Zweifel hegen, wer mir den Beutel geschickt hatte.

Nachdem der Priester fort war, öffnete ich in meinem Privatgemach den Beutel, und darin lag etwas Kleines, etwas Schimmerndes: ein Sigillzylinder, wie wir im Lande ihn für Briefe und wichtige Dokumente verwenden. Das Siegel war aus einem einzigen Stück weißen Obsidians geschnitten, der so klar war, daß das Licht ihn so leicht durchdrang, als bestünde er aus Luft, und das darauf eingeschnittene Muster war so zierlich-elegant, ganz offenkundig das Werk eines großen Meisters. Ich ließ einen Schreiber rufen und trug ihm auf, mir seinen feinsten roten Ton zu bringen, und sodann rollte ich das Siegel behutsam auf dem Täfelchen ab, um zu lesen und zu lernen, welchen Abdruck es dort hinterlassen werde.

Es waren aber auf dem Sigill zwei Szenen dargestellt, und beide bezogen sich auf den Bericht von der Höllenfahrt der Inanna in das Totenreich. Auf der einen Seite saß der Dumuzi im Prunkgewande stolz auf seinem hohen Thron. Vor ihm steht die Inanna in grobem Sacktuch: sie ist nämlich soeben aus der Unterwelt zurückgekehrt. In ihren Augen steht der Tod, und sie hat beide Arme erhoben, um einen Fluch auf ihn herabzurufen: denn der Dumuzi ist das auserkorene Sühneopfer und der Sündenbock, der geschlachtet werden soll, um mit seinem Tod für die Freilassung der Inanna aus der Niederwelt zu zahlen. Auf der anderen Seite des Sigills stand die Fortsetzung der ersten Szene: der Gott Dumuzi kauert tief auf der Erde und ist umringt von Dämonen mit finster glotzenden Augen, die ihn mit Schlachtbeilen niedermetzeln, wobei die Inanna triumphierend zusieht.

Es war nicht anzunehmen, daß die Inanna mir dieses Rollsiegel nur geschickt hatte, um mich an unser großes Götterlied zu gemahnen. Nein, ich verstand es durchaus als ein Zeichen und Unterpfand, als eine Weissagung, ja, als eine ganz handfeste Information. Und es entbrannte da in meinem Herzen ein heißes Feuer, und das Blut begann in meinem Leibe zu toben wie das wirbelnde Wasser des Stromes, und mein Herz erhob sich und stieg auf wie ein Vogel, der gerade der Falle des Fallenstellers entronnen ist.

Nach diesem überschwellenden Hochgefühl der ersten Freude aber kehrte die Vorsicht wieder in mich zurück. Denn selbst wenn ich die Botschaft richtig entziffert hatte – durfte ich ihr denn trauen? Oder der Inanna trauen? Die Priesterin hatte mich schon einmal in große Gefahr gebracht – und außerdem weiß ja ein jeglicher, daß die Göttin Inanna die tödlichste und verhängnisvollste unter allen Gottheiten ist. Eine Botschaft von der einen unter dem Deckmantel der anderen mochte sehr wohl die glatte Einladung für mich bedeuten, mich ins Verderben zu begeben. Es galt also, behutsam vorzugehen. Noch selbigen Nachmittages entsandte ich einen meiner Leibsklaven mit der schlichten Nachricht gen Uruk: »Heil dir, Inanna, großmächtige Himmelsherrscherin! Du hehre Fackel, die du das Firmament erhellst!« Das sind die Worte des neugewählten Königs und das Brautlied, das er bei seinem Amtsantritt zu Ehren der Göttin singt. Sollte doch sie zusehen, was sie sich daraus ablesen mochte! Ich zeichnete die Tafel mit jenem Namen, den sie mir gegeben hatte und mit dem Königszeichen.

Einen Tag später, oder vielleicht auch deren zwei, ließ mich der König Agga in den Thronsaal rufen, in jenes weite hallende Saalgewölbe mit den Alabasterwänden, in dem er stundenlang prunkvoll Hof zu halten und sich den Staatsgeschäften zu widmen beliebte. Und er sprach zu mir: »Botschaft ist mir gekommen aus Uruk, daß der König dort, der Dumuzi, leider in schwerem Siechtum darniederliege.«

In mir stieg ein Jubel auf, so wie die Wasser im Frühling anschwellen. Ich spürte, daß es mit der Erfüllung meines Geschicks nun endlich zu einem Anfang komme. Es kann gar kein Zweifel sein, so sprach ich bei mir selbst, hier ist die Bestätigung der Botschaft, die mir bildhaft auf dem Rollsigill gesandt wurde. Ich habe sie also richtig gelesen, und *sie* hat bereits begonnen, ihren Todeszauber zu wirken, und so wird Uruk mir zufallen!

Doch dem Agga gegenüber ließ ich nichts weiter anmerken, als was sich in einem Zucken der Schultern ausdrückt. »Diese Nachricht betrübt mich – nicht über die Maßen!«

Er aber schüttelte den Kopf. Der war, wie üblich, frischgeschoren und ohne Brauen und Bart und überhaupt ohne Haar und so kahl wie ein Ei. Er zupfte an seinen schlaffen feisten Wangen und neigte sich herab zu mir, so daß die rosigen Wülste seines entblößten Bauches sich übereinanderschoben, und blickte mich mürrisch an von seiner Höhe herab, ob in gespieltem oder echtem Verdruß, dies vermochte ich nicht zu erkennen. Endlich sprach er: »Ach, ach! Durch solche Worte beschwörst du den Zorn der Götter herab.«

Mir stieg Hitze ins Gesicht. »Der Dumuzi ist mein Feind.«

»Und der meinige auch. Aber er ist ein Gesalbter und ist ein König im Lande, und es ruht auf ihm der Segen Enlils. Seine Person ist geheiligt. Und deshalb sollte uns seine – Unpäßlichkeit samt und sonders mit Betrübnis erfüllen; aber natürlich ganz besonders dich, einen Sohn Uruks und seinen Untertan. Ich gedenke, eine Botschaft zu schicken nach Uruk, und meine Botschafter sollen dem König sagen, wie sorgenvoll ich bete um sein Wohlergehen. Und ich habe beschlossen, du sollst mein Gesandter sein.«

»Ich?«

»Ein Prinz von Uruk, aus den Lenden des Lugalbanda, ein herrlicher Kriegsheld – wen könnte ich senden, der würdiger wäre, selbst unter meinen leiblichen Söhnen?«

Leidlich verwirrt, ja sogar bestürzt, fragte ich ihn: »So willst du mich also in mein Verderben schicken? Denn es ist ja doch gewiß nicht ohne Gefahr für mich, wenn ich nach Uruk heimkehre, nicht einmal jetzt!«

»Es wird aber ganz gefahrlos sein«, antwortete mir der Agga mit milder Stimme.

»Aber wie kannst du dessen sicher sein?«

»Der Dumuzi liegt mit einer Krankheit darnieder, die ihm den Tod bringt. Du bist keine Bedrohung mehr für ihn. Ganz Uruk wird über deine Heimkunft jubeln, und selbst Dumuzi wird dich preisen. Darin liegt für dich der große Vorteil, mein Sohn. Kannst du dies denn nicht erkennen?«

»Wenn er im Sterben liegt, gewiß. Was aber, wenn er nicht sterben sollte?«

»Ach, selbst wenn er nicht auf den Tod darniederläge, du würdest ja dennoch als mein Gesandter für ihn unantastbar sein, denn die Götter würden selbstverständlich eine jede Stadt zerstören und vernichten, die einem solchen Eid zuwiderhandeln wollte. Fürchtest du dich wirklich davor, daß Uruk es wagen könnte, Hand anzulegen an einen Herold und Botschafter aus Kish?«

»Nun, Dumuzi würde es schon wagen. Besonders dann, wenn der Gesandte nämlich ein Sohn des Lugalbanda ist.«

»Der Dumuzi liegt auf den Tod darnieder«, wiederholte König Agga noch einmal. »Also werden sie in Uruk bald einen neuen König brauchen. Und indem ich dich zum jetzigen Zeitpunkt als meinen Gesandten dorthin gehen heiße, versetze ich dich in eine für dich recht vorteilhafte Lage.« Er stemmte sich schwerleibig aus seinem Thron empor und stieg herab zu mir und trat an meine Seite und hängte sich schwer mit dem Arm an meine Schulter, ganz so, wie das ein Vater mit seinem Sohn tut. Und – um die Wahrheit zu sagen – er hatte sich ja auch wirklich wie ein zweiter Vater zu mir betragen. Auf seinem Kahlschädel schimmerten schweißige Perlen. Ich spürte seine körperliche Nähe fast so stark und überwältigend, als wäre dieser Fleischberg zu einem Gott geworden: denn er war nämlich mächtig und stark, nicht nur in seinem Körper und Fleische, sondern auch kraft irgendeiner tief in ihm ruhenden königlichen Autorität. Allerdings hauchte er mir seinen dunstigen Bieratem ins Gesicht. Und das mochte ich denn doch nicht wirklich glauben, daß der große Vater Enlil oder der himmlische Vater An als Zeichen der Göttlichkeit den Geruch dieses Gebräus um sich verbreiten sollten. Der König Agga aber flüsterte mir sehr leise ins Ohr: »Es ist alles gut geplant und ganz sicher. Meine Informationen kommen mir von allerhöchster Stelle zu, direkt aus dem Mittelpunkt der Macht.«

»Von Dumuzi also?«

»Noch höher!«

Ich gaffte ihn verblüfft an. »Also – du stehst in Verbindung mit *ihr?*«

»Wir sind einander höchst nützlich, deine Göttin und ich ...«

In diesem Augenblick jedoch stürzte die ganze Wahrheit über mich herein, und sie traf mich wie das Feuer, das die Götter vom Himmel schleudern, so daß mir eine Weile der Atem stockte. In meinem Kopf hörte ich das dröhnende Summen der Gottesnähe. Und ich sah ein leuchtendes Glühen, golden, mit tiefblauen Schatten darin, und es umhüllte den Agga und alles übrige in dem Thronsaal. Es war das Signal, daß ein Sturm losbrach in meiner Seele. Ich zitterte. Ich krampfte die Hände zu Fäusten und hatte große Mühe, mich auf den Füßen zu halten. Was für ein Tor und sträflicher Narr ich doch gewesen war! Die Inanna hatte mich von unserem allerersten gemeinsamen Augenblick an benutzt – und beherrscht! Sie hatte es eingerichtet, daß ich aus Uruk entfliehen mußte, weil sie erkannte, daß ich mich nur nach Kish wenden konnte, wo ich Tor mich dann als Verbannter darauf vorbereiten würde, Dumuzi vom Thron zu stürzen, um statt seiner König zu sein. Sie und der Agga hatten das zusammen ausgeheckt und bewerkstelligt; und der Agga hatte mich in seine Kriege entsandt und mich so dazu erzogen, ein Prinz und ein

Führer der Menschen zu werden. Und nun war ich reif und bereit für die mir von diesen beiden zugedachte Aufgabe. Nun bedurften sie des Dumuzi nicht länger, also sollte er hinabgeschickt werden in das Haus des Staubes und der Finsternis. Und ich – ich war überhaupt kein Held, sondern nur eine an Fäden hängende Holzpuppe, und diese beiden wollten mich nach ihren Flötentönen hampeln lassen. Schön also, ich würde der König sein in Uruk. Gewiß. Aber die Macht würde die Priesterin in Händen halten, sie und der Agga, dem ich einen Eid geschworen hatte. Und der Sohn, den ich mit der Ama-sukkul, der Königstochter von Kish, gezeugt hatte, sollte König sein nach mir in Uruk, sofern das Planen des Agga erst einmal zur vollen Blüte gereift wäre. Und so sollte der Samen des Agga gewaltig herrschen in den beiden großen Städten des Landes.

Jedoch, es mochte sich ja alles dies zu meinem eigenen Vorteil wenden lassen, wenn ich es nur behutsam genug anginge.

So sprach ich also: »Wann soll ich denn nun aufbrechen gen Uruk?«

»In vier Tagen. Das ist am Tage des Utu-Festes, und das war schon immer ein glückverheißender Tag für den Beginn großer Unternehmungen.« Mit der einen Hand umklammerte König Agga noch immer kräftig mein Schultergelenk. »Und du wirst reisen in prächtiger Herrlichkeit, und sie werden dich mit Freude und Jubelgeschrei empfangen. Außerdem wirst du von mir natürlich prunkvoll protzige Gaben und Geschenke mit dir führen, als Zeichen und Treupfand der Freundschaft, und wirst sie einführen in die Schatzkammern *deiner* Stadt, so daß alle Welt erkenne, daß trauliche Freundesliebe herrscht zwischen deiner Stadt und der meinigen ... sobald du erst einmal dort der König bist.«

Als am Vorabend des Utu-Festes der Mond am Himmel heraufstieg, war er von einem Schleierbauch umgeben, was viele für ein Wahrzeichen halten, daß nun der

König in seine höchste Machtfülle eintreten werde. Allerdings sagte der Mond nicht, um *welchen* König es sich dabei handelte: Agga, der in Kish herrschende König, oder Gilgamesch, der vielleicht einmal ein König sein würde. Es ist aber leider immer so und ein unendliches Ärgernis mit den Vorzeichen und Weissagungen jeglicher Art: gewiß, sie künden die Wahrheit, aber leider können wir niemals sicher sein, wie dann die wirkliche Wahrheit für uns sein wird.

ELF

Meine Reise nach Uruk vollzog sich wie der Triumphzug eines bereits gekrönten Königs, und mein Eingang in die Stadt wie der eines siegreichen Feldherrn und Eroberers.

König Agga stellte drei seiner schnellsten und prächtigsten Segelschiffe zur Verfügung, Fahrzeuge von der Art, wie sie im Handel zur Küste und nach Dilmun benutzt werden, mit breiten bauschigen Segeln aus scharlachrotem und gelbem Tuch, in denen sich die Winde fingen, so daß ich rasch und höchst angemessen prunkvoll den Strom hinabfuhr. Mit mir führte ich reiche Geschenke des Königs von Kish – Sklaven, steinerne Gemäße voll des Weins und Öles, Ballen feiner Stoffe, kostbare Metalle und Edelsteine und Abbilder der Götter. Drei Dutzend Krieger waren bei mir als meine Ehrengarde, sodann eine erkleckliche Anzahl hoher Beamter vom Hofe des Königs Agga, darunter sein Privatsterndeuter, sein Leibarzt, sein Kellermeister und Mundschenk, der sich bei den Mahlzeiten um mein Wohlergehen kümmerte. Meine eheliche Gemahlin, Ama-sukkul, reiste nicht mit mir, denn sie stand zu jener Zeit gerade kurz vor der Entbindung von meinem zweiten Sohn. Ich sollte sie leider niemals wiedersehen ... – doch konnte ich dies damals noch nicht wissen.

Aus allen Dörfern den Fluß entlang strömten die Bewohner herzu, um unsere Fahrt mit Jauchzen zu begrüßen. Natürlich wußte sie nicht, wen sie da bejubelten – und schon gar nicht ahnten sie, daß der königliche bronzehäutige Mann, der ihre Huldigung mit so herrscherlicher Geste erwiderte, einst jener Flüchtling und Knabe gewesen war, dem sie vor vier Jahren Gastfreundschaft gewährt hatten –, doch sie erkannten, daß eine Schiffsflotte wie die meinige nur einen Mann von sehr hoher Bedeutung begleiten konnte, und so standen sie denn an den Ufern und brüllten sich die Hälse heiser und schwenkten Banner und Fahnen, bis wir ihren Blikken wieder entschwanden. Es waren an solchen Dörfern mindestens ein Doppeldutzend, und ein jegliches hatte wohl tausend Seelen oder mehr; und es waren die Siedlungen im Norden Kish lehnspflichtig, die im Süden jedoch waren Untertanen Uruks.

In der Nacht unterwies mich der Hofastrologe in der Kenntnis der Gestirne und erläuterte mir die jedem zugeschriebene Schicksalsbedeutung. Bis dahin hatte ich nur den hellerstrahlenden Stern des Abends und des Morgens gekannt, welcher der Inanna heilig ist; doch nun wies mir dieser Weise auch den roten Stern des Krieges und den weißen Stern der Wahrheit. Es sind aber, müßt ihr wissen, alle diese Sterne sogenannte »Wanderer«, was heißt, sie ziehen dahin über das Firmament. Und der Weise zeigte mir auch die Gestirne des nördlichen Firmaments, die da auf den Pfaden Enlils laufen, und jene des südlichen Firmaments, die im Gefolge des Enki dahinziehen, aber auch die Sterne des himmlischen Äquators oder Gleichenbogens, wobei diese Sterne im Gefolge des An sind. Auch lehrte er mich, wie man im Firmament den Wagenlenker ausmacht, den Stern des Bogenschützen, den Feuerstern, und er wies mir den Pflug, die Zwillinge, den Widder und den Löwen. Und er verriet mir vielerlei geheime Kunde über die Rätsel und Wunder all dieser Gestirne und lehrte mich, wie ein Mensch die Offenbarungen verstehen könne, die sie uns bieten. Außerdem aber brachte er mir auch bei, wie man die Sterne benutzen kann, um nächtens den rechten Weg zu finden, und dies war für mich auf meinen späteren Wanderungen von gar hohem Nutzen.

Oft stand ich in der dunkelsten Stunde der Nacht am

Bug meines Schiffes und sprach zu den Göttern. Ich erflehte Rat und Lenkung von Enki dem Weisen und von Enlil dem Gewaltigen, und natürlich vom Himmelsvater An, der sich wie der Bogen des Himmels selbst über alle Dinge erhebt. Und die Götter erwiesen mir hohe Huld und gingen in meine Seele ein; dann natürlich wußte ich, daß die erhabenen Himmlischen sich um sehr viele Dinge sorgen müssen und daß demnach die Welt der sterblichen Menschen nur ganz wenig von ihrer Zeit beanspruchen darf; es ist dies genau das gleiche bei irdischen Herrschern, die sich ja auch nicht ausgiebig um die Nöte und Bedürfnisse von Kindern oder armen Bettlern bekümmern können. Demungeachtet aber neigten sich diese hohen Himmelsfürsten zu mir herab. Und aus dem ersah ich, daß ich wohl wahrhaftig der Gilgamesch sein müsse, einer der gewählt ist. Denn es ist ja nicht die Art der Götter, dem Menschen Trost und Erquickung zu spenden, jedenfalls nicht üblicherweise, mir aber ließen sie dies zuteil werden, als ich so gegen die Stadt Uruk hinabreiste.

Am Morgen des neunten Tages im Monat Ululu langte ich, unter einem wolkenlosen Himmel mit einer darin gewaltig brennenden Sonne, in Uruk an. Läufer waren vorausgeeilt und hatten unsere Ankunft vermeldet, und die halbe Stadt (so erschien es mir jedenfalls) wartete zu meinem Empfang, als meine Schiffe an dem weißen Uferkai anlegten. Ich hörte Trommeln und schmetternde Posaunen und dann das jubelnde Gebrüll meines Namens – natürlich meines alten, meines Geburtsnamens, den ich schon bald darauf für immer ablegen sollte. Ich glaube, es waren einige Zehntausende, die sich auf der Dammkrone des »An-Schiffes« drängten und von dort zu den gewaltigen metallbeschlagenen Flügeln des Königstores strebten.

Leichtfüßig sprang ich von meinem Schiff an Land, kniete nieder und küßte die Ziegel des uralten Deiches. Und als ich mich wieder aufrichtete, stand meine Mutter

Ninsun vor mir. In der strahlenden Tageshelle sah sie wundersam schön aus und fast wie eine Göttin. Ihre Gewänder waren karmesinrot, mit Strängen feingeflochtenen Silbers durchwoben, eine lange gebogene Goldnestel raffte ihren Umhang an der Schulter. Im Haar trug sie die Silberkrone der Hohepriesterin des An, die mit Karneol und Blaustein und funkelnden Goldornamenten verziert war. Meine Mutter sah um keinen Tag älter aus als damals, da ich sie zum letztenmal erblickt hatte. Ihre Augen leuchteten, und ich erkannte darin eine warme Liebe, wie wir Menschenmänner sie nicht nur von unseren leiblichen Müttern erfahren, sondern wie sie ausströmt von der Großen Ninhursag, dem Born des Friedens und der Ruhe, der Großen Allmutter.

Lange sah sie mich prüfend an, und ich spürte, daß sie mich nicht nur mit den Augen der Priesterin betrachtete, sondern mit denen der Mutter. Ich ahnte, wie sie abschätzend meine Gestalt und die Kraft meines Leibes in sich aufnahm, wie sie das Fluidum einsog, das mich seit meinem Eintritt in die volle Männlichkeit umgab. Und es konnte für sie ja auch keinen nachdrücklicheren Beweis für die Vergöttlichung des Lugalbanda geben als in der Gestalt und dem göttergleichen Leibe seines Sohnes.

Nach langer Zeit reichte sie mir beide ihrer Hände hin, nannte mich bei meinem Geburtsnamen und sprach: »Komm nun mit mir in den Tempel des Himmelsvaters, auf daß ich ihm dort danke für deine glückliche Heimkehr.«

So schritten wir an der Spitze eines langen Prozessionszuges durch das Königsportal und über den Pfad der Götter. An jedem geheiligten Platz auf der Strecke galt es, das übliche Ritual zu vollziehen. In dem als Kizalagga bekannten Tempelchen entzündete ein mit einer roten Schärpe gegürteter Priester eine Fackel, in die wohlriechende Spezereien gebettet waren, beträufelte sie mit goldenem Öl und nahm das Ritual der Mundwaschung vor. Im Heiligtum Ubshukkinakku, entzündeten sie eine weitere Fackel, und tönerne Gefäße wurden zerschmettert. Nahe dem Tempel der Schicksalsgewalten wurde ein Stieropfer dargebracht und seine Haut und die Hinterviertel als Brandopfer gespendet. Danach stiegen wir zum An-Tempel hinauf, wo der schon uralte Hohepriester, Gungunum, Wein mit Öl mischte und auf der Tempelschwelle ein Trankopfer davon darbrachte, indem er ein paar Tropfen des Gemisches auf die Türangeln träufelte und den Rest auf das Tor selbst goß. Im Tempelinnern opferte er sodann einen Stier und einen Widder, und ich hatte die goldenen Weihrauchgefäße zu füllen und nahm dann das Rauchopfer vor für den Himmelsvater und für alle die anderen Gottheiten, genau ihrem Range entsprechend von oben an bis unten.

Bei dem allem stellte ich keine Fragen und sprach auch kein Wort außer der Reihe. Mir war so, als gleite ich durch einen Traum. Von ferne hörte ich das unablässige Dröhnen der Lilissu-Trommel, die nur geschlagen wird in der Zeit einer Sonnenverfinsterung – oder beim Tode von Königen; und daraus erkannte ich denn, daß König Dumuzi gestorben sein müsse, und daß die Stadt sich anschicke, mir die Königsherrrschaft anzudienen.

Die Nähe unserer Großen Göttin aber hatte ich bisher noch nicht gespürt. Und ich hatte auch die Priesterin Inanna noch nicht mit meinen Augen geschaut. Sie hatten mir bis zu diesem Augenblick die Göttin vorenthalten, und so hatte ich mich nur in der Gottesaura und dem Fluidum des Himmelsvaters bewegt, dem sich meine priesterliche Mutter geweiht hatte. Aber ich wußte, bald würde man mir die leibhaftige Inanna in Menschengestalt zubringen müssen.

»Komm jetzt!« sagte Ninsin zu mir, und wir zogen aus dem heiligen Tempelbezirk des An hinüber in den heiligen Tempelbezirk der Inanna, und wir stiegen die Stufen der Weißen Terrasse hinan zum Enmerkar-Tempel.

Und dort erwartete sie mich – die Inanna.

Ihr Anblick verschlug mir den Atem, so daß ich bestürzt die Luft durch die Zähne stieß. In den vier Jahren meines Exils hatte die Zeit von ihr alles kindlich Mädchenhafte fortgesengt, und sie war in die vollste Reife ihrer weiblich-üppigen Pracht eingetreten und – überwältigend schön geworden. Zwar blitzten in ihren Augen noch immer diese mir bekannten herausfordernden listig-lüsternen Lichter, aber da war nun – neben der vormaligen koboldhaften Keckheit – ein ganz unbekanntes Strahlen und Leuchten, das einer fremden und fremdartigen Macht und Stärke entsprang. Sie kam mir größer vor, als sei sie gewachsen, und schlanker, scharf zeichneten sich die Wangenbeine in ihrem Gesicht ab, und die Brüste waren voller, als ich sie in Erinnerung hatte. Ihre dunkelgetönte Haut glänzte von Öl. Als einziges Kleidungsstück trug sie das Geschmeide der Göttin: die Ohrgehänge und die Perlen, das goldene Schamdreieck, die Edelsteine an den Hüften und in den Nasenflügeln und in ihrer Nabelgrube.

Ich roch den schweren Moschusduft, der die Nähe der Göttin verrät, und ich hörte zugleich das dröhnende Summen meines Gottes in mir. Das gleichmäßige langsame Grollen der großen Trommel drang in meine Seele und durchdrang sie ganz, so daß ich sozusagen zur Trommel wurde, und die Trommel zu einem Teil von mir. Ich fühlte, wie ich im Lichte der Sonne weiter und immer weiter gespannt wurde und unter jedem Hieb der filzdumpfen Trommelschlegel erbebte. Dann begegneten meine Augen denen der Inanna, und etwas saugte mich in diese abgründige Dunkelheit hinein, so wie mir dies vor langer Zeit nahe den Augen meines Vaters, des heldenhaften Gottes Lugalbanda, geschehen war. Und für den Blick dieser Augen gab ich mich einen

Lidschlag lang völlig preis und ließ mich in diese dunklen Seelenteiche gleiten.

Da lächelte sie. Es war ein furchtbares Lächeln: starr wie das der Inanna-Schlange.

Mit tiefer Stimme, ein wenig heiser, sprach sie: »Der König Dumuzi ist zum Gott geworden. Die Stadt hat keinen Herrn. Die Göttin fordert von dir einen Dienst.«

»Ich höre und gehorche«, antwortete ich dem Ritual entsprechend. In allen meinen Lebenstagen hatte ich es gewußt, daß es mir bestimmt sei, diese Worte eines Tages zu sprechen.

Es spielte nunmehr keine Rolle mehr für mich, daß ich wußte, wie die Inanna und der König Agga sich zu eigenem Vorteil verschworen hatten, mich auf diesen Thron zu bringen. Denn darin war ich mir ganz sicher: wenn ich erst einmal der König war, dann würde *ich* herrschen; keiner würde mich besitzen, unterdrücken oder benutzen können! Dies schwor ich mir insgeheim: sobald ich König war, wollte ich der alleinig Herrschende sein, und erzittern und beben sollten jene, die es anders zu lenken gedachten!

Im übrigen hatten sie alles Nötige bereits zurechtgelegt. Auf ein Zeichen der Inanna hin führte man mich beiseite in einen kleinen dreieckigen Raum an der Seite des Tempels, in dem sie die Vorbereitungen für die Hohen Feierlichkeiten vornehmen. Dort machte sich ein Halbdutzend junger Priesterinnen an mir zu schaffen. Sie zogen mir die Kleider aus und badeten mich, und nachdem sie mich an allen erdenklichen Orten meines Leibes mit süßduftenden Ölen gesalbt hatten, mir das Haar gekämmt und gebürstet und zu schönen Zöpfen geflochten hinter meinem Haupt aufgebunden hatten, kleideten sie mich in einen wollenen Falbelrock, der mich von den Hüften abwärts bedeckte. Sodann sammelte ich in meinen Armen die Geschenke, die der neuerwählte König dem Brauche zufolge der Inanna darzubringen hat, und dann schritt ich langsam aus dem Vestibül hinaus in den scharfen Glast der Sommersonne und auf den Portikus des Enmerkar-Tempels, und trat hinein in den Tempel und nahm Besitz von meiner Königsherrschaft.

Im Innern waren drei Throne. Der eine trug das Zeichen des Enlil, der zweite das Zeichen des An, und der dritte, der zwischen den Schilfbündeln, war der Sitz der Inanna. Das Zepter lag am richtigen Platz. Die Krone ebenso. Und auf dem Throne in der Mitte saß Inanna, die Priestergöttin, im strahlenden Glanz ihre schaudereinflößende Majestät ...

Ihre Augen hefteten sich in die meinen. Sie blickte mich starr an, als wollte sie sagen: *Du bist mein, und du wirst mir ewig gehören.* Ich aber erwiderte ihren Blick ganz ruhig und gelassen, als wollte meinerseits ich ihr sagen: *Da schätzt du mich aber ziemlich falsch ein, meine Teure, wenn du sowas vorhaben solltest.*

Und dann begann der große Zeremonienrummel, unendliche Gebete und Trankopfer. Um mich herum drängten sich die Beamten aus der Regierung des Dumuzi, die Kammerherren und Aufwärter und die Aufseher und Oberaufseher und Steuereintreiber und königlichen Statthalter und Regenten, die alle nur zu bald von meiner königlichen Gnade und Huld abhängen würden. Die Flöten schrillten, die Trompeten schmetterten. Ich entzündete eine schwarze Weihrauchkugel; ich legte meine Gaben vor jedem der drei Throne nieder; ich berührte mit der Stirn den Boden vor der Inanna und küßte die Stelle vor ihren Füßen und brachte ihr die dem Brauche entsprechenden Geschenke. Mir kam es aber vor, als hätte ich all dieses schon unzählige Mal getan. Ich fühlte auf einmal eine ganz neue Kraft durch mich hindurchfließen, ganz so, als hätte sich mir das Blut in den Adern verdoppelt und als wäre mein Atem der Atem von zwei Männern geworden, die beide riesenhaft sind.

Dann erhob sich Inanna von ihrem Thron. Ich sah die

grazile Schönheit ihrer langen Arme und die Schönheit ihres Gazellenhalses; ich sah ihre beiden Brüste unter dem Vorgehänge aus Blausteinen wogen. »Ich bin Ninpa, die Herrin des Zepters«, sprach sie dem Ritual gemäß, ergriff das Zepter, das auf dem Enlil-Thron lag, und reichte es mir. »Ich bin Ninmenna, die Herrin der Krone«, sprach sie sodann und faßte die Krone von dem Sitz des An und drückte sie mir auf die Stirn. Und dann senkten sich ihre Blicke in meine Augen und brannten – und versengten mich fast.

Sodann sprach sie meinen Geburtsnamen, der von nun an in der Welt der Sterblichen nie wieder genannt sein sollte.

Und dann sprach sie: »Du bist der Gilgamesch, der Große und Held in Uruk. So lautet der Ratschluß der Götter.« Und dann schallte dieser Name aus hundert Kehlen, und es war laut wie das Getöse des Flusses in der Zeit des Hochwassers: *Gilgamesch, Gilgamesch, Gilgamesch!*

ZWÖLF

In dieser Nacht schlief ich im Prunkbett aus Ebenholz und Gold, im Palaste des Königs, in dem einst mein Vater geschlafen hatte und das vordem das Bett des Enmerkar gewesen war. Die Familie des Dumuzi hatte den Palast bereits geräumt, und alle seine Weiber und die feisten schwabbeligen Töchter seiner Lenden waren fort; denn die Götter hatten ihm Söhne versagt. Ehe ich mich zu Bett legte, bestätigte ich, der Tradition gemäß, alle Beamten des Reiches in ihrem Amt, obwohl ich natürlich die Absicht hatte, die meisten von ihnen im Verlauf der nächsten Monate zu entlassen. Aber ich feierte und schmauste höchst königlich mit ihnen, so daß das Bier in schäumenden Bächen, weil sie es verschütteten und nicht mehr ihre Humpen halten konnten, in den Abflußrinnen im Boden der Festhalle dahinschoß.

Als der Abend dann doch sein Ende fand, fragte mich der Oberaufseher der königlichen Konkubinen, ob es mir gefallen würde, für die Nacht ein Weib bei mir zu haben. Und ich sprach, aber gewiß doch, dies sei mein königlicher Wunsch, aber es sei mein Wunsch und Befehl, daß er mir soviele herbeiführe, wie er herbeischaffen könne; und er schaffte sie mir die ganze Nacht hindurch herbei, sieben Beischläferinnen, acht, ein volles Dutzend. Und aus ihrer eifrigen Bereitwilligkeit zog ich den wohl begründeten Schluß, daß der Dumuzi sich ihrer wohl nur recht sparsam bedient haben mußte. Ich jedoch schlief einer jeglichen nur einmal bei, entließ sie sodann und verlangte nach einer neuen Gefährtin für mein Lager. Und in manchem Augenblick, während ich in ihren Armen lag, wollte es mir scheinen, als werde sich doch dieser leere Ort in meinem Herzen füllen lassen, dessen Ödnis mir solche Folter und Pein bereitete.

Und es gelang mir auch wirklich – für einen Augenblick, oder für eine halbe Stunde –, meine Einsamkeit zu vergessen, bis danach der Schmerz sich wieder über mich wälzte wie eine gewitterschwangere Wolke. Ich dachte aber: ein Weib, ein einziges, kann mich aus meinem Elend erlösen. Aber diese Frau, das Weib, das ich mir für diese erste Königsnacht erwählt haben würde, wenn ich denn die Wahl gehabt hätte, durfte ich natürlich nicht zu mir nehmen ... nicht in dieser Nacht und auch in keiner Nacht vor dem Neujahrsfest, wo dann das Ritual der Heiligen Hochzeit vollzogen werden würde. Doch während ich meine Mannheit in diese oder jene Beischläferin stieß, erlaubte ich mir den Luxus, mir auszumalen – ich läge bei *ihr!*

Als aber der Morgen graute, erkannte ich, daß meine Manneskraft noch immer nicht erloschen und gestillt war. Ich erhob mich also und begab mich, indem ich auf meine Sänftenträger verzichtete, auf meinen eigenen Füßen in das Kloster der heiligen Priesterinnen der Göttin. Dort verlangte ich die Priesterin Abisimti zu sprechen, jene, ihr wißt schon, die mich in meine Mannheit eingeführt hatte. Als ich sie sah, wollte mir scheinen, daß in ihren Augen Entsetzen stand, vielleicht ebenso wegen meiner großen Gestalt und Körperlichkeit wie auch deswegen, daß ich nunmehr der König war. Ich lächelte sie jedoch lieblich an, ergriff ihre Hand mit meiner Hand und sprach zu ihr: »Erinnere du dich, wie ich war als der zwölfjährige Knabe, zu dem du sanft und freundlich warst.«

Ich jedoch war nicht sanft und freundlich zu ihr an jenem Morgen, fürchte ich. Gewaltige Kraft war über mich gekommen, eine noch viel größere, als ich sie vordem besessen hatte; doch ergab sich dies wohl einzig deshalb, weil ich nunmehr die Herrschaft als König angetreten hatte und eingezogen war in mein Reich. Und hinzu kam sicher auch noch die Gotthaftigkeit, die sich in mir eingenistet hatte. Dreimal bestieg ich die Abisimti, bis sie sich in heftigen Atemstößen keuchend zurückfallen ließ, mich ein wenig benommen anstarrte und sichtlich hoffte, ich möchte meine Lust nun gestillt haben. Doch an jenem Tage hätte nichts und niemand meine Lust stillen können, doch um ihretwillen ließ ich von ihr ab und verschonte sie mit weiterer Plage. Sie war aber noch ebenso schön, wie sie es in meiner Erinnerung gewesen war, und sie hatte eine Haut wie kühlendes Wasser und Brüste, rund wie Granatäpfel, aber dennoch war ihre Schönheit gegen die der Inanna wie die des Mondes gegen die Sonne.

Und so verging der erste Tag meiner Herrschaft als König. Von Stunde zu Stunde fühlte ich stärker, wie die Macht und Herrlichkeit in mich hineinströmten. Am zweiten Tag meiner Herrschaft empfing ich die Delegation der Bürgerschaft, die mir huldigen wollte.

Sollte ein Fremdling, der es nicht weiß, fragen, wie denn der König in Uruk erwählt werde, nun, jeder Bürger der Stadt könnte ihm antworten: er wird von der Bürgerschaft gewählt. Und dies ist wahrlich so; aber es ist eben leider nicht nur so.

Die Bürgerschaft wählt, doch die Götter bestimmen, und insbesondere ist es die Inanna, die durch den Mund ihrer Priesterin den Namen dessen verkündet, der künftig König sein soll. Auch geht in Uruk die Königsherrschaft nicht wie von selbst – wie dies, meinen Informationen zufolge, etwa in Kish oder vielen anderen Städten des Landes üblich ist – auf den Sohn des toten Königs über. Wir haben eben einen anderen Begriff von den Dingen der Herrschaft. Wir in Uruk glauben nämlich, daß es ganz bestimmte intime göttliche Merkmale gebe, die einigen Männern eigentümlich sind, so eine Art vorgegebener Begnadung, was sie dann prädestiniert und geeignet macht für die schwere Bürde der Königsherrschaft. Und wenn es dann geschieht – wie dies geschah bei dem Enmerkar und dem Lugalbanda und bei dem Lugalbanda und mir –, daß diese Gottbegnadung vom Vater auf den Sohn übergeht, dann wohl deshalb, weil ein Vater oftmals die eigenen Wesensmerkmale an den Sohn weiterreicht: seine Körpergestalt, die Weite seiner Schultern, die Form der Nase und – vielleicht – die Königlichkeit. Dieses muß aber nicht immer und zwangsläufig so geschehen, denn nicht alle unserer Könige waren die Söhne von Königen.*

Hat aber die Versammlung der Bürger den König erst einmal gewählt, dann besitzt sie nur noch das Recht, ihm beratend zur Seite zu stehen, nicht aber dem König Befehle zu erteilen. Denn treten Meinungsverschiedenheiten auf zwischen den Stadtverordneten und dem König, so obsiegt die Meinung und der Wille des Königs. Das kann man aber nicht als eine Tyrannei und Willkürherrschaft bezeichnen, sondern es ist vielmehr nur das folgerichtige Ergebnis der ordnungsgemäß durchgeführten Königswahl. Denn – und bedenkt Ihr dies weislich! – in Zeiten der Not und der Unsicherheit ist es von höchster Wichtigkeit für den Staat, ja für das Leben aller Bürger, daß eine Stadt mit einer einzigen Stimme spreche. Und haben dann denn nicht die hehren Götter droben genau angezeigt, wessen diese Stimme sein solle, indem sie diesen oder jenen Mann zum König bestimmten? Die Abgeordneten der Stadtversammlung können in den Beratungen mit dem König diese Stimme zu beeinflussen versuchen, ihr einen veränderten Klang zu geben versuchen, so wie ein Harfenspieler die Tönung seiner Saiten auf dem Instrument verändern kann; doch wenn diese Stimme dann spricht, so ist es *eine* Stimme und es ist die des Königs, und das soll sein: es ist die Stimme der Stadt *und* die Stimme des Himmels. Spricht aber ein König nicht in dem, was er redet, mit der Stimme des Himmels, so weiß und er-

* Silverberg spielt hier wohl darauf an, daß der Gilgamesch eben nicht der leiblich-legitime Nachfolger des Dumuzi war, sondern (historisch gesehen) wohl ein Usurpator.

kennt das ein jeder, und der Himmel wird ihn verwerfen und von seinem hohen Platz stoßen.

All dessen war ich mir nur zu gut bewußt, als mir die Männer der Stadtversammlung in meinem Audienzsaal im Palast ihre Aufwartung machten. Voran schritten die Vertreter der Freibürger, also jener Stände und Gruppen des Volkes, die wir seit Urzeiten als solche bezeichneten, nämlich »das Haus des Volkes«, die Leute also, die sich anmaßten, für die Bootsmänner und Fischer zu sprechen, für die Getreidebauern und die Züchter unseres Viehs, für die Schreiber und Schriftgelehrten, die Künstler der Edelsteinschneidekunst und für die Zimmerleute und Maurer. Diese zogen vorbei, setzten ihre Gaben vor mir nieder und berührten mit ihren Händen die Knöchel meiner Füße, wie es der Brauch ist. Nachdem diese Leute vorbeigezogen waren, traten die Ältesten der Stadt vor mich, jene würdigen Männer, die für die großen Latinfundienbesitzer sprechen, für die Häuser der Edlen und Fürsten und für die Sippschaft der Priester. Ihre Geschenke waren (natürlich) gewichtiger, und die Prüfung, der sie mich mit ihrem Blick unterzogen, war weitaus schärfer. Ich jedoch begegnete ihren Augen mit gelassener Festigkeit. Mir war bewußt: ich war der jüngste Mann in meinem Audienzsaal, viel jünger natürlich als jeder der Stadtältesten, aber auch jünger als jeglicher aus dem »Hause des Volkes«. Aber – ich war der König!

Ich fühlte die gewaltige Kraft und Glorie des Königtums in mir, und ich schwelgte darin. Aber selbst da legte sich ein düsterer Schatten über meine Freude, denn ich gedachte des Lugalbanda auf seiner alabasternen Bahrplatte, und ich gedachte jenes Tages, an dem ich auf der Mauer meiner Stadt stand und sah, wie die Leichen der arm Gestorbenen den Fluß hinabtrieben. Denn niemals vermochte ich mir aus dem Hirn zu treiben, welch üblen und erbärmlichen Scherz sich die Götter mit uns erlaubten, selbst mit denen unter uns Sterblichen, deren Größe und Macht beinahe an die der Götter selbst heranreicht: *Gedenke dessen, daß du vom Staube bist ... und vergiß es nie ... dir ist allhier gegeben nur eine kurze Frist in herrlicher Lebensfülle prangend, und dann wirst du gezerrt ins Haus des Staubes und der Düsternis ...* Aber, ich war noch jung, und ich fühlte mich stark, und so verbannte ich ein jedesmal den Gedanken an den Tod aus meiner Seele, wenn er da in mir heraufstieg, und ich sprach zu mir selbst so, wie ich es als Kind getan hatte: »Tod, ich werde dich bezwingen! Tod, du höre, ich will dich vernichten!«

»Das war schlimm, während der Herrschaft des Dumuzi«, sprach sodann der Besitzer gewaltiger Ländereien Enlil-ennam zu mir. »Wir warteten die ganze Zeit nur auf deine Rückkehr. Denn in dir lebt Lugalbanda.«

Ich schaute ihn ziemlich bestürzt an. So war also mein Geheimnis in Uruk allgemein bekannt? Dann aber begriff ich, daß er nur eine ganz normale Redefloskel benutzt hatte, die nichts weiter bedeutete als: *In deinen Adern fließt das Blut des Lugalbanda.* Und dies war ja nun schließlich allgemein bekannt.

»Schlimme, düstere Zeiten waren es für uns«, sprach sodann der schneehaarige Greis Eli-ellati, der seinen hohen Stammbaum über neunzigtausend Jahre zurückverfolgen konnte. »Die Anzeichen und die Weissagungen waren wirr und widersprüchlich. Die Götter wollten uns keine klare Antwort zukommen lassen. Die Prognosen der Zukunftsdeuter waren ziemlich unheilvoll. Und so lebten wir in Furcht und Ängsten vor dem, was auf uns kommen möchte. Aber es war die Schuld des Königs! O ja, der König trug an alledem die Schuld.«

»Ja, aber was für ein König war denn dann der Dumuzi?« befragte ich die Ehrenwerten.

»Also, nun ja, er war jedenfalls kein Lugalbanda«, antwortete Enlil-ennam, wobei er sein Gesicht zu einem breiten honigsüßen Grinsen verzog. »Und ein Enmerkar war er auch nicht.«

»Und ein Dumuzi war er auch nicht einmal«, sprach der Lu-Meshlam, der Besitzer von Ländereien, die schon fast ein mittelgroßes Königreich darstellten. »Es hätte uns ja schon gereicht, wenn einer nur der Dumuzi gewesen wäre, wenn er es schon nicht hindrehen kann, ein Enmerkar zu sein. Aber dieser da – bei dem reichte es nicht einmal zu einem Dumuzi!« Und darüber lachten sie alle lauthals.

»Also, was wollt ihr mir sagen?« fragte ich.

Und danach entwirrten sie mir – Fädchen um klägliches Fädchen – die Klagegeschichte dieser erbärmlichen Herrschaft, und dabei redete dieser eine Weile, und griff ein anderer die Geschichtsfäden auf und sprach weiter. Er muß ein recht törichter Mann gewesen sein, dieser Dumuzi, aufgeblasen und geschwollen von Eitelkeit ... es gab da unter ungünstigen Sternen begonnene Bauprojekte, fehlgeschlagene kriegerische Abenteuer, den Aufstieg von Männern ohne Namen, die aber nach Macht gierten, törichte kleine Zänkereien wider die etablierten Männer der Stadt, die die politischen Bürden pflichtgemäß getragen hätten, es wurde Mißachtung der heiligen Rituale vorgebracht, Verschwendung öffentlicher Gelder für Abgeschmacktheiten, während man den dringenden Notständen nicht habe abhelfen können ... und die Liste der Beschwerden lief fort und fort und fort, denn nachdem der Damm erst einmal gebrochen war, strömten die Anschuldigungen wie schlammiges Wasser weiter und weiter. Während ich dem Gewinsel dieser Männer zuzuhören schien, überkam mich eine leichte Beschämung, und zwar ihretwegen. Denn wer hatte denn schließlich nach dem Tode meines Vaters den Dumuzi zur Königsherrschaft vorgeschlagen, wenn nicht diese kläglich jammernden Männer da? Die damalige alte Inanna-Priesterin hatte ja wahrscheinlich einen ganz persönlichen Grund gehabt, den Dumuzi vorzuschlagen, ebenso wie diese Männer hier persönliche Gründe hatten, ihren Vorschlag anzunehmen, und ich vermute, diese Gründe waren, daß er lenkbar und verführbar gewesen war, also knetbarer Lehm in ihren gierigen Fingern. Andererseits schienen aber die neun Jahre der Herrschaft des Dumuzi ihnen nicht jene Vorteile gebracht zu haben, auf die sie geschielt hatten. Und das kann ja keinen vernunftbegabten Menschen erstaunen, wenn man annimmt, daß sie sich wirklich einen Schwächling und Schwachkopf erwählten. Und jetzt, und mir gegenüber, vollzogen sie also eine Kehrtwendung und wandten sich, vor Eifer berstend und vor Hoffnungen, einem Stärkeren zu, einem Mann, in dessen Adern das Blut großer Ahnen und großer Herrscher floß. Es war mir nicht möglich, das Gefühl der Verachtung gänzlich zu unterdrücken, das ich für sie und ihre erbärmliche Torheit empfand. Aber ich vergab ihnen bald schon. Sie erkannten ihren Fehler und versuchten sich nunmehr, sich von ihrem Irrtum zu befreien und aus den Folgen herauszuwinden; und wenn sie sich auch vielleicht nicht so ganz im Einklang mit den Absichten der Götter befunden hatten, als sie Dumuzi wählten, es war nun einmal geschehen. Ihre Schuld sei das nicht gewesen, dachte ich. Die Schuld lag bei den Göttern.

»Berichtet mir vom Tode des Dumuzi!« befahl ich.

Da wichen sie mir verlegen aus. »Der Himmel entzog seinen Schultern das Königtum«, sagte Lu-Meshlam, und die übrigen nickten alle sehr weise dazu.

»Jaja, soviel habe ich bereits verstanden«, fuhr ich sie ungeduldig an. »Aber wie ist er gestorben?«

Sie schauten einer zum anderen, und keiner wagte zu sprechen. Ich mußte aber die Wahrheit aus ihnen herausholen. Ein langwährendes Sterben, sagten sie, ein gräßlicher Tod. Ein langsames Dahinschwinden unter großer Pein. Die Götter hätten sich von ihm gewandt, und da seien zahlreiche Dämonen in ihn eingedrungen:

Ashakku, Namtaru, Utukku und Alu der Fieberbringer, der Krankmacher, der Böse Geist, der Zerrütter und Durcheinanderwerfer ... der Teufel. Und keine Tür vermochte sie von seinem Leibe fernzuhalten, kein Riegel widerstand ihnen. Durch die Hallen und Gänge des Hauses des Dumuzi glitten sie wie die Schlangen. Durch den Türspalt seiner Seele wehten sie herein wie ein Wind. Gewaltig, sprachen sie, hätten die Zauberkundigen und die Heilkundigen gekämpft wider die Dämonen, doch hätten sie keine Rettung für ihn finden können, ja, sie begriffen nicht einmal, was das Übel sei, das ihn verzehre und dahinraffe.

Der Altpriester Arad-Nanna sprach sodann, als die anderen ihren gräßlichen Bericht geendet hatten: »Sein Fehler war es, daß er sich seinen Namen wählte. Es liegt ein Fluch des Untergangs auf dem Namen Dumuzi, und der Fluch wurde ausgesprochen am ersten Tag aller Zeiten. Wie hätte er hoffen dürfen, dem Spruch zu entrinnen, mit solch einem Namen – und hier in dieser Stadt aller Städte?«

Mich lenkten in diesem Augenblick gerade andere Gedanken ab, und so schenkte ich wohl den Worten des Arad-Nanna weiter keine Beachtung. Est später, als ich für mich alleine dasaß und mir alles noch einmal überdachte, verstand ich, was er damit gemeint haben mochte. *In der Stadt aller Städte*... Das war der Ehrennamen der Stadt der Inanna. Denn wer ist der höchste Herrscher in Uruk? Über der Macht der Stadtverordneten und sogar über die Gewalt des Königs hinaus? Nun, es ist die Göttin, niemand sonst! Und es ist Teil der Natur dieser Göttin, daß sie dazu bestimmt ist, dem Gott Dumuzi, dem heiligen Hirten, den Untergang zu bereiten. Diese Geschichte kennen wir von frühester Kindheit an. Aber konnte es sein, daß die Priesterin Inanna – mit dem König Dumuzi als ihrem arglosen Mitspieler – einen Untergang inszeniert hatte, wie ihn die Göttin Inanna dem Gott Dumuzi alljährlich in den Gefilden der

Himmlischen bereitete? Alles in mir schrie da laut: *So ist es!* Hatte sie mir doch jenes Rollsigill gesandt, als ich noch in Kish weilte, auf dem ich den Tod des Dumuzi sah und den Triumph der Inanna, und hatte ich nicht damals gedacht, sie wolle mir sagen, daß sie irgendeinen Zauber üben werde, der ihm sein Ende brächte? Doch hatte sie sich mit Zauberbann begnügt, oder hatte sie sich echter tödlicher Gifte bedient? Ich überdachte noch einmal, was mir die Männer über den Tod und das Leiden des Königs gesagt hatten: die Fieberanfälle, die Pein und Agonie, das Dahinsiechen. Und da stieg Unrast in mir auf. Denn wenn die Inanna den einen König niederstrecken konnte, so konnte sie dies sehr leicht auch bei seinem Nachfolger tun, sobald es ihr an der Zeit schien. Und in Uruk übernimmt jeder König die Rolle des Dumuzi gegenüber der Göttin, ob nun sein Name wirklich Dumuzi lautet – oder Enmerkar ... oder auch Gilgamesch!

Dies also erwog schwer in mir: Inanna und Dumuzi – Dumuzi und Inanna. Ich erinnerte mich – wie so oft schon seit meiner Kindheit – wieder jener Erzählung von der Niederfahrt und Höllenreise der Göttin, als es sie nach der Eroberung über die Grenzen ihres Machtbereiches hinaus gelüstete.

Es war ihr nicht genug, im Himmel und auf Erden zu herrschen, nein, sie mußte sich auch das Untere zu eigen machen, das Reich, in welchem ihre ältere Schwester, die Ereshkigal, Herrscherin ist. Also legt sie ihre prunkvollen scharlachroten Gewänder der Macht an, setzt sich die Krone aufs Haupt, hängt sich die Doppelkette aus Blausteinperlen um, nimmt ihre Brustplatten, ihren Ring, ergreift ihren Meßstab aus Lapislazuli und die Meßschnur aus Lapislazuli, welche die Insignien ihrer Macht sind, und sodann schreitet sie zu jenem Platz in Uruk, an dem sich die Hölle befindet, und steigt dort in die Niederwelt hinab. »Sollte ich aber binnen drei Tagen nicht wieder auferstehen aus der Tiefe«, befiehlt sie der Göttin Ninshubur, die ihre Stellvertreterin ist und ihre rechte Hand, »so tritt du hin vor den Vater Enlil und erflehe von ihm, daß er mich befreie!«

Am ersten Tor der Hölle tritt ihr der Hüter der Pforte in den Weg und verlangt zu wissen, weshalb sie gekommen sei. Sie aber gibt ihm eine trügerische Antwort; er aber läßt sich nicht täuschen, denn er hat Befehle von seiner Königin Ereshkigal, der Inanna ihre Macht zu rauben und sie Demut zu lehren. Also nimmt am ersten Höllentor der Torwächter der Inanna ihre Krone fort; und am zweiten Tore fordert der Hüter die Blausteinperlen von ihr ... und so fort bei allen sieben Pforten der Unterwelt, bis sie zuletzt auch noch ihr scharlachrotes königliches Leibgewand ablegt, so daß sie nackt in den Thronsaal der Ereshkigal treten und sich tief zu Boden neigen muß. Denn wer immer vor die Beherrscherin der Niederwelt tritt, muß dies in völliger Nacktheit tun, und sei er auch zuvor die Königin des Himmels gewesen. Welch tiefe Demütigung für die stolze Inanna! Auch gelingt es ihr nicht, sich des Thrones der Schwester zu bemächtigen, denn die Richter der Unterwelt umringen sie sogleich und sprechen ihr Urteil und Ereshkigal belegt sie mit dem Auge des Todes. Sodann wird die Inanna einfach getötet. Und ihr toter Leib wird wie ein verfaulend Aas an einem Pflock in der Wand aufgehängt. Und dort hängt sie, einen Tag lang und einen zweiten Tag und einen dritten, und in der Welt der Menschen ist es Winter, denn Inanna ist daraus verschwunden.

Dann aber tritt Ninshubur vor den Vater Enlil und fleht um Gnade für die tote Inanna; doch Enlil mag nicht den Finger erheben, um sie zu retten. Auch Nanna, der Mondgott, an den sich Ninshubur daraufhin wendet, weigert sich. Erst der weise und des Mitleids volle Enki, ER, der die Wasser des Lebens kennt, ist bereit, ihr zu Hilfe zu eilen. So entsendet also Enki zwei Boten in die Niederwelt hinab, und diese treffen dort auf die

Ereshkigal, die in Schmerzen der Geburt eines Kindes entgegenbangt. »Es ist uns gegeben, diese Schmerzen von dir zu nehmen«, sprechen die Boten zu ihr, doch, sagen sie, als Gegengabe müßten sie ein Geschenk von ihr erbitten, und worum sie bitten, das ist der Leichnam der Inanna. Ereshkigal gibt dem statt; die Boten lindern ihre Kindbettwehen und heben die tote Inanna von dem Pflock an der Wand und erwecken sie wieder zum Leben. Jedoch – so lautet die schwere Bedingung der Ereshkigal – darf sie das Untere Reich nicht verlassen, es sei denn, sie liefere statt ihrer ein anderes Leben an die Höllenfürstin aus.

Ach, aber wen wird die Inanna als ihr Lösepfand hinabsenden in die Unterwelt? Ja, wen denn als den Dumuzi, ihren Gemahl? Der räkelt sich faul auf seinem Prachtthron unter dem Apfelbaum in Uruk, ist gekleidet in seine schimmernden Prunkgewänder, und die Leiden und Pein der Inanna bekümmern ihn überhaupt nicht. Ja, Dumuzi soll es sein, der zur Hölle fährt. Wo aber bleibt Inannas Liebe zu ihm? Ach, da ist keine Liebe mehr in ihr! Es geht um ihr Leben oder das des Dumuzi, also zögert sie nicht lange. Dumuzi trug keine übergroße Betrübnis zur Schau, als die Inanna verschwand; ja, vielleicht empfand er sogar eine gewisse Erleichterung darüber, daß er sein schwieriges ränkespinnendes Ehegespons endlich los war. Und damit ist er dem Untergang geweiht. Sie schaut ihn an mit den Augen des Todes, ruft kreischend sieben Dämonen herbei und befiehlt ihnen: »Ergreift mir diesen! Und bringt ihn fort!« Und die Dämonen packen ihn an seinen Schenkeln; sie zerschmettern die Flöte, auf der er spielte; sie schlitzen ihn mit Äxten, so daß sein Blut aus ihm herausströmt. Er versucht zu fliehen, doch sie verfolgen ihn. Er fleht zu den Himmlischen, sie möchten ihn schonen, und so helfen ihm die Oberen Götter bei seiner Flucht. Doch die Inanna bleibt unerbittlich, und am Ende packt man ihn, den Dumuzi, und schlachtet ihn und schleift ihn hinab in das düstere Reich der Unterwelt. Es ist dies aber jene Zeit des Jahres, in welcher der gewaltige, der tödliche Sommer sich über das Land legt, die Zeit, da der Dumuzi von uns gerissen wird. Im Sommer stirbt der Gott, doch er kehrt zurück im Herbst, wenn die Regen kommen sollen, mit dem neuen Jahr, und vollzieht sodann die Heilige Hochzeit mit der Inanna, aus der alles Lebendige neu entsprießt. Wo aber bleibt bei dieser Geschichte das liebende frauliche Mitgefühl der Inanna? Sie kennt es nicht – und kennt keine Gnade. Die Inanna ist eine Macht, gegen die kein Widerspruch erlaubt ist. Und so stirbt der Dumuzi, sei es nun jener, der König war, sei es jener, der ein Gott ist.*

Ich erwog alles dieses sorgsam in meinem Herzen. Es war immerhin soviel gewiß: die Inanna hatte mich zum König gemacht. Sie und der König Agga hatten sich dies in einem schlauen Bündnis ausgeheckt, das beiden nutzen sollte. Sie hatte mich hergebracht und mich emporgebracht, aber es lag ebenso in ihrem Belieben, mich wieder zu stürzen. Ich beschloß also, auf der Hut zu sein und aufzumerken, falls man in Uruk dereinst wie-

---

* Die Mythenzusammenhänge des Abstiegs in die Unterwelt, den Hades, die Hölle sind offensichtlich. Die »Schlachtung« des Königs in matriarchalischen Gesellschaften findet sich bis in die minoische Spätzeit Griechenlands und Kretas, bis patriarchale Herrschaftstrukturen das Mutterrecht verdrängten. Man vergleiche dazu etwa auch die indische Liebes-Todesgöttin Durga; den Abstieg des Orpheus in die Unterwelt, um seine Gattin Eurydike zu »erlösen«, die Höllenfahrt des »Tammuz« der frühchristlichen Kirchen; die berühmte Dreizahl der Tage des Verweilens in der Unterwelt usw. Von mythengeschichtlichem Interesse ist wohl, daß es in der vorliegenden romanhaften Aufbereitung der Mythen, ganz richtig, die Göttin ist, nicht der geopferte »Gute Hirte«, die nach drei Tagen aus der Unterwelt auferstehen darf, indem sie nämlich ihren Gatten als Opfer (und vor allem blutig und zerfleischt) in die Niederwelt entsendet. Ähnliche Vorstellungen finden sich in frühen mittel- und südamerikanischen Kulturen. Die Vertauschung der geschlechtsspezifischen Rollen erklärt sich wohl aus den Bedürfnissen der jeweiligen matriarchalischen, bzw. der sie ablösenden patriarchalischen Kulte.

der einmal allzu deftige Geschichten über die Göttin und den Gott unters Volk bringen sollte.

Am dritten Tage nach meiner Thronbesteigung ließ mich die Inanna zu sich rufen. Und wenn die Göttin winkt, muß selbst der König eilen.

Wir trafen einander in einem kleinen Tempelgemach, das jeglicher Pracht und Majestät entbehrte. Die Wände waren rosig getüncht, und es standen einige spillerige schiefe Stühle herum, wie sie selbst ein armer Schreiberling als zu erbärmlich für seine Stube erachtet hätte. Sie hatte ein schlichtes schmuckloses Kleid an, und ihr Gesicht trug keine Schminke. Noch zwei Tage zuvor war sie Priesterin und Göttin zugleich gewesen, erschreckend in ihrer Hoheit und bestürzend in ihrer Schönheit. Das Weib aber, dem ich da gegenüberstand, hatte sich nicht der Mühe unterworfen, die Göttin überzustreifen. Zwar besaß sie ihre natürliche Schönheit des Leibes nach wie vor, doch nunmehr fehlte ihr die göttliche Erhabenheit. Mir konnte dies nur recht sein; während der ersten beiden Nächte meiner Königsherrschaft hatte ich nur wenig Schlaf genossen, und der Inanna in all ihrer Göttinnenherrlichkeit zu begegnen, das ist für jeden Mann eine ziemlich anstrengende Sache, selbst für einen Mann, der teilweise ebenfalls ein Gott ist.

Ich wollte aber von ihr die Wahrheit über das Sterben und den Tod des Dumuzi erfahren. Wie jedoch hätte ich es wagen können, sie direkt danach zu fragen? (»Starb er durch deine Hand? Hast du ihm Gift in seine Schale geträufelt, Priesterin?« Nein. Nein. Oder sollte ich so sprechen: »Ich bin dir sehr dankbar dafür, daß du meinen Vorgänger umgebracht hast, damit ich mich auf seinen Thron setzen konnte ...?« Nein, auch das war unmöglich. Oder gar: »Ich bin jung und noch unerfahren in Staatsgeschäften. Also sage du mir an, ist es der Brauch, daß die Göttin einen unwürdigen König morde, wenn die Stadt seine Nichtswürdigkeit nicht länger erdulden kann?« Nein, auch dies nicht, noch gedachte ich, die alte Geschichte auszugraben, wie man mich dazu gebracht hatte, ins Exil zu fliehen: »Geriet der Dumuzi vielleicht darum in so große Furcht vor mir, weil du ihm so ganz nebenbei gesagt hast, daß der Geist meines Vaters Lugalbanda in mich eingegangen sei?«)

Nein. Ich sagte nichts von alledem. Und auch sie, die mich in den verflossenen Jahren einmal mit solch wildem Hunger angeschaut hatte, gewährte mir nun nicht den glitzernden Blick ihrer Augen, kein triumphierendes Lächeln, auch nicht die heiße Umarmung, all dies nicht, worauf sie ihr Planen so lange Zeit gerichtet hatte. Sie war bestrebt, mir nichts mitzuteilen, als was sich gebührt zwischen der Priesterin und dem König, wenn er ihr die erste Aufwartung nach seinem Amtsantritt macht: es herrschte kühle Förmlichkeit und strikte Wahrung des Zeremoniells. Die Inanna und der König – es gehörte sich einfach nicht, daß sie einander in Lust und Leidenschaft in die Arme stürzten ... es sei denn in der Nacht der Heiligen Hochzeit, und diese Nacht ist in jedem Jahr nur einmal.

Also wünschte sie mir Glück zu meiner Thronbesteigung, ganz mit den brauchüblichen Worten, und entbot mir ihren Segen; und ich verpflichtete mich – ebenso förmlich –, der Göttin nach Königsweise zu dienen. Sodann tranken wir süßen Wein aus ein und derselben Schale und aßen das halbverkohlte Fleisch eines Mastochsen, den man am Morgen geopfert hatte. Und als dies alles erledigt war, sprachen wir miteinander wie zwei alte Freunde, die sich lange Zeit nicht sehen konnten: von der Vergangenheit, von unserer ersten Begegnung im Tempel des Enmerkar, von anderen Begebnissen aus meiner Knabenzeit ... Wie hochgewachsen und wie stark ich doch geworden sei in den vier Jahren meines – Fernseins von Uruk ... Und dergleichen mehr. Und alles in einem kühlen und ganz beiläufigen Ton in der Stimme. Sie erwähnte, daß bestimmte Edle und bedeutende Männer während meiner Abwesenheit verstorben seien. Und dies führte sie schließlich auch auf den Tod des Dumuzi. Ihr Gesicht überzog sich mit Traurigkeit, und sie seufzte und schlug die Augen nieder, ganz so, als verursache ihr das Hinscheiden des vorigen Königs großen Gram. Ich mühte mich, in ihrem Gesicht zu lesen, fand aber dort keine brauchbaren Hinweise. »Mit eigener Hand besorgte ich ihn«, sprach die Inanna. »Ich breitete ihm Tücher zur Kühlung auf die Stirn. Mit eigener Hand reichte ich ihm die Arzneien dar, das Quunabu und das Kushumma, die Duashbur-Samen und die Wurzeln der Pflanzen Nigmi und Arina. Aber nichts wollte ihm anschlagen. Von Tag zu Tag wurde er weniger und immer matter.« Mich überlief dabei ein Schaudern, als ich vernahm, wie sie mit eigener Hand dem Dumuzi die Medizinen bereitete, und ich fragte mich insgeheim, was für ein höllisches Pulver sie in diese Tränke gemischt haben mochte, um seine Fahrt in die jenseitige Welt zu beschleunigen.* Aber ich stellte ihr keine Fragen. Ich glaube, ich wußte, welche Antworten es für meine unausgesprochenen Fragen gab. Jedoch, ich fragte nicht.

* Die Namen der Dämonen, bzw. der Heilpflanzen sind z. T. Ableitungen, z. T. onomatopoetische Erfindungen des Autors.

DREIZEHN

DANN FIEL DIE Bürde der Herrschaft in ganzer Schwere auf meine Schultern nieder, und sie war eine weitaus drückendere Last, als ich mir dies je hätte ausmalen können. Dennoch, ich glaube, ich trug sie mit Anstand.

Da galt es, alle diese Rituale zu zelebrieren, die unblutigen und die Blutopfer, und ich hatte mich darauf ja schon vorbereitet ... aber doch nicht auf dermaßen viele! Da war das Fest der Gerstenspeise und das Fest der Verspeisung des Gazellenzickleins, das Fest des Blutes der Löwen, und dieses Fest und jenes Fest und noch ein Fest, kurz ein ganzer Zeremonienkalender, der weder auf des Königs Zeit noch auf seine Kraftreserven Rücksicht nahm. Die Götter sind bekanntlich unersättlich, und man muß sie unablässig mit Opferungen speisen und bei guter Laune halten. Ich war knapp zehn Tage lang König, da erregte mir der Gestank des verbrannten Fleisches und der stickige süßliche Geruch des frischvergossenen Blutes eine unüberwindliche Übelkeit des Magens. Das müßt ihr bitte verstehen: ich war zu jener Zeit ja kaum sehr viel mehr als ein prächtig gewachsener Knabe. Ich wußte, es war meine Pflicht, alle diese rituellen Aufgaben zu erfüllen, doch es wäre mir weit lieber gewesen, wenn ich statt dessen im Hause der Ringkämpfer Schädel hätte gegeneinander schmettern können oder auf einem Schlachtfeld Wurfspeere schleudern, als daß ich hier bei diesen allerheiligsten Feiern meine Nächte und meine Tage damit vergeudete, indem ich das Blut unschuldiger Tiere vergoß. Ich überkam jedoch meine anfängliche Abscheu und kam meinen Aufgaben nach, wie dies die mir auferlegte Pflicht war. Denn der König ist nicht nur der Führer der Stadt in Kriegszügen und die Stimme und der Mund der Götter in Sachen der Staatskunst; nein, er ist auch zugleich der höchste Hohepriester, und das ist schon eine ganz schöne schwere Aufgabe, wenn man so jung ist, wie ich es war.

So zeigte ich mich also an dem dafür bestimmten Abend zur ersten Nachtwache, das ist, sobald der Stern Ans heraufgestiegen ist, auf dem Dache des An-Tempels und setzte mich auf den Ehrensitz an der goldenen Tafel, auf der man das festliche Mahl für den Himmelsvater bereitet hatte, wo es aber sogar Speisen gab für die Gemahlin des An und die sieben Wandersterne. Und ich brachte die üblichen Opfer für diese himmlischen Erhabenen dar: das Fleisch von Rindern, Schafen und Vögeln, Bier von höchster Reinheit und den Wein der Datteln, der aus einem goldenen Krug eingeschenkt wurde. Ich opferte von jeglicher Art Früchte des Landes und träufelte Honig und aromatische Spezereien auf die sieben güldenen Weihrauchschalen. Ich schritt vorbei an jedem der vier Hörner des Altars und gab ihnen den königlichen Kuß, um sie in ihrer Heiligkeit neu zu befestigen.

Ich trank Wein und Bier und Milch und sogar Honig und Öl in mich hinein, bis mir mein Leib davon anschwoll, als wäre er eine Trommel. Bei bestimmten Ritualen mußte ich aus vollen Krügen Blut trinken (woran ich mich mein Leben lang nie so recht gewöhnen konnte). Bei anderen Zeremonien trug ich zentnerschwere Gewänder, bei wieder anderen lief ich völlig nackt herum. Es verging keine Nacht, ohne daß ich irgendeinem der Götter zu Diensten sein mußte, und oft folgten dann am nächsten Tage noch weitere Feierlichkeiten. Aber die Götter verlangen ihre Speisung und ihre Opfer unerbittlich! Bald schon kam ich mir vor wie der Koch einer Garküche oder wie ein niederer Schankbursche.

Zuweilen aber auch wie ein Schlachter. Zu einem der Opferfeste schleppten sie mir einen Mastochsen heran, der war so fett, daß er sich kaum auf den Beinen halten konnte; er sah aus wie ein gewaltiges Faß voller Fett. Das Tier glotzte mich mit seinen großen, traurigen, braunen Augen von unten herauf an, ganz so als hätte es gewußt, daß sich in meiner Gestalt der Tod ihm näherte – aber der Ochse war einfach zu fett und zu träge, sich dagegen aufzulehnen. Die Priester rissen ihm den Kopf hoch und legten mir das Schlachtmesser in die Hand. »Die Götter haben dich für diesen heiligen Augenblick erschaffen«, sprach ich zu dem Ochsen. »Und so gebe ich dich denn nun ihnen zurück.« Und ich schnitt ihm mit einem kräftigen Ruck die Kehle durch. Das Tier röchelte und keuchte, und es brach in die Knie, aber es dauerte lange, bis es ganz tot war. Ich glaubte damals, ich hätte sein klägliches Weinen in meinem Herzen vernommen. Ich ließ das noch warme Blut über meine nackte Haut rinnen, bis es mich glitschig von Kopf bis Fuß bedeckte ... So ist das, wenn man König ist in Uruk!

Ferner war ich ganz bestimmten Zwängen und Beschneidungen meiner Wünsche unterworfen. An einem Tage eines bestimmten Mondes etwa war es mir verboten, Rindfleisch zu essen, an wieder anderen Tagen war mir der Genuß von Schweinefleisch untersagt, und an wieder anderen Tagen mußte ich mich jeglichen gekochten oder gebratenen Fleisches enthalten. An bestimmten Tagen war es für mich höchst gefährlich, von dem würzigen Knoblauch zu essen; an wieder anderen verlangte das Wohl der Stadt und ihre Sicherheit, daß ich mich des Beisammenliegens mit Weibern gänzlich enthielt; an dem Tag, an dem die Grenzsteine in den Äckern neu gesetzt wurden, durfte ich mich nicht auf Sichtweite des Stromes begeben ... Und so ging dies unendlich fort. Viele dieser heiligen Vorschriften erschienen mir als von Grund auf absurd und widersinnig, aber dennoch kam ich ihnen ohne Ausnahme nach. Ein paar dieser Regeln befolge ich noch heute. Andere recht törichte Bräuche habe ich inzwischen abgeschafft. Aber niemals sah ich, daß deswegen Unheil über mich gekommen wäre – oder über meine Stadt Uruk –, weil ich dies tat.

Doch mit der Zeit lasteten diese Bürden und königlichen Pflichten weniger drückend auf mir. Man gewöhnt sich ja schließlich an alles. Ab und zu ertappte ich mich selbst über einer leisen Sehnsucht nach jenem freieren und lebensvolleren Dasein, wie ich es als Held und Krieger in Kish hatte führen dürfen; doch derartige nostalgische Gefühle flogen stets rasch wieder vorbei, ganz wie Wintervögel, die silbrig-schnell durch den blauen Himmel blitzen. Ich tat, was zu tun ich bestimmt war, und ich tat es ohne Murren. Ein König nämlich, der seine Arbeit nur widerwillig erledigt und der dabei mault, der ist kein echter König, sondern ein ganz erbärmlicher Schwindler und Betrüger!

Ein Ritual hätte ich allerdings nicht nur ohne Murren, Zaudern und Widerwillen, sondern vielmehr aus vollem Herzen und mit allen meinen Kräften liebend gern vollzogen. Leider aber herrschte bei meinem Regierungsantritt Hochsommer, und so mußte dieser Dienst den Himmlischen gegenüber warten, bis das Neue Jahr anbrach. Ich spreche, ihr habt es wohl gemerkt, von dem Fest der Heiligen Hochzeit, bei der dann endlich die Inanna in meinen Armen liegen sollte.

Endlich ließ die Glut und Hitze nach, und jener weiche süße Wind, den wir den Trüger heißen, wehte von Süd herauf. Mit diesem Wind kommt auch der Duft des Meeres zu uns; und ich stand lange allein auf der Terrasse meines Palastes und atmete ihn ein und saugte ihn tief in meine Lungen. Er ist der Vorbote, dachte ich bei mir. Nun wendet sich bald das Jahr; die Regen kehren zurück; es naht die Zeit des Pflügens und der Saat. Und ehe die Saat in die Felder gesenkt werden darf, muß erst der Same des Gottes in die Göttin gesenkt werden ... Ich bebte vor ungeduldiger Erwartung.

An jenem Morgen unterbreitete mir der für diese Dinge zuständige Kämmerer, ich müsse nun davon Abstand nehmen, mich meiner Beischläferinnen zu bedienen, denn das Große Fest stehe bevor. Die Tage der Reinigung seien gekommen, und in diesen müsse die Kraft der Lenden und der Same des Königs einzig der Inanna vorbehalten bleiben. Ich aber lachte dazu und sprach, daß ich mit Freuden dieses Opfer bringen wolle, obwohl ich bereits einen oder zwei Tage später ganz anders darüber dachte. Denn schon immer verspürte ich die Lust in mir aufbranden, wie der Strand die Brandung des Meeres erfährt, soll heißen, als etwas unablässig, beharrlich und unausweichlich Herandrängendes. Nichts vermag sich der Brandung des Meeres zu widersetzen; und wenn ich jene andere Brandung in mir selbst zu dämmen versuchte, entdeckte ich, daß dies fast ebenso unmöglich war, wie wenn ich hätte versuchen wollen, die Wogen daran zu hindern, daß sie gegen den Strand brechen. Ich glaube, seit ich in meine Mannheit eintrat, verging kein halber Tag, ohne daß ich mich in ein Weib versenkt hätte. Und nun verordnete ich mir eine lange Dürrezeit der Lust und Leidenschaft, welche mein Blut auf ganz erstaunliche Weise brennen ließ. Es war für mich eine sehr beschwerliche Zeit. Ich überstand sie – jedoch nur, weil ich wußte, daß mir als Lohn der Leib der Inanna winkte, und daß sie zu mir kommen würde wie die kühlen Winterregen nach dem höllenheißen Sommer.

Alle gewohnte Betriebsamkeit in der Stadt stockte. Man begann mit den Vorbereitungen auf das Fest: Ausbesserung und Reinigung der Gebäude, Opfer, Ausräucherungen, Paraden und Prozessionen. In allen Winkeln Uruks arbeiteten die Geisterbanner mit fieberhaftem Eifer, um böse Dämonen aus den Mauern der Stadt zu vertreiben. Priester zogen auf die dürretrockenen Felder hinaus und besprühten sie aus goldenen Gefäßen mit heiligem Wasser. Wer zu den Unreinen gehörte, begab sich in die Notunterkünfte seiner Kaste vor der Stadt, und ein jeder, der ein Fremder war in Uruk, wurde gleichfalls nachdrücklich gebeten, sich aus der Stadt zu entfernen.

Ich saß in Klausur in meinem Palast und fastete, unterzog mich den Ritualwaschungen, aß fleischlose Kost und berührte kein Weib. Den ganzen Tag lang atmete ich die Dünste des geheiligten königlichen Räucherwerks ein, das in langbeinigen Weihrauchbecken überall brannte. Ich schlief nahezu überhaupt nicht, sondern brachte meine Nächte mit Gebeten und Litaneiensingen zu. Die Götter kamen und gingen in meinem Bettgemach ein und aus: gewaltige Schattengestalten, die sich für kurze Zeit an meiner Seite aufbauten. In der einen Nacht spürte ich die Nähe Enlils; in einer anderen Nacht erwachte ich aus einem leisen Schlummer und erblickte vor mir die verhüllte Gestalt des Enki, dessen Augen glühten wie rote Kohlen. Nach diesen nächtlichen Besuchen der Götter – und anderer – erfüllte mich stets eine eisige Furcht. Denn keiner, nicht einmal ein König, vermag solche Nähe der Überirdischen mit ungerührtem Gleichmut zu ertragen. Ja, wäre damals ein treuer Freund an meiner Seite gewesen, es wäre mir leichter gefallen, mich all diesen Geistwesen und Gespenstern zu stellen. Aber zu jener Zeit war ich allein und einsam. Sie schritten in meinem Gemach umher und gingen durch mich hindurch, als wäre ich Luft, und jedesmal, wenn sie dies taten, fühlte ich wie ein grauer Eiswind aus der unteren Welt in mich eindrang. Zu dieser Zeit im Jahr, wenn der trockene Tod, welcher der Sommer ist, das Land noch in seinen Knochenfingern hält, ist uns die Unterwelt sehr nahe; ja der Zugang zu ihr liegt dicht unter der Torrampe eines der Tore von Uruk.

Am Morgen des dritten Tages kam zu mir Gungunum, der Hohepriester des An. Meine Leibdiener kleideten mich in die ganze Pracht meiner königlichen Prunkgewänder, und ich begab mich mit Gungunum in das heilige Gemach des Palastes und warf mich dort vor dem Himmelsvater auf die Knie. Sodann entkleidete mich der Hohepriester aller meiner königlichen Insignien, und er schlug mir ins Gesicht und zerrte mich an den Ohren und erniedrigte mich auch noch auf andere Weise vor dem Gott, und er ließ mich einen Eid schwören, daß nichts an mir noch in mir sei, was vor dem Angesicht der Götter von Übel wäre, und nachdem dies alles ausgestanden war, hob er mich auf und bekleidete mich mit eigener Hand und gab mir mein Königtum zurück.

Sodann reichte er mir eine Schale, in der sich zarte Scheibchen vom Herzen der Palme befanden, nämlich die frischen Triebe des Dattelbaums. Denn wir im Lande ehren und heiligen nämlich diesen Baum vor allen anderen, denn seine Vorzüge und Nützlichkeiten sind so zahlreiche wie die Tage des Jahres, und er spendet uns Frucht und Trank, Fasern für unsere Stricke und Netze, das Holz für unseren Hausrat und auch sonst noch alles mögliche, kurz, er ist ein höchst gottgefälliger Baum. Also nahm ich die Schale aus den Händen des Hohepriesters und aß von den runden Palmherzenscheibchen, und der Geist des Dumuzi ging sogleich in mich ein.

Natürlich war es der *Gott* Dumuzi, nicht jener törichte und leichtfertige König, der sich diesen Namen angemaßt hatte. Das Herz der Palme birgt die Kraft des Baumes in sich, neue Frucht zu tragen, und als ich nun davon aß, ging diese Kraft, die ihrem innersten Wesen nach die Substanz des Gottes Dumuzi ist, in mich über. Von diesem Augenblick an war alle Fruchtbarkeit des Landes in mir verkörpert: ich war der Regen; ich war die Blüte; ich war der Saft, der in den Pflanzen aufsteigt; ich war der Samen des Lebens. In mir ruhte die Kraft, welche die Datteln und die Gerste, den Weizen und die Feigen üppig gedeihen läßt. Von mir würden kommen die befruchtenden Wasser und Flüsse, aus mir würden fließen die Ströme von Wein und Bier, von Milch und süßer Sahne. Der Gott weilte pulsend in mir, und in mir staute sich drängend das gesamte frische Leben des neuen Jahres und strebte nach Verwirklichung. Wenn ich an meinem nackten Leib hinabblickte, so sah ich da das Zepter meiner Mannheit gewaltig aufragen, stark, als wäre es ein dritter Arm, und das Blut des Lebens pochte darin.

Aber der Dumuzi ist zu nichts gut ohne die Inanna. Es war nun an der Zeit, daß ich die Kraft des Gottes in ihren wartenden Schoß verströmte.

Und so war denn endlich – endlich! – die Nacht der Heiligen Hochzeit gekommen! Der Mond war verschwunden und an jenen Ort gefahren, an dem er schlummert. Am Morgen hatte ich in dem klaren Wasser aus der Quelle des An-Tempels meinen Leib gebadet, sodann hatten Leibsklavinnen mich gesalbt, und dabei nicht ein Haar an mir ungesalbt gelassen, und mich danach mit dem goldenen Öl eingerieben, das aus den üppigsten Datteln gepreßt wird. Ich aber setzte mir die Krone aufs Haupt und legte mir das Gewand um die Lenden, das den oberen Teil meines Leibes nackt ließ. Und dann führten sie mich zu dem dunklen fensterlosen Dumuzi-Haus am Rande der Stadt, in dem ich die Hälfte des Tages in Schweigen zubrachte und alles aus meinem Denken verbannte – außer den Gott. Ich sage euch aber, ich war da wie ein Mann in einem Traum, war entblößt aller meiner Selbstheit und ganz und gar in Besitz genommen von der Macht des Gottes Dumuzi. Bei Einbruch der Nacht fuhr ich in einem Boot – denn es muß die Reise übers Wasser geschehen, auf daß der König in die Stadt eingehe wie der Samen einfährt in den Mutterschoß – zu dem Flußdeich, der dem Eanna-Tempel am nächsten ist, und von dort aus schritt ich zu Fuß zu der Weißen Terrasse und dem Tempel, in dem mich die Göttin erwartete.

Ich stieg von der Westseite her zur Terrasse hinauf, ohne nach links zu blicken oder nach rechts. Ich führte einen schwarzfelligen Schafsbock an einem ledernen

Zaum mit mir und trug auf dem Arm ein frischgeborenes Zicklein – meine Geschenke für die Inanna. Ich nehme an, daß die Luft in jener Nacht entweder warm war oder kühl, daß die Sterne strahlten, oder vielleicht waren sie auch von Dunst verhüllt, daß eine leichte Brise den Duft junger Blüten herbeiwehte, oder auch nicht... ich vermag es wirklich nicht mehr zu sagen. Ich sah nichts, und ich fühlte nichts, und da vor mir erhob sich nur dieser schimmernde Tempel und unter meinen nackten Füßen waren die glatten glasierten Ziegel der Weißen Terrasse.

Ich trat also in den Tempel ein und überreichte das Zicklein einer Priesterin und händigte den Schafsbock einem Priester aus und begab mich in die lange Kammer des Tempels. Und dort erwartete mich die Inanna. Ich sage euch, sollte ich zwölftausend Jahre leben, nie könnte ich größere Herrlichkeit erschauen!

Sie strahlte in hellem Glanz wie ein frischpolierter Kampfschild. Sie funkelte und leuchtete gar prächtig. Sie hatten sich gebadet und gesalbt und dann ihre bezaubernde Nacktheit mit Elefantenbein und Gold und Lapislazuli und Silber bedeckt. Alabasterne Hüllen umgaben ihre Schenkel, ein goldenes Dreieck verbarg ihren Schoß. Über ihren Brüsten lagen Plättchen aus makellosem Blaustein. Ins Haar hatte man ihr Stränge Goldes geflochten. Doch war all dies nur schmückende Zutat. Das kannte ich bereits und hatte es an ihr erblickt, in jener ersten Nacht ihrer Heiligen Hochzeit mit Dumuzi, und auch davor, zu Zeiten des Lugalbanda, als ihre Vorgängerin den gleichen Schmuck trug. Was mich aber nun mit staunendem Schrecken und erschreckter Ehrfurcht erfüllte, war nicht der Prunk ihrer Geschmeide, sondern die hinreißende Schönheit der Göttin, die darunter hervorleuchtete. So wie ich nun zur Verkörperung der göttlichen Manneskraft geworden war – und zwischen meinen Schenkeln pulste sie nachdrücklich und unübersehbar –, so war sie jetzt die flammende und versengende Inkarnation göttlicher Weiblichkeit geworden. Von diesem goldenen Dreieck an ihrem Bauch pulsierte lodernd eine starke Kraft auf mich zu und war wie das Glühen der Sonne.

Sie lächelte und streckte mir die Hände entgegen, wobei sie die Fingerspitzen ganz starr nach vorne hielt. Ihre Augen begegneten den meinigen. Und ich sprang im Geiste über den Abgrund der Jahre zurück und hinein in jenen Augenblick, da das Mädchen, das dann die Inanna sein sollte, mich gefunden hatte, wie ich in eben diesem Tempel hier herumirrte; und wie sie mich damals gestreichelt hatte, mich bei meinem Namen genannt, wie sie mir in die Augen geblickt und mir gesagt hatte, ich würde einst König sein und sie in meinen Armen liegen; und wie damals meine Wange gegen ihre noch kleinen Knospenbrüste gedrückt wurde, und wie scharf mir ihr duftendes Parfüm in die Nase stieg. Und heute war dies alles, was sie mir vorhergesagt hatte, wahr geworden und Wirklichkeit, und wir standen einander gegenüber, von Angesicht zu Angesicht ... und es war die Nacht der Heiligen Hochzeit ... und ihre Augen schimmerten wie schwarzer Onyx im Fackelschein und hatten das strahlende dunkle Feuer der Göttin.

»Heil dir, Inanna!« Ich brachte nur ein Flüstern heraus.

»Heil, dir, königlicher Gemahl, du Quelle des Lebens.«

»Mein geheiligtes Juwel.«

»Du mein Gemahl. Mein wahrer, mir vorbestimmter Geliebter.«

Dann aber gab sie ein sehr menschliches, glucksendes Lachen von sich. »Na also, da siehst du es ja. Es ist alles genau eingetroffen. Oder nicht? Oder etwa nicht?«

Und da hörte ich den Auftakt der Musik für unsere Epiphanie, das ist die Darstellung des göttlichen Paares vor allem Volk. Und meine Finger berührten die ihren (nur an den Spitzen der Finger, doch es durchzuckte mich wie ein heißes Feuer), und sodann schritten wir Seite an Seite den langen Gang hinab und zur Vorhalle des Tempels. Die Tür flog vor uns auf. Hoch über dem Tempel stieg die Sichel des jungen Mondes in strahlendem Leuchten auf. Und Tausende von Augenpaaren starrten zu mir aus der Nacht herauf.

Wir sprachen die vorgeschriebenen Ritualworte. Wir nippten an dem Honighorn und streuten das Gemäß Gerste aus. Wir standen Hand in Hand, während das ganze Volk die Inaugurationshymne blökte. Dann sprachen drei splitternackte Priester den Segen. Das Blut des Zickleins, meiner Gabe an die Inanna, wurde mir auf den Unterarm und ihr auf die Wange geschmiert. Das angesengte Fleisch meiner anderen Opfergabe, des Widders, wurde uns auf goldenen Platten gereicht, und wir nahmen jeder einen Bissen davon. Mir kam es so vor, als brauchte ich zwölfhundert Jahre, bis ich das Stücklein Fleisch hinuntergewürgt hatte.

Sodann zogen wir erneut in den Tempel ein. Vor uns und um uns herum schritten die Priester und Priesterinnen, die Tempeltänzer, und alles schritt hüpfend und springend um uns herum und sang, während wir feierlich zum Schlafgemach der Göttin zogen. Dies aber war ein schmaler hochgewölbter Raum, der gänzlich mit weichen frischgeschnittenen Binsen ausgelegt war, denen man durch Beträufeln mit dem Öl der Zeder einen süßen Duft verliehen hatte. Das Lager der Göttin befand sich mitten im Raum, und es war gefertigt aus dem schwärzesten Ebenholz mit Intarsien aus Elefantenbein und Goldstegen. Eine Decke aus feinstem Linnen mit dem Zeichen der Inanna war über das heilige Bett gebreitet, und überall um es herum türmten sich Haufen von frischgepflückten Datteln, noch ganz in der Traube, so wie man sie von den Bäumen geschnitten hatte: denn die Dattel ist der wahre Schatz und Reichtum des Landes und kostbarer als jegliches edle Gestein. Die Inanna brach dann eine Dattelfrucht von einem Büschel und schob sie mir sanft in den Mund, und dann wiederholte ich die Geste und tat desgleichen bei ihr.

Vielleicht stellt ihr euch nun vor, daß ich zu diesem Zeitpunkt vor Verlangen und Ungeduld schon von Sinnen gewesen sein müsse. Ihr irrt. Nein. Denn der Gott war ja in mich eingetreten, und so hatte ich natürlich auch die himmlische Ruhe eines Gottes. Wieviele Jahre hatte ich auf diese Hochzeit warten müssen! Wie lange hatte es gedauert, bis sie möglich ward? Also, was bedeuteten jetzt noch ein paar Augenblicke des Wartens? So blieb ich denn ganz gelassen, während die Priesterinnen die Inanna ihres Geschmeides entledigten, ihr die Perlen abnahmen, die alabasternen Schenkelhüllen, die Ringe, den Schmuckbehang aus ihren Ohren und die Steine von ihren Augen, den Hüften und der Nabelgrube. Sie hoben das Perlengehänge von ihren Brüsten und entblößten sie, und sie waren hoch und gerundet und straff wie die Brüste eines jungen Mädchens, obschon sie doch bereits über zwanzig Jahre alt sein mußte. Und sie lösten den Riegel ihres goldenen Schamschurzes und enthüllten mir den geheimsten Bereich ihrer Weiblichkeit: dunkel und dichtbewachsen und in schwere Düfte gehüllt. Dann entkleideten mich eben dieselben Frauen und zeigten der Inanna meinen Leib nackt; und da wir beide so nackt waren, gingen sie aus dem Gemach hinaus und ließen uns allein.

Ich trat nahe an sie heran und stand vor ihr. Ich sah, wie sich ihre Brüste hoben und senkten. Sie fuhr sich mit ihrer Zunge über die Lippen, langsam, bis diese schimmerten. Ohne Scham wanderte ihr Blick über meinen Leib; und so ließ ich denn auch den meinen über ihre Gestalt gleiten und hielt bei den vollen Brüsten inne, verweilte lange bei den breitausladenden Schenkeln und dem dichten üppigen Bart unten, der den Bronnen ihrer Weiblichkeit bedeckte. Dann nahm ich sie sanft bei der Hand und führte sie zu dem Bettlager.

Einen kurzen Augenblick lang – während mein Leib so über dem ihren war – flackerte meine Gottheit und erlosch dann in mir, und mein sterbliches Selbst kehrte zu mir zurück. Und ich bedachte all die Wirrnisse und Verstrickungen, die dieses Weib da in mein Leben und Handeln gebracht hatte, und wie sie mich diabolisch gegängelt und getäuscht hatte. Und ich gedachte ihrem lüsternen Übermut damals, ihrer düsteren Verspieltheit, ihres Geheimnisses und ihrer Macht. Ja, ich dachte sogar an jenen anderen Dumuzi, den sterblichen und nun Gestorbenen, den sie Jahr um Jahr in eben diesem gleichen Ritual zwischen ihre Arme und Schenkel genommen hatte, um ihn dann, als er für sie seinen Nutzen verloren hatte, so ganz beiläufig zu ermorden ... Dann aber raffte sich der Gott in mir wieder auf und erstarkte, und all diese bedrückenden Vorstellungen wichen von mir, und so sprach ich denn die Worte, die der Gott in dieser Stunde zu der Göttin spricht: »Ich bin der Hirt, ich bin der Pflüger, ich bin der König ... ich bin der Bräutigam. Möge die Göttin sich freuen und jauchzen vor Lust!«

Ich erspare es mir und euch zu berichten, was für Worte sonst noch zwischen uns in jener Nacht gewechselt wurden. Ihr wißt ja, was die Göttin zu dem Gott spricht und der Gott zu der Göttin, denn diese Worte sind bekannt und ändern sich niemals von Jahr zu Jahr. Aber was die Priesterin dem König sagte, und was er ihr zuflüsterte, das könnt ihr auch leicht erraten, und es ist hier eigentlich nicht von Bedeutung. Denn da waren in dieser heiligen Kammer nicht nur der Gott und die Göttin, oder der König und die Priesterin, sondern ganz schlicht auch ein Weib und ein Mann. Was aber die Worte angeht, die das Weib zu jenem Manne sprach, und die Worte, die er zu ihr sprach, so sind sie ein Geheimnis zwischen diesen beiden, und ich werde sie nicht preisgeben, auch wenn ich euch so vieles andere eröffnet und bloßgelegt habe. Es möge ein jeglicher selbst sich ausmalen, welch anderes sehr großes Mysterium wir in jener Nacht feierlich spielten. Ihr kennt doch allesamt das Ritual der Lippen und der Knospen der Brüste, der zarten Streichelfinger der Hände und Hinterteile, der Lippen und Lenden, die das Heilige Paar dem Brauch gemäß zu vollziehen hat. Die Haut der Inanna aber war heiß in jener Nacht und brannte wie das Eis der nördlichen Berge. Ihre Brüste mit ihren Knospen lagen alabastern glatt und fest unter meinen Händen. Wir vollzogen alles, wie es sich gebührt, ehe wir das Letzte vollzogen ... und als dieser Augenblick gekommen war, da wußten wir es beide, ohne daß wir es hätten in Worten sagen müssen. Es war wie ein Gleiten in eine Honigwabe, als ich in die Inanna einging. Und sie lachte, als wir verschmolzen, und ich wußte, dies war ebenso das kecke Kichern des Mädchens aus dem Tempelgang vor langer Zeit wie das glückliche Lachen der erhabenen Göttin. Und auch ich lachte vor freudiger Lust, denn nun endlich war mir, nach so langer Zeit, die Erfüllung eines tiefen Verlangens geschenkt worden. Und dann verging und versank unser Lachen in dunkleren, heftigeren Lauten. Während wir uns im geheiligten Rhythmus wiegten, stieß die Frau abgerissene, stammelnde Worte aus, die ich nicht kannte, denn es waren Worte der Weiber und aus der Sprache der Göttin, welche die Sprache ist des Alten Brauches. Ihre Augäpfel rollten aufwärts, so daß ich nur noch das Weiße in ihren Augen sehen konnte. Und dann schloß ich selbst die Augen. Und ich ergriff fest ihre Schenkel mit meinen Armen. Die Kraft des Gottes ergoß sich aus mir und entströmte mir wie flüssiges Feuer und entzündete die Gewalt der Göttin in ihr und ließ sie in einem höchsten üppigen Vollgenuß aus ihr hervorbrechen. Und so, während ich meinen Samen in sie verströmte, wurde das Neue Jahr geboren. Von meinen Lippen brach ein wilder jubelnder Schrei, und dann schrie auch die Göttin auf, und wir hörten die schmetternde, quiekende Antwort der Musikanten, die vor der Tür unseres Brautgemaches auf eben dies gewartet hatten. Und dann sprachen wir zueinander, die Frau und ich, zunächst mit den Augen und mit unserem Lächeln, dann aber auch in Worten. Und nach einiger Zeit erneuerten wir den Vollzug des Rituals, und dann wieder und immer wieder, bis schließlich das Morgenrot den Segen des Neuen Jahres über das Land brachte ... und dann schritten wir, still und gelöst, aus dem Tempel und standen da beide nackt in dem milden Regen, den wir mit unserer Vereinigung dem Lande gebracht hatten.

VIERZEHN

So endete denn die Nacht der Heiligen Hochzeit, in der ich endlich mit Inanna vereint wurde. Doch die sich da vermählten, waren die Göttin und der Gott, nicht die Priesterin und der König; und sobald das Fest vorbei war, setzten wir unser Leben wieder getrennt fort, sie in der Abgeschiedenheit ihres Tempels, und ich im Palast und mit meinen Beischläferinnen. Ich sah sie sogar mehrere Wochen lang überhaupt nicht. Und als wir einander dann wieder begegneten, während des Rituals der Ausstreuung der Weizensaat, betrug sie sich zu mir kühl und förmlich. Zwar war dies recht und entsprach dem Brauch, aber mir war es ein Greuel. Auf meiner Zunge trug ich noch ihren Geschmack. Jedoch, ich wußte, ich würde sie kein zweitesmal in meinen Armen halten dürfen, ehe nicht die Zeit des Neuen Jahres wiederkehrte, und dies war erst in zwölf Monden. Dieses Wissen bereitete mir schwere Pein.

Jedoch die wechselseitigen rituellen und Amtsverbindungen und die daraus erwachsenden Verpflichtungen führten zu häufigen Begegnungen. Der König von Uruk ist der rechte Arm der Göttin und ihr Schwert; sie hingegen ist der heilige Stab und Stecken, auf den er sich stützt. Ohne die Göttin gäbe es keinen König; ohne den König könnte die Göttin nicht an die Herzen des Volkes rühren. So sind also beide auf ewig aneinander gefesselt und sind das Doppelzentrum der Stadt, und kreisen eines um den anderen und alles übrige bewegt sich um sie beide auf seinen Bahnen.

Der sanfte Nieselregen des Tashritu wich früh im Monat Arahsamna Regengüssen, die alles andere waren als sanft, sondern sie waren niederprasselnde Sturzbäche, die nahezu an jedem Tag aus dem Norden hereinbrachen. Die dürstende Erde trank anfangs gierig, doch bald schon war ihr Durst gelöscht, aber immer weiter zogen die Stürme brüllend über das Land. Es war aber in dieser Zeit, daß ich mich eingehender mit dem Zustand der Kanäle zu befassen begann. Während des letzten Jahres der Herrschaft des Dumuzi waren die notwendigen Ausbesserungsarbeiten vernachlässigt worden. Und wenn die Regen mit gleicher Stärke anhalten sollten, und wenn Schlick und Schlamm nicht entfernt würden aus den Kanälen, dann drohte uns höchstwahrscheinlich zu Beginn des Frühlings eine Überschwemmung.

Ich befand mich gerade mitten in einer Beratung über diese Dinge mit meinem Wasserminister und meinem Oberaufseher der Kanäle und drei oder vier weiteren hohen Staatsbeamten, als mein Palastvezier in das Königliche Empfangszimmer trat. Ein Priester, sprach er, sei vom Tempel des Enmerkar mit einer Botschaft der Inanna gekommen. Sie verlange dringlich nach mir. Ein Dämon oder böser Geist, so schien es, hatte in ihrem Huluppu-Baum Wohnsitz genommen, und ich müsse ihn vertreiben.

Mir steckte der Kopf voll von den dringlichen Arbeiten an den Kanälen, und so verbarg ich vermutlich meine ärgerliche Ungeduld nur schlecht. Ich betrachtete mir den Vezier mit dem Ausdruck des Erstaunens und sagte grob zu ihm: »Ja, kann sie denn nirgendwo einen anderen Teufelsaustreiber finden?«

Es erhob sich aber darauf ein Gemurmel unter den Staatsbeamten, die mit mir am Tisch saßen. Ich hörte ihren Ton der Mißbilligung und glaubte zunächst, sie wären ebenso verärgert wie ich über die Unterbrechung in unserer Arbeit; aber nein, was ihnen Kummer bereitete, war meine mißmutige Weigerung, nicht die unangemessene, unpassende Forderung der Inanna. Meine Räte warfen mir verlegene Blicke zu. Eine Weile wagte es keiner zu sprechen.

Dann murmelte der Oberaufseher der Kanäle, ohne mir ins Antlitz zu blicken: »Es gehört zu den Pflichten des Königs, mein Hoher Herr, derlei zu tun, wenn es von ihm gefordert wird.« Und auf einmal lag auf seinem Gesicht ein dünner Hauch von Schweiß.

Ich breitete die Hände weit vor ihn aus. »Aber wir haben hier wichtige Arbeiten ...«

»Ein Ruf der Inanna darf nicht mißachtet werden, Eure Majestät«, sagte mein Vezier leise und berührte mit der Hand seine Stirn.

»Aber die Kanäle ...«, sagte ich.

»Die Göttin!« sagte der Wasserminister.

»Seid ihr alle dieser Ansicht?« fragte ich und blickte sie alle der Reihe nach an.

Und diesmal erhob keiner seine Stimme. Doch war auch nicht zu übersehen, daß sie beharrlich bleiben würden. Also gab ich nach, und ich tat es mit einem Lächeln. Was sonst hätte ich tun sollen? Es blieb mir keine Wahl: so beschäftigt ich sein mochte, ich mußte mich sofort in den Tempel begeben und den Baum der Inanna von seinem bösen Dämon befreien.

Dieser Huluppu-Baum aber war – und ist es im übrigen noch immer – ein gewaltiges turmhohes Gewächs mit eleganten herabhängenden Zweigen, und die Göttin hat ihn selbst vor fünftausend Jahren im Garten ihres Tempels gepflanzt. Der Boden um die Stelle, an der er steht, ist dermaßen heilig, daß eine Prise der schwarzen Erde um seine Wurzel genügt, um viele Krankheiten der Seele zu heilen; im Frühling kommen unfruchtbare Frauen und umarmen seinen Stamm, und viele von ihnen werden durch seinen träufelnden Saft fruchtbar; und aus seinen Blättern braut man einen grünen Tee, der manchmal verwendet wird, um die Zukunft zu deuten. Es ist ein prächtiger heiliger Baum, und es wäre mir leid geworden, wenn er irgendwie zu Schaden gekommen wäre. Andererseits fand ich aber, die Inanna hätte zu gerade diesem Zeitpunkt sich selbst um ihren Baum kümmern können, anstatt mir meine Zeit zu stehlen, die ich für die dringenden Reparaturen der Kanäle brauchte.

Zur zweiten Frühwache – der Regen hatte seit einiger Zeit aufgehört, der Himmel war hell und klar, die Luft trug den frischgewaschenen Duft des frühen Winters – begab ich mich in Begleitung eines Trupps jüngerer Männer aus meinem Palast zu dem Tempelgarten. Der Huluppu-Baum stand mächtig und mit weiter Krone in der Nordostecke des Bezirks und überragte alles andere. Dicht bei ihm befand sich ein halbes Dutzend jammernder Priesterinnen, und ein Dutzend alter Weiber der Stadt schlurften langsam in einem weiten Kreis darum herum und sangen tonlose Klagegesänge.

Man mußte kein erfahrener Gärtner sein, um zu erkennen, daß dem Baum etwas fehlte. Die Regen hatten fast alle seiner langen schmalen Blätter von ihm gerissen, und sie lagen zu gewaltigen Haufen getürmt am Boden. Die noch herabgefallen waren, wirkten gelblich und welk, und auch die Zweige selbst hingen schlaff und kraftlos herab. Ich trat zu dem Baum und legte ihm meine Hände auf seine dicke runzelige Borke, als versuchte ich den bösen Geist aufzuspüren, der in ihm Wohnstatt genommen hatte. Doch fühlten meine Finger nichts weiter als dicke schrundige Borke.

Ich hatte aber mit mir genommen einen gewissen Lugal-amarku, einen kleinen verwachsenen Mann mit schwarzen Brauen, die über der Nase zusammengewachsen waren, der kundig war in Zaubersprüchen und der Vertreibung böser Teufel. Auch er legte seine Hände gegen den Baum und zog sie sogleich wieder zurück, als hätten sie Feuer berührt.

»Nun?« sprach ich. »Was findest du heraus?«

»Nicht ein böser Geist, Herr und König. Drei!«

»Aha«, sagte ich. »Drei also.« Das war lästig. Ich dachte an die Verschlammung der Kanäle und an den

Regen, der gewißlich in wenigen Tagen zurückkehren würde. Drei Dämonen also? Drei?

In meinem Rücken vernahm ich ein Gewisper der Priesterinnen und der alten Weiber. Ich wandte mich und sah die Inanna auf mich herzuschreiten, achtlos über den schlammigen Boden, der ihr Gewand bei jedem Schritt bespritzte. Dies war das zweitemal, seit ich sie nach jenem Morgen der Heiligen Hochzeit erblickte. Sogleich zuckte in meiner Erinnerung das Bild jener Nacht auf: Inanna vor mir, das Gesicht heiß und gerötet, die wogenden Brüste. Doch die Vision verging. Brüsk schlug sie gegen mich das Zeichen, das die Priesterin vollführt, wenn sie den König grüßt, und ich antwortete mit dem Zeichen der Göttin.

»Du mußt den Baum retten!« forderte sie schroff.

»Es hausen drei Dämonen in ihm, sagte man mir.«

»Aha, und du siehst dies auch?«

Ich wies mit dem Kopf auf Lugal-amarku. »Nicht ich. Er erkennt es.«

Der Bucklige hob bescheiden die Hände mit den Handflächen nach außen und sprach: »Das ist offenkundig, Hohe Herrin.«

»So ist es«, sagte sie und trat zu dem Baum. Sie warf mir einen kurzen Blick zu. »Hier, komm und sieh! Die Schlange, die keinen Zauber kennt, hat ihre Stätte hier genommen. Und oben in der Krone hat der Vogel Imdugud sein Nest gebaut und zieht dort seine Jungen auf. Und hier im Stamm haust nun das Vampirweib Lilitu, die Dienerin trostloser Unfruchtbarkeit, die Fresserin der Seelen.«*

---

* Lilitu (biblisch *Lilith,* ein blutsaugendes Vampirweibchen, Jes. 14, 14; bei den Talmudisten die erste Frau Adams) ist ein assyrischer Sturmdämon.

Das Vogelweibchen Imdugud; weise und weissagende Vögel finden sich in allen späteren Mythologien: die Eule der Athene, Odins Raben, die zahlreichen Märchen und Sagen, in denen der Held auf seiner »Queste« (Suche) Rat und Richtungweisung erhält.

Ich starrte vor mich hin. Die Worte der Inanna brachen über mich herein wie die Schläge von bleiernen Glocken. War es denn also dies, was es bedeutete, König zu sein in Uruk? Mußte ich an jedem Morgen eine unmögliche Aufgabe lösen, und deren drei gar an besonderen Tagen? Die Schlange, die keinen Zauber kennt? Das Vogelweibchen Imdugud? Und die Seelenblutsaugerin Lilitu? Es befand sich aber wirklich ein Loch in der Erde am Fuße des Baumes, und es gähnte zwischen zwei gewaltigen ineinander verwachsenen Wurzeln. Ich spähte hinein, sah jedoch nichts. Auch in der Krone sah ich das Nest nicht. Und nicht das Haus der Dämonin in der Mitte des Stammes. Ich blickte zu der Inanna und zu Lugal-amarku und wieder zu der Inanna zurück. Drei böse Geister – und meine Aufgabe war es, sie zu vertreiben! Wenn ich doch nur mit einem Achselzucken davongehen hätte können, zurück in meinen Palast, um mich dort mit greifbaren und sichtbaren Problemen herumzuschlagen! Dies aber konnte ich eben nicht. Ich mußte in dieser Sache dem Geheiß der Inanna willfahren, oder ganz Uruk würde noch in derselben Stunde wissen, daß Gilgamesch sich seinen Pflichten entzogen habe und daß er die Welt des Unsichtbaren fürchte. Mich überkam eine solch tiefe Verzweiflung, daß ich sie euch nicht zu sagen vermag. Da stand ich und dachte: *Ach, meine Kanäle, meine Kanäle, meine Kanäle!*

Dann aber sprach ich: »Wir werden diesem Unfug ein Ende machen, und zwar rasch!«

Sodann befahl ich dem Lugal-amarku, er solle einen so abscheulichen Zaubertrank zusammenbrauen, einen so furchtbar stinkenden, daß kein Geschöpf ihm widerstehen könne, nicht einmal die Schlange, die keinen Zauber kennt. Und bring dies her zu mir binnen Stundenfrist! befahl ich ihm. Und ich sandte einen der Männer aus meiner Leibwache – es war aber der Krieger Bir-hurturre, mein alter Mitschüler und der Quälgeist meiner Knabentage, der nunmehr einer meiner vertrautesten Berater war – in den Palast zurück, damit er mir meine große Streitaxt bringe. Und ich gebot den Priesterinnen, sie möchten mir aus dem Tempel des Enmerkar eine Länge Seils von dicker und kräftiger Beschaffenheit herbeischaffen. Wir würden es diesen Dämonen hier und jetzt zeigen. Denn selbst in diesen frühen Tagen meiner Herrschaft hatte ich bereits die Grundbegriffe des Regierens entdeckt, die darin bestehen, daß durch Entschlußkraft und den Anschein klarer Zielsetzungen nahezu alles erreicht werden könne.

Der Bucklige kehrte zurück, und nicht in Studenfrist, sondern in der Hälfte der Zeit, und schleppte einen hohen Mörser aus Messing heran, der mit einem blasigen gelben Gebräu gefüllt war, in dem grüne und rote Stückchen schwappten. Nun war dies aber ein solch giftiger Sud, und er stank so pestilenzisch, daß es mich wunderte, daß er nicht Löcher fraß in die Gelbbronze. Der Buckelige war von Stolz geschwellt. Ich klatschte herzhaft die Hand auf seinen Höcker und rieb ihn fest, da derlei Glück bringt, und rief: »Dies wird Abhilfe schaffen, bei Enlil! Nichts könnte für unsern Zweck besser geeignet sein!«

Der Gestank benahm mir den Atem, und ich mußte mich fast übergeben, als ich den Becher aus seinen Händen nahm und ihn in das Loch am Fuße des Baumes leerte. Die Erde zischte, als sie in Berührung mit dem Sud kam. Ich nehme es auf meinen Eid, aber die Ränder des Erdlochs schrumpften zusammen vor Abscheu, als das Gebräu sie berührte. Dann warteten wir. Die Schlange, die keinen Zauber kennt, gehorcht weder An noch Enlil und nicht einmal der Göttin Inanna, die doch die Herrin aller Schlangen ist. Aber kurz darauf bewegte sich etwas in der Erde, und aus dem Loch glühten wütende gelbe Augen und eine gespaltene schwarze Zunge reckte sich zuckend hervor.

»Gibt mir die Axt«, sagte ich leise zu Bir-hurturre.

Und langsam, langsam glitt die Schlange aus ihrem Loch. Ihre Haut war schwarz wie die Nacht, aber mit gelben Bändern gezeichnet, und ihr geschmeidiger Leib war fast so dick wie mein Arm. Die Priesterinnen in meinem Rücken sangen die heiligen Namen unablässig vor sich hin, und meine Männer flüsterten Abwehrzauber. Ich jedoch verspürte keine Furcht vor der Schlange, vielleicht darum, weil sie so hilflos, so angegriffen und verwirrt war von Lugal-amarkus entsetzlichem Gebräu. Gewöhnlich strecke ich keinen Feind nieder, der sich mir gegenüber in solchem Nachteil befindet; leider aber war hier nicht der rechte Zeitpunkt für solcherlei noble Rücksichten. Ich hob also meine Streitaxt und spaltete die Schlange mit einem einzigen Hieb in zwei Teile.* Die zertrennten Hälften wanden sich und streckten sich und zuckten wild in die Luft, und aus dem Munde der Schlange drang ein wildes Fauchen, und ich glaube, sie versuchte mich mit ihrem Gift zu bespritzen. Aber ich blieb unversehrt. Und außerdem hörte ich natürlich das Geseufze und die Gebete hinter mir.

Nach einiger Zeit war die Schlange tot.

»Das erste«, sprach ich.

Und nun nahm ich mir das dicke Seilstück aus dem Tempel Enmerkars und legte es um den Stamm des Baumes und verknüfte es in meinem Rücken auf solche Weise, daß ich mich, wenn ich meine Füße gegen den Baum stemmte und dabei das Seil festhielt, ich mich hinaufziehen und gewissermaßen den Stamm des Baumes hinaufgehen konnte. Und dies tat ich höher und immer höher hinauf und kletterte mit Leichtigkeit. Die Haut des Baumes war rauh und schrundig, und wo ich sie mit den Füßen zerbrach oder preßte, stieg der

* Gilgamesch ist anscheinend auch das Urbild aller »Drachentöter«. Es ist vermutlich nicht abwegig darüber zu spekulieren, warum im »Heiligen Baum« eines Tempelgartens (später persisch »Paradies« genannt) der böse Weibsdämon Lilith (Eva) und der Schlangendrachen *gemeinsam* mit dem Vogel (der Taube?) der Weisheit wohnen.

feine Duft von Mandelblüten auf, oder ein Duft wie von schwerem Wein.

Bald war ich in der Mitte des Stammes angelangt, wo die Dämonin Lilitu, wie man mir gesagt hatte, hausen sollte; diese düstere jungfräuliche Magd der Finsternis, die an den Orten der Zerstörung und Verlassenheit wohnt und Unheil über die Wanderer bringt. Ich glaube, wenn ich es mir erlaubt hätte, innezuhalten und nachzudenken, mich hätte eine schwere Furcht befallen. Aber es gibt Zeiten im Leben, in denen es tödlich ist, innezuhalten und nachzudenken. Also nahm ich beide Enden des Strickes in eine Hand und klatschte mit der anderen keck und fröhlich gegen den Stamm des Baumes. »Lilitu? Lilitu? Kannst du mich hören? Ich bin Gilgamesch, der König in Uruk!« Und ich lachte, um ihr zu beweisen, daß mir vor ihr nicht bangte. »Höre mich, Lilitu! Ich gebiete dir, aus diesem Baum zu fahren, der Inannas Besitz ist! Ich gebiete dir, und ich zwinge dich! Fahre hinweg, hinweg, hinweg!« Aber würde sie mir gehorchen? Ich war überzeugt davon. Denn der Name der Inanna besitzt große Macht über solcherlei Geschöpfe. Ich schlug die Hände noch einmal gegen den Stamm, wartete jedoch nicht auf eine Antwort, sondern kletterte höher hinauf.

»Zwei«, sagte ich zu mir.

In der Krone des Baumes, so hatte die Inanna behauptet, hatte der Vogel Imdugud sein Nest gebaut für seine Brut. Ich spähte durch die dichtgedrängten Astgewirre, doch ich sah das Vogelweib nicht. Allerdings empfand ich so etwas wie ein Gefühl ihrer Gegenwart. Ich zog mich also weiter hinauf, und mittlerweile klammerte ich mich nicht mehr kletternd an den Stamm des Baumes, sondern hob mich, Hand über Hand, von einem Ast zum nächsten.

»Imdugud?« sprach ich leise. »Imdugud, ich bin es, der Gilgamesch und Sohn des Lugalbanda.«

Es ist aber dieses Vogelweibchen der allerschrecklichste unter den Vögeln, und sie ist der Sturmvogel, die Bringerin des Donners und des Regens, und ihr Leib ist wie der eines Adlers und ihr Kopf wie der einer Löwin. Sie ist der Vogel des Schicksals und sie bestimmt das Geschick und spricht das Wort, das von keinem überwunden wird; und sie gehört keinem und zu keiner Stadt und Stätte, zu keinem Gott, sondern sie geht, wohin immer sie will, frei und ohne Bindung ... Jedoch, ich hatte keinen Grund, sie zu fürchten. Mein Vater hatte oftmals von ihr gesprochen und mit warmen Worten. In seiner Jugend, in den Tagen des Enmerkar, war mein Vater auf Bestreben und Befehl des Enmerkar als Ausgesandter in viele ferne Reiche gezogen, und seine Reisen hatten ihn am Ende auch in das Land Zabu geführt, das am Ende der Welt liegt. Als er aber heimwärts ziehen wollte nach Uruk, fand er heraus, daß er dies nicht konnte, denn dies war eine Reise, von der keiner wiederkehrt. Jedoch er ließ sich nicht entmutigen. Er entdeckte in jenem Lande das Nest des Vogels Imdugud, und als der Vogel Imdugud von dem Nest fern war, stieg Lugalbanda in ihr Nest hinauf und bot ihren Jungvögeln Honig und Brot und das Fett von Hammeln zur Speise an und bemalte ihre Gesichter mit den Farben der Ehre und legte ihnen Kronen auf ihre Köpfe. Und als die Imdugud zurückkehrte, empfand sie große Freude über des Lugalbanda Verhalten und schenkte ihm ihre Gunst und Freundschaft und erbot sich, ihm jeglichen Lohn zu gewähren, den er von ihr erbitten mochte. »Beschließe denn also, mir eine sichere Heimfahrt zu erkrächzen«, sprach Lugalbanda, und sie tat es, und nach angemessener Zeit kehrte er heil und ohne Schaden in seine Vaterstadt zurück.

Also flüsterte ich fast, während ich in die Zweige hoch in der Baumkrone spähte: »Höre, ich bin der Sohn des Lugalbanda, o Imdugud. Aber dieser Baum hier gehört der Inanna, und ich bitte dich, im Namen des Lugalbanda, suche dir eine Heimstatt anderwärts. Wirst du dies tun, Imdugud? Um des Lugalbanda willen, der dich treulich nicht getrogen hat? Willst du dies für ihn tun?«

Ich hörte keine Antwort, und in den fast blattlosen Zweigen bewegte sich nichts. Ich klammerte mich in dieser Stille fest an den Baum und wagte beinahe nicht zu atmen. Aber ich fühlte die Gegenwart des Sturmvogels nicht länger um mich. Und dann hatte ich den Eindruck, daß die Imdugud (sollte sie denn wirklich dort ihr Nest gebaut haben) auf mich gehört hatte, daß sie meinen Wunsch erfüllt hatte und mit ihren Nestlingen von dem Baum aufgeflogen war und nun hoch droben über dem segelte. Wie dem auch sein mochte, ich bedankte mich vorsichtshalber bei ihr.

»Und drei!« rief ich den unten Wartenden zu.

Ehe ich aber wieder aus dem Baum hinabstieg, kletterte ich in seiner Krone umher und trat mit den Füßen alle seine großen Äste ab. Der sechste oder siebente Ast hatte aber, so schien mir, etwas Totes an sich. Er war starr und unnachgiebig und fühlte sich bei der Berührung merkwürdig trocken an. Ein solcher Ast mußte entfernt werden, oder er würde seinen tödlichen Zauber auf den ganzen Baum verbreiten. Also rief ich den Zuschauern drunten zu, sie sollten zurücktreten, und ich erhob meine Axt und hackte auf den Ast ein, bis ich ihn gänzlich durchschlagen hatte. Er war gewaltig dick, so groß im Umfang wie der Stamm mancher anderer Bäume, und es war schwere Mühe, ihn abzuhacken, doch schließlich fiel er. Ich schleuderte ihn aber weit hinaus, so daß er die darunterliegenden Äste nicht verletzte, sondern an einer freien Stelle des Gartens niederfiel. Dann schwang ich mich selbst wieder hinab, hüpfte die letzte Strecke und landete mit einem Freudenschrei auf meinen Füßen. Inanna, bleich und stumm, blickte mich auf eine Weise an, wie ich sie nie zuvor bei ihr erlebt hatte: in ihren Augen standen Furcht und Ehrerbietung.

»Die Dämonen sind von deinem Baum gewichen, Herrin«, sprach ich zu ihr.

In mir fühlte ich jene Wärme, die wir nach einer gut getanen Arbeit empfinden. Was immer ich da verjagt hatte, Lilitu und die Imdugud, oder ob sie überhaupt dagewesen waren, wer kann dies mit Gewißheit sagen? Doch bei der Schlange war kein Zweifeln möglich; und als der Winter ein wenig fortgeschritten war, begann der Huluppu-Baum der Inanna neue Blätter zu treiben, so daß er im Frühling wieder so gesund wie zuvor aussah. Vielleicht hatte ihm der Feuerhauch der Schlange an seinen Wurzeln Schaden zugefügt, oder möglicherweise hatten auch die beiden anderen Dämonen in ihm gespukt. Dies könnte ich nicht behaupten. Ich sage also nur, der Baum gedieh wieder, nachdem ich mein Werk an ihm getan hatte.

Aus dem toten Ast, den ich abgehackt hatte, ließ die Inanna sich einen Thron und ein Ruhelager für sich selbst fertigen. Aus dem restlichen Holz veranlaßte sie, daß man mir ein Geschenk baue: eine Trommel und einen Schlegel, die der Kunstwerker Ur-nangar höchst elegant schnitzte, dessen Hand wohl Enki selbst geführt hatte. Der Trommelstab war so vollkommen wohlausgewogen, daß er mir beinahe von selbst in die Hand sprang, wenn ich nach ihm griff, und war mit ihm nur die kleinste Bewegung des Handgelenkes vonnöten, um äußerst raffinierte Schlagfolgen zu erzeugen. Die Trommel selbst war so glattpoliert, daß ihre Oberfläche sich anfühlte wie die Haut am Hintern einer Jungfrau; und für das Fell hatte Ur-nangar die Haut einer ungeborenen Gazelle verwendet, die er straff ausspannte und mit Sehnen aus den Eingeweiden des Muttertieres befestigte. Nie gab es eine solche Trommel oder einen solchen Trommelschlegel in der ganzen Welt, die denen gleichgekommen wären, die Ur-nangar für mich auf Geheiß der Inanna fertigte. Heute ist beides nicht mehr in meinem Besitz, und ich glaube, es vergeht kein Tag, an dem ich sie mir nicht zurückwünschte.

Während der Zeit aber, in der die Trommel bei mir

war, benutzte ich das Werk des Ur-nangar auf zwiefache besondere Weise. Einmal, und dies war die dem Volk von Uruk am besten vertraute Art, als Aufruf zum Kampf: wenn es an der Zeit war, daß sich die Truppen versammeln sollten, trat ich hinaus auf den Vorplatz vor dem Palast und trommelte einen scharfen Wirbel, und jeder Mann wußte, was damit gemeint war. »So hört doch!« riefen dann die Leute. »Gilgamesch trommelt uns zum Kampf!« Und bei dem Klang der Trommel begann sich die ganze Stadt zu regen, denn die Menschen wußten, daß es bald wieder neue Helden geben würde ... und neue Witwen.

Die zweite Anwendungsmöglichkeit für meine Trommel war weit privaterer Natur. Sie war der Zugang in die Welt der Götter für mich. Vielleicht verbarg sich etwas von der Macht der Göttin in dieser Trommel, kam sie doch von dem heiligen Huluppu-Baum der Inanna, oder vielleicht haftete ihr auch noch ein Hauch vom Zauber des Imdugud-Vogels an. Ich weiß es nicht.

Dies aber war ihre Gabe: Wenn ich mich in mein innerstes Privatgemach zurückzog und in einer ganz bestimmten Weise leise die Trommel zu schlagen begann, dann trug sie mich empor und aus mir selbst heraus und in jenes Reich, in dem Lugalbanda wohnt. Mit Hilfe der Trommel konnte ich willentlich all das herbeiführen, was in mir erwachte, wenn die Gottesaura über mir lag. Ich spürte dann das Dröhnen und Summen und erblickte das glühende Leuchten in goldenen oder zinnoberroten oder tiefblauen Farbschattierungen, ich fand Zugang zu einem fremden Ort, sei es über eine Leiter, die in den Himmel hinaufstieg, oder eine Säule schwarzen Wassers, in die ich einsank, oder durch einen Gang, der sich abwärts und von mir fortkrümmte und mich einlud, seine schimmernde zylindrische Wandung entlangzulaufen. Dieser fremde Ort war der Gottesort. Weilte ich dort, so verwandelte sich meine Gestalt, und ich segelte und flog und kreischte wie ein Adler und brüllte wie ein Löwe. Ich reiste in die unterirdische Welt und zog in das Land der Ungeheuer. Ich speiste an einer Tafel mit Göttern und Halbgöttern. Ich tanzte mit Geistern. Ich sprach und verstand die Sprache der Träume. Ich wurde der Gefährte des Donnervogels; ich schaute alle Dinge, und alle Weisheit lag offen vor mir. Ich glaube, Etana von Kish muß im Besitz einer solchen Trommel gewesen sein und sie benützt haben, um in den Himmel zu springen, anstatt sich auf Adlersschwingen zu erheben, wie es uns die alte Mär glauben machen will.

Ich verwendete aber die Trommel nur selten auf diese Weise. Es war dies alles zu fremdartig und zu furchteinflößend und raubte mir allzu viel von meiner Kraft, die ich für die Tagesgeschäfte meiner Königsherrschaft benötigte. Denn wenn ich von einer solchen Reise und solchem Flug zurückkehrte, so schmerzten mich meine Kinnbacken und manchmal war meine Zunge angeschwollen, als hätte ich sie mit den Zähnen zerbissen in meinen Entrückungen, und ich fühlte mich benommen und geschwächt für Stunden oder sogar Tage danach. So war also das mein Geheimnis und meine geheime Lust, und ich gab mich dem nur hin, wenn meine Not schwer auf mir lastete, sei es, weil meine eigene Seele hungerte, oder weil der Stadt eine große Gefahr drohte, die einzig ich allein bewältigen konnte. Aber wenn ich allein für mich saß und diese Trommel schlug, dann war ich beinahe ein Gott.

FÜNFZEHN

Die Regen kehrten zurück, und sie waren heftiger als zuvor, und die Sache mit den Kanälen wurde nun wahrhaft dringlich.

In den Tagen vor der Zeit, in der mein Volk in das Land kam, als hier noch das Volk des Alten Brauches wohnte, jene, die Sicheln aus Ton benutzten und in Lehmhütten hausten, gab es noch keine Kanäle. In jedem Frühjahr, wenn in den nördlichen Bergen der Schnee schmolz, schwollen die Zwei Ströme an und brachen über ihre Ufer, und ihre Wasser ergossen sich über die Felder und ersäuften die Saat und die Dörfer. In manchen Jahren waren die Überschwemmungen gewaltig, und die Arbeit von vielen Jahren wurde vernichtet. In anderen Jahren zogen sich die Wasser unter der heißen Sonne der Trockenzeit rasch wieder zurück, und es enthielt der Boden keine Feuchtigkeit mehr, um die Feldfrucht am Leben zu erhalten. Aber selbst in Überschwemmungsjahren, wenn das Wasser das ganze Jahr über die Täler bedeckte, verblieb doch ein großer Teil des Landes in wüster Trockenheit und war viel zu wasserlos, um irgendwie nutzbar gemacht zu werden, und sie hatten keine Möglichkeit, das Wasser von den überschwemmten Orten zu den in Hitze verdorrten Orten zu bringen. Es war eine schreckliche Art, das Leben zu fristen.

Als wir aber das Volk der Göttin überwanden und ihm das Land entrissen, fanden wir eine Lösung. Es war Enlils Sohn, der sie uns wies, Ninurta, der kriegerische Gott, der Gott des stürmenden Südwindes.

Es begab sich nämlich, daß Ninurta in Streit geriet mit dem Dämonen Asag, der in der Niederwelt hauste; und Ninurta fuhr hinab in die Niederwelt und erschlug in einem furchtbaren Kampf diesen Dämon. Es brachte aber der Tod des Asag gewaltiges Unheil über das Land: denn Asag war es gewesen, der den Drachen Kur in Banden hielt, welcher aber der Fluß ist, der durch die Niederwelt fließt. Und als Asag starb, zersprengte der Kur seine Fesseln und brach hervor aus der Erde, und die unflätigen Wasser des unterirdischen Flusses strömten herauf in das Land der Sonne und überschwemmten alles.

Ein gewaltiges Klagen erhob sich vor den Göttern, deren Bereich die Felder und Gärten waren, und jenen, welche die Spitzhacke und den Korb trugen. Der Kur bedeckte das ganze Land, und die Hungersnot war groß. Nichts wuchs und gedieh, außer den nutzlosen Kräutern, die allüberall und jederzeit wachsen können. Doch in diesen Tagen der Düsternis fand Ninurta einen Ausweg und Rettung. Er sammelte um sich einen Haufen Steine in den Bergen und schickte sie, schwimmend wie treibende Regenwolken, hinab in das Land. Diese häufte er sodann zuhauf an dem Ort, an dem der Kur aus der Niederwelt heraufgestoßen war, und verstopfte das Loch, so daß seine Wasser nicht länger emporsteigen konnten. Kaum hatte er dies getan, errichtete er Dämme und Deiche gegen das Flutwasser und Kanäle, um es in das Bett der Zwei Ströme zu lenken und von diesen auf die Felder. Und so wurde der Drachen bezähmt und seiner Verheerung Einhalt geboten. Und daraufhin brachten die Felder üppiges Korn hervor, und die Weingärten und die Obstgärten spendeten ihre Früchte, und es häuften sich die Erträge der Ernten gewaltig in den Speichern.

Seither aber ist uns überantwortet, die Kanäle zu unterhalten und zu erweitern: es ist unsere vordringliche Aufgabe, die allem übrigen zugrundeliegt, denn all unser Wohlstand hängt von den Kanälen ab. Bei Hochwasser in den Flüssen können wir über sie die gefährliche Wassermenge in Speicherkanäle ableiten. Und wenn die Flüsse zu sinken beginnen, schließen wir die Schleusen und bewahren uns so das Wasser für die Monate der Trockenheit. Aus diesen Stauteichen führen andere Kanäle Wasser auf das bebaute Land und sogar auf Böden, die einstmals Wüste waren. Und so sind die Flüsse, die einmal unsere mächtigen Feinde waren, nun unsere Diener. Indem wir den Wasserstand und den Wasserstrom kontrollieren, ersparen wir unseren Äkkern die Gefahren der Überschwemmung und der Austrocknung. Wo unsere Städte an die Ufer stoßen, erheben sich nun Hafendämme und Werften und Speicherhäuser an den Orten, wo vordem nur sumpfiger Morast war. Und über das ganze Land breitet sich das Netz der Wasserkanäle, die Feld mit Feld und Dorf mit Dorf und Stadt mit Stadt verbinden.

Es ist aber die Erde des Landes tief und weich, und sie bricht unter der Gewalt der Frühlingswasser leicht und wird davongeschwemmt und füllt die Kanäle, und Schlick verstopft ihre Ausgänge. Und das dürfen wir nicht geschehen lassen. Werden nämlich die Kanäle zu flach, dann mag das Wasser nicht von dem einen in den nächsten hinabfließen, und bald schon gibt es überhaupt keinen Fluß des Wassers mehr, und wenn dann die beiden Flüsse Hochwasser führen, bricht Unheil über uns herein, ganz so, als sei der Flußdrache Kur zurückgekehrt. Darum müssen wir uns unablässig mühen und plagen und die Kanäle instandhalten. Jeder Landbebauer trägt die Verantwortung für seinen kleinen Kanal, und es ist die Verantwortung des Aufsehers in jedem Dorf, daß die größeren Zuführkanäle in gutem Zustand sind, und Aufgabe und Pflicht der Regierungsbeamten ist es, dafür zu sorgen, daß die Hauptkanäle funktionieren und gut unter Kontrolle sind. Die höchste und letzte Verantwortung aber liegt beim König: Er muß den großen Gesamtplan verstehen und erkennen, wo sich brüchige Stellen zeigen, und muß sodann befehlen und die Heerscharen der Reparaturarbeiter aussenden.

Dumuzi aber hatte sich dieser Pflicht lässig entzogen. Allein schon aus diesem Grunde kann ihm niemals vergeben werden; dafür allein schon hätte er es verdient, in das Haus des Staubes und der Düsternis verbannt zu sein.

Während der schlimmsten Zeit der Regenperiode konnte ich wenig mehr tun, als die Berichte der Landvermesser durchzugehen, um daraufhin zu entscheiden, an welchen Orten die Reparaturarbeiten am dringlichsten nötig waren. Bald häuften sich die Tafeln hoch um mich herum, ganze Körbe voll kamen heran und verrieten mir in Engschrift, in welch tödlicher Gefahr Uruk schwebte. Schreiber standen hinter meiner rechten Schulter und hinter meiner linken, bereit, mir die Berichte vorzulesen, aber ich nahm ihre Dienste kaum je in Anspruch: mir erschien es weiser, für mich selbst zu lesen, da ich denn schon diese Kunst beherrschte. Ich bekam dadurch besser in den Griff, was am dringlichsten getan werden mußte.

In der Wintermitte ließen die Regenfälle nach, und wir machten uns ans Werk. Die Flüsse und Kanäle gingen hoch von den beständigen Niederschlägen, aber immerhin noch nicht in einem gefährlichen Maß: die echte große Gefahr würde sich erst einstellen, wenn im Norden der Schnee zu schmelzen begann. Jedoch, wir hatten keine Zeit zu verschwenden.

Ich wählte aber als Ansatzpunkt der Arbeiten den als der »Mund Ninmahs« bekannten Kanal, der genau nördlich von Uruk liegt und unser Trinkwasser heranführt. Er bedurfte dringlich der Säuberung und Drainage, aber dies war nicht allzu ernst, denn dazu war nichts weiter nötig als viel Schweiß und Muskelkraft. Jedoch hatten auch die Böschungen und Schleusen dringend Reparaturen nötig, insbesondere der Hauptdeich, der wie mir meine Kanalbaufachleute versicherten – beim ersten heftigen Ansturm der Frühjahresflut sehr leicht hinweggespült werden konnte.

Es ist ein alter Brauch, daß zum Beginn eines jeglichen größeren Bauvorhabens der König höchstselbst den ersten Backstein formen und an seinen Platz setzen muß.* Ich vermag nicht zu sagen, ob alle unter den Königen diesem Brauch stets die gebührende Ehre widerfahren ließen; ich aber griff ihn mit Freuden wieder auf, denn es war stets eine meiner größten Freuden, körperlich zu arbeiten, wie es ein Arbeiter tut. Meine Sterndeuter wählten einen günstigen Tag für die Zeremonie. In der Nacht zuvor band ich mein Haar zurück und ging in einem schlichten Gewand zu dem kleinen Tempel Enlils, wo ich ein Bad nahm und die Nacht allein auf dem schwarzen Steinfußboden zubrachte. Am nächsten Morgen strahlte die Sonne in aller Pracht. Ich begab mich zum An-Tempel und brachte dort ein Opfer dar von makellosen Rindern und Ziegen. Sodann vollzog ich vor dem Schrein des Lugalbanda die rituelle Geste, indem ich die Hand an die Stirn hob, und spürte, wie mein Vater-der-Gott sich in mir zu regen begann. Und als die Mittagsstunde nahte, ging ich an jenen Ort, wo man die Ziegel fertigt, und zwar trug ich dabei einen Kopfschutz und das Tragegerät der Ziegelarbeiter am Bau auf dem Haupt.

Priester der verschiedenen Gildengötter standen um mich herum und schlugen ihre Trommeln, als ich mich an mein Werk machte und halbnackt zu arbeiten begann wie nur irgendein niedriggeborener Sklavenarbeiter unter der Sonne. Zuerst vollzog ich das Wasseropfer und goß Glückswasser in den Formrahmen. Sodann entzündete ich ein Feuer mit aromatischen Hölzern, um alles Unreine und böse Geister zu vertreiben, die möglicherweise um uns lauerten. Ich bestrich die Ziegelform

---

* Der königliche Halbgott als »Baumeister«, eine Urvorstellung, die sich durch die Menschheitsgeschichte zieht: Bei den Freimaurern (besonders während der Aufklärung) ist Gott der »Große Architekt«; und noch heute legt jeder Monarch oder Staatsmann bis hinab zu Dorfbürgermeistern gern »den Grundstein« zu einem Bauwerk.

mit Honig und Butter und Öl von der besten Sorte. Sodann nahm ich den Ton und näßte ihn, bis er geschmeidig wurde, und mischte das Stroh damit und trat alles fest; ich ergriff die geheiligte Kelle und hob das Gemisch auf und drückte es in die Form; ich glättete die obere Seite der Ziegel und setzte sie an den Trockenplatz. In dieser Nacht fiel kein Regen; ich glaube, ich hätte meine Sterndeuter bei lebendigem Leibe häuten lassen, wenn es geregnet hätte! Am folgenden Morgen kam die Zeremonie des Aufbrechens der Formen, wobei ich noch mehr duftende Hölzer brannte, und dann ergriff ich die Form bei den Handgriffen und zog sie herauf und hob den ersten Ziegel hervor und streckte ihn dem Himmel entgegen, als wäre er eine Krone.

»Enlil ist befriedigt!« rief ich laut.

Und das konnte er nun wirklich sein, denn mein Ziegel war makellos. Die Götter hatten meinen Dienst angenommen, und dies war das Zeichen dafür, daß die Zeiten der Prüfung vorbei waren und daß Uruk ihrer Gunst und Hilfe gewiß sein konnte.

Während der folgenden Tage arbeitete ich Seite an Seite mit den anderen beim Formen der Ziegel und bei dem Hinüberschleppen zum Kanal und bei der Stapelung in langen Stapeln. Und dann, als die Sterndeuter erneut einen günstigen Tag verkündeten, machten wir uns an die Aufgabe, den Zufluß in den Kanal zu verschließen. Dies war nicht leicht, und zwei Männer ließen dabei ihr Leben. Aber es gelang uns. Zu jener Zeit war mir Mäßigung unbekannt, und ich erlaubte sie weder mir selbst noch jenen um mich, wenn es darum ging, die nötigen Werke für das Wohl der Stadt zu tun. So stand ich eine Stunde lang in der Mitte des Wassers, wo es am tiefsten ist, und hielt meine beiden Arme ausgestreckt, während die anderen um mich herum das Geflecht der Wassersperre aufrichteten. Ich war gezwungen, dies zu tun, nicht so sehr, weil ich der König war, sondern ganz einfach weil ich der größte und stärkste war unter den Männern. Als wir die Verriegelung bewerkstelligt hatten, hoben wir die am weitesten entfernten Schleusen und leerten den Kanal. Dann machten wir uns daran, seine Wandungen auszubessern. Ich setzte den ersten Ziegel, welches jener war, den ich an jenem anderen feierlichen Tage mit eigener Hand geformt hatte. Wir arbeiteten hart und bis in die Dämmerung hinein, und mit dem nächsten Morgengrauen kehrten wir wieder ans Werk zurück; und so geschah es Tag für Tag: ich gab und gönnte ihnen keine Rast, denn die Zeit war knapp und das Werk drängte, und ich selbst wurde nie müde. Wenn die anderen nachließen und erschlafften, trat ich unter sie und schlug ihnen meinen Arm um die Schulter und sprach: »Aber was ist denn, Freund, laß dich doch nicht hängen und mach weiter! Die Götter brauchen uns!« Und erschöpft, wie sie waren, erhoben sie sich und standen auf und arbeiteten weiter. Ach ja, ich trieb sie wohl hart an – unerbittlich vielleicht –, aber ich peitschte mich selbst noch weit schärfer voran. Am Ort unserer Mühsal brannten hohe Scheiterhaufen aus aromatischen Hölzern, um die Luft zu reinigen, und Enlil gefiel es, und unser Werk ging rasch vonstatten und wurde gut. In diesem Winter stand es gut in allen Dingen in Uruk. Und als im Frühjahr die Hochwasser kamen, fingen die Kanäle den Flutschwall auf und speicherten ihn, und es gab keine Überschwemmungen. Und ich genoß es, König zu sein.

SECHZEHN

Am ersten Tag des Sommers aber trafen Botschafter des Agga von Kish ein und forderten, daß ich ihm Tribut entrichte.

Es waren ihrer drei, Hofbeamte und mir von meinem Aufenthalt in Kish her wohlbekannt. Bei ihrer Ankunft war mir nicht bewußt geworden, daß sie als Feinde gekommen waren. Ich empfing sie also mit Wärme und richtete ihnen zu Ehren ein großes Fest aus, und wir saßen bis weit in die Nacht und plauderten von vergangenen Dingen, von den Festen im Palast des Agga, den Kämpfen gegen die Elamiter, die Geschicke, welche diesen und jenen befallen hatten, den ich in Kish gekannt hatte. Ich zapfte für sie Wein aus dem Faß des Enki und schlachtete ihnen drei der Ochsen von den Weiden des Enlil. »Sagt mir an«, sprach ich, »wie steht es mit dem hochherrlichen Agga, meinem Vater und Wohltäter?« Und sie antworteten mir, Agga befinde sich wohl und seine Liebe zu mir sei groß, und wenn er zu seinen Göttern spreche, verfehle er niemals, sie um mein fortgesetztes Wohlbefinden anzuflehen. Ich gab jedem der drei Gesandten eine erlesene Beischläferin und entließ sie in die prunkvollsten Staatsgemächer zum Schlaf für die Nacht. Am folgenden Tage unterrichteten sie mich, sie brächten mir Botschaft von Agga, dem König, und sie legten vor mich hin eine große Tafel, die in einem Mantel teuren Weißtons versiegelt war, der das Königssigill von Kish trug. Als sie aber die Tafel vor mich brachten, zuckten ihre Augen unruhig her und hin; dies hätte mir eine Warnung sein sollen.

»Wir erbitten deine Erlaubnis, uns zurückziehen zu dürfen«, sprachen sie, und ich entließ sie.

Als sie gegangen waren, erbrach ich die Hülle aus

Weißton und zog die Tafel hervor und begann sie zu lesen. Und meine Augen weiteten sich und wurden größer und größer mit jeder Zeile, die ich las.

Es hob auf die übliche Weise an, mit den gewöhnlichen Floskeln: *Agga, der Sohn des Enmebaraggesi, König von Kish, König der Könige, Beherrscher des Landes durch die Gnade Enlils und Ans, seinem geliebten Sohne Gilgamesch, Sohn des Lugalbanda, Herr von Kullab, Herr von Eanna, König in Uruk durch die Gnade der Inanna, Heil und Grüße ...* und so weiter und so fort; sodann folgten fromme Wünsche für mein fortgesetztes Wohlergehen und meinen Wohlstand, und so weiter und so fort, gefolgt von dem Ausdruck des Bedauerns darüber, daß Agga in jüngster Zeit nichts von seinem geliebten Sohn Gilgamesch vernommen habe und keine Nachricht gekommen sei aus dem Königreich, das Agga in die Hände seines geliebten Sohnes gelegt habe. Und hier überkam mich eine erste Ahnung von drohenden Schwierigkeiten; daß nämlich Agga daran erinnerte, daß er mir geholfen hatte, König in Uruk zu werden. Gewiß, es entsprach der Wahrheit, aber es war dennoch vielleicht ein wenig taktlos, so deutlich darauf anzuspielen. Es war ja nicht an dem, daß er mich aus tiefster Niedrigkeit erhoben und mir die Krone aufs Haupt gesetzt hätte. Immerhin war ich ja der Sohn eines Königs und der von der Göttin Auserwählte.

Rasch aber erkannte ich, worauf er abzielte. Der Schlüssel war bereits in der ersten Grußformel enthalten: »König der Könige, Beherrscher des Landes.« Es war aber dies der uralte Titel der Könige von Kish, den keiner jemals sich die Mühe gemacht hätte, formell zu bestreiten. Daß aber Agga ihn hier benutzte, schien deutlich auszudrücken, daß er mich als seinen Vasallen betrachtete. Und ich hatte ihm ja auch *wirklich einen Treueid* geschworen, als ich als junger Flüchtling in seine Stadt kam. Ich las weiter, und das Unbehagen in mir wurde immer stärker.

Jetzt begann er mit den Tributforderungen.

Zwar nannte er es nicht direkt Tributzahlungen. Er sprach von »Geschenk«, der »Gabe«, der »Spende« meiner »Liebe«. Aber es ging alles in allem doch um Tribut. So viele Schafe, so viele Ziegen, so viele Fässer Öls, so viele Krüge Honigs; diese Anzahl *Gur* Dattelweins, diese Zahl *Mana* Silbers, so viele *Gu* Wolle und so viele *Gin* feines Linnen; so viele männliche Sklaven und so viele weibliche, von dem und dem Alter. Diese Forderungen verbargen sich unter den harmlosesten Tönen der Freundlichkeit und enthielten nicht den geringsten Hauch eines Ultimatums. Als wollte er mir zu verstehen geben, es sei ganz unnötig, einen drohenden Ton anzuschlagen, da diese Gaben und Spenden ihm ganz selbstverständlich von mir zustünden, von mir, dem getreuen Sohn, ihm, dem gütigen Vater, von dem Vasallen dem allergnädigsten Oberherrn.

Ich geriet in tiefe Verwirrung. Der Brief des Agga raubte mir nicht nur mein Königtum, sondern nahm mir auch meine Mannheit. Aber ich hatte ihm doch Gefolgschaftstreue geschworen, oder etwa nicht? Beim Netz des Enlil hatte ich geschworen. Und nun zappelte ich in eben diesem Netz. Meine Wangen brannten, und Zornestränen stiegen mir in die Augen. Ich las die Botschaft viermal zur Gänze durch, aber jedesmal blieben die Worte die selben, und es waren Worte der Vernichtung. Ich hätte so etwas voraussehen müssen, doch ich hatte es eben nicht getan. Agga hatte mich aufgenommen, als ich heimatlos war; Agga hatte mich in seiner Stadt erhöht und mir Ansehen verliehen; Agga hatte ein heimliches Komplott mit der Inanna geschmiedet, um mich zum König zu machen. Und nun forderte er Bezahlung. Doch wie konnte ich ihm seinen Preis entrichten und hoch erhobenen Hauptes einhergehen unter den Königen des Landes und unter dem Volk von Uruk?

In finstrer Nacht begab ich mich allein zum Schrein des Lugalbanda, kniete davor und flüsterte: »Vater, was soll ich tun?«

Und der Geist des Gottes kam über mich, und ich hörte Lugalbanda ruhig in meinem Herzen sprechen: »Du schuldest dem Agga Liebe und Achtung, aber nichts darüber hinaus.«

»Aber mein Schwur, Vater! Mein Schwur!«

»Der Eid sprach nicht von einem Tribut. Wenn du ihm diese Forderungen erfüllst und zahlst, dann veräußerst du dich selbst und deine Stadt für immerdar an ihn. Er prüft dich nur. Er will erfahren, ob du ihm gehörst. Nun, gehörst du ihm?«

»Ich gehöre niemandem, außer den Göttern.«

»Dann weißt du auch, was du zu tun hast«, sprach Lugalbanda in meinem Innern.

Ich verbrachte die Nacht im Gebet und wanderte ruhelos von einem Gott zum anderen durch die Stadt, von einem Tempel zum nächsten. Die einzige Gottheit, die ich nicht um Rat fragte, war die Inanna, obschon sie die Stadtgöttin ist. Denn zu diesem Behufe hätte ich mich der Priesterin Inanna eröffnen und bekennen müssen, und ich wollte nicht, daß sie von meiner Schmach in dieser Sache erführe.

Am Morgen, während Weiber und Gesang die Botschafter des Agga ablenkten, schickte ich Boten zu allen Ältesten der Stadtversammlung und befahl sie alle sogleich zu mir in den Palast.

Von Zorn und Sorge gepackt, stapfte ich vor den Männern auf und ab, die Muskeln traten mir seildick am Nacken hervor, Schweiß rann mir über die Stirn, bis ich endlich zu sprechen vermochte.

Dann aber sagte ich zu ihnen: »Man fordert uns auf, uns dem Hause Kish zu unterwerfen. Man verlangt Tributzahlungen von uns.« Und da begannen sie vor sich hin zu murmeln, diese Greise und alten Männer. Ich aber hob den Tafelbrief des Agga vor sie hin und schüttelte ihn wild und las ihnen laut die Liste der Forderungen vor. Als ich geendet hatte, blickte ich starr im Saal umher und sah ihre Gesichter: bleich waren sie, verkniffen und voller Furcht. »Wie könnten wir uns einer solchen Forderung beugen?« fragte ich. »Sind wir Vasallen? Sind wir Sklaven?«

»Aber Kish ist sehr mächtig«, gab der Grundbesitzer Enlil-ennam zu bedenken.

»Der König von Kish ist der Oberherrscher des Landes«, sprach der alte Ali-ellati aus dem ehrenwert uralten Geschlecht.

»Es sind ja schließlich keine unmäßigen Tributforderungen«, meinte der reiche Lu-Meshlam sanft.

Und sie hoben alle an, mit den Köpfen zu nicken und sich zu verneigen und zu murmeln, und ich erkannte, daß sie fest entschlossen waren, gegen jedwede Herausforderung Kishs zu stimmen.

»Wir sind eine freie Stadt!« schrie ich. »Wollt ihr denn in die Knechtschaft?«

»Es gilt, Brunnen zu graben und Kanäle zu reinigen«, sprach Ali-ellati. »Lasset uns dem Agga entrichten, was er verlangt, und im übrigen friedlich unseren Geschäften nachgehen. Krieg ist eine kostspielige Sache.«

»Und Kish ist sehr mächtig«, sagte Enlil-ennam wieder.

»Ich rufe euch auf, tut eure Pflicht!« sprach ich. »Ich will den Agga abweisen, also stellt euch hinter mich!«

Sie aber sagten: »Frieden!« Und sie sprachen: »Tributzahlung!« Sie sagten: »Es gilt, die Brunnen zu graben!«

Von Krieg wollten sie nichts hören. Verzweifelt entließ ich sie und berief das jüngere Haus der Stadtversammlung ein, das Haus der Männer. Auch ihnen las ich die Liste mit den Forderungen Aggas vor, und ich sprach zu ihnen von meinem Zorn und meiner Empörung, und das Haus der Männer entsprach meinen Wünschen und stimmte mit mir. Ich wußte, wie man zu diesen Leuten sprechen mußte. Ich entfachte die Feuer der Leidenschaft in ihnen und appellierte an ihren Kampfesmut; denn wenn auch sie sich gegen mich wenden sollten, war ich verloren. Ich besaß die Ermächtigung, im Notfall den Ältestenrat und seine Beschlüsse zu mißachten und meine Entscheidung durchzusetzen, aber ich konnte keinen Krieg führen, wenn beide Häuser der Stadtversammlung gegen mich waren.

Aber das Haus der Männer ließ mich nicht im Stich. Hier mußte ich mir kein Gerede anhören darüber, daß Brunnen zu bohren und Kanäle zu säubern seien. Brüllend äußerten sie ihre höhnische Verachtung angesichts der Vorstellung eines Tributs. Also forderte ich schreiend den Krieg, und sie schrien noch lauter zurück, ja, sie wollten ihn! Unterwirf dich nicht! sagten sie zu mir. Wir wollen das Haus Kish mit unseren Waffen niederwerfen! sagten sie. Du wirst Kish zerschmettern! sagten sie – du, Gilgamesch, unser König und Held, du Siegreicher Eroberer und Herrscher, den An liebt! Einer nach dem anderen erhoben sich die Männer des Hauses der Männer und riefen laut solch edeltönende Worte. Wovor sollte man sich denn fürchten, falls Agga anrükke? fragten sie. Sein Heer ist klein, seine Nachhut schwach und seine Männer wagen es nicht die Augen zu erheben!

Ich schätzte das Heer Aggas weit höher ein als sie, aber ich hatte ja auch stichhaltigere Gründe dafür. Dennoch beglückten mich ihre Worte sehr, und meine Seele erhellte sich. Denn wie hätte ich jemals eine Lehnsherrschaft und den Vasallenstand anerkennen dürfen? Mochte der Agga immerhin glauben, was er wollte, über mein sogenanntes Gelöbnis und meine Verpflichtung ihm gegenüber, für mich ging es hier um die Kraft und Stärke meiner Königsherrschaft und um die Kraft und Stärke meiner Mannheit. Ich konnte unmöglich mit der gnädigen Duldung des Königs von Kish in Uruk Herrscher sein.

So wurde denn also beschlossen, daß wir unser Geschick im Kampf für die Freiheit suchen wollten. Wir würden uns dem Agga widersetzen. Wir würden den Sommer nutzen, um uns für den Krieg zu rüsten. Soll er doch kommen, sprach ich zu dem Haus der Männer. Wir werden bereit sein für ihn.

Ich ging aber dann zum Palast und fand dort die Gesandten des Agga in ihrer Schwelgerei und Unzucht, und ich sprach zu ihnen steinkalte Worte: »Ich habe den Brief meines Vaters, eures Königs Agga, gelesen. Ihr aber sagt ihm bitte dies: Ich fließe über von grenzenloser Liebe zu ihm, und ich fühle äußerste Dankbarkeit für die Gunst, die er mir erwiesen hat. Ich sende ihm meine allerherzlichsten Umarmungen. Doch dies ist das einzige, was ich ihm als Geschenk senden kann: meine allerherzlichsten Umarmungen. Denn was mehr wäre denn nötig zwischen Vater und Sohn als wechselseitige Geschenke? Und Agga ist mir ein zweiter Vater. So sagt ihm also: Ich umarme dich.«

Noch in der selben Nacht brachen die Gesandten nach Kish auf und trugen mit sich zurück: meine liebevolle Umarmung als ein getreuer Sohn und weiter nichts.

Wir begannen aber dann mit den Vorbereitungen auf den Krieg. Ich mag nicht behaupten, daß mich die Aussicht auf ihn traurig stimmte. Ich hatte diese wilde und heiße Melodie nicht mehr in der Luft gehört, seit ich für Agga im Lande Elam gekämpft hatte, und dies lag schon mehrere Jahre meines Lebens hinter mir. Ein Mann muß hin und wieder in den Krieg ziehen, besonders wenn er ein König ist, oder er beginnt aus dem Innern heraus zu verrosten: es ist dies aber deshalb so, damit der Mann nicht stumpf werde und nicht die Schärfe des Mannesmutes verliere, was sowieso nur allzu rasch geschieht, aber doch noch viel schneller, wenn er keinen Schliff bekommt. So kam also die Zeit, in der wir die Streitwagen aufpolierten, die Schäfte der Speere und Kampfspieße einölten und die Schneidenblätter wetzten, und die Esel aus ihren Ställen trieben, auf daß sie wieder lernten, was es heißt zu rennen. Obwohl die Sommerhitze schwer auf uns lag, schien doch die Luft in Uruk eine Frische zu besitzen, in jenen ersten paar Tagen, wie sonst nur an den schönsten Tagen mitten im Winter. Es war dies aber die bebende Erregung der Erwartung. Die jungen Männer fieberten durstig dem Kampf entgegen, genau wie ich selbst. Darum hatten sie die Männer des Ältestenrates niedergestimmt, darum sich für den Krieg entschieden.

Was dann kam, kam für uns alle überraschend. Niemand im Land zieht im Sommer in den Krieg, sofern es sich vermeiden läßt. Denn während dieser Monate fängt ja sogar die Luft selber Feuer, wenn man sich zu hastig in ihr bewegt. So fühlte ich mich also sicher, daß wir den ganzen Sommer lang Zeit hätten, uns auf Aggas Angriff hin zu rüsten. Darin irrte ich mich. Meine Einschätzung der Lage war gänzlich über den Haufen geworfen. Denn anscheinend hatte Agga mit meiner Ablehnung gerechnet, und seine Truppen standen in Alarmbereitschaft; zweifellos wurden sie am selben Tage in Bewegung gesetzt, als Aggas Gesandte mit meiner Botschaft in Kish eintrafen. Trompeten verkündeten mir die schreckliche Nachricht, während ich noch in der Morgendämmerung am schwülsten Tag des Sommers bei meinen Weibern schlummerte. Schiffe von Kish waren eilends den Strom herab gesegelt, Monate vor der Zeit, in der ich sie erwartet hätte. Und die Truppen des Agga hatten die Schiffsländen besetzt, und die Lagerhäuser und Speicher waren in ihrer Hand. Die Stadt Uruk befand sich im Belagerungszustand.

Es war dies aber das erstemal, daß mein Königtum aufs äußerste auf die Probe gestellt war. Nie vorher hatte ich in Zeiten des Krieges die Stadt geführt. Ich trat also auf die Terrasse des Palastes und ließ auf die Trommel, die aus dem Holz des Baumes der Inanna gefertigt war, den Kampfruf ertönen. Es war dies das erstemal, daß ich diesen Trommelruf erschallen ließ, jedoch, es sollte nicht das letztemal sein in Uruk. Meine Helden sammelten sich mit umdüsterten Gesichtern vor mir. Sie wußten nicht so recht, was sie von mir als Führer denken sollten. Viele von ihnen hatten in den Kriegen des Dumuzi gekämpft, einige hatten schon im Heer des Lugalbanda gedient, und es gab sogar einige wenige, die sich noch an Enmerkar erinnern konnten; aber nicht einer hatte unter meinem Befehl gekämpft.

»Wo ist der Mann mit Herz und Mut«, sagte ich, »der zu Agga gehen mag und ihn fragen, warum er hier so eindringt?«

Und der herrliche Held Bir-hurturre trat hervor. Seine Augen leuchteten. Er war zu hoher Leibesgröße und Leibeskraft herangewachsen, und ich glaube, es gab in ganz Uruk keinen Mann von größerer Tapferkeit. »Ich will gehen«, sprach er.

Ich setzte also Wachtruppen hinter jedes der Tore in der Stadtmauer, hinter das Hohe Tor und das Königstor und das Nördliche Tor und das Heilige Tor, das Ur-Tor und das Nippur-Tor und alle anderen. Und entsandte Spähtrupps über den Mauerkreis hin, die wachen sollten gegen die Männer von Kish, falls diese versuchen mochten, über Leitern den Wall zu erklimmen, oder sich durch die Ziegel einen Weg zu bahnen. Dann öffneten wir das Wassertor, und Bir-hurturre trat hinaus, um als Abgesandter mit Agga zu verhandeln. Doch kaum hatte er zehn Schritte hinaus getan, da packten ihn die Männer von Kish und zerrten ihn davon. Und dies geschah auf Befehl des Agga, des Sohnes von Enmebaraggesi, des Mannes, der mir versichert hatte, daß Herolde unter dem heiligen Schutz der Götter stünden. Aber vielleicht verstand er dies so, daß nur die Herolde von Kish heilig seien.

Zabardi-bunugga kam zu mir gerannt mit der Nachricht. »Sie foltern ihn, Herr! Möge Enlil ihre Lebern fressen! Sie foltern ihn!« Zabardi-bunugga war mittlerweile mein Dritter Höchstkommandierender, ein untersetzter Mann von keineswegs lieblicheren Gesichtszügen als seinerzeit in unserer Kindheit, aber zuverlässig und treu. Er sagte mir, er sei auf den Spähposten im Turm des Lugalbanda gestiegen und habe von dort aus gesehen, wie die Männer von Kish den Bir-hurturre im vollen Angesicht der Stadt überfallen und ihn niedergeschlagen hätten, wie sie ihn geprügelt und mit Fußtritten bedachten, als er bereits im Staube lag. »Enlil wird ihnen die Leber auffressen!« schrie er. Und dann berichtete er mir, daß die Leute von Kish ihm zugerufen hätten, als er auf der Mauer stand, und ihn gefragt hätten, ob er etwa Gilgamesch sei, der König. Woraufhin er ihnen zurückrief, nein, er sei es nicht, denn er sei ein Nichts im Vergleich zu König Gilgamesch.

»Reiten wir hinaus und dreschen wir sie zusammen?« flehte er.

»Gedulde dich noch ein wenig!« beschied ich ihn. »Ich will selbst auf die Mauer steigen und sehen, was für eine Art Gegner wir haben.«

Ich ging raschen Schrittes durch die Straßen. Von den Dachterrassen spähten ängstliche Gesichter zu mir herab: das gewöhnliche Volk, von Furcht erfüllt und starr vor Schrecken. Seit vielen Jahren war kein Feind mehr bis an die Tore von Uruk vorgerückt; sie wußten nicht, worauf sie sich einrichten sollten, aber sie befürchteten das Schlimmste. Ich lief die Ziegeltreppe des Wachturmes des Lugalbanda hinauf und nahm zwei und drei der breiten Stufen auf einmal. In der Hand schwang ich eine gelb-und-blaue Fahne, die ich einem der Turmwächter entrissen hatte, und so trat ich hinaus auf die breite Terrasse auf der Krone der Mauer.

Das Blut sang mir in den Ohren, als ich über dieses Meer von Eindringlingen hinwegschaute.

Die Langboote Aggas drängten sich an unseren Länden. Die Männer von Kish stolzierten frech unsere Hafenstraßen entlang. Ich sah die Fahnen von Kish, karmesinrot und smaragdgrün. Ich erblickte die rohen, wettergegerbten Gesichter der Männer, die ich vielleicht gekannt hatte, der Krieger, mit denen ich gemeinsam durch die Streitmacht Elams gefahren war, als wäre diese nichts weiter als ein flockiges Gewölk. Sie trugen ihre dicken schwarzen Filzmäntel unter der brennenden Mittsommersonne und ließen sich nicht anmerken, ob ihnen dies bequem sei. Ihre Kupferhelme funkelten und blitzten in der Sonne. Ich erspähte zwei der Söhne des Agga; ich machte sechs Offiziere aus, die an dem Feldzug gegen Elam teilgenommen hatten. Ich sah Namhani, meinen alten Wagenlenker, und er sah mich und winkte und deutete mit dem Arm und bot mir sein zahnlückiges Grinsen und rief mich dann bei dem Namen, unter dem ich in Kish bekannt gewesen war.

»O nein!« schrie ich zurück. »Gilgamesch! Ich bin Gilgamesch!«

Ich hatte keinen Schild bei mir, und ich stand klar sichtbar vor dem Himmel, doch in mir war keine Furcht. Sie würden es nicht wagen, einen Speer gegen den König von Uruk zu richten. Ich musterte das feindliche Heer von der Südflanke bis zur nördlichen, diese Hunderte Kämpfer, vielleicht sogar ihrer Tausende. Sie hatten Zelte aufgestellt; also hatten sie sich auf eine lang anhaltende Belagerung eingerichtet.

»Wo ist Agga?« rief ich. »Euer König soll hervortreten. Oder fürchtet er sich etwa, sich zu zeigen?«

Und Agga kam. Wenn mir nicht bangte, mich entblößt auf der Mauer zu zeigen, so durfte er nicht weniger mutig sein. Aus einem der Zelte, weit im Hintergrund, tauchte er auf, fetter denn je, mit trägem watschelnden Gang, ein Berg von Fleisch, von rosiger Haut umspannt und vom Schädel bis zum Kinn frisch geschoren. Er trug keine Waffe mit sich, sondern stützte sich auf einen Stab aus schwarzem Holz, das so verworren in Windungen und Kanten geschnitzt war, daß es meinem Auge wehtat. Als er aber nahe bei mir unten angelangt war, entbot ich ihm eine höfliche Geste der Verehrung und sprach mit ruhiger Stimme: »Ich entbiete dir meinen Willkomm in meiner Stadt, Vater

Agga. Hättest du mir doch Botschaft senden lassen, daß du mich zu besuchen gedächtest, so hätte ich mich besser zu deinem Willkommen vorbereiten können.«

»Du stehst voll im Safte, Gilgamesch. Und ich danke dir für die herzliche Umarmung, die du mir entboten hast.«

»Es war ja nur Sohnespflicht.«

»Ich hatte mir mehr erwartet.«

»Ja, wahrlich das hast du. Wo ist mein Herold, der Bir-hurturre, o Vater Agga?«

»Wir besprechen die Lage mit ihm in einem unserer Zelte.«

»Man sagt mir aber, er wurde geschlagen und getreten und in den Staub geworfen und fortgeschleppt, um gefoltert zu werden, o mein Vater Agga. Ich denke doch, ich habe deine Abgesandten mit größerer Freundlichkeit behandelt.«

»Er war aufsässig. Es mangelte ihm an höflicher Geschliffenheit. Und wir bringen ihm ein wenig Anstand bei, mein Sohn.«

»Hier in Uruk bin ich es, der solche Lehren erteilt, und keiner sonst«, sprach ich. »Gib ihn mir zurück, und sodann will ich dich hereinbitten, auf daß wir ein Fest feiern, wie es dem Range eines so edlen Gastes, wie du es bist, angemessen sein mag.«

»Oh«, sprach Agga, »ich gedenke mich selbst in deine Stadt zu laden. Und ich bringe dir dann deinen Fersenlecker zurück sofern ich mit ihm zu Ende bin. Mach also deine Tore auf, Gilgamesch! Ich, der König der Könige befehle es. Der Herr über das Land befiehlt es dir!«

»So sei es denn«, antwortete ich. Und ich wandte mich von ihm weg und schleuderte die Fahne auf der inneren Seite der Mauer hinab. Und dies war das Zeichen, und wir stießen alle Tore der Stadt zugleich auf und stürmten hinaus zum Angriff auf die Männer von Kish.

Wenn ein Feind sich vor den Toren einer befestigten

Stadt einfindet, so ist es oft das beste, man wartet in der Stadt ruhig ab, besonders wenn der Feind so überstürzt und unklug handelte und im Sommer die Stadt belagert. In dieser Trockenzeit gibt es außerhalb der Mauern der Stadt keine Nahrung, außer dem Wenigen, das in den vorgelagerten Speicherhäusern verwahrt wird, und wenn dies aufgezehrt ist, bleibt den Belagerern nichts an Nahrung. Wir hingegen, in der Stadt, wir hatten hinlängliche Vorräte, um uns über den nächsten Winter zu bringen, und wir hatten Trinkwasser im Überfluß. Die Feinde würden also weit schärfere Not leiden als wir und sich daraufhin wohl zurückziehen. So jedenfalls lautet die gängige Erfahrungsregel.

Aber gängige Erfahrungsregeln und Binsenweisheiten führen gewöhnlich in die Irre. Denn der König Agga verstand von solcherlei Dingen ebenso viel wie ich, ja eigentlich sehr viel mehr. Daß er sich den Sommer gewählt hatte, um die Stadt zu belagern, ließ darauf schließen, daß er keine ausgedehnte Belagerung geplant hatte. Also vermutete ich, er ziele auf einen Direktangriff ab. Die Wälle von Uruk – Enmerkar baute sie vor Zeiten – waren in jenen Tagen nicht hoch, jedenfalls im Vergleich zu den Mauern anderer großer Städte. Und ohne Zweifel lagerten lange Leitern zuhauf auf diesen Schiffen des Agga, und in kurzem würden die Krieger von Kish an hundert verschiedenen Stellen über sie unsere Stadtmauern erklimmen. Gleichzeitig würden ihre Beilkämpfer die Befestigungen von unten her zu durchbrechen versuchen. Und ich kannte diese Äxte von Kish und wußte, daß sie die alten Ziegel unserer Wehr zerschneiden würden wie Butter. Es wäre also nutzlos gewesen, wenn wir uns im Innern verschanzt hätten und ihren Angriff auf die Stadt hätten abwarten wollen. Unter meinem Kommando standen mehr Männer, als Agga mit sich gebracht hatte; aber sobald seine Leute einmal in die Stadt eingedrungen waren und Brandfakeln in die Häuser schleuderten, waren wir hilflos gegen sie und ihnen ausgeliefert. Wenn es mir aber gelang, sie auf den Flußmolen zu überwinden, so würde das für uns die Rettung sein. Wir mußten folglich den Angriff in ihr Lager tragen.

So stürmten wir denn mit unseren Streitwagen aus fünf Toren zugleich hervor. Ich nehme an, sie hatten nicht gedacht oder erwartet, daß wir so bald schon ausbrechen würden, oder daß wir überhaupt einen Ausfall wagen würden. Sie waren so überheblich und selbstsicher, daß sie glaubten, ich würde das Knie vor König Agga beugen, ohne den geringsten Widerstand zu leisten. Aber wir brachen über sie herein mit hochgereckten Streitäxten und blitzenden Speeren. Der Streitwagen des Zabardi-bunugga übernahm die Vorhut, und ihm folgten dichtauf zehn weitere Wagen, mit den herrlichsten Helden der Stadt. Die Männer von Kish begegneten diesem ersten Ansturm mit Mut und Kühnheit. Aber ich wußte ja, welch gute Kämpfer sie sein konnten; ja eigentlich kannte ich sie sogar besser als meine eigenen Männer. Während aber die ersten Scharzmützel stattfanden, verließ ich die Stadtmauer, bestieg meinen Streitwagen und befehligte den zweiten Angriffsschlag in eigener Person.

Ich möchte es ohne Umschweife niederlegen: Als die Männer von Kish meiner ansichtig wurden, befiel sie ein Entsetzen und ihre Herzen erstarrten in ihnen. Sie kannten mich aus den Kriegen gegen Elam, aber wenn sie sich auch meiner erinnerten, so taten sie es doch nicht in gebührlichem Maße, bis sie mich dann erblickten, wie ich mitten in ihre Reihen vorstieß und die Wurfspieße gleichermaßen mit meiner rechten und meiner linken Hand schleuderte. Und erst da wachte ihre Erinnerung wieder auf.

»Das ist der Sohn des Lugalbanda!« schrien sie, und dumpfer Schrecken überwältigte sie, so daß sie flohen.

Es wäre unredlich, wollte ich etwas anderes sagen: Aber ich kenne keine schönere Musik als jene, die in der

Luft über einem Schlachtfeld vibriert. Freudige Lust stieg in mir auf, und ich fuhr in die Feinde hinein, als wäre ich der Bote des Todes. Mein Wagenlenker an jenem Tag war der tapfere Enkimansi, ein uralter Mann von dreißig Jahren mit einem schmalen Gesicht, dem jegliche Furcht fremd war. Er hetzte die Esel voran, und hoch hinter ihm stand ich und warf meine Spieße, als schleuderte ich den Zorn Enlils über Kish. Mein erster Wurf kostete einen Sohn des Agga das Leben; mit dem zweiten und dritten Wurfspeer streckte ich zwei seiner Generäle nieder; mein vierter durchbohrte die Kehle eines der Gesandten, die mir die Botschaft von Agga gebracht hatten. »Lugalbanda!« brüllte ich. »Himmelsvater! Inanna! Inanna! Inanna!« Es war dies ein Kriegsruf, den die Männer aus Kish schon früher gehört hatten. Sie wußten, daß an diesem Tage ein Gott durch sie hindurchfuhr, oder doch zumindest ein Abkömmling der Götter, dessen Auge mit göttlicher Sehschärfe begnadet und dessen Arm mit göttlicher Kraft ausgestattet war.

In die Bresche, die Zabardi-bunugga und die anderen Streitwagen unserer Angriffsmacht geschlagen hatten, fuhr ich hinein und mähte ein breites Loch in die Schlachtreihen der Kämpfer aus Kish. Und hinter mir drängten meine Fußsoldaten nach und brüllten: »Gilgamesch! Inanna! Gilgamesch! Inanna!«

Ich muß den Männern von Kish Hochachtung zollen für ihren Kampfesmut. Sie taten ihr Bestes, mich zu besiegen und mich zu fällen, und nur einige Geschicklichkeit mit meinem Schild und die bemerkenswerte Wendigkeit meines Enkimansi bewahrten mich vor Schaden. Mich aber konnte da nichts mehr halten. Entsetzen überkam die Feinde, wider ihren Willen, und sie machten kehrt und flohen zum Fluß hin, aber wir schnitten ihnen von den Flanken her den Weg ab und begannen sie in Stücke zu hauen.

Das Ganze war viel rascher vorbei, als ich je zu hoffen gewagt hätte. Wir mähten eine große Zahl Feinde nieder und warfen sie in den Staub. Wir stießen bis zu ihren Langbooten vor und bemächtigten uns ihrer und hackten ihnen den Bug ab und trugen die Bildwerke des Enlil als Siegesbeute davon. Wir bekamen auch Bir-hurturre frei, und es ging ihm noch leidlich gut, obwohl sie ihn schandbar mißhandelt hatten und er blutüberströmt war und voller Wunden allüberall. Was aber den Agga angeht, so erkämpften wir uns den Weg bis hin zu ihm – er selbst war kein aktiver Kämpfer, was bei seinen Jahren nicht weiter verwundert, aber es umgab ihn ein Schutzring seiner Leibgarde von einhundert auserlesenen Männern, die bis auf den letzten Mann starben, und nahmen ihn als Gefangenen. Zabardi-bunugga führte ihn vor mich, wie ich gerade an meinen Streitwagen gelehnt dastand und von einer Beuteflasche Bier aus Kish trank, die ich einem der Proviantmeister abgenommen hatte.

Agga war von Staub bedeckt, und er schwitzte und wirkte sehr überhitzt, und seine Augen waren gerötet von Übermüdung und blickten bang. Er hatte eine kleine Wunde an seiner linken Schulter. Es war wahrhaftig nur ein Kratzer, doch es erfüllte mich mit Scham, als ich ihn so verwundet sah. Ich bedeutete also einem meiner Feldschere: »Säubere und verbinde dem König der Könige die Wunde!« Dann trat ich zu Agga hin, und zu seiner großen Verblüffung kniete ich vor ihm nieder und sprach: »Vater«, sagte ich, »mein königlicher Herrscher über das Land.«

»Verhöhne mich nicht, Gilgamesch!« stammelte er.

Ich aber schüttelte den Kopf. Ich stand auf und drückte ihm die Bierflasche in die Hand und sprach: »Nimm dies! Das wird dir deinen Durst stillen, Vater.«

Er betrachtete mich traurig. Langsam hob er die Hand an den Leib und begann die dicken Fleischwülste zu kneten. Der Schweiß lief ihm in Bächen durch die Staubschicht, die über seiner Haut lag. Ich will es nicht leugnen: Ich genoß meinen Triumph, ich freute mich kindisch an seinem Mißgeschick. Es war wie süßer Wein für mich.

»Was gedenkst du mit mir zu tun?« fragte er.

»Du wirst mein Gast sein im Palast an diesem Abend und für weitere zwei Tage danach. Dann werden wir die Gefallenen bestatten und den Totenritus feiern. Und dann will ich dich zurücksenden nach Kish. Denn bist du nicht mein Oberherr, der König der Könige, dem ich Treue geschworen habe?«

Und da verstand er mich, und Zorn flammte in seinen Augen auf; doch dann lachte er. Und dann schaute er traurig über seine Krieger hin und seine Söhne, die zu Haufen in dem blutgetränkten Staub lagen, und zu seinen verstümmelten Langbooten, und er nickte. »Also ist es an dem?« sprach er nach einer langen Pause. »Ich hätte nicht gedacht, daß du so klug bist.«

»Und meine Schuld ist nun beglichen – ist es so?«

»Ach«, sprach er. »Ja, es ist so. Deine Schuld ist bezahlt, Gilgamesch.«

SIEBZEHN

Und so geschah es. Ich bereitete dem Agga ein großes Fest und entließ ihn sodann mit den Resten seines Heeres, daß er nach Kish zurückkehre.

Doch vor seiner Heimfahrt berichtete er mir noch traurige Kunde: Ama-sukkul, mein Weib und seine Tochter, war tot, und beide Kinder ebenfalls, die sie mir geboren hatte. Diese Nachricht schnitt mir ins Herz wie ein Messer. Oh Tod, es gibt auf Erden keine Statt, an der wir uns vor dir verbergen könnten! Ich dachte daran, wie ich sie an meinem letzten Tage in Kish umarmt und ihr so liebevoll den schwellenden Leib gestreichelt hatte. Doch bei der Geburt brachte ihr das Kind den Tod, und starb auch mit ihr; und danach härmte sich unser erstgeborener Sohn so sehr und siechte dahin, weil ihm die Mutter fehlte, und schied rasch von dieser Welt. Zweifellos hatten die Götter nicht beabsichtigt, daß ich meinen Samen in Kish pflanzen sollte. Ich habe seither andere Söhne gezeugt, zahlreiche, doch ich frage mich oft, was aus diesen beiden geworden wäre, hätten sie zu Männern heranwachsen dürfen. Ach, und die süße kleine Ama-sukkul: sie war so sanft in ihrem Wesen und gewißlich nicht die am wenigsten geliebte unter meinen Weibern.

Zu der Stunde, da Agga Abschied nahm, bestand ich darauf, ihm erneut den Gefolgschaftseid zu leisten. Ich tat dies aber aus eigenem und freiem Willen, wie jeglicher sehen konnte. Ein solches Versprechen, wenn freiwillig gegeben, ist kein Zeichen der Unterwerfung, sondern spricht von Stärke: es ist ein Geschenk, eine großmütige Gabe, und mich befreite sie eher, als daß sie mich band. So zollte ich auf meine Weise dem Agga Dank und Anerkennung für das, was er in vergangenen

Jahren für mich getan hatte, als er mir half, nach dem Tode des Dumuzi meine Königsherrschaft zu erlangen, und zugleich befreite mich dieser Akt auf ewiglich von jeder Art wirklicher Vasallenschaft. Endlich war ich der König aus eigenen Stücken und eigenem Recht geworden, denn ich hatte mir dies durch Heldentaten in der Schlacht und durch Großmut der Seele erworben. Es wäre nicht unrichtig zu behaupten, daß meine wahre Herrschaft mit dem Krieg gegen Kish begonnen habe.

Doch wenn damit meine wahre Königsherrschaft begann, so war es doch das Ende für die des Agga, obgleich er noch einige Zeit weiterlebte. Er verkroch sich hinter die Wälle von Kish, und man hörte draußen nie wieder von ihm. Sein Tod bedeutete auch das Ende seiner Dynastie in Kish nach Tausenden von Jahren, den Mesannepadda, der König von Ur, zog gen Norden und bemächtigte sich der Stadt. Bald erhielten wir Botschaft, daß Mesannepadda die noch verbliebenen Söhne des Agga alle hatte töten lassen und sich selbst auf den Thron gesetzt hatte; und daraufhin nannte er sich König von Kish, nicht mehr König von Ur. Ich ließ dies aber geschehen, denn ich war zu jener Zeit über die Maßen mit anderen Dingen befaßt, wie ich an geeigneter Stelle getreulich berichten will; und später hatte ich meine eigene Rechnung mit dem König von Kish und Ur zu begleichen.

Sobald der Siegestaumel nach dem Krieg sich etwas gelegt hatte und nur noch Erinnerung war, nahm ich als erstes den Umbau der Wälle von Uruk in Angriff. In Wahrheit aber ließ ich sie nicht so sehr umbauen, als sie vielmehr ganz neu errichten, denn die alte Stadtwehr Uruks war so gut wie kein Schutz im Vergleich zu den Befestigungen, die ich erbaute für meine Stadt. Möglicherweise waren sie in den Tagen des Enmerkar hinlänglich gewesen; ich aber hatte die Schutzwälle von Kish gesehen und wußte, wie die Mauern einer Stadt sein sollten.

Eine Wehrmauer muß hoch sein, so daß der Feind sie nicht mit seinen Leitern erklimmen kann. Sie muß dick sein, auf daß man nicht leicht Breschen in sie schlagen kann. Sie braucht tiefe und breit angelegte Fundamente, so daß sie nicht untergraben und daß keine Stollen unter ihr hindurchgeführt werden können. Alles dies versteht sich von selbst; doch die alten Mauern Uruks waren in sämtlichen dieser Punkte recht mangelhaft. Außerdem brauchten wir mehr Türme, um von ihnen aus die Zugangswege zur Stadt zu überwachen, und wir benötigten einen breiten Wehrgang entlang der Mauerkrone, auf dem die Verteidiger in Stellung gehen und ihre Geschosse auf die Köpfe der Herandringenden richten konnten. Von besonderer Wichtigkeit erschien es mir, daß zu beiden Seiten eines jeden Tores der Stadt Wachtürme und Wehrplattformen errichtet würden, denn Tore sind nun einmal die Schwachpunkte in jeglicher Mauer.

Bis zum Ende jenes Sommers tat sich in Uruk wenig anderes, als daß Ziegel gebacken und jene Mauer erbaut wurde, die – so möchte ich gern glauben – bis ans Ende aller Tage als der »Wehrwall des Gilgamesch« berühmt sein wird. Wie bei der Ausbesserung der Kanäle arbeitete ich auch hier Seite an Seite mit den gewöhnlichen Arbeitern, und ich glaube, keiner plagte sich so schwer wie ich: Ich errichtete diese Mauer mit meinen eigenen Händen, und dies ist die Wahrheit. Auch gab es keinen Maurer, der die Ziegel geschickter legte als ich, ganz wie es geschehen muß, über Eck und seitwärts versetzt gegeneinander in achtsamen Reihen, so daß sich jede Schicht nach der entgegengesetzten Seite neigt als die in der darunterliegenden Ziegel. Es ist dies aber die einzige gute Art des Bauens. Wir rissen die alte Mauer des Enmerkar nieder, so daß die Stadt nackt und schutzlos war, und dann errichteten wir, so rasch es uns gelang, die neue Mauer, oder vielmehr die Mauern, denn es sind ihrer zwei. Die sieben hochgelehrten Weisen selbst hätten keinen besseren Plan erdenken können. Ich verwendete ausschließlich im Ofen gebrannte Ziegel, denn was nutzt es schon, mit Lehm zu bauen, wenn man es alle fünf Jahre erneut wieder tun muß? Und es waren die allerfeinsten Ziegel. Die äußere Mauer leuchtete wie helles Kupfer, und der innere Wall in schimmerndem Weiß hat nirgendwo seinesgleichen. Die Terrasse, die das Fundament bildet, so glaube ich, ist die gewaltigste, die jemals erbaut wurde. Und so ist denn die Mauerwehr von Uruk auch in aller Welt berühmt. Und sie wird stehen für zwölftausendmal tausend Jahre, oder aber ich will nicht Lugalbandas Sohn sein.

Ich mag euch natürlich nicht glauben machen, daß wir das ganze Werk in einem einzigen Sommer erbaut hätten. Tatsächlich verging kein Jahr meiner Herrschaft, in dem wir nicht daran weitergearbeitet hätten, die Wehr verstärkten, ihr größere Höhe gaben und neue Wehrgänge und Wachtürme errichteten. Doch den größeren Teil bauten wir in jenem Sommer, und der Wall war mächtig genug, wie wir glaubten, uns gegen jeden möglichen Feind zu schützen.

In jenen Anfangsmonden erfreute ich mich der höchsten Blüte und der größten Lust meiner Königsherrschaft. Ich gönnte mir kaum die Zeit zum Schlaf. Den ganzen Tag über arbeitete ich in Königspflichten, und ich trieb mein Volk gleichfalls zu hoher Leistung an. Ich vermute, ich ließ sie zu schwer arbeiten; wahrlich, ich peitschte sie voran bis zur Erschöpfung, und sie begannen, mich hinter meinem Rücken einen Tyrannen zu heißen. Doch ich erkannte dies nicht. Meine Kräfte waren maßlos, und ich begriff nicht, daß die ihren es nicht waren. Hatten sie die Tagesarbeit geleistet, so sehnten sie sich nur noch nach Schlaf. Ich hingegen tafelte und feierte prunkvoll mit meinem Hofstaat am Abend, und in der Nacht waren da meine Weiber. Vielleicht war ich maßlos mit meinen Beischläferinnen, obwohl es mir damals nicht so erschien. Mein Gelüst auf sie war wie die nie zu stillende, immer größere Gier der Götter nach Fleisch und Wein. Ich nahm meine Hofkonkubinen, und ich nahm die Priesterinnen des heiligen Klosters, und hin und wieder hatte ich irgendeins der Weiber aus der Stadt, aber auch dies alles genügte mir nicht. Ihr mögt, bitte, nicht vergessen, daß ich zu einem Teil ein Gott bin, und zwar durch meine Abstammung von Lugalbanda, aber auch von Enmerkar, der sich »Sohn der Sonne« nannte; und so brennt also in mir die Gewalt eines Gottes. Wie hätte ich diese Kraft verleugnen können? Wie ihre Gewalt ersticken? Die Gegenwart Gottes dröhnte in mir wie der Schlag einer Trommel, und ich setzte meine Schritte nach ihrem Rhythmus.

Im tiefsten Kern aber meiner Freude und Kraft, ich muß es sagen, verbarg sich eine Düsternis der Seele. Ganz Uruk diente mir auf meinen Wink, und dennoch konnte ich niemals vergessen, daß ich als Mensch allein blieb, eine erhabene, von den anderen abgesonderte Gestalt. Vielleicht gilt dies für alle Menschensöhne – ich weiß es nicht. Nur will mir scheinen, daß andere durch enge Bande geknüpft sind an Gemahlinnen, an Söhne, an Freunde und Gefährten. Ich aber, der niemals einen Bruder hatte, der seinen Vater kaum kannte, den seine Körpergestalt und seine Kraft abhob und abschied von seinen Spielkameraden, ich war nun als der König wie durch gewaltige Mauern abgeschnitten und ausgeklammert vom gewöhnlichen gemeinsamen menschlichen Alltagsleben. Es gab in meiner Umgebung nicht einen Menschen, der mich nicht fürchtete oder beneidete oder mir auf irgendeine Weise auswich und sich mir entzog. Aber ich sah keine Möglichkeit, dem Abhilfe zu schaffen; und so war denn die Plackerei am Tage und war das Prassen am Abend und waren die Prostituierten und Weiber bei Nacht mir Tröstungen und Balsam in meiner schmerzlichen Einsamkeit. Insbesondere aber waren es die Weiber.

Der Oberaufseher meiner königlichen Beischläferinnen hatte stets alle Hände voll zu tun, um meinen Wünschen gerecht zu werden. Wenn sich die Wandervölker der Wüste auf dem Markt in Uruk einfanden, brachte er ihre Töchter vor mich, lohbraune langbeinige Mädchen mit dunklen Schattenmasken um die Augen und schmalen breiten Mündern. Wurden Ehekontrakte in der Stadt geschlossen, brachte man die Bräute zuerst zu mir, ehe ihre Gatten zu ihnen eingingen, auf daß ich ihnen den Segen der Götter brächte. Gefiel mir das Weib eines meiner Edlen, so schickte sie dieser für eine Nacht in den Palast, ohne zu murren, wenn ich danach verlangte. Keiner erhob seine Stimme wider mich. Keiner konnte es wagen. Ich war der König, und meine Stärke war wie die Stärke der Himmlischen Heerscharen. Auch sah ich nichts Schlechtes in dem, was ich tat. Denn war es nicht mein Recht, so zu tun? Als der König, als der Gott, als der Kriegsheld, als der Hirte des Volkes? Sollte man mich darben lassen, wenn doch der Hunger nach Leben in mir so gewaltig tobte? Ach, der Wein und das Bier, die Musik, die Lieder in diesen Nächten! Und die Weiber – die Frauen mit den süßen Lippen, den glatten Schenkeln, den schaukelnden Brüsten! Ich gönnte mir niemals Rast. Ich blieb niemals stehen. Das Dröhnen der Trommel trieb mich unerbittlich voran. Tagsüber führte ich die Männer beim Bau der Mauern oder in den Kriegsspielen, und dies so lange, bis ihre Augen stumpf wurden und sie vor Übermüdung umfielen; und in der Nacht stürmte ich über ihre Weiber hin, wie der rasende Feuersturm sich durch das dürstende Trockengras im Sommer brennt.

Ich ermattete nie. Aber ich bewirkte, daß Uruk meiner müde wurde, und ich nahm es zunächst noch nicht wahr.

Es war aber wieder die Zeit des Neuen Jahres gekommen, und somit auch der Anlaß für die Erneuerung der Heiligen Hochzeit. Ich war seit einem Jahr und etlichen Monden König in Uruk. Und in dieser Nacht sollte sich die Göttin mir zum zweiten Mal schenken. Ich nahm die rituellen Waschungen vor, ich meditierte schweigend im Dunkel des Dumuzi-Hauses, und als der Abend nahte, führten sie mich, wie es Brauch ist in meinem Boot, der Vereinigung mit der Inanna zu.

Und als ich an eben demselben Flußkai an Land stieg, an dem ich die Streitmacht des Agga geschlagen hatte, und in die Stadt einzog durch ein Tor in jener Mauer, die ich erbaut hatte mit eigener Hand, da verspürte ich in mir eine gewaltige Freude emporschwellen über das, was ich erreicht hatte. Ich fühlte mich wahrlich wie ein Gott; wahrhaftig, nicht wie einer, dem nur einiges göttliche Blut in den Adern fließt, sondern in aller Wahrheit als ein Gott, als der Träger der Gehörnten Krone, der durch die Himmel wandelt in hellem Glanz. Tat ich unrecht, solchen Stolz zu fühlen? Ich war aus der Verbannung gekommen und hatte die Krone empfangen; ich hatte die Kanäle instandgesetzt; ich hatte den allermächtigsten Feind niedergeschlagen; ich hatte die Mauern Uruks erbaut, und dies alles, ehe ich noch ins zwanzigste Jahr meines Lebens eintrat. Sagt, hatte ich nicht wirklich Grund zum Stolz?

Und nun erwartete mich wieder die Göttin.

In den vergangenen Monaten hatten wir nur wenig miteinander zu schaffen, und wir sahen uns nur bei den üblichen Opfern und Zeremonien, bei denen unser beider Anwesenheit erforderlich war. Sonst hatten wir kaum ein Wort gesprochen. Es gab Zeiten, da hätte ich zu ihr gehen und sie um Rat oder um ihren Segen bitten können, doch ich unterließ es. Und es gab Zeiten, da hätte vielleicht sie mich aufsuchen sollen, und sie verzichtete darauf. Ich glaube, ich verstand schon damals, warum wir gegeneinander eine derart wachsame Distanz innehielten. Wir waren nämlich in Uruk wie zwei miteinander rivalisierende Herrscher; sie hatte ihren Machtbereich, ich den meinigen. Doch war ich bereits im Begriff, den meinigen zu erweitern. Es geschah dies aber nicht in der Absicht, sie mir zur Feindin zu machen, sondern schlichterwege deshalb, weil ich keine andere Möglichkeit erblickte, der König zu sein, als indem ich die mir verliehene Macht bis zum äußersten einsetzte. Als ich gegen Agga kriegte, hatte ich sie nicht um ihre Zustimmung ersucht: es war mir als ein zu hohes Risiko erschienen, da ich ja bereits den Widerstand des Ältestenhauses gegen den Krieg hatte einstecken müssen. Dieser Krieg aber mußte gekämpft werden; und hätte sich mir die Inanna entgegengestellt, es wäre mir nicht möglich gewesen, das Heer in einer Stärke, wie ich sie brauchte, aufzustellen; aus diesem Grunde verzichtete ich darauf, sie um Rat zu fragen. Ich schreckte vor der Einflußnahme zurück, die ihre Macht ihr verleihen konnte. Schon damals war ich bestrebt, mich ihrem mächtigen Einfluß zu entziehen. Und sie, da sie das starke Anwachsen meiner Autorität erkannte, hielt sich zurück, denn sie durchschaute meine Absichten nicht und wünschte nicht, mich herauszufordern, ehe sie nicht genauer wußte, welche Ziele ich anstrebte.

Doch in der Nacht der Heiligen Hochzeit blieben alle dergestalten trübseligen Fragen der Staatsraison unberücksichtigt. Ich begab mich zu ihr in das lange Gemach des Tempels, wo sie mich glitzernd im Glanz ihrer Salben und Geschmeide erwartete. Ich grüßte sie als mein heiliges Juwel, und sie grüßte mich als den königlichen Gemahl und die Quelle des Lebens; und wir vollzogen den Ritus der Darstellung; und hinterher gingen wir wieder hinein in den Tempel und zu dem Gemach der frischen süßduftenden Binsen, und die Leibdienerinnen der Göttin nahmen ihr die Alabasterschalen ab und die Goldpanzer und überließen sie mir nackt.

Sobald wir allein waren, legte ich ihr meine Hände auf die glatten Schultern und senkte meinen Blick tief in ihre rätselhaften schimmernden Augen, und sie lächelte mir entgegen wie damals beim erstenmal, als wir noch Kinder waren, mit einem Lächeln, das zum Teil voll Wärme und Zuneigung war, zugleich aber auch wild, stark und herausfordernd. Mir ward bewußt, daß sie mich verschlingen würde, wenn es ihr möglich war. Doch in dieser Nacht war sie mein. Sie hatte in den verflossenen zwölf Monden nichts von ihrer Schönheit eingebüßt. Das Tal zwischen ihren Brüsten war tief, ihre Taille schmal, und die Hüften schwangen sich weit hinaus; die Nägel ihrer Finger waren so lang wie Dolche und in der Farbe des Mondes in seiner Verschattung bemalt. Sie winkte mich mit einer einzigen, kaum sichtbaren Handbewegung zu unserem Lager.

Wir ließen uns darauf nieder und umarmten uns. Ihre Haut war von jenem Stoff, wie er im Himmel gesponnen wird. Und mein Leib erhob sich über den ihren. Sie hatte den Rücken gebogen unter mir. Ihre Finger gruben sich tief in die Fasern und Sehnen meiner Schultern, und sie hob ihre Knie gegen ihre Brüste und drehte sie nach außen, damit ich mich tief in ihr versenkte, und ihre Lippen gingen auf und die Zunge kam züngelnd heraus, und ihr Atem ging schwer und war wie ein rauhes träges Zischen. Sie behielt die ganze Zeit über die Augen geöffnet, wie Frauen dies selten tun. Ich sah es. Denn auch ich behielt meine Augen offen, und zwar in jedem Augenblick dieser ganzen Nacht.

Im Morgengrauen hörte ich, wie sich die ersten Regenfälle des Neuen Jahres ankündigten: ein schwaches, gedämpftes Trommeln auf den uralten weißen Ziegeln der Tempelterrasse. Ich stahl mich von dem Lager und tastete nach meinem Gewand, um mich zu entfernen. Sie lag mit dem Gesicht zu mir, und sie betrachtete mich abwägend, wie eine Schlange ihre Beute abschätzt.

»Bleib doch ein Weilchen länger«, sprach sie sanft. »Die Nacht ist noch nicht zu Ende.«

»Die Trommel schlägt. Und ich muß gehen.«

»Aber die ganze Stadt liegt doch noch im Schlaf. Deine Freunde liegen träge in trunkenen Träumen umher. Was kannst du schon alleine ausrichten zu dieser Stunde?« Und sie gab einen gurrenden Laut von sich.

Ich mißtraue aber girrenden Schlangen. »Komm zurück in mein Bett, Gilgamesch. Die Nacht ist nicht zu Ende, ich sage es dir doch.«

Und mit einem Lächeln sprach ich: »*Du* bist noch nicht damit zu Ende, ist es das, was du meinst?«

»Aber bist du es denn?«

Ich zuckte die Achseln. »Wir haben das Ritual erfüllt. Und ausgiebig genug, will mir scheinen.«

»Aha! So ist der Unersättliche also gesättigt – für eine Weile? Oder willst du mir damit zu verstehen geben, daß ich dich bereits langweile und du dich anschickst, dir die nächste Frau für den neuen Tag zu suchen?«

»Deine Worte sind grausam, Inanna.«

»Aber sie kommen der Wahrheit nahe, wie, Gilgamesch? Du kannst nie genug kriegen. Nie genug Weiber, nie genug Wein, niemals genug harte Arbeit – und nie genug vom Krieg. Du fährst tobend durch Uruk wie ein Wildwasser und stößt alles vor dir her zur Seite. Du bist eine Bürde und Last, unter der die ganze Stadt stöhnt. Das Volk schreit zu dir um Erbarmen, weil du es so furchtbar unterdrückst.«

Dies traf mich und schmerzte. Mir wurden die Augen weit vor Überraschung. »Ich – ein Unterdrücker? Ich bin ein gerechter und weiser Herrscher, Herrin!«

»Das bist du, vielleicht. Und zweifellos glaubst du daran, daß du es seist. Und doch tust du deinem Volk Gewalt an und zertrittst es. Dein eigenes Volk ... Du läßt die jungen Männer auf dem Übungsfeld auf und ab marschieren, auf und ab und auf und ab, bis alles ihnen schwarz wird vor den Augen und sie vor Erschöpfung auf die Erde sinken, und immer noch kennst du kein Erbarmen mit ihnen. Und die Weiber! Kein Mann hat jemals einen derartigen Verschleiß an Weibern gehabt wie du! Du benutzt sie wie Spielzeug! Fünf, sechs, zehn in einer Nacht. Ich höre doch, was man sich erzählt!«

»Also, zehn wirklich nicht«, sagte ich. »Und auch nicht sechs oder fünf.«

Sie lächelte. »So erzählt man es sich aber nicht. Die Leute sagen, daß niemand dich zufriedenstellen kann, daß du bist wie ein wilder Stier. Und sie schauen mich an und murmeln: ›Nur eine Göttin wird ihn befriedigen können!‹ Also schön, in mir lebt eine Göttin, und du und ich, wir haben diese Nacht zusammen verbracht. Bist du nun endlich einmal zufrieden? Und ist dies der Grund, warum es dich nun so drängt, mich zu verlassen?«

Es drängte mich sehr, sie zu verlassen, weil mir gegen eine derartige Attacke von ihrer Seite keine Gegenwehr möglich war. Das aber wollte ich ihr natürlich nicht eingestehen. Also sprach ich, ziemlich von oben herab: »Ich wünsche, allein im Regen zu promenieren.«

»Schön, dann promeniere, und danach komme zurück zu mir!« Ihre Augen schleuderten Blitze. Und in ihr spürte ich eine gespannte Kraft wie von einer zuckenden Peitsche. Ich ergriff mein Gewand, zögerte, ließ es wieder fallen und stand erneut nackt vor ihr. In dem Gemach hing der starke dumpfe Moschusgeruch von dieser Liebesnacht. In der Schale knisterten noch die letzten Weihrauchkörner. Die Lippen der Inanna lagen fest zusammengepreßt, und ihre Nüstern blähten sich. Mit tiefer, heiserer Stimme fragte sie: »Und du wirst zu mir zurückkommen, Gilgamesch? Für dich liegen in jeder Nacht zehn Weiber bereit, Gilgamesch! Für mich aber gibt es nur dich. In einer einzigen Nacht im Jahr.«

Und plötzlich ängstigte sie mich nicht mehr so sehr, nun, da ich hörte, wie sie versuchte, mich durch mitleidheischendes Flehen schmeichlerisch zu umgarnen.

»Aha, so ist es also, Inanna? Kein anderer sonst, und das ein ganzes Jahr lang?«

»Wer außer dem Gott, glaubst du denn, besäße die Kühnheit, die Göttin zu berühren?«

Meine Kühnheit wuchs. Und so wagte ich es, sie ein wenig zu necken. »Nicht einmal so ganz heimlich?« fragte ich zum Scherz. »Kein einziger kräftiger, junger

Sklave zur Verfügung, der in dem tiefsten Dunkel der späten Nachtwache herbeigerufen wird?«

Da loderte der Zorn in ihr auf. Sie fuhr sich mit den Händen an ihre Brüste, und ihre Finger spannten sich und sahen aus wie Krallen. »Du wagst es, so etwas auszusprechen? Hier, unter dem heiligen Baldachin des Tempels selbst? O Schande und Schmach über dich, Gilgamesch!« Doch dann besänftigte sie sich wieder und wurde katzenhaft gelassen, und räkelte sich, und schnurrte wieder, und hob das Knie und streifte mit ihrem Fuß über die Wade des anderen Beines hinab. Und mit viel weicherer Stimme sprach sie: »Es gibt wirklich nur dich, und nur in einer Nacht in jedem Jahr. Ich schwöre es dir, obwohl ich mir beschmutzt und erniedrigt vorkomme, daß du es wagen darfst, einen solchen Schwur von mir zu verlangen. Es gibt nur dich: Und ich bin noch nicht willens, dich von mir zu lassen. Wirst du also bleiben? Wirst du nur ein ganz, ganz kleines wenig länger bleiben? Es ist doch nur diese eine, einzige Nacht, die ich habe. Nur diese eine.«

»Laß mich zunächst gehen und mich unter dem Regen reinigen«, sagte ich.

Ich stand eine ganze Weile draußen vor dem Tempel in der jungfräulichen vom Regen saubergewaschenen Luft der Morgendämmerung. Dann kehrte ich zu ihr zurück. Mochte sie nun Katze sein oder Schlange, Priesterin oder Göttin, ich hatte nicht das Recht, mich ihr zu verweigern; nicht jedenfalls, wenn es die einzige Nacht in einem Jahr war, in der sie die Lust in der Umarmung eines Mannes finden konnte. Und der sanfte Regen, der die schale Neige der Nacht von mir wusch, hatte mir sowieso meine Kraft und mein Verlangen neu erweckt. Nein, ich würde sie nicht zurückweisen! Ich ersehnte sie! Und so ging ich denn zu ihr zurück, und wir setzten die Nacht in morgendlicher Frische fort.

ACHTZEHN

Zu Beginn des Neuen Jahres träumte ich einen seltsamen Traum, und es gelang mir nicht, irgendeine Deutung für ihn zu finden. Und später in derselben Nacht träumte ich einen zweiten Traum, und er war ebenso undurchschaubar.

Es beunruhigte mich, daß mir so geringe Einsicht in diese Träume gegeben war. Denn die Götter sprechen oft zu Königen, während diese schlafen, und vielleicht sollten sie mir weise Kunde bringen, die für das Wohl der Stadt wichtig war. Also begab ich mich zum Tempel des An und brachte meine Träume vor meine Mutter, die weise Priesterin Ninsun.

Sie empfing mich in ihrer Kammer, einem Raum mit dunklen Wänden und schweren, karmesinrot bemalten Halbsäulen. Ihr Umhang war schwarz, mit einem breiten Band von Blausteinperlen, Gold und Karneol über dem unteren Saum. Wie stets hing um sie der Hauch höchster Seelenruhe und Schönheit: alles um sie her mochte durcheinandertaumeln, sie aber bewahrte stets ihren heiteren Gleichmut.

Sie nahm meine Hände zwischen die ihren, die klein waren und kühl, und hielt sie eine lange Zeit fest und wartete, daß ich zu sprechen begänne.

»In der vergangenen Nacht«, hob ich an, »träumte mir, ein gewaltiges Glücksgefühl überkomme mich, und ich schritt voller freudiger Lust inmitten der anderen jungen Helden einher. Die Nacht brach herein, und in den Himmeln zogen die Sterne herauf. Und als ich so unter ihnen stand, fiel plötzlich einer von ihnen zur Erde, ein Stern, der in sich die Wesenheit des Himmelsvaters An trug. Ich versuchte aber, ihn emporzuheben, doch er war zu schwer für mich. Ich versuchte ihn zu rücken, doch ich vermochte es nicht. Ganz Uruk versammelte sich um mich und schaute mir zu. Die gewöhnlichen Leute stießen sich und drängten; die Edlen aber fielen nieder und küßten den Boden vor dem Stern. Und ich fühlte mich zu ihm hingezogen, als zöge es mich zu einem Weibe. Ich legte mir einen Trageriemen um die Stirn, spannte meine Kräfte, und mit der Hilfe der jungen Helden hob ich den Stern und trug ihn zu dir, Mutter. Und du sagtest mir, dieser Stern sei mein Bruder. So ging mein Traum. Und seine Bedeutung entzieht sich mir.«

Ninsun schien in eine ferne große Leere zu starren. Dann aber sprach sie, immer noch lächelnd: »Ich kann ihn dir deuten.«

»So deute ihn mir denn!«

»Dieser Stern aus dem Himmel, der dich anlockte, wie ein Weib dich anziehen würde – er ist ein starker Gefährte, er ist ein getreuer Freund, dein Retter, dein Kamerad, und er wird dich nie im Stich lassen. Seine Stärke ist wie die Kraft Ans, und du wirst ihn lieben, wie du dich selbst liebst.«

Ich runzelte düster die Stirn, denn ich gedachte der öden Einsamkeit, von der ich annahm, sie sei der Preis, den ich unvermeidlich für mein Königtum zu entrichten hätte, und ich gedachte, wie überdrüssig ich ihrer sei.

»Freund? Was meinst du für einen Freund, Mutter?«

»Du wirst ihn erkennen, wenn er zu dir kommt«, sprach sie.

Ich sprach aber: »Mutter, in derselbigen Nacht träumte mir noch ein zweiter Traum.«

Sie nickte. Sie schien es bereits zu wissen.

»Auf den Straßen des mächtig ummauerten Uruk lag eine seltsam geformte Axt, die anders war als alle uns vertrauten Äxte. Das ganze Volk scharte sich darum und gaffte und flüsterte. Sobald ich aber die Axt erblickte, wurde ich von heller Freude erfüllt. Ich liebte sie: und wieder zog es mich zu ihr hin, wie mich ein Weib anziehen würde. Ich hob sie auf und befestigte sie an meiner Seite. Und dies war der zweite Traum.«*

»Die Axt, die du erblicktest, ist ein Mann. Er ist der für dich bestimmte Kamerad ...«

»Noch einmal der Kamerad!«

»Noch einmal, dein Kamerad, ja. Der tapfere Gefährte, der seinen Freund in Zeiten der Not rettet. Er wird zu dir kommen.«

»So möchten ihn die Götter denn rasch senden«, sprach ich mit großer Inbrunst.

Und ich neigte mich nahe zu ihr und erzählte ihr ein Geheimnis, das ich noch niemals vordem einem Menschen enthüllt hatte: wie groß meine Not sei und welch schreckliche eisige Einsamkeit mich inmitten aller meine Macht und meines Überflusses bedränge. Die Worte fielen mir nicht leicht. Zweimal stockte mir die Zunge, aber ich zwang sie, die Worte auszusprechen. Und meine Mutter, Ninsun, lächelte dazu und nickte. Sie wußte es bereits alles. Ich glaube, sie war es, die die Götter dazu bewegte, mir einen passenden Gefährten zu schaffen. Als ich an jenem Morgen aus dem Tempel trat, erfüllte eine Leichtigkeit mein Herz, ganz wie wenn schwere Gewitterwolken sich davonheben, nachdem sie viele Tage lang lastend in der Luft gelegen hatten.

Etwa zur Zeit, da ich meine Träume träumte, geschah einem Mann, den ich nicht kannte, etwas von großer Seltsamkeit – wie man mir späterhin berichtete. Es war dies aber ein Jäger, ein gewisser Ku-ninda mit Namen. Er war ein Mann aus einem der abgelegenen Dörfer, der sein Leben mit dem Fangen wilder Tiere in Fallen bestritt. Doch als er diesmal in die Wildnis jenseits des Flusses hinauszog, um die Fallen zu prüfen, die er ge-

---

* Die thaumatische Ankündigung künftiger Lebens- und Schicksalsveränderungen (und ihre Deutung durch Thaumatologen, hier die Mutter des Gilgamesch) findet sich ebenfalls in allen späteren Mythen und Religionen: Theseus, die Träume des Pharao in der Bibel, der »Engeltraum« Marias, die Apokalypse des Johannes usw.

stellt hatte, waren sie ihm alle zerstört. Und was an Getier sich in ihnen verfangen haben mochte, war befreit worden. Und als er sich aufmachte und in die Gruben blicken wollte, die er ausgehoben hatte, fand er, daß sie allesamt zugeschüttet waren.

Dem Ku-ninda war dies ein großes Rätsel. Denn kein zivilisierter Mensch macht sich an den Fallen eines Jägers zu schaffen, zerstört sie, oder füllt seine Fallgruben auf; so etwas ist unhöflich und gemein. So suchte also Ku-ninda nach dem Mann, der ihm dies angetan hatte; und schon bald erspähte er ihn. Er war aber keinem Manne gleich, den Ku-ninda jemals erblickt hatte. Er war von gewaltiger Größe und nackt und ungeschlacht und alles in allem von zottiger Widerwärtigkeit, denn am ganzen Leib bedeckte ihn grobes dunkles Haar, und er glich mehr einem wilden Tier als einem Menschen und war wie die Bestien, die in den Bergen hausen. Auch sein Betragen war wie das eines Tiers; er kauerte auf der Erde und knurrte und schnaubte und lief eilends auf den Ballen seiner Füße dahin. Die Tiere aber der Wildnis schienen ihn nicht zu fürchten, sondern rannten zutraulich neben ihm einher. Ku-ninda schaute den wilden Mann mitten unter den Gazellen auf den Hügelkämmen, und er weidete unter ihnen und streichelte sie und aß vom Gras, wie sie vom Grase essen. Bestürzung befiel den Ku-ninda über das, was er da schaute. Und so baute er weitere Fallen. Der wilde Mann aber spähte sie aus und zerstörte sie, eine jede von ihnen. Und eines Tages traf Ku-ninda am Wasserloch auf den wilden Mann, und sie standen sich Auge in Auge gegenüber. »Du, Wilder! Was zerstörst du meine Fallen?« verlangte Ku-ninda zu wissen. Aber der wilde Mann gab ihm keine Antwort, sondern schnüffelte nur witternd in die Luft. Er knurrte, er grollte, er bleckte die Zähne, und er funkelte mit glühenden Augen. Aus seinem Mund kam glasiger Geifer und rann ihm in den dichten Bart hinab. Nun war Ku-ninda kein Feigling, doch er wich schaudernd zurück. Sein Gesicht erstarrte vor Furcht, und Entsetzen lähmte ihm die Glieder. Aber am nächsten Tag trafen sie einander erneut an der Wasserstelle, und auch am nächstfolgenden Tag, und wenn immer der wilde Mann des Ku-ninda ansichtig wurde, knurrte er und fauchte, und Ku-ninda wagte es nicht, sich ihm zu nähern. Und zuletzt erkannte Ku-ninda, daß der zottige Fremdling ihn an jeglichem Jagen hinderte, und er gab sich geschlagen und kehrte in tiefer Niedergedrücktheit mit leeren Händen in sein Dorf zurück.

Er berichtete aber von dieser Begebenheit seinem Vater, der zu ihm sprach: »Geh du doch nach Uruk und tritt hin vor König Gilgamesch. Es gibt keinen mächtigeren Herrscher als ihn. Er wird ein Mittel ersinnen, um dir zu helfen.«

Und als mein nächster Audienztag für das gemeine Volk kam, da stand dieser Ku-ninda wartend im Audienzsaal: ein kräftiger derber Mensch von mehr als mittlerer Leibesgröße, mit einem hageren kantigen Gesicht und scharfen durchdringenden Augen. Gekleidet war er in schwarze Tierhäute, und es wehte um ihn der Geruch von Sehnen und Blut. Er legte eine Ehrengabe Fleisches vor mich und sprach: »Ein Mann ist von den Bergen hergekommen, ein wilder Mann, der durch das Jagdgefilde streift und meine Fallen öffnet, und er setzt meine Beute frei. Und seine Kraft ist mächtig wie das Himmelsheer. Ich aber wage nicht, ihn anzugehen.«

Es verblüffte mich, daß dieser kräftig wirkende Kuninda sich vor irgend etwas oder irgend jemand fürchten sollte. Ich bat ihn darum, mir mehr zu berichten, und er erzählte von dem Knurren, dem Fauchen, dem Zähnefletschen; er berichtete mir, wie der wilde Mann mit den Gazellen lief im hohen Gras und sich nährte neben ihnen von dem Gras. Etwas in seiner Rede rührte mich in meiner Tiefe an und bezauberte mich. Die Haut auf meinem Rücken verzog sich ein wenig vor schaudervoller Wunderbegier, und die Haare stellten sich mir im Nacken auf. »Was für ein wundersames Ding«, sprach ich. »Und welch ein geheimnisvolles!«

»Wirst du das Untier für mich töten, Herr und König?«

»Den töten? Ich denke, nein! Es wäre schandbar und ein Jammer, ihn aus keinem andern Grund zu töten, als daß er wild ist. Allerdings nehme ich an, wir dürfen ihn auch nicht frei durch die Felder streifen lassen. Wir werden ihn in einer Falle fangen, glaube ich.«

»Unmöglich, Majestät!« rief Ku-ninda laut. »Du hast ihn nicht mit Augen geschaut! Seine Kraft ist so groß wie die deine! Ihn hält keine Falle!«

»O doch, ich glaube, eine gibt es«, sprach ich mit einem Lächeln.

Mir war nämlich, während Ku-ninda sprach, ein Gedanke in den Sinn gekommen: eine Erinnerung an eine der alten Geschichten, die der Hofrhapsode Ur-kununna mir im Palasthof vorgesungen hatte, als ich noch Knabe war. Ich glaube, es war dies die Mär von der Göttin Nawritum und dem teuflischen Ungeheuer Zababashum, vielleicht aber war es auch die Göttin Ninshubur und das Ungeheuer hieß Lahamu; ich erinnere mich nicht mehr genau, aber die Namen sind, denke ich, auch nicht wichtig. Es lag der Geschichte aber der Kerngedanke zugrunde, wie weibliche Schönheit Macht erlangt über die Kräfte der wilden rohen Gewalt. Und so schickte ich zum Tempelkloster und ließ die heilige Hure Abisimti bitten, die mit den runden Brüsten und dem langen schimmernden Haar, die mich offiziell in die Künste der Fleischesliebe eingeweiht hatte, als ich noch jung war, und ich verriet ihr, was ich sie tun sehen wollte. Sie aber zauderte nicht im mindesten. Wahrlich, in Abisimti wohnte echte Heiligkeit. Sie war eine Himmelsdienerin in allen Stücken, und wenn sie zu Diensten war, so spendete sie, ohne zu fragen, was sowieso die einzige wahre Art des Dienstes an den Göttern ist.

Und so nahm Ku-ninda die Abisimti mit sich hinaus

in das Grasland und hinaus in die Jagdgründe und zu dem Wasserloch, woselbst Ku-ninda mehrfach dem wilden Mann begegnet war, und waren dies drei Tagereisen weit von Uruk. Dort warteten sie einen Tag und einen zweiten, und dann trat der wilde Mann unter sie. »Der da ist es«, sprach Ku-ninda. »So geh zu ihm nun und verwirre ihn mit deinen Künsten!«

Und Abisimti trat ohne Furcht und ohne Scham zu ihm und stand vor ihm. Er knurrte, er grunzte, er verzog seine Stirn, da er nicht wußte, was für ein Geschöpf dies denn sei; aber er fauchte nicht und entblößte nicht seine Zähne. Sie nestelte alsdann ihr Gewand auf und enthüllte ihm ihre Brüste. Ich glaube aber, er hat nie zuvor eine Frau gesehen. Jedoch die Macht der Göttin ist gewaltig, und so bewirkte die Göttin denn, daß die Leibesschönheit der heiligen Hure Abisimti in seinem Begriff sich sozusagen handgreiflich machte. Sie entblößte sich aber weiter und zeigte ihm ihre ganze nackte, weiche Reife, und ließ ihn mit seinen Nüstern das üppige Gedüft ihres Leibes schnuppern, und legte sich nieder bei ihm und streichelte ihn, und zog ihn über sich, auf daß er sie besteige.

Es war aber für ihn das erste Mal und seine Einweihung. Er hatte gelebt wie ein Tier, doch nun, indem er sie umarmte, wurde er wie ein Mensch und Mann. Oder aber, könnte ich ebensogut sagen, er wurde in ihrer Umarmung ein Gott. Denn auf diese Art dringt das Wesen der Götter in uns ein: wenn wir das Leben schaffende Ritual vollziehen.

Sechs Tage und sieben Nächte lagen sie beisammen und umarmten einander. Ich selber lege Zeugnis ab für die Kunst der Abisimti: Keine erfahrenere Heilige in den Dingen der Fleischesliebe hätte ich ihm senden können. Und als sie bei dem Enkidu lag – denn dies war der Name des wilden Mannes, Enkidu, ach, Enkidu! –, breitete sie gewißlich ihm all ihre Kenntnis und ihr Können aus, so daß er danach nie wieder der gleiche sein konnte. In jenen heißen Tagen und Nächten verbrannte seine Unzivilisiertheit und wurde geläutert im Schmelzofen der Leidenschaft der Abisimti. Er wurde sanft, er wurde freundlicher, er ließ ab von seinem ungehobelten Knurren und Fauchen. Die Gabe der Sprache wurde in ihn gesenkt, und er wurde fast wie ein Mensch.

Jedoch er wußte noch nicht, was über ihn gekommen war. Als er sich aber an Abisimti sattgeliebt hatte, erhob er sich und kehrte zu seinen Tieren zurück. Doch die Gazellen flohen voll Angst, als er ihnen nahte. Denn nun hing ihm der Geruch der Menschen an, der Duft der Zivilisation. Und die wilden Tiere der Steppe erkannten ihn nicht länger und wichen von ihm zurück. Als sie ihn aber flohen, wäre er ihnen gern gefolgt, doch sein Leib war gehalten, als fesselten ihn Stricke, und seine Knie versagten ihm den Dienst, und all seine Beschwingtheit war dahin. Lahm und mit benommenen Sinnen fand er den Weg zu Abisimti zurück. Die aber lächelte ihn lieblich an und zog ihn nieder an ihre Seite. »Du bist nun nicht länger ein Wildling«, bedeutete sie ihm, mehr durch Gesten als mit Worten, denn mit der Sprache haperte es noch bei ihm. »Warum willst du denn weiter mit den wilden Tieren der Steppe wandern?«

Und dann erzählte sie ihm von den Göttern und von dem Land und den großen Städten der Menschen, von dem mächtig ummauerten Uruk und, natürlich, von Gilgamesch, Uruks König. »So erhebe dich also«, sprach sie, »und gehe mit mir nach Uruk, wo ein jeglicher Tag ein Festtag ist und wo das Volk, überreich, sich in wundersame Kleider kleidet. Komm mit mir zum Tempel der Göttin, damit sie dich willkommen heiße in der Welt der Menschen, und dann zum Tempel des Himmelsvaters, wo du den Segen empfangen sollst, der von oben kommt. Und ich werde dir Gilgamesch zeigen, den Freudenkönig, den in seiner Mannheit erstrahlenden Helden, den Stärksten der Männer, der alles und jeden besiegt.« Und bei diesen letzten Worten begannen seine Augen zu leuchten und sein Gesicht erhitzte sich, und er sprach – mit seiner schwerfälligen Zunge, die noch von der Sprache der Tiere niedergedrückt war –, daß er wahrlich gern mit ihr nach Uruk ziehen wolle, und auch zum Tempel der Inanna und zum Tempel des An. Über allem aber wollte er, daß sie ihm diesen Gilgamesch zeige, diesen König, diesen angeblich so Starken. »Ich will ihn zum Kampf fordern!« rief Enkidu. »Und ich werde ihm zeigen, wer von uns beiden stärker ist. Ich werde ihm zeigen, wie groß die Kraft des Mannes aus der Steppe ist. Ich werde in Uruk alles ändern und alle Geschicke wandeln, denn ich bin der Allerstärkste!« So – oder ähnlich – lauteten jedenfalls die Worte des Enkidu, wie sie mir späterhin von Abisimti berichtet wurden.

Und so geschah es, daß der wilde Mann Enkidu in die Schlinge ging. Dank der von mir geplanten Strategie verfing er sich in der süßesten und geschmeidigsten aller Fallen, und ward hinweggelockt von den Gefilden der wilden Tiere in die gesittete Welt der Menschen.*

Abisimti aber zerteilte ihre Gewänder und kleidete ihn in die eine Hälfte und bedeckte sich mit der anderen

---

* Enkidu, der mit der Natur und den wilden Tieren lebt (also das Traumwunschbild des Gilgamesch als seines Alter Ego), wird im Epos sozusagen zum »edlen Wilden« (im Sinne Rousseaus) und muß der »Zivilisation« zugeführt werden, auf daß er ihr nicht schade. Der geradezu geniale Witz in diesem Menschheitsgedicht ist es, daß Gilgamesch sich sein zweites Ich (den Enkidu) ans Herz holt, indem er ihn durch eine Prostituierte verführen läßt.

Es ist bezeichnend, daß der Naturbursche Enkidu seine Unabhängigkeit, Stärke und »Reinheit« durch den ersten Sexualkontakt mit einem »Weib« einbüßt, »zivilisiert« und damit »geschwächt« wird, so daß ihn dann der spätere Fluch der Muttergöttin treffen kann. (Ein gutes Teil der christlichen Sexual-Ethik hat wohl seine Ursprünge in diesen uralten Vorstellungen einer »Kontaminierung« des »reinen« männlichen Wesens durch das »sündige«, »unreine« Weib.)

und ergriff ihn bei der Hand, und wie eine Mutter führte sie ihn zu dem Ort der Schafhürden nahe bei der meiner Stadt. Die Schäfer sammelten sich um ihn, denn sie hatten noch nie einen seinesgleichen gesehen. Als sie ihm Brot zum Essen anboten, wußte er nicht, was damit beginnen, und behielt es in der Hand und stierte verwirrt und verlegen darauf. Denn er war ja gewohnt, nur von den Wildgräsern und den Beeren der Steppe zu essen und wilden Tieren die Milch aus dem Euter zu trinken. Sie reichten ihm aber Wein, und es bestürzte ihn, und als er davon kostete, blieb es ihm in der Kehle hängen und er keuchte und spuckte den Wein wieder aus.

Abisimti aber sprach zu ihm: »Dies ist Brot, Enkidu: es ist der Stab und die Stütze des Lebens. Und dies ist Wein. So iß also das Brot und trink von dem Wein, denn so ist es der Brauch im Lande.«

Und so knabberte er argwöhnisch und nippte mit Vorsicht. Und seine Furcht wich von ihm. Er lächelte und aß bereitwilliger und stopfte sich voll mit Brot, bis er gesättigt war, und schüttete sodann sieben Becher ungemischten Weins in sich hinein. Sein Gesicht glühte, und sein Herz jauchzte in ihm; und er hüpfte und sprang umher und tanzte in fröhlicher Trunkenheit. Sodann nahmen sie ihn, um ihn zu striegeln; sie kämmten ihm die verfilzten Knoten aus dem Haar, und sie barbierten ihn und schnipsten an ihm herum, und salbten ihn mit Öl, und zogen ihm ein anständiges Gewand über, so daß er mehr wie ein Mensch aussähe, wenn auch wie einer, der mit mehr als überdurchschnittlicher Körpergestalt und mehr als überdurchschnittlicher Haarigkeit begabt war.

Danach lebte er einige Zeit unter den Hirten der Schafe. Und er lernte nicht nur, die Speise der Menschen zu essen und zu trinken wie sie und ihre Kleider zu tragen, nein, Enkidu lernte auch die Arbeit, die des Menschen Los ist. Die Schafhirten lehrten ihn, mit Waffen umzugehen, und machten ihn zum Wächter über ihre Herden. Des Nachts, wenn die Hirten friedlich schlummerten, schritt er die Felder ab und verscheuchte die räuberischen Bestien, wenn sie die Herden überfallen wollten. Er trieb die Löwen davon, er fing Wölfe und war der niemals ermüdende Hirte seiner Schafe – er, der doch einmal selbst nur ein wildes ungezähmtes Tier gewesen war. Aber von alledem drang kein Wort zu mir. Ich gestehe, daß ich den wilden Mann aus der Steppe gänzlich vergessen hatte, so stark war ich mit den Staatsgeschäften meiner Königsherrschaft befaßt – und so sehr nahmen mich die Lustbarkeiten in Anspruch, durch die ich die brennende Qual meines Herzens zu dämpfen suchte.

Einmal saßen aber Enkidu und Abisimti in einer Schenke, in welcher die Hirten gern einkehrten, als ein Wanderer, ein Mann aus Uruk, hereinkam und einen Humpen Bier bestellte. Der Fremde erkannte die Tempelhure Abisimti aber und nickte ihr zu und sprach: »Preise dich glücklich, daß du nicht in Uruk leben mußt in dieser Zeit!«

»Warum, ist das Leben denn so elend in der Stadt?« fragte sie ihn.

»Der Gilgamesch drückt uns alle nieder«, sagte der Fremde. »Die Stadt stöhnt unter seinem Joch. Nichts vermag seine Stärke zu bändigen, und er zehrt uns auf. Auch verübt er schandbare Greuel, und es besudelt der König das Land.«

Bei diesen Worten blickte aber Enkidu auf und sprach: »Wie das denn? Erkläre du mir dieses, was du damit sagen willst.«

Und der Fremde gab ihm zurück: »Es gibt in der Stadt ein Haus der Versammlung, das dem Volk vorbehalten ist und wo die Menschen ihre Hochzeiten feiern. Der König dürfte dort nicht eindringen; doch Gilgamesch tritt in das Haus, sogar während die Hochzeitstrommeln geschlagen werden, und ergreift die Braut und verlangt, daß er als erster zu ihr eingehe, noch vor dem vermählten Gatten. Er sagt, dieses Recht sei in der Stunde seiner Geburt von den Göttern so beschlossen und verfügt worden, vom Augenblick an, da die Schnur zerschnitten wurde, die ihn mit seiner Mutter verband. Aber kann denn solches rechtens sein? Und ist es anständig? Die Hochzeitstrommeln dröhnen, und dann erscheint Gilgamesch und fordert die Braut für sich. Und jeder Mann in der Stadt murrt und stöhnt.«

Enkidu aber wurde bleich im Gesicht, als er dies vernahm, und großer Zorn kam über ihn. »Das darf nicht sein!« rief er. Und der Abisimti rief er zu: »So komm, führe mich nach Uruk und zeige mir diesen Gilgamesch!«

Also machten sich Abisimti und Enkidu sogleich auf nach Uruk. Sobald sie aber innerhalb der Mauern waren, erregte Enkidu beträchtliche Unruhe, so breit waren seine Schultern und so gewaltig seine Arme. Das Volk drängte sich dicht um ihn, und als es von der Abisimti vernahm, daß er jener berühmte wilde Mann sei, der auf den Steppen die gefangenen Tiere aus ihren Fallen befreit hatte, drängten sich die Menschen noch dichter heran und glotzten und flüsterten. Die mutigsten unter den Männern berührten ihn und betasteten ihn, um seine Kraft zu erspüren. »Er ist dem Gilgamesch gleich!« rief einer. »Nein, er ist nicht so groß!« widersprach ein zweiter. Und ein dritter sagte: »Richtig, aber er ist breiter in den Schultern, und seine Knochen sind kräftiger.« Und sie sprachen alle: »Ein Held ist zu uns gekommen! Und er wurde gesäugt mit der Milch der Tiere der Wildnis! Endlich findet Gilgamesch den Mann, der ihm ebenbürtig ist! Endlich! Endlich!«

So war dies also der Mann, dieser Enkidu, dessen Ankunft mir in meinen beiden Träumen verkündet worden war. Er war der Gefährte, den mir die Götter zugedacht hatten, damit er die Last meiner Einsamkeit von meinen Schultern hebe, damit er mir der Bruder sei, den ich nie gehabt hatte, der Freund und Vertraute, mit dem ich alles teilen würde. Er war aber auch für das Volk von Uruk ein Göttergeschenk, um das es lange Zeit gefleht hatte, wenn auch aus anderem Anlaß. Denn wahrlich es war so – auch wenn ich dies nicht wußte –, daß das Volk stöhnte unter meiner Herrschaft, daß es voll Furcht war vor den Ausbrüchen meiner überschäumenden Stärke und mich für meine Überheblichkeit verfluchte und verdammte. So flehte also das Volk von Uruk die Götter an, sie möchten für mich einen erschaffen, der mir gleich sei, mein Ebenbild, mein zweites Selbst, mir gleich an Ungestüm der Seele, auf daß wir miteinander wetteifern möchten – und Uruk Ruhe fände. Und nun war dieser Mann erschienen.

NEUNZEHN

Es war der Tag der Vermählung des Edlen Lugal-annemundu mit dem Mädchen Ishhara. Die Hochzeitstrommeln wurden geschlagen, das Brautbett war bereitet. Das Mädchen erschien mir begehrenswert, und so machte ich mich bei Einbruch der Nacht auf den Weg zum Versammlungshaus des Volkes, um sie mit mir in den Palast zu nehmen.

Als ich aber den Platz überquerte, der als der Marktplatz des Landes bekannt ist und der dem Versammlungshaus des Volkes um Straßenbreite gegenüberliegt, tauchte aus den Schatten eine wuchtige Gestalt vor mir auf und stellte sich mir in den Weg. Es war ein Mann, etwa so hochgewachsen wie ich, vielleicht um ein oder zwei Fingerbreit kleiner; aber ich hatte noch nie zuvor einen anderen so großen Menschen erblickt. Seine Brust war breit und mächtig und die Schultern sehr breit, breiter noch als die meinen, und seine Arme waren so prall wie die Schenkel eines gewöhnlichen Mannes. Im Flackerschein der Fackeln meiner Diener spähte ich ihm näher ins Gesicht. Sein Kinn ragte kühn hervor, der Mund war breit, die Stirn kräftig und dunkel, und in seinen Augen loderte ein wildes ungebändigtes Feuer. Sein Bart war dicht, das Kopfhaar zottig. Und wie gelassen er blieb, wie selbstsicher er war! Da seh doch einer an, der wagt es, sich mir in den Weg zu stellen! Ja, weiß er denn nicht, daß ich Gilgamesch bin, der König?

Ich sprach leise: »Aus dem Weg, Kerl!«

»Das werde ich nicht tun.«

Es verblüffte mich, daß jemand so zu mir sprach. Ich will nicht behaupten, daß ich etwa Furcht empfunden hätte, doch ich wurde wachsam, denn mir war bewußt, daß dieser da kein gewöhnlicher Bürger der Stadt sein konnte. Meine Leibwächter wurden unruhig und begannen ihre Waffen zu entblößen. Ich gebot ihnen mit einem Wink, sich zurückzuhalten. Ich trat ganz nahe an den Fremden heran und sprach: »Erkennst du mich nicht?«

»Ich glaube, du bist der König.«

»So ist es. Und es ist nicht klug, sich mir auf diese Weise in den Weg zu stellen.«

»Erkennst aber *du mich?*« fragte der Mann. Seine Stimme klang tief und rauh, und sein Akzent war bäurisch.

Ich sagte: »Gewiß nicht.«

»Ich bin Enkidu.«

»Ach so, der wilde Mann! Das hätte ich mir eigentlich denken können. So bist du also nun nach Uruk gekommen? Schön, was erbittest du von mir, wilder Mann? Es ist ja eigentlich nicht die rechte Zeit, dem König Bittgesuche zu unterbreiten.«

Er aber sprach ungehobelt: »Wohin gehst du, Gilgamesch?«

»So bin ich dir also Rede und Antwort schuldig über mein Tun?«

»Sage mir, wohin du gehst!«

Wieder kam Unruhe unter meinen Leibwächtern auf. Ich nehme an, sie hätten ihn mit Freuden aufgespießt und getötet, doch ich gebot ihnen Einhalt.

In milder Verärgerung deutete ich über seine Schulter hin zum Haus des Volkes und sprach: »Dort hinüber. Um an einer Hochzeit teilzunehmen. Und dabei hältst du mich auf, wilder Mann.«

»Du darfst dorthin nicht gehen«, sprach er sodann. »Gedenkst du, dir die Braut für dich selbst zu nehmen? Du darfst sie nicht besitzen!«

»Ich *darf* nicht? *Ich* darf nicht? Was für seltsame Worte wagst du an einen König zu richten, wilder Mann!« Und mit einem Achselzucken sprach ich: »Das beginnt mich zu langweilen. Ich befehle dir noch einmal, geh mir aus dem Weg, Kerl!«

Und ich tat einen Schritt nach vorn. Doch anstatt mir die Bahn freizugeben, streckte er seinen Fuß vor, um mich zu hindern, und dann faßte er mich mit beiden seiner Hände.

Nun ist es aber ein todeswürdiges Verbrechen, den König in dieser Art zu berühren. Ich ließ jedoch meiner Leibwache nicht die Zeit, ihn niederzumachen; denn als er Hand an mich legte, schwoll in mir plötzlich eine furchtbare Wut auf, und ich packte ihn, als wollte ich ihn bis zum anderen Ende des Marktplatzes schleudern. Und sogleich steckten wir in fester gegenseitiger Umklammerung, und die Speerträger hätten ihn nicht treffen können, ohne mich zu gefährden; also wichen sie zurück und warteten, damit wir beide, er und ich, es austrügen, denn sie hätten ja kaum etwas anderes tun können.

Vom ersten Griff an erkannte ich, daß Enkidu mir an Kraft ebenbürtig war, oder doch beinahe. Das aber war für mich etwas ganz Neues. In meiner Knabenzeit und in der Zeit meiner Ausbildung zum Kämpfer in Kish, und bei den ausgelassenen Raufereien mit den jungen Helden an meinem Hof, nachdem ich König geworden war, ließ ich mich oft auf einen Ringkampf ein, nur so des Spaßes halber, und ich hatte stets bei dem ersten Anlegen der Griffe gespürt, daß der Mann, mit dem ich mich zu messen gedachte, unterlegen war und mir ausgeliefert: daß ich ihn auf den Rücken werfen konnte, wann immer es mir beliebte. Aber derlei war nur befriedigend, solange ich ein Kind war. Mit zunehmenden Jahren beklagte ich dies, denn es nahm dem Ringkampf etliches von seiner Sportlichkeit, daß ich mir bewußt war, stets der Sieger bleiben zu können, immer und unter allen Umständen, wenn es mir so gefiel. Doch dieser Kampf hier war anders. Hier gab es für mich keine Garantie. Wenn ich versuchte, den Kerl abzudrängen, ihn herumzuwerfen, blieb er völlig unbewegbar. Versuchte aber er, mich unterzukriegen, so brauchte ich alle meine Kraft, um ihm zu widerstehen. Ich hatte ein Gefühl, als sei ich hinübergetreten in eine fremdartige Welt, in der Gilgamesch nicht länger Gilgamesch war. Und der Geschmack auf meiner Zunge – nein, es war nicht Furcht (jedenfalls glaube ich, daß es nicht Furcht war) –, es war etwas anderes und etwas, das mir beinahe so fremd war: Zweifel? Unsicherheit? Bestürzung?

Wir kämpften wie tobsüchtige Stiere. Wir schnaubten und keuchten und rollten einer über den anderen, ohne uns jemals loszulassen. Wir zerschmetterten Türpfosten und ließen die Mauern der Häuser erzittern. Aber keiner von uns vermochte den andern zu besiegen. Da er von meiner Größe war, oder doch beinahe, blickten wir einander in die Augen, während wir miteinander rangen; seine Augen lagen tief in den Höhlen und waren gerötet von der Anstrengung, und doch strahlten sie von einer verwirrenden ausgelassenen Lust. Wir blökten und grunzten und brüllten. Ich schrie Schmähworte in der Sprache Uruks und in der Sprache der Steppenbewohner und in jeglicher anderen Sprache, die mir über die Zunge kam; und er brummte und knurrte mir wild in der Sprache der wilden Tiere dawider wie ein Löwe, der grollend die rauhe Stimme erhebt über das Grasland.

Es drängte mich, ihn zu töten. Ich flehte zu den Göttern, es möchte mir gegeben sein, ihm das Rückgrat zu brechen, wollte das trockene Knacken seiner Wirbel hören, um ihm sodann wie einen abgetragenen Mantel auf den Dunghaufen zu werfen. Ein so großer Haß raste durch mich hindurch, daß mir davon beinahe schwindelte. Nun müßt ihr aber verstehen, daß nie zuvor ein Mensch sich mir auf diese Weise in den Weg gestellt hatte. Er war wie ein Gebirge, das sich über Nacht auf meiner Königsstraße aufgebaut hatte. Was hätte ich anderes fühlen sollen als Zorn und wütende Empörung?

Ich, der König, ich, der unüberwindliche Held? Und doch, ich vermochte ihn nicht zu besiegen. Aber auch er konnte mich nicht überwinden. Ich kann nicht sagen, wie lange wir miteinander rangen und uns mühten, doch seine Stärke und die meinige waren von gleichem Gewicht.

Jedoch, in mir wohnt Göttlichkeit, und Enkidu war durchaus von sterblichem Stoff. So war es unvermeidlich, daß ich am Ende obsiegte. Ich fühlte, daß meine Stärke anhielt, während die seinige ihm zu schwinden begann. Schließlich setzte ich den Fuß fest auf die Erde und bog mein Knie, und so konnte ich ihn greifen und niederzerren, so daß seine Füße unter ihm hinwegflogen und er das Gleichgewicht verlor.

In diesem Augenblick aber wich aus meinem Herzen jegliche Spur von Haß. Warum sollte ich ihn denn auch hassen? Er war eine Pracht und Wonne in seiner Kraft. Fast war er mir ein Gleicher. Und wie ein Flußwasser einen Deich niederreißt, so schwemmte meine plötzliche Liebe zu ihm all meinen Zorn hinweg. Es war aber diese plötzliche Liebe so tief und gewaltig, daß sie über mich hereinbrach wie die hohen Flutwasser zur Schneeschmelze im Frühling, und sie überwältigte mich gänzlich. Ich gedachte meines Traumes – in dem dieser Brocken Sternenmaterie zur Erde niedergestürzt war, den ich nicht zu bewegen vermochte. In meinem Traum hatte ich mich gegürtet und unter ungeheuerlichen Mühen das Sternenstück gehoben und es zu meiner Mutter geschleppt, die mir sagte: Dies ist dein Bruder, dies ist dein lieber, bester Gefährte. Wahrlich, nie hatte ich einen Menschen gekannt, der mir in so vielerlei Art gleich gewesen wäre, einen, der so zu mir paßte, als habe ein meisterlicher Architekt uns zusammengefügt. Ich hing ihm von diesem Augenblick an, als wären wir ein Fleisch in zwei Leibern, die lange von einander getrennt gewesen waren und nun wieder vereint wurden. Dies nämlich war es, was ich empfunden hatte, als meine Kraft von der seinen erprobt wurde. Und dies geschah zwischen uns, während wir miteinander kämpften. Ich trat also zu Enkidu und hob ihn herauf von der Erde und nahm ihn zum zweitenmal in meine Arme, doch nicht in zornigem Hader jetzt, sondern in Liebe. Ein mächtiges Schluchzen schüttelte mich und ihn desgleichen; denn wir beide wußten zur selben Zeit und erkannten, was da zwischen uns geschehen war.

»Ach, Gilgamesch!« rief er laut. »Es gibt keinen wie dich in der ganzen Welt! Selig die Mutter, die dich getragen hat!«

»Es gibt einen«, sprach ich, »der ist wie ich. Aber es gibt keinen sonst!«

»Nein, denn Enlil hat dir das Königtum gegeben.«

»Aber du bist mein Bruder«, sprach ich dann.

Er aber schaute mich an, benommen, wie ein Mann, den man zu früh aus dem Schlaf gerissen hat. »Und ich kam her und wollte dir Harm antun.«

»Und ich wollte desgleichen bei dir. Als ich sah, daß du dich mir in den Weg stelltest, malte ich mir aus, wie ich dich in zwei Stücke zerbrechen und dich fortwerfen würde wie abgenagte Knochen.«

»Das hättest du aber nicht tun können, Gilgamesch!«

»Nein, ich hätte es nicht vermocht, aber ich gedachte, es wenigstens zu versuchen.«

»Und ich wollte dich von deiner Höhe erniedrigen. Und das hätte mir, mit etwas Glück, gelingen können.«

»Ja«, sprach ich da, »ich glaube, du hättest es tun können. Versuch es wieder, wenn dir danach zumute ist! Ich werde für dich bereit sein.«

Er aber schüttelte den Kopf. »Nein! Denn wenn ich dich niederwerfe und dich schwer verletze, dann verliere ich dich. Dann würde ich wieder allein sein. Nein, ich möchte dich lieber als meinen Freund, denn als einen Feind. Das ist das Wort, das ich suche. *Freund. Freund.* Heißt das Wort nicht so?«

»Ein Freund, ja. Wir sind einander zu gleich, als daß wir Feinde sein dürften.«

»Ach?« fragte Enkidu und runzelte die Stirn. »Sind wir einander gleich? Du bist der König, und ich bin nur ... ich bin ...« Die Stimme versagte ihm. »Ein Wächter der Schafherden, das ist es, was ich bin.«

»Nein! Du bist der Freund des Königs und des Königs Bruder!«

Ich hätte nie gedacht, daß ich solche Worte zu einem Menschen sprechen könnte. Nun jedoch wußte ich, daß ich die Wahrheit sprach.

»Ist es also?« fragte er. »Und wir werden nicht mehr gegeneinander kämpfen?«

Mit einem breiten Lachen sprach ich: »Natürlich werden wir kämpfen! Aber nicht gegeneinander, sondern wie Brüder. Nicht wahr, Enkidu? Sag?« Und ich ergriff ihn bei der Hand. Vergessen war die Hochzeit und vergessen die Jungfrau Ishhara. »Komm du nun mit mir, Enkidu! Zu Ninsun, meiner Mutter, der Priesterin Ans. Ich möchte, daß sie ihren anderen Sohn kennenlernt. Komm, Enkidu! Nun komm doch!« Und wir gingen zum Tempel des Himmelsvaters und knieten nieder im Dunkel vor Ninsun; und es war seltsam für uns beide und sehr wundersam. Ich hatte gefürchtet, meine Einsamkeit werde immer um mich sein; und nun war sie plötzlich davon und hatte sich fortgestohlen wie ein Dieb in der Nacht, als Enkidu in mein Leben trat.

Das war der Beginn dieser großen Freundschaft, einer Freundschaft, wie ich sie nie zuvor gekannt hatte – und wie ich sie niemals wieder kennenlernen werde. Er war für mich meine andere Hälfte; er erfüllte einen Ort in meiner Seele, der vordem nur Leere gewesen war.

Man hat aber getuschelt, daß Enkidu und ich einander liebten in der Art, wie Männer und Frauen einander lieben. Es war dies aber wahrlich nicht so, und ich wünsche nicht, daß ihr dies glaubt. Ich weiß, es gibt Männer, in denen die Götter Männliches und Weibliches auf eine Weise gemischt haben, daß es sie weder zu Frauen hinzieht, noch daß sie Frauen brauchen. Ich aber bin kein solcher Mann, und Enkidu war es auch nicht. Für mich ist die Vereinigung von Mann und Weib die eine große und heilige Sache, und es kann sie ein Mann unmöglich mit einem anderen Manne erfahren. Sie sagen zwar, diese Männer doch, wir erleben dies, aber ich glaube, sie täuschen sich. Es ist nämlich nicht die echte Vereinigung. Ich habe diese Vereinigung erfahren: bei der Heiligen Hochzeit mit der Priesterin Inanna, in der die Göttin wohnt. Auch Inanna ist mein anderer Teil, wenn auch ein dunkles Teil und voller Unrast. Es kann aber ein Mann sich aus mehreren Stücken zusammensetzen, und so kann er, will es mir jedenfalls scheinen, einen anderen Mann in einer Weise lieben, die vollkommen verschieden ist von der Art, in der er die Verschmelzung mit einer Frau erfährt.

Es war aber zwischen dem Enkidu und mir diese andere Art Liebe, wie sie zwischen Mann und Mann bestehen kann. Sie wurde plötzlich lebendig, während wir miteinander rangen, und sie verblich auch später nie, noch wurde sie schwächer. Wir redeten nicht darüber. Denn wir brauchten nicht darüber zu sprechen. Wir wußten beide, daß sie gegenwärtig war. Wir waren eine Seele in zwei Leibern. Wir brauchten unsere Gedanken selten einmal in Worte zu fassen, denn wir hörten sie, ohne Sprache, im anderen. Wir waren füreinander geschaffen. Es lebt ein Gott in mir; in Enkidu lebte die Erde. Ich trage den Segen, der von den Himmeln droben stammt; er brachte den Segen, der aus der unteren Tiefe kommt, herauf. Und wir begegneten uns an jenem Ort, der in der Mitte liegt und der die Welt der sterblichen Menschen ist.*

---

* Der Begriff »Freund« (wie etwa im späteren »Gastfreund« erkennbar) bedeutete wohl, daß zwei Männer einander niemals bekämpfen würden; man teilte die »Kebsweiber«, also die nicht-ehelichen Frauen, miteinander, jeglichen materiellen Besitz, und man wäre sich selbst

Ich gab ihm Gemächer im Palast, die prächtige weißverstuckte Zimmerflucht an der Südwestseite, die vordem für die Besuche der Statthalter und der Könige anderer Städte reserviert gewesen war. Ich ließ ihm Gewänder aus feinstem weißen Linnen und bester Wolle anfertigen, und ich schenkte ihm Dienerinnen, die ihn

---

gegenüber und auch vor der »Welt« »ehrlos« gewesen, hätte man den »Freund« im Kampf im Stich gelassen, ihn verraten oder gar getötet (oder zu seinem Tode beigetragen). Der »homoerotische« Aspekt des Gilgamesch-Epos wird in dieser Version von Robert Silverberg (absichtlich? mit Rücksicht vor allem auf amerikanische Leser?) unterdrückt, obwohl derartige Freundesliebe sogar in der Bibel (den 2 Büchern Samuel) und nahezu jedem alten Kulturkreis als besonders, aber nicht als »sündhaft« galt. Im übrigen sei auf die unzähligen Dokumente verwiesen, die es über derartige »Männerfreundschaften« bis zu heutigen Dokumenten über »männerbündlerische«, bzw. »erotische und sexuelle Beziehungen zwischen Männern in Zwangssituationen« gibt. Vor unserer späten judäo-christlichen, puritanischen und neofundamentalistischen »Sexbesessenheit« gab es kaum die hämische, dümmliche und lebensgefährliche allgemeine Mißbilligung der »Freundesliebe« zwischen Männern. Zwar rätselten auch schon früher Philosophen und Kirchenväter herum, ob etwa die »Liebe« zwischen Jonathan und dem späteren König David, oder die zwischen dem makedonischen Alexander und seinem Freund Hephaistion oder die zwischen dem homerischen Achilles und Patroklos »körperlich« und (deshalb) »sündhaft« gewesen sei, nur leider zielt jede derartige Intimschnüffelei an den Tatsachen vorbei: Die Menschen der Antike (bis weit in unser frühes Mittelalter und trotz der von Paulus und Nachfolgern gepredigten »Leibfeindlichkeit«) konnten in sexueller Betätigung, gleich mit wem immer, nur dann etwas Strafwürdiges sehen, wenn die Besitzrechte anderer (Männer) angetastet, bzw. wenn Kindern oder Frauen widerrechtlich (also gleichfalls gegen diese patriarchalischen Rechte verstoßend) Gewalt angetan wurde. Ähnliches gilt bis heute im islamischen Recht, wo es bestenfalls als »sonderbar« gilt, wenn zwei erwachsene Männer in exklusiver Partnerschaft leben. Da dies weder für Gilgamesch/Enkidu noch für Jonathan/David etc. behauptet wird, darf man den Schluß wagen, daß sie sich jeweils ganz ohne Schuldgefühle erlaubten, ihren Freund zu lieben, gleichgültig, in welchen seelisch-geistigen oder körperlichen Formen sich dies ausgedrückt haben mag. (Dem Übersetzer erscheint diese Notiz dringend wichtig in einer Zeit, in der die Unkenntnis über das menschliche erotische und Sexualverhalten in einem Umkehrverhältnis steht zu den wissenschaftlichen Erkenntnissen auf diesem Sektor.)

badeten und salbten, und schickte ihm meine eigenen Barbiere und Leibärzte, auf daß sie ihn stutzten und schniegelten und die letzten Spuren seiner Wildheit wegpolierten. Ich weckte in ihm den Geschmack an gutem Bratenfleisch, an süßen schweren Weinen und an gehaltvollem schäumenden Bier. Ich schenkte ihm Felle von Leoparden und Löwen, damit er sich damit bedecke und schmücke und seine Gemächer ebenfalls. Ich teilte mit ihm alle meine Beischläferinnen und behielt nicht eine für mich allein. Ich ließ für ihn einen Schild aus Bronze fertigen, auf dem die Kämpfe und Schlachten des Lugalbanda genau dargestellt waren, und ein Schwert, das blitzte wie das Auge der Sonne, und einen reichverzierten rotgoldenen Helm und Speere von höchst ausgeklügelter Gewichtung. Ich selbst lehrte ihn die Künste des Wagenkampfes und des Wurfspießschleuderns.

Zwar verlor sich aus seinem innersten Wesen nie ein Rest seiner vormaligen groben erdhaften Unschuld, doch äußerlich nahm er sehr rasch die Erscheinung und das Betragen eines Edlen und Höflings an und wirkte würdevoll, geschliffen und respektabel. Ich machte sogar den Versuch, ihm das Lesen und Schreiben beibringen zu lassen, doch hier verweigerte er sich mir. Je nun, es gibt eine Vielzahl bedeutender Staatsmänner, die des Lesens und Schreibens unkundig sind, und nur wenige, die diese Künste beherrschen.

Sofern es ihm gegenüber bei Hofe Neid und Mißgunst gab, so habe ich sie wohl nicht zur Kenntnis genommen. Vielleicht gab es einige aus dem intimeren Kreis meiner Helden und Krieger, die sich in Bitterkeit abwandten und hinter seinem Rücken – und dem meinen – sprachen: »Da prangt er, der Günstling des Königs, ein wilder Mann. Warum ward er auserwählt, und nicht ich?« Doch wenn dem so war, so verbargen sie ihren Groll sehr gut und ließen sich nicht vernehmen in ihrem Murren. Ich denke eigentlich lieber, daß es derartige Neidgefühle gar nicht gegeben habe. Denn es war ja nicht an dem, daß Enkidu einen früheren Günstling verdrängt hätte. Es gab für mich vor ihm keinen Bevorzugten, nicht einmal so altgediente Kampfgefährten wie Bir-hurturre oder Zabardi-bunugga hätten Anspruch auf diesen Titel gehabt; niemals vordem hatte ich einem Menschen erlaubt, mir so nahe zu kommen. Sie verstanden sogleich, daß die Gemeinsamkeit zwischen Enkidu und mir von einer ganz anderen Güte war als alle Kameradschaft, die sie und ich zusammen erlebt hatten, ebenso wie seine Stärke von anderer Art war als die ihrige. Es gab auf der Erde nicht seinesgleichen, und es gab auch keine Freundschaft wie die unsere.

Ich zog ihn völlig in mein Vertrauen. Ich legte ihm alle hellen und dunklen Seiten meines Herzens offen dar. Ich nahm ihn sogar mit, wenn ich mich von allem zurückzog, um die Trommel, die aus dem Huluppu-Baum gefertigt war, auf die besondere Art zu schlagen, die mich in Trance versetzte. Er kauerte neben mir, wenn ich in jenen anderen Bereich aus blauem Licht entschwand; und wenn ich von dort zurückkehrte, lag ich oftmals gegen seine Knie gebettet. Er starrte mich an, als habe er gesehen, wie der Gott von mir ausging; er strich mir über die Wangen und machte heilige Zeichen mit seinen Fingerspitzen. »Kannst du mir zeigen, wie man dorthin gelangt?« fragte er. Und ich gab ihm zur Antwort: »Das will ich, Enkidu.« Aber er konnte niemals dorthin gelangen, so sehr er sich auch mühte. Ich glaube aber, dies war deshalb so, weil er nicht bis in sein Inneres von dem Gott gestreift wurde wie ich; er hatte nie den gewaltigen Flügelschlag in seiner Seele verspürt und hatte nicht das Dröhnen und Summen vernommen, noch jene knisternde Lichtaura geschaut, die stets die ersten Anzeichen sind für Gottesbesessenheit. Jedoch ich ließ ihn oft bei mir sitzen, wenn ich die Trommel spielte, und er wachte über mir und schützte mich, wenn ich mich auf dem Boden wälzte und meine Arme und Beine schlugen und zuckten in den Krämpfen der heiligen Verzückung.

Wo immer es Arbeit gab – beim Bau der Kanäle oder der Verstärkung der Stadtwälle oder welche Plage auch immer die Götter über mich verhängen mochten –, stand Enkidu an meiner Seite. Bei den religiösen Zeremonien stand er mir nahe und reichte mir die heiligen Gefäße oder hob die Opferteile der Stiere und Schafe auf den Altar, mit so leichter Hand, als wären es Vögel. War die Zeit der Jagd gekommen, so zogen wir gemeinsam zum Wild; aber hierin war er überlegen, denn er besaß von dem Getier der Wildnis eine vertraute Kenntnis, als wäre er sein Bruder. Er stand dann mit zurückgeworfenem Haupte da und beschnüffelte die Luft und deutete in eine bestimmte Richtung. »Dort drüben ist der Löwe. Und in der Richtung ist der Elefant.« Er hat sich nicht einmal darin geirrt. Viele Male zogen wir hinaus in das Sumpfland oder auf die Steppe oder in andere Gebiete, in denen die großen wilden Tiere wohnen, und es gab keines, das uns nicht zu Beute geworden wäre. An der großen Flußbiegung erlegten wir zusammen drei gewaltige Elefantenbullen und schleppten ihre Haut und ihre Zähne nach Uruk und hängten sie als Schaustücke an der Vorderseite des Palastes auf. Ein andermal hob er eine Grube aus und bedeckte sie mit Zweigen, und wir fingen einen lebendigen Elefanten ein und führten auch ihn zurück in die Stadt, wo er kollernd und prustend den ganzen Winter über in einem Gehege auf seinen Beinen stand, bis wir ihn schließlich dem Enlil opferten. Und wir machten Jagd auf die Löwen von beiderlei Art: auf jene mit der schwarzen Mähne und die anderen ohne Mähne, von unseren Jagdwagen aus, und, wie ich, schleuderte Enkidu den Wurfspieß mit der rechten Hand wie mit der linken mit gleicher Treffsicherheit. Ich sage es euch noch einmal, wir waren wie eine Seele in zwei Leibern.

Natürlich unterschied er sich von mir auf verschiedene Weise. Er war – geräuschvoller als ich und neigte weit mehr zu Gebrüll und Ungestüm, besonders wenn er dem Wein im Übermaße zugesprochen hatte, und was seinen Geschmack am Witz angeht, so war er darin wohl nicht gerade zivilisiert und konnte ohne Ende brüllend über Witze lachen, die so abgestanden waren, daß ein Knabe angewidert die Nase dabei gekraust hätte. Aber, je nun, er war ein Mann, der unter Tieren aufgewachsen war. Gewiß, er besaß Würde, und zwar eine ganz natürliche, aber sie war eben eine ganz andere als jene Würde, die ein Mensch besitzt, der in einem Palast aufgewachsen ist und dessen Vater ein König war. Für mich aber war es ein Segen, daß Enkidu bei mir war und an meiner Seite seine derben erdhaften Scherze trieb und sich freute, denn ich bin von Natur aus als Mann viel zu schweren und ernsthaften Gemüts, als daß es gut sein könnte für mich, und er, Enkidu, machte mir die Stunden leichter und erhob mein Herz, nicht wie ein Hofnarr es täte, mit sorgsam vorausgeplanten Witzeleien, sondern auf eine ganz natürliche und leichte Art, so wie ein plötzlicher scharfer und kühler Wind durch die drückende Hitze eines Hochsommertages fährt.

In seinen Äußerungen war er vollkommen ohne Falsch. Als ich ihn zum Tempel Enmerkars führte, weil ich mir ausgemalt hatte, dessen majestätische Schönheit werde ihn überwältigen, sprach er sogleich: »Ziemlich klein, nicht wahr, und ziemlich häßlich.« Darauf war ich nicht gefaßt gewesen. Aber späterhin sah ich dann den großen Tempel meines Großvaters mit Enkidus Augen, und er wirkte auf mich tatsächlich gering und häßlich, und ziemlich alt und der Ausbesserungen bedürftig. Anstatt aber den Tempel zu restaurieren, ließ ich ihn niederreißen und errichtete einen prächtigen neuen, fünfmal größer in den Ausmaßen, auf der Weißen Terrasse: und dies ist der Tempel, der nun dort steht, und ich glaube, er wird meinen Ruhm weitertragen durch die Jahrtausende, die noch kommen werden.

Mit der Priesterin Inanna gab es einige Schwierigkeiten, als ich den Tempel Enmerkars niederreißen ließ. Ich unterrichtete sie von meinem Vorhaben, aber sie blickte mich an, als hätte ich die Altäre besudelt, und sprach: »Aber es ist der wichtigste der Tempel!«

»Gewiß, aber der Tempel, der vordem dort stand, jener, den Meskiaggasher errichtet hat, war ja gleichfalls der größte und wichtigste Tempel ... in seiner Zeit. Und wer erinnert sich in unseren Tagen noch an ihn? Es gehört nun einmal zum Wesen von Königen, daß sie Tempel einreißen und durch noch prächtigere ersetzen wollen. Enmerkar hinterließ einen guten Bau, aber ich gedenke ihn zu übertreffen.«

Sie aber funkelte mich mit verkniffenem Gesicht an. »Und wo soll die Göttin wohnen, während du *deinen* Tempel baust?«

»Die Göttin wohnt und lebt in ganz Uruk. Sie wird in jeglichem Hause leben und Heimstatt haben, in jeder Straße – und in der Luft um uns herum, ganz so, wie sie es jetzt schon tut.«

Die Inanna jedoch tobte vor Zorn. Sie berief die Versammlung der Stadtältesten ein und ließ das Haus der gemeinen Menschen zusammentreten, um vor ihnen laut ihren Einspruch zu erheben; doch wagte es keiner, in beiden Häusern, mich am Bau des neuen Tempels zu hindern. Denn schließlich gehört es ja zu den Obliegenheiten eines Königs, die Größe und Herrlichkeit der Göttin zu mehren, indem er ihr neue Tempel errichtet. Und so ließen wir eben den alten Tempel des Enmerkar abtragen bis auf die Fundamente. Die unterirdischen Gänge allerdings, die uralten, in denen die Dämonen hausten, ließen wir unbeschadet, denn damit wollte ich nichts zu schaffen haben. Ich führte Sandsteinblöcke aus dem Lande ein, in dem der Sandstein wächst, die als unterstes Fundament für meinen neuen Tempel dienen sollten, und ich gab ihm einen Grundriß von solchen Maßen, wie keiner vor mir in Uruk sie je erträumt hatte. Das Volk der Stadt gaffte mit offenen Mäulern, wenn es kam, die Arbeiten zu bestaunen, und dann sah, in welcher Länge und Breite ich meinen Tempel geplant hatte.

Ich setzte aber bei diesem Tempelneubau alles ein, was ich mir im Laufe der Zeit über die Werkkünste angeeignet hatte. Ich erhöhte das Niveau der Weißen Terrasse, bis es halberwege in den Himmel ragte, und setzte meinen Tempel hoch oben darüber, so wie es bei den Tempeln von Kish üblich ist. Ich baute die Mauern dicker, als jemals einer gedacht hatte, Mauern zu bauen, und ich stützte sie mit gewaltigen Säulen, die so fest waren und kräftig wie die Schenkel der Götter. Und zum Schmuck und zur Zier der Wände und Säulen erfand ich etwas Neues, ein so Wundersames an Pracht, daß ich allein deswegen in der Erinnerung der Menschen fortleben sollte, auch wenn alle meine sonstigen großen Taten und Wohltaten in Vergessenheit geraten sind. Es war dies aber so, daß ich Tausende von langen zugespitzten Kegeln gebrannten Lehms in den Lehmüberzug der Wände und Pilaster einfügen ließ, ehe deren Überzug sich härten konnte. Nur die Spitzen dieser Kegel durften noch sichtbar sein, und wir bemalten sie rot oder gelb oder schwarz, und wir setzten sie so zueinander, daß sie verwirrende farbige Muster ergaben: Quermuster und Zickzackmuster und Rhomben und Winkel und Dreiecke. Und das Ergebnis war, daß, wo immer das Auge sich in meinem Tempel wendet, es sich ergötzen kann an dieser lebendigen und verwirrenden Vielfalt: es ist, wie wenn ein Mensch einen gewaltigen Teppich betrachtet, aber einen, der nicht aus bunten Wollfäden gewoben und geknüpft ist, sondern der aus einer Unzahl kleiner leuchtender Rundlinge bemalten Tons besteht.

Auch das Tempelchen des Lugalbanda, das Dumuzi vor vielen Jahren nahe den Kasernen im Löwenbezirk errichtet hatte, fand Enkidu meines Vaters unwürdig.

Ich mußte ihm darin beipflichten, und so riß ich auch diesen Bau nieder und baute ihm ein angemesseneres Haus mit großen Bögen und Pilastern, die sämtlich mit meinen neuen Konusmosaiken in leuchtenden Farben geschmückt waren. Mitten hinein stellte ich aber das alte Abbild aus schwarzem Stein, das Dumuzi dem Lugalbanda errichtet hatte, denn es war eine recht edle Statue, und ich würde niemals leichthin etwas verwerfen, das aus einem so kostbaren Stoff gemacht ist, wie es der Schwarzstein ist; ich umgab das Bildnis aber mit Leuchtern auf Dreifüßen mit hellen Kupferspiegeln, so daß der Schrein zu jeglicher Stunde von einem verwirrenden Lichterschein erfüllt war. Die Wände bemalten wir mit Bildern von Leoparden und Stieren als Opfergaben für den Enlil-von-den-Stürmen, den Lugalbanda geliebt hatte. Bei der Einweihung goß ich das Blut von Löwen und Elefanten auf die Bodenkacheln. Wagt es einer zu sagen, der Held Lugalbanda sei dessen nicht wert gewesen?

In jenen Jahren gab es keine Kriege. Die Elamiter verhielten sich still, die Martu-Stämme der Wüste zogen anderwärts auf ihre Raubzüge, der Untergang der Dynastie des Agga beseitigte eine starke Bedrohung in unserem Norden. Es beunruhigte mich nicht, daß der König von Ur sich zum König von Kish gemacht hatte; Ur und Kish liegen weit entfernt voneinander, und ich sah nicht, wie er die Macht der beiden Städte in einem Bündnis wider uns hätte vereinen können. So lebten wir denn friedlich und mit Muße in Uruk, wurden reich und mästeten uns am Handel, anstatt hinauszuziehen und Beute im Kriegen zu suchen.

In jenen Jahren reisten die Kaufleute und Abgesandten Uruks auf mein Geheiß in alle Lande und mehrten den Ruhm der Stadt gewaltig. Aus den Bergen im Osten brachten sie Stämme des Zedernholzes, fünfzig, ja sogar sechzig Ellen lang, und Stämme des Urkarinnu-Holzes von zwanzig und fünf Ellen Länge, die als Tragebalken des neuen Tempels benutzt wurden. Aus der Stadt Ursu im Gebirge Ibla führten sie Zabalu-Holz und große Stämme Ashukhu-Holz herbei und das Nutzholz der Platanen-Bäume. Von Umanu, einem Gebirg im Lande Menua, und von Basalla, einem Gebirg des Landes Amurru, kehrten meine Abgesandten mit großen Blökken des seltenen Schwarzsteines zurück, aus denen die Steinbildner neue Bildnisse der Götter für sämtliche älteren Tempel fertigten. Ich führte Kupfer ein aus Kagalad, einem Gebirg in Kimash, und mit meinen eigenen Händen formte ich daraus eine gewaltige Amtskeule. Von Gubin, einem Gebirg voller Huluppu-Bäume, brachte ich Huluppu-Holz heran, und aus Madga kam das Erdpech für die Tempelterrasse, und aus dem Gebirg Barshib ließ ich mit Schiffen Blöcke des kostbaren Nalua-Steins heranschaffen. Ich machte Pläne, neue Expeditionen in noch weiter entfernte Lande zu entsenden, nach Magan, nach Meluhha und nach Dilmun. Die Stadt gedieh üppig, und täglich wuchs ihre Herrlichkeit. Ich nahm mir ein Weib, und sie gebar mir einen Sohn; ich nahm mir ein zweites Weib, wie es mein Königsrecht war. Es herrschte Frieden. In der Nacht zum Neuen Jahre ging ich zu dem Tempel, den ich erbaut hatte, und wohnte der feuerglühenden Inanna in dem Ritus der Heiligen Hochzeit bei: In jedem neuen Jahr klammerte sie sich noch wilder an mich, wenn sie in einer einzigen Nacht die Erfüllung der Sehnsüchte eines ganzen Jahres erfuhr. Mich aber erhob und trug die Liebe Enkidus durch meine Tage. Der Wein floß reichlich; der Rauch der Brandopfer stieg zu den Göttern auf an jedem Tag, und alles stand zum besten. Und ich glaubte, meine Herrschaft werde so weitergehen für immer und immer. Doch die Götter gewähren uns solche Muße und Behaglichkeit nicht für immer und immer: es ist schon ein Wunder, wenn sie sie uns überhaupt gönnen.

ZWANZIG

Eines Tages traf ich auf Enkidu, und fand ihn in einer trübseligen Niedergeschlagenheit, finsterblickend, seufzend und fast den Tränen nahe. Ich fragte ihn, was ihn bedrücke, obgleich ich recht gut zu wissen glaubte, was es sei. Er aber sprach: »Du wirst mich für närrisch halten, würde ich es dir sagen.«

»Vielleicht. Aber was tut's? Komm, sprich dich aus!«

»Es ist so töricht, Gilgamesch!«

»Das glaube ich nicht«, sagte ich, blickte ihm tief in die Augen und sprach: »Laß mich raten! Du wirst ruhelos in unserem angenehmen Leben des zivilisierten Nichtstuns, ist es nicht so? Du bist der eitlen bequemen Muße überdrüssig.«

Sein Gesicht übergoß sich mit Röte, und er antwortete bestürzt: »Bei den Göttern, wie kannst du dies wissen?«

»Man braucht kein großer Weiser zu sein, dies zu erkennen, Enkidu.«

»Es wäre mir aber nicht recht, wenn du glaubtest, ich würde gern mein früheres Leben wieder aufnehmen und nackt über das Grasland laufen.«

»Nein, das willst du wohl gewiß nicht mehr.«

»Aber ich sage dir, hier werde ich schlaff und weich. Meine Kraft hat ihren Schliff verloren. Meine Arme sind weich, ich werde kurzatmig.«

»Und die Jagdausflüge, die wir unternehmen? Und die Kampfspiele auf dem Lanzenfeld? Sie genügen dir nicht, Enkidu, habe ich recht?«

Mit so leiser Stimme, daß ich sie beinahe nicht verstand, sprach er: »Ich schäme mich, es dir zu sagen. Aber sie sind mir nicht genug.«

Ich legte ihm aber meine Hand auf den Arm und sagte: »Nun, auch mir ist das nicht genug.«

Er blinzelte vor Überraschung. »Was sprichst du da?«

»Daß ich in mir die gleiche Ruhelosigkeit fühle wie du. Meine Königsarbeit hält mich hier fest und engt mich ein. Die gemächliche Ruhe und Stetigkeit, die ich mich plagte der Stadt zu bringen, ist nun meine Feindin geworden. Und mein Herz ist gleichermaßen unruhig und sorgt sich, genau wie das deine. Ich sehne mich nach Abenteuern, Enkidu, nach Gefahr und nach gewaltigen Heldentaten, die meinen Namen erhöhen sollen im Angesicht der Menschen. Ich verrotte hier und liege mich wund. Mich verlangt es nach einer großen Fahrt.«

Und es war die reine Wahrheit. Alle Dinge in Uruk gingen so gemütlich-fröhlich, daß mir manchmal kaum ein Unterschied zu sein schien, ob ich nun König sei oder einen Kramladen betrieb. Allerdings konnte ich nicht gut das Los eines Krämers auf mich nehmen, denn die Götter hatten nun einmal Göttlichkeit in mich gesenkt, und jener Teil in mir, der göttlich ist, war und ist wach und lebendig in mir, ruht niemals, sucht und strebt ohne Unterlaß weiter und ist niemals befriedigt. Es ist dies aber der Spaß, den sich die Götter mit mir machten: daß ich mich nach Frieden und Ruhe sehne, aber nicht zufrieden sein kann, wenn ich sie erlangt habe; ich glaube allerdings, daß ich heute das Rätsel entwirrt habe, das sich hinter diesem Götterjux verbirgt, wie ich euch an gebührlicher Stelle berichten will.

»Aha, so ist das also?« sprach Enkidu. »Es ist dir also ebenfalls alles leid wie mir?«

»Ganz genau wie dir.«

Er lachte. »Wir sind wie zwei zu großgewordene Schlakse, die sich langweilen und auf neue Späße sinnen. Was sollen wir also beginnen, Gilgamesch? Wohin könnten wir uns wenden?«

Ich blickte ihn lange und fest an. Dann sprach ich zögernd: »Es gibt eine Gegend, die heißt das Zedernland. Und ich trage mich seit geraumer Zeit mit einem Plan, dorthin eine Expedition zu führen.« (Es war dies eine Lüge, denn der Gedanke war mir in eben diesem Augenblick erst gekommen!) »Weißt du davon, mein Enkidu?«

Er verzog die Stirn, dann sprach er mit einer geheimnisvoll dunklen und rauhen Stimme: »Ich weiß davon.«

»Und würde es deiner Ruhelosigkeit Abhilfe bringen, wenn du mit mir dorthin reistest, was meinst du?«

Er netzte sich die Lippen mit der Zunge. »Warum gerade dieser Ort, mein Gilgamesch?«

»Wir brauchen Zedernholz. Das ist ein herrliches Holz. Und wir haben keines hier im Land.« Ich wollte ihn nicht hintergehen, es war wirklich so, doch ich hatte auch gerade deshalb das Zedernland gewählt, weil dort die Luft scharf und belebend ist und weil ich glaubte, dies könne Enkidu aus seiner Trübsal erlösen. Und außerdem und vor allem hatten sich in jüngster Zeit die Gerüchte vermehrt, daß die Elamiter das ganze Land um den Zedernwald für sich beanspruchten. Und dies durfte ich natürlich nicht erlauben.

»Es gibt andere Orte, von denen du Zedern erhalten kannst.«

»Vielleicht. Aber ich habe beschlossen, sie mir aus dem Zedernland selbst zu holen. Man sagt, es ist ein wundervolles Land dort, erhaben und grün und kühl und sehr schön.«

»Und sehr gefährlich«, sagte Enkidu.

»Ach, ist es das?« Ich zuckte die Achseln. »Das macht die Sache ja immer besser! Du hast gesagt, es macht dich ruhelos, wenn du hier dich in den faden Annehmlichkeiten der Zivilisation suhlst – daß es dich nach Herausforderungen verlangt, nach Gefahren ...«

Er aber sprach mit einer solch demütigen Miene, wie ich sie nie an ihm zuvor gesehen hatte: »Es ist möglich, daß du mir mehr bietest, als ich haben will.«

»Was? *Zu große* Gefahren, ist es dies? Kann es sein,

daß solche Worte über Enkidus Lippen kamen? Ich hätte es mir nie erwartet, daß ich dich einmal Worte eines Feiglings sprechen hören würde!«

Seine Augen schossen Blitze, doch er brachte sich mit großer Mühe wieder unter seine Gewalt. »Es ist so, mein Bruder, daß eine Trennungslinie besteht zwischen Feigheit und praktischem gesunden Menschenverstand, und sie ist sehr fein.«

»Und ist es gesunder Menschenverstand, ein Geplänkel mit ein paar Elamitern zu fürchten?«

»Nein, Gilgamesch, nicht die Elamiter fürchte ich.«

»Ja, aber wen dann? –«

»Hast du vergessen, daß der Herr Enlil an das Tor zum Zedernland den bösen Dämon Huwawa gesetzt hat, damit er die geheiligten Bäume bewache?«

Beinahe hätte ich laut gelacht, als er dies sagte. Natürlich hatte ich die Geschichten über diesen Walddämon gehört; schließlich hat ja jeder Wald seinen Dämon oder deren zwei, und es gibt Schreckgeschichten darüber noch und noch. Aber im allgemeinen lassen sich Dämonen beschwichtigen oder sonstwie ablenken. Ich hätte es nie für möglich gehalten, daß Enkidu sich auch nur die Breite der Wimper einer Moschusratte überhaupt um derartige Wesen scherte.

Ich sagte aber leichthin: »O ja, da gibt es so eine Mär. Aber vielleicht hat der Dämon anderwärts zu tun, wenn wir dort eintreffen. Oder vielleicht ist der böse Geist gar nicht so böse, wie sie ihn in den Geschichten machen. Oder aber, mein Enkidu, haust in dem Zedernwald überhaupt kein Dämon.«

Leise sagte Enkidu zu mir: »Ich habe den Huwawa mit meinen eigenen Augen gesehen.«

Seine Worte trafen mich wie ein Faustschlag in den Unterleib, so verhalten klang seine Stimme und so überzeugt und starrsinnig war ihr Ton. Nun war es an mir, vor Verwunderung zu blinzeln. »Wie das?« platzte ich heraus. »Du hast ihn wahrhaftig gesehen?«

»Als ich noch mit den Tieren der Wildnis durch die Steppen zog«, sprach Enkidu, »wanderte ich einstmals weit nach Osten und gelangte in den Wald, in dem die Zedern wachsen. Er dehnt sich zehntausend Wegmeilen in alle Himmelsrichtungen, und Huwawa ist allüberall in ihm zugegen. Man kann sich nicht vor ihm verstecken. Er erhob sich vor mir und brüllte, und ich dachte schon, ich würde vor Schrecken sterben; und ich bin kein Feigling, Gilgamesch.« Er spähte mir sehr nahe ins Gesicht. »Hältst du mich für einen Feigling, sprich? Aber Huwawa erhob sich und brüllte, und wenn er brüllt, so ist dies wie das Getöse der Stürme, welche die große Flut über das Land bringen. Ich glaubte wirklich, ich müßte vor Angst sterben. Sein Maul ist reines Feuer und sein Atem ist der Tod.«

Aber ich konnte es noch immer nicht für wahr halten. »Du sagst, du hast das Antlitz dieses Dämons gesehen?« fragte ich Enkidu.

»Ich sah es. Es gibt nichts Schrecklicheres in der Welt. Dieser Huwawa ist ein scheußliches Ungeheuer, dessen Furchtbarkeit alle Vorstellungskraft übersteigt. Seine Zähne sind wie die Reißzähne eines Drachen, und sein Gesicht ist das Gesicht des Löwen.« Enkidu zitterte nun, und in seinen Augen schimmerte die Erinnerung an das frühere Entsetzen. »Wenn Huwawa angreift, so ist es wie eine Springflut in den Flüssen. Er verschlingt die Bäume und das Schilf, als wären sie Grashalme.«

Dumpf fragte ich erneut: »Und du sahst diesen Dämon?«

»Ich sah ihn, Gilgamesch. Ich hatte Glück, daß ich ihm entrann. Er wendete sich zur Seite und vergaß mich. Aber ich würde ihm kein zweitesmal entrinnen können. Er wird uns vernichten. Ich sage es dir: wenn wir ins Zedernland ziehen, *wird er uns vernichten!* Er sieht und bemerkt alles, was sich in diesem Wald tut. Er kann die Laute hören, die von den wilden Färsen kommen, selbst wenn sie sechzig Meilen entfernt durch den

Wald streifen. Es gibt vor ihm kein Entrinnen. Der Wettstreit wäre ein ungleicher.« Er schüttelte den Kopf. »Gilgamesch, Gilgamesch, mich dürstet so sehr nach einem großen Abenteuer wie dich. Aber – dürstet es dich nach dem Tod?«

»Und glaubst du dies, sag an, mein Freund?«

»Du bist also entschlossen, ins Zedernland zu reisen.«

»Um des Abenteuers willen, ja. Auf daß mir mein Herz endlich wieder rascher schlage in der Brust Aber ich sehne mich nicht nach dem Tod. Mich treibt die Liebe zum Leben in das Zedernland, nicht irgendeine morbide Todessehnsucht. Und das weißt du.«

»Aber dich der Stätte des Huwawa so zu nähern ...«

»Nein, Enkidu, nein! Ich habe die Leiber der Menschen auf dem Fluß dahintreiben sehen, und es lastet mir schwer auf meinem Herzen, wenn ich sie sehe, weil ich weiß, daß auch uns dies einmal bestimmt ist. Aber – ich hasse den Tod. Der Tod ist mein tödlicher Feind.«

»Also werden wir losziehen ...«

»Weil wir es müssen.«

»Ach, aber warum müssen wir? Wir könnten doch nach Norden ziehen! Wir könnten ...«

»Nein!« sprach ich damals. Mich hatte ein brennendes Feuer ergriffen, denn es schmerzte mich zutiefst, daß ich meinen Enkidu in solch erbärmlicher Angst schmachten sah. Seine Seele war schlaff geworden in Uruk; er würde mir sterben, wenn ich ihn nicht aus dieser Trägheit herausriß. Um seinetwillen mußten wir dieses Abenteuer unternehmen, ungeachtet aller Gefahren. »Es gibt nur ein Ziel, das wir anstreben können, und das ist das Zedernland!«

»Wo wir höchstwahrscheinlich den Tod finden.«

»Da bin ich mir aber noch nicht so gewiß. Jedoch, Freund, bedenk doch das eine: Nur die Götter schreiten dahin ewiglich unter der Sonne, und sogar sie bekommen hin und wieder einen kleinen Vorgeschmack auf den Tod. Was aber uns Sterbliche angeht, so ist all unser Bestreben nichts weiter als leere Luft und verweht wie der Wind. Aber dennoch, so glaube ich, müssen wir es trotzdem versuchen.«

»Und sterben. Nie habe ich dich so todessüchtig gesehen, mein Gilgamesch. Du magst sagen, was dir beliebt, aber so ist es.«

»Nein! Nein! Ich will den Tod bekämpfen bis zum letzten Atemzug! Aber ich will auch nicht in Furcht und Angst – leben. Wie kann das geschehen, mein Enkidu, daß du dich fürchtest?«

Doch diesmal löste mein Spott in ihm keinen Zorn aus. Er wandte sein Gesicht von mir, düster und ausdruckslos.

»Ich habe den Huwawa gesehen«, sprach er schließlich mürrisch.

Und nun wurde auch ich selbst ärgerlich. Das war nicht mein Enkidu, wie ich ihn kannte.

»Nun gut«, rief ich, »so fürchte ihn halt! Ich aber werde ihn nicht fürchten. Bleib halt, in der Götter Namen, hier zu Hause, wo es sicher ist! Oder komm mit mir in das Zedernland, bitte! Die Fahrt wird dich erfrischen und munter machen, die herbe Luft wird deine Seele aus dem Schlummer wecken. Wenn wir aber im Zedernwald sind, werde ich darauf bestehen, daß du in meinem Rücken gehst. Was bedeutet es schon, wenn er mich tötet, dieser Dämon? Wenn ich ihm zum Opfer falle, nun, dann lasse ich doch wenigstens einen Namen zurück, dessen Klang in alle Ewigkeit bestehen wird. Die Menschen werden über mich sagen: Gilgamesch unterlag dem Ungeheuer Huwawa. Aber wäre das eine Schande, sag? Was könnte daran schandbar sein, von einem Ungeheuer besiegt zu werden, das so furchtbar ist, daß selbst der Held Enkidu zurückschreckt?«

Dann schaute mir Enkidu in die Augen. Er verzog das Gesicht zu einem wilden Grinsen, und seine Nüstern blähten sich. »Wie klug du doch bist, mein Gilgamesch!«

»Ich? Wieso wäre ich dies?«

»Indem du mir sagst, du wirst mich hinter deinem Rücken gehen lassen.«

»Aber dort wäre es sicherer für dich, Enkidu.«

»Ach, glaubst du? So daß späterhin jedermann in Uruk sagen könnte: Da geht Enkidu, der ließ seinen geliebten Bruder vor sich einhergehen im Wald des bösen Dämons!«

»Ja, aber dieser Dämon macht dir doch Angst ...«

»Du weißt, daß ich an deiner Seite sein werde, wenn wir in Huwawas Reich eindringen.«

»Aber, Lieber, ich würde derlei niemals von dir fordern – da du doch den entsetzlichen Huwawa schon geschaut hast.«

»Ach, erspare mir doch deinen Spott«, sagte Enkidu verdrießlich. »Ich werde an deiner Seite stehen, Gilgamesch. Und du weißt es, Gilgamesch. Du wußtest es von allem Anfang an.«

»Aber wenn du keine Lust hast, mit mir zu gehen ...«

»Ich sage dir doch: *Ich werde an deiner Seite stehen!*« Er schrie es mit einem Keuchen. Und dann lachten wir alle beide und umarmten uns und schüttelten einander gewaltig herum. Und dann beendeten wir das ganze unnötige Gerede. Ich aber ließ verkünden, daß ich mich bald zu einer Fahrt von Uruk in das Zedernland begeben würde.

Ich vermag nicht zu sagen, wie oft ich während der Vorbereitungen zu unserer Fahrt den Enkidu fragte, wie denn dieser Dämon aussehe, und ihn bat, ihn mir genau zu beschreiben. Er brachte mir aber jedesmal dieselben Worte an. Er sprach von dem Brüllen, dem Maul, aus dem Feuer dringt, von dem gewaltigen Schwall des Sturmatems, der sich ergoß. Nun, ich konnte ihn wahrlich nicht Lügner heißen, denn in Enkidu war nichts von Trug und Täuschung, und es war in ihm auch nicht ein Hauch geschickter Vorspiegelung. Es war also gewiß: er hatte diesen Dämon gesehen, und ebenso gewiß war, daß der üble Geist kein Feind war, den man leichtnehmen durfte. Wir alle sehen von Zeit zu Zeit Dämonen, denn sie sind ja allüberall um uns herum, lauern hinter Türen, in der Luft, über den Dachterrassen und versteckt in den Büschen. Ich selbst hatte oft genug solche Dämonen gesehen; aber keiner von ihnen wäre je an Furchtbarkeit an Huwawa herangekommen. Aber, natürlich, ließ ich keine Furcht in mir aufkommen. Denn daß mein Enkidu sich zu einer Furcht vor dem Dämon so offen bekannte, bestärkte mich nur in meinen festen Entschlüssen, mir die Zedern aus dem Wald des Huwawa zu holen.

Ich wählte für unsere Begleitschaft fünfzig Männer, unter ihnen Bir-hurturre, nicht jedoch Zabardi-bunugga, dem ich aber beschied, er müsse dringlich in der Stadt bleiben und den Befehl über die Streitmacht in meiner Abwesenheit übernehmen. Sodann ließ ich breite Beile gießen, um die Zedernbäume zu fällen, mit einem Gewicht von je drei Talenten und Stielen von Weiden und Buchsbaum, und meine Waffenschmiede hämmerten uns Schwerter, die jedem Helden gerecht wurden, mit einem Gewicht von zwei Talenten pro Schwertklinge und mit goldenem Schwertgehänge und mit Knäufen, so groß, daß sie nur ein Mann mit sehr mächtigen Händen zu umspannen vermochte. Wir trugen auch unsere besten Streitäxte zusammen und unsere Jagdbogen und die Jagdspeere. Und lange vor dem Tag unseres Aufbruchs hörte ich ihn meinen Ohren den dröhnenden Kampfgesang, den ich so lange, so übermäßig lange, nicht mehr vernommen hatte, und ich fühlte mich wieder wie ein Knabe und junger Mann, als rauschte mir frisches Blut wieder heiß durch die Adern.

Selbstverständlich waren meine Stadtältesten tiefbetrübt und voller Befürchtungen. Sie sammelten sich in einem Zug am Flußufer und stakten durch das Tor der Sieben Riegel in die Stadt herein und jammerten mit säuerlichen Stimmen mißgünstig ihre Segensgebete.

Das Volk scharte sich auf dem Markt des Landes um sie und begann gleichfalls zu lamentieren und zu weinen und greinen, und ich erkannte, daß da sich Ärgernis zusammenbraute. Also begab ich mich auf den Marktplatz und zeigte mich den Ältesten der Stadt. Es war nicht schwer zu erraten, was sie mir zu sagen hatten: »Du bist noch ein junger Mann, Gilgamesch, und es ist dein Mut kühner als deine Weisheit, und dein Herz verlockt dich zu überstürztem Handeln. Du willst einen Weg beschreiten, auf dem du nie gegangen bist, und du wirst dich verirren. Gewiß, du bist stark, aber du wirst niemals den Huwawa besiegen. Denn er ist ein Wesen aus dem Geschlechte der Ungeheuerlichen; sein Brüllen ist wie das Brüllen der Sturmflut, sein Mund ist wie das Feuer selber, und sein Atem ist der wahre Tod.« Undsofort undsoweiter. Aber genau das plapperten sie mir auch vor. Ich ließ sie zu Ende plappern, und dann entbot ich ihnen meine Antwort, leise lächelnd, daß ich mich unter den Schutz der Götter stellte und daß ich gewiß sei, die Götter würden ihn mir nicht versagen, ganz wie sie dies in der Vergangenheit so gehalten hätten. Ich sagte aber: »Ich gebe zu, es ist dies eine Straße, die ich nie zuvor gegangen bin, aber ich betrete sie ohne Furcht, und ich gehe mit Freude in meinem Herzen.«

Als die alten Herrn erkannten, daß sie mich nicht umzustimmen vermochten, änderten sie die Tonart. Auf einmal mahnten sie mich, ich möge doch nicht allzu sehr auf meine Kräfte bauen. Laß doch den Enkidu vorangehen! sprachen sie. Laß ihn vor dir einherschreiten und den König schützen! Auch diese wohlwollenden Ratschläge hörte ich mir geduldig an und lächelte dabei und ließ mich auf keinen Disput mit ihnen ein. Außerdem legten sie mir nahe, ich möge mich unter den Schutz Utus stellen, des aus der Sonne Geborenen, der jene schützt, die in Gefahr geraten, und ich schwor den alten Männern, daß ich mich noch am selbigen Tag zum Tempel des Utu begeben wolle, wo ich ihm zwei Zicklein zu opfern gedächte, ein makellos weißes und ein braunes. Und ich würde auch Utu um seine Hilfe anflehen und ihm ein prachtvolles Dankopfer und viele Gaben versprechen, wenn er mir eine sichere Heimkehr gewähren würde. Und auf meiner Fahrt ins Zedernland würde ich dieses Opfer darbringen und jenes, nach diesem und jenem Ritual, um meine heilige Person gegen jeglichen Harm zu schützen. Dies alles versprach ich ohne besondere Hintergedanken, denn ich war mir ja immerhin bewußt, daß es nicht gänzlich gefahrlos war, was ich zu unternehmen gedachte.

Als mich die Stadtältesten von ihrer Jammerplage befreit hatten, trat die Priesterin Inanna auf den Plan. Sie befahl mich in den Tempel, den ich für sie erbaut hatte, und sprach mich zornig an: »Was ist das für ein Wahnsinn, Gilgamesch? Wohin willst du ziehen?«

»Bist du meine Mutter, daß du so mit mir sprechen darfst?«

»Das wohl kaum. Aber du bist der König in Uruk, und sollte es dir beschieden sein, bei diesem Unternehmen zu sterben, wer wird dann nach dir König sein?«

Ich zuckte die Achseln und sagte: »Das muß dann wohl die Göttin verfügen, nicht ich, oder? Doch ängstige dich nicht übermäßig, Inanna, denn ich werde bei dieser Fahrt nicht sterben.«

»Und wenn es dennoch geschähe?«

»Ich werde da nicht sterben«, sagte ich noch einmal.

»Ist es dir so wichtig, ausgerechnet das zu erreichen?«

»Wir brauchen die Zedern dringend.«

»So schick doch deine Söldner aus und laß sie gegen die Dämonen kämpfen!«

»Ach wirklich? Möchtest du, daß ich ihnen sage, mir grauste vor dem Huwawa, also schickte ich lieber sie hinaus, anstatt selbst zu kämpfen? Und ich soll währenddessen fein und gemütlich hier zu Hause hocken bis in meine hohen Tage? Oh, nein, Inanna, ich ziehe los. Das ist entschieden!«

Sie starrte mich in sprachlosem Zorn an. Ich spürte, wie mir dies stets geschah, wie stark mich ihre Schönheit zu überwältigen drohte, und sie war nun in ihrer Höchstblüte an reifer weiblicher Schönheit; außerdem fühlte ich, wie stark ihre Liebe zu mir in ihr raste, die in ihr geschwelt hatte wie ein Glutfeuer aus den Himmeln, seit wir beide Kinder gewesen waren, und auch, und darüber hinaus, fühlte ich ihren wütenden Zorn darüber, der sich wider mich wandte, daß sie auf keine Weise diese ihre Liebe zu mir verwirklichen und erfüllen konnte, wie dies sonst zwischen einer Frau und einem Manne ganz natürlich und alltäglich ist.

Ich gedachte aber auch jener Zeiten, in denen wir, einmal in einem jeden Jahr, uns für eine Nacht im Bett der Göttin vereinigt hatten; wenn sie dann nackt in meinen Armen gelegen hatte und ihre Brüste wogten und ihre schönen Schenkel sich mir öffneten, und wenn dann ihre Finger mir die Haut vom Rücken rissen und ich mich fragte, ob ich solange würde leben dürfen, um sie noch einmal so zu besitzen. Denn auch ich liebte sie auf meine Weise. Allerdings war meine Liebe zu ihr stets gefärbt von einem nicht geringen Mißtrauen und bestimmt von mehr als nur einer leisen Furcht vor ihren Ränken.

Wir schwiegen eine Weile. Dann sagte sie: »Ich werde Opfer darbringen für deine sichere Fahrt. Und jetzt geh! Geh zu deiner Muter, der Königinwitwe, und bitte sie, daß auch sie opfere!«

»Ich hatte sowieso die Absicht, nun zu ihr zu gehen«, sagte ich.

Und so war es. Enkidu und ich gingen quer durch die Stadt zu der weisen und großen Ninsun; und ich kniete nieder vor ihr und sagte zu ihr, daß ich mich anschickte, mich auf einen unsicheren Weg zu begeben und in einen absonderlichen Kampf, den ich kämpfen müsse. Sie seufzte und sprach, warum denn die Götter, wenn sie ihr schon Gilgamesch als Sohn hätten schenken wollen, ihn auch noch mit einem solch ruhelosen Sinn hätten versehen müssen. Aber sie unternahm keinen Versuch, mich von meiner Fahrt abzuhalten. Sie erhob sich statt dessen und legte sich ihre heilige karmesinrote Robe um, und hängte sich die goldene Brustplatte und die Halsketten aus Blaustein und Karneol um, und setzte sich den Kopfschmuck aufs Haupt, die dreifache Krone, und stieg hinauf zum Altar Utus auf dem Dach ihrer Wohnung. Sie entzündete ihm Weihrauch und sprach eine Weile mit dem Gott, und dann kehrte sie wieder zu uns nieder und wandte sich dem Enkidu zu und sprach: »Du bist nicht das Kind aus meinem Fleisch, starker Enkidu, aber ich nehme dich an und zu mir als meinen Sohn. Vor allen meinen Priesterinnen und den Gläubigen nehme ich dich zu mir als meinen Sohn.« Und sie legte dem Enkidu ein Amulett um den Hals und schloß ihn in ihre Arme und sprach: »Ich vertraue ihn dir an. Beschütze ihn! Bewahre ihn! Führe ihn gesund zurück! Denn er ist der König, Enkidu ... Und er ist auch mein Sohn.«

Dann fanden die Redereien und die Betereien endlich ihr Ende, und ich konnte mit meinen Männern aus der Stadt Uruk hinausziehen, um ins Zedernland zu reisen.

EINUNDZWANZIG

Rasch stiegen wir aus den warmen niederen Landen aufwärts und ließen hinter uns die Dattelpalmenhaine zurück und den goldenen Busen der Wüste und gelangten in das kühle grüne Hochland im Osten. Wir reisten aber in Eilmärschen vom Morgengrauen bis in die Abenddämmerung hinein, und wir überwanden sieben Berge hintereinander ohne Rast, bis dann endlich die Zedernwälder vor uns lagen: ungezählte Legionen von Bäumen auf den Hängen des wilden Landes, das uns erwartete. Es war für uns ein seltsamer Anblick, diese unzähligen Bäume, denn im Land haben wir ja kaum welche. Sie ließen die schroffen Berge beinahe schwarz erscheinen. Und sie standen da wie ein feindliches Heer, das bewegungslos unseren Angriff erwartet.

Noch eine andere große Absonderlichkeit fanden wir in jenen scharfgezahnten Kämmen und felsübersäten Schluchten: nämlich die Feuer der verstoßenen Götter und Dämonen, die hier und dort aus dem Gestein flakkerten, und ihre dicken schwarzöligen Ausscheidungen, die langsam auf uns zukrochen wie die schleimigen Schlangen der Niederwelt. Denn hier standen wir am Beginn jenes Landes, das als »Region der Aufrührer« bekannt ist und wohin jene Götter, die sich wider Enlil erhoben hatten, verbannt wurden. Hierher schleuderten die siegreichen Götterhelden Enlil und Ninurta und Ningirsu nach jener gewaltigen Götterschlacht vor langen Zeiten ihre unterworfenen und verbannten Feinde; und hier grollten sie noch immer und murrten in Trübsal und dröhnten mit lauter Stimme und rüttelten die Erde, und stießen ihren gewaltigen Atem aus Rauch und Feuer aus und ließen ihre ölglitschigen Schlangen aus der Tiefe heraufkreuchen ans Tageslicht. Mit jedem

Schritt stießen wir tiefer in dieses Dunkelreich vor, und wir wußten, daß beständig derweilen düstere mißgünstige Gottheiten mit grimmigen roten Augen unter unseren Füßen fauchten und schnaubten.*

Jedoch wir ließen uns nicht von Furcht überwältigen. Wir rasteten zu den angemessenen Zeiten und vollzogen die nötigen Opferrituale für Utu, für An, für Enlil und für die Inanna. Nachts, wenn wir das Lager aufschlugen, hoben wir Brunnen aus und ließen die heiligen Wasser als Opfer für die Götter an die Oberfläche steigen. Und als letztes, ehe ich mich zum Schlafen niederlegte, rief ich Lugalbanda an und beriet mich mit ihm, denn er war einst selbst in diesen Landen gewesen und hatte großes Ungemach erduldet von den giftigen Ausdünstungen und dem Pesthauch der gestürzten aufsässigen Götter. Daß Lugalbanda mit mir und in mir war, bedeutete mir großen Trost.

Enkidu aber kannte dieses Land gut. Und da er einstens ein Geschöpf der Wildnis gewesen, führte er uns über die unendlichen weglosen Meilen sicher und ohne Fehl. Er leitete uns um die Orte herum, die von dem Feueratem der gefährlichen Geister schwarzverbrannt waren. Er führte uns vorbei an Regionen, in denen die Erde fortgeglitten und aufgebrochen und emporgewuchtet war und die unpassierbar waren. Er brachte uns sicher an tiefen fetten öligen Schlammgruben vorbei, die wie schwarze Tümpelkuhlen auf der Brust der Erde lagen. Und näher und immer näher führte er uns an das Herz des Waldes selbst heran, woselbst der Dämon Huwawa hauste.

Wir hatten inzwischen aber die ersten Vorreiter des Zedernwaldes erreicht. Wären wir ausschließlich des

* Der »Feuerdämon« Huwawa und ähnliche Berichte von Erdölquellen veranlaßten noch Alexander von Makedonien im 3. Jh. vor der Zeitrechnung zu vorsichtigen Untersuchungen, als er auf seinem Weg nach Indien auf sie stieß. Geographisch könnte man das Gebiet über dem Persischen Golf vermuten.

Holzes wegen gekommen, so denke ich, wir hätten zwanzig oder sechzig der Bäume schlagen und glücklich und stolz wieder mit ihnen nach Uruk heimkehren können, und es wäre eines triumphalen Einzugs wert gewesen. Wir waren jedoch nicht nur des Holzes wegen hergezogen.

Enkidu sprach zu mir: »Vor uns liegt eine große Pforte, die den heiligen Hain dahinter verschließt. Wir sind ihr nun sehr nahe.«

»Und Huwawa?« fragte ich.

»Jenseits der Pforte, und nicht weit.«

Ich blickte ihm tief in die Augen. Seine Stimme klang fest und ruhig, aber dennoch war ich mir seiner nicht völlig sicher. Ich wollte ihn nicht in seinem Stolz verletzen, doch nach einer Weile fragte ich dennoch: »Ist alles soweit in Ordnung mit dir, mein Enkidu?«

Er lächelte aber und sprach: »Ist mein Gesicht bleich? Und bebe ich vor Furcht, mein Gilgamesch?«

»In Uruk hörte ich dich mit hohem Respekt von Huwawa sprechen. Niemand entrinnt ihm, sprachst du da. Er ist ein so gräßliches Ungeheuer, daß man es nicht beschreiben kann. Wenn er brüllte, sagtest du, hättest du gemeint, du müssest vor Angst sterben. Das alles hast du gesagt.«

Enkidu zuckte die Achseln. »Ich sagte all das vielleicht in Uruk. In den Städten wird man weich und schlapp. Hier aber fühle ich, wie meine Kraft zu mir zurückkehrt. Es gibt nichts zu fürchten, o mein Freund. Folge mir also! Ich weiß, wo Huwawa haust, und ich kenne den Weg, den er zieht.« Und er legte mir seine Hand auf den Arm und drückte ihn, und dann schob er mir den Arm unter und drückte mich fest.

Einen Tag darauf gelangten wir an die Mauer zum Wald und an die große Pforte.

Über diesen Wall hatte ich mir Gedanken gemacht, seitdem Enkidu mir davon berichtet hatte. Das Zedernland liegt im unbesiedelten Grenzgebiet zwischen dem

Land und dem Reich der Elamiter, und um seinen Besitz ging der Streit zumindest seit den Tagen des Meskiaggasher, des ersten Königs in Uruk. Da es aber ein Land ist, das sich nicht für den Ackerbau eignet, haben wir niemals versucht, es regelrecht in Besitz zu nehmen, sondern wenn immer wir Bedarf an Zedernholz hatten, zogen wir unbekümmert hinaus und nahmen uns, soviel wir brauchten. Es war also eine ernste Sache, wenn da jemand kam und Mauern durch den Wald zog. Es ist ein Ding, wenn Enlil beschließt, dort einen fürchterlichen Feuerdämon hinzusetzen, auf daß er in seinem Namen über die Bäume wache: gegen das Walten Enlils erhebe ich meine Stimme nicht. Aber ich würde nicht gestatten, daß irgendein schwarzbärtiger elamitischer hinterwäldlerischer kleiner Bergkönig hier Wälle errichtete, weil er beabsichtigte, den ganzen riesigen Wald für seinen dreckigen und zerlumpten Stamm zu beanspruchen.

Sobald ich aber des Walles ansichtig wurde, wußte ich, daß die Elamiter, nicht etwa Huwawa oder sonst ein böser Geist, ihn errichtet hatten. Die Mauer wies überall Spuren von menschlicher Arbeit auf – und noch nicht einmal der Arbeit besonders geschickter Menschen. Roh zu Kantbalken gehauene Zedernstämme waren willkürlich mit Weidenruten zusammengebunden und längs einer grobgeschlagenen Schneise, die sich nach beiden Seiten erstreckte, soweit das Auge reichte, in wirrem Durcheinander aufgetürmt: das rosige Kernholz lag traurig bloß, als habe man die Stämme mit der Peitsche, statt mit dem Hobel zurechtgestutzt. Beim Anblick dieser hohen und so ungeschickten Schutzmauer überkam mich starker Zorn. Ich blickte unter meinen Männern umher und sprach: »Nun, wollen wir das Ding da vielleicht mal auseinandernehmen und dann in den Wald vorstoßen?«

»Du solltest dir vielleicht zunächst einmal die Pforte ansehen«, sagte Enkidu.

Die Pforte aber lag eine halbe Meile weiter südlich.

Und schon ehe ich dort anlangte, blieb mir vor Erstaunen der Mund offenstehen. Sie erhob sich hoch über den Wall und war weit eher ein Turm, denn ein Tor, und war in jeglicher Hinsicht prächtig. Dieses Portal hätte durchaus in Ehren als eines der Mauertore in Uruk bestehen können. Es war auch aus Zedernholz gefertigt, aber geschnitten und geglättet von eines Meisters Hand und höchst kunstvoll konstruiert und zusammengefügt. Der Torzapfen und die Kehlung waren von wundersamer Glätte und die mächtige Gewandung war meisterlich gefügt.

»Ein Göttertor!« schrie Bir-hurturre. »Ein Tor, wie es nur Enlil selbst erbaut haben kann!«

»Jedenfalls ein Tor, wie es kein Elamiter hätte errichten können«, murmelte ich und trat näher heran, um es genauer zu betrachten.

Es war wirklich vollkommen. Nicht nur in seiner Konstruktion war es ohne Fehl, sondern es trug auch die herrlichsten Verzierungen: in das seidenweich abgelagerte Holz der Stirnseite waren Ungeheuer und Schlangen und Götter und Göttinnen im elamitischen Stil geschnitzt, an den ich mich erinnerte, weil ich derlei auf den Schilden der Krieger gesehen hatte, die ich in meinen Kämpfen für den Agga von Kish erschlug. Hoch oben auf der Spitze der Pforte waren drei gewaltige Hörner dicht beieinander angebracht, ähnlich den massiven Hörnern, welche die Elamiter schnitzen und an den Vorderseiten ihrer Tempel anbringen. Und über die Flanken der Mauer standen Inschriften in der barbarischen Schrift der Elamiter, die auf unbeholfene Weise die unsrige nachahmt: Bildzeichen von Tieren, Gemäßen, Krügen, Sternen, Bergen und von vielem anderen, die sich zu einer Art Schriftäußerung taumelnd zusammenfügten, welche sich meinem Verständnis entzog. Das Schnittwerk aber war säuberlich ausgeführt; nur mir erschien es als eine recht närrische Art zu schreiben, diese Methode, sich in lächerlichen Bildern lesbar zu machen.

Dann aber sah ich etwas, das meinen Zorn erregte. Es war tief unten und linkerhand von der Pforte. Es war dies aber eine Inschrift in den keilförmigen Zeichen des Landes, und sie besagte klar und unmißverständlich: *Utu-ragaba, der bedeutende Baumeister aus Nippur, erbaute diese Pforte für Zinuba, den König der Könige, den König von Hatamti.*

»Oh, dieser Verräter!« schrie ich. »So wäre er doch nur daheim in Nippur geblieben, als daß er sich hierherschleicht und einem elamitischen Bagatellfürsten eine solch hervorragende Arbeit leistet!« Und ich erhob meine Streitaxt, um die Torflügel zu zerschmettern.

Doch Enkidu fiel mir in den Arm und hinderte mich daran. Ich wandte mich ihm voll Ärger zu.

»Was soll das?«

Enkidus Augen blitzten. »Dieses Tor ist sehr schön, mein Gilgamesch.«

»Das ist es. Aber sieh doch nur hier, diese Inschrift! Siehst du sie? Ein Mann meines eigenen Volkes hat sie geschrieben und dieses Tor für unsere Feinde erbaut.«

»Na schön, und wenn schon?« sagte Enkidu gleichmütig. »Das ist doch ganz unwichtig: Schönheit ist Schönheit, und man darf sie nicht besudeln und entweihen. Schönheit ist doch ein Geschenk der Götter, oder etwa nicht? Ich glaube, du tätest besser daran, dieses Tor nicht zu zerstören. Tritt doch lieber ein wenig beiseite, Bruder, und laß mich sehen, ob ich es nicht aufbrechen kann. Was spielt es schon für eine Rolle, ob es ein Verräter war, der es errichtete, solange die Arbeit richtig und vollkommen getan ist? Und eines ist doch gewiß, daß die Götter ihm die Hand geführt haben. Oder kannst du das nicht erkennen?«*

---

* Daß der »zivilisierte« Urmensch Enkidu mehr Achtung vor den kultischen Werken anderer Kulturen besitzt als der »Städter« Gilgamesch, ist bezeichnend. Seine Liebe erweist sich dadurch, daß *er* das Tabu bricht (das Tor), wofür ihn prompt die Strafe trifft, wie sich späterhin erweisen wird.

Es verdutzte mich, daß er so mit mir redete, aber ich sah, wie weise seine Worte waren, und dies machte mich demütig und ich gab seinem Wunsch nach. Jetzt wünschte ich, ich hätte dies damals nicht getan! Enkidu trat kühn hervor und stieß die Schneide seiner Axt gegen die Riegel und drängte mit aller seiner Kraft gegen das Tor, so daß ihm die Muskeln und Sehnen am ganzen Leib heraustraten. Und er knurrte und grunzte fürchterlich vor Anspannung, und dann wich das Tor und öffnete sich weit vor ihm; doch sogleich stieß er einen seltsamen erstickten Laut aus, ließ seine Axt fallen und fuhr sich heftig mit der linken Hand an seinen rechten Arm, der ihm auf einmal schlaff von der Schulter hing, als wäre er ein Stück dickes schlaffes Seil.

Ich kniete an seiner Seite nieder. »Was ist es denn, mein Freund, sag an! Was ist mit dir geschehen?«

Er aber murmelte mit schwerfälliger Stimme: »Ein böser Dämon muß in diesem Tor gewesen sein. So schau doch her, ich habe meinen Arm verletzt! Und alle Kraft ist fort aus meiner Hand! Ich bin im Inneren zerrissen, Gilgamesch! Der Arm und diese Hand sind nutzlos und dahin. So komm und schau es dir doch selber an!« Und wirklich, als ich seine Hand berührte, war sie schrecklich kalt unter meinen Fingern und hing herab wie ein Stück toten Fleisches, und die Haut auf ihr sah blatternarbig aus und seltsam fleckig. Und mein Enkidu bebte am ganzen Leib, als sei ein Schüttelfieber in ihn eingefahren, denn ich hörte, wie seine Zähne schnatterten und gegeneinanderschlugen.

»Wein!« schrie ich. »Bringt meinem Enkidu Wein!«

Der Wein erwärmte ihn ein wenig, und das Fröstelschaudern ließ dann nach; jedoch seine Hand blieb lahm und taub, obwohl wir sie über viele Stunden hin wärmten und rieben. Und wirklich gewann er die Bewegungsfähigkeit der Hand erst viele Tage später wieder zurück, jedoch war sie nie wieder wie zuvor. Es war dies ein traurig Ding, daß ein Held wie Enkidu zu einem

Teil seiner Kraft beraubt sein sollte, und insbesondere deshalb, weil er versucht hatte, etwas zu retten, das schön war. Schlimmer jedoch war, daß die furchtsame Scheu vor dem Huwawa wieder Eingang fand in sein Herz, als er sich da verletzte. Er war nämlich nun überzeugt, daß der Dämon einen Fluch auf die Pforte gelegt hatte, und er zauderte und wollte nicht durch das Tor gehen, das er mit eigener Hand für uns geöffnet hatte.

Es bekümmerte mich sehr, daß die Furcht wieder in ihn eingekehrt war, aber auch, daß unsere Kampfgenossen ihn in solch einem Zustand sehen mußten. Doch er war um nichts bereit, durch dieses Tor zu gehen, und ich konnte ihn ja unmöglich zurücklassen. Also schlugen wir an jenem Ort unser Lager auf und blieben dortselbst einige Zeit, bis er sich nicht mehr in Qualen wand und mir sagte, er glaube, die Kraft ströme in seine Hand zurück. Aber selbst dann noch zögerte er und zauderte und wollte nicht weiter vorangehen. Er hockte nur da, in elendem trübsinnigen Schweigen, und brütete in sich hinein. Die Furcht hing über ihm wie ein gräßlicher nächtlicher Vogel und krallte sich mit scharfen Schrekkenskrallen in seine Schulter. Ich ging aber zu ihm und sprach: »So komm doch, mein geliebter Freund; es ist Zeit, daß wir weiterziehen ...«

Er aber schüttelte nur den Kopf und sagte: »Zieh weiter ohne mich, mein Gilgamesch!«

Sodann sprach ich in scharfem Ton zu ihm: »Es schmerzt mich, wenn ich dich reden höre wie einen Schwächling. Sind wir denn so weit gezogen und haben wir so viele Gefahren gemeistert, nur um jetzt an dieser Pforte kehrtzumachen?«

Und er antwortete mir mit gleicher Schärfe: »Wann hätte ich dich gebeten, du solltest umkehren?«

»Das hast du niemals.«

»So zieh doch weiter, ohne mich!«

»Das werde ich nicht tun! Aber ich habe auch nicht

die Absicht, mit leeren Händen nach Uruk zurückzukehren!«

»Wenn dem so ist, dann bleibt mir keine Wahl. Ich muß alsdann mit dir gehen, nicht wahr? Und muß ich mich jedem deiner Wünsche beugen und mich fortreißen lassen, was immer es sei?«

»Aber ich denke doch gar nicht daran, dich zu etwas zu zwingen«, sprach ich und war leidlich bekümmert. »Aber wir sind doch Brüder, mein Enkidu. Wir sollten Seite an Seite allen Gefährnissen begegnen.«

Er sah mich an mit einem Blick voller Bitternis. »Das sollten wir wohl, nicht wahr? Wie aber, wenn ich dazu nicht bereit bin?«

Ich starrte ihn bestürzt an. »Aber – das kannst doch nicht du sagen!«

»Nein«, sagte er trüb und seufzte. »Das kann ich nicht sagen, und es paßt auch nicht zu mir. Aber was kann ich tun? Was kann ich denn tun? Was können wir denn tun? Als ich mir meine Hand verletzte, überkam mich großer Schrecken, Gilgamesch. Ich habe Angst. Verstehst du dieses Wort? *Ich habe Angst,* mein Gilgamesch!« Und er hatte in den Augen einen Blick, wie ich ihn nie zuvor darin gesehen hatte: Entsetzen, Beschämung, Selbstvorwurf, Zorn, fünfzig Düsternisse glommen dort alle zugleich herauf. Sein Gesicht glänzte von Schweiß. Er blickte um sich, als fürchtete er, die anderen Männer könnten uns belauscht haben, und sprach mit leiser beklommener Stimme: »Was können wir tun?«

Ich schüttelte den Kopf. »Es gibt einen Weg. Hier, tritt nah zu mir und fasse mein Gewand an! Dann wird meine Kraft in dich fließen, und deine Schwäche wird vergehen. Das Zittern wird aus deiner Hand verschwinden. Und dann laß uns aufbrechen und gemeinsam in diesen Wald ziehen! Willst du dies tun?«

Er zögerte. Dann sprach er: »Hältst du mich für einen Feigling, Gilgamesch?«

»Nein. Du bist nicht feige, mein Enkidu.«

»Du hast mich einen Schwächling geheißen.«

»Ich sagte, es schmerze mich, dich sprechen zu hören wie ein Schwächling. Und gerade weil du kein Schwächling bist, schmerzte es mich. Verstehst du dies, Bruder?«

»Ich verstehe.«

»So komm denn und laß dich von mir heilen!«

»Vermagst du das?«

»Ich glaube, ich kann es.«

»So tu es denn also!«

Er kam nahe zu mir und stand dicht bei mir; er ergriff mich an meinem Gewand und hielt es für eine Weile fest; dann schloß ich ihn so fest an meine Brust, daß mir die Arme zitterten und bebten. Und nach einer Weile umfing er mich mit gleicher Kraft. Wir sprachen kein Wort, doch ich konnte spüren, wie die Angst aus ihm wich. Ich fühlte, wie sein Mannesmut in ihn zurückströmte. Er schien wieder mein Enkidu zu werden, und da wußte ich, er würde mit mir weiterziehen in den Wald.

»Nun geh«, sprach ich dann, »und mache dich bereit! Huwawa erwartet uns. Die Kampfeshitze wird dir das Blut erwärmen und deinen Entschluß bestärken. Ich glaube nämlich, kein Dämon kann uns beiden Schaden tun, wenn wir Seite an Seite stehen. Und sollten wir im Kampfe untergehen, nun, so werden wir einen Namen hinterlassen, der fortbestehen wird auf ewig.«

Er hörte mir zu, gab aber keine Antwort. Nach einer Weile nickte er und erhob sich und legte seine Hand in die meine, und zertrat unser Lagerfeuer und ging davon, seine Waffen zu ölen. Am folgenden Morgen schritten wir durch die Pforte in den Zedernforst hinein. Wir taten dies nicht etwa unüberlegt und tollkühn, sondern mutig und entschlossen.

Es war ein ehrfurchtgebietender Ort. Fast war es wie ein Tempel: ich spürte die Nähe von Göttern überall um mich herum, aber ich wußte nicht, was für eine Art von Göttern sie waren. Die Zedern sind die höchsten Bäume, die ich jemals erblickte, sie ragten gleich Speeren bis in die Himmel auf, und sie hatten zwischen den Stämmen viel freien Platz, doch waren die Kronen so dicht, daß das Licht der Sonne kaum den Baldachin, den sie bildeten, zu durchdringen vermochte. Es war eine grüne, kühle und stille Welt und voller Köstlichkeit. Vor uns erhob sich ein einsamer Berg, ohne Zweifel eine Wohnstatt der Götter und der passende Thron für den Mächtigsten unter ihnen. Doch wir fühlten auch die Nähe des Huwawa um uns, und wir sahen seine Spuren, denn es gab in dem Wald bestimmte Bereiche, in denen die unterirdischen Gase und Feuer hervorgebrochen waren, und sie bildeten die Losung des Dämons.

Er selbst jedoch war nirgendwo in der Nähe auszumachen. So zogen wir tiefer in den Forst, bis uns die Dunkelheit zum Innehalten zwang. Als die Sonne zu sinken begann, grub ich einen Brunnen und vollzog das Wasseropfer und verstreute drei Händevoll feinen Mehls vor dem Berg und bat die Götter des Berges, sie möchten mir einen glückverheißenden Traum senden. Sodann legte ich mich an Enkidus Seite und überließ mich dem Schlaf.

Zur mittleren Stunde der Nacht aber erwachte ich plötzlich und war hellwach und setzte mich blitzschnell auf. Im trüben Licht unseres verglühenden Feuers sah ich Enkidus Augen in der Finsternis leuchten.

»Was beunruhigt dich, Bruder?«

»Warst du es, was mich weckte?«

»Nicht ich«, sprach er. »Du mußt geträumt haben.«

»Geträumt, ja. Ja.«

»Erzähl mir!«

Ich blickte in mein Inneres und sah dort dichte Nebel hängen über meinem Sinn, schwer wie dicke weiße Vliese; doch dahinter erhaschte ich einen Blick auf meinen Traum, oder doch auf ein Stück davon. Wir durchquerten eine tiefe Schlucht am Zedernberg, mein Enkidu und ich, in diesem meinem Traum; und vor der gewaltigen Bergmasse wirkten wir nicht größer als die kleinen schwarzen Fliegen, die zwischen den Sumpfbinsen umherschwirren; und dann schwankte der Berg wie ein Schiff auf den Brüsten der See und begann herabzustürzen. An weiteres konnte ich mich nicht erinnern. Ich erzählte also den Traum dem Enkidu und hoffte, er werde ihn mir deuten können; er aber zuckte die Achseln und sagte, es sei ein unvollendetes Traumgesicht, und bat mich dringlich, in den Traum zurückzukehren. Ich glaubte zwar nicht, daß ich in dieser Nacht noch Schlaf würde finden können, doch ich irrte mich, denn kaum hatte ich die Lider geschlossen, da träumte mir erneut. Und es war wiederum der gleiche Traum, und der Berg stürzte über mich herab. Eine donnernde Gesteinslawine riß mir die Füße unterm Leibe fort, und ein furchtbares Licht gloste und flammte unerträglich stark. Dann jedoch erschien ein Mann, oder ein Gott, glaube ich, von solcher Anmut und Schönheit, wie sie nicht gefunden werden auf dieser Welt. Und der Mann zog mich unter dem Berge hervor und reichte mir Wasser zum Trank, und mein Herz faßte Mut; er hob mich auf und setzte mir die Füße auf die Erde.

Ich weckte Enkidu und erzählte ihm meinen zweiten Traum. Er aber sprach sogleich: »Dies ist ein glückverheißender Traum, es ist ein geradezu hervorragender Traum. Denn der Berg, mein Freund, den du geschaut hast, ist der Huwawa. Und selbst wenn er über uns herabstürzt, werden wir ihn überwinden, verstehst du? Die Götter stehen dir zur Seite. Und morgen werden wir ihn uns packen. Wir werden ihn töten. Wir werden seinen Leib auf das flache Land schleudern.«

»Du sagst dies mit sehr starker Überzeugung.«

»Ich bin auch überzeugt«, sprach er. »Doch nun, schlaf noch einmal, mein Bruder. Schlaf!«

Und wieder schliefen wir. Diesmal aber sandte der Zedernberg dem Enkidu einen Traum, und es war kein fröhlichstimmender: Kalte Regengüsse brachen über ihn herein, und er kauerte sich zusammen und fröstelte wie die Hochlandgerste in einem Wintersturm. Ich hörte ihn aber laut schreien und erwachte davon, und er erzählte mir seinen Traum. Wir suchten nicht nach einer Deutung. Zu manchen Zeiten ist es am weisesten, wenn man nicht allzu tief in einem Traum herumstochert. Und wieder ließ ich in dieser träumevollen Nacht mein Kinn auf die Knie sinken und gab mich dem Schlaf hin; und wieder und noch einmal träumte ich, und wieder wachte ich verwirrt, bestürzt und zitternd aus dem Traume auf.

»Noch ein Traum?« fragte Enkidu.

»So schau doch, wie ich zittere!« flüsterte ich. »Was hat mich geweckt? Ist ein Gott vorbeigezogen? Und warum ist mein Fleisch so gefühllos?«

»Sag an, hattest du wieder einen Traum?«

»Ja. Ich träumte einen dritten Traum, und er war noch schrecklicher als die anderen beiden.«

»Erzähle!«

»Was haben wir nur gegessen, daß wir solche Träume haben in dieser Nacht?«

»Solange du ihn nicht erzählst, wird er dir auf der Seele lasten.«

»Ja, ja«, sprach ich. Doch ich mochte mich nicht dazu anschicken, obgleich mir die abscheulichen Traumbilder noch im Gehirn brannten. Aber Enkidu hatte recht: Man muß die Träume erzählen, man muß sie ans Licht heraufholen, denn anders fressen sie sich dir in die Seele wie Maden. Nach einiger Zeit holte ich tief Luft und begann mit zögernder verhaltener Stimme zu sprechen: »Es war so: Es war ein stiller Tag, die Luft bewegungslos. Und dann plötzlich barsten krachend die Himmel, und die Erde stieß ein lautes dröhnendes Brüllen aus. Das Licht des Tages verblich; Finsternis fiel über die Lande. Blitze durchzuckten das Firmament, und am Horizont loderten Feuer. Und die Wolken wurden schwanger und regneten Tod aus ihrem Schoß herab. Dann verschwand die Helligkeit. Die Feuer erloschen, und alles ringsum war verbrannt zu Staub und Asche.«

Über Enkidus Leib lief ein Frösteln. »Ich glaube, wir sollten besser heute nacht nicht mehr zu schlafen versuchen«, sagte er.

»Aber dieser Traum? Was hat es damit auf sich?«

»Komm und erhebe dich, mein Bruder, und geh mit mir ein Stück! Vergiß den Traum!«

»Ihn vergessen? Ja, wie denn?«

»Es ist doch nur ein Traum, mein Gilgamesch.«

Ich blickte verwirrt zu ihm hin. Dann aber lächelte ich. »Wenn die Zeichen günstig sind, sagst du, es ist ein hervorragender Traum. Sind sie aber unheilverkündend, behauptest du, es ist ja nur ein Traum. Ja siehst du denn nicht ...«

»Ich sehe, daß der Morgen naht«, sprach er. »Komm zieh weiter mit mir in den Wald hinein! Am Morgen steht uns ein schweres Werk bevor.«

Ja, vielleicht hat er recht, dachte ich. Vielleicht konnte der Traum einer genaueren Prüfung nicht standhalten. Der kommende Morgen würde uns gewaltig fordern, also brauchten wir unseren ganzen Mut uneingeschränkt.

Beim ersten Tageslicht weckte ich meine Männer. Wir legten die Brustpanzer an und die Schwerter um und ergriffen die Streitäxte und machten uns den Hang hinab auf den Weg in das Tal, das sich vor dem Zedernberg erstreckte. Hier sei der Ort, sagte Enkidu, an dem er bei seinem anderen Besuch hier dem Huwawa begegnet sei. Der Dämon sei plötzlich und ohne Warnruf aus dem Boden heraufgestiegen, sagte er, und er könne sich glücklich schätzen, daß er überhaupt heil davongekommen sei.

»Heute aber«, sprach ich, »kann Huwawa von Glück sprechen, falls er heil davonkommt. Und wenn wir mit ihm fertig sind, dann werden wir uns mal ein wenig mit diesen Elamitern befassen, die Mauern um Wälder errichten, was, Bruderherz?« Und ich lachte. Es tat gut, dieses Gefühl, daß man wieder in den Kampf zog. Was machte es schon, wenn unser Feind ein Dämon war! Was spielte es für eine Rolle, wenn mein letzter Traum und der Enkidus voller düsterer Vorzeichen gewesen waren! In den Kampf hinauszuziehen, das hat etwas Freudiges, da ist Poesie drin und Musik. Und es ist das, wofür wir in dieser Welt bestimmt sind, ich meine, jene unter uns, die Krieger sind. Ihr aber werdet dies nicht verstehen, ihr, die ihr in euren Häusern hockt in euren Städten, wo ihr fett und träge werdet. Der wahre Krieger und der wahre Kampf sind aber nicht hirnlose Zerstörung, sondern es geht dabei darum, jene Dinge zurechtzurücken, die in Ordnung gebracht werden müssen. Und dies ist eine heilige Aufgabe.

Während wir vorrückten, spürte ich ein Grollen im Leib der Erde, fern zwar, jedoch unverkennbar. Es war möglicherweise so, wie wenn einer der Götter mit der Hörnerkrone dort unten sich regte und auf und ab zu schreiten begänne. Dies machte mich denn doch ein wenig nachdenklich. Ich ziehe zwar mit heiterem Herzen gegen Dämonen in den Kampf, aber welche Chance hat man schon, wenn man sich mit den Göttern messen wollte? Ich flehte zu Lugalbanda, ich möchte mich getäuscht haben, und jenes ferne unterirdische Grollen, das ich verspürte, möge mir nicht den Zorn Enlils ankündigen. Bitte, Lugalbanda, mach, daß es nur der Huwawa ist, der da erwacht! so betete ich. Mach, daß es nur der böse Dämon ist und nicht der Gott!

Hinter meinem Rücken hörte ich, wie meine Männer unruhig zu murmeln begannen. »Wie sieht dieser Dämon aus?« fragte der eine. Und ein zweiter sprach: »Drachenzähne, Löwengesicht.« Und wieder ein anderer: »Er brüllt wie der Wirbelsturm.« Und noch einer sagte: »Füße mit Klauen, Augen wie der Tod.« Ich wandte mich zu ihnen zurück, lachte laut und rief: »Recht so! Jagt einander nur schön Angst ein! Malt ihn euch richtig gräßlich aus! Mit drei Köpfen und zehn Armen!« Und ich hob die hohle Hand an die Lippen und rief in den dunstdurchzogenen Wald hinein: »Huwawa! He! Zeige dich! Komm hervor, Huwawa!«

Und da erbebte die Erde wieder, und diesmal heftiger.

Ich aber eilte weiter voran. Enkidu war an meiner Seite, die übrigen Männer hielten sich dicht hinter uns. Vor uns ragte aber da eine große vereinzelt stehende Zeder auf, hoch wie ein Turm und alle andern überragend, und mir kam der Gedanke: Hier bietet sich die Gelegenheit, den Huwawa zum Kampf zu fordern. Also löste ich meine Axt aus der Schlinge und machte mich damit aus vollen Kräften ans Werk, und Enkidu griff sich den Baum von der anderen Seite her an und hieb die kleinere Kerbe, um den Sturz zu steuern. Ich fühlte, wie eine gewaltige Hitze sich in der Luft ausbreitete, was verwirrend war, denn noch war ja der Morgen am kühlsten. Und dann erbebte die Erde zum drittenmal unter meinen Füßen. Dort unten regte sich etwas und erwachte, daran konnte kein Zweifel sein, etwas von gewaltiger Größe und Wildheit, etwas voll Zorn und Hitze. In der Ferne sah ich die Wipfel der Bäume schwanken. Ich hörte das Knarren und Kreischen brechender Äste. Aber Hieb um Hieb schlugen wir auf den gewaltigen Zedernstamm ein, bis der Baum kurz vor dem Umstürzen war.

Und dann merkte ich zu meinem Entsetzen, daß jenes Gedröhne und Gesumme, das mir die Gottesnähe ankündigte, wieder in mir emporstieg. Der heilige Anfall nahte sich mir, so gewiß, als hätte ich ihn selbst heraufgetrommelt. Aber doch nicht jetzt! flehte ich verzweifelt. Nicht jetzt! Doch es wäre leichter gewesen, die acht

Winde zu bändigen. Die Adern an meinem Halse schwollen und pulsierten heftig. Meine Augäpfel zuckten, als wollten sie mir aus den Höhlen springen. Meine Hände brannten. Jeder Schlag, den meine Axt gegen den Baum führte, sandte brennendes Feuer durch meine Adern.

»Schlag zu, Bruder, schlag!« schrie Enkidu mir von der anderen Seite des Stammes her zu. Er begriff nicht, was mit mir geschah. »Jetzt haben wir es! Noch vier Hiebe ... drei ...«

Ich fühlte gleichzeitig die Verzückung und das Entsetzen. Die Luft um mich herum wurde blau und zischte. Aus der Erde hob sich ein Strom schwarzen Wassers. Und alles, was ich zu sehen vermochte, war von einem goldenen Schein umhüllt. Der Gott nahm Besitz von meiner Seele.

Die Erde aber zitterte und bebte und wogte wild auf und nieder. Und ich schrie dreimal laut zu Lugalbanda um Hilfe.

Dann hörte ich über all dem Tohuwabohu Enkidus laut brüllende Stimme: »Huwawa! Huwawa! Huwawa!«

Und der Dämon zeigte sich, nur ich selbst erblickte ihn da nicht. Mich umfing schwarze Finsternis, und der Gott sog mich in sich hinein.*

---

* Das Fällen der Großen Zeder (der »Weltesche«) ist ein grober staatspolitischer Frevel gegen die Natur; Gilgamesch riskiert es, seine Freunde und Untergebenen wirken mit, das »Un-Heil« ist damit angerichtet. Nur trifft – wie üblich – die Strafe zunächst nicht den, der ihn anrichtet, sondern seine nächste Umgebung (hier Enkidu).

ZWEIUNDZWANZIG

ALS ICH WIEDER einigermaßen zu Sinnen kam, lag ich mit dem Kopf in Enkidus Schoß auf der Erde. Er rieb mir die Stirn und knetete meine Schultern, was ich als äußerst wohltuend empfand. Mich schmerzte es am ganzen Leibe, doch am schlimmsten war es in meinem Gesicht und meinem Nacken. Der große Zedernbaum aber war wirklich gefällt; aber auch fast alle Bäume um uns herum waren umgestürzt oder halb umgeknickt, als hätte sich der halbe Wald in dem Beben der Erde verworfen. An Dutzenden von Stellen furchten tiefe Risse den Grund. Direkt vor uns war die Erde weit aufgeplatzt, und aus dem Spalt stieg eine schreckliche Rauchsäule, schwarz mit feurigen Streifen darin, in keuchenden Stößen geradewegs in den Himmel hinauf und brüllte dabei, wie der Himmelsstier am letzten aller Tage der Welt brüllen wird.

»Was ist das für ein Ding?« fragte ich Enkidu und wies auf die brüllende Rauchsäule.

»Das ist der Huwawa«, sagte er.

»Das da? So ist denn Huwawa nichts weiter als Rauch und Flamme?«

»Dies ist die Gestalt, die er heute angenommen hat.«

»Und er hatte eine andere Gestalt, damals, als du zuerst hier weiltest?«

»Er ist ein Dämon«, sprach Enkidu mit einem Achselzucken. »Dämonen können jegliche Gestalt annehmen, die ihnen beliebt. Aber er scheut sich, loszuschlagen, denn er spürt den Gott in dir. Also hockt er dort und entleert sich so. Jetzt ist der rechte Augenblick, ihn zu erschlagen.«

»So hilf mir auf die Füße!«

Er hob mich auf, als wäre ich ein Kind, und stellte

mich aufrecht hin. Mir schwindelte und ich schwankte, doch er stützte mich stark, bis die Benommenheit von mir wich, und ich meine beiden Füße wieder fest auf die Erde setzen konnte. Der Boden unter mir erzitterte von der gewaltigen Entleerung des Huwawa aus seiner unterirdischen Höhle, war aber ansonsten nun wieder fest geworden. Was immer sich vor dem Beben geregt hatte, der horngekrönte Enlil oder nur sein kleiner Liebling Huwawa, erschütterte nun nicht die Säulen und Grundfesten, auf denen die Welt ruht.

Ich trat vor und betrachtete mir den Huwawa.

Es war nicht leicht, näher an ihn heranzugelangen. Die Luft, die sich um diese Rauchsäule verbreitete, war stinkend und ölig und drückte mir wie ein Schleim auf die Lunge. Mein Kopf pochte, aber nicht nur von den Nachwehen meiner Entrückung. Und da gedachte ich bei mir der Geschichte, die sie berichten, von der Zeit, da Lugalbanda auf seiner Fahrt in diese östlichen Lande an der Flanke des Berges Hurum von einem diesen unsrigen ziemlich ähnlichen Rauchdämon überfallen und von seinen Gefährten für tot zurückgelassen wurde. »Wir müssen darauf achten«, sprach ich zu den andern, »daß uns der Dämonendunst nicht in die Nüstern dringt!« Und wir schnitten den Saum von unseren Kleidern und legten ihn uns um den Kopf und waren bedacht, nur ganz kurz zu atmen, während wir in diesen Giftrauch spähten.

Der Spalt, der sich in der Erde aufgetan und Huwawa hatte heraufsteigen lassen, war nicht sehr breit; ich vermochte ihn mit beiden Händen zu überspannen. Doch stürzte sich aus ihm kochend der Dämon mit ungeheuerlicher Wucht herauf. Ich spähte genau, um sein Gesicht und seine Augen zu erkennen, doch ich sah nichts außer Rauch. Also rief ich laut: »Ich beschwöre dich und befehle dir, Huwawa, zeige dich in deiner wahren Gestalt!« Aber noch immer sah ich nichts weiter als Rauch.

Enkidu aber sprach: »Wie können wir ihn töten, wo er doch nur aus Rauch ist?«

»Indem wir ihn ertränken«, gab ich ihm zurück. »Oder ihn ersticken.«

Ich wies ihm die Stelle, an der das Erdbeben eine unterirdische Quelle freigelegt hatte. Von dort rann nun ein Bächlein in den Talgrund hinab: das Wasser war warm, ich vermute, vom Atem des unterirdischen Gottes, und Dampf stieg von ihm auf. Wir sammelten uns und machten einen Plan. Ich befahl dreißig meiner Männer zum Ausheben einer Rinne, um in ihr das Wasser seitwärts an das Maul zu leiten, durch das Huwawa in die Luft geiferte; den übrigen befahl ich, den Stamm der großen Zeder zu behauen und ein Stück von etwa doppelter Manneslänge davon zu schneiden und ihm die Gestalt eines zugespitzten Pfahls zu geben. Wir arbeiteten rasch, aus Furcht, daß der Dämon feste Gestalt annehmen und uns angreifen könne, doch die Gottesgegenwart in mir schien ihn immer noch in Schranken zu halten. Um jedoch ganz sicherzugehen, stellte ich drei Männer ab, die unablässig beten und singen und heilige Abwehrzeichen schlagen mußten.

Als wir aber bereit waren, schrie ich: »Huwawa! Hörst du meine Stimme, Dämon? Hier steht Gilgamesch, der König von Uruk, und will dich nun niederstrecken!« Ich blickte zu Enkidu, und für einen Augenblick, ich gestehe es euch ehrlich, empfand ich Zweifel und Furcht. Es ist wahrlich keine Kleinigkeit, einen bösen Dämon zu erschlagen, der in Enlils Diensten steht. Überdies bedachte ich bei mir, ob es überhaupt nötig sei, ihn zu töten, und ob es nicht vielleicht genügen werde, ihn in seinem Loch einzusperren und zu verschließen, so daß er fort festsitze. Ich sage euch aber, mein Herz fühlte Rührung und Mitleid für diesen Dämon. Erscheint euch dies als seltsam? Nun, ich fühlte aber so.

Enkidu aber, der meine Seele kannte wie seine eigene, sah, daß ich zauderte. Und er sprach zu mir: »Nun eile du dich, Gilgamesch! Hier ist nicht Zeit zu zögern. Dieser Dämon muß sterben, Bruder, wenn du irgend hoffen willst, von diesem Ort hier wieder fortzugehen. Da gibt es nichts zu bedenken. Verschone ihn, und du wirst nie in deine eigne Stadt zurückkehren und zu der Mutter, die dich geboren hat. Er wird die Straße durch das Gebirg vor dir versperren und die Pfade für dich unbegehbar machen.«

Ich erkannte, wie klug er gesprochen hatte. Ich erhob meine Hand und gab das Signal.

Im selben Augenblick schlugen meine Männer eine Öffnung in den Erddamm, den sie über den kleinen Bach gebaut hatten, und ließen seine Wässer sich in den neuen Graben ergießen, der auf das Blaseloch des Huwawa zuführte. Ich sah zu, wie der stürzende dampfende Wasserschwall rasch auf das Ziel zurollte, und als er bei dem Loch angelangt war und sich hinabstürzte, da erhob sich aus den Tiefen ein solches Heulen und Weheklagen, wie ich es kaum zu glauben vermochte. Im Kern der schwarzen Wolkensäule schoß ein weißer Strahl empor, und ich hörte ein Donnern und Brüllen. Und die Erde erbebte, als wollte sie erneut schwanken und sich erheben. Doch sie blieb fest. Der Erdspalt trank den Wasserstrom, und der Wasserstrom floß weiter und weiter und gab dem Loch des Huwawa soviel zu trinken, wie es nur trinken mochte. Und die roten Funken in der schwarzen Rauchsäule wurden blasser, und der übelriechende Qualm begann zu schwanken und ergoß sich nur mehr stoßweise und wie erstickt.

»Jetzt!« schrie ich, und wir erhoben den Zedernpflock.

Ich übernahm aber das meiste seines Gewichts, obschon Enkidu mit seinem gesunden Arm mehr Kraft beisteuerte, als irgendein anderer Mann, gesund und beider Arme mächtig, hätte aufbringen können, und sieben oder acht meiner anderen Männer liefen an unserer Seite mit und halfen tragen. Wir schleppten den gewaltigen Pfahl in schwerfälligem Trab so nahe wir konnten an das qualmende Maul heran, und die Augen tränten uns, und unsere Gesichter waren rot von der Anstrengung, den Atem anzuhalten; und dann erhoben wir uns auf die Spitzen unserer Füße und stießen den Pfahl voran und hinab und rammten ihn in das Loch.

Wir sprangen zurück, weil wir erwarteten, daß die Erde aufbrechen könnte. Doch nein: der Dämon war geschwächt, oder aber die Wasser hatten ihn überflutet, jedenfalls vermochte er unseren hölzernen Pfropfen nicht wieder herauszustoßen. In einiger Entfernung sah ich ein paar sich windende Rauchfäden aus dem Boden brechen, doch dann verschwanden sie, und wir hörten auch keinen Lärm mehr.

Alles war mit einemmal totenstill. Der Glast und die Glorie dessen, der einmal Huwawa gewesen war, waren erstickt und ausgelöscht. Es war da kein Rauch mehr und kein Feuer, nur der Nachgestank, der die Luft besudelte und uns in die Nasen stach, doch auch er verwehte bald in dem kühlen, süßduftenden Zedernwald. Ich fürchte aber, wenn sie die Geschichte und dann die Geschichten über die Geschichte erzählen werden, über Enkidu und mich, daß sie alles verändern werden, wie denn solche Geschichten sich im Laufe der Zeit stets wandeln, und sie werden singen, daß wir auf den Huwawa losgestürmt seien und ihm das Haupt abgeschnitten hätten; denn die Rhapsoden künftiger Tage werden wohl nicht begreifen können, wie es uns gelang, einen Dämon zu besiegen, mit nichts weiter als einem aufgestauten Bach und einem zugespitzten Pflock. Nun, dann mag es denn so sein; aber genau dies haben wir getan, was immer sie euch sagen mögen, wenn ich einst nicht mehr hier weile, um Zeugnis für die Wahrheit abzulegen.

»Er ist tot«, sagte ich. »Nun kommt, laßt uns den Ort durch das Reinigungsopfer entsühnen, damit wir weiterziehen können.«

Wir schnitten alsdann die Äste der Zedern ab und schichteten sie über dem Grab des Dämons, und brachten die Opfer dar und sprachen die vorgeschriebenen Worte. Sodann wählten wir fünfzig makellose Zedernstämme aus, um sie mit uns heim nach Uruk zu führen; und wir entrindeten sie und luden sie auf und dann kehrten wir zurück zu dem Wall, denn die Elamiter errichtet hatten, und wir rissen ihn nieder, als wäre er aus Stroh gebaut; jedoch, um seiner Schönheit willen, zerstörten wir nicht das prachtvolle Portal, das der Verräter Utu-ragaba für den Bergfürsten geschaffen hatte.

Als wir aber von jenem Orte aufbrechen wollten, kamen einhundert elamitische Krieger über uns und verlangten im Namen ihres Königs zu wissen, warum wir hier wider Recht und Gesetz eingedrungen seien. Darauf erwiderte ich, daß wir ja gar nicht widerrechtlich eingedrungen seien, sondern nur, um ein wenig Holz zu fällen für unseren Tempel, und daß wir leider dabei gezwungen gewesen wären, den Ortsdämon zu erschlagen. Das empfanden sie als Keckheit von mir, und ihr Anführer fragte mich: »Wer bist denn du, Mensch?«

»Wer bin denn ich?« fragte ich Enkidu. »Sag du es ihm!«

»Ja, was denn? Du bist Gilgamesch, der König in Uruk, der herrlichste der Helden, und du bist der wilde Stier, der nach seinem Gelüst den Reichtum der Berge raubt ... du bist der König Gilgamesch und der Gott Gilgamesch. Und ich bin Enkidu, dein Bruder.« Und er schlug sich klatschend auf den Bauch und sprach weiter zu dem Elamiter: »Kennst du den Namen des Gilgamesch, Mensch?«

Aber die Elamiter hatten sich bereits zur Flucht gewandt. Wir aber folgten ihnen und erschlugen ungefähr die Hälfte von ihnen, ließen aber die anderen davonkommen, damit sie ihrem Fürsten die Botschaft brächten, daß es nicht weise sei, den Zedernwald mit Mauern zu umgeben. Ich glaube aber, dieser Fürst verstand nach einigem und wurde klug, denn ich vernahm danach nichts mehr von derartigen Mauern um den Wald, und nichts von Huwawa dem Schrecklichen, und in all den folgenden Jahren erhielten wir ungehindert soviele Zedernstämme, wie wir benötigten.

DREIUNDZWANZIG

Es war eine Zeit der Triumphe. Wir zogen unter solch hohem Jubel in Uruk ein, als hätten wir sechs Königreiche erobert. Unser Stolz war womöglich ein wenig verrückt, aber ich glaube, es war ein verzeihlicher Stolz. Schließlich erschlägt man ja nicht alle Tage einen Dämon!

Also feierten wir unsere Heldentaten im Zedernland und die sichere Heimkehr mit Lachen und üppigen Lustbarkeiten. Doch gab es gleich zu Beginn einen störenden Mißklang in unserem Jubel und einen zweiten, ehe unsere Nacht des Siegestaumels endete.

Als wir am späten Nachmittag vor die Stadtmauern gezogen kamen, schwer schleppend an unserer Beute, flogen die Flügel des Königstores auf und heraus kam eine große Schar Männer unter Zabardi-bunuggas Leitung, um uns mit Streitwagen willkommen zu heißen. Trompeten schmetterten, Fahnen wurden geschwenkt; ich hörte sie immer und immer wieder meinen Namen brüllen. Wir hielten an und erwarteten sie. Zabardi-bunugga fuhr auf mich zu, grüßte mich mit erhobenen Händen und übergab mir eine Gerstengarbe, den traditionellen Gruß an den heimkehrenden König. Dann brachte er ein Dankopfer für meine Unversehrtheit dar, und danach brachten wir gemeinsam ein Trankopfer für die Himmlischen dar. Mein guter getreuer flachgesichtiger Zabardi-bunugga – was für ein Ehrenmann und Prinz!

Nach den Ritualen umarmten wir einander auf weniger formelle Art. Er nickte mit gutem Anstand auch dem Enkidu zu und lächelte auch Bir-hurturre an. Und falls Zabardi-bunugga in sich irgendein Gefühl des Neides hegte, weil er nicht an unserem heroischen Abenteuer teilnehmen hatte können, so merkte ich davon jedenfalls nichts. Ich erzählte ihm, wie die Fahrt verlaufen sei, doch wußte er dies bereits, denn wir hatten Läufer vorausgeschickt, die von unserem Sieg berichten sollten. Sodann fragte ich ihn, wie die Dinge in der Stadt stünden und was sich während meiner Abwesenheit ereignet habe, doch da fuhr ihm ein Schatten über die Augen und er blickte von mir fort und sprach: »Die Stadt blüht und gedeiht, o Gilgamesch.«

Es ward mir nicht schwer, seine Unsicherheit zu erkennen, sein Zögern, seine Verlegenheit. Also sprach ich: »Ist es so, wahr und wahrhaftig?«

Unsicher gab er zurück: »Darf ich mit dir in die Stadt einziehen?«

So winkte ich ihn denn in meinen Streitwagen. Er warf dem Enkidu, der an meiner Seite fuhr, einen Blick zu; doch ich zuckte die Achseln, als wolle ich ihm bedeuten: Was immer du mir zu sagen hast, soll füglich auch mein Bruder hören dürfen! Und Zabardi-bunugga verstand dies, ohne daß ich es in Worte hätte kleiden müssen. Leichtfüßig trat er auf meinen Streitwagen, und Enkidu gab das Zeichen, daß der Triumphzug nun weiter und durch das Große Tor in die Stadt einziehen solle.

»Nun?« fragte ich. »Es gibt Verdruß, ist es nicht so? Berichte mir!«

Leise sagte Zabardi-bunugga: »Die Göttin regt sich. Ich glaube, es ist gefährlich, Gilgamesch.«

»Wie dies?«

»Sie brütet und nährt ihren Verdruß. Sie glaubt, du hast ihre Macht verdunkelt und überhebst dich selbst. Sie sagt, du mißachtest sie und verabsäumst es, sie um ihren Rat zu befragen, du gehst deiner Wege, als sei dies überhaupt nicht mehr die Stadt der Inanna, sondern inzwischen nur noch die Stadt des Gilgamesch.«

»Ich bin der König«, sprach ich, »und ich trage die Last und Bürde.«

»Sie aber, glaube ich, möchte dich daran gemahnen, daß du König bist nur durch die Huld der Göttin.«

»Das bin ich, und ich vergesse es niemals. Aber sie soll daran denken, daß sie nicht die Göttin ist, sondern nur die Stimme der Göttin.« Dann lachte ich. »Meinst du, ich redete lästerlich, Zabardi-bunugga? Nein, nein! Es ist die Wahrheit, und wir alle müssen sie im Gedächtnis bewahren: Die Göttin spricht zwar durch sie, sie selbst aber ist nur eine Priesterin. Ich aber trage die Last der Stadt auf meinen Schultern an jeglichem Tage.« Und als wir nahe dem Stadttor waren, sagte ich: »Welchen Beweis hast du für ihren Groll?«

»Von meinem Vater, der mir vertraute, daß sie ihn im Tempel des An aufsuchte, um einige uralte Schrifttafeln einzusehen, Texte aus den Tagen des Enmerkar, die Annalen der Herrschaft deines Großvaters, die Protokolle über seine Beziehungen zu der damaligen Priesterin. Und sie war auch in den Archiven der Enlil-Priester. Und mehrere Male berief sie die Ältestenversammlung ein, um sich mit ihr zu beraten, während du fern weiltest.«

Ich sagte leichthin: »Vielleicht schreibt sie ein Buch über Geschichte – oder über Geschichten, was?«

»Das glaube ich nicht, Gilgamesch. Sie sucht nach Mitteln, um dich in Schach zu halten und zu beherrschen: Sie sucht nach einem Präzedenzfall und nach einer abgesicherten Taktik.«

»Argwöhnst du das nur, oder bist du gewiß?«

»Ich weiß es mit Sicherheit. Sie hat laut davon gesprochen, und viele haben ihr Gehör geschenkt. Deine Fahrt hat sie erzürnt. Sie sagte dies auch deiner Mutter, meinem Vater, Gungunum, zu einigen im Ältestenrat, ja selbst zu ihren Akolyten: sie machte kein Hehl aus ihrem wütenden Groll. Sie sagt, es war sträflicher Hochmut von dir, daß du dich auf deine abenteuerliche Fahrt begabst, ohne zuvor ihren Segen zu erflehen.«

»Aha, war es das? Aber wir brauchten diese Zedernstämme! Und die Elamiter hatten um den Wald einen Wall errichtet. Es handelte sich, mein Zabardi-bunugga, nicht um eine fromme Wallfahrt, sondern um einen Kriegszug. Und Entscheidungen über die Strategie gehören nun einmal ausschließlich zu den Befugnissen des Königs.«

»Also, ich glaube, sie sieht das etwas anders.«

»Gut, dann werde ich sie eines besseren belehren.«

»Hüte dich und sei achtsam, sie ist ein ränkevolles Weib.«

Ich legte ihm meine Hand auf sein Handgelenk und sprach lächelnd: »Alter Freund, da sagst du mir gar nichts Neues. Aber ich werde vorsichtig sein. Dir aber gilt mein herzlicher Dank.«

Und so fuhren wir durch das Tor in die Stadt ein. Ich wandte mich von Zabardi-bunugga und hob meinen Schild hoch empor, so daß er das letzte Licht des schwindenden Tages auffing und goldene Feuerspeere in die Menge versprühte, die längs der breiten Prozessionsstraße aufgestellt war. Es war aber die halbe Stadt hervorgekommen, um mich zu begrüßen. Sie brüllten: »Gilgamesch!«, bis ihnen die Stimmen heiser wurden. »Gilgamesch! Gilgamesch!« Und sie schrien die Formel, die da bedeutet *göttlich* und die gewöhnlich nicht gebraucht wird für einen König, solange er noch lebt. »Gilgamesch, der Göttliche! Der Göttliche Gilgamesch!« Ich fühlte mich ein wenig verlegen, aber nicht sehr, denn es wäre ja wahrhaft töricht gewesen, die mir innewohnende Gotthaftigkeit zu bestreiten.

Allerdings überschattete die Warnung meines Zabardi-bunugga mir meine Heimkunft bis zu einem gewissen Ausmaß. Jedoch, sie kam nicht allzu überraschend für mich: Die Inanna war lange, zu lange, erstaunlich ruhig geblieben, und ich hatte schon seit geraumer Zeit damit gerechnet, daß sie mir Ärgernis bereiten wolle. Je nun, wir würden sehen; ich beschloß jedoch, in dieser Stunde mich nicht von solchen Gedanken belasten zu lassen. Es war der Abend meiner Rückkehr, es war die Nacht meines Triumphes.

Im Palast angelangt, salbte und polierte ich meine Waffen, legte sie in die Waffenkammer und sprach den Ruhesegen über sie. Dann begab ich mich in die Badegemächer des Palastes und löste mein Zopfhaar, so daß die Haare mir über den Rücken fielen, und die Dienstmägde wuschen und spülten mir den Schmutz meiner Fahrt aus den Haaren fort. Daraufhin beschloß ich, mein Haupthaar lose und langhängend zu tragen. Ich legte mir einen schönen fransenbesetzten Rock um und schlang mir eine scharlachrote Binde um den Leib, und ich setzte mir sogar das königliche Diadem, die Tiara, aufs Haupt, was ich sonst nicht sehr oft tat. Als all dies erledigt war, rief ich meine fünfzig Helden zu mir, und meinen Enkidu, und wir begaben uns in die große Festhalle des Palastes, um dort ein prunkvolles Mahl zu genießen, mit am Spieß gerösteten Kälbern und Lämmern und mit Mehl- und Honigkuchen, und mit Bier sowohl von der schweren wie von der milden Art, und mit Palmwein aus den königlichen Kellereien, welcher der dickste und aromatischste ist in unserem ganzen Land. Ja, wir tranken sogar von dem Wein, welcher aus Trauben gekeltert wird, den wir aus den Ländern weit im Norden heranschaffen lassen, ein purpurdunkles Getränk, das dem Menschen die Seele anschwellen läßt und sie erfreut. Und wir sangen und erzählten die Heldengeschichten der Krieger aus uralten Zeiten, und wir legten unsere Kleider ab und rangen miteinander im Schein der Feuer, und wir erfreuten uns der Lust mit den Palastmägden, bis wir ihrer überdrüssig wurden; und sodann badeten wir und legten unsere feinen Kleider wieder an und zogen in einer Parade hinaus in die Stadt mit Sackpfeifen und Trompeten und klatschten laut in die Hände und stolzierten umher. Ach, es war eine schöne Zeit, eine wundervolle Zeit! Und ich werde niemals mehr ihresgleichen erleben!

In dem grausilbernen Licht der Morgendämmerung lagen allüberall im Palast schlafende Helden zuhauf herum und schnarchten sich den reichlichen Wein fort. Ich aber verspürte kein Bedürfnis nach Schlaf; also ging ich und badete mich im Brunnen des Palastes. Und Enkidu war mit mir. Seine Gewänder stanken von den Getränken und vom Saft der Fleischspeisen, und ich nehme an, ich roch auch nicht besser. Strohhalme und die Reste verkohlter Zweige von den Bratfeuern hingen uns im Bart und im Haar. Doch das kühle Brunnenwasser erfrischte uns und reinigte uns, als sei es wahrhaftig die Quelle der Götter. Als ich aus dem Wasser tauchte, blickte ich mich um, wo der Sklave sei, der uns frische Gewänder brächte, und ich sah am anderen Ende des Hofes eine schlanke Gestalt, ein Weib in einem aschenfarbenen Gewand aus einem dünnen schimmernden Stoff mit einem Kopfschal, den sie so über ihr Gesicht gezogen hatte, daß man ihre Züge nicht zu erkennen vermochte. Das Weib bewegte sich auf mich zu.

»He! Du da!« rief ich. »Komm du doch her zu uns und hilf uns, bitte!«

Und sie wandte sich um und mir zu und ließ den Kopfschleier fallen, und ich erblickte ihr Gesicht. Aber ich vermochte es nicht zu glauben, was ich da sah.

»Gilgamesch?« sprach sie leise fragend.

Mir stockte vor Überraschung der Atem. Wahrlich, dies konnte nur irgendeine Geistererscheinung sein. »Ein Dämon!« flüsterte ich vor mich hin. Und: »So sieh doch, Enkidu, der Dämon hat sich des Antlitzes der Inanna bemächtigt! Gewiß ist es Lilitu, die uns heimsucht, oder ist es gar der böse Geist Utukku?« Furcht und Scheu überkamen mich, als hörte ich auf einmal das Klingen einer Bronzeglocke, und ich fröstelte und suchte in meinen weggeworfenen Kleidern nach dem kleinen Amulett der Göttin, das mir die junge Priesterin vor so langer Zeit geschenkt hatte.

Sie aber sprach mit der gleichen weichen, leisen

Stimme: »Fürchte dich nicht. Gilgamesch. Ich bin es, Inanna.«

»Du hier? Im Palast? Aber die Priesterin geht niemals aus ihrem Tempel, um den König zu besuchen – sie ruft den König zu sich, damit er ihr in ihrem eigenen Hause aufwarte.«

»Und doch komme heute nacht ich zu dir«, sprach sie. Sie stand nun dicht an meiner Seite, und ich hatte die Empfindung, daß sie die Wahrheit sagte. Denn wenn dies da ein Dämon war, dann verfügte er über weit mehr Verstellungskünste als irgendein mir sonst bekannter Dämon. Und außerdem, welcher Dämon würde es schon wagen dürfen, sich in die Gestalt der Göttin zu kleiden innerhalb der Mauern der Stadt, die der Göttin geweiht war? Dennoch erfaßte ich nicht den Grund, warum die Inanna sich in den Palast bemüht hatte. Das war nicht Brauch. Es war nicht rechtens. So etwas tat man einfach nicht! Kälte griff nach meinen Lenden, und über meinen Nacken rann mir ein Schauder, und ich ergriff meine alten Kleider, so verschmutzt und schweißgetränkt sie auch waren, und bedeckte mit ihnen meine Blöße. Enkidu starrte die Inanna an, als sei sie eine von der tollen Wut befallene Bestie mit gebleckten Fängen und vorgestreckten Krallen und bereit zum Sprung.

Mit heiserer Stimme sagte ich: »Was willst du von mir?«

»Nur ein paar Worte. Wirklich, nur ein paar Worte mit dir.«

Meine Kehle war wie ausgetrocknet, meine Lippen schmerzten, als müßten sie bersten. »So spricht also!«

»Was ich dir zu sagen habe, würde ich dir lieber unter vier Augen sagen.«

Ich warf Enkidu einen kurzen Blick zu, der aber verzog indessen bereits finster das Gesicht. Es mißfiel mir sehr, daß ich ihn würde fortschicken müssen, jedoch ich kannte die Inanna gut genug, um zu wissen, daß sie in diesem Punkte nicht nachgeben würde. Also sagte ich betrübt: »Mein Freund, ich bitte dich, laß uns allein!«

»Muß ich wirklich gehen?«

»Diesmal mußt du«, sagte ich, und er schritt langsam aus dem Brunnenhof und wandte sich mehrere Male zurück, als fürchte er, die Priesterin werde sich auf mich stürzen, kaum daß er davon war.

Sodann sagte sie: »Ich habe dich vom Vorplatz des Tempels aus gesehen, wie du mit deinen Helden in der letzten Nacht durch die Stadt zogst. Nie warst du schöner, Gilgamesch! Du strahltest wie ein Gott.«

»Aber das war doch nur die Freude über meinen Sieg, die mir eine solche Glorie auf die Schultern legte! Wir haben den bösen Dämon erschlagen, und wir nahmen uns das ersehnte Holz; und wir brachen den Wall nieder, den die Elamiter errichtet hatten.«

»Ja, davon habe ich gehört. Es war ein wundersamer großer Sieg. Und du bist ein Held ohnegleichen, und man wird Lieder über dich dichten und singen noch in allerfernsten Tagen.«

Ich blickte wie gebannt in ihre Augen. Zu dieser Stunde, in dem silberfahlen Morgenlicht, waren sie von einer Färbung, wie ich sie niemals zuvor gesehen hatte – sie waren dunkler als das schwärzeste Schwarz. Ich zog mit meinen Augen die Bögen ihrer Brauen nach. Ich folgte der Linie ihrer edlen schmalen Nase und streifte mit meinen Blicken über ihre üppigen Lippen. Sie strahlte etwas aus, etwas Brennendes, aber es war ein kaltes Brennen. Ich vermochte nicht zu entscheiden, ob sie hier als die Göttin vor mir stand, oder als das Weib, denn beides schien sich in ihr mehr als sonst vermischt zu haben. Ich gedachte auch der Warnung, die mir von Zabardi-bunugga gekommen war, und ich zog aus seinen Worten den Schluß, daß sie mir eine Feindin sei; und doch betrug sie sich nicht als Feindin in diesem Augenblick.

»Wozu bist du gekommen, Inanna?«

»Es war stärker als ich. Als ich dich am Abend erblickte, sagte ich zu mir: Ich will zu ihm gehen, wenn sein Freudenfest beendet ist, ich will zu ihm kommen, ehe der Morgen kommt, und ich will mich ihm darbieten.«

»Mir darbieten? Was sprichst du da?«

Ihre Augen leuchteten in einem seltsamen Licht und waren wie silberne Sonnensicheln in der Mitternacht. »Vermähle dich mir, Gilgamesch, und sei mein Gemahl!«

Dies allerdings verschlug mir völlig die Sprache.

Stotternd brachte ich hervor: »Aber, Inanna, es ist doch nicht die rechte Jahreszeit! Das Fest des Neuen Jahres liegt noch etliche Monate vor uns, und ...«

»Ich rede jetzt nicht von der Heiligen Hochzeit«, sagte sie mit einiger Schärfe. »Ich spreche von der Vermählung zwischen Mann und Weib, wie sie normal unter einem Dache leben und Kinder hervorbringen, und wie sie nebeneinander altwerden, wie normale Männer und Frauen es tun.«

Hätte sie zu mir in der Sprache der Mondbewohner gesprochen, ich hätte kaum stärkere Verwirrung verspüren können.

»Aber – das ist doch unmöglich«, sagte ich, als ich endlich wieder vernünftig zu sprechen vermochte. »Der König ... und die Priesterin ... niemals seit der Gründung der Stadt ... niemals in all den Zeiten, die das Land existiert ...«

»Ich habe mit der Göttin gesprochen. Und sie verkündete mir ihr Einverständnis. Es kann geschehen. Ich weiß, es ist nur ... fremdartig. Aber es kann getan werden.« Sie trat vor und legte ihre Hände auf meine. »So höre und erhöre mich doch, Gilgamesch! Sei mein Gemahl und schenke mir die wohltätige Spende deines Samens aus deinem Leib, und nicht nur in einer Nacht des Jahres, sondern in jeglicher Nacht des Jahres. Sei mir mein Gemahl, und ich will dir deine Gattin sein. Und höre doch, ich bringe dir kostbare Geschenke: ich will dir einen Wagen anschirren aus Blaustein und Gold, und mit goldenen Rädern und geschmückt mit bronzenen Hörnern. Und ich werde dir statt der Maultiere Sturmdämonen als Zugtiere schenken. Und unsere Wohnstatt soll duften in dem Duft der Zedern, und wenn du hereintrittst, so sollen die Schwelle und der Tritt zu unserem Gemach dir die Füße küssen.«

»Aber, Inanna ...«

Sie war jedoch nicht zu bremsen. Als wäre sie in Trance, spulte sie weiter ihre Litanei ab: »König und Edle und Prinzen werden sich tief vor dir neigen! Und sie werden dir bringen allen Gewinn und allen Ertrag aus den Bergen und vom flachen Lande als Tribut an dich! Deine Geißen werden Drillingsgeißen werfen und deine Schafe Zwillinge! Der Lastesel, der deine Lasten für dich trägt, soll rascher rennen als alle anderen; bei jedem Rennen werden deine Wagen Sieger sein; und dein Hornvieh wird nicht seinesgleichen haben ... wenn du mir nur erlaubtest, meinen Segen über dich zu ergießen, Gilgamesch!«

»Aber das Volk würde dies nicht zulassen«, sagte ich dumpf und töricht.

»Das Volk! Das Volk!« Ihre Züge verhärteten sich, und sie blickte finster, und ihre Augen waren auf einmal kalt. »Das Volk? Das kann uns doch nicht hindern!« Der Griff, mit dem sie meine Hand umklammerte, wurde härter. Fast glaubte ich schon, daß sich darunter meine Knochen her und hin bewegten. Und dann sprach sie mit einer leisen, ganz merkwürdigen Stimme: »Die Götter sind erzürnt wider dich, Gilgamesch, weil du den Huwawa niedergestreckt hast. Weißt du dies denn nicht? Sie sinnen auf Rache gegen dich.«

»Das ist nicht wahr, Inanna.«

»Ach! Hast du Umgang mit den Göttern, so wie ich mit den Göttern Umgang pflege? Ich aber sage dir, Enlil ist bekümmert und trauert um den Hüter seines Waldes. Die Götter werden einen Blutpreis fordern für diesen Tod. Und sie werden dir Kummer bringen und Gram, so wie nun Enlil trauert. Ich aber vermag dich vor diesem zu schützen. Mir ist es gegeben, zu mitteln und einzugreifen. Gib dich mir, Gilgamesch! Nimm mich zu deinem Weib! Denn ich bin deine einzige Hoffnung auf Frieden.«

Ihre Worte stürzten auf mich herein wie ein erbarmungsloser eisiger Sturzbach. Ich wollte vor ihr fliehen; ich wollte den Kopf an einen weichen dunklen Ort betten und schlafen. Dies alles hier war Wahnwitz! Sie heiraten? Das konnte unmöglich geschehen. Einen wilden Augenblick lang überdachte ich, wie es sein würde, Nacht für Nacht mit ihr das Lager zu teilen, das Feuer ihres Atems an meiner Wange zu fühlen und ihren süßen Mund zu schmecken. Gewiß, natürlich würde kein Mann solche Wonnen zurückweisen, oder? Aber eine Heirat? Mit der Priesterin – mit der Göttin? Sie durfte nicht sich einem Mann vermählen, und ich konnte sie nicht heiraten. Selbst wenn die Stadt es erlauben würde – und das würde die Stadt nicht tun, sondern die Stadt würde statt dessen sich erheben wider uns beide und sogleich unsere Kadaver den Wölfen vorwerfen –, ich selbst würde es nicht ertragen können! Demütig mit meinen Hochzeitsgaben zu ihrem Tempel zu gehen, vor meinem eigenen Weib niederzuknien, weil sie ja zugleich auch die Göttin war, die Himmelskönigin – nein, es würde meinen Untergang bedeuten. Ich bin der König, und der König kniet nicht als Knecht. Ich schüttelte den Kopf, als wollte ich den Nebel verscheuchen, der sich mir immer dichter um die Seele breitete. Und ich begann die Wahrheit zu begreifen. Auf einmal lag ihr Trachten und Planen offen vor mir und ich wußte: eine Mischung aus Machtgier, Wollust und Neid. Sie zielte darauf ab, mich in ihrer Schlinge zu fangen und zu Fall zu bringen. Wenn sie schon die Macht des Königs auf keine andere Weise schwächen konnte, so wollte sie ihn eben durch die Heirat bändigen. Und da sie eine Göttin war, würde sie mich vor sich knien lassen, wie kein Mann, und gewißlich noch nie ein König, jemals vor seinem Weib im Staube kroch. Das Volk auf den Straßen würde höhnen und mich verlachen. Ja selbst die Hunde würden meine Fersen anknurren. Doch nein, ich würde es nicht zulassen, daß sie mich zu ihrem Knecht machte. Ich würde mich von ihr nicht in diese Sklaverei bringen lassen, selbst nicht um den Preis ihres Leibes. Und das ganze Geschwätz vom Zorn der Götter, den einzig sie von mir wenden könne – nein, nein, dies war gewiß nur eine törichte Lüge, um mir Furcht einzujagen! Und außerdem, ich lasse mir auch von keinem drohen!

Als ich aber all dies in meinem Herzen begriff, stieg in mir eine heiße Wut auf, heiß wie das Feuer in den Sommerbergen. War es, daß ich die ganze Nacht lang wach gewesen war, oder kam es vielleicht vom Wein, oder bewirkte es möglicherweise irgendein dunkler Dämon, der mit der Morgenluft herbeiwehte und in meine Seele eintrat, oder, wahrscheinlicher, kam es einfach daher, daß ich noch stark von Stolz geschwellt war über meine Niederwerfung des Dämons Huwawa – wie dem immer, ich wurde jedenfalls ganz unkontrollierbar gräßlich wütend. Ich riß meine Hand aus ihren Händen und richtete mich hoch über sie empor und schrie: »Meine einzige Hoffnung bist du, sagst du? Aber was für eine Hoffnung bietest du mir, außer der auf Qual und Erniedrigung? Was müßte ich erwarten, wäre ich so töricht, dich zu meinem Weib nehmen zu wollen? Du bringst nichts als Pein und Verderbnis!« Zornig brachen die Worte aus mir heraus, und ich konnte und wollte nicht innehalten. »Was bist du denn? Eine heiße Kohlenpfanne, die erlöscht, wenn es kalt wird. Eine Hintertür, die weder Wind abhält noch Regen. Ein mürber Wassersack, der den näßt, der ihn trägt. Ein Riemenschuh, der den zu Fall bringt, der ihn trägt?«

Sie starrte mich offenen Mundes verblüfft an, ganz

ähnlich wie ich vordem sie, als sie mir mit ihrem Gerede von Vermählung gekommen war.

Ich aber redete weiter und fand kein Ende. »Was bist denn du? Ein Schuh der den Träger zwickt und beißt. Ein lockerer Stein der aus einer Zinne bricht. Pechharz, das das Land besudelt, und ein Palast, der über seinen Bewohnern niederbricht, ein Turban, der das Haupt nicht deckt. Mich dir vermählen? *Dir?* Ach, Inanna, Inanna, welche Torheit und welcher Aberwitz!«

»Gilgamesch ...«

»Wo kann da Hoffnung sein für irgendeinen Mann, der sich in der Inanna Schlinge verstrickt? Der Gärtner Ishullanu – ich kenne seine Geschichte. Er kam zu dir mit Körben voller Dattelfrucht, und du schautest ihn und lächeltest ihm süßlich zu und sprachst zu ihm: ›Ishullanu, so komm doch nah zu mir, auf daß ich mich an dir ergötze, und du berühre mich hier und berühre mich da!‹ Und er wich voll Entsetzens von dir zurück und sprach: ›Was willst du mir antun? Ich bin nur ein Gärtner. Du wirst mich mit deinem Eis töten, wie der Frost die jungen Binsen erstarren läßt.‹ Und als du dieses hörtest, verwandeltest du ihn in einen Maulwurf und verbanntest ihn hinab unter die Erde, auf daß er dort Gänge grabe.«

Erstaunt sprach sie darwider: »Ach, Gilgamesch, das ist doch nur eine Göttinnengeschichte! Nicht ich habe dies getan, sondern die Göttin vor langer, langer Zeit!«

»Das macht gar nichts. Du bist die Göttin, und die Göttin ist du. Ihre Vergehen sind die deinigen. Ihre Verbrechen sind die deinen. Was geschah denn immer mit den Geliebten der Inanna? Was mit dem Schäfer und Hirten, der dir Mehlfladen häufte und dir die zartesten Zicklein schlachtete? Du wurdest seiner überdrüssig und vernichtetest ihn und verwandeltest ihn in einen Wolf, so daß nun seine eigenen Hirtenbuben ihn verscheuchen und seine eigenen Hunde ihm die Schenkel zerfleischen ...«

»Eine erfundene Geschichte, Gilgamesch, nur eine Mär!«

»Und der Löwe, den du liebtest: sieben Gruben grubst du ihm und abermals sieben. Und der vielfarbige Vogel: du zerbrachst ihm die Schwinge, und nun sitzt er im Hain und klagt. Und der edle kampferprobte Hengst: du befahlst, daß man ihm die Peitsche gebe und den Maulzaum und die Sporen, und ließest ihn sieben Meilen weit im Galopp rennen und befahlst, daß er von trübem Wasser trinken müsse ...«

»Sag, redest du irre? Was sprichst du denn da? Das sind doch uralte Geschichten, wie sie die Rhapsoden singen, Göttermärchen, Sagen der Göttin!«

Ich vermute, ich befand mich wirklich in einem wahnsinnsähnlichen Zustand. Jedoch, ich konnte nicht ablassen. »Hast du je einem deiner Geliebten die Treue gehalten? Und würdest du nicht mich ebenso treulos behandeln wie sie?« Sie tat den Mund auf und wollte etwas sagen, doch sie fand keine Worte, und so fragte ich denn in ihr Schweigen hinein: »Und was war mit dem Dumuzi? Nun, erzähl mir doch von dem? Du hast ihn hinabgeschickt in die höllische Niederwelt.«

»Warum schleuderst du mir unablässig uralte Märchen ins Gesicht? Warum hältst du mir ständig Dinge vor als Schuld, die nichts mit mir zu tun haben?«

Ich aber achtete nicht auf sie, denn ich war wie besessen. »Nein, nicht den Gott Dumuzi, den meine ich nicht«, fauchte ich. »Den König Dumuzi, der ist es, den ich meine, der hier herrschte in dieser Stadt und der dahinstarb vor seiner Zeit. O ja, sprich mir von Dumuzi! Von dem Gott Dumuzi und von dem König Dumuzi, o du, die Priesterin Inanna und die Göttin Inanna – es ist ja doch eines wie das andere! Und jedes Kind weiß die Geschichte. Die Göttin-Priesterin lockt ihn in ihre Schlinge, und sie benutzt ihn für ihre Ziele und triumphiert über ihn. Dies aber wirst du mit mir nicht tun können.« Da aber holte ich Luft und wischte mir die Stirn vom Schweiß frei und sprach mit einer völlig veränderten und sehr kalten Stimme: »Wir sind hier im Palaste des Königs. Du hast hier nichts zu schaffen. Also, geh! *Geh!*«*

Sie suchte nach Worten, und wieder blieben sie ihr im Halse stecken, und sie brachte nur ein kleines klägliches Gestammle zuwege. Und sie stand mit offenem Mund, und dann wich sie zurück, und ihre Augen glühten und ihr Gesicht war flammendrot. An der Tür hielt sie für einen Moment inne und bedachte mich mit einem langen eisigen Blick. Sodann sprach sie mit einer ganz ruhigen tonlosen Stimme, die wie aus den Tiefen der Niederwelt zu dringen schien: »Du wirst dafür leiden, Gilgamesch. Ich schwöre und gelobe es. Du wirst einen Schmerz erfahren, größer als alle Qualen, die du dir je erdenken könntest! Das gelobt dir die Göttin!«, und damit war sie verschwunden.

---

* Diese Abweisung der um Gunst bittenden Frau durch das in seiner Macht strahlende »Männchen« (siehe auch die biblische Josephsage) wurde ebenfalls zu einer Art Mythenklischee. Zu bedenken wäre, daß dies durchaus historisch vielfach wirklich so gewesen sein muß, nämlich wo immer »Mutterkulte« durch das patriarchalische System ersetzt wurden.

Die Mandelkrähe, der Ischtar-Inanna-Astarte-Vogel, dem die Inanna die Schwinge gebrochen hat, steht hier wohl nur symbolisch als Zeichen für die »Grausamkeit der Frauen«. Es finden sich ähnliche »typisch weibliche« Reaktionen in der chinesischen und japanischen Literatur. Silverberg bezeichnet diesen Vogel als »the bird of many colors« (den vielfarbenen Vogel), bei Schmöker heißt er onomatopoetisch seinem Klageruf entsprechend *»kappi«*.

VIERUNDZWANZIG

In jenem Jahr dauerte zur Zeit des Neujahrsfestes die Hitze noch immer ungebrochen an, und der feuchte spätsommerliche Wind aus dem Süden, genannt der »Trüger«, blies nicht in jenem Jahr, und es zeigte sich kein Regen am nördlichen Firmament. All dies verursachte mir große Furcht, doch behielt ich meine Unruhe ganz für mich und sprach darüber nicht einmal zu Enkidu. Schließlich, es hatte in der Vergangenheit schon andere Trockensommer gegeben, und früher oder später waren die Regen dann doch immer eingetroffen. Und wenn sie in diesem Jahr eben später kommen sollten, nun, sie würden jedenfalls kommen. Dies redete ich mir jedenfalls ein, dies hoffte ich. Dennoch, meine Furcht war gewaltig, denn ich wußte, daß die Inanna mir zur Feindin geworden war.

Am Abend der Feierlichkeiten zur Heiligen Hochzeit standen wir einander zum erstenmal wieder von Angesicht zu Angesicht gegenüber seit jenem Besuch in der Morgendämmerung damals in meinem Palast. Doch als ich zu ihrer Begrüßung in das lange Gemach des Tempels trat, waren ihre Augen wie geglättete Steine und sie grüßte mich mit dem Schweigen der Steine, und als ich die Ritualformel sprach – »Heil dir, Inanna!« –, antwortete sie mir nicht, wie es die Pflicht der Inanna ist, mit den Worten: »Heil dir, Königlicher Gatte, du Quelle des Lebens.« Und da erkannte ich, daß ein Verhängnis gekommen und sich über Uruk gelegt hatte, ein Unheil, das *sie* bewirkt hatte.

Ich wußte nicht, was ich tun sollte. Wir spielten die Darstellung auf der Tempelvorhalle durch, wir vollzogen den Ritus der Gerste und den Honigritus, wir begaben uns zu dem heiligen Bettgemach und standen vor dem Lager aus Ebenholz mit den goldenen und elefantenbeinernen Intarsien. Aber die ganze Zeit über sprach sie kein einziges Wort zu mir. Aus ihren Augen aber konnte ich lesen, daß ihr Haß wider mich unvermindert weiterschwelte. Die priesterlichen Mägde nahmen ihr die Perlen und die Brustplatten ab und hoben den Dorn am Schloß ihres Lendenschmuckes und ließen sie mir nackt vor Augen, und sie entblößten meinen Leib für sie und verließen das Gemach. Sie war schön wie immer, nur fehlte der Glutschimmer des Verlangens auf ihrer Haut; ihre Brustknospen blieben weich und ihre Haut leuchtete nicht von der Hitze des Fleisches. Dies war nicht die Inanna, die ich seit so langem kannte, es war nicht das Weib, das voll der unstillbaren Leidenschaft war. Sie stand neben dem Lager und hielt die Arme vor sich gefaltet und sprach: »Du magst hier bleiben, oder auch nicht, tu, wie du willst! Aber du wirst mich in dieser Nacht nicht berühren.«

»Es ist aber die Nacht der Heiligen Hochzeit. Ich bin der Gott. Du bist die Göttin.«

»Es wird in dieser Nacht der König von Uruk nicht eingehen in meinen Leib. Der Zorn Enlils stürzt über Uruk und seinen König. Der Himmelsstier ist freigesetzt.«

»Du würdest dein eigenes Volk vernichten?«

»Vernichten will ich deinen Hochmut«, sagte sie. »Ich habe mich auf die Knie geworfen vor dem Himmelsvater Enlil – ich, die Göttin! Oh, Vater, sprach ich, setze du den Himmelsstier frei, damit er Gilgamesch vor mir in den Staub stürze, denn Gilgamesch hat mich verhöhnt. Und ich sprach zu Enlil: Tust du dies aber nicht, so will ich die Pforten zur Niederwelt zerschmettern und ihre Riegel sprengen, und ich will die Pforten auftun und heraufrufen die Toten, auf daß sie die Speise der Lebenden verzehren, und es sollen die Heerscharen der Totenschatten zahlreicher sein auf Erden als die Zahl derer, die da noch leben. Und Enlil hörte auf mich und gab mir nach, und er sprach zu mir: ich werde den Stier freisetzen.«

»Aus reinem Groll gegen mich bringst du Jahre der Dürre über Uruk? Das Volk wird Hungers sterben!«

»Oh, in meinen Kornspeichern lagert Korn, Gilgamesch. Das Volk hat seinen Zehnten an die Göttin brav entrichtet, und ich habe von diesem Korn genug gehäuft, um sieben Jahre der saatlosen Spreu zu überwinden. Und ich habe Futter beiseitegeschafft für das Vieh. Und wenn der Hunger zubeißt, wird Inanna bereit stehen und ihrem Volk helfen. Doch dann wirst du längst in den Staub gestürzt sein, Gilgamesch. Sie werden dich von deiner Höhe und Macht herabgerissen haben, weil du über sie den Zorn der Götter brachtest.« Ihre Stimme tönte sehr ruhig. Sie stand nackt vor mir, als sei es ein Nichts, daß sie ihren Körper entblößt wußte, als wäre sie nur ihr eigenes Standbild – oder ich ein Verschnittener. Ich aber schaute sie an, und da war nichts, was ich hätte sagen können oder tun. Denn wenn die Göttin dem Gott sich nicht in der Heiligen Umarmung hingab, würde kein Regen kommen. Aber wie hätte ich es von ihr erzwingen können? Es hätte ja alles nur noch übler gemacht, wenn ich sie gezwungen hätte! Und erneut sprach sie: »Du magst hier bleiben, oder auch nicht; tu, was du willst!« Ich aber verspürte kein Verlangen danach, die Nacht lang unter dem kalten Hauch ihres Zorns zu zittern. Also ergriff ich meine königlichen Prunkgewänder und zog sie mir an und verließ den Tempel nicht ohne Besorgnis und Befürchtungen.

Im Palast fand ich meinen Enkidu vor, der mit drei Beischläferinnen auf seine Art die Nacht der Heiligen Hochzeit feierte. Der dunkle Wein rann in Bächen über den Estrich, und auf den Tischen häuften sich, kaum angebissen, erlesene Stücke gebratenen Fleisches. Er fragte hoch erstaunt: »Warum kehrst du so früh zurück, mein Gilgamesch?«

»Ach, laß mich zufrieden, Bruder! Das ist eine üble Nacht für Uruk.«

Er aber schien mich nicht zu hören. »Ja, warst du denn mit deiner Göttin schon so bald fertig? Nun, warum nimmst du dir nicht eine von meinen Göttinnen, oder deren zwei!« Und er lachte, aber das Lachen erstarb ihm sogleich auf dem Gesicht, als er sah, wie eisig und brach meine Züge blieben. Er löste sich aus der Umklammerung der Mägde, die ihn überall mit ihren Leibern umschlungen hielten, und trat zu mir und legte mir seine beiden Hände auf die Schultern und sprach: »Was soll das, Bruder? Sag mir, sag an, was ist geschehen?«

Und ich sagte es ihm, und er sprach: »Nun, wenn also dieser Stier der Inanna losgelassen werden soll in der Stadt, dann müssen wir ihn wohl einfangen und ihn in seine Hürde zurückbringen, oder? Sag an, ist es nicht so, mein Gilgamesch?« Und wieder lachte er und schlang seine mächtigen Arme um mich und zog mich bärenstark an seine Brust. »Wir können doch nicht zulassen, daß ein wilder Stier frei in Uruk herumtobt, nicht wahr?« Und da erhob sich zum erstenmal an jenem Abend mein Sinn und wurde fröhlich, und ich dachte: Vielleicht werden wir dem Einhalt gebieten, vielleicht können wir, mein Enkidu und ich, uns mit *ihr* messen und erfolgreich sein.

Aber die Regen blieben aus. Tag um Tag schimmerte der Himmel wie ein leuchtend blauer Schild und wie ein Baldachin, aus dem das mächtige sengende Auge Utus erbarmungslos auf uns herniederstarrte. Der sengende Wind fuhr wie ein Messer in die Erde und wirbelte den ausgetrockneten Schlamm der Flußufer auf und den Sand der graugelben Wüste jenseits davon. Erstickende Staubwolken senkten sich über uns herab wie Leichentücher. Die Gerste verdorrte auf den Feldern. Die Palmwedel überzogen sich mit schwarzem Staub und hingen herab wie die Schwingen verkrüppelter Vögel.

Es kam der Donner, und es kamen Blitze, und furchtbare Lichtbänder bedeckten das Land; aber die Gewitter blieben trockene Gewitter, und noch immer kamen die Regen nicht. Enlil war uns feindlich gesonnen und die Inanna war unsere Feindin. An hatte unser vergessen. Und Utu wollte unser Flehen nicht hören. Das Volk scharte sich auf den Straßen und schrie laut: »Gilgamesch! Gilgamesch, wo sind die Regen?« Und was hätte ich dem Volke sagen können? Was?

Dann erbebte weit drüben im Osten die Erde, und die Berge brüllten, und es kam herauf ein solcher Auswurf von Feuer und faulstinkendem Gas, daß daneben das Gespei des Huwawa nichts als eine sanfte Brise und ein süßer Hauch gewesen wäre. Ich hatte ein Heer von tausend Männern dort in jener Gegend stehen, und sie sollten die Orte erkunden, an denen die Elamiter in unseren Herrschaftsbereich niederstiegen; und von diesen tausend Kämpfern kehrte mir kaum die Hälfte nach Uruk zurück. »Es war der wildgewordene Himmelsstier«, erklärte sie mir. »Der Himmel verdüsterte sich, und schwarzer Rauch quoll auf, und die Erde rutschte brüllend davon, und wir erblickten den Stier in der Luft über unseren Köpfen. Dreimal schnaubte er; und mit dem ersten Schnauben erledigte und tötete er einhundert Männer, und einhundert weitere mit dem zweiten Schnauben, und mit den dritten Schnauben tötete er zweihundert. Und die Erde erbebte, und die Felsen dröhnten, und der Himmelsstier ergoß seinen fauligen Atem über uns. Der Gestank hängt uns noch immer in der Nase. Aber jetzt strebt der Stier auf Uruk zu.«

Was aber sollte ich tun? An wen mich wenden?

»Es ist der Stier!« jammerte das Volk. »Der Stier ist über uns gekommen!«

»Der Stier weidet noch immer gemächlich auf den Tempelweiden«, sprach ich. »Es wird schon alles gut enden, und diese Prüfungen werden bald schon aufhören.«

Und ich spähte hinauf zu dem glastenden Himmel und sprach in meinem Herzen zu Lugalbanda: *Vater, mein Vater, so geh du doch zu Enlil und bitte ihn um Regen!* Aber es kam kein Regen.

Die Inanna blieb in ihrem Tempel und war unzugänglich. Sie nahm keine Bittgebete mehr an, und sie verweigerte den Vollzug der Rituale. Wenn sich das Volk an der Weißen Terrasse sammelte und um Schonung flehte, schickte sie ihre Mägde hinaus und ließ sie verkünden, das Volk sei an die falsche Adresse geraten und solle sich doch gefälligst an Gilgamesch wenden, denn Gilgamesch sei es, der dieses Unheil über das Land gebracht habe. Und dann kamen sie wieder zu mir. Aber was hätte ich dem Volke sagen können? Und was tun?

Der Wind wurde wütender ... In der Stadt erhob sich das Gerücht, dieser Wind sei ein Wind aus der Niederwelt, ein Dämonenwind, der die Saat des Todes mit sich trage und den Keim der Verwesung herauf aus dem Haus des Staubes und der Düsternis über uns alle. Ich sagte, nein, dem ist nicht so! Bald aber flüsterten sie in der Stadt, daß auf den Brunnen ein Fluch liege und sie sich bald mit Blut anfüllen würden, so daß die Weingärten und die Palmenhaine sich röten würden davon. Ich aber sagte ihnen, nein, es wird nicht so sein. Und es verbreitete sich in der Stadt das Gerücht, daß ein Heer von Heuschrecken vom Norden her auf uns zugeflogen komme und daß sich bald unter ihren Flügeln der Himmel verdunkeln werde. Sie werden nicht kommen, sagte ich.

Und ich gab dem Volk Getreide aus meinen Lagerhäusern. Ich sorgte, daß das Vieh Futter bekam. Aber es war davon nicht genug vorhanden, bei weitem nicht genug. Denn es ist nicht Aufgabe und Pflicht des Königs, zu Zeiten der Dürre und Hungersnot die Nahrung bereitzuhalten für das Volk, es ist die Pflicht der Inanna. Und die Inanna entzog sich dem Volke, und sie entzog dem Volke das Korn. Das Volk aber haßte sie deswegen gar nicht einmal: sie ließ nämlich in der Stadt das Gerücht verbreiten, daß Uruk zuerst vom Übel gereinigt werden müsse, dann wolle sie gern ihre Speicher den Bedürftigen öffnen. Und die Bedürftigen verstanden sie. Auch ich verstand sie. Sie wollte meinen Untergang.

Und ganz zuletzt setzte sie den Stier frei in den Bezirken der Stadt. Ich rede hier von jenem Stier, der auf der Tempelweide graste und der in sich die Majestät und Macht der Götter verkörperte. Zwanzigtausend Jahre lang – oder zweimal zwanzigtausend, haben Stiere auf der Weide der Inanna gegrast, gewaltige, großmächtige, riesenhafte Stiere, wie sie nicht ihresgleichen sonst haben im ganzen Land; sie wachsen heran und werden fett von den Kornopfern des Tempels und werden riesig, und sie tragen bei jedem Jahreszeitenwechsel des Landes Girlanden aus frischen Blumen, und tagtäglich werden ihnen Jungkühe gebracht zu ihrer Lust, und wenn sie sterben – denn auch sie sterben, sogar diese Stiere, die die Rolle des Himmelstieres spielen müssen –, werden sie auf dem Boden des Tempels mit einem Totenritual begraben das eines Gottes würdig wäre. Ich kann euch wirklich nicht sagen, wieviele Stiere hier begraben wurden, seit es die Stadt Uruk gibt, doch ich glaube, wenn man diese Weide wollte umpflügen lassen, so würde der Pflüger ein Meer von Gehörnern ans Tageslicht bringen.

Der Heilige Stier verläßt die Tempelweide niemals, sobald er einmal dort eingezogen ist. Tag und Nacht sorgen Wachen dafür, daß dies nicht geschehe, auch wenn er schnaubt wie Enlil in eigener Person und den Boden scharrt und mit alle Macht gegen das Gatter rennt, so vermag er doch nicht freizukommen. Jedoch an dem geheiligten Tag des Mittwinters, als die Dürre am schlimmsten geworden war und die Himmel sich überdeckten mit Wolken wirbelnden Staubes und als jene unter uns, deren Sinne besonders scharf waren, den Gestank der tödlichen schwarzen Ausflüsse riechen konnten, die sich aus den Öffnungen im Land der Aufrührer weit drüben im Osten in die Luft erhoben – an jenem Tage, da das Unheil bereits schwer auf Uruk lastete, da setzte die Inanna den Himmelsstier frei und ließ ihn rennen durch die Straßen der Stadt.

Das Wehgeschrei und Schreckensgebrüll war aber so, wie kein Mensch es jemals zuvor in Uruk vernommen hatte. Ich glaube, man hörte es bis weit nach Kish widerhallen; ich glaube, sie haben es in Nippur hören können; vielleicht sogar schauten sie in den Landen der Elamiter empor und sprachen: »Was ist dies für ein schreckliches Geschrei aus dem Westen?«

Ich saß zitternd vor Elend und Gram in meinem Palast. Denn mir schien nun, ich müsse doch zu der Inanna gehen und vor ihr niederknien, mich ihr preisgeben und ihr die Stadt überantworten; sonst würde das ganze Volk zugrundegehen, oder aber man würde mich von meiner Höhe herabstoßen. Mehr und mehr wollte mir da scheinen, als sei ich für all dies Verderbnis verantwortlich, das über Uruk hereingebrochen war, daß ich die Übel in die Stadt gebracht hätte, nicht die Inanna, ganz so, wie sie es verkündete. Vielleicht nahmen die Götter wirklich Rache für den Tod des Huwawa. Vielleicht hatte ich gesündigt, als ich mich weigerte, die Priesterin zu meiner Königin zu machen. Vielleicht ... vielleicht ...

Nie hatte ich eine solche Verzweiflung gekannt wie an dem Tage, an dem der Stier der Inanna stampfend und schnaubend durch Uruks Straßen stürmte. Es war aber mein Enkidu, der mich aus meiner Zerknirschung erhob. Er traf mich in Kümmernissen in meinem Palast, und er zog mich empor und küßte mich und sprach: »Komm, mein Bruder, was weinst du denn? Die Erlösung ist nahe!«

»Ja, weißt du denn nicht, daß der Himmelsstier ausgebrochen ist und durch die Stadt rast?« fragte ich.

»Ja, mein Gilgamesch, ja, der Stier ist los! Und hier haben wir unsere große Gelegenheit. Vermögen wir die Trockenwinde zurückzuschlagen? Können wir den Regen vom Himmel herabbefehlen? Können wir Sand in Wasser verwandeln? Nein, nein und nochmals nein, all dies vermögen wir nicht – aber wir können einen Stier töten, mein Bruder. Wir sind ganz gewiß imstande, einen Stier zu töten. Endlich hat die Inanna ihre ganze Wut in ein einziges Gefäß gegossen. So laß uns also da hinausgehen, mein Gilgamesch, und dieses Gefäß zerbrechen!«* Seine Augen blitzten vor Erregung. Sein Leib fieberte vor Kraft. Ich faßte mir Mut an seiner Stärke. Zum ersten Mal – ich kann nicht sagen, seit wievielen Tagen – lächelte ich wieder, und ich umarmte und küßte ihn, bis er unter der Heftigkeit meiner Umarmung zu keuchen begann. »Komm, Bruder!« sprach er, und wir zogen hinaus in die staubtrockenen Straßen, um den Himmelsstier zu suchen.

Es war aber die Mittagsstunde. Die Straßen lagen in der furchtbaren Glut verlassen da. Doch wir brauchten nicht zu fragen, wo der Stier sei. Es verriet sich seine Gegenwart in der Stadt wie die Glut eines erhitzten Ambosses: ich spürte seine roten Feuer heiß auf meinen Wangen. Und Enkidu desgleichen, in dem die Weisheit der Wildnis noch lebendig war. Er drehte sein Gesicht dem Wind zu und blähte weit die Nüstern, und er drehte den Kopf, so daß seine Ohren alle Geräusche erfaßten, und er deutete in eine Richtung, und wir zogen dorthin. In dem Bezirk, der als »Der Löwe« bekannt ist, sahen wir den frischen Kot des Stieres auf der Straße, darum herum einen goldenen Schein und darüber eine Wolke blauköpfiger Fliegen, die kreisten, sich aber nicht niederzulassen wagten. In dem Stadtbezirk, der als

* Der Himmelsstier. Auch hier eines der Urbilder aller Sagenhelden; der königliche Held (und sein Freund, Knappe) *müssen* das Königtum dadurch beweisen, daß sie eine von erzürnten Göttern über das Volk gebrachte Plage (Drachen, Eber, Seuchen) beseitigen.

»Das Schilf« bekannt ist, stießen wir auf die umgestürzten Karren der Händler, und ihre Güter lagen überall auf der Straße verstreut, denn hier war der Stier hindurchgestürmt. In dem Bezirk aber, der als »Der Bienenstock« bekannt ist, wo sich die Straßen dicht ineinander drängen und man kaum Platz hat hindurchzugehen, sahen wir, daß aus den Mauern Ziegel herausgebrochen waren, wo der Stier zwischen den Häusern hindurchgerast war.

Einiges später stießen wir auf noch Schlimmeres: das Straßenpflaster schimmerte von Blut, wir hörten bitteres Schluchzen und Weinen und Wehklagen, und es standen da ein Mann und ein Weib mit leeren Augen und starr wie die Steine. Der Mann aber trug auf seinen Armen den zerschmetterten Leib eines Kindes. Eines Knaben, glaube ich, vier oder fünf Jahre alt, der wohl dem Stier in die Quere gerannt war. Ich betete, daß Enlil dem Kinde einen raschen Tod gewährt habe; doch welches Erbarmen hatte der Gott der Mutter und dem Vater zu bieten? Während wir vorüberliefen, erkannte uns das Weib. Ohne ein Wort reckte sie mir die Hand entgegen, als wolle sie mich anflehen: *Oh, König, gib mir meinen Sohn wieder!* Und ich konnte ihn ihr nicht wiedergeben. Ich konnte ihr nichts anbieten, um ihr Leid zu lindern, außer dem Blut des Stieres, und mir schien, daß auch dies nicht genügen würde.

Dieser kleine Tote, dachte ich bei mir, muß der Inanna angerechnet werden. Dient sie so ihrem Volke? Indem sie die unschuldigen Kindlein durch das wütende Untier ihrer Rache mordet?

Mit grimmigen Mienen strebten Enkidu und ich aber zielstrebig weiter. Kurz darauf bogen wir auf den großen offenen Platz ein, der als »Ningals Platz« bekannt ist, und dort stießen wir endlich auf den Stier selbst, der wild umherbockte wie ein verspieltes Kälbchen.

Er war weiß – alle Tempelstiere sind weiß –, und er war gewaltig groß und seine Augen hatten einen rötlichen Saum und seine Hörner waren lang und scharf wie Speere, jedoch waren sie auf eine seltsame fast verspielte Art geschwungen, beinahe wie der Körper einer Leier. Ich sah die Spritzer des Knabenblutes an seinen Hufen und Fesseln der Vorderbeine. Als wir ihm nahten, roch er unseren Schweiß, hielt inne und kehrte sich uns zu und funkelte uns aus seinen Augen an, die glühten wie Kohlen; und er stampfte den Boden und schnaubte und senkte den Kopf und schien sich zum Ansturm bereit zu machen. Enkidu warf mir einen Blick zu und ich ihm auch. Gemeinsam hatten wir Elefanten erlegt, und wir hatten Löwen erlegt, und wir hatten Wölfe erlegt. Wir hatten sogar einen bösen Dämon erlegt, der rülpsend als feurige Säule aus der Erde heraufgestiegen war. Doch nie vordem hatten wir einen Stier getötet, und dieser Stier da war einer, dem nach allzu langer Gefangenschaft der erste frische Duft der Freiheit zu Kopfe gestiegen war. Er strotzte vor Kraft, und außerdem war ja auch noch die Kraft des Himmelsvaters Enlil in ihm; denn ich zweifelte nicht daran, daß dieser Brocken Rindvieh hier und heute wahrhaftig der Himmlische Stier sei, genau wie zu bestimmten Zeiten die Priesterin Inanna zur Göttin Inanna wird und wie der König von Uruk sich in den Dumuzi verwandelt, den Gott der Felder. Und so hielten wir denn unseren Atem an und bereiteten uns auf seinen Angriff vor, und wir wußten beide, es würde kein leichter Kampf werden.

Ich winkte dem Stier mit der Hand. »So komm doch her zu uns!« flüsterte ich und ließ meine Stimme verlokkend klingen. »Na, komm! Komm! Komm! Komm schon! Ich bin Gilgamesch, und dies ist Enkidu, mein Bruder.«

Der Stier stampfte die Erde. Der Stier schnaute. Der Stier hob sein prachtvolles Haupt und warf das Gehörn auf und nieder. Und dann griff er an und stürmte mit bemerkenswerter eleganter Majestät auf uns los. Fast schien er zu schweben, als er über die ausgetretenen Ziegel des Ningal-Platzes herankam.

Enkidu lachte und schrie mir zu: »Das wird ein Riesenspaß, Bruder! Reize ihn! Spiel mit ihm, Bruder! Wir haben nichts zu fürchten!«

Und er lief zur einen Seite und ich aber auf die andere. Der Stier hielt mitten im Lauf inne und drehte sich und wandte sich hierhin und dorthin und preschte erneut los, und blieb ein zweitesmal stehen und drehte sich und wendete sich und wirbelte Staub auf. Fast schien er die Stirn zu runzeln, während wir lachend um ihn hin und her tanzten und einander auf die Schultern schlugen. Und der Stier prustete uns seinen Geifer ins Gesicht und streifte uns mit der Quaste seines Schwanzes. Doch er konnte uns nicht erreichen, und er konnte uns nicht niederrennen.

Fünfmal griff der Stier an, und fünfmal wichen wir ihm aus, bis er schließlich verwirrt und zornig wurde. Und dann preschte er noch einmal vor, schlug eine Finte mit höllischer Klugheit, machte noch einen Scheinangriff und tänzelte so geschmeidig von einer Stelle zur anderen wie ein Tanzknabe im Tempel. Wild sprang er den Enkidu an, die Hörner gesenkt, und ich fürchtete, daß er meinen Bruder aufspießen werde; doch nein, als der Stier herankam, streckte Enkidu die Hände aus und packte mit jeder eines der Hörner und schwang sich in einem raschen Sprung empor und drehte sich in der Luft, so daß er, als er herabkam, auf dem Rücken des Stieres ritt und immer noch mit beiden Händen die Hörner umklammert hielt.

Und nun begann ein solcher Zweikampf, daß ich glaube, die Welt hat desgleichen niemals zuvor gesehen. Enkidu im Nacken des Himmelsstieres rang mit ihm an seinen Hörnern und verdrehte ihm den Kopf hierhin und dorthin. Der Stier erhob sich in wilder Wut auf die hinteren Beine und versuchte ihn abzuwerfen, doch es gelang ihm nicht. Und ich stand dabei und betrachtete mir die beiden voller Freude und Entzücken. Mir schien es, daß mein Freund inzwischen wieder die volle Kraft seiner anderen Hand zurückgewonnen habe, da er sie so ehern gegen einen solch gewaltigen Widerstand benutzen konnte, doch selbst falls sie – seine Hand – nicht völlig wiederhergestellt sein mochte, so war doch ihr Griff noch immer stark genug. Es gelang dem Stier nicht, sich des Enkidu zu entledigen. Er brüllte und stampfte die Erde, er schleuderte Speichelflocken umher, aber Enkidu gab ihn noch immer nicht frei. Enkidu setzte alle seine ungemeine Stärke ein, den Stier zu bändigen, und ermüdete ihn so, daß er den mächtigen Kopf sinken ließ. Ich hörte Enkidus dröhnendes Lachen, und mein Herz jubelte; ich sah, wie Enkidus Arme sich schwellten vor Anstrengung, und der Anblick war mir eine Lust. Und ich sah, daß der Stier niedergeschlagen und mürrisch ward. Dann jedoch nahm der Zweikampf eine unerwartete Wendung. Der Stier, der ein paar Atemzüge lang ausgeruht hatte, schöpfte neue Kraft und bockte und sprang und bockte und sprang und mühte sich, mit erneuerter Wildheit, den Enkidu auf den Boden zu schleudern. Ich bangte um ihn, doch Enkidu schien überhaupt keine Furcht zu fühlen. Er klammerte sich fest an den Nacken und an die Hörner und zerrte den mächtigen Schädel von einer Seite zur anderen; und wieder zwang er das Maul des Stieres niederwärts zur Erde.

»Jetzt, Bruder!« schrie Enkidu. »Schlag zu! Schlag jetzt! Stoß zu mit deinem Schwert!«

Es war der rechte Augenblick. Ich stürzte vor und faßte das Heft meines Schwertes mit beiden Händen, richtete mich zu meiner größten Leibeshöhe auf und stieß mit dem Schwert nach unten. Ich traf mit ihm zwischen dem Genick und dem Gehörn und stieß die Klinge tief hinab. Der Stier gab einen Laut von sich, der klang wie das Seufzen des Meeres, wenn die Wasser schwinden, und die zornige Wut seiner Augen überzog sich mit einem stumpfen Glast. Ein paar Lidschläge lang stand der Stier vollkommen bewegungslos, aber dann wurden ihm seine Beine zu Wasser unter ihm, und als er niederstürzte, sprang Enkidu von ihm herab und war an meiner Seite, und wir lachten und fielen einander in die Arme und küßten uns, und dann ruhten wir eine Weile neben dem sterbenden Stier aus, bis er tot war. Und dann schnitten wir ihm das Herz heraus und brachten es sogleich an Ort und Stelle dem Utu von der Sonne zum Opfer dar.

Als dies getan war, blickte ich um mich, und als ich gen Westen schaute, zum Festungswall der Stadt hin, sah ich vor den Zinnen Gestalten oben auf der Mauer. Ich berührte Enkidu am Arm und wies dorthin.

»Es ist deine Göttin«, sprach er.

Und wahrlich, sie war es. Inanna stand inmitten ihrer Leibmägde oben auf der Stadtmauer. Sie hat gewiß den Kampf mit dem Stier beobachtet, dachte ich, und ich fühlte, selbst über diese große Entfernung hin, wie heiß und wild der Zorn in ihr loderte. Ich aber legte mir die Hände an den Mund und rief sie an: »Nun, siehst du es, Priesterin? Wir haben deinen Stier erschlagen! Und mich deucht, die Regen werden nun bald kommen!«

»Wehe über dich«, rief sie zurück, mit einer Stimme, die wie aus den Tiefen der Niederwelt zu dringen schien. Und ihren Mägden und den anderen, die gaffend herumstanden, rief sie laut zu: »Wehe über Gilgamesch! Wehe über den, der es wagt, mich zu mißachten! Wehe über den Mörder des Himmelsstiers!«

Darauf aber schrie Enkidu zurück: »Und wehe über dich, du krächzende Krähe des Unheils! Schau – hier bringe ich dir das gebührende Opfer dar!«

Und kühn schlug er dem toten Stier das Gemächte ab und schleuderte es mit aller Kraft hinauf, so daß das blutige Gekröse auf dem Wehrgang fast zu ihren Füßen niederfiel. Dann stieß er sein kollerndes Lachen aus und rief noch einmal zu ihr hinauf: »Hier hast du, was du willst, Göttin! Vielleicht stillt dies da deine Gier? Wenn ich dich fassen könnte, ich wollte dich wohl schmücken mit den Eingeweiden deines Stiers!«* Nach dieser Schmähung verfluchte sie uns erneut, den Enkidu und mich; und die Weiber um sie herum auf der Mauer, die Priesterinnen, die Leibmägde, die Tempelhuren und die göttingeweihten Frommen jeglichen Geschlechts, die mit ihr hinausgezogen waren, um zuzuschauen, wie uns der Stier vernichten und zerstören würde, der jetzt tot zu unseren Füßen lag – sie alle erhoben ein gewaltiges Schreien und Wehklagen.

---

* Nicht in der Tötung des Inanna-Stieres, sondern durch seine Verhöhnung macht Enkidu in einem Wahnsinnsrausch von Hybris möglich, daß ihn die Priesterin Inanna mit ihrem Fluch trifft, der an Gilgamesch, wegen dessen halbgöttlicher Natur, nicht wirksam wird, oder nur indirekt.

FÜNFUNDZWANZIG

Nicht einmal den Kadaver ihres Stieres überließ ich der Inanna, so daß sie ihn auf dem Gelände ihres Tempels hätte bestatten können. Ich gedachte, ihr alles zu verweigern. Ich ließ die Viehschlachter holen und befahl ihnen, das Fleisch des Stieres in Streifen zu schneiden und es den Hunden der Stadt vorzuwerfen, auf daß jedermann meine Verachtung für die Inanna und ihren Stier verstünde. Die Hörner aber nahm ich für mich selbst und übergab sie meinen Kunstwerkern und Waffenschmieden, die ob der Länge der Hörner und ihrer Mächtigkeit höchlichst verwundert waren. Ich befahl ihnen, die Hörner zwei Finger dick mit dem Blaustein zu bedecken, denn ich gedachte, sie an der Wand meines Palastes aufzuhängen. Es waren aber diese Hörner so gewaltig, daß sie sechs Maße Öls fassen konnten. Und ich füllte sie mit den allerfeinsten Balsamölen und spendete das Öl im Heiligtum des Lugalbanda, um meinen Herrn Gottvater Ehre zu erweisen, der mir zu diesem Triumph verholfen hatte.

Als all dies bestimmt war, wuschen wir unsere Hände im Wasser des Flusses und fuhren dann gemeinsam durch Uruks Straßen zu meinem Palast. Vereinzelt krochen die Menschen scheu aus ihren Häusern, um uns zu sehen, und war erst einer hervorgekommen, so faßten die anderen sich ein Herz, bis endlich eine große Menschenmenge unseren Pfad säumte. Helden und Krieger aus Uruk standen da, Mädchen, die auf der Leier spielten, und viele andere. Und mich überkam übermütige Prahlsucht, und ich rief dem Volke zu: »Wer ist der ruhmreichste der Helden? Wer ist der Größte unter den Menschen?« Und das Volk brüllte: »Gilgamesch! Er ist der herrlichste der Helden! Gilgamesch ist der

Größte unter den Menschen!« Aber warum hätte ich auch nicht von Stolz geschwellt sein sollen? Die Inanna hatte den Himmelsstier freigelassen – und ich hatte ihn niedergestreckt ... oder doch jedenfalls Enkidu und ich taten es. Und sollten wir uns dessen denn nicht laut rühmen dürfen?

In dieser Nacht fand im Palast ein mächtiges Festgelage statt. Wir sangen und tanzten und tranken, bis unsere Lust schal wurde und wir uns in die Betten begaben. Und in dieser Nacht hob der Wind, den wir den »Trüger« hießen, zu wehen an, und es wurden die Lüfte lind und feucht. Und noch vor dem Morgen fielen die ersten Regen dieses Winters leise über Uruk.

Dieser Tag war der Gipfel meiner Herrlichkeit. Dieser Tag brachte mir meinen allerhöchsten Triumph. In mir war ein Gefühl, als könne es nichts geben, das ich nicht erreichen könnte. Ich hatte den Wohlstand meiner Stadt gemehrt und sie zur Größe erhoben in dem Lande; ich hatte den Huwawa besiegt; ich hatte den Himmelsstier geschlachtet; ich hatte Regen gebracht über Uruk ... ich war ein guter Hirte für mein Volk gewesen. Und doch erfuhr ich nach jenem Tage wenig an Freuden und ein Unmaß an Kümmernis, und dies ist, so denke ich, das Schicksal, das mir die Götter zugedacht haben, noch während sie mir diesen Überschwang an Hochgefühlen kurz erlaubten. Es ist wohl der Gang des Lebens: es zeitigt schöne Größe, und es bringt uns Sorge und Leid, und wir müssen beizeiten lernen und begreifen, daß auf die Helligkeit das Dunkel folgt, ungeachtet dessen, ob wir es uns so erwählt haben oder nicht.

Am folgenden Morgen trat Enkidu zu mir, und er sah düster aus und müde, als habe ihn im Schlaf eine tiefe Schwermut der Seele befallen. Und ich sprach: »Was beträgst du dich so jammervoll, mein lieber Bruder? Liegt nicht der Stier erschlagen, und sind nicht die Regen gekommen über Uruk?« Er aber setzte sich zu Seiten meiner Lagerstatt nieder und seufzte und sprach: »Ach, mein Freund, warum nur sind die Großen, die Götter zusammengekommen, um Rat zu pflegen?« Ich verstand ihn nicht, doch er sagte sodann: »Ich hatte einen Traum, der mir schwer auf dem Herzen lastet, Bruder. Soll ich ihn dir erzählen?«

Und dies hatte er geträumt: Die Götter saßen zusammen in ihrem Gemach der Beratung: An war da und Enlil und der himmlische Utu, und der weise Enki. Und der Himmelsvater An sprach zu Enlil: »Sie haben den Himmlischen Stier getötet, und getötet haben sie auch den Huwawa. Also muß einer von ihnen des Todes sterben. Und es soll jener sein, der die Zeder aus den Bergen gerissen hat.«

Daraufhin aber sprach Enlil und sagte: »Nein, Gilgamesch darf nicht sterben, denn er ist König. Es ist Enkidu, der sterben muß.« Und da erhob Utu seine Stimme und sprach: »Sie erflehten meinen Schutz, als sie auszogen, den Huwawa zu erschlagen, und ich, ich habe ihn ihnen gewährt. Und als sie den Stier schlugen, brachten sie mir ein Opfer dar mit dem Herzen des Stieres. Sie haben kein Unrecht getan. Und Enkidu ist schuldlos, warum also sollte er des Todes sterben?« Dies aber erzürnte Enlil, und er wandte sich zornig an den himmlischen Utu und sprach: »Du sprichst, als wären diese deine Schlafgefährten! Doch Greuel sind geschehen, und es ist Enkidu, der sterben muß.« Und so stritten die Götter weiter, bis Enkidu erwachte.

Nachdem er geendet hatte, blieb ich eine Zeitlang stumm und bewegte nicht einen Muskel in meinem Gesicht. Was für ein unheilvoller Traum! Er ängstigte mich. Und ich wollte nicht, daß mein Enkidu dies bemerke. Auch war ich nicht fähig, mich dem Grauen dieses Traums selbst zu stellen. Angst verleiht den Träumen eine Macht, die sie sonst nicht haben könnten. Und so beschloß ich, daß dieser Traum keine Macht und Bedeutung haben solle und daß ich ihn beiseiteschieben würde, genau wie man ein dürres Binsenrohr von sich schiebt.

Nach langer Zeit sagte ich aber: »Ich glaube, Bruder, du sollst dir das nicht so zu Herzen nehmen. Denn oftmals liegt die wahre Bedeutung eines Traums weit weniger offen vor uns, als es den Anschein hat.«

Aber Enkidu starrte bedrückt zur Erde nieder. »Ein Traum, der einem den Tod verkündet, ist ein todverkündender Traum«, sprach er mürrisch. »Darin sind sich doch alle Gelehrten und Weisen einig. Und ich, ich bin bereits ein toter Mann, mein Gilgamesch.«

Das aber hielt ich für törichten Unsinn und sagte ihm dies auch. Ich sagte, er sei nicht tot, solange er noch lebe, und meinen Augen erscheine er voller Leben. Und ich sagte auch, es sei eine Torheit, wenn einer Träume dermaßen wörtlich nehme, daß sie einem Menschen sein Leben im Wachsein bestimmten. Ich mag nicht behaupten, daß ich völlig davon überzeugt war, selbst als ich es aussprach: ich weiß so gut wie jeder andere, daß unsere Träume das Raunen der Götter sind, das sie uns nächtens in die Seele flüstern, und daß sie oftmals eine Botschaft enthalten, die man besser nicht mißachten sollte. Jedoch entdeckte ich nichts in diesem Traum des Enkidu, was ihm hätte nutzen können, falls er sich danach richtete, aber sehr vieles, das sehr großen Schaden bringen mochte, falls er darüber ins Brüten geraten sollte. Und so bedrängte ich ihn, alle trüben Gedanken hinter sich zu lassen und seine Arbeit zu tun, als wäre, was er da im Traum gehört, nichts weiter als das Gezirpe von Vögeln oder das Raunen eines Windes.

Damit schien ich seiner Seele Mut zu machen. Nach und nach erhellte sich sein Gesicht, und er sprach: »Ja, es kann wohl sein, daß ich dies zu sehr mir zu Herzen nehme.«

»Aber viel zu sehr, mein Enkidu!«

»Ja. Ja. Das ist mein Hauptfehler. Aber du, alter Freund, bringst es stets zuwege, daß ich wieder vernünftig werde.« Und er lächelte und ergriff meinen Arm, und sodann ließ er sich in die Hocke nieder wie ein Ringer und winkte mir mit dem Kinn und sprach: »Komm wie wäre es mit einem kleinen Kampf? Um die Gespenster dieses Tages zu vertreiben?«

»Ein großartiger Vorschlag!« gab ich zurück. Und mein Herz lachte, da ich merkte, daß er sich von seinen trübsinnigen Gedanken abwandte. Wir rangen also eine Stunde miteinander, und sodann badeten wir, und daraufhin war es die Zeit, da ich der Versammlung der Stadtverordneten vorzustehen hatte. Und gegen Mittag war mir Enkidus Traum völlig aus dem Denken verschwunden. Und ich glaube, auch er hatte ihn völlig vergessen. Für einen flüchtigen Augenblick hatte der Traum sein und mein Leben überschattet, aber er war auch – wie ein flüchtiger Schatten über der Erde – wieder dahingeschwunden. So jedenfalls glaubte ich damals.

Einige Tage darauf erließ ich den Befehl, daß die Stadt – als einen Akt der Danksagung für die Befreiung von dem Himmelsstier – das Ritual der Reinigung vollziehen werde, das bekannt ist unter dem Begriff der »Verschließung des Tores«. So etwas aber war in Uruk nicht mehr vollzogen worden seit so langer Zeit, daß nicht einmal die ältesten Priester sich an die genauen Einzelheiten der Zeremonie zu erinnern vermochten. Ich befahl aber sechs gelehrte Männer herbei und ließ sie drei Tage lang arbeiten und in den Archiven des An-Tempels nach Unterlagen für diesen Ritus forschen, und alles was sie zutage brachten, war ein Täfelchen, beschriftet mit einer so uraltmodischen Schrift, daß sie kaum imstande waren, die alte Bilder-Schrift zu entziffern, die darauf stand. »Ach, das macht gar nichts«, sagte ich zu den Gelehrten, »ich werde Lugalbanda um Rat und Hilfe bitten. Und er wird mir sagen, was zu tun ist.«

Was ich aber im Sinn hatte, war sicherzustellen, daß der Zugang, der von Uruk hinabführt in die Niederwelt*, angemessen verschlossen sei, nachdem die Inanna damit gedroht hatte, sie werde diese Pforten öffnen, und da sie dann den Himmlischen Stier über die Stadt losgelassen hatte. Sie hätte ja in ihrer wilden Wut wirklich das Tor zur Niederwelt beschädigen können, so daß böse Geister oder aber die Seelen der Toten durch diese Pforte heraufsteigen und sich in der Stadt ergehen könnten. Ich muß also Sorge tragen, daß diese Pforte verschlossen bleibt, dachte ich. Und ich erfand ein heiliges Ritual, um dies zu gewährleisten. Den liturgischen Verlauf holte ich mühsam aus den schütteren Erinnerungen der allerurältesten Priester hervor und benutzte dafür auch den Text dieser altehrwürdigen Schrifttafel, aber auch meine eigene Vernunft, die mir riet, was davon brauchbar sein könne. Ich denke aber doch, es war ein recht anständiges Ritual. Und dennoch, sollte ich es noch einmal vollziehen müssen, dann wäre es mir lieber, daß durch mein Tun die Pforten der Düsternis offenstünden für eintausend Jahre, als daß ich ertragen möchte, was mich an jenem Tag befiel.

Diese Pforte ist aber eine der ältesten Bauten in Uruk. Es gibt Menschen, die behaupten, sie sei sogar noch älter als die Weiße Terrasse, die aber, wie wir natürlich wissen, von den Göttern höchstpersönlich errichtet wurde. Die Pforte liegt einhundert und zwanzig Schritte von der Weißen Terrasse entfernt. Sie ist nichts weiter als ein Ring verwitterter ofengebrannter Ziegel von sehr altertümlicher Form, die eine feste Tür aus schuppigem, von Grünspan bedecktem Kupfer umgeben, die flach im Grund eingelassen ist wie eine Falltür. In der Mitte ist ein Ring angebracht, geschmiedet aus irgendeinem schwarzen Metall, dessen Art keiner zu be-

* Die Unterwelt, Niederwelt ist nicht identisch mit den diversen christlichen Vorstellungen von der »Hölle«; Ähnlichkeiten bestehen zu dem Hades der Griechen und zu dem/den kretisch-minoischen Seelenrichter(n). Höllentore gibt es in der Volksmythologie in jedem Kulturbereich.

nennen vermag. Wenn zwei oder drei Männer mit aller Kraft an diesem Ring ziehen, so vermögen sie diese Tür aus der Erde zu heben. Dann zeigt sich ein dunkles Loch, das der Eingang zu einem Gang ist und kaum breiter als die Schulterbreite eines untersetzten Mannes, und dieser Gang führt schräg unter die Erde hinab. Steigt einer nun dort hinunter, so gelangt er nach kurzer Zeit an eine zweite Tür, die aber nichts weiter ist als einige Metallstangen, die wie das Gitter eines Käfigs vom Boden zur Decke des Tunnels angebracht ist. Dahinter fällt der Gang dann weit steiler ab, und wäre ein Mensch wahnsinnig genug, dort weiter vorzudringen, so käme er nach einigem Hinabsteigen an die erste der sieben Mauern der Unterwelt selbst. Eine jegliche dieser Mauern hat ihr Tor; der Dämon Neti, der Torhüter der Niederwelt, bewacht sie; und hinter dem siebten Tor liegt die Behausung und Höhle der Ereshkigal, der Königin der Niederwelt und Schwester der Inanna.

Bis zu jenem Tag, der unter so üblen Sternen stand, an dem ich beschloß das Ritual des Verschließens der Pforte zu zelebrieren, war kein Mensch mehr durch dieses Tor gegangen, seit Tausenden von Jahren nicht mehr. Zuletzt durchschritt es, soweit mir bekannt, vor langer Zeit die Göttin Inanna, als sie ihre unselige Höllenfahrt antrat, um Ereshkigal ihrer Macht zu berauben. Aber seit damals hat gewißlich niemand mehr den furchtbaren Gang betreten. Zwar heben wir die Tür in jedem zwölften Jahr bei dem sogenannten Fest der Öffnung der Pforte, wobei wir Trankopfer in das Loch gießen, um Ereshkigal und ihre höllischen Heerscharen zu besänftigen, doch keiner, der noch seinen Verstand hat, würde auch nur einen halben Fuß über diese Schwelle setzen.

Genau zur Mittagsstunde begannen wir mit der Zeremonie der Verschließung der Pforte, denn dann ist es Mitternacht in der Niederwelt, und ich hielt es für wahrscheinlich, daß dann die meisten Dämonen schliefen. Der Tag war klar und warm, obschon es in den dunklen Morgenstunden geregnet hatte. Enkidu stand an meiner Seite und meine Mutter, Ninsun, dicht hinter mir; im weiten Kreise um mich standen aber die Hauptpriester sämtlicher Tempel der Stadt und die bedeutendsten Mitglieder des königlichen Hofstaates. Die einzige hochgestellte Persönlichkeit Uruks, die fehlte, war die Inanna. Sie blieb Groll brütend hinter den Mauern des Tempels, den ich ihr erbaut hatte. Außerhalb des Kreises der Würdenträger standen die Kleinpriester zu zwiefachen Dutzenden und Hunderte von Musikanten, die bereit waren, ein lautes Getöse mit Trommeln und Pfeifen und Trompeten zu erheben, sollten sich böse Geister herauswagen, nachdem wir das Tor geöffnet hatten. Und hinter diesen stand das ganze niedere Volk von Uruk.

Ich nickte Enkidu zu. Er legte seine linke Hand an den Ring und ich meine rechte, und gemeinsam hoben wir die Tür. Obschon man behauptete, es sei eine gewaltige Schwerarbeit, diese Pforte zu heben, zogen wir beide sie so leicht aus dem Boden, als wäre es eine Feder. Aus dem Loch drang der faulige saure Geruch toter Luft. Meine Hände wurden kalt. Mein Gesicht spannte sich und wurde wie Holz. Ich spürte, wie der Hauch des Todes eisig aus der Niederwelt heraufstieg. Ich starrte hinunter, doch nach wenigen Schritten war da nur noch Dunkelheit.

Ich nahm all meinen Mut fest zusammen. Es gibt Orte auf der Welt, die uns solche Furcht einflößen, daß wir nicht wagen, an die Gefahr zu denken; wir handeln, ohne zu denken, denn zu denken, das würde den Untergang bedeuten. Und auf solche Art handelte ich sodann. Ich gab das Zeichen, und wir begannen mit der Zeremonie.

Das Ritual, das ich erfunden hatte, begann mit einer Spende duftender Gerstensaat, die ich mit eigener Hand in die Öffnung streute. Wenn nämlich dort drunten im

Gang Dunkelwesen herumlungern sollten, dann wären sie so vielleicht beschäftigt, sich um die Gerste zu streiten, und würden nicht heraufsteigen, obwohl das Tor geöffnet war. Sodann traten die Priester des An, des Enlil, des Utu und des Enki heran und brachten Trankopfer dar von Honig, Milch, Wein und Öl. Damit versicherten wir uns des Wohlwollens der oberen Götter. Ein Kind, das Töchterchen eines Priesters, führte ein weißes Schaf heran, und ich opferte es mit einem raschen sauberen Schnitt meiner Klinge auf dem Altar, den Enkidu am Rande des Lochs gebaut hatte. Blut von bestürzender Helligkeit spritzte wie aus einer Quelle und lief die weiße schlanke Kehle des Tierchens hinab, und es zitterte und röchelte und blickte mich traurig an und starb. Das Lämmlein war aber gedacht als Gabe für den Torwächter Neti, auf daß er böse Geister und Dämonen hindern möge, in unsere Welt heraufzudringen. Ich aber malte mir mit demselben Blut ein Band quer über die Stirn und ein zweites die linke Wange hinab, um auch selbst geschützt zu sein.

Als all dies getan war, knieten die Priester und ich am Rand des Loches nieder und sangen die Beschwörungsformeln der Versiegelung, um ein Zaubergewebe über die Öffnung zu spinnen, sozusagen als unsere letzte Schutzmaßnahme. Ich wußte nämlich, daß weder das tiefere Gatter noch die Falltür einen Geist wirklich würden abhalten können, sofern er entschlossen war, ans Licht zu steigen. Die Pforte und das Gitter dienten eigentlich nur einem Zweck, nämlich die Lebendigen davon abzuhalten, sich in die untere Welt zu verirren; doch einzig durch Beschwörungsgesänge ließen sich die Bewohner der Tiefe dazu bewegen, an dem ihnen zugewiesenen Ort zu verbleiben.

Ich empfand Furcht. Und welcher Mann – und böte er der Welt ein noch so mutiges Gesicht – hätte dabei nicht gebangt? Die Welt der Tiefe, die unten ist, gähnte offen zu mir herauf. Ich hörte die schwarzen Wasser ihrer versteckten Flüsse an niegeschaute Ufer schlagen. Der scharfe stechende Qualm der tödlichen Dünste stieg auf und wand sich wie gefräßige Schlangen um mich. Und dennoch, so stark auch meine Furcht war, so fühlte ich doch auch Erregung, und eine erhabene und kühne Zielstrebigkeit erfüllte mich. Denn ich war Gilgamesch, der bereits als Knabe gesagt hatte: *Tod, ich werde dich besiegen! Tod, du sollst mich niemals unterkriegen!*

Und so webten wir denn unsere Beschwörungssprüche. »Hört, ihr alle, wer immer ihr sein mögt, ihr, die ihr in eurem Herzen unser Mißgeschick ausbrütet, ihr, deren Zunge Unheil wider uns spricht und deren Lippen uns vergiften, ihr, auf deren Spuren der Tod wandelt: ich fessle und banne euch!« schrie ich. »Ich lege einen Bann auf euren Mund, und ich banne eure Zunge, ich banne eure glitzernden Augen und eure hastigen Füße, ich banne euch mit euren kriechenden Knien und euren unheilschweren Händen. Durch diesen Bann binde ich euch die Hände auf den Rücken. Bist du der Geist eines, der kein Begräbnis fand, oder ein Geist, dessen keiner gedenkt, oder einer, dem niemand Opfergaben spendet, oder ein Geist, dem keiner Trankopfer darbringt, oder ein Geist, der ohne Söhne ist ... was immer der Anlaß ist für dein Umherirren, so befehle ich dir und zwinge dich, daß du unten bleibst in der Tiefe. Ich beschwöre dich bei Ereshkigal und Gugalanna, bei Nergal und Namtaru, daß du niemals diese Pforten durchschreitest. Durch die Macht Enlils, die in mir lebt – und im Namen Ans und Utus beschwöre ich dich, bei Enki und Ninazu, bei Allatu, bei Irkalla beschwöre ich dich, bei Belit-seri, bei Apsu, Tiamat, Lahmu und Lahamu ...«

So ging der Beschwörungsspruch, den ich sang. Ich bannte und band die Unterirdischen mit jenem Namen, der ihnen vielleicht heilig war – außer einem einzigen. Ich bannte sie nämlich nicht im Namen der Inanna. Obgleich sie die Schutzgöttin der Stadt war, weigerte ich mich, die Dämonen in ihrem Namen zu fesseln. Ich wußte nämlich, daß ein derartiges Unterfangen nutzlos bleiben mußte, solange die Priesterin der Inanna meine Feindin war.

Aber gerade weil ich meine Bannsprüche nicht mit dem Namen der Inanna verknüpft hatte, war ich mir ganz und gar nicht sicher, ob überhaupt einer meiner Zaubersprüche wirksam werden könne. Darum hatte ich zu dieser Feier meine heilige Trommel mitgebracht, die mir der Kunstwerker Ur-nangar aus dem Holze des Huluppu-Baumes gefertigt hatte. Ich gedachte nämlich, sie auf meine besondere Art zu schlagen und mich vor allem Volke in Uruk in Trance zu versetzen, was ich vordem noch nie getan hatte; und sodann wollte ich meine Seele hinabsenken in den Erdgang, und ich würde mich bis an die Pforten der Hölle vorwagen, denn war ich erst einmal in diesem Zustand der Hinweggehobenheit, dann gab es für mich keine Hindernisse mehr in meinem freien Umherschweifen. Auf diese Weise würde ich mich selbst davon überzeugen können, ob unsere Zauberlieder wahrhaftig den Durchgang versiegeln konnten gegen jene gräßlichen Geschöpfe aus schwarzem Rauch und dumpfen Moderdünsten.

Ich sprach zu Enkidu: »Es sollten die Menschen tanzen und laut jauchzen, während ich dies unternehme. Gib den Befehl, daß die Musikanten zu lärmen beginnen!«

Und sogleich schmetterte der Klang von Trompeten und Pfeifen durch die Luft. Ich neigte mich tief über meine Trommel und begann sie mit dem leisen, langsamen, mir so wohlvertrauten Fingerschlag zu spielen. Ich spürte, daß ich mich dem gewaltigen Geheimnis aller Geheimnisse näherte, welches da aber ist das Leben über das Leben hinaus, das einzig die Götter erfahren können. Dann schwand mir alles Bewußtsein der festen Welt um mich herum. Es gab nur noch meine Trommel und meinen Trommelstecken und den dahinfließenden feinen Schlag meines Spiels. Meine Seele wurde gepackt. Ich wurde ergriffen und emporgehoben. Ich sah, wie ein magischer Schein sich aus dem Mund des Erdlochs erhob und aufstieg, kühl und blau wie eine Flamme. In meinen Ohren summte es, dröhnte es, knisterte es. Ich spürte Erregung in meinem Leib, als treibe sich dort ein wildes Ding herum. Mein Atem wurde hastiger, und meine Sicht trübte sich. Ich floß über mich hinaus; ein Meer ergoß sich aus mir und verschlang mich.

Doch dann, gerade als die Verzückung mich mit aller Macht zu entrücken begann und ich mich bereitete, aus meinem Körper hinauszuströmen, ertönte in meinem Rücken ein schriller Schrei, der mir in die Seele fuhr, wie ein Beil sich ins Holz verbeißt, und riß mich gewaltsam aus meiner Ekstase; ein kreischender rauher Aufschrei, gellend und wild, der sich wieder und wieder vernehmen ließ.

»Utu! UTU! UTU!«

Götter, was war das für ein Schrei! Der unirdische Laut riß mich herab und erschütterte und betäubte mich. Ich ward am ganzen Leib gefühllos und taumelte nach vorn, als habe mich ein Hieb zwischen die Schulterblätter getroffen, und ich war beinahe ohnmächtig. Enkidu aber ergriff mich an den Schultern und hielt mich fest, sonst wäre ich in das Erdloch hinabgetaumelt; doch meine Trommel und der Schlagstock entfielen meinen erstarrten Händen. Voller Entsetzen sah ich, wie sie in dem dunklen Maul der Unterwelt verschwanden.

Sogleich und ohne Bedenken begann ich ihnen nachzusteigen. Doch Enkidu, der immer noch meine Schultern umklammerte, zerrte mich grob zurück und schleuderte mich zur Seite, als wäre ich nichts als ein Sack Gerste. »Nicht du!« schrie er zornig. »Du darfst nicht hinab an diesen Ort, mein Gilgamesch!« Und ehe ich etwas sagen oder tun konnte, lief er die Stufen hinab, die in den Bauch der Erde führen, und verschwand in der schwarzen Grube meinen Blicken.*

Benommen spähte ich hinter ihm drein. Ich konnte nicht sprechen. Und um mich her war eine bedrükkende Stille eingetreten: die Musikanten standen bewegungslos da, die Tänzer starr wie Statuen. Und aus dieser Stille erhob sich ein einzelner Laut, ein gedämpftes Schluchzen oder Wimmern, das von einem Mädchen von acht oder zehn Jahren kam, das nicht weit von mir entfernt sich auf dem Boden wand und warf, während einer der Priester es festzuhalten versuchte. Sie aber hatte auf so schreckliche Weise geschrien und meine Verzückung durchbrochen; und ich begriff, daß mein Trommeln eine ähnliche Wirkung auf die Seele des Mädchens gehabt haben mußte wie auf die meinige, jedoch eine noch viel gewaltigere. Das Geräusch meiner Trommel hatte das Kind nicht in einen Zustand der Ekstase versetzt, sondern in einen schrecklichen Krampfzustand, unter dessen Gewalt ihr Geist von ihr gewichen war. Sie zuckte noch immer und wand sich heftig. Es war ein furchtbarer Anblick.

Und Enkidu? Wo aber war mein Enkidu? Bebend starrte ich in das Erdloch und erschaute nur Schwärze. Dann kehrte mir die Stimme zurück, und ich schrie seinen Namen, oder vielmehr ich krächzte ihn. Aber ich erfuhr keine Antwort. Und ich rief ihn abermals, und lauter diesmal. Stille. Stille. *»Mein Enkidu!«* schrie ich dann aber, und es war ein gewaltiger Wehelaut, voll schmerzlicher Verlassenheit. Ich war mir da gewiß, daß er den Dienern der Ereshkigal in die Fänge gelaufen sei; vielleicht hatten sie ihn schon davongeschleppt in die Hölle ... »Warte!« brüllte ich. »Ich folge dir!«

---

* Es ist bezeichnenderweise der Freund, der das Symbol des halbgöttlichen Königtums (die magische Trommel) zu retten versucht; ähnlich Patroklos, der für die Ehre des Achill »in dessen Rüstung gekleidet« in die Schlacht zieht, oder Roland, der für seinen König Karl in Roncesvalles stirbt.

»Das darfst du nicht!« sprach meine Mutter mit scharfer Stimme, und auf einmal standen drei oder vier Männer neben mir, bereit, mich an den Ellbogen festzuhalten. Hätten sie aber wirklich versucht, mich zurückzuhalten, ich hätte sie allesamt über die Mauern der Stadt in den Fluß geschleudert. Dies war jedoch, den Göttern sei Dank, nicht nötig, denn in eben diesem Augenblick hörte ich aus dem Erdloch herauf ein ersticktes Husten, und Enkidu kam langsam ans Licht gekrochen. Er hielt meine Trommel und den Trommelschlegel in seiner Hand.

Er sah aus wie ein Gespenst, wie einer, der von den Toten wiederkehrt. Seine Haut hatte alle Tönung verloren, und sein Gesicht wirkte wie ausgelaugt, so bleich war er. Sein Haupthaar und der Bart waren grau vom Staub, und sein weißes Kleid war übel besudelt. Am ganzen Leib hingen ihm mächtige Spinnweben und etliche sogar über seinen Lippen; er mühte sich, sie abzustreifen mit der Kugel seiner Schultern, als er ins Licht heraufkam. Dann stand er da eine Weile und blinzelte benommen. In seinen Augen aber war ein Ausdruck von solcher Wildheit, von solcher Fremdartigkeit, daß ich in ihm fast meinen Freund nicht wiedererkannte. Die Männer, die sich mir genaht hatten, wichen furchtsam zurück. Und auch mich schauderte es, und ich wäre fast von ihm zurückgewichen.

»Ich habe dir deine Trommel und deinen Trommelstab wiedergebracht, mein Gilgamesch«, sprach er mit einer Stimme, die wie Staub und Asche klang. »Sie waren tief hinabgefallen – bis hinter das zweite Tor. Doch ich kroch auf meinen Knien und Händen, bis ich sie in der Finsternis ertastete.«

In tiefer Bestürzung starrte ich ihn an. »Das war doch Wahnsinn! Du hättest nicht in diesen Schacht gehen dürfen!«

»Aber du hast doch deine Trommel fallen lassen«, sagte er mit dem gleichen unheimlichen Flüstern. Dann schüttelte es ihn, und wieder rieb er sich die Schulter gegen sein Gesicht und nieste und hustete; das kam aber vom Staub. »Ich mußte doch einfach versuchen, sie dir zurückzubringen. Ich weiß, wie wichtig es für dich ist.«

»Aber die Gefahren ... die bösen Mächte ...«

Enkidu zuckte die Achseln. »Da ist deine Trommel, mein Gilgamesch. Und hier ist dein Trommelstecken.«

Ich nahm sie aus seiner Hand entgegen. Aber sie fühlten sich irgendwie nicht richtig an; es war, als wären ihnen elf Teile von zwölfen an ihrem Gewicht verloren gegangen. Sie waren beide so leicht, daß ich schon meinte, sie würden mir aus dem Griff schweben. Enkidu nickte. »Ja. Sie sind nun anders. Ich glaube, die göttliche Stärke und Kraft ist von ihnen gewichen. Es ist ein schrecklicher Ort, da drunten.« Und erneut überkam ihn ein Schaudern. »Ich konnte nichts sehen, überhaupt gar nichts. Aber während ich vorankroch, spürte ich, wie ausgetrocknetes Gebein unter mir zerbrach. Bröselnde trockene alte Knochen. Der Boden dieses Gangs hat einen Teppich von Gebeinen, Gilgamesch. Gewiß sind vor mir viele Menschensöhne dort hinabgestiegen. Jedoch, ich glaube, ich bin wohl der erste, der je wieder hervortrat.«

Zwischen ihm und mir hing aber etwas in der Luft wie ein Vorhang. Die Absonderlichkeit, die sich in jener anderen Welt auf seine Schultern gelegt hatte, stand zwischen uns und schirmte seine Seele von der meinen ab. Ich spürte, daß ich ihn nicht mehr erreichen konnte; ja fast hatte ich die Empfindung, als kenne ich ihn nicht mehr. Und in meinem Herzen stieg das erstickende Gefühl auf, daß ich einen unwiederbringlichen Verlust erlitten hätte. Der Enkidu, den ich gekannt hatte – er war dahin und verschwunden. Er war an einem Ort gewesen, den zu betreten ich nicht wagte, und er war zurückgekehrt mit einem Wissen, das mir niemals greifbar sein würde.

»So sag mir doch, was sahst du dort?« bat ich. »Waren da Dämonen?«

»Ich sagte dir doch, es war finster. Ich sah nichts. Aber ich spürte sie um mich herum, überall um mich herum.« Er wies mit der Hand zu dem Maul des Erdschachtes. »Du solltest dieses Loch da verschließen, Bruder, so daß es nimmermehr geöffnet werden kann. Versiegle die Tür, und dann versiegle sie noch einmal, und dann noch sieben weitere Male!«

Mir war, als müsse ich bersten vor Zorn, als ich ihn da so zerrüttet vor mir sah, und nur wegen meiner Trommel. Wie gern hätte ich dies alles ungeschehen gemacht! Die Trommel festgehalten, bevor sie in den Abgrund fallen konnte ... Meinen Enkidu fest im Arm gehalten, so daß er nicht ihr nach in die Tiefe stürzen könne! Jedoch all das war für immer und ewig geschrieben mit ehernem Stichel im Buch der Zeiten. Ich sprach alsdann mit Bitterkeit: »Ja doch, ich werde dieses Loch verschließen und versiegeln. Aber, mein Enkidu, es ist zu spät! Ach wärest du doch niemals dort hinabgestiegen ...«

Er aber lächelte mir zu mit einem dünnen schwachen Lächeln. »Aber das würde ich doch jederzeit wieder tun für dich, wenn es nötig würde. Allerdings hoffe ich, es wird nicht nötig sein.« Und dann trat er ganz nahe zu mir, und ich konnte an ihm den trockenen Geruch des Staubes und der Spinngewebe riechen. Und mit einer Stimme, die klang wie eine erlöschende Fackel, sprach er: »Ich sah nichts, während ich dort unten in der unteren Welt weilte, denn dorten ist alles schwarz. Doch eines sah ich, und ich sah es mit meinem Herzen, nicht mit den Augen ... und, mein Gilgamesch, es war ich selbst, es war mein eigener Leib, und den fraßen die Würmer, wie Motten ein altes Tuch zerfressen. Es waren meine eigenen Gebeine, über die ich in jenem Gang nach unten kroch. Und so habe ich nun Angst, mein lieber Freund. Ich habe große Angst.« Und er legte mir sanft seine Hände auf die Schultern und gab mir einen staubigen Kuß. Dann sprach er mit sanfter Stimme: »Es tut mir leid, daß deine Trommel ihre Götterkraft verloren hat. Ich hätte sie dir heil und so zurückgebracht, wie sie gewesen ist, wenn ich es gekonnt hätte. Das weißt du doch? Ich hätte sie dir wiedergebracht, so wie sie war!«

SECHSUNDZWANZIG

Ich glaube, es war am folgenden Tag, daß die Krankheit über Enkidu kam. Er klagte, seine Hand, mit der er das Tor zum Zedernwald gesprengt und die er sich dabei verletzt hatte, fühle sich eisig an. Eine oder zwei Stunden danach sagte er, der ganze Arm sei steif und schmerze ihn. Sodann gab er an, er fiebere, und legte sich auf sein Lager.

»Es ist genau wie in meinem Traum«, sprach er trübsinnig zu mir. »Die Götter haben sich zum Rat versammelt und dortselbst beschlossen, daß ich es bin, der sterben muß, da du der König bist.«

»Du wirst nicht sterben!« sprach ich mit zornig-liebevoller Stimme. »Kein Mensch stirbt an Armschmerzen! Sicher hast du ihn nur erneut verzerrt, als du durch diesen ekelhaften Tunnel gekrochen bist. Ich habe nach den Heilkundigen senden lassen, und sie werden dich bis zur Nacht wieder gesundmachen.«

Er aber schüttelte den Kopf. »Ich sage dir, ich sterbe, Gilgamesch.«

Es bestürzte und erzürnte mich, als ich ihn so matt und schwächlich sprechen hörte. Er schien sich anzuschicken, dem Dämon, was immer dieser sein mochte, zu unterliegen, der sich seiner bemächtigt hatte. Und das war so gar nicht seine Art. »Das lasse ich nicht zu!« rief ich. »Ich lasse dich nicht sterben!« Und ich kniete an seinem Lager nieder. Sein Gesicht wirkte gedunsen, und seine Stirn glänzte vom Schweiß. Eindringlich sprach ich zu ihm: »Mein Bruder, ich könnte es nicht ertragen, dich zu verlieren. Ich flehe dich an: sprich mir nicht länger vom Sterben. Die Heilkundigen sind schon unterwegs, und sie werden dich wieder gesund und wohlauf machen.«

Ich wachte aber über ihn wie eine Löwenmutter wacht über ihr Junges. Und er murmelte fiebrig und stöhnte, und seine Augen überzogen sich mit einem Schleier. Er klagte, der Kopf tue ihm weh und sein Mund brenne, die Augen schmerzten und in den Ohren höre er ein Singen. Die Kehle sei ihm eng wie zum Ersticken, klagte er, und die Halsmuskeln stächen. Brust, Schultern und Lenden schmerzten sehr, die Finger waren verkrampft, der Leib entzündet, und die Eingeweide heiß, die Hände und Füße und seine Knie schmerzten. Es gab keinen Teil an seinem Körper, der ihn nicht plagte. Zitternd lag er da im Griff des Todes – oder der Furcht vor dem Tode, und ich, um seinetwillen, verspürte die gleiche Furcht. Ihn so in Todesängsten liegen zu sehen, das gemahnte mich an meine eigene Sterblichkeit, und dies quälte mich wie ein Messer in meinem Fleisch. Es war der alte Feind, und wenn er auch nicht gekommen war, mich heimzusuchen, sondern meinen Freund, so mußte dies doch zwangsläufig meine uralte Furcht vor ihm neu wachrütteln. Ich war jedoch entschlossen: Ich hatte ja doch bereits fest beschlossen, dem Tod nicht zu weichen, noch sollte er sich Enkidu holen dürfen.

Ich tat alles, was möglicherweise helfen konnte. Vielleicht, so dachte ich, ist es die Trommel, die sich hier im Palast befindet und vielleicht einen Gifthauch aus der Niederwelt auf sich trägt, der ihm so zusetzt. Das wußte ich zwar nicht mit Gewißheit, aber ich wollte die Gefahr nicht laufen. Auch war mir diese Trommel nun verhaßt. So befahl ich Priestern, sie vor die Mauern der Stadt zu schaffen und dort unter solchen Zeremonien zu verbrennen, welche geeignet sein könnten, diese bösen Geister zu vertreiben. Tief grämte mich der Verlust der Trommel, doch ich wollte sie nicht bei mir behalten, wenn sie Enkidu krank machte. So wurde die Trommel verbrannt. Enkidu jedoch ging es nicht besser.

Die Heilkundigen kamen herbei, die erfahrensten

Wahrsager und Geisterbanner der Stadt. Der erste aber, der Enkidu beschaute, war der alte Namennaduma, der Königliche Baru-Priester und bedeutender Magiekundiger. Seine Untersuchung dauerte lange; mehrere Stunden lang beobachtete er Enkidu und befragte die Orakel, auf daß er eine vorläufige Diagnose und eine Prognose der Krankheit erstellen könne. Dann ließ er mich in das Gemach des Kranken rufen und sprach: »Die Gefahr ist groß.«

»So vertreibe sie, du Seher, oder du selbst wirst dich in noch weit höherer Gefahr befinden«, beschied ich ihn.

Namennaduma aber hat wohl solche Drohungen des öfteren schon gehört, denn meine barschen Worte schienen ihn nicht zu beeindrucken. Gemächlich antwortete er mir: »Wir werden ihn behandeln. Doch wir müssen erst mehr wissen. In dieser Nacht wollen wir die Sterne befragen, und morgen werden wir das Orakel der Schafsleber durchführen. Und dann können wir mit der Behandlung beginnen.«

»Wozu der lange Aufschub? Mach deine Divinationen schon heute!«

»Heute ist kein günstiger Tag«, sagte der Baru-Priester. »Es ist eine unglückliche Zeit des Monats, und der Mond steht nicht günstig.« Dagegen konnte ich nichts vorbringen. Und so ging er davon, um die Sterne zu studieren, und in den Raum Enkidus trat der Azu, der Wasserkundige, der Mann der Arzneigemische. Dieser Mann legte dem Enkidu seine Hand auf die Brust und gegen die Wange, und er nickte mit verkniffener Stirn und holte bestimmte Pulver aus seinem Sack hervor. Sodann sprach er zu mir: »Wir wollen ihm das Pulver Anadishsha und zerstoßenen Duashbur-Samen geben, in einem Gemisch aus Bier und Wasser. Das wird sein Fieber kühlen. Und gegen die Schmerzen den Brei von getrockneten Weinreben und dem Öl des Pinienbaumes in Umschlägen. Und damit er schlafen könne, die pulverisierten Samen des Nigmi und einen Extrakt aus Wurzeln und Stamm der Arina, mit Myrrhe und Thymian in Bier gemischt.«

Die Hoffnung ließ meinen Atem rascher fließen. »Also kann er geheilt werden?« fragte ich.

Leicht verärgert antwortete mir der Wasserkundige: »Er wird weniger Schmerzen leiden, und sein Fieber wird sich senken. Die Heilung muß danach erfolgen, falls sie überhaupt möglich ist.«

In jener Nacht schlief Enkidu nur wenig, und ich überhaupt nicht.

Am nächsten Morgen fand sich Namennaduma wieder ein. Sein Gesicht war düster, er weigerte sich aber, mir zu berichten, was er in den Sternen gelesen hatte, und als ich ihm befahl, es mir zu sagen, betrachtete er mich nur prüfend, als wäre ich ein Besessener. »Die Prognose ist nicht einfach«, sagte er und zuckte dabei die Achseln. »Wir müssen jetzt das Leberorakel vornehmen.«

Man trug ein Standbild des Ninib, des Sohnes Enlils und Gottes der Heilkunst, in das Gemach. Davor band man ein kleines weißes Schaf. Ich starrte auf das kleine Geschöpf mit seinen traurigen Augen und dachte bei mir: das da hat nun Gewalt über Leben und Tod meines Enkidu. Namennaduma sprach die Gebete und vollzog das Trankopfer und schlachtete das Schaf. Dann schnitt er ihm mit raschen Bewegungen des Messers den Leib auf und hob die dampfende Leber hervor und untersuchte sie mit aller Geschicklichkeit, die er sich in seiner sechzigjährigen Ausübung seiner Kunst erworben hatte. Er prüfte, in welcher Lage die Leber im Bauch gelegen hatte – das nannte er den »Palast der Leber« –, sodann untersuchte er eifrig die Leber selbst, ihre Lappen und das Geäder, ihre Krümmungen und Einschnitte, die kleinen fingerartigen Auswüchse. Am Ende blickte er zu mir empor und sprach: »Das Shanu ist doppelt, desgleichen das Niru. Das ist ein übles Omen, König.«

»Dann finde ein besseres!«

»Da schau her, König! Hier ist ein Klumpen Fleisches auf der Unterseite des Na.«

Ich spürte, wie Zorn in mir aufstieg. »Na und? Was bedeutet es?«

Namennaduma wurde unruhig. Er spürte wohl, wie der Zorn sich hitziger in mir regte, und er wußte, was dies für ihn selbst bedeuten konnte. Aber wenn ich gehofft hatte, ich könnte ihm solche Angst einjagen, daß er mir eine Diagnose liefern würde, die mir Trost brächte, so irrte ich. Ohne viel Umschweif antwortete er mir: »Es bedeutet, daß auf dem Kranken ein Fluch ruht. Er wird sterben.«

Seine Stimme prallte in meine Ohren wie Hämmer. Nun raste ich wirklich vor Wut. In meinem Hirn dröhnte ein Donnern. Ich hätte den Mann beinahe niedergeschlagen. »Wir werden allesamt sterben!« brüllte ich. »Aber doch nicht jetzt schon! Nicht so früh! Verflucht sollst du sein mit deinen üblen Omina! Schau noch einmal, Baru-Priester! Finde mir die wahre Wahrheit!«

»So soll ich dich also durch Worte täuschen, die dir angenehmer sind?«

Er sprach aber diese Worte so grob und leise und unerbittlich, daß mein Zorn sofort von mir wich. Ich erkannte, daß ich einem Mann von Stärke und Erhabenheit gegenüberstand, der nicht willens war, die Wahrheit seiner Kunst zu verraten, selbst wenn es ihn das Leben kosten sollte. Ich bezwang mich also, und als ich wieder mit meiner üblichen Stimme sprechen konnte, sagte ich zu ihm: »Ich will die Wahrheit wissen. Zwar ist mir die Wahrheit, die du mir bietest, ein Greuel, doch immerhin, ich bewundere dich für die Art, wie du sie sagst. Du bist ein hochachtbarer Mann, Namennaduma!«

»Ich bin ein alter Mann. Wenn ich dich erzürne, und du mich erschlägst, was macht mir das schon? Aber ich werde dich nicht belügen, nur um dir angenehm zu sein.«

»Sind alle Omina übel?« fragte ich mit leiser drängender Stimme und beinahe flehentlich.

»Sie sind nicht gut. Jedoch, er ist ein Mann von ungeheurer Stärke. Die mag ihn vielleicht noch retten, wenn wir nur das rechte Verfahren anwenden. Ich verspreche dir nichts, aber es besteht eine Hoffnung. Aber, König, es ist eine sehr geringe Hoffnung.«

»Tu, was getan werden kann. Rette ihn mir!«

Der Baru-Priester legte mir sacht die Hand auf den Arm. »Du weißt es doch, es ist den Ärzten verboten, einen Kranken zu behandeln, dessen Fall hoffnungslos ist. Das wäre Hohn und eine Herausforderung der Götter, und wir dürfen es nicht tun.«

»Das weiß ich. Doch du sagtest soeben, es gibt eine Möglichkeit, ihn zu retten.«

»Eine sehr geringe Hoffnung, ja. Ein anderer gelehrter Heiler möchte vielleicht sagen, der Fall sei hoffnungslos, und sich weigern, die Behandlung fortzusetzen. Ich sage dir dies aber, weil ich möchte, daß du dir in Erinnerung rufst, wie gefährlich es ist, sich dem Willen der Götter zu widersetzen.«

Mit einem Seufzer der Ungeduld sprach ich: »Gewiß, so ist es. Aber nun rufe mir den Geisterbanner und den Wasserkundigen herein und treibe sie an, auf daß mein Bruder geheilt werde!«

Und so machten sie sich ans Werk.

Ein Heer von Heilkundigen umstand das Bett des Enkidu. Einige brachten geschäftig Opfer und Trankspenden dar und vergossen Milch und Bier und Wein und brachten Brot und Früchte dar, in solchen Unmaßen, daß man damit eine Legion von Göttern hätte speisen können, und sie schlachteten Lämmer und Ziegen und Milchferkel ohne Zahl. Während sie dies aber taten, hob der Ashiptu, der Geisterbeschwörer, mit seinen Beschwörungen an. »Sieben sind es, sieben sind es, sieben in der Tiefe der See«, singsang er. »Ashakku, der Fieberbringer, hält den Mann. Namtaru, der Krankheit bringt, hält den Mann. Der böse Geist Utukku hält den Mann an seinem Nacken. Der böse Dämon Alu sitzt dem Manne in der Brust. Der böse Geist Ekimmu hockt dem Mann im Bauch. Der böse Teufel Gallu packt den Mann an seiner Hand. Der böse Gott Ilu kneift den Mann in seinen Fuß. Sieben sind es. Böse sind sie. Und haben sich diese sieben des Mannes bemächtigt und verzehren nun seinen Leib wie ein wütender Brand. Ich aber richte meine Beschwörung gegen sie.«

Während er sang, stapfte ich wohl tausendmal von einer Wand des Gemachs zur anderen. Ich fühlte, wie sich die Faust des Gottes um Enkidu schloß. Ich litt entsetzlich darob. Er lag mit umwölktem Blick und rasselndem Atem da und schien kaum zu bemerken, was um ihn herum geschah. Die Beschwörungsrituale setzten sich stundenlang fort. Als aber die Heilkundigen endlich gegangen waren, blieb ich an seinem Lager. »Mein Bruder?« murmelte ich. »Mein Bruder, hörst du mich?« Und er hörte mich nicht. »Die Götter haben beschlossen, mein Leben zu verschonen, und dafür verlangen sie dich als Preis! Ist es so? Ist es so? Ach weh, es ist zuviel, mein Enkidu!« Er sprach kein Wort. Da begann ich stammelnd und langsam die große Weheklage über ihn zu sprechen, doch ich kam darin nicht sehr weit. Es war zu früh, diese Worte für Enkidu zu sprechen – ich brachte es nicht über mich. »Mein Bruder, so willst du denn von mir gehen?« fragte ich. »Werde ich dich jemals wiedersehen?« Er aber hörte meine Worte nicht, denn ein Fiebertraum hielt ihn ganz umfangen.

Im Verlaufe der Nacht aber erwachte er und hob an zu sprechen. Seine Stimme war klar, und sein Verstand schien auch klar zu sein, jedoch gab er durch nichts zu erkennen, daß er wisse, ich sei bei ihm. Er sprach aber davon, wie er sich im Zedernwald die Hand verletzt hätte, nur um das wunderschöne Tor zu schonen; und er sagte laut, wenn er damals gewußt hätte, daß deswegen solches Mißgeschick und Leiden über ihn kommen werde, dann hätte er seine Streitaxt erhoben und die Pforte zersplittert wie einen Schilfvorhang. Sodann redete er mit Bitternis von dem Fallensteller Kuninda, der ihn auf der Steppe ausgekundschaftet hatte. »Ich rufe Flüche herab über sein Haupt, weil er mich in die Hände der Stadtleute überantwortet hat!« schrie Enkidu heiser und wirr, so daß mich Furcht packte. »Möge er all seinen Wohlstand einbüßen! Und mögen die Tiere, die er in seine Fallen zu locken sucht, seiner Hinterlist entkommen! Und es soll keine Freude mehr in seinem Herzen wohnen können!« Danach ward er eine Weile lang etwas stiller und schwieg, und ich glaubte schon, er sei wieder eingeschlafen. Doch mit einemmal richtete er sich wieder auf von seinem Lager und begann weiter zu wüten, und nun raste er gegen die heilige Hure Abisimti. »Auch das Weib verfluche ich!« Er sei wild und ohne Fesseln gewesen, sprach er, und sie habe ihn gezwungen, das Leben mit den Augen der Menschen zu sehen. Er habe nie einen Kummer gekannt, noch Einsamkeit, noch die Furcht vor dem Tode, bis sie ihn zu der Erkenntnis verführte, daß es alles dies gäbe. Selbst die Lust und Freude, die sie ihm gebracht habe, sei besudelt und von Würmern zerfressen, sagte Enkidu; denn nun, da er im Sterben liege, bereite ihm der Gedanke, diese Freuden auf immerdar zu verlieren, eine nagende Pein. Wäre sie ihm nicht genaht, er hätte in friedlicher Unwissenheit und Unschuld dahinleben können. Und mit Bitternis sprach er: »So soll denn dies ihr verfluchtes Geschick sein für alle künftigen Zeiten: sie soll auf ewig durch die Straßen streifen! Sie soll stehen im Schatten der Mauer! Betrunkene Männer sollen sie niederwerfen und sie nehmen und übel mißbrauchen!« Und er wälzte sich hinüber, gegen die Wand zu, und hustete und murrte und sprach unverständliche Worte. Dann wurde er wieder still.

Ich aber wartete. Ich fürchtete mich, daß seine nächste Verwünschung Gilgamesch gelten könnte. Ich fürchtete mich wirklich, obwohl ich wußte, daß sein Geist verwirrt war. Aber Enkidu hat mich nicht verflucht! Als er das nächstemal die Augen aufschlug, blickte er mich direkt an und sprach mit seiner gewöhnlichen Stimme: »Ja, was ist denn, Bruder, ist es schon Mitternacht?«

»Ich glaube, so ist es.«

»Sinkt das Fieber? Habe ich geträumt?«

»Geträumt, ja. Und auch getobt und laut geredet. Aber es hat den Anschein, als wirkten die Arzneien allmählich.«

»Ich habe getobt? Was habe ich denn gesagt?«

Ich sagte ihm also, daß er von der Pforte gesprochen habe, an der er seine Hand verletzte, und von dem Fallensteller und von der Tempelhure Abisimti, und daß er sie allesamt verflucht hätte, weil sie ihn auf einen solchen Pfad verleitet hätten.

Er nickte. Seine Stirn umwölkte sich. Einen bedrükkenden Augenblick lang schwieg er. Dann aber fragte er: »Aber ich habe nicht dich verflucht, Bruder?«

Stumm schüttelte ich den Kopf und sprach dann: »Nein. Mich hast du nicht verflucht.«

Er schien unendlich erleichtert zu sein. »Ach, ach, wie sehr fürchtete ich, daß ich es vielleicht getan hätte!«

»Du hast es nicht getan!«

»Aber selbst wenn ich es getan hätte, dann wäre es doch nur das Fieber gewesen, das aus mir redete, und nicht dein Enkidu. Das weißt du doch?«

»Ja, das weiß ich.«

Er lächelte. »Ich war zu rasch und grausam, Bruder. Nicht die Pforte war schuld, daß ich mir meine Hand verletzte. Und auch Ku-ninda trägt keine Schuld daran, daß ich mich in der Schlinge fing. Und auch die Abisimti ist schuldlos. Glaubst du, es ist möglich, daß man Verfluchungen zurücknimmt?«

»Ich glaube schon, daß das geht, mein Bruder.«

»Nun, so rufe ich denn meinen Fluch zurück. Denn ohne diesen fallenstellenden Jäger und das Weib hätte ich dich ja niemals getroffen. Ich hätte nie gelernt, ein Brot zu essen, das wie für Götter gebacken wird, noch den Wein der Könige zu trinken. Und mein Leib wäre nicht in feine Gewänder gekleidet worden, und ich hätte nie den herrlichen Gilgamesch als Freund und Bruder gewonnen. So soll also der Fallensteller zu Wohlstand wachsen. Ja, und das Weib – nun, kein Mann soll sie jemals höhnen und verachten. Die Könige und Fürsten und die anderen Ehrenwerten sollen sie lieben und sie überhäufen mit Karneol und mit Blaustein und mit Gold, und sollen ihre eigenen Weiber vergessen um ihretwillen. Und möge sie ein Plätzchen finden im Hause der Götter. Siehst du? Ich habe meine Verwünschungen zurückgerufen!« Und er blickte mich seltsam an. Dann aber sprach er mit veränderter Stimme: »Sag mir an, Gilgamesch! Werde ich nun bald sterben?«

»Das wirst du nicht! Die Heilkundigen tun ihr Werk an dir. Bald wirst du dann wieder ganz du selber sein.«

»Ach ja. Wie wird das herrlich sein, von diesem Bett hier aufzustehen und wieder an deiner Seite zu rennen und zu jagen, Bruder! Du sagst, es werde bald sein?«

»Ja, vielleicht ein Weilchen länger.« Was sonst hätte ich ihm sagen können? Sollte ich ihm die eine Stunde Frieden inmitten seiner Schmerzen nicht gönnen? In mir aber stieg Hoffnung auf, daß er vielleicht doch genesen könne. »Jetzt aber schlaf, mein Enkidu! Sei still und schlaf!«

Er nickte und schloß die Lider. Ich saß bei ihm und wachte, fast bis zum Morgengrauen. Da aber sank ich selbst in den Schlaf. Die Rückkehr der Heilkundigen weckte mich, die zerrten die Opfertiere für die Morgenopfer heran. Ich schaute hastig den Enkidu an. Die leichte Erholung der letzten Nacht schien verflogen, er wirkte erneut fieberig und als wandere seine Seele durch ein Land des Wahnsinns. Ich aber redete mir ein, es werde viele Rückschläge geben, ehe dies Unheil da von ihm genommen würde.

An diesem Tag befragten die Weisen das Öl-Wasser-Orakel. Sie scharten sich dicht in einem Kreis, um zu sehen, welche Muster das Öl im Wasser bilden werde, wenn es in der Schale heraufstieg. »So schaut doch«, sprach einer, »das Öl sinkt und steigt wieder empor!« Und ein anderer sprach: »Es fließt aber in östlicher Richtung. Und es breitet sich aus und bedeckt die Schale.« Ich aber fragte nicht, was diese Omina bedeuten mochten, denn inzwischen war ich überzeugt, daß Enkidu genesen werde.

Sodann nahmen sie die Anrufung des Eridu über ihm vor. Die Priester kneteten aus Teig ein Ebenbild des Enkidu und besprühten es mit dem heiligen Weihwasser der Litanei, in der sie sangen: von dem lebenspendenden Wasser, der alles reinigenden Wasser. Und durch Gebet und heilige Handlungen zogen sie dem Enkidu einen Dämon aus dem Leib und versetzten ihn in einen Topf voll Wassers, den sie dann zerschmetterten, wobei der Dämon auf die Feuerstelle ausgeschüttet wurde. Und sie holten einen zweiten Dämon aus ihm heraus, in Gestalt einer Schnur, die sie zu Knoten flochten. Und sie entschalten eine Zwiebel und warfen die Blätter eines nach dem anderen, Dämon nach Dämon, in die Flammen. Es folgten noch zahlreiche ähnliche Beschwörungen.

Inzwischen begab sich auch der Arzt an die Arbeit und baute seine Tränke und Pülverchen auf: Kassia und Myrte, stinkenden Asant und Thymian, und seine Weidenrindenpulver, Pulver aus Feigen und Birnen, die zerstoßene Schildkrottschale und pulverisierte Schlangenhäute und all das übrige. Sowohl Salz wie Salpeter wurden in seine Heiltränke gemischt, und Bier und Wein, sowie Honig und Milch. Mir fiel auf, wie säuerlich die Geisterbeschwörer den Arzt beobachteten, während er seine Mittel mischte, aber auch, wie umgekehrt er sie ansah. Ohne Zweifel besteht zwischen diesen Heilern eine Art eifersüchtiger Rivalität, und sie glaubten wohl alle, einzig sie alleine könnten die wirkliche und wirksame Heilung herbeiführen. Ich aber weiß, daß die eine Heilkunst wirkungslos bleibt ohne die andere. Die Arzneien lindern Schmerzen und lassen Geschwülste abschwellen und bringen der erkälteten Stirn Erleichterung, wenn jedoch nicht gleichzeitig die Dämonen vertrieben werden, was nutzen dann schon alle Tränke? Denn es sind ja die bösen Geister, die vor allem Übelstand und Krankheit bewirken.

Da ich aber wußte, daß das Leiden des Enkidu gottgegeben und dem Ratschluß der Götter entsprungen war, um uns für unsern Stolz und Hochmut zu strafen, nachdem wir den Huwawa erschlagen und den Himmelsstier niedergestochen hatten, deuchte mir, es könnte nicht schlecht sein, wenn auch ich selbst von diesen Heiltränken und Arzneien nähme. Vielleicht lauerte in mir die gleiche unheilvolle Krankheit wie in Enkidu, auch wenn mir bisher auf göttlichen Befehl die gleichen Beschwerden erspart geblieben waren; vielleicht war es so, daß Enkidu von seinen Leiden nicht erlöst werden konnte, solange nicht auch ich gereinigt und entsühnt war. Also schluckte ich jede Medizin, die Enkidu trank, auch selbst, und – bei den Göttern – es war ein zumeist übelschmeckendes Gebräu. Ich keuchte und rülpste vor Übelkeit davon, doch ich trank alles hinunter, auch wenn ich danach fast eine Stunde lang verwirrt und benommen war. War es von irgendeinem Nutzen für mich? Wer weiß das schon? Der Ratschluß der Götter und ihr Planen ist jenseits unserer Erkenntnismöglichkeiten. Und wie ein Gott denkt, das ist wie ein abgründig tiefes Wasser. Wer könnte es ausloten?

Über einige Tage hin schien Enkidu kräftiger zu werden. An anderen Tagen aber war er viel schwächer und hinfälliger. Drei Tage lang lag er ohne Unterlaß mit geschlossenen Augen da und stöhnte und brabbelte unverständlich vor sich hin. Dann aber erwachte er und ließ mich zu sich rufen. Er war bleich, und ich erkannte ihn fast nicht. Das Fieber hatte ihm sein Fleisch weggezehrt: seine Wangen waren eingefallen und die Haut hing ihm lose auf seinem Gebein. Er schaute mich starr an. Seine Augen waren wie dunkle Sterne, die in den Höhlungen seines Gesichtes glühten. Und da, plötzlich, erkannte ich, daß sich die Hand des Todes auf seine Schulter gelegt hatte. Und ich wünschte mir, ich hätte weinen dürfen.

Ich fühlte mich vollkommen hilflos. Ich – der Sohn des göttlichen Lugalbanda, ich, der König, ich, der Held, ich, der Gott: und ich war in aller meiner Pracht und Macht und Glorie ratlos und hilflos. Hilflos!

Enkidu sagte aber zu mir: »Ich hatte letzte Nacht wieder einen Traum, Gilgamesch.«

»So sag ihn mir!«

Seine Stimme klang gleichmütig und ruhig. Er sprach, als befände er sich zwölftausend Meilen weit weg. Und er sagte: »Ich hörte ein Gestöhn in den Himmeln, und ich hörte das feste Land antworten. Ich stand aber für mich alleine und vor mir war ein gräßliches Ding. Das Antlitz dieses Wesens war schwarz wie das des Sturmvogels, und es trug Krallen wie die Krallen eines Adlers. Und der Vogel packte mich und umklammerte mich mit seinen Klauen, und er zerrte mich an seinen Bauch, so daß ich fast erstickte. Und sodann, Bruder, verwandelte er mich und ließ aus meinen Armen Schwingen werden, die mit Federn bedeckt waren wie die eines Vogels. Und er schaute mich an und entführte mich hinab in das Haus der Finsternis, hinunter zu der Wohnstatt der Ereshkigal, der Höllenfürstin, auf jener Straße, auf der keiner wiederkehrt, und hinab in die Wohnung, die keiner mehr verläßt. Und er führte mich an jenen düsteren Ort, wo jene, die dort hausen, in Finsternis hocken und fressen Aschenkuchen anstatt des Brotes und essen Lehmklumpen anstatt ihres Fleischgerichts.«

Ich aber starrte ihn nur sprachlos an. Kein Wort stand mir bereit.

»Und ich schaute die Toten, die da gestorben waren. Sie tragen ein Kleid wie die Vögel, und die Vogelschwingen sind ihr Gewand. Sie schauen kein Licht, denn sie hausen in Dunkelheit. Und ich trat in das Haus des Staubes und der Vernichtung, und ich schaute die Könige der Erde, mein Gilgamesch, und die Herrscher, die mächtigen Meister, die alles beherrschen – und sie alle trugen keine Kronen mehr. Sie warteten den Dämonen auf, als wären sie Sklaven, und legten ihnen Backwerk vor und Fleisch und schenkten kühles Wasser in die Becher aus den Wasserschläuchen. Und ich schaute die Priester und die Priesterinnen, die Seher und die Litaneiensinger und all das übrige heiligmäßige Gewürm ... und wozu hatte ihre Heiligkeit sie gebracht? Sie waren niedere Diener und Sklaven.« Die Augen Enkidus glitzerten scharf wie Splitter aus Obsidian. »Und soll ich dir sagen, wen ich dort schaute? Ich sah und schaute den Etanna von Kish, der in den Himmel hinaufflog – und nun war er hier, ganz tief unten! Und ich sah dort Götter: sie trugen Hörner als Kronen auf ihren Häuptern, und Donner fuhr vor ihnen her, wenn sie umhergingen. Und ich erblickte die Ereshkigal, die Höllenkönigin, und ihren Schriftführer, Belitseri, der vor ihr kniete und die Zahl der Toten auf einer Tafel festschrieb. Als sie mich aber sah, erhob sie ihr Haupt und sprach: ›Wer hat diesen da herbeigebracht?‹ – Und da erwachte ich, und es war mir wie einem Mann, der einsam durch eine schreckliche Ödnis wandert, oder wie einem, den man ergriffen und in Fesseln geschlagen hat und dessen Herz in Furcht und Bangen bebt. Ach, Bruder, mein Bruder, möge doch irgendeiner der Götter an dein Tor treten und meinen Namen dort löschen und den seinigen anstelle meines Namens dahinschreiben!«

Mich durchfuhr ein entsetzlicher Schmerz, und er traf mich allüberall in meiner Seele und – so glaube ich – auch in meinem Herzen, während ich dies hörte. Und ich sprach: »Ich will zu den Hohen Göttern oben bitten gehen, um deinetwillen. Es ist ein schrecklicher Traum.«

»Ich sterbe aber nun bald, mein Gilgamesch. Dann bist du wieder allein.«

Was hätte ich sagen können? Was tun? Der Kummer machte mich starr. Wieder allein, ja, das war es. Mir waren die Tage der öden Traurigkeit durchaus noch im Gedächtnis, die ich durchstehen mußte, ehe mein Freund und Bruder zu mir kam. Aber: Wieder allein sein? So wie ich es vordem war? Seine Worte klangen wie eine Totenklapper und würgten alle Freude in mir ab. Mich fröstelte, und ich fand nirgends in mir Kraft.

Enkidu aber sprach: »Das wird sehr anders sein für dich, mein Bruder. Du wirst dahin reisen und dorthin, und dabei wird es dir geschehen, daß du dich zu mir wendest und sagst: Enkidu, siehst du den Elefanten da drüben in der Ufermarsch? Enkidu, sollen wir die Mauern dieser Stadt erklimmen? Und ich, ich werde dir dann keine Antwort geben. Ich werde nicht mehr an deiner Seite sein. Und du wirst alles ganz allein und ohne mich bewirken müssen.«

Es war, als drücke einer mit der Hand mir die Kehle zu. »Ja, das wird – sehr anders sein.«

Er hob sich ein weniges aus dem Lager und drehte mir sein Haupt zu. »Deine Augen sind heut so anders. Du weinst doch nicht etwa? Bruder, ich habe dich niemals weinen sehen. Glaube ich jedenfalls.« Dann lächelte er. »Ich habe jetzt kaum noch Schmerzen.«

Ich konnte nur mit dem Kopf nicken. Ich wußte ja, warum dies so war. Und der Kummer lastete auf mir und drückte mich nieder, schwer wie eine Last von Steinen.

Dann verblaßte das Lächeln aus seinem Gesicht, und er sprach mit einer rauhen und trübseligen Stimme: »Weißt du, mein Bruder, was mich am meisten kränkt? Abgesehen davon, daß ich dich nun so alleine zurücklassen soll? Es kränkt und ärgert und wurmt mich, daß ich wegen der Verfluchung der Großen Götter nun auf so schmachvolle Weise sterben muß, schmählich in meinem Bette und schwächlich dahinschwindend in langen Tagen. Der Mann, der im Kampf auf dem Schlachtfeld stirbt, bekommt einen glückseligen Tod. Ich aber – ich muß hier in Schmach und Schande sterben.«

Das aber bedrückte mich in diesem Augenblick nicht so schwer, wie es ihn belastete. Ich mußte mich da mit einer Erfahrung herumschlagen, die überhaupt nichts mit so feinen Wertungen wie Scham oder Stolz zu tun hatte. Er war mir bereits genommen und entrissen, während er da noch vor mir lebte; ich durchlitt diesen Verlust, und es kümmerte mich nicht und spielte keine Rolle, auf welche Weise oder an welchem Ort man mir einen solchen furchtbaren Verlust aufbürdete.

»Das Sterben ist so, und der Tod ist der Tod, gleichgültig, in welcher Gestalt«, sagte ich leichthin.

»Es wäre mir aber schon sehr lieb gewesen, wenn es auf andere Weise geschehen wäre«, sagte Enkidu.

Ich brachte kein Wort hervor. Der Tod saß ihm an der Kehle, und das wußten wir beide. Und was hätten schon in diesem Augenblick Worte ausrichten können. Der Baru-Priester Namennaduma hatte dies von Anfang an gewußt. Und er hatte versucht, mir die Zusammenhänge zu erläutern. Ich aber, in meiner Verblendung, hatte die Wahrheit nicht sehen wollen. Der Tod war zu Enkidu getreten. Und König Gilgamesch – ich – war machtlos und konnte nichts dagegen tun.

SIEBENUNDZWANZIG

Elf Tage noch siechte er dahin. Und seine Leiden steigerten sich mit jedem Tage, so daß ich es kaum ertragen konnte, ihn anzuschauen. Doch ich blieb an seiner Seite bis zum Schluß.

Am zwölften Tage, in der Dämmerung, erkannte ich, daß das Leben von ihm wich. Während der letzten Augenblicke wollte mir in der Dunkelheit scheinen, als liege ein schwacher rötlicher Dunsthauch über ihm; der Dunst aber stieg auf und wehte hinweg, und dann war alles dunkel. Daran erkannte ich, daß er gestorben war. Stumm saß ich da und fühlte, wie die Einsamkeit und Verlassenheit sich über mich zu wälzen begann. Anfangs konnte ich noch nicht weinen, aber ich erinnere mich, daß ich damals dachte, daß der Wildesel und die Gazelle nun wohl weinen müßten. Alles das wilde Getier der Steppe klagt um Enkidu, dachte ich: sogar der Bär, sogar die Hyäne und sogar der Panther. Die Pfade in den Wäldern, in denen er vor Zeiten gelebt hatte, waren naß von Tränen um seinetwillen. Die Flüsse, die Bäche, die Hügel – alles klagte.

Ich streckte die Hand aus und berührte ihn. Ward er bereits kalt? Ich hätte es nicht zu sagen gewußt. Er sah aus, als ob er nur schlafe, doch ich wußte, dies war kein Schlaf. Die Fieberanfälle, die sich in ihn hineingebrannt hatten, hatten auf seinen Zügen ihre Zeichen hinterlassen in diesen letzten zwölf Tagen, und er hatte hager ausgesehen und wie eingesunken; nun jedoch sah er beinahe wieder aus wie früher: ruhig und mit glattem Gesicht. Ich legte ihm die Hand aufs Herz. Ich fühlte keinen Schlag. Ich stand auf und breitete das Laken über ihn, zärtlich, wie der Bräutigam den Schleier legt um seine Braut. Aber ich wußte, dies war kein Schleier, es war ein Bahrtuch. Und dann weinte ich. Zuerst rannen meine Tränen nur langsam, denn Tränen waren mir recht fremd; ich stieß einen kleinen schniefenden Laut aus, ich spürte etwas Warmes in den Winkeln meiner Augen, meine Lippen bissen sich fest aufeinander. Doch nach einiger Zeit, da ich so saß, wurde es mir leichter zu weinen. In mir barst irgendein Damm, und mein Gram ergoß sich ungehemmt. Dann schritt ich vor dem Lager auf und nieder wie eine Löwenmutter, der man die Jungen geraubt hat. Ich raufte mir die Haare. Ich zerriß meine feinen Gewänder und schleuderte sie von mir, als wären sie unrein. Ich raste, ich tobte, ich brüllte. Niemand wagte es, sich mir zu nahen. Man ließ mich allein mit meinem entsetzlichen Gram. Ich blieb bei seinem Leichnam diesen ganzen Tag und einen zweiten und dann abermals einen dritten Tag, bis ich dann sah, daß die Diener der Ereshkigal ihn für sich zu fordern begannen. Da wußte ich denn, ich mußte ihn von mir lassen, damit er begraben werde.

Also nahm ich mich zusammen. Denn ich hatte viel zu tun.

Da war zuerst das Ritual des Abschieds. Ich begab mich zu der Kammer, in der solche Dinge verwahrt werden, und holte einen Tisch aus Elammaqu-Holz und stellte darauf eine Schale aus Blaustein und eine aus Karneol. In die Lapislazuli-Schale goß ich geronnene Milch, in die andere goß ich Honig; dann trug ich den Tisch zu der Terrasse des Utu und stellte ihn unter die Sonne als Opfergabe. Ich sprach die vorgeschriebenen Worte. Und als ich zu der großen Wehklage kam, so vermochte ich sie diesmal ohne Stocken zu sprechen.

Sodann rief ich die Ältesten Uruks vor mich. Sie wußten natürlich, was geschehen war, und trugen das Band der Trauer am Arm. Sie blickten düster und feierlich, jedoch taten sie dies nur wegen meines Verlustes, nicht weil sie selber Trauer empfunden hätten: denn Enkidu war ihnen nichts gewesen. Das erzürnte mich einigermaßen, daß sie nicht die Vortrefflichkeit des Enkidu erkannt hatten, so wie ich seine Tugenden erkannt hatte. Jedoch, sie waren ja nur gewöhnliche Männer: wie hätten sie wissen und wie verstehen können, was da zwischen uns war. Sie wurden verlegen, da sie die Größe meines Grams erblickten. Dies hatten sie von mir nicht erwartet, eben gerade weil ich kein gewöhnlicher Mann war. Sie hatten mich für ein Wesen gehalten, das über die bloßen sterblichen Dinge, wie Kummer und Trauer, erhaben sei: ein Gott, der unter ihnen seinen Wohnsitz genommen hatte, oder etwas dergleichen. Und vielleicht hatte ich ja auch viel dazu beigetragen, einen solchen Glauben in ihnen wachsen zu lassen. Doch nun hatten meine Augen rote Ränder, und mein Antlitz war bleich und gedunsen. Derartige Anzeichen von Menschhaftigkeit überstiegen ihr Fassungsvermögen. Gilgamesch der König, Gilgamesch der Gott – je nun, aber ich war auch noch der Mann und Mensch Gilgamesch. Ich hatte schwer gelitten in der prunkvollen Abgesondertheit meines Königtums, obschon niemand aus meiner Umgebung dies erkannt hatte; und dann hatte ich einen Freund gefunden, und nun war mir dieser Freund von den Dämonen geraubt worden. Und darob weinte ich. Was hatten diese Leute denn von mir erwartet?

Ich sprach: »Ich weine um meinen Freund Enkidu. Er war mir die Streitaxt an meiner Hüfte, das Messer in meinem Gurt, der Schild, den ich schützend vor mich hielt. Er war mein Bruder. Der Verlust ist groß. Der Schmerz brennt tief.«

»Ganz Uruk trauert um deinen Bruder«, sprachen sie zu mir. »Die Krieger weinen. Das Volk auf den Straßen weint. Die Pflüger und die Erntearbeiter weinen, Gilgamesch.« Doch ihre Worte tönten mir hohl in den Ohren. Es war wie stets die alte Sache: sie sagten zu mir das, was ich, wie sie meinten, hören wollte.

»Wir werden ihn bestatten, als wäre er ein König gewesen«, sprach ich, auf daß sie besser verstünden, was Enkidu mir gewesen war.

Darauf schauten sie erschrocken drein; vielleicht glaubten sie, ich trüge mich mit dem Gedanken, das Personal meines Haushaltes oder vielleicht sogar einige der Ältesten selbst mit ins Grab zu befehlen, auf daß sie dem Enkidu dort Gesellschaft leisten sollten. Doch dachte ich daran gar nicht. Ich verstand den Tod nun besser als damals an jenem Tage, an dem der Hofstaat des Lugalbanda einer nach dem anderen hinabgestiegen war unter die Erde in sein Grabloch; ich konnte es nicht als verdienstvoll ansehen, andere Brüder weinen zu machen und Söhne und Eheweiber, um meines Enkidu willen. Also befahl ich ihnen nur, sie sollten sich für eine höchst prunkvolle Zeremonie bereitmachen.

Ich berief die erlesensten Kunstwerker der Stadt zu mir, die Kupferschmiede und die Goldschmiede und die Steinschneider. Ich befahl ihnen, ein Standbild meines Freundes zu fertigen – wobei der Leib von Gold sein sollte und die Brust von Blaustein. Ich befahl den Grabbauern auf dem offenen Bereich neben der Weißen Terrasse einen Schacht zu graben und mit gebrannten Ziegeln dessen Wandungen auszukleiden. Ich trug des Enkidu Waffen zusammen und die Häute der Tiere, die er erlegt hatte, auf daß sie mit ihm in die Grube gingen. Und ich besorgte, daß ein reicher Schatz an seiner Seite aufgehäuft werde: Trinkschalen und Ringe und alabasterne Schalen und Edelsteine und dergleichen mehr.

Ich begab mich nacheinander zu allen Tempeln und lud die Hohepriester ein, an der Bestattung Enkidus teilzunehmen. Der einzige Tempel aber, den ich nicht aufsuchte, war jener, den ich für die Göttin erbaut hatte. Im Grunde wäre es Tradition gewesen, ja sogar unumgänglich, daß die Inanna bei der Bestattung eines jeden Großen in Uruk anwesend sei – aber ich wollte sie dort nicht sehen. Ich schrieb ihr die Schuld an dem Tod meines Enkidu zu: ich war sicher, daß sie mit ihren Flüchen seinen Untergang über ihn herabbeschworen hatte, in ihrem Zorn gegen mich, der ihre Macht in der Stadt überstrahlte. Ich wollte nicht, daß sie bei der Bestattung des Freundes anwesend sei, den sie mir entrissen hatte; ich wollte ihr keine Gelegenheit bieten, sich hämisch zu freuen der furchtbaren Wunde, die sie mir zugefügt hatte. Soll sie doch in ihrem Tempel kauern und brüten, dachte ich. Seit dem Tag, an dem der Himmelsstier freigelassen worden war, hatte niemand, außer ihren Leibmägden, sie zu Gesicht bekommen. Und mir war dies nur recht so, wenn es weiter so blieb.

Jedoch war dies nicht, wie sie es haben wollte. Am Tag der Bestattung führte ich den Trauerzug vom Palast zu dem Grabschacht an. Ich weinte die ganze Zeit. Ich stand bei den Priestern und bei meiner Mutter, während wir die Opfer der Ochsen und Ziegen darbrachten und die Trankopfer ausgossen von Milch und Honig. Der Jäger Ku-ninda stand bei mir; auch die heilige Hure Abisimti war bei mir. Sie hatten Enkidu ja noch länger gekannt als selbst ich und betrauerten ihn nun beinahe so schmerzlich wie ich. Abisimtis Augen waren gerötet von Tränen, und sie hatte ihre Kleider zerrissen; Kuninda stand starr und stumm da, mit geballten Fäusten und zusammengebissenen Lippen und schien einen wilden Gram in sich hineinzuwürgen. Ich hatte sie beide gebeten, mir bei dem Ritual zur Seite zu stehen. Aber gerade als wir an den Punkt der Zeremonie anlangten, an dem das reine kühle Wasser als Erfrischung über den Toten ausgegossen wird, um ihm Linderung zu schaffen auf dem Weg in das Haus des Staubes und der Düsternis, gab es hinter mir einige Unruhe, und ich wandte mich um und sah dort die Inanna inmitten einer kleinen Schar ihrer Priesterinnen.

Sie sah aber mehr wie die Höllenkönigin aus als wie die Königin des Himmels. Ihr Gesicht war geisterhaft weiß bemalt, und die Augenlider und sogar die Lippen waren mit Kohl geschwärzt. Sie trug ein dunkles steifes Gewand, das ihr glatt von den Schultern fiel, und der einzige Schmuck an ihr war ein Dolch aus Grünstein, der ihr an einer Kordel aus geflochtenem Stroh zwischen die Brüste hing. Ihre Priesterinnen waren auf gleiche Art gekleidet.

Die Trauerzeremonie war unterbrochen. Rings um mich herum herrschte eine knisternde Stille.

Sie richtete den Blick in kaltem Haß auf mich und sprach: »Ein Begräbnis, Gilgamesch, ohne daß die Göttin um ihre Zustimmung gebeten wurde?«

»Heute tue ich, wie es mir beliebt. Er war mein Freund.«

»Jedoch noch ist Inanna hier die Herrscherin.«

Ich hielt meinen Blick fest auf sie gerichtet, und ich gab ihr Haß um Haß zurück und Eisigkeit um Eisigkeit. Mit klarer beherrschter Stimme sprach ich: »Ich werde meinen Freund begraben, ohne daß mir Inanna dabei hilft. Hebe dich hinweg und geh zurück in deinen Tempel!«

»Ich bin die Stimme der Göttin in Uruk.«

»Und ich bin König in Uruk. Durch mich sprechen die Männer unter den himmlischen Göttern.« Ich hob den Arm und ließ ihn weit kreisen. »So schau, die Priesterschaft des An ist hier und die Enlils und die Priester des Enki und die Priester des Utu. Die Vatergötter haben ihren Segen erteilt über die Bestattung des Enkidu zur Ruhe. Und wenn die Göttin heute einmal fehlt, nun, so meine ich, es spielt keine so große Rolle.«

Sie funkelte mich an und sagte lange, lange nichts, ja, sie schien nicht einmal zu atmen. Sie schwoll so an, daß ich schon dachte, sie werde zerspringen. Die wilde Wut in ihrem Gesicht war beängstigend.

Dann aber sagte sie: »Hüte dich, Gilgamesch! Dein Hochmut ist grenzenlos. Du hast doch schon einmal erfahren, was mein Fluch bewirkt. Ich würde ihn ungern auf den König Uruks legen. Doch wenn ich es muß, dann will ich es tun, Gilgamesch. Wenn ich muß, so werde ich dich verfluchen!«

Ich gab ihr mit leiser eisiger Stimme zurück: »Hüte auch du dich, Priesterin! Mag sein, dein Fluch ist gefährlich, aber gefährlich ist auch mein Schwert. Ich sage dir noch einmal, hebe dich hinweg von hier in diesem Augenblick, oder ich will dem Schatten des Enkidu ein Trankopfer darbringen mit deinem Blut! Ich schwöre es dir vor aller Welt, Inanna, ich werde dir den Leib aufschlitzen!«

Es war ein furchtbarer Augenblick. Hatte jemals einer gewagt, so zu der Priesterin der Göttin zu sprechen? Mich riß eine helle Erregung fort, die fast war wie ein starker Rausch. Mir schwindelte. Mein Atem ging heftig und rauh und rasch. Das Herz hämmerte mir gegen das Gehege der Rippen.

Sie aber stand mit starrem Blick. »Bist du wahnsinnig?«

Ich aber legte die Hand auf den Schwertgriff. »Ich werde es tun, wenn ich muß, Inanna. Wenn ich muß – ich werde es tun. Also geh jetzt!«

Ich glaube, ich hätte sie damals unter den Augen von ganz Uruk geschlachtet, wenn sie sich mir widersetzt hätte. Und ich glaube auch, daß sie dies wußte. Denn sie schleuderte mir einen letzten kalten Blick zu, einen Blick wie der aus dem Auge der Schlange, die Gift sprüht, kalt und brennend. Doch ich stürzte nicht zu Boden; ich zuckte mit keinem Muskel. Ich erwiderte den haßerfüllten Blick, Feuer um Feuer und Eis um Eis. Dann endlich fuhr sie herum und rauschte mit ihren Frauen zurück in ihren Tempel.

Als sie außer Sicht war, ließ ich meine Arme lose fallen und atmete ruhiger, denn ich war zum Zerreißen angespannt wie ein zu straff gespannter Bogen. Als ich mich beruhigt hatte, wandte ich mich dem Priester zu, der noch immer die Wasserkanne in Händen trug, und sprach: »Und nun laßt uns fortfahren!«

Er reichte mir die Kanne, und ich goß sie über das Grab und sprach die gehörigen Worte. Danach zog ich mir das Stirnband ab und zerfetzte meine Kleider und zerbrach meine Armreifen und mein Halsband. Mein Leib schmerzte mich an zwanzig verschiedenen Stellen, und ein Gewicht drückte auf meine Augen, und eine Schwere war in meiner Brust, und die Hand, die mir an der Kehle saß, preßte so stark, daß ich kaum mehr zu atmen vermochte. Aber dies war das Ende des Rituals, und nun war die Fahrt des Enkidu ins Dunkle vollendet, und mir blieb nichts mehr, woran ich mich in meiner Verlassenheit hätte klammern können. Er war dahin und fort. Ich war allein. Der Schmerz schwoll in mir herauf wie ein quellendes Wasser und überflutete mich. Ich warf mich zu Boden und weinte ein letztes Mal Tränen um Enkidu. Dann war es getan und vollbracht. Ich wurde still. Ich lag still da. Und nach einiger Zeit erhob ich mich, ohne auch nur zu einem Menschen ein Wort zu sprechen. Mit meinen eigenen Händen verschloß ich den Schacht mit Ziegeln, und die anderen Priester deckten Erde darüber.

Allein kehrte ich in den Palast zurück. Den ganzen Tag lang saß ich in meinem ganz privaten Gemach und ließ niemanden zu mir. Ich lauschte, ob ich nicht das kollernde Lachen meines Enkidu wie ein Wildwasser durch die Hallen poltern hören könnte. Schweigen. Stille. Ich lauschte, ob nicht seine Hand an meine Tür schlage, um mich zu rufen. Schweigen. Stille. Ich stellte mir vor, ich ginge zur Jagd und drehte mich ihm zu, um mir einen Jagdspieß reichen zu lassen ... und er würde nie wieder an meiner Seite sein! Ich fühlte ein Verlangen nach ihm, und ich wußte, daß es nie wieder gestillt werden konnte. Warum nur, fragte ich mich, wurde ich auserlesen, solch einen Schmerz, solch einen Verlust zu erfahren? Weil ich ein König war? Oder weil mein Leben bislang eine einzige Kette von Triumphen gewesen war, so daß selbst die Götter Neid wider mich empfanden? Vielleicht war mir Enkidu nur geschenkt worden, auf daß man ihn mir wieder nehmen könne; vielleicht war so das Planen der Götter, daß sie mir einen Geschmack gäben des Glücks, auf daß ich danach erführe, wie wahrlich bitter der Gram dann schmeckt?

Ich war allein. Gewiß, ich war auch früher schon allein gewesen. Aber an jenem Tage, an dem ich Enkidu begrub, wollte mir scheinen, daß ich noch nie in meinem ganzen Leben so allein und verlassen war wie nun.

ACHTUNDZWANZIG

Die Menschen sagen, alle Wunden heilt die Zeit. Nun, ich nehme an, es ist so, auf die eine oder andere Art, obgleich dann zuweilen schwere knotige Narben zurückbleiben. Für mich war es so, daß ein Tag um den anderen vorbeizog und ich immer weiter wartete, daß sich Narben bilden würden über der Stelle in mir von der mir Enkidu fortgerissen worden war. Ich irrte durch die Hallen meines Palastes und hörte nirgends sein Lachen, ich sah nirgendwo seine große wuchtige Gestalt auf den Terrassen herumtollen, und ich redete mir ein, daß ich mich bald schon daran gewöhnen würde, daß er fort sei; aber dies ergab sich anscheinend nicht. An jedem Tag erinnerte mich irgendeine Kleinigkeit daran, daß er nicht mehr hier war.

Es war mir unerträglich. Ich mußte fort von Uruk. Denn wo immer ich hinblickte in Uruk, sah ich den Schatten Enkidus über die Straßen fallen. Ich hörte seine Stimme im Geschnatter der Menschenmenge. Es gab keinen Ort, an dem ich mich vor meiner Erinnerung hätte verstecken können. Ich glaube, es war eine Art von Wahnsinn, was ich erfuhr: ein Schmerz, der alle Vernunft überstieg. Er breitete sich in alle Winkel meiner Seele aus und machte alles gering und bedeutungslos, was mir einst wert gewesen war. Anfangs nagte nur der Schmerz über Enkidus Verlust an mir und drehte mir quälend die Eingeweide, doch dann allmählich erkannte ich, daß die wahre Ursache meiner Pein noch viel tiefer lag: es war nicht so sehr der Tod des Enkidu, der mich quälte, sondern es war dies, daß ich mir auf einmal der Wirklichkeit des Todes überhaupt bewußt geworden war. Denn ich wußte ja doch, daß ich mich mit der Zeit sogar mit dem Dahingehen des Enkidu würde abfinden können: meine Narrheit war nicht so groß, daß ich geglaubt hätte, diese Wunde würde niemals heilen. Aber wie sollte ich mich mit dem Verlust der gesamten Welt abfinden? Wie mit dem Verlust meines *eigenen Selbst?* Zu wiederholten Malen während meines Lebens hatte ich mit diesem Problem zu ringen begonnen und es stets wieder beiseite geschoben; doch Enkidus Tod holte dies alles frisch wieder herauf, und diesmal konnte ich ihm nicht mehr ausweichen. Der Tod kommt, Gilgamesch, sogar für dich. Und dies sah ich vor meinem Gesicht in der Luft – die schwarze höhnische Maske des Todes. Und die Erkenntnis, daß der Tod unausweichlich sei, stahl alle Freude aus meinem Leben.

Wie am Tage der Beerdigung meines Vaters, Lugalbanda, vor langer Zeit, überkam mich eine solch entsetzliche Furcht vor dem Sterben, daß ich kaum mehr zu atmen vermochte. Ich saß auf meinem hohen Thronsessel und dachte: Enkidu ist gestorben und schleicht nun an jenem Ort des Staubes und der Asche umher, gekleidet wie ein Vogel in düstere Federn, und sein Abendmahl ist nichts als kalter Lehm. Und schon sehr bald muß auch ich an jenen dunklen Ort reisen. Heute ein König in einem prächtigen Palast, und am nächsten Tag ein trübseliges Wesen, das mit seinen Flügeln den Staub schlägt ... war dies mein Schicksal, das mir bevorstand? Ich erinnerte mich, wie ich als Knabe gelobt hatte, den Tod zu besiegen. *Tod, du wirst mich nicht unterkriegen!* Oder so ähnlich hatte ich mich gebrüstet. Ich war zu stolz, um zu sterben; der Tod war eine Beleidigung, die ich nicht hinzunehmen bereit war; ich würde dem Tod keine Macht über mich einräumen. Aber war dies möglich? Der Tod hatte den Enkidu überwunden; und ohne jeden Zweifel würde der Tod auch zu Gilgamesch kommen, wenn es an der Zeit war. Und da ich dies mit solcher Gewißheit erkannte, verlor sich alle Kraft und Stärke aus mir und sickerte dahin. Ich wollte nicht länger König sein. Ich wollte keine Opfer mehr darbringen und keine Trankspenden ausgießen, und keine Kanäle mehr austeufen, noch mein Heer in den Kampf führen. Wozu sich solchen Mühen unterziehen, wenn unser Leben ist wie das Leben der kleinen grünen Fliegen, die ein paar Stunden in der Dämmerung herumschwirren und dann sterben? Was soll es für einen Sinn haben, so schwer voranzustreben und sich zu placken? Uns wird ein Freund gegeben, und sehr bald schon wird er uns entrissen. Es wäre besser, wenn man niemals einen Freund gehabt hätte, dachte ich. Und als ich aber dies alles bedachte, erkannte ich, daß alles Tun und Trachten der Menschen sinnlos ist und ohne Wert. Fliegen, kleine schwirrende Mücken sind wir, weiter nichts, sprach ich bei mir selbst. Und der Tod ist der gewaltige Scherz, den sich die Götter mit uns erlauben. Was hat es für einen Sinn, ein König zu sein? Ein König über Fliegen? Ich wollte nicht länger König sein. Ich wollte hinweg und fort aus dieser Stadt und mich in die Wildnis und Wüste flüchten.

Und so war es denn die Furcht vor dem Tode, die mich aus Uruk vertrieb. Aber ich hätte auch nicht länger König sein können: ich war ein Mann ohne Halt und ohne Inhalt und schwach. Und so zog ich im Schatten der Furcht vor dem Tod ganz allein aus der Stadt.

Ich sagte keinem, wohin ich ginge. Auch wußte ich dies ja selbst nicht. Ich sage auch nicht, daß ich überhaupt davonziehen wolle. Ich bestimmte keinen Regenten und hinterließ keinerlei Anweisungen, was während meines Ferneweilens zu tun sei. Es war, als habe mich ein neuer Wahn befallen. Zwischen Mitternacht und Morgendämmerung stahl ich mich davon, und ich hatte bei mir nicht mehr, als was ich damals trug, als ich nach Kish floh, da ich noch ein Knabe war.

Verzweiflung lenkte mich, und Kümmernis lag schwer auf all meinem Denken. Furcht schlang sich gleich einer Giftnatter hinter meinem Brustbein zusammen. Mein Haar war häßlich-strähnig, denn seit dem ersten Tag der Krankheit Enkidus hatte ich es nicht mehr schneiden lassen. Als einzige Kleidung trug ich eine ungegerbte Löwenhaut und grobe bäurische Sandalen. Ich verzichtete auf meine eleganten Gewänder und Mäntel und all den übrigen Tand. Ich glaube nicht, daß einer, hätte er mich davonziehen sehen, mich als den König Gilgamesch erkannt hätte, denn ich sah gar wild und schrecklich aus. Ich glaube, ich selbst hätte mich auch nicht erkannt.

Und so wanderte ich denn elend hinaus in die Steppe und hatte keinen Plan und suchte keinen Pfad – und hoffte nur, es möge mir gelingen, einen Ort zu finden, an dem ich den Bluthunden des Todes entgehen könnte.

Ich vermöchte euch heute nicht mehr zu sagen, welche Straße ich dahinzog. Ich glaube, ich begann zunächst ostwärts gen Elam zu wandern, zu jener grünen Wildnis, wo man Enkidu zum erstenmal gesichtet hatte, ganz als wäre es möglich, daß ich mir vormachte, ich könnte dort draußen einen andern finden, der ganz so wäre wie er. Doch bald danach wandte ich mich nordwärts, auf das Land zu, das sie Uri nennen, und dann bog ich vielleicht auch gen Westen ab, wo die Martu-Leute hausen. Was jedoch danach kam, das weiß ich nicht mehr. Ich achtete nicht auf den Aufgang der Sonne, noch auf ihren Niedergang. Ich war von einem Wahn befallen. Ich wanderte bei Tag oder bei Nacht und schlief, hier oder da, oder ich schlief gar nicht; und so ging ich, und wußte nicht, wo ich war, noch woher ich gekommen war. In einem aber bin ich mir wenigstens gewiß, daß ich nämlich durch all die Zeit hin außerhalb der Grenzen des Landes weilte. Mehrere Male, so glaube ich, gelangte ich an die Grenzwälle der Welt und blickte hinaus und hinüber zu den Orten, die außerhalb des Erdkreises liegen. Vielleicht betrat ich auch diese Orte; ich weiß es nicht mehr. Ich war von Wahnsinn umfangen.

Dinge, die ich nie zuvor gefürchtet hatte, ängstigten mich nun. Eines Nachts auf einem Bergpaß, über dem die Luft kalt war und dünn und in die Nüstern stach, wehte mir der Geruch von Löwen zu: ein herber, säuerlicher scharfer Duft. Wäre ich noch Gilgamesch gewesen und hätte Enkidu an meiner Seite gehabt, wir wären selbst in der Finsternis die Felsen hinaufgeflogen und hätten diese Löwen erlegt und uns Mäntel aus ihrem Fell gemacht, ehe wir schliefen. Doch Enkidu war tot, und ich war nicht mehr Gilgamesch. Ich war ein Nichts und Niemand, und ich war verrückt. Furcht überfiel mich, und ich zitterte. Ich erhob meine Augen zum Mond, der als große weiße Leuchte über den gezackten Gipfeln hing, und ich schrie laut zu dem Gott Nanna: »Schütze mich du, ich flehe dich an, denn ich fürchte mich!« Diese Worte aber – *ich fürchte mich* – klangen mir fremd in den Ohren, sobald ich sie aussprach, denn soviel von Gilgamesch war wohl doch noch lebendig in mir. *Ich fürchte mich.* Hatte ich denn jemals diese Worte gesprochen? Gewiß doch, ja, ich hatte mich wohl vor dem Tod gefürchtet. Aber solche Angst zu haben vor Löwen?

Aber Nanna erbarmte sich meiner. Trotz meiner Furcht ließ er mich in einen tiefen Schlaf sinken. Und ich träumte von Gärten und Obsthainen; und als ich am nächsten Morgen erwachte, da sah ich alle die Löwen um mich geschart, und sie freuten sich des Lebens. Ich aber fühlte keine Furcht mehr. Ich packte mein Beil mit der Hand; ich zog den Dolch aus dem Gürtel; ich flog unter diese Löwen, wie ein Pfeil, der von der Bogensehne schwirrt, und ich hieb auf sie ein und zerstreute sie und tötete ihrer mehr als einen. Dies war besser, als in Furcht sich zu krümmen und ängstlich zu schniefen. Aber noch immer war ich ein Besessener.

An einem anderen Ort, wo die Bäume dick und breit waren und ihre Blätter wie scharfe kleine Pfriemen, sah ich das Vogelweibchen Imdugud auf einem Ast aufgebäumt, und ihre schweren roten Krallen waren tief ins Holz vergraben. Oder vielmehr, die Imdugud erblickte mich, und sie erkannte mich und rief mir zu: »Wo ziehst du hin, du Sohn des Lugalbanda?«

»Bist du das, Vogel Imdugud?«

Sie spreizte ihr Gefieder, und ihre Flügel sind wie die Schwingen eines mächtigen Adlers, und sie putzte sich den Kopf, der aber wie der Kopf einer Löwin ist. Ihre Augen blitzten, als wären sie mit Edelsteinen besetzt. Und ich erkannte sie als das, was sie war.

Ich sprach zu ihr: »Imdugud, ich habe entsetzliche Furcht vor dem Tode. Ich suche nach einem Ort, an dem er mich nicht finden kann.«

Sie aber lachte. Und ihr Gelächter ist wie Lachen der Löwin, leise und furchterregend. »Der Tod hat den Enkidu gefunden. Der Tod fand den Dumuzi. Der Tod fand den Helden Lugalbanda. Wieso glaubst du, der Tod werde Gilgamesch nicht aufspüren?«

»Weil ich zu zwei Dritteln von den Göttern und nur zu einem Drittel menschlich bin.«

Sie lachte wieder, schärfer und keckernder. »Dann ist es doch ganz einfach: zwei Drittel von dir werden leben, ein Drittel stirbt!«

»Du verspottest mich, Imdugud. Mußt du so grausam sein?« Und ich reckte ihr meine Hände entgegen. Was hab ich dir denn an Unrecht getan, daß du mich so verhöhnen mußt? Ist es, weil ich dich damals aus dem Huluppu-Baum vertrieb? Das war doch der Baum der Inanna. Und es war meine Pflicht, der Inanna zu Diensten zu sein. Auch habe ich dich wirklich ganz sanft und nett und höflich gebeten. So hilf mır doch, Vogel Imdugud!«

Meine Worte schienen an ihre Seele zu rühren. Sie fragte leise: »Wie kann ich dir denn helfen, Sohn des Lugalbanda?«

»Sage mir an, wohin ich mich wenden soll, damit der Tod mich nicht findet!«

»Der Tod kommt zu allem, was lebt, Sohn des Lugalbanda.«

»Zu allen und jedem, ohne Ausnahme?«

»Ohne Ausnahme«, sagte sie. Dann schwieg sie eine Zeitlang, und dann sprach sie: »Allerdings, es hat da einmal eine Ausnahme gegeben. Und du weißt über sie Bescheid.«

Mein Herz begann zu rasen. Ich drängte: »Einer, der dem Tod entgeht? Ich kann ihn mir nicht denken. Sag es mir! Sag mir den Namen!«

»Du hast in deinem Abersinn und deiner Verzweiflung den Helden der Großen Flut vergessen!«

»Ziusudra! Aber ja doch!«

»Er lebt auf ewig in dem Lande Dilmun. Hast du denn alles vergessen, Gilgamesch?«

Ich bebte vor Erregung. Es war wie ein plötzlicher Fieberanfall. Ich erkannte, daß es vielleicht doch Hoffnung gebe.

Voll Eifers rief ich: »Und wenn ich zu ihm ziehe, Imdugud? Was dann? Wird er mir das Geheimnis des Lebens sagen und es mit mir teilen, wenn ich ihn darum frage?«

Und da hörte ich wieder das spöttische Keckern. »Wenn du ihn fragst? Ihn fragst? Ihn fragst?« Die Stimme klang nun weniger wie die einer Löwin, sondern mehr wie die einer riesigen fremdartigen Krähe. Sie rüttelte die gewaltigen Schwingen. »Frag! Frag! Frag!«

»Weise mir den Weg, Imdugud!«

»Frag! Frag!«

Inzwischen konnte ich sie schon fast nicht mehr deutlich sehen, denn die Luft verdichtete sich und die dunklen Stacheln der Bäume schienen sich um sie zu schließen. Auch konnte ich sie nicht mehr sehr gut hören: ihre Worte gingen unter in dem Klatschen ihrer Flügel und in ihrem schnarrenden Gelächter.

»Vogel Imdugud!« schrie ich laut.

»Frag! Frag! Frag!«

Dann kam ein scharfes knackendes Geräusch. Der Ast brach plötzlich vom Baum ab, wie es geschieht, wenn das Jahr sehr trocken war. Er fiel mir fast direkt vor die Füße, so daß ich gerade noch rechtzeitig zurückspringen konnte. Als ich danach aber wieder aufblickte, sah ich nirgendwo den Vogel Imdugud vor dem fahlen blauweißen Himmel.

NEUNUNDZWANZIG

Die Mär von Ziusudra*, doch ich kannte sie. Wer hätte sie nicht gehört? So aber sang sie der Hofrhapsode Urkununna einst dem Knaben vor im Schloß des Lugalbanda:

Es kam vor langem eine Zeit, da wurden die Götter des Menschengeschlechtes überdrüssig. Das Geschrei und Getöse, das vom Land aufstieg zu den Himmeln, erzürnte sie und war ihnen ein Ärgernis. Am meisten aber erboste sich Enlil, so daß er ausrief: »Wie kann ich schlafen, wenn sie ein solches Lärmen veranstalten?« Und er schickte eine Hungersnot, um uns zu vernichten. Sechs Jahre lang fielen keine Regen. Salzkörner wuchsen aus der Erde und überzogen die Felder, und die Feldfrucht verdarb. Die Menschen verzehrten die eigenen Töchter; ein Haus fraß das andere. Doch der weise und barmherzige Enki fühlte Mitleid mit uns und setzte der Dürre ein Ende.

Und abermals ergrimmte Enlil in heißem Zorn wider die Menschen und schleuderte Plagen auf uns herab; und ein zweitesmal brachte uns das Erbarmen des Enki Linderung. Wer da krank geworden war, erholte sich von seinem Leiden, und denen, die ihre Kinder verloren hatten, wurden neue geschenkt. Und wieder wimmelte die Welt von Menschen, und unser Lärmen stieg auf zu den Göttern wie das Gebrüll von Wildstieren. Und wieder erboste sich Enlil furchtbar. »Dieses Geschrei ist mir ein Greuel und unerträglich in meinen Ohren«, sprach er zu der Ratsversammlung der Götter; und vor ihrer aller Angesicht schwor er, er werde die Welt in einer gewaltigen Flut vernichten.

* Ziusudra (= Utnapischtim) ist die Ursprungsgestalt des biblischen Noah.

Es ist aber der weise Enki der Herr über die Flut, und er wohnt in den Abgründen tief unten. Darum wurde die Schaffung der Flut ihm aufgetragen; da aber Enki das Menschengeschlecht liebt, machte er die Flut so, daß nicht alles restlos zerstört wurde. Es lebte aber zu jener Zeit in der sehr alten Stadt Shuruppak ein König namens Ziusudra, ein Mann von hoher Tugend und Frömmigkeit. Und zu diesem König kam Enki des Nachts in einem Traum und flüsterte ihm zu: »Ziehe aus deinem Hause! Baue dir ein Schiff! Laß deine Königsherrschaft fahren und errette dein Leben!« Und er trug dem Ziusudra auf, dieses Schiff so breit zu machen, wie es lang war, und ein Dach daraufzusetzen, so fest wie das Gewölbe, das die Tiefen der Meere bedeckt; auch sollte er den Samen von allem Lebendigen mit in sein Schiff nehmen, wenn die Flut käme.

Ziusudra sprach zu dem Gott: »Ich höre und gehorche, Herr. Jedoch, was soll ich dem Volke sagen und den Ältesten der Stadt, wenn sie sehen, wie ich mich zum Weggang aus der Stadt vorbereite?«

Darauf gab Enki ihm eine listige Antwort: »Geh du zu ihnen und berichte ihnen, du habest erfahren, daß Enlil einen Groll gegen dich hegt, und du kannst nicht länger in Shuruppak leben noch deinen Fuß in ein Land setzen, über das Enlil herrscht. Deshalb suchtest du Zuflucht in der Großen Tiefe, um dort bei deinem Herrn Enki zu wohnen. Und sage ihnen, wenn ich gegangen bin, wird Enlil das Volk von Shuruppak mit Überfluß überschütten: mit den köstlichsten Vögeln, den feinsten Fischen und mit einem Regen von Weizen. Dies sage zu ihnen, Ziusudra!«

Und als der Morgen graute, versammelte der König sein Haus um sich und gab Befehl, dieses Schiff zu bauen. Es wirkten alle mit an der schweren Arbeit, sogar die kleinen Kinder, die Körbe mit Pech schleppten. Am fünften Tag legte Ziusudra das Schiff auf Stapel und baute die Spanten. Die Wandung war einhundert und zwanzig Ellen hoch, und die Seiten des Decks waren einhundert und zwanzig Ellen lang, und der Boden war von der Größe eines Feldes. Er baute aber sechs Decks in das Schiff und teilte das Innere in neun Abteilungen mit starken Schotts zwischen ihnen. Er trieb die Wasserstöpsel an den richtigen Stellen ein, er sorgte für einen Vorrat von Staken. Das Kalfatern allein erforderte ein ganzes Maß Öl. An jedem Tag schlachtete er Stierkälber und Schafe für die Arbeiter und reichte ihnen Wein, sowohl roten wie weißen, als wäre es Flußwasser, auf daß sie feiern könnten und prassen, als wäre es der Tag des Neuen Jahres. Und am siebenten Tage war das Schiff vollendet.

Der Stapellauf war etwas schwierig: sie mußten den Ballast verlagern, bis das Schiff tief im Wasser lag. Sodann schaffte der König all sein Gold und all sein Silber hinein und schickte in das Schiff alle, die zu seinem Haus gehörten, und alle seine Handwerker, und Tiere von jeglicher Gattung in Paaren, sowohl das zahme Vieh der Weiden wie auch die wilden Tiere des freien Landes. Er wußte, die Stunde der Sturzgüsse war nahe.

Und der Himmel verfinsterte sich, und der Wind begann zu wehen. Und Ziusudra begab sich auch selbst in sein Schiff und verriegelte die Luken. In der Morgendämmerung zog über dem Horizont eine schwarze Wolke herauf, aus der es donnerte, und ein schreckliches Gewitter brach los. Die Götter erhoben sich gegen die Welt, und Blitze zuckten umher: dies waren die Fackeln der Götter, mit denen sie die Welt in Brand setzten. Der Donner brüllte, und die Regen fielen wie Garben nieder. Und das Land ward zerschmettert wie ein irdener Topf, den einer gegen eine Mauer schleudert.

Den ganzen Tag lang bliesen die Stürme aus dem Süden her und wurden immer schrecklicher, je länger sie tobten. Die Flutwasser versammelten ihre Kraft und brachen über das Land herein wie das Heer eines Eroberers. Der Tag hatte kein Licht mehr, und niemand vermochte etwas zu sehen; sogar die Kämme der Berge gingen in den Fluten unter. Und sogar die Götter selbst ergriff Furcht vor der Sintflut, und sie zogen sich eilig zurück in den allerhöchsten der Himmel, den Himmel des Himmelsvaters. Dort duckten sie sich wie die Hunde und kauerten gegen die äußere Bastei. Die Himmelskönigin, Inanna, weinte und schrie laut wie ein Weib in den Wehen, als sie sah, wie ihr Volk in das Wassermeer purzelte. Und die anderen Götter weinten mit ihr. Gebrochen in ihrem Hochmut und entsetzt über die Gewalten, die sie losgelassen hatten, hockten die Götter bebend da und weinten.

Sechs Tage aber und sechs Nächte ging der Wind, und der Gewitterregen fegte über das Land. Am siebenten Tag jedoch legte sich der Sturm, und die Flutwasser stiegen nicht weiter, und die aufgebrachte See beruhigte sich und ward still. Ziusudra öffnete die Luke seines Schiffes und trat hervor auf das Deck. Doch was er da erblickte, warf ihn vor Entsetzen auf die Knie. Nichts regte sich irgendwo. Und er konnte nirgends Land erspähen, sondern sah nur die weite Wasserfläche bis hin zum Horizont nach allen Himmelsrichtungen hin. In ehrfürchtigem Schrecken bedeckte er sein Haupt und weinte bitterlich, denn er erkannte, daß alle Menschheit wieder zu Lehm geworden war, außer denen, die er in seinem Schiff gerettet hatte, und er sah, daß die Welt und alles, was in ihr gelebt hatte, dahin war und zerstört.

Er segelte aber weiter und weiter auf dem großen Wassermeer und hielt Ausschau nach einer Küste; und nach einiger Zeit erblickte er die dunklen, festen Flanken des Berges Nisir, die aus den Fluten emporragten. Er steuerte darauf zu, und dort kam sein Schiff zum Halten. Es saß aber dort fest und war bewegungsunfähig. Drei Tage, vier Tage, fünf Tage, ihrer sechse hing das Schiff fest an der Flanke des Berges. Am siebenten Tag aber ließ Ziusudra eine Taube in die Lüfte steigen;

sie fand jedoch keinen Rastplatz und kehrte zurück. Und er entließ eine Schwalbe; doch auch die Schwalbe fand keine Stätte, um sich niederzulassen, und auch sie kehrte zurück. Und dann ließ Ziusudra einen Raben aufsteigen. Der Vogel erhob sich hoch in die Lüfte und flog weit davon, und er sah, daß die Wasserfluten allmählich zu sinken begannen: also flog er in einem weiten Kreis umher und fand Nahrung, und er krächzte und flog davon und kehrte nicht zu dem Schiff zurück. Sodann eröffnete Ziusudra sämtliche Luken gegen die vier Winde und die Sonne. Und trat hinaus auf den Berg und brachte ein Trankopfer dar, und er stellte sieben heilige Gefäße auf und abermals sieben und brannte Süßrohr und Zedernholz und Myrte als Gabe für die Götter, die ihn verschont hatten. Und die Götter rochen den Duft der Opfergaben, und sie sammelten sich, um sich daran zu erfreuen. Die Inanna war eine von jenen, die kamen, und sie hatte ihr gesamtes himmlisches Geschmeide angelegt. Und sie rief: »Ja, so kommt doch her, ihr Götter! Kommt doch alle her! Nur Enlil soll nicht kommen, weil er die Sintflut über meine Menschen gebracht hat!«

Aber Enlil kam dennoch. Er schaute zornig umher und verlangte zu wissen, wie so etwas möglich sei, daß da doch ein paar Menschlein der Vernichtung entrinnen konnten. »Das solltest du lieber den Enki fragen«, sprach Ninurta der Kriegsheld, der Gott der Brunnen und der Kanäle. Und Enki trat vor und sprach kühn: »Das war eine ziemlich törichte Sache, diese Geschichte da mit dieser Sintflut. Du hast nämlich in deinem Zorn den Schuldigen und den Schuldlosen gleichermaßen vernichtet. Und das war zuviel. Das war einfach zuviel. Hättest du einen Wolf ausgeschickt, um die Missetäter zu strafen, oder einen Löwen, oder sogar noch eine neue Hungersnot oder eine Pestplage – also, das hätte auch gereicht. Aber doch nicht solch eine grauenvolle Flut! Jetzt sind die Menschen dahin, Enlil, und die ganze

Menschenwelt ist ersoffen. Nur dieses Schiff da und was darin ist, hat überlebt. Und das war nur möglich, weil Ziusudra, ein ausgesprochen weiser unter den Königen, das Planen der Götter in einem Traumbild schaute und sich sofort ans Werk gemacht hat, sich und die Seinen zu retten. Begib dich zu ihm, Enlil. Und sprich zu ihm. Verzeih ihm. Und zeige ihm, daß du ihn liebst!«

Da wurde das Herz des Enlil von Mitleid bewegt. Er hatte ja gesehen, welche Verwüstungen die Flut angerichtet hatte, und so war er nun ziemlich von Kummer niedergeschlagen. Also verfügte er sich an Bord des Ziusudra-Schiffes. Und er nahm den König mit einer Hand und das Weib des Königs mit der anderen Hand und zog sie beide an sich und berührte ihre Stirnen mit einem Segen. Und Enlil sprach da: »Ihr seid sterbliches Fleisch gewesen, doch nun seid ihr nicht länger sterblich. Von nun an sollt ihr sein wie Götter und fernab der Menschenkinder wohnen, an der Mündung der Ströme, im goldenen Lande Dilmun.«

Und so lohnte sich die Sache für Ziusudra und seine Frau. Und so leben sie dort im Lande Dilmun bis zum heutigen Tage, auf ewig unsterblich, diese zwei, durch deren zutrauliche Hartnäckigkeit die Welt neu geboren wurde, nach den Tagen, da Enlil die große Flut schickte, um das Menschenvolk fortzufegen und auszulöschen.

So lautete die Geschichte, wie ich sie von dem Hofrhapsoden Ur-kununna hörte, als ich ein Kind war im Schloß des Lugalbanda.

DREISSIG

So ZOG ICH WEITER, wund in der Seele und wahnsinnig. Doch nun war meiner Irrfahrt ein Ziel gegeben, so aberwitzig und so erbärmlich es auch sein mochte. Ich vermöchte euch nicht mehr zu sagen, wieviele Monde lang ich so dahinzog, noch über welche Steppen, Täler und Flachlande ich kam. Manchmal hing die Sonne vor mir wie ein riesiges zorniges Auge aus weißem Feuer und ließ zitternde Hitzewellen emporsteigen, die mir die Sinne verwirrten, wenn ich darauf zuwankte; und zu anderen Malen war die Sonne bleich und hing tief über dem Horizont in meinem Rücken oder zu meiner Linken. Ich kann euch nicht berichten, welche Himmelsgegenden es waren. Ich gelangte an Flüsse und schwamm in ihnen; doch ich bezweifle, daß es die beiden Flüsse des Landes waren. Ich durchquerte Sümpfe und Orte, an denen der nasse Sand wie Morast war unter meinen Füßen. Ich zog über Dünen und ausgetrocknetes Ödland. Ich bahnte mir meinen Pfad durch Dikkichte stachliger Stangen, die mich zu zerfetzen drohten wie rachsüchtige Feinde. Ich nährte mich vom Wildbret, dem Fleisch der Hasen und Bären und Biber und Gazellen, und wo ich solche nicht fand, verzehrte ich das Fleisch der Löwen, Schakale und Wölfe, und wenn ich überhaupt kein jagdbares Getier fand, so aß ich Wurzeln und Nüsse und Beeren; und wo es überhaupt nichts Eßbares gab, aß ich gar nicht, und es war mir völlig gleichgültig. Denn in mir lag die Gottesstärke. Und ein göttlicher Plan trieb mich voran.

Einmal gelangte ich an einen Berg, und ich wußte, es mußte der Berg Mashu sein, der an jedem Tag wacht über den Aufgang und Niedergang der Sonne. Ich wußte aber, daß es der Mashu sein müsse, weil sein

Doppelgipfel bis an das Gewölbe des Himmels emporragte und seine Brüste hinabhingen bis an die Pforten der Niederwelt. Es gibt auf Erden nur einen solchen Berg. Man sagt, Skorpionmenschen bewachen den Zugang zu ihm, Wesen, halb Mensch, halb Untier, mit hochgekrümmten vielstachligen Gliederschwänzen, deren Stich tödlich ist. So schrecklich sind aber diese Skorpionmenschen, daß die Strahlkraft ihrer Augen lähmend ist; solch ein Glanz geht aus von ihnen, daß es ist wie ein Feuer zwischen den Felsklippen, und sie streifen einen nur mit ihrem Blick, so stirbt der Sterbliche davon. Das mag wohl so sein. Aber als ich den Berg Mashu hinaufstieg, sah ich keine Skorpionmenschen. Oder vielmehr, mir begegneten da einige armselige trübsinnige Gestalten, die zwar monströs genug waren, jedoch alles andere als furchteinflößend; aber es ist natürlich durchaus möglich, daß andere aus zweiter oder dritter Hand von ihnen hörten und sie zu entsetzlichen Ungeheuern aufbliesen. Dies scheint überhaupt oft der Fall zu sein in den Erzählungen von Weitgereisten, argwöhne ich.

Ich will jedoch nicht verhehlen, daß mich ein geringes furchtsames Frösteln überlief, als ich dem ersten jener Geschöpfe begegnete, als ich nämlich in der Mitte des Mashu an jenen flachen Sattel gelangte, der sich zwischen den zwei Berghörnern erstreckt. Das Geschöpf muß mich schon eine ganze Weile lang beobachtet haben, ehe ich seiner gewahr wurde; es stand ein gutes Stück über mir und betrachtete mich mit gefalteten Armen.

Bei Enlil, es war ein seltsamer Anblick! Ich vermute, es war doch mehr Mensch als sonst etwas, aber seine Haut war dunkel und hart und hornig, wo ich sie erblickte, eher wie die Krusten eines krabbelnden Meereswesens oder, ja doch, wie der Panzer eines Skorpions. Ich hielt sofort inne, als ich das Geschöpf sah, denn ich erinnerte mich an das, was ich über die Wächter dieses

Berges und ihren Todesblick gehört hatte. Ich hob rasch den Arm vor die Augen und blickte zu Boden. Mein Herz hüpfte erschrocken.

In einer Zunge, die jener der Wüstenbewohner recht ähnlich war, sagte das Skorpionwesen: »Du hast nichts von mir zu befürchten, Fremdling. Zu uns gelangen so wenige Besucher, daß es ein Jammer wäre, sie zu töten.«

Diese Worte machten mir etwas Mut. Ich wurde ruhiger, senkte den Arm und begaffte furchtlos dieses Wesen. »Ist dies hier der Berg namens Mashu?« fragte ich.

»Er ist es.«

»Dann bin ich aber wirklich sehr fern meiner Heimat.«

»Wo ist deine Heimat? Und warum hast du sie verlassen?«

»Ich komme aus der Stadt Uruk«, gab ich ihm Antwort, »und Gilgamesch ist mein Name. Und ich zog aus meiner Heimat fort, weil ich nach etwas strebe, was ich dort nicht finden kann.«

»Gilgamesch? Ist dies nicht der Königsname in Uruk?«

»Wie weißt du dies, hier in den abgelegenen Bergen?«

»Ach, Freund, es kennt doch jedermann den König Gilgamesch, der zu zwei Teilen ein Gott und nur zu einem ein Mensch ist! Gibt es denn einen Glücklicheren auf der Erde als ihn?«

»Das glaube ich wohl.« Langsam stieg ich den steinigen Pfad empor, bis ich Auge in Auge mit dem Skorpionwesen stand. Ruhig sprach ich: »Wisse denn, ich bin König Gilgamesch – oder besser: ich war es, denn meine Herrschaft liegt weit hinter mir.« Wir betrachteten einander von Angesicht zu Angsicht und wußten wohl beide nicht so recht, was wir voneinander halten sollten. Ich empfand überhaupt kein Entsetzen mehr, obschon mir seine absonderliche Haut einen leisen Schauder verursachte. Ob das Skorpion-Geschöpf zum Teil dämonischer Herkunft war oder aber nur eine erbarmungswürdige Kreatur, die mit einem Geburtsfehler behaftet war, das könnte ich euch nicht sagen, doch die Augen, die mich aus diesem entsetzlichen Gesicht heraus anblickten, waren traurige, sanfte Augen, und ich habe nie im Leben einen Dämon mit sanften, traurigen Augen zu Gesicht bekommen.

Nach einiger Zeit wandte sich das Geschöpf um, bedeutete mir, ich möge ihm folgen, und hoppelte langsam und unbeholfen davon und um eine Biegung des Berges auf eine kleine Hütte zu, die aus flachen Felsbrocken und geflochtenen Zweigen errichtet war. Dort befand sich ein zweites Skorpion-Wesen, ein Weibchen, und sogar noch mehr als das erste mit einer dicken gelblichen Haut bedeckt, die sich in gezackten Schrunden und Wülsten ausbreitete wie ein schwerer Leibpanzer. War es dem Skorpionmännchen irgendwie geglückt, eine Gefährtin zu finden, die ebenfalls sein Leiden ertragen mußte, oder war das Weibchen seine Schwester, und die Entstellung lag ihnen im Blute? Dies fand ich nie heraus. Vielleicht war sie zugleich Schwester und Gattin: doch die Götter mögen verhindern, daß diese zwei niemals Nachkommen ihresgleichen in die Welt setzen! So häßlich und abstoßend sie aussah, so freundlich war sie; sie begab sich sofort ans Werk und brühte einen Absud aus Baumnadeln und zerstoßenen Nüssen, den sie mir zu trinken anbot. Die Stunde war schon spät, die Luft dünn, der Tag ward langsam kalt. Im trüben Abendhimmel tauchten die ersten Sterne auf.

Das Männchen sprach: »Dieser Wanderer ist Gilgamesch, der König von Uruk, dessen Leib aus dem Fleische der Götter ist.«

»Aha«, antwortete sie, so gänzlich unerstaunt, als wenn er gesagt hätte: »Das ist der Geißhirt Kish-udul«, oder »Das ist der Fischer Ur-shuhadak«. Sie goß den Absud in einen schmucklosen schwarzen Tonbecher und reichte mir diesen. »Auch wenn er ein Gott ist, wird er etwas Warmes zu trinken brauchen«, sagte sie.

»Ich bin kein Gott«, erklärte ich ihr. »Ich hab das Blut eines Gottes in mir, aber ich bin sterblich.«

»Aha.«

Und er sprach: »Er kam hierher auf der Suche nach etwas, doch er hat mir nicht gesagt, was es ist.«

Das Weibchen zuckte die Achseln. »Er wird es hier nicht finden, was immer es auch sein mag.« Und zu mir gewandt, sprach sie: »Hier gibt es nichts, gar nichts. Hier ist ein kahler und trauriger Ort.«

»Was ich suche, ist schlimmer als dieser Ort.«

Wieder zuckte sie die Achseln und schlürfte wortlos von ihrem Absud. Anscheinend war es ihr gleichgültig, warum ich hergekommen war und was ich suchte. Aber natürlich, warum hätte es sie berühren sollen? Was war ihr schon Gilgamesch und seine Qual? Sie hauste hier, an diesem Schreckensort, in ihrem abscheulichen Leib, und wenn an einem kalten grauen Spätnachmittag ein sorgenbeladener wandernder König auf der Suche nach Geheimnissen und Hirngespinsten vorbeikam, was konnte ihr das schon bedeuten? Ich betrachtete sie lange Zeit genauer. Ihr Gesicht bestand nur aus Falten und Runzeln, es war ungeheuer abstoßend. Aber wieder sah ich, daß ihre Augen sanft und warm aus dieser häßlichen Hülle blickten, zärtliche Augen, die Augen einer zärtlichen Frau. Es war, als hätte etwas unbekanntes Furchtbares sie überfallen und gänzlich ausgezehrt, so daß nun ihre Augen nur mehr durch die trockene Schale lugten.

Doch ihr Gefährte war neugieriger. »Was ist es, das du suchst, Gilgamesch?«

»Es kam in Uruk«, so sprach ich zu ihm, »ein Fremder zu mir – Enkidu mit Namen –, und uns überfiel die Freundesliebe und fesselte uns mit Banden, stärker als ich jemals sie gekannt, ja fester noch als jede Bindung es sein kann zwischen Liebenden. Er war mein Freund. Er und ich erduldeten gemeinsam aller Arten von Unbill und Bedrängnis, und wir liebten einander inniglich.«

»Und dann ist er gestorben?«

»Auch du weißt davon?« fragte ich bestürzt.

»Nein, ich weiß nichts. Doch ich sehe deinen Gram, der um dich liegt wie eine finstre Wolke.«

»Ich weinte Tag und Nacht um ihn. Ich mochte ihn noch nicht einmal der Erde preisgeben zur Bestattung, bis ich begriff, es mußte sein. Vielleicht glaubte ich, wenn ich nur heftig genug weinte, werde mein Freund zu mir ins Leben zurückkehren. Doch er kehrte nicht zurück. Und seit er tot ist, ist mein Leben leer. Und seit er tot ist, wandere ich durch die Wildnis wie ein Jäger. Nein wie ein Besessener! Ich seh nirgend etwas auf mich warten als den Tod, und daß von diesem Tod ich weiß, das brennt mir alle Kraft aus meinem Leben. Ich suche meinen Feind, den Tod.« Ich blickte dem Skorpionmann tief in die Augen. »Ich will den Tod besiegen!« rief ich laut.

»Wir müssen alle sterben«, murmelte das Weibchen trüb und demütig. »Und es kann nicht früh genug sein.«

Wütend fuhr ich sie an: »Für dich, vielleicht!«

»Der Tod kommt, ob wir dies nun wollen, oder nicht. Ich aber sage, es ist besser, ihn hinzunehmen, als wider ihn anzukämpfen. Denn das ist ein Kampf, den niemand gewinnen kann.«

Ich aber schüttelte den Kopf. »Da irrst du. Wie lang schon liegt die Große Flut zurück? Und Ziusudra lebt noch immer!«

»Durch eine ganz besondere Gnade der Götter«, sagte das Weib. »Aber er ist der einzige. Und es wird kaum wieder geschehen.«

Die Worte trafen mich wie ein kalter Wasserguß ins Gesicht. »Bist du sicher? Wie willst du das wissen?«

Der Skorpionmann streckte mir die Hand entgegen. Sie war rauh wie Borke gegen meine Haut. »Nur sachte, Freund, nur ruhig! Du erregst dich zu stark, du wirst dir noch ein Fieber holen. Wenn die Götter vor urdenklichen Zeiten beschlossen haben, den Ziusudra zu verschonen, was hat das mit dir zu tun?«

»Ein wenig mehr als nichts«, sagte ich. »Doch sag mir an: Wie weit ist es von hier zum Lande Dilmun?«

»Sehr, sehr weit, glaube ich. Du mußt über den Kamm des Berges steigen und den schwierigen Abstieg auf der anderen Seite zur See wagen, und dann ...«

»Kannst du mir den Weg weisen?«

»Ich kann dir sagen, was ich weiß. Was ich aber weiß, das ist, daß kein Mensch jemals von hier aus nach Dilmun gelangt ist und daß auch keinem dies je glücken wird. Auf der anderen Seite des Zwillingsberges liegt düsterste Wildnis. Du würdest in der Hitze verdursten und sterben. Du würdest in eine Schlucht taumeln. Oder wilde Tiere werden dich verzehren. Oder du verirrst dich im Finstern und stirbst Hungers.«

»Du, zeig mir nur den Weg nach Dilmun! Ich werde hinfinden.«

»Und was dann, Gilgamesch?« fragte mich der Skorpionmann ruhig.

Und ich sprach: »Ich gedenke, nach Ziusudra zu forschen. Ich habe Fragen, die ich ihn fragen muß – über den Tod und über das Leben. Er lebt schon seit Hunderten von Jahren, oder vielleicht sind es gar schon Tausende: er muß doch alle Geheimnisse und alle Erkenntnis der Dinge besitzen. Er wird mir sagen, wie man den Tod besiegen kann.«

Da schauten mich die beiden Geschöpfe an, und Mitleid stand in ihren Augen, als wäre ich das Scheusal und nicht sie. Sie schwiegen aber. Das Weib bot mir noch von dem Absud an. Der Mann erhob sich, hinkte zur Rückseite seiner Hütte und brachte mir ein Fladenbrot, gebacken aus den Samen wilder Gräser hier vom Berg. Es schmeckte wie gekochter Sand, doch ich aß das ganze Stück auf.

Nach einer langen Zeit sprach der Mann: »Keiner, der vom Weibe geboren ist, hat jemals – soweit mir bekannt ist – das wilde Land durchmessen, das dort vor dir liegt. Und ich lebe hier schon lange Zeit. Jedoch, ich bin dir wohlgesonnen, Gilgamesch. Und so will ich dir am Morgen Führer sein zur Bergzinne und dir den Weg weisen. Und mögen die Götter dich sicher geleiten bis hinab ans Meer.«

Es klang, als redete er zu einem Kind, dessen Laune man wider bessere Vernunft nachgibt. Seine Stimme klang ein wenig betrübt, zugleich jedoch auch etwas ärgerlich, aber auch ganz ergeben. Ich verstand, daß er glaubte, mir könne nur Kummer und Unheil aus meinem Bestreben erwachsen. Nun, dies war eine sehr vernünftige und begründete Überzeugung, denn immerhin, er hatte ja gesehen, was jenseits des Bergpasses lag, ich jedoch nicht. Aber für mich spielte es keine Rolle. Ich fürchtete mich nicht davor, in Kummer und Unheil zu geraten, denn das hatte ich ja schon und schleppte es mit mir, und nun war mein Bestreben, weiterzugehen und vorzustoßen in das Land jenseits des Grams und der Kümmernisse. Doch dazu mußte ich Dilmun erreichen und Ziusudra, den Uralten, sprechen; und wenn ich diese meine Fahrt ausführen mußte in Sorge und Schmerz, unter Gefahren, in Kälte oder Gluthitze, unter Seufzern und Tränen ... so mochte es denn so geschehen! Ich legte mich in dieser Nacht auf dem Boden in der Hütte der Skorpionwesen zur Ruhe nieder und lauschte den rasselnden trockenen rauhen Lauten ihres Atems. In der Morgendämmerung boten sie mir zu essen, wieder diesen Absud und diese sandigen Mehlfladen, und als die Sonne zwischen den beiden Hörnern des Berges Mashu über uns zu lodern begann, sprach der Skorpionmann: »Komm! Ich will dir nun den Weg weisen.« Und wir stiegen mühsam zum Sattel des Passes hinauf. Und dort schaute ich hinab in einen Kessel wildgezackter, durcheinandergestürzter Felsen, die von der Farbe gebrannter Ziegel waren und sich abwärts dehnten, soweit das Auge reichte. Zur Rechten und zur

Linken lag ein Wildwuchs: kleine, knorrige, verkrüppelte Bäumchen in den höheren Bereichen, ein dichter schwarzer Wald, weiter unten. Der Ort wirkte, als sei er von allen Göttern verlassen.

»Gibt es dort wilde Tiere?« fragte ich.

»Eidechsen. Böcke mit langen Hörnern. Ein paar Löwen, aber nicht viele.«

»Und Dämonen. Gibt es die dort?«

»Es würde mich keineswegs überraschen.«

»Also, die Sorte habe ich ja früher schon kennengelernt«, sagte ich. »Vielleicht ziehen sie es vor, mir nicht in die Quere zu kommen, weil sie wissen, daß ich für sie recht unangenehm werden kann, wenn sie mich ärgern.«

»Vielleicht«, sagte der Skorpionmensch.

»Gibt es da Bäche? Quellen?«

»Kaum welche, bis du den tieferen Wald erreichst. Dort, denke ich, müßte Wasser sein, da die Bäume dort so dicht stehen.«

»Du bist nicht bis dorthin hinabgestiegen?«

»Nein. Niemals. Keiner war jemals dort unten.«

»Nun, das wird man bald nicht mehr behaupten können«, sagte ich und verabschiedete mich von ihm mit herzlichem Dank für all seine Freundlichkeit. Er nahm es kopfnickend an, machte aber keine Anstalten, mich zu umarmen. Und lange nachdem ich mit dem Abstieg begonnen hatte, stand er dort oben noch immer auf dem Paßkamm; es müssen Stunden verstrichen sein, ehe ich wieder rückwärts hinaufblickte, und da sah ich noch immer seine absurde Mißgestalt sich gegen den Himmel abzeichnen. Und selbst dann hörte er nicht auf, mich zu beobachten. Noch zweimal, während ich mir, bald hierhin, bald zur anderen Seite mich schlängelnd, den Abstieg bahnte, sah ich ihn dort oben stehen. Doch dann entschwand der Bergsattel meinem Blick.

EINUNDDREISSIG

Es war eine Fahrt, die mir wenig Annehmlichkeiten und viel Ärgernis bereitete, und ich gedenke ihrer mit wenig freundlichen Erinnerungen. Tagelang kletterte ich den Südhang des Berges hinab, und die Hitze war stark; die Sonne prallte mir gegen den Leib, sobald sie aufgegangen war, wie ein Gong, der immer weiterdröhnte. Ich dachte schon, ihre Gewalt müsse mich sowohl blind machen wie auch taub. Die Nächte waren beißend kalt und voller heulender messerscharfer Winde. Das Felsgestein war kantig, schneidend und bröckelig, und trat ich falsch darauf, so rutschte es fort, und trockener roter Staub stieg mir in die Nase. Zweimal verletzte ich mich am Bein, während ich abwärts kletterte, mehr als zweimal glitt ich aus und trug dabei Schnittwunden davon; es erübrigt sich zu sagen, daß der Durst mich plagte; in dichten Wolken wirbelten wütende Stechfliegen während des ganzen Abstiegs um mein Gesicht und wollten mir in die Augen kriechen. Als Nahrung fand ich nichts als die Eidechsen, die ich mir fing, während sie schlafträge in der Sonne lagen, und jene langbeinigen hüpfenden Kerbtiere, die allüberall in großer Zahl vorhanden waren. Um den Durst zu stillen, kaute ich an den Zweigen der kleinen Krüppelgewächse, obgleich ihr Saft mir den inneren Mund ätzte. Aber wenigstens stieß ich auf keine Dämonen; ich sah ein Löwenrudel, weit in der Ferne, und die Tiere waren genauso staubverdreckt und elend wie ich selbst, aber sie kamen nicht näher. Ich fragte mich immer wieder, ob ich den Abstieg wirklich lebend schaffen würde, und mehr als einmal war ich fast sicher, er werde mir nicht gelingen.

Jedoch geschieht es ja dem Menschen oftmals, daß

das, was man ihm als völlig unmöglich erklärt, sich manchmal nur als äußerst schwierig erweist, wenn es denn tatsächlich eintritt, oder gar nur als ein wenig unbequem. Dies war auch hier so. Ich möchte ja nicht gern behaupten, es sei ein leichter Abstieg gewesen, denn es ist durchaus denkbar, daß kein Mensch, außer mir, eine solche Leistung hätte vollbringen können – mit Ausnahme, natürlich, Enkidus. Aber letzten Endes erwies es sich, daß der Abstieg eben doch möglich war. Soviel aber möchte ich schon bekennen: es drängt mich nicht danach, den Versuch noch einmal zu wagen.

Endlich aber war die gefährliche Partie der Hinunterkletterei beendet. Als ich das Felsmassiv des Mashu bewältigt hatte, stieß ich auf ein ausgetrocknetes Hochplateau, auf dem nur kleine Dorngewächse gediehen; kein schöner Ort, aber immerhin, die Durchquerung beanspruchte meine Kräfte nicht über Gebühr. Dennoch brauchte ich viele Tage bis an das Ende dieses Gebiets. Ich trottete in dem stupiden geduldigen Trott eines Esels dahin – oder im Gang eines Ochsen im Zugjoch.

Doch je weiter ich wanderte, desto mehr wandelte sich der Charakter der Landschaft. Das Licht wurde weniger grell; das Erdreich, das rot und ausgetrocknet gewesen war, wurde dunkler und sah aus, als könne es fruchtbarer sein. Aus dem Süden wehte mir ein sanfter milder Windhauch mit einer Ahnung von Feuchtigkeit entgegen. Ich zog durch eine Talschlucht, die so eng war, daß ich fast mit den Schultern die Wände berührte, und als ich sie hinter mir hatte, trat ich in ein dunsterfülltes Land, in dem die Luft sanfter war und mild und das Licht der Sonne sanft und mild und in dem ein süßer schimmernder Tau von den vor mir liegenden Hügeln ins Tal herabsank.

Was für ein angenehmes Gefühl! Als dieser Tau sich auf mich senkte und meine ausgetrocknete staubverkrustete Haut benetzte! Fast hätte es der Garten der Götter sein können, dieser Ort, an den ich kam. Überall leuchteten Blüten und verbreiteten einen Duft, wie ich ihn nie zuvor gekannt hatte. Und helles grünes Gras strich mir sanft um die Beine. Die Luft schimmerte, als wäre sie silbern. Und ich sah das Land sich vor mir breiten wie einen weiten goldenen Fächer, flach und weit, und am Rande grüne Hügel, und noch weiter voran ein glitzerndes Meer. Ich hatte keine Vorstellung, wie lange ich benötigen würde, um bis zu diesem Meer zu gelangen, aber ich wußte gewiß, ich würde hinkommen, und ich wußte, an seinen fernsten Ufern würde ich das göttergesegnete Land Dilmun finden.

Zerschlagen und steif von meinem langwierigen Abstieg, mit irren Augen, auf meinem Leib nur das zerfetzte brüchige Fell eines Löwen, wanderte ich benommen in dieses Land voll Schönheit. Mir schien, daß die Früchte, die schwer von den Rebstöcken hingen, Früchte wären aus Karneol, daß die Laubblätter der Pflanzen aus blauem Lapislazuli sein müßten, daß sich dazwischen süße saftstrotzende Früchte zuhauf schmiegten. Wohin ich immer schaute: ich glaubte, ich erblickte leibhaftige lebende Edelsteine, wie Achat und Koralle, Onyx und Topas.

Und sobald ich durch diese wundersame Pracht wanderte, spürte ich, wie meine Verletzungen von mir fielen und heilten. Vorher war ich am ganzen Leibe zerstochen gewesen von den eiternden Bissen der Stechfliegen und von den Wunden und Abschürfungen, die ich im Steingeröll erlitten hatte; mein Haar und mein Bart waren ein verfilztes, besudeltes Gestrüpp voller Prellungen und Schrunden darunter; meine Zunge war aufgequollen vor Trockenheit und Durst ganz dick. Doch ich wurde rasch gesund. Ich fand einen kühlen Tümpel, blau und rein, und ich trank und schöpfte Wasser, um mich zu säubern, und sodann ruhte ich eine lange Zeit und lauschte dem Summen der Bienen, von denen keine mich stechen wollte. Ihr Singen war für mich wie ein Liebeslied. Weiße Vögel mit Beinen wie

Stelzen hoben die Köpfe von ihrer Nahrungssuche und blickten mich an, und mir schien es fast als lächelten sie mir zu.

Da fand ich Ruhe. Und es war lange her, seitdem ich Frieden irgendeiner Art erfahren hatte; auch glaube ich nicht, daß mir vordem jemals ein Frieden beschert war wie der, den ich da erlebte. Über diesem Land lag so etwas Friedliches und eine solche ausgewogene Ruhe, daß auch ich selber ruhig wurde, während ich da am kühlen Rande der Lagune rastete. In mir verspürte ich kein dringliches Verlangen, weiter voranzustreben, noch etwa auch nur den kleinsten Wunsch, zurückzukehren in meine Stadt Uruk. Ich war vollkommen zufrieden und glücklich, zu sein, wo ich war, aber daran dachte ich damals überhaupt nicht, auch nicht daran, irgend etwas in Frage zu stellen, denn ich brauchte auf einmal überhaupt keine Antwort mehr. Ein Mensch, der wahrhaftig mit sich im reinen ist und mit sich im Frieden lebt, der braucht sich derartige Fragen nicht mehr zu stellen. Doch unseligerweise ist wohl meine Seele nicht von Natur aus auf heitere Seelenruhe abgestimmt, und ich fürchte, ich bin es nicht gewohnt, meine Zeit damit zu vergeuden. Denn als ich da so glücklich lag, gedachte ich des Enkidu, der niemals etwas von diesem wundersamen Ort erfahren hatte. Und ich hätte ihm so gern gesagt: »Siehst du das, Bruder? Die Rebstöcke tragen Edelsteine als Früchte, und die Vögel staken auf Stelzen dahin, und die Luft ist prickelnd wie junger Wein! Hast du je einen Ort geschaut, Bruder, der so schön war wie dieser? Auf all den Zügen durch deine Wälder, hast du jemals etwas dergleichen erblickt?«

Ich sprach es und konnte es aussprechen, aber er würde mich nicht hören. Inmitten der genüßlichen friedvollen Freude, die ich da erfuhr, überkam mich abscheuliche Traurigkeit. Ich hätte weinen mögen, jedoch die Tränen hatte ich schon hinter mir gelassen, und so blieb mir nicht einmal diese Möglichkeit, meine Trübsal abzustreifen.

Und wieder fand Verzweiflung Eingang in meine Seele. Schon wieder war mir der Zugang zu diesem einen Augenblick des Herzensfriedens verbaut. Der Ort – ja, doch, er ist wunderschön. Aber ich bin allein, und das kann ich niemals vergessen, und jeder Atemzug sagt mir nur um so deutlicher, daß ich mich meinem Untergang und Tod entgegenatme. Und so umfingen mich denn erneut der Kummer und der brütende Gram – und waren sie mir nicht längst ganz enge Vertraute geworden?

Dann aber hob ich die Augen zur Sonne und sah dort Utu, den hell leuchtenden Gott, zu mir herniederschauen. Ich stammelte, halb stotternd, eine Art Anrufung und flehte, ganz unangemessen kläglich, er möge mich trösten und erlösen. Und mir deuchte, daß ich ihn sprechen hörte: »Ja, glaubst du denn wirklich, daß du da überhaupt eine Chance hast? Wie weit bist du herumgezogen, Gilgamesch? Und zu welchem Behuf? Wozu? Du wirst das Leben niemals finden, nach dem du strebst.«

»Oh, ich gedenke aber doch, es zu finden, Großmächtiger«, sprach ich zu dem Gott.

»Ach, Gilgamesch, Gilgamesch, was bist du doch für ein Narr!«

Ich mühte mich, dem Gott direkt ins Herz zu blicken, aber ich konnte es nicht. Also wandte ich mich und schaute ihn an, wie er sich schimmernd in der Lagune spiegelte. Und zu dem Gott im Meerestümpel sprach ich: »So höre mich, Utu! Bin ich denn wild und wahnwitzig durch all die Wüsteneien gewandert für ein Nichts? Und soll ich mich denn nun so einfach niederlegen zu einem Schlaf im Herzen dieser Erde und schlafen für die Zeit durch alle Jahre, die da kommen? Ach, laß es doch nicht so sein! Erspare mir die lange Dunkelheit! Ach, Utu, laß mich weiterhin mit meinen Augen die Sonne schauen, bis ich mich denn an ihr sattgesehen hätte!«

Ich glaube, er hat mein Gebet gehört. Aber ich vermag euch nicht zu sagen, welche Antwort er mir, vielleicht, zukommen ließ, denn ich vernahm keine. Und nach einer Weile schob sich eine kleine Wolke über das Antlitz der Sonne, und ich spürte die Nähe Utus nicht mehr so hautnah bei mir. So stand ich denn auf und wickelte meine schäbige Löwenhaut um meine Lenden und schickte mich an weiterzugehen. Sicher, der Ort war himmelhaft schön, aber auf einmal gelang es mir nicht mehr, den Frieden und die Freude zu empfinden, die mir hier einen Augenblick lang geschenkt worden waren. Jedoch war andererseits auch die Verzweiflung von mir gewichen. Ich befand mich in einem Zustand der Ausgewogenheit und Ruhe. Aber vielleicht fühlte ich überhaupt nichts. Das ist zwar nicht der Seelenfriede – aber es ist gewiß besser als gar nichts.

Und ich zog weiter, ohne Gefühle, ohne zu denken. Und einige wenige Tage später wehte mir über die Luft ein neuer Geruch zu, ein scharfer, ungewohnter Geschmack, wie wenn die Zunge über Metall fährt. Es war aber der Geschmack des hohen Meeres, dieser Geschmack, der wie Salz ist. Und so näherte sich nun wohl meine lange Pilgerfahrt dem Ende. Denn aus diesem Salzgeschmack in der Luft erkannte ich, daß ich mich wohl der Küste jenes Landes näherte, dem gegenüber die gesegnete Insel Dilmun liegt, auf der Ziusudra der Unsterbliche wohnt und lebt. Daran zweifelte ich mit keinem Gedanken.

ZWEIUNDDREISSIG

In die Stadt an der Küste, die dem Lande Dilmun gegenüberliegt, trat ich mit dem Aussehen eines wilden Mannes, ganz wie ein zweite Enkidu. Ich nehme an, man kann es nicht wirklich eine Stadt nennen; der Ort ist nicht einmal ein Zehntel so groß wie Uruk, und er ist lange nicht so groß wie Nippur oder Shuruppak, sondern nur ein Küstenstädtchen, eher ein Dorf; ein Ort, an dem Fischer hausen und jene, welche die Netze der Fischer ausbessern. Mir jedoch kam der Ort vor wie eine Stadt, denn ich war lange, lange durch die Wildnis gezogen.

Um die Wahrheit zu gestehen: es war ein erbärmliches Nest. Die Straßen waren ungepflastert, die Gärten kärglich und schlecht gepflegt, das Salz des Meeres hatte die Backsteinmauern der Häuser zerfressen. Ich sah ein Gebäude, das wohl ein Tempel sein sollte, denn immerhin erhob es sich über einer niederen Terrasse. Aber es war ein schäbiges kleines Bauwerk, und ich vermöchte euch nicht zu sagen, welchem Gott es geweiht war. Ich zweifle aber, daß es einer von unseren Göttern war. Das Volk dort war von schlanker Gestalt und dunkelhäutig und lief nahezu nackt umher, bis auf Streifen weißen Tuchs, das sie sich um die Hüften gelegt hatten. Und es war dies auch ganz vernünftig, denn es war heiß hier, so heiß wie im höchsten Sommer im Lande, und dabei war an diesem Ort noch gar nicht Sommer. Ein Drecksdorf; für mich aber war es so willkommen wie eine große Stadt. Ich schleppte mich durch die Gassen und hielt Ausschau nach einem Quartier und auch nach jemandem, der mir sagen konnte, wo ich einen Fährmann fände, der mich nach Dilmun übersetzte.

Ich glaube, jeder Fremdling würde für Aufregung gesorgt haben in diesem verschlafenen Nest, denn es ist unwahrscheinlich, daß sich zahlreiche Reisende hierher verirrten, um seine prächtigen Sehenswürdigkeiten zu bewundern. Also mußte ein jeder Neuankömmling doch sicher ein seltener Vogel sein. Und ganz gewiß mußte es einiges Aufsehen erregen, wenn ein Mann von meiner riesenhaften Gestalt in den schäbigen Straßen auftauchte, ein Mann mit irren Augen, hager und ausgemergelt, nur mit einem Löwenfell bekleidet und mit einem Wanderstab, der ein zugespitzter Pfahl war. Ein paar kleine Würmer erblickten mich zuerst – und rannten entsetzt vor mir davon, dann erspähten mich einige ältere Knaben, und danach kamen die Dorfbewohner einer nach dem anderen heran und glotzten und deuteten mit Fingern auf mich. Ich hörte ihr Geflüster und Getuschel. Sie redeten in einer Zunge, die eine Abart der Sprache der Wüstenstämme zu sein schien und die vielerorts an den Grenzen des Landes gesprochen wird. Doch sprachen sie hier ganz anders und unähnlich den Leuten der Wüstenrasse, die in die Städte des Landes gezogen sind, um dort zu leben; dennoch verstand ich sie leidlich gut. Manche glaubten, ich sei ein Dämon, andere, daß ich ein schiffbrüchiger Pirat sei, wieder andere hielten mich für einen Räuber. Ich aber sprach zu ihnen: »Ist hier ein Haus, in dem ich Trank und Speise kaufen kann und ein Lager für die Nacht?« Die Leute lachten über meine Worte – ein Kichern aus Befangenheit vielleicht, oder aber auch nur, weil mein Akzent ihnen so barbarisch-fremdartig klang. Dann aber zeigte eine Frau eine gewundene pfützenbedeckte Gasse hinunter und wies mir ein kleines Haus mit weißgekalkten Mauern, das ein weniges einladender und weniger verkommen aussah als alle anderen Häuser ringsum. Und die Seebrise wehte mir einen Hauch von Dünnbier zu: Aha, dachte ich, eine Schifferkneipe.

Und ich ging hin. Als ich an die Tür kam, trat dort ein

Weib heraus und betrachtete mich. Die Frau war hochgewachsen und anmutig, die Augen klug und stetig, ihr Leib kräftig: ihre Schultern waren beinahe so breit wie die eines Mannes. Einen Augenblick lang starrte sie mich an, als wäre ich ein Wolf, der sich an ihre Tür gewagt hatte; dann schmetterte sie mit großer Heftigkeit die Tür vor meiner Nase zu, und ich hörte, wie ein Balkenriegel drinnen vorgeschoben wurde.

»So warte doch, was soll denn das?« rief ich laut. »Ich will doch nichts von dir als Unterkunft für eine Nacht!«

»Die wirst du hier nicht finden«, rief sie durch die verriegelte Tür.

»Nennt man das hier Gastfreundschaft an diesem Ort? Sag, Frau, was hast du denn gesehen, das dich so erschreckte? So hör doch, Weib, ich tu dir doch nichts Böses!«

Stille. Dann sagte sie zaghaft: »Es ist dein Gesicht, das mich so erschreckte. Ich glaube, es ist das Gesicht eines, der gemordet hat.«

»Ein Mörder? Nein, Weib, ich bin kein Mörder, nur ein sehr, sehr müder Wanderer! So mach doch auf! So öffne mir!« Und in meiner Erschöpfung überkam mich ein schrecklicher Zorn. »Tu deine Tür auf!« schrie ich und erhob meinen Stecken. »Oder ich zerschmettere deine Tür! Ich zerbreche das Tor!« Und ich schlug einmal gegen die Tür und noch einmal und hörte das Holz bersten. Es wäre mir natürlich leicht gewesen, sie völlig zu zertrümmern. Ich pochte ein drittesmal, dann hörte ich, wie der Riegel gezogen wurde.

Die Tür öffnete sich, und da stand sie vor mir und sah überhaupt nicht furchtsam aus. Sie reckte mir das Kinn entgegen, und ihre Arme hatte sie über den Brüsten gekreuzt. Ihre Augen blitzten von einem Ärger, der dem meinen durchaus vergleichbar war. Scharf sprach sie zu mir: »Hast du eine Ahnung was eine neue Tür hier kostet? Wer gibt dir das Recht, vor meinem Haus herumzulungern und mir die Tür einzurennen?«

»Ich suche eine Unterkunft, und das Volk dort sagte mir, hier ist eine Taverne.«

»Das stimmt. Aber ich bin nicht verpflichtet, jeden Streuner und üblen Schelm bei mir aufzunehmen, der vorbeikommt.«

»Da tust du mir aber ein Unrecht an, Frau. Ich bin kein Streuner und übler Schelm.«

»So? Und warum siehst du dann aus wie einer?«

Ich erklärte ihr, auch damit tue sie mir unrecht: ich sei seit langem auf der Wanderschaft, sagte ich, und die Reise habe nun eben ihre Spuren bei mir hinterlassen, aber ein Landstreicher und Schelm sei ich nicht. Und ich zog ein paar Stücke Silbers aus dem Beutel an meiner Hüfte und zeigte sie dem Weib. »Wenn du mich schon nicht die Nacht über hier schlafen lassen magst, willst du mir dann nicht wenigstens einen Humpen Dünnbier verkaufen?« fragte ich.

»Nun, dann komm halt rein«, sagte sie widerstrebend.

Ich trat ein. Sie verschloß die Tür hinter mir. Es war kühl und dunkel im Haus, und ich freute mich darüber. Ich hielt ihr eines meiner Silberstücke hin, doch sie winkte ab und sprach, während sie mir meinen Krug Dünnbier zapfte: »Das hat Zeit, später, später. Und ich bin nicht so wild auf dein Silber, wie du wohl glauben magst. Wer bist du, Wanderer? Und woher kommst du?«

Ich hatte vorher daran gedacht, mir einen erfundenen Namen zuzulegen, doch auf einmal erschien es mir nicht mehr nötig. »Ich bin Gilgamesch«, sagte ich und wartete, daß sie mir ins Gesicht lachen würde, wie wenn einer sagte, er sei Enlil oder An, der Himmelsvater. Sie aber lachte nicht. Sie blickte mich lange und genau mit zusammengezogenen Brauen an. Ich spürte ihre starke körperliche Kraft, und sie war warm und stark und gut. Nach einiger Zeit fragte ich: »Hast du von mir gehört?«

»Es kennt doch jeder den Namen Gilgameschs.«

»Und ist Gilgamesch ein Mörder?«

»Er ist der König in Uruk. Könige haben Blut an ihren Händen.«

»Ich habe in den Wäldern einen Dämon erschlagen, das ist wahr. Und ich habe den Himmelsstier geschlachtet, als die Göttin ihn freiließ, auf daß er meine Stadt verwüste. Ich habe auch anderes Leben ausgelöscht, wenn es unumgänglich war, aber wirklich und wahrhaftig nur dann, um die Not zu wenden. Aber du hast mir deine Tür verriegelt, als wäre ich ein gemeiner Straßenräuber. Das bin ich nicht.«

»Ach ja, aber du bist wirklich Gilgamesch? Du stellst meine Gutgläubigkeit auf eine harte Probe, Fahrensmann!«

»Aber warum glaubst du mir nicht?«

Zögernd sagte sie: »Wenn du in Wahrheit der Gilgamesch von Uruk bist – und wenn ich mir so anschaue, wie gewaltig groß du bist, und auch wegen einer gewissen erhabenen Überheblichkeit, die ich an dir feststelle, also dann könnte es wirklich sein, daß du bist, was du sagst –, aber warum sind dann deine Wangen so hohl, warum ist dein Gesicht so eingefallen und deine Haut so gegerbt von Hitze und Kälte und Winden? Sieht so denn ein König aus? Und was du am Leib trägst – ein verlaustes dreckiges Fell. Kleiden so sich die Könige?«

»Ich bin sehr lange durch das wilde Land gezogen«, antwortete ich dem Weib. »Nach Elam hinein und nach Norden in das Uri genannte Land, und in die Ödländer, und über den Berg, der da als der Mashu bekannt ist, und außerdem durch noch viele andere Gegenden. Und wenn ich denn nun so zerlumpt und verlaust aussehe und so verwittert, so hat es gute Gründe. Jedoch – ich bin Gilgamesch!«

Sie schüttelte dazu aber den Kopf. »Der Gilgamesch ist ein König, und den Königen gehört die Welt. Und sie leben in Freude und Überfluß. Du jedoch, du bist ein

Mann, dem der Gram im Bauche sitzt und dem das Herz weh ist und wund vor Kummer. Das ist doch sehr leicht zu sehen.«

»Aber ich bin Gilgamesch«, sagte ich noch einmal. Dann aber, weil ich spürte, wieviel wärmende Kraft in diesem Weibe war, erzählte ich der Frau, warum ich ausgezogen und umhergewandert sei. Bei einem Krug Bier und dann einem zweiten, berichtete ich ihr, und ich sprach von Enkidu, meinem geliebten Bruder und Freund, den ich so inniglich geliebt hatte, von ihm, der mit mir den Wildesel der Berge und den Panther der Grassteppe gejagt hatte. Ich sagte ihr, wie wir Seite an Seite gelebt hatten, wie wir zusammen jagten und miteinander rangen, und miteinander Feste feierten, und was für gewaltige Heldentaten wir vollbracht hatten; ich sprach ihr davon, daß er dann krank geworden war, und wie er mir weggestorben sei. Und ich sprach zu ihr auch von meinem Leid und meiner Trauer um ihn. »Sein Tod lastet schwer auf meinem Herzen«, sagte ich. »Ihn zu verlieren, das war entsetzlich schmerzend. Wie könnte ich denn jemals friedsam und gelassen sein? Mein Freund, den ich liebte, ist zu Staub geworden!«

»Dein Freund ist tot. Und du hast ihn betrauert. Nun vergiß ihn! Niemand trauert, wie du ihn beweint hast.«

»Ach, du verstehst das nicht.«

»Dann erkläre es mir«, sagte sie und reichte mir einen neuen Krug Dünnbier.

Ich trank einen tiefen Schluck von dem süßen schäumenden Gebräu, ehe ich weitersprach. »Sein Tod versetzte mich in Angst und Schrecken vor meinem eigenen Sterben. Und darum, weil ich den Tod fürchte, streife ich von Land zu Land.«

»Wir müssen alle sterben, Gilgamesch.«

»Das sagen sie mir alle, immer und immer wieder: das Skorpionweib in den Bergen sagte es, Utu aus den Höhen, und nun auch du. Soll das denn wirklich so geschehen? Daß ich mich niederlegen muß und in die Grube fahren und niemals und nimmermehr mich soll erheben?«

»So ist es«, sagte die Frau ruhig.

Ich fühlte, wie mir der heiße Groll im Herzen aufstieg. Wie oft schon hatte ich das gehört: *So ist es, so ist es nun einmal* ... Diese Worte klangen mir inzwischen wie das Geblöke von Schafen im Ohr. War ich denn wirklich der einzige Mensch, der Herrschaft des Todes Trotz und Hohn zu bieten?

»Nein!« schrie ich. »Das werde ich nie hinnehmen! Ich will weiterziehen und immer weiter, durch die ganze Welt, wenn es sein muß, bis ich erfahre, wie ich der Hand des Todes entrinnen kann.«

Die Schenkwirtin trat zu mir und blickte zu mir herab. Sie legte mir sanft die Hand auf den Arm. Und wieder fühlte ich, wie stark sie war und wie mild in ihrer Stärke. Güte umgab sie wie ein Mantel, und in ihr ward die Kraft der Mutter. Leise sprach sie: »Gilgamesch, Gilgamesch, wohin willst du denn rennen? Du wirst das ewige Leben, das du suchst, niemals und nirgends finden. Kannst du dies nicht endlich einsehen? Als die Götter den Menschen schufen, schufen sie zugleich auch seinen Tod. Uns haben sie den Tod zugedacht, das Leben aber behielten sie für sich selbst.«

»Nein«, murmelte ich. »Nein! Nein!«

»So ist es nun einmal. Laß deine Suche fahren! Und erfreue dich statt dessen an deinem Leben, solange du lebst. Fülle dir deinen Bauch mit Leben. Sei fröhlich des Tages und bei Nacht und tanze und singe und feiere Feste und ergötze dich! Leg diese Lumpen ab von dir und sorge für ein sauberes frisches Kleid! Wasch dein Haar und bade deinen Leib und sei allerwege sauber und frisch und reinlich! Trag Sorge und hege das Kind, das sich an deine Hand klammert, trag Sorge und achte hoch dein Weib, das in deiner Umarmung jauchzt! Auch das nämlich ist das rechte Leben, Gilgamesch. Und es ist das einzige, das uns gegeben ist: Freu dich des Lebens, solange Leben in dir glüht! Laß ab von deinem Brüten und laß ab von deiner Suche!«

»Ich kann nicht rasten und ruhen«, sagte ich.

»In dieser Nacht wirst du ruhen.« Und sie zog mich auf meine Füße. Sie war so hochgewachsen, daß sie mir bis an die Schultern reichte. »Mein Name ist Siduri«, sagte sie. »Und ich lebe friedlich an der Küste hier, und manchmal finden fremde Reisende in meine Schenke, aber nicht sehr oft. Und wenn sie kommen, bewirte ich sie mit Freundlichkeit und Achtung, denn welche wäre sonst meine Aufgabe auf Erden, wenn nicht dies, den Wanderern und Pilgern Erquickung zu spenden? So komm du also mit mir, Gilgamesch!« Und sodann badete sie mich und wusch und stutzte mir das Haar und den Bart; und sie bereitete mir eine Mahlzeit aus Gerste und gedünstetem Fleisch, und statt des Dünnbiers tranken wir von einem edlen Wein, der hell und golden leuchtete. Sodann bettete sie mich auf ihr Lager und rieb und streichelte mich, bis alle Müdigkeit aus meinem Leib verging; und ich verbrachte dann die Nacht, gewiegt in ihren Armen. Niemand hatte mich je so gehalten, seitdem ich ein kleines Kind gewesen war. Ihr Atem war warm, ihre Brüste prall, und ihre Haut war glatt und weich. Ich verlor mich in ihr. Es tut zuweilen gut, sich so zu verlieren; aber man kann in diesem Zustand nicht lange verweilen, so scheint es leider zu sein. Ehe der Morgen graute, erwachte ich an Siduris Seite und war wieder voller Unruhe. Ich sagte zu ihr, daß ich nun fort müsse, und wieder sagte sie, mit einem leisen Vorwurf in der Stimme: »Gilgamesch, Gilgamesch, wohin willst du denn rennen?«

»Ich gedenke nach Dilmun zu reisen und dorten mit dem Ziusudra zu sprechen.«

»Er kann dir nicht helfen.«

»Ich werde dennoch gehen.«

»Die Überfahrt ist mühevoll«, sprach sie.

»Das ist sie ohne Zweifel. Sage mir aber an, wie ich dorthin gelangen kann.«

»Warum glaubst du, Ziusudra dort zu finden, selbst wenn du nach Dilmun gelangen solltest?«

Ich aber antwortete ihr: »Weil ich König Gilgamesch bin. Er wird mich gewiß empfangen, und er wird mir helfen.«

»Es gibt keinen Ziusudra«, sprach Siduri, die Schenkin.

Ich lachte barsch und fragte: »Und das soll ich dir glauben? Die Götter selbst belohnten ihn mit ewiglichem Leben und gaben ihm Dilmun als Wohnstatt. Soviel weiß ich gewiß. Warum versuchst du mir den Mut zu rauben, Siduri?«

»Wie starrsinnig du doch bist!« Sie gurrte in ihrer Kehle und rückte näher zu mir heran. »Ach, bleib doch bei mir? Gilgamesch! Und lebe friedlich hier am Meer und werd in Frieden alt!«

Ich lächelte. Ich streichelte ihr die Wangen und die schöngewölbten schweren Brüste. Dann aber bat ich: »Weise mir den Weg nach Dilmun!«

Sie seufzte. Dann aber sprach sie nach einer Weile: »Da ist ein Fährmann, Sursunabu ist sein Name, er dient dem Ziusudra und den Ziusudra-Priestern. Er kommt in jedem Mond einmal herüber und besorgt bestimmte Güter. Ich glaube, morgen oder den übernächsten Tag soll er wohl wieder landen. Und wenn er kommt, so will ich ihn bitten, daß er dich mit sich nehme zurück nach Dilmun. Vielleicht ist er dazu bereit.«

Ich dankte ihr, indem ich sie lange in meinen Armen hielt.

Drei weitere Tage blieb ich Gast in der Taverne der Schenkin Siduri am Hafen an dem warmen grünen Meer. Sie bewirtete mich gut mit Speise und mit Trank und badete mich und lag bei mir auf meinem Lager. Es gab Augenblicke, in denen ich mir dachte: Wahrlich, ein solches Leben wäre gar nicht so übel! Vielleicht ist es gar nicht möglich, daß ich immer und immer so weiterlebe, ohne an den nächsten Tag zu denken, und mich nur den Freuden des Augenblicks hingebe. Warum denn auch nicht? Was könnte denn die Zukunft bieten, außer Tod und trübseliger Düsternis? Aber ich glaubte es nicht aus ganzem Herzen, daß ich ein solches Leben lang würde leben können. Und auch Siduri glaubte es nicht. Am vierten Tag lag ich – nach einer langen Nacht ausschweifender Liebe – noch im Schlaf, da trat sie zu mir her, rüttelte mich an der Schulter und flüsterte: »Erwache, Gilgamesch! Der Fährmann Sursunabu kam von Dilmun. Auf, du, zieh deine Kleider an und komm mit mir zum Hafen, wenn du denn wirklich mit ihm hinüberfahren willst!«

DREIUNDDREISSIG

Du gesegnetes Dilmun! Du Paradiesgarten der heiligen Götter!

Sie berichten wundersame Geschichten über Dilmun, alle jene, deren Beruf es ist, Geschichtenerzähler zu sein – die Rhapsoden, die Priester und die Märchenerzähler auf den Märkten. Die Insel liegt im Süden, wo die beiden Ströme ins Meer der Aufgehenden Sonne münden. Man sagt, es sei ein Ort, an dem es weder Tod noch Siechtum gibt, wo alles rein ist, klar und hell, ein Land, in dem der Rabe nicht mißtönend krächzt und der Wolf nicht kommt und das Lamm reißt. Schon immer war es eine Wohnstatt der Götter: Enki hat dort gewohnt, die Ninhursag hat dort gewohnt, und gemeinsam gebaren sie die anderen Götter und Göttinnen. Utu lächelt beständig auf Dilmun herab, und Blumen blühen dort das ganze Jahr hin, und sein Wasser ist das süßeste auf Erden.

Ich aber, ich war dort. Und so will ich euch berichten, wie Dilmun in Wahrheit ist.

Möglicherweise ist die Insel ja wirklich ein Paradies. Aber dann doch ein sehr irdisches, um das mindeste zu sagen. Ein angenehmer, milder Ort, jedoch nicht so ganz ohne Makel. Es gibt auch dort ein kräftiges Maß von allgemeinem Erdenelend. Es gibt Tage, an denen die Sonne nicht scheint, und es gibt Tage voll stürmender Winde. Auch kann man in Dilmun durchaus krank werden und sogar sterben; es kann sein, daß Mäuse sich in den Gerstensäcken einnisten und sie verzehren, oder die Maden der Kerbtiere; es gibt dort Bettler und Leute, die ohne Beine oder Augen geboren sind, und andere Unglückliche mehr. Aber dennoch: es ist ein angenehmes Land; ich habe Schlimmeres erlebt. Die Luft ist feucht und heiß, was für uns sonderbar ist, denn bei uns im Lande ist die heiße Jahreszeit auch die trockene Zeit des Jahres, und die Luft ist dann nicht feucht, doch in Dilmun ist die Luft stets feucht, obwohl dort wenig Regen fällt. Im Winter weht der Wind von Norden, und die Hitze läßt sich leichter ertragen. Es ist eine kleine Insel, aber sehr fruchtbar, mit guten Bewässerungsanlagen und reichen Dattelpalmenhainen. Die Häuser sind weiß und haben flache Dächer. Der Wohlstand des Landes ist groß.

Die glücklichen Umstände Dilmuns rühren von seiner Lage im Meer der Aufgehenden Sonne her. Die Insel lebt vom Handel, und sie lebt gut davon. Ihre Schiffe fahren nicht nur zu den Städten des Landes an den Zwei Strömen, sondern bis weit hinüber nach Meluhha und Makan und in Königreiche, die noch weiter entfernt liegen und über die man in Uruk wenig Kenntnis hat. Über den Marktplatz von Dilmun geht das Kupfer aus den Bergwerken Makans und das Gold aus Meluhha, seltene Edelhölzer aus fernen Ländern im Osten, Elefantenbein und der blaue Lapis und Karneol aus Elam und von den Völkern jenseits von Elam, aber auch sämtliche bei uns im Lande gefertigte Güter, unsere gewebten Stoffe und unsere Gerätschaften aus Kupfer und Bronze und unsere edlen Schmucksachen. Ich habe in Ladengeschäften dort diesen edlen, weichen, glatten, grünen Stein gesehen, der aus einem Land kommt das jenseits des Randes der Welt liegt und dessen Namen keiner kennt, aber trotzdem weiß man, dieser Stein kommt von dort, und er wird von Dämonen mit gelber Haut aus der Erde gegraben. Alle Schätze dieser Welt und aus der Welt jenseits der Welt wandern durch Dilmun, ehe sie anderwärts verkauft werden, und was es auch sei, das durch den Markt von Dilmun zieht, es fördert den Wohlstand der Kaufleute von Dilmun unweigerlich. Und sollte denn Reichtum wirklich der Maßstab sein für das Paradies, dann wäre Dilmun wahrhaftig ein

Paradies. Und ich verstehe recht gut, warum Enlil den Ziusudra dort seßhaft werden ließ, um ihn auf ewiglich zu belohnen. Die Kaufleute dort sind von schöner Leibesfülle, aber geschmeidigen Manieren. Sie feilschen verbissen und hart und leben in prächtigen Palästen. Eines Tages, so glaube ich, wird ein Fürst, der nicht begreift, wie wertvoll es ist, daß der Welthandel blühe durch einen Hafen wie Dilmun, hereinbrechen wie ein Löwe über dies Land und alle die ölglatten Händler abschlachten, um die Reichtümer aus ihren überquellenden Speichern zu rauben. Das wird dann ein böser Tag sein für Dilmun; doch bis dieser Tag anbricht, wird Dilmun ein Ort sein, an dem das Leben leicht ist und an dem das gemeine Volk lebt wie anderwärts die Könige.

Um die Wahrheit zu sagen, ich weilte nicht sehr lange in Dilmun. Denn ich fand bald heraus, daß Dilmun nicht die Wohnstatt Ziusudras ist, obgleich dort wirklich Ziusudra lebt. Das heißt, es gibt ihn wirklich, wenn er auch nicht genau jener Ziusudra ist, auf den mich die Märchen und Sagen vorbereitet hatten. Auch lebt er nicht auf Dilmun, sondern auf einem kleineren namenlosen Eiland, das etwa eine Meile vor der Westküste der Insel liegt. Das erfuhr ich von dem Fährmann Sursunabu. Aber ich sollte noch sehr viel mehr Erkenntnis sammeln über Ziusudra, ehe ich diese Inseln der Glückseligkeit verließ.

Der Schiffer war ein hagerer alter Geselle und hatte sein graues Haar im Nacken zu einem Knoten gebunden. Er trug nichts weiter am Leibe als ein löcheriges braunes Tuch um die Lenden, und seine Haut war dunkelgegerbt wie Leder. Ich traf ihn an der Mole des Fischerdorfes, als er soeben Fracht in sein langes schmales Boot packte, das aus Schilf bestand, über das man eine dicke Pechschicht gestrichen hatte, Als wir, die Schenkin und ich, herantraten, grüßte er Siduri freundlich, aber ohne Wärme. Mich beachtete er beinahe überhaupt nicht.

Die Schenkenwirtin sagte: »Hier bringe ich dir einen Reisenden, Sursunabu. Das ist der Gilgamesch von Uruk, und er möchte gern mit Ziusudra sprechen.«

»Nun, dann soll er doch mit Ziusudra sprechen. Was geht mich das an?«

»Er braucht eine Fahrgelegenheit zur Insel.«

Der Schiffer zuckte die Achseln und sagte: »So soll er sich doch ein Schiff suchen und zur Insel fahren, wenn es sein Verlangen ist. Und dann soll er doch zusehen, ob Ziusudra ihn vor sich läßt.«

»So zeig ihm doch dein Silber!« flüsterte Siduri mir zu.

Ich trat vor und sprach: »Aber ich könnte meine Überfahrt recht gut bezahlen.«

Der Fährmann blickte mich aus toten Augen ohne Ausdruck an. »Wozu sollte mir dein Metall dienen?«

Ein stolzer Gesell! Aber er war überhaupt nicht hochmütig, sondern nur völlig gleichgültig. Dem war ich nie zuvor begegnet, und ich vermochte dem nicht auf den Grund zu kommen.

Während mir wieder der Zorn zu Kopfe schwoll, fragte ich: »So, du willst mich also abweisen? Ich aber bin der König von Uruk!«

»Sei behutsam, Sursunabu«, sprach Siduri zu dem Fährmann. »Er ist es nicht gewohnt, daß man sich ihm verweigert, und er nimmt es übel. Und er hat ein hitziges, wildes Temperament, und außerdem ist seine Eigenliebe ungeheuerlich.«

Ich wandte mich zu ihr und gaffte sie offenen Mundes an. »*W-a-a-as* hast du da gesagt?«

Sie aber lächelte. Mir schien, es war ein zärtliches Lächeln und ganz ohne Spott. Sie gab mir zur Antwort: »Du bist der einzige unter allen Menschenkindern, der in Wut gerät, wenn er an seinen eigenen Tod denkt. Und das wäre dies anderes als Selbstliebe, Gilgamesch? Du trauerst jetzt schon über deinen eignen Tod. Und du heulst und jammerst tiefer um dich selbst, als du es je für deinen Freund getan hast, der dir weggestorben ist.«

Ich war wie vor den Kopf gestoßen – einerseits durch die brutale Taktlosigkeit ihrer Worte, aber wohl auch doch ein wenig, weil ich fürchtete, es könne ein Körnchen Wahrheit darin stecken. Ungläubig blinzelte ich sie an. Ich suchte krampfhaft nach einer Antwort. Aber ich fand keine, die ich ihr hätte geben können.

Sie aber sprach weiter: »Das hast du selbst gesagt. Du hast, sagst du, so übermächtig um deinen Enkidu geweint und ihn betrauert, aber was dich aus deiner eignen Stadt und in die Wüsteneien ausgetrieben hat, das war die Furcht vorm Tod, vor deinem eignen Tod, ist's nicht so? Und nun willst du zu Ziusudra rennen, weil du glaubst, der kann dich lehren und dir weisen, wie *du* dem Tod entrinnen kannst. Wo hätte es je einen Menschen gegeben, der sich inniglicher liebte, als du dich selbst?« Und die Schenkin lachte und wandte sich dann dem Fährmann zu. »Nun denke du, Sursunabu, darüber nach und zieh ein fröhlicheres Gesicht zu allem! Immerhin, der da ist doch der König von Uruk, und er träumt davon, wie er auf ewig leben möge. Fahr ihn zu Ziusudra, mir zuliebe! Und mag er lernen, was ihm zu lernen vorbestimmt ist.«

Der Fährmann spuckte aus und staute weiter Waren in sein Boot.

Mir aber ward es da zuviel – die gleichmütige Verachtung des Schiffers und die Schärfe in der Schenkin Siduris Worten, die mich traf. Und so sprudelte mein Zorn, mein Groll und meine Wut schon wieder einmal über. Auf einmal brannte meine Seele feurig. Ich spürte, wie mir der Schädel zu trommeln begann und meine Hände zu zittern. Ergrimmt schritt ich auf Sursunabu zu. Zwischen mir und seinem Schiffe lagen auf dem Boden in einer Reihe geringer Säulen aus poliertem Stein, und diese trat ich mit dem Fuß beiseite und stieß einige davon ins Wasser, andere zertrümmerte ich, um zu diesem Sursunabu zu gelangen. Dann packte ich ihn an der Schulter. Er aber blickte auf zu mir und war ganz ohne Furcht, obwohl ich zweimal so groß war wie er und ihn hätte mit eben der Leichtigkeit zerbrechen können, wie ich jenes Steinzeug zerschmetterte. Vor seinem furchtlosen Blick ließ meine Wut ein wenig nach, ich ließ ihn aus meinem Griff frei, schöpfte tief Atem und versuchte, die weiße rasende Glut in meinem Herzen zu dämpfen.

So zurückhaltend-demütig, wie es mir möglich war, sagte ich sodann: »Ich bitte dich, Fährmann, führe mich hinüber zu deinem Herrn. Ich zahle dir den Preis, wie hoch er auch sein mag.«

»Ich hab dir doch gesagt, mir liegt nichts an deinem Metall!«

»So nimm mich dennoch mit. Aus Ehrfurcht und Liebe den Göttern gegenüber, deren Kind ich bin.«

»Ach, bist du das? Ja, aber was fürchtest du denn dann den Tod?«

Als er dies so kühl und ungerührt zurückgab, fühlte ich wieder den Zorn in mir aufwallen, doch ich kämpfte ihn nieder. »So soll ich mich denn vor dir niederknien? Und muß ich betteln? Was ist denn groß dabei, wenn du mich zu dieser deiner Insel mit hinübernimmst?«

Er lachte. Es war ein seltsam dünnes Lachen. »Nun ist es eine gewaltige Sache, oh, du törichter Gilgamesch. In deiner Raserei hast du die heiligen Steine zerstört, die eine sichere Überfahrt gewährleistet hätten, weißt du denn nicht einmal das? Sie hätten uns beschützt. Aber du hast sie natürlich zertrümmern müssen!«

Ich schämte mich tief. Kaum jemals hatte ich meiner Torheit so direkt ins Auge blicken müssen. Meine Wangen übergossen sich mit Blutröte, und ich sank auf die Knie und suchte nach den kleinen steinernen Säulchen. Jedoch ich war in meiner Wut allzu wild über sie hergefallen, sie lagen, in viele Stücke zersprungen, umher, ich vermöchte euch nicht zu sagen, wieviele ich in meinem

Zorn ins Meer gestoßen hatte, aber es waren ihrer eine ganze Reihe. Wie betäubt raffte ich zusammen, was noch von ihnen greifbar war. Doch Sursunabu bedeutete mir mit einer Handbewegung, daß es zu nichts nutze sei. »Wir werden es eben ohne sie bewältigen müssen«, sagte er. »Das Risiko ist zweifellos höher. Aber wenn du, wie du behauptest, ein Göttersprößling bist, dann könntest du ja vielleicht mal da oben darum bitten, daß sie sich ein bißchen um uns kümmern, während wir hinüberfahren.«

»So nimmst du mich also mit?«

»Ach, so oder so, mir ist das egal«, sagte der Fährmann und zuckte erneut mit den Achseln.

Dann trat Siduri neben mich. Sie faßte meine Hände zwischen die ihren und drängte ihre weichen Brüste gegen meinen Leib. Und dann sprach sie leise: »Ich wollte eigentlich gar nicht so widerlich von dir sprechen, Gilgamesch. Aber dennoch meine ich, ein Quentchen Wahrheit war wohl schon in meinen Worten, so essigscharf sie dir geschmeckt haben mögen.«

»Das mag wohl so sein.«

»Aber, trotz allem, was ich sagte, ich hoffe wirklich, daß du findest, wonach du suchst.«

»Ich danke dir, Siduri. Für diesen Segenswunsch – und für all das andere.«

»Doch wenn du das nicht findest, wonach du dort suchst ... vielleicht magst du dann hierher zurückkommen. Für dich, mein Gilgamesch, wird stets ein Platz an meiner Seite sein.«

»Ich könnte mir recht viele schlimmere Orte vorstellen, an denen ich sein könnte, meine Liebe«, sagte ich zu ihr. »Trotzdem und leider, ich glaube, ich komme nicht zurück.«

»Nun, dann alles Glück auf den Weg, Gilgamesch!«

»Auch dir, Glück und Heil, Siduri, und lebwohl!«

Und sie klammerte sich an mich und sprach ein Gebet zu einer Göttin, die ich mit keiner mir bekannten Göttin in Zusammenhang zu bringen vermocht hätte. Sie flehte ihre Göttin an, ich möchte Frieden finden und bald ans Ende meiner Wanderung gelangen. Aber der einzige Friede, den ich zu jener Zeit für mich erhoffen konnte, wäre die friedsame Ruhe in einem Grab gewesen, und ich wagte denn doch zu glauben, daß es nicht das war, was Siduri für mich erflehte. Also zog ich es vor, ihr Gebet als für mich möglichst günstig anzusehen, und bedankte mich gebührlich bei ihr dafür. Dann winkte mir der Fährmann in seiner brüsken, unfreundlichen Art zu. Und ich bestieg sein Boot und ließ mich auf einem Sitz von Schilfmatten im Bug nieder. Der Fährmann stieß uns vom Land ab, indem er eine kleine Strecke durch das Wasser lief, ehe er zu mir ins Boot stieg.

Stumm steuerten wir auf die Insel Dilmun zu. Und die Götter beschützten uns, obwohl ich jene steinernen Dinge zerschmettert hatte, und es war unsere Überfahrt ohne Beschwernis und unter einem blauen Himmel. Einige Zeit lang hüpfte das Boot auf dem freien Meer – hier war die See nicht länger grün, sondern von einem tiefen Blau wie auf dem weiten Meer –, und es gab nirgends Erde zu sehen, kein Land vor uns noch in unserem Rücken. Da ward ich denn doch etwas unsicher. Nie vordem war ich außer Sichtweite des festen Landes gewesen. Allüberall um mich herum spürte ich, wie sich der unendliche Abgrund auftat. Fast glaubte ich, wenn ich in diese feuchten Tiefen schaute, daß ich den Herrn der Meeresabgründe, den mächtigen und gewaltigen Enki, in seiner Höhle schauen könne. Ich bildete mir ein, ich sähe den Schatten seiner Hörnerkrone. Und inmitten der Hitze des Mittages überkam mich ein schauderndes Frösteln, eine Eiseskälte, wie sie den Menschen überfällt, wenn er den gewaltigen Göttern zu nahe kommt. Ich aber betete zu ihm und sprach: *Ich bin Gilgamesch, der Sohn des Lugalbanda, und König in Uruk, und ich bin auf der Suche nach etwas, wonach ich suchen muß! So verschone mich du denn, großmächtiger und weiser Enki!* Und mein Flehen sank hinab in die Abgründe, und ich darf annehmen, daß es erhört wurde, denn als dieser Tag zur Neige ging, erblickte ich am Horizont eine dunkle Umrißlinie von Palmen und die weißgekalkten Mauern einer großen Stadt, die im letzten Licht der Sonne leuchteten, und davor an der Küste eine Vielzahl dort ankernder Schiffe.

»Dilmun«, knurrte mein Fährmann Sursunabu. Es war das einzige Wort, das er auf dieser ganzen Überfahrt von sich gab.

VIERUNDDREISSIG

Ich blieb dort fünf Tage, oder vielleicht sechs, und wartete darauf, zu einer Audienz vor Ziusudra erscheinen zu dürfen. Es waren Tage voller Unruhe. Von dem Fährmann hatte ich vernommen, daß der Patriarch nicht auf Dilmun selbst wohne, sondern seinen Alterssitz auf einer der kleineren Nebeninseln hätte, wo er inmitten einer Schar heiliger Männer und Frauen lebte. Nur wenigen Pilgern wurde der Zugang zu dieser Insel gestattet; ob ich einer davon sein werde, vermochte der Fährmann mir nicht zu sagen. Er versprach mir auf seine barsche, mürrische Art nur, er werde mein Ersuchen übermitteln. Dann fuhr er los, und ich saß da, allein, auf Dilmun und überlegte mir, ob ich ihn jemals wiedersehen würde.

Ich sage euch aber, ich war es nicht gewohnt, mir von Matrosen eine Gunst zu erbetteln oder demütig um die Erlaubnis zu flehen, hierhin und dorthin fahren zu dürfen. Nun aber mußte ich diese Kunst erlernen, denn ich hatte keine andere Möglichkeit. Ich sagte zu mir: die Götter haben mir all dies aufgebürdet als eine weitere Stufe meiner Einweihung in die wahrhaftige Weisheit.

In einem Gasthaus am Hafen fand ich eine angenehme Unterkunft: ein weites, luftiges Zimmer zum Meer hin, so daß die Sonne und der Seewind hereinkonnten. Wir im Lande bauen ja nicht so, weil es dort töricht wäre, Löcher in Wände zu brechen; doch die Winter bei uns sind auch sehr viel härter als die in Dilmun. Es erschien mir als klug, an diesem Ort nicht meinem Namen und Rang gemäß aufzutreten, und so nannte ich denn dem Hausvater, mein Name sei Lugalamarku, welches der Name eines kleinen buckligen Weisen ist, dessen Dienste ich von Zeit zu Zeit in Anspruch genommen hatte. Nun diente er mir, ohne es zu wissen.

Natürlich ließen sich meine Körpergröße und die breiten Schultern nicht verbergen, doch mühte ich mich immerhin, mich möglichst unköniglich zu betragen, und zog die Brust und den Kopf ein und senkte das Kinn. Ich blickte keinem Mann in die Augen, es sei denn, er hätte mich von sich aus angesehen, und ich sprach nur das allernötigste und nur wenn es unvermeidlich war. Ob jemand mich erkannte, kann ich euch nicht sagen, jedoch grüßte mich auch keiner ins Gesicht als den König von Uruk.

Es wimmelte in der Stadt von Kaufleuten und Seeleuten aus aller Herren Länder. Einige sprachen in mir vertrauten Zungen – sehr oft hörte ich die Sprache des Landes, auch die Zunge der Wüstenbewohner, welche die heimatliche Sprache in Dilmun ist und allen Gebieten ringsum –, doch andere Fremde gaben ein unverständliches Gebabbel von sich, ähnlich den Wirrlauten, die man von Leuten im Traum hört. Auf welche Weise sie einander selbst verstanden, kann ich euch nicht sagen: aber eine dieser »Sprachen« bestand nur aus Klicklauten und Schnalzern und Schnieftönen, und eine andere rauschte dahin wie ein schnellfließender Fluß und ein Wort hängte sich ohne Unterbrechung ans nächste, und eine dritte war mehr wie ein hoher Singsang oder eine Litanei.

Es waren jedoch nicht nur ihre Sprachen fremdartig, sondern auch die Gesichter. Auf einem Schiff, das an meinem ersten Tag anlegte, hatte die Mannschaft eine Haut, so schwarz wie die mittlere Wache einer mondlosen Nacht, und Haare wie verfilzte Wolle. Ihre Nasen aber waren breit und flach und ihre Lippen dick und wulstig. Das sind gewißlich Dämonen, dachte ich, oder aber Männer aus einer anderen Welt. Doch sie lachten und lärmten und prahlten genau wie gewöhnliche Seefahrer, und kein Mensch im Hafen schien ihnen besondere Beachtung zu schenken. Und dann kam im gleichen Augenblick ein Mann vorbei, ein Kaufmann, dessen Haupthaar nach Art des Landes geschoren war, und ich hielt ihn an; und tatsächlich, er kam aus der Stadt des Eridu. Ich wies mit dem Kinn zu den Schwarzhäutigen, und der Kaufmann erklärte mir: »Dies sind Männer aus dem Königreich Punt*.« Das aber ist ein Land, in dem die Luft heiß wie Feuer brennt und so die Haut der dort Wohnenden schwärzt. Er konnte mir allerdings nicht sagen, wo dieses Punt liege, sondern deutete nur unbestimmt zum Horizont hinüber. Später am selben Tage sah ich aber weitere schwarze Männer, die jedoch völlig anders aussahen, denn ihre Nasen und Lippen waren schmal, und ihr Haar war lang und ungekraust und beinahe blau vor Schwärze. Aus ihren Reden und ihrer Kleidung schloß ich, sie könnten Männer aus Meluhha** sein, das weit jenseits der Elamiter im Osten liegt, und es erwies sich, daß dem so war. Ich hatte auch gehofft, die gelbgesichtigen Teufel zu erschauen, die den Grünstein, genannt Jade, aus der Erde schürfen, doch gab es davon keine in Dilmun. Es ist ja möglich, daß es sie überhaupt nicht gibt, obwohl, den Grünstein gibt es gewißlich, und er ist ein sehr schöner Stein.

Ich sprach wenig und hörte vielen zu. Und dabei vernahm ich auch Kunde aus dem Land, die mir das Herz sehr schwer werden ließ.

Dies aber hörte ich, als ich in meiner Herberge allein für mich saß und an meinem Dünnbier nippte. Da kamen herein zwei Männer und redeten zueinander in der Sprache des Landes. Zunächst fürchtete ich, sie möchten aus Uruk sein; doch sie trugen scharlachrote Gewänder mit gelbem Besatz, und diese Kleidung ist die übliche in der Stadt Ur. Dennoch aber kroch ich in mich hinein, um so unauffällig zu werden, wie es mir möglich war, und kehrte ihnen den Rücken zu. An ihrer Sprachfärbung erkannte ich nach kurzem, daß sie wirklich Männer aus Ur waren: der jüngere Mann war vor kur-

* Wahrscheinlich Äthiopien, das Reich der Königin von Saba.
** Wahrscheinlich Indien, dessen Ureinwohner dunkelhäutig waren.

zem erst in Dilmun angelangt, und der andere befragte ihn nach der neuesten Kunde von zu Hause.

»Also, sag mir das noch einmal«, bat der ältere Mann. »Ist es wirklich an dem, daß Nippur unser ist?«

»So ist es.«

Als ich dies hörte, fuhr ich kerzengerade empor und zog scharf die Luft in meine Lungen. Nippur ist nämlich eine heilige Stadt: sie dürfte niemals unter der Herrschaft Urs stehen.

»Und wie kam es dazu?« fragte der ältere Mann.

Und der Neugekommene sprach: »Glück und gute Planung. Es war in der Zeit des Jahres, da König Mesannepadda sich nach Nippur begibt, um im Dur-anki-Tempel das Ritual der Spitzhacke zu vollziehen. Und in diesem Jahr nahm er eintausend Bewaffnete mit sich; und während er dort in der Stadt weilte, befiel eine plötzliche Krankheit den Statthalter der Stadt, und es hatte allen Anschein, als werde er sterben; und so kam denn der Oberpriester des Enlil vor unseren König und sprach: ›Unser Statthalter liegt auf den Tod darnieder. Mag es dir belieben, uns einen neuen zu bestimmen?‹ Daraufhin betete König Mesannepadda lang im Tempel und trat dann heraus und verkündete, Enlil sei ihm erschienen und habe ihm befohlen, *er selber* solle die Herrschaft in Nippur übernehmen.«

»Was, so einfach ging das?«

»Ja, so einfach«, sagte der jüngere Mann, und dann lachten sie beide. »Das Gebot Enlils – wer würde sich dem zu widersetzen wagen?«

»Ganz besonders, wenn eintausend Bewaffnete ihm Nachdruck verleihen!«

»Eben«, sagte der andere.

Ich umklammerte krampfhaft meine Dünnbierkumme. Das waren sehr üble Neuigkeiten. Ich hatte nicht eingegriffen, als Mesannepadda die Söhne des Agga niederwarf und sich zum König in Kish wie in Ur machte; damals schien das für Uruk keine Bedrohung darzustellen, und ich hatte den Kopf voll mit anderen Dingen, wie ich bereits berichtete. Doch Nippur, das zu den Regierungszeiten des Enmebaraggesi und des Agga im Treuebündnis mit Kish gestanden hatte, war seit dem Tod des Agga unabhängig gewesen. Und wenn nun Mesannepadda, nachdem er Kish sich einverleibte, sich auch noch Nippurs bemächtigt hatte, dann war die Gefahr groß, daß Uruk von einem sich bildenden Großreich umzingelt werden konnte. Und dies durfte ich gewiß nicht erlauben. Ich fragte mich, ob man in Uruk davon wisse. Oder wartete das Volk von Uruk darauf, daß sein König Gilgamesch heimkehre und die Stadt zum Kampf gegen Ur anführte? Und welches Bollwerk konnte es wider die machtlüsterne Gefräßigkeit des Mesannepadda geben, wenn nicht Gilgamesch es baute?

Doch Gilgamesch – wo war er? Er hockte in einer Kaschemme in Dilmun und wartete darauf, daß man ihn gnädig auf das Eiland des Ziusudra zur Audienz befehlige, auf daß er dort auf irgendeine geschickte Weise für sich selbst das ewige Leben erfeilsche! War dies die Art, wie ein König sich betragen durfte?

Ich aber wußte nicht, was ich tun sollte. Ich saß wie versteinert da.

Aber der Fremde aus Ur hatte noch weitere Neuigkeiten zu berichten. Der alte Mesannepadda war dahingeschieden, und sein Sohn, Meskiagnunna, hatte den Thron bestiegen. Und er vergeudete keine Zeit und bestrebte sich zu beweisen, daß er die Politik seines Vaters fortzusetzen gedenke. Mesannepadda hatte in Nippur den Bau eines dem Enlil geweihten Tempels begonnen. Und der neue König überwachte nicht nur persönlich die Vollendung dieses Tempels, sondern hatte – um nachdrücklicher seine nimmermüde Sorge für das Wohl der Stadt Nippur zu beweisen – Befehl erteilt, daß das bedeutende zentrale Heiligtum, das sogenannte Tummal, das nach der Regierungszeit des Agga zerfallen war, sofort wieder hergestellt und brauchbar gemacht werde. Ein Übel häufte sich über das andere! Diese Könige von Ur verfuhren mit Nippur, als wäre es ihre Kolonie! Das darf man nicht zulassen, dachte ich. Sollen sie doch ihre Tempel in Ur bauen, wenn sie schon Tempel bauen müssen! Sollen sie sich doch um ihre eigene Stadt besorgen und die Finger von Nippur lassen! Ich hatte große Mühe, mich zu beherrschen, und wäre fast aufgesprungen und hätte die beiden Männer aus Ur gepackt und ihnen die Schädel gegeneinander geschlagen und ihnen befohlen, sich sofort aufzumachen in ihre Stadt und dem König zu sagen, daß Gilgamesch von Uruk ihm ein Feind sei und sich aufraffe, ihn zu bekriegen.

Jedoch, ich blieb auf meiner Bank sitzen. Ich hatte auf diesen Inseln des seligen Ziusudra etwas zu erledigen; und ich war weit und unter Mühen hergekommen, um das zu tun, was ich hier zu erreichen mir vorgenommen hatte. Ich konnte einfach noch nicht sogleich abreisen, ungeachtet der schweren Verantwortung und der Verpflichtungen, die meine Rückkehr nach Uruk hätten nötig machen müssen. So jedenfalls sah ich die Sache zu jener Zeit. Vielleicht irrte ich darin; nein, ganz gewiß war meine Entscheidung falsch. Dennoch glaube ich, es war gut so, wie ich dazumal entschied. Denn hätte ich mich entschlossen, in meine Stadt zurückzukehren – ich wäre niemals teilhaftig geworden jenes urgründigwichtigsten Wissensschatzes, den ich nun besitze.

Ich schlief allerdings in dieser Nacht überhaupt nicht. Auch fand ich nicht wirklich Ruhe in den Tagen danach. Ich konnte an kaum etwas anderes denken als an den Hochmut des Meskiagnunna und wie er durch den Heiligen Bezirk in Nippur stolzierte, als wäre er der wahre König dort. Jedoch – ich blieb in Dilmun. Und am fünften Tage, oder aber es war vielleicht auch schon der sechste, fand sich der Fährmann Sursunabu wieder ein und sprach zu mir in der ihm eigenen freudlos-unfreundlichen Art: »Du sollst mit mir zu der Insel fahren, wo Ziusudra lebt.«

FÜNFUNDDREISSIG

Die Insel war flach und ohne Erhebungen und sandig, und – im Gegensatz zu dem von hohen Mauern umgebenen Dilmun – völlig ohne Schutzwehr. Jeder hätte sein Boot ans Ufer bringen und ungehindert direkt in das Haus Ziusudras treten können. Oder jedenfalls besaß diese Insel keine Verteidigungsanlagen der herkömmlichen Art; doch als mein Fährmann sein Schifflein auf den Strand zog, bemerkte ich, daß über dessen ganze Weite hin sich drei gegliederte Reihen von jenen steinernen Zylindern hinzogen, wie ich sie in meiner Torheit und Wut so leichtfertig zerstört hatte. Ich fragte den Fährmann, was das denn für Gebilde seien, und er sagte: das sind die Zeichen der Liebe des Enlil für den Ziusudra, die er ihm gab nach der Flut. Und diese Zylinder schützten die Insel vor Feinden, denn kein Mensch würde so töricht sein, und sich widerrechtlich durch solche Götterzeichen hindurchwagen. Und, sagte der Fährmann, wenn immer er nach Dilmun segle oder gar zum festen Land, dann nehme er stets einige dieser Zeichen mit sich und setze sie neben seinem Boot auf, um beschirmt zu sein. Und da empfand ich erneut, und noch tiefer, Scham darüber, daß ich diese Gebilde zerschmettert und zertrümmert hatte, als wäre ich ein wildgewordener, tobender Stier.* Aber anscheinend sollte ich Vergebung haben, denn Ziusudra war willens, mich zu empfangen.

* Die Zerstörung der »Landmarken« (in anderen Varianten »Ruder«, Menhire?) verrät ein enormes psychologisches Verständnis der Urautoren des Gilgamesch-Epos: Der kriegerische, trauernde, von Lebens- bzw. Todesängsten umgetriebene Gottheld beweist sich hier, törichterweise, wieder einmal als strategisch planender Mann, was nicht ohne Ironie ist, bedenkt man, warum er an diesen »heiligen Ort« kommt.

Dann sah ich ein Haus, das vielleicht ein Tempel war, nahe dem Mittelpunkt der Insel, ein langgestrecktes, niedriges Bauwerk, dessen weiße Wände in der heißen Sonne leuchteten. In meinem Nacken richteten sich die Härchen auf, als ich den Bau erblickte. Mich überwältigte das Gefühl, daß dort, in jenem Haus, nur wenige hundert Schritte vor mir, der altehrwürdige Ziusudra weilte, der Überlebende der Flut, der Mann, der vor so unendlich langer Zeit Seite an Seite mit Enki und Enlil einherschritt und zu ihnen sprach. Die Luft war sehr ruhig, und eine gewaltige Stille lag mächtig über allem. Es gab da noch zwölf oder vierzehn kleinere Häuser um den Zentralbau, und weiter drüben einige kleine Bauernkaten. Und dies war alles. Der Fährmann brachte mich zu einem der Vorwerke, einem kleinen würfelförmigen Bau mit nur einem Raum, der völlig ohne irgendwelche Einrichtungen war, und ließ mich dortselbst allein. »Sie werden kommen und dich holen«, sagte er.

Wer sich auf der Insel des Ziusudra aufhält, erlebt eine Zeit, die nicht in der Zeit ist. Ich vermag euch nicht zu sagen, wie lange ich da alleine saß, ob es ein Tag war, oder deren dreie oder fünfe.

Anfangs war ich unruhig, ja sogar von Zorn erfüllt. Ich überlegte mir schon, ob ich nicht zum Haupthaus gehen und den Patriarchen aufstöbern sollte; doch ich wußte natürlich, daß dies unsinnig und meiner Sache schädlich gewesen wäre. Und so stapfte ich denn von einer Ecke in die andere durch dieses leere Zimmer. Ich lauschte den Geräuschen und dem Zischen und dem anwachsenden Summen in meinem Kopf, diesem nicht nachlassenden innerlichen Geschnatter in mir. Ich blickte immer wieder kurz aufs Meer hinaus, bis mein Auge die Blendung nicht mehr ertragen konnte, die über seinem Busen zu mir herüberflammte. Und ich dachte an Meskiagnunna, den König in Ur, und an all das, was er wohl planen mochte. Ich dachte an die

Inanna, die zweifellos eifrig ihre Ränke wider mich spann in Uruk. Ich gedachte meines Sohnes, des Säuglings Ur-lugal, und fragte mich: wird er je König sein? Und ich dachte an dies und überdachte jenes. Die Stunden verstrichen, doch keiner kam zu mir, um mich zu rufen. Und nach und nach spürte ich, wie das gewaltige Schweigen dieses Ortes in meine Seele sickerte – und ich wurde allmählich gelassen. Es war eine wundersame Erfahrung. Das Lärmen und Summen in meinem Gehirn schwand, auch wenn es nicht völlig verschwand ... und nach einiger Zeit war ich in meinem Innern so ruhig und still wie alles war, das außen um mich herum sich befand. Und da war es für mich auf einmal ohne Gewicht, was der Meskiagnunna tun mochte, oder die Inanna oder Ur-lugal. Es hatte keine Bedeutung, ob sie mich würden sitzen lassen in diesem Gemach zwölf Tage lang – oder zwölf Jahre lang – oder zwölfhundert Jahre. Ich war in einer Zeit außerhalb der Zeit. Doch sodann stieß ich über diese wundersame Seelenruhe hinaus, und wieder erfaßten mich Zorn und Ungeduld. Wie lange sollte ich denn noch hier so warten? Ja, wußte man denn an diesem Orte nicht, daß ich Gilgamesch war, der König von Uruk? In meiner Heimat warteten dringliche Regierungsgeschäfte auf mich! Meskiagnunna, der König von Ur, – die Priesterin Inanna – die Nöte und Ansprüche meines Volkes – Meskiagnunna – die Überwachung der Kanäle ... würde ich jemals rechtzeitig in mein Reich zurückkehren, um die Zeremonie der Eröffnung des Röhrenwerks zu überwachen? Das Festgepränge um die Statue des An? – Meskiagnunna ... Ziusudra ... Inanna ... aaaach, dieses Geplappere und Geschnattere unseres Hirns!

Und dann endlich kamen sie mich holen, als ich mich schon so in geifernde Wut versetzt hatte, als wäre ich ein hechelnder Spürhund.

Es waren ihrer zweie. Zuerst erschien ein feierlichernstes schlankes Mädchen, mit einem Leib, der geschmeidig war wie der einer Tänzerin, und sie war, so denke ich, kaum älter als fünfzehn oder sechzehn Jahre; und hätte sie gelächelt, sie wäre angenehm gewesen. An ihrem Leib trug sie ein schlichtes Gewand aus weißer Baumwolle, und es war ganz ohne Schmuck, und in den Händen hielt sie einen Stab aus schwarzem Holz, in dem geheimnisvolle Inschriften eingeschnitzt waren. Lange, lange stand sie still auf der Schwelle meiner Tür und beschaute mich gemächlich und ohne Hast. Dann sprach sie: »Bist du der Gilgamesch von Uruk, dann komm heraus!«

»Ich bin Gilgamesch«, sprach ich zu ihr.

Und dicht vor der Tür erwartete mich ein hochgewachsener alter Mann mit dunkler Haut, der nur aus Knochen und Kanten zusammengesetzt zu sein schien. Auch er trug ein Baumwollkleid und hielt einen schwarzen Stecken, aber er sah aus, als hätte ihm die Sonne jede Unze Fleisch von den Knochen gebrannt. Es war mir unmöglich, seine Jahre zu schätzen, aber jedenfalls sah er uralt aus, und mich durchfuhr eine heftige plötzliche Erregung. Ich zitterte und fragte stammelnd: »So soll es denn wahr sein? Darf ich Ziusudra mit meinen Augen schauen?«

Er kicherte leise. »Nun, das wohl kaum. Doch wirst du dem Ziusudra zur rechten Zeit begegnen, Gilgamesch. Ich bin der Priester Lu-Ninmarka, und diese da ist Dabbatum. Doch jetzt komm mit uns!«

Es berührte mich ein wenig seltsam, was er da von *dem* Ziusudra gesagt hatte, doch ich wußte, es stand mir nicht zu, ihn darüber zu befragen. Hier würden mir die Erläuterungen zuteil werden, die man mir zu geben bereit war und wann man es für richtig hielt, sie mir zu geben. Sonst aber würde man mir keine Hilfe diesbezüglich bieten. Dessen war ich nun gewiß.

Sie brachten mich in ein Haus von einiger Größe neben dem Haupttempel, und dort reichte man mir ein Gewand, weiß, wie es die waren, die sie selber trugen, und bot mir eine Mahlzeit von Linsen und Feigen. Ich rührte das Mahl kaum an; ich hatte bereits so lange nicht mehr gegessen, daß mein Magen wahrscheinlich gar nicht mehr wußte, was Hunger ist. Während ich dort weilte, kamen weitere von der Priesterschar herein, um ihre Mittagmahlzeit einzunehmen, und sie warfen mir nur flüchtige Blicke zu, sprachen mich jedoch nicht an. Einige unter ihnen wirkten sehr alt, aber sie waren sämtlich sehnig und kräftig und voller Leben. Wenn sie gegessen hatten, beteten sie vor einem niederen Altar, auf dem kein Götterbild stand, und zogen sodann auf die Felder zur Arbeit hinaus. Dies tat auch ich, nachdem Lu-Ninmarka und Dabbtum ihr Mahl beendet hatten; sie winkten mir und geleiteten mich hinaus und setzten mich ans schwere Werk.

Wie gut ich mich dabei fühlte, als ich so auf den Knien unter der heißen Sonne vorwärtsrutschte! Vielleicht gedachten sie ja, mich zu prüfen, ob ein König niedere Sklavenarbeit tun könne*; doch wenn dem so gewesen sein sollte, dann wissen sie nicht, daß es einigen Königen eine Lust und Freude ist, mit ihren Händen zu arbeiten. Es war die Zeit der Aussaat der Gerste. Sie hatten die Erde schon acht Furchen breit in Stücken gepflügt und die Saat zwei Finger tief in den Boden gelegt. Und ich ging hinter dem Pflug her und säuberte das Feld von Brocken und strich die Krume glatt mit meinen Händen, auf daß die Gerste, wenn sie zu sprießen begann, nicht gegen Erhebungen oder Vertiefungen anzukämpfen hätte. Ihr mögt nun zwar sagen, dafür brauche man keine besondere Fertigkeit, und ihr hättet recht damit; jedoch mir war es eine Freude und Lust.

Nach der Arbeit kehrte ich in das Speisehaus zurück. Ein anderer alter Mann – uralt sogar, verwittert und gar

---

* Die »Initiation« des Neophyten durch niedere Arbeit, ja sogar eklige und demütigende »Prüfungen« einzuleiten, das ist allen Kulten der Menschheit gemeinsam. Silverberg spielt wohl außerdem auch auf das Leben der Neuankömmlinge im Kibbuz an.

vertrocknet – trat mit mir hinein, und wieder schlug mir das Herz bis zum Hals, als ich ihn erblickte: war *dieser* da vielleicht nun endlich Ziusudra? Doch ein anderer grüßte ihn mit dem Namen Hasidanum; er war also auch nur einer der Priester. Der alte Mann brachte ein Trankopfer von Öl dar und entzündete drei Lampen und kniete einige Zeit über ihnen und murmelte irgendwelche Gebete, mit einer Stimme, die zu dünn und flaumleicht war, als daß ich die Worte hätte verstehen können. Sodann sprühte er ein wenig seines Öls auf mich. »Das ist, um dich zu reinigen«, flüsterte das Mädchen Dabbatum an meiner Seite. »Du trägst noch die Besudelung der Welt an dir.«

Als Abendspeise gab es wieder Linsen und Früchte und einen dicken Brei aus Gerste mit Zwiebeln. Dazu tranken wir die Milch der Ziegen. Sie enthielten sich dort des Bieres und auch des Weins und aßen kein Fleisch. Die nachmittägliche Arbeit hatte mich hungrig gemacht und durstig ebenfalls, und ich bedauerte, daß es kein Fleisch gab und nichts Handfestes zu trinken. Doch es war eben nicht der Brauch dort, und ich kam erst wieder in diesen Genuß, nachdem ich die Insel verlassen hatte.

Dies ging so mehrere Tage lang. Ich vermöchte nicht anzugeben, wieviele. Die Zeit hört auf zu sein auf dieser Insel des Seligen. Ich arbeitete unter der Sonne, ich verzehrte meine schlichten Mahlzeiten, ich sah den Priestern und den Priesterinnen bei ihren religiösen Übungen zu, und ich wartete, was als nächstes mit mir geschehen würde. Ich glaube gar, ich hörte auf, mich zu sorgen wegen des Meskiagnunna, oder der Inanna, wegen Ur oder Nippur und sogar wegen meines Uruk selbst. Die große Inselstille umfing mich erneut, und dieses Mal blieb sie bei mir.

An jedem zweiten Tag begaben sich die Priester in ihren Haupttempel, wo hohe religiöse Zeremonien abgehalten wurden. Da ich nur ein Novize war, konnte ich an diesen nicht teilnehmen, doch gestatteten sie mir, an ihrer Seite zu knien, während sie ihre heiligen Wortgeflechte sangen. Der Tempel war ein riesiger hochgewölbter Raum ohne jeglichen Bildschmuck, mit einem schimmernden schwarzen Steinfußboden und einer Decke aus roten Zedernbalken. Als ich das erstemal dort eintrat, erwartete ich, den Patriarchen daselbst zu schauen, aber er war nicht anwesend, was mich bitterlich enttäuschte. Ich lernte jedoch, meine Ungeduld zu bezähmen: ich überlegte mir, daß man mich womöglich nicht vor ihn lassen wolle, solange mich zu stark nach Ziusudras Segen verlangte.

Anfangs lauschte ich den Ritualgesängen, ohne sehr viel davon zu begreifen, denn die Sprache, in der sie dabei sangen, hatte einen seltsam altertümlichen Klang. Gewiß, es war eindeutig die Sprache des Landes, doch ich glaube, sie redeten in ihr so, wie die Menschen sie vor der Großen Flut gesprochen haben. Doch nach einigem verstand ich, wie die Worte sich zusammenfügten und wie sie sich von den heute gebräuchlichen Wörtern unterschieden, und ihre Bedeutung, oder doch einiges ihrer Bedeutung, erschloß sich mir. Bei diesen Ritualen erzählten sie die Geschichte der Großen Flut, aber ihre Erzählung war völlig anders als jene, die ich so viele Male von dem Hofrhapsoden Ur-kununna gehört hatte.

Sicher, auch sie fingen mit dem Zorn der Götter an: dem Unmut über das lärmende, zänkische, faule Menschengeschlecht. Und die Götter sandten Regen, gewiß, viele Wochen lang; die Flüsse schwollen an und brachen aus ihren Ufern, ergossen sich über die Ebenen, rissen die Mauern der Städte ein und stürzten sich Wölfen gleich auf die tiefer liegenden Straßen und Häuser. Durch das gesamte Land hin war die Verwüstung schrecklich, und sehr viele verloren ihr Leben.

Dann aber begann die Erzählung von jener, die ich kannte, abzuweichen, wie ein unbekannter Pfad von einer vielbefahrenen Landstraße abzweigt; und der Pfad führte mich an einen unvertrauten Ort. Zwar hörte ich den Namen Ziusudras, und so spitzte ich die Ohren. Was ich aber vernahm, war dieses: »Der weise und barmherzige Enki trat zu Ziusudra, dem König von Shuruppak, und sprach zu ihm: ›Auf, rege dich, o König, und häufe an Vorräte und nützliche Dinge aller Art, und begib dich nebst deinen Leuten davon und zieh hinauf auf das erhabene Land; denn groß wird die Verwüstung sein.‹ Und Ziusudra zauderte nicht, sondern gehorchte sogleich: er sammelte Vorräte, er häufte nützliche Dinge aller Art auf und lud alles auf die Rücken seiner Lasttiere, und er und alle aus seinem Hause zogen hinauf in die Berge, und dort verweilten sie, während die Wasser der Flut in den Niederungen rasten. Und sie kamen nicht wieder herab, ehe das Unwetter nicht aufgehört hatte.«

Was war nun aber dies? Wo blieb das große Schiff, in das Ziusudra die Menschen seines Hauses gebracht hatte, und die Tiere des Feldes zu Paaren, je zwei und zwei? Und was war mit der Fahrt über das Meer geschehen, das sich über das Antlitz des Landes ausgebreitet hatte? Und wo blieb die Taube, die er ausgesandt, wo die Schwalbe, wo der Rabe? Nur Fabeln und Legenden, und weiter nichts? Wie sollte dies möglich sein? Die Geschichte, wie man sie hier erzählte, war ganz und gar schmucklos und ohne all die hübschen Schnörkel. Sie war nichts weiter als ein nüchterner Bericht: eine schlimme Regenzeit, Flüsse, die über die Ufer treten, und ein tüchtiger und gescheiter König, der blitzschnell reagiert, um das Unheil für seine Stadt zu mildern. Je länger ich lauschte, desto hanebüchener erschien mir diese Geschichte. Als Ziusudra nämlich aus seinen Bergen wieder herabstieg, stand es schlimm um Shuruppak und all die anderen Städte des Landes, denn sie waren von Schlamm erstickt und überall sah man die Spuren des Wassers. Die Ackerlande waren ein Sumpf, Feldfrucht und Tiere waren verloren, die Vorräte in den Kornspeichern verdorben. Es herrschte Hungersnot im Land; doch in Shuruppak war es nicht ganz so schlimm wie an anderen Orten, da Ziusudra Sorge getragen hatte, den furchtbarsten Auswirkungen des Unwetters zu entgehen. Und mehr war nicht an der Sache. Kein Meer, das das Land verschlang, kein Schiff mit sechs Decks, keine Taube, keine Schwalbe, und auch kein Rabe. Ich mochte es einfach nicht glauben! So einfach sollte die Geschichte gewesen sein? Das paßt doch überhaupt nicht zu Priestern, dachte ich, Geschichten beim immer neuen Wiedererzählen zu vereinfachen. Was aber sagten diese Priester da? Daß es niemals eine alles vernichtende Flut gegeben habe, sondern nur einige schwere Regenfälle und in der Folge gewisse Zeiten der Not.

Wenn aber dies so war, wie war es dann mit dem Rest der Geschichte? Daß Enlil herbeikam und mit dem Ziusudra und seinem Weibe sprach und der große Gott sie bei den Händen nahm und zu ihnen sagte: »Du warst sterblich, doch du bist nicht länger sterblich. Von nun an werdet ihr sein wie die Götter und fern von dem Menschengeschlecht hausen, an der Mündung der Flüsse, in dem goldenen Lande Dilmun« – war auch dies nur ein Märchen? Und war ich durch die halbe Welt gezogen, um mich am Ende mit einem Märchen abspeisen zu lassen? *Es gibt keinen Ziusudra,* so hatte mir die Schenkin Siduri gesagt. War so die Wahrheit? – Und wie sehr hatte ich mich dann zum Narren gemacht mit meiner Suche! *Gilgamesch, Gilgamesch, wohin rennst du? Das ewige Leben, das du suchest, wirst du niemals finden.*

Verzweiflung brach über mich herein. Ich versank in Verwirrung und schämte mich tief.

Und dann legte mir der alte Priester Lu-Ninmarka die Hand auf die Schulter und sprach: »Erhebe dich, Gilgamesch! Bade deinen Leib und lege ein reines Gewand an. Der Ziusudra wünscht dich heute zu sprechen.«

Als ich mich bereitet hatte, führte er mich zum Haupttempel. Eine seltsame Ruhe überkam mich; oder vielleicht war sie gar nicht so seltsam. Der Inselzauber hatte mich gefangen. Wir traten in die große Halle mit den Zedernbalken an der Decke und dem schwarzen Steinfußboden und gingen dort zur Rückseite; Lu-Ninmarka legte die Hand auf eine Stelle in der Wand, und die Wand schwang wie durch Zauberei zurück und gab einen Gang frei, der sich geschwungen im Dunkel verlor. »Komm!« sagte der Priester. Er trug weder eine Lampe bei sich noch eine Fackel. Wir schritten voran, und sogleich fühlte ich, wie ein feuchter klebriger Nebel aus der Erde aufstieg, der schwach nach Salz roch. Dies ist das Wasser der großen Tiefe, dachte ich, das an den Wurzeln der Insel emporsteigt und sich in diesen Gang ergießt. Lu-Ninmarka bewegte sich sicher durch die Dunkelheit, und mir fiel es nicht leicht, mit ihm Schritt zu halten. Ich verzichtete auf die kleine Hilfe meiner tastenden Hände und ging statt dessen mutig voran, obgleich ich nichts sehen konnte. Wie weit wir so gingen, wie tief wir unter die Haut der Insel vordrangen, das kann ich euch nicht sagen. Vielleicht bewegten wir uns ja nur im Kreis um die große zentrale Halle herum durch die Windungen eines weiten Labyrinthes. Doch nach langer Zeit hielten wir in der Finsternis an. Vor mir erspähte ich ein ganz dünnes bernsteinfarbenes Glühen, so sanft und gedämpft wie die kurzen zuckenden Lichterschimmer der Funken von einem Glühfeuer in einer Sommernacht. So schwach der Lichtschein war, er verwirrte mir die Sicht; doch kurz darauf vermochte ich wieder zu sehen, einigermaßen jedenfalls. Ich stand auf der Türschwelle zu einem kleinen runden Gemach mit irdenen Wänden, das von einer einzelnen Wandlampe hoch oben erhellt war. In einer Porphyrschale auf dem Boden brannte knisternd Weihrauch; und in der Mitte des Raumes, aufrecht und straff auf einem hölzernen Schemel sitzend, befand sich der älteste Mann, den ich jemals zu Gesicht bekommen hatte. Ich hatte schon den alten Priester Hasidanum für uralt gehalten, doch der Alte da vor mir hätte leicht Hasidanums Vater sein können. Ehrfürchtige Scheu erfaßte mich, wie eine Hand, die einem an die Kehle fährt. Ich, der an der Seite von Göttern einhergeschritten war und Dämonen bezwungen hatte, war von dem Anblick des Ziusudra wie betäubt.

Sein Antlitz war wie eine Maske: die Augen weiß und blicklos blind, der Mund ein dunkler leerer Spalt. Er war ganz und gar haarlos, selbst die Haare der Brauen fehlten. Seine Wangen aber waren weich und sein Gesicht rund. Die übrigen alten Männer der Insel sahen hager, dürr, wie von der Sonne ausgetrocknet aus und waren kantig am ganzen Leibe; doch Ziusudra hatte diese Altersdürre überwunden und war glatt und rosig und saftig im Fleische wie ein Säugling. Die blinden Augen hielt er mir zugewandt.* Er lächelte und sprach mit einer tiefen volltönenden, aber im Kern irgendwie hohlen Stimme: »So bist du endlich doch gekommen, Gilgamesch von Uruk. Lang hast du auf dich warten lassen!«

Ich brachte kein Wort hervor. Wie hätte ich auch zu diesem Mann da sprechen können, auf dessen Stirn die Hand Enlils einst lag?

»Setz dich! Knie nieder! Du bist einfach zu groß; wenn du stehst, türmst du dich vor mir auf wie eine Wand.«

Ich begriff nicht, wie er meine Körpergröße erkennen konnte, wo er doch blind war: vielleicht hatten ihm seine Priester davon berichtet, oder aber er spürte möglicherweise die winzigkleinen Luftbewegungen aus dem Gang; oder aber er besaß das Zweite Gesicht jenseits des menschlichen Sehens. Ich wußte es nicht. Letzteres war wohl am wahrscheinlichsten. So kniete ich mich denn vor ihn. Er nickte und lächelte hauchfein

---

* Wie viele »Sehende« des Mythos ist Ziusudra/Utnapishtim/Noah blind.

und fast unmerklich. Er streckte die Hand aus, um mich zu segnen, und er berührte mich damit an der Wange. Die Berührung brannte, denn seine Fingerspitzen waren sehr kalt. Sie werden weiße Druckstellen hinterlassen, dachte ich, auf meiner Haut.

Er fragte: »Du weichst zurück? Warum?«

Es gelang mir, rauh und krächzend zu flüstern: »Ohne Grund, Vater.«

»Fürchtest du dich vor mir?«

»Nein – nein!«

»Aber es weht ein Schleier von Furcht um dich. Man sagte mir, du seist der gewaltigste unter den Helden, und deine Stärke sei grenzenlos, und alle Menschen priesen dich als ihren Herrn und Meister. Sag an, was fürchtest du, Gilgamesch?«

Ich starrte ihn stumm an. Die überwältigende Ehrfurcht vor ihm begann zu schwinden, dennoch aber fiel es mir schwer zu sprechen. Also starrte ich ihn nur stumm an. Bis auf das leise Mienenspiel in seinem Gesicht blieb er völlig bewegungslos. Mir kam kurz der Gedanke, daß er vielleicht tatsächlich eine Statue sei, irgendeine ausgeklügelte Maschine, die von einem unter dem Boden versteckten Priester mit Stricken gelenkt wurde. Dann, nach geraumer Zeit, sprach ich: »Ich fürchte das, was alle Menschen fürchten müssen.«

Und wie aus sehr weiter Ferne fragte er: »Und was wäre dies?«

»Ich hatte einen geliebten Freund, und er war wie mein zweites Selbst; er wurde krank und starb. Nun hängen über mir die Schatten meines eignen Todes, und mein Leben ist umdüstert. Ich sehe nur noch diese länger werdenden Schatten, Vater. Und ich habe Angst.«

»Ach? So fürchtet sich der Kriegsheld vor dem Sterben?«

Ich hätte nicht sagen können, ob er mich verspottete.

»Nicht vor dem Sterben«, gab ich zurück. »Das Sterben ist nur ein Schmerz, und ich kenne den Schmerz und fürchte ihn nicht sehr. Schmerz hat ein Ende. Nein, was ich fürchte, ist der Tod. Ich fürchte mich davor, hinabgeworfen zu werden in das Haus des Staubes und der Düsternis, wo ich dann wohnen muß für alle Zeit und Ewigkeit.«

»Und wo du natürlich dann kein König mehr sein würdest, der ungewässerten Wein aus Alabasterschalen trinkt? Wo keiner dir mehr Lobpreis singt und du entblößt bist aller Annehmlichkeiten des Lebens?«

Dies war nun wirklich ungerecht. »Nein!« sagte ich mit scharfer Stimme. »Denkst du wirklich, weicher Wohlstand wäre mir so wichtig? Mir, der ich aus freien Stücken aus meiner Stadt hinwegzog, um in wilden Wüsteneien umherzustreifen? Glaubst du denn wirklich, mich gelüstet es so gewaltig nach Wein oder feinen Gewändern und nach Sängern, die von meinen Heldentaten singen? Gewiß, das alles ist mir angenehm. Und wer wollte das leugnen. Doch ich fürchte nicht den Verlust dieser Dinge.«

»Was also fürchtest du?«

»Daß ich mich selbst verliere. Daß ich in jenem Schattendasein leben muß, das nach dem Ende unsres Lebens kommt, und wo wir nur noch leere, ausgedorrte, staubbedeckte Hülsen sind, die ihre Schwingen durch den Staub schleppen. Ich fürchte das Ende von Wahrnehmung und Empfindung, das Ende der forschenden Neugier, das Ende der strebenden Wanderschaft, das Ende aller Hoffnung. Denn alles dies ist Gilgamesch. Und es wird keinen Gilgamesch mehr geben, wenn ich an jenen fürchterlichen Ort gestoßen werde. Mein ganzes Leben lang, o Vater, bin ich auf der Suche. Und ich kann es nicht ertragen, daß diese Suche irgend einmal enden soll.«

»Aber alles muß einmal enden.«

»Muß es?« fragte ich.

Er neigte sich vor und blickte mich genau an, als

könne er mir mit seinen milchtrüben blinden Augen direkt in die Seele schauen. Und er sprach: »Wenn wir ein Haus errichten, erwarten wir dann, daß es auf ewig stehenbleibe? Besiegeln wir einen Vertrag und glauben, daß er bindend sei für alle Zeiten? Wenn der Fluß hohes Wasser führt, gehen die Wasser nicht irgendwann zurück? Nichts ist von Dauer. Die Wasserjungfer lebt in ihrer Jugend in einer Hülse; dann tritt sie an den Tag und freut sich an der Sonne eine kurze Frist, und vergeht. So aber ist es auch mit dem Geschlecht der Menschen. Der Herrscher und der Diener, sie beide haben ihren kurzen Augenblick, den flüchtigen Genuß der Sonne. So ist es gesetzt. Das ist das Leben.«

Schon wieder dies und diese Worte! Verzweiflung wollte mich überkommen.

»*So* ist das Leben!?« rief ich laut. »Auch du hast mir nichts anderes zu sagen, Vater?«

»Wie könnte es denn anders sein? Uns allen ist das gleiche Schicksal angerichtet.«

Und bevor ich mir überlegen konnte, was ich sprach, fragte ich: »Selbst für dich, Vater?«

Das war eine grob unhöfliche und törichte Frage, und mir stieg denn auch sogleich die Röte in die Wangen, kaum hatte ich sie ausgesprochen. Er aber blieb ganz gelassen. »Wollen wir zu einer anderen Gelegenheit über mich sprechen, wenn es dir genehm ist«, sagte Ziusudra ruhig. »Heute aber sprechen wir von dir. Ich denke mir aber dies über dich, Gilgamesch von Uruk: daß du dich nämlich nicht so sehr vor dem Tode fürchtest, sondern vielmehr ergrimmt bist, daß du sterben mußt.«

»Aber das ist doch das gleiche«, sagte ich. »Nenne es Furcht, oder nenne es Zorn – wo liegt denn da der Unterschied? – Ich sehe, daß die Welt voll ist von wundersamen Freuden, und ich gedenke nicht, dies alles zu verlassen. Doch bald werde ich es tun müssen.«

»Nicht gar so bald, Gilgamesch.«

»Wieso? Kennst du denn die Zahl der Jahre, die mir gegeben sind?«

»Ich? – Nein, gewißlich nicht. Also, in diesem Punkt würde ich dir wirklich keinen Sand in die Augen streuen. Doch du bist noch jung. Und du bist sehr stark. Vor dir liegen noch viele, viele Jahre.«

»Wieviel es auch sein mögen – es sind zu wenige! Denn ihre Zahl steht fest und ist begrenzt, mein Vater.«

»Und dies erzürnt dich.«

»Es macht, daß ich mich furchtbar elend fühle«, antwortete ich.

»Und in deinem Elend kamst du zu mir.«

»So ist es.«

»Was verlangst du wirklich von mir, Gilgamesch? Das Leben? Oder Weisheit?«

»Ich kann vor dir keine Geheimnisse haben, Vater. Ich kam, das Leben zu suchen. Weisheit, das gehört ganz woanders hin. Und ich hoffe, die Zeit wird sie mir bescheren; doch was ich brauche, ist eben Zeit.«

»Und du glaubst, wenn du hierherkommst, könntest du mehr Zeit für dich gewinnen?«

»Ja, das hoffte ich. Ja.«

»Dann mögen die Götter dir alles gewähren, was du erstrebst«, sprach der Ziusudra. Dann trat ein langes Schweigen ein. Der Kopf sank ihm nach vorn auf die Brust, und er sah aus, als habe er sich in brütenden Gedanken verloren: er verzog die Stirn, er stülpte die Lippen vor, und er seufzte. Ich hatte das Gefühl, den uralten Herrn ungebührlich erschöpft zu haben, aber ich wagte kein Wort zu sprechen. Dies währte so eine Unendlichkeit lang. Nun raff dich schon auf! dachte ich. Streck mir die Hand entgegen und segne mich! Und lehre mich endlich das Geheimnis des immerwährenden Lebens! Doch er seufzte nur immer weiter und runzelte die Stirn.

Dann aber hob er auf einmal den Kopf und blickte mich so scharf an, daß ich wieder daran zweifelte, ob er wahrhaft blind sei. Dann lächelte er. Und er sagte leise zu mir: »Wir müssen uns darüber noch einmal unterhalten, Gilgamesch. Ich werde dich an einem andern Tage rufen lassen.« Und mit einer kaum merklichen Handbewegung entließ er mich wie einen Diener. Ich spürte, wie ein unsichtbarer Vorhang zwischen ihm und mir herniederfiel. Zwar saß der Ziusudra noch immer bewegungslos vor mir, jedoch: *Er war nicht mehr da!* Lu-Ninmarka, der die ganze Zeit über hinter mir gestanden hatte, trat vor und berührte sacht meinen Ellbogen. Ich erhob mich. Ich brachte eine Grußgeste zustande. Ich ging. Hinter Lu-Ninmarka schwankte ich durch das Labyrinth der Gänge ans Tageslicht hinauf wie einer, der in seinem Schlafe wandelt.

SECHSUNDDREISSIG

So ARBEITETE ICH auf den Feldern und ging zum Tempel und hörte mir immer und immer wieder die örtliche Version der Geschichte von der Großen Flut an; und ich aß meine Mahlzeiten, und stets waren es Linsen und Ziegenmilch, und ein Tag glitt nahtlos in den nächsten hinüber. Manchmal dachte ich mit leisem Interesse an die Geschehnisse draußen in der Welt, jenseits der Gestade dieser Insel, jedoch es kam mir nie in den Sinn, etwa abreisen zu wollen. Zuweilen sah ich vor meinem inneren Auge die Straßen Uruks, oder die Gesichter meines Weibes oder meines Söhnchens, oder das irgendeines Hofmanns – doch sie blieben wie flüchtige Szenen aus einem Traum. Einmal glaubte ich wirklich, ich sähe Enkidu vor mir, und ich lächelte ihm zu, doch ich näherte mich ihm nicht. Ein andermal schlich sich verstohlen die Inanna in meine Träume, strahlend und prächtig und schöner, als sie es im Leben jemals hätte sein können. Doch dabei, bei ihrem Anblick, überkam mich nun nicht länger Abscheu vor ihr und ihren Ränken, sondern ich verspürte nur noch ein leichtes Bedauern darüber, daß einmal solch hohe Schönheit mir greifbar in den Armen gelegen hatte und nun niemals wieder mein sein konnte. Und so verstrichen die Tage. Uruk und alle die dortigen Kümmernisse waren von mir abgefallen wie ein Hauch. Und als die Zeit reif war, betrat ich erneut diesen gewundenen, schlängelnden, unterirdischen Gang und stieg hinab zur Höhle, in der Ziusudra hauste.

Er saß aber da, wie er zuvor gesessen hatte, straff hochgereckt auf seinem Röhrichthockerchen, als sei dies ein Thron. Ich fühlte, welche Macht von ihm ausging. Sie umgab ihn wie eine Mauer. Auf seine Weise war auch er ein König, ja, er war beinahe ein Gott. Mir wollte scheinen, als lebe er in einem erhabenen Bereich, der sich meinem Verständnis entzog. Und etwas zwang mich unwillkürlich, vor ihm niederzuknien, kaum war ich vor ihn getreten. Ich glaube, ich bin niemals einem anderen Manne begegnet, der in mir solche Ehrfurchtsschauder ausgelöst hätte.

Kaum war ich in dem Gemach, da hob er an zu sprechen; doch ich begriff überhaupt nichts von dem, was er sprach. Worte stiegen aus ihm hervor, wie eine dichte Rauchsäule, die aus einem Feuer von grünem Holz aufsteigt; und seine Worte waren so undurchdringlich wie dieser Rauch, so daß ich keinen Weg finden konnte von ihrem Klang zu ihrer Bedeutung. Seine Stimme jedoch kreiste und kreiste um mich – und er sprach in der Zunge des Landes, oder jedenfalls glaubte ich dies, und die Worte waren ruhig und gemessen und voller Gewißheit, als bringe er einen wohldurchdachten schlüssigen Beweisfluß vor; aber keines der Worte folgte dem vorigen in einer Weise, die ich hätte begreifen können. Also lag ich da auf meinen Knien und starrte vor mich hin. Und dann begann mir in dem undurchsichtigen Wörterstrom eine Ahnung dessen aufzublitzen, was sie bedeuten mochten, etwa wie ein Mensch an den Funken, die im Rauch emporschießen, das Feuer erkennt. Allem Anschein nach sprach Ziusudra von jener Zeit, da die Götter die Große Flut als Strafe über die Menschen brachten, und wie er seinerzeit sein Volk hinaufgeführt hatte auf eine höhere Ebene, auf daß man dort das Ende der Sintflut abwarten möge. Aber da bin ich mir nicht sicher. Manchmal nämlich hatte ich eher den Eindruck, daß er möglicherweise davon brabbelte, wie man den idealen Streitwagen konstruieren müsse, oder wo die Plätze lägen, an denen man in der Wüste die Ablagerungen von Steinsalzen finden könne – oder derlei Sachen mehr, die nun schon gar nichts mit der Geschichte von der Großen Flut zu schaffen hatte. Ich verwirrte mich mehr und mehr in dem Gestrick seines dahinrinnenden Redefadens. Und ich war alles in allem ganz schön durcheinander.

Doch dann sagte er auf einmal völlig klar und deutlich: »Es gibt den Tod nicht, sofern wir nur die Aufgabe erfüllen, die die Götter uns bestimmt haben. Verstehst du mich? Es gibt den Tod gar nicht!«

Und er wandte mir sein Gesicht zu und schien auf etwas zu warten.

Ich sagte: »Also wäre es denn dann deine Aufgabe gewesen, das Land neu zu besiedeln, nachdem die Fluten sich verlaufen hatten; und für dieses Werk ersparten dir die Götter den Tod. Was aber ist meine Aufgabe, Ziusudra? Du weißt doch, auch ich will dem Tode entrinnen.«

»Das weiß ich wohl.«

»Aber es kommt doch nicht etwa wieder eine Sintflut, oder? Was also soll ich tun? Also, falls es wirklich unumgänglich sein sollte, dann würde ich ja ein Schiff bauen, so wie damals du das deinige. Aber das ist ja nicht nötig.«

»Ja, meinst du denn wirklich, Gilgamesch, daß da ein Schiff gewesen ist? Und glaubst du tatsächlich, es gab eine Große Flut?«

In dem dünnen Flackerlicht der kleinen Leuchte versuchte ich den Geheimnissen seines Antlitzes auf die Spur zu kommen, und es mißlang mir. Sein Verstand war zu wach für mich; stets tanzte er vor meinem Begriffsvermögen davon. Allmählich schwand meine Hoffnung, daß er mir helfen werde, das zu finden, wonach ich suchte. »Ich hörte, was sie hier in eurem Tempel erzählen«, sagte ich. »Aber was soll ich davon halten? Bei uns im Lande lautet die Geschichte anders.«

»Verlaß dich auf unsere Version. Die Regen kamen; in Shuruppak sammelte der König sein Haus um sich, und sie setzten Vorräte beiseite und schleppten sie hinauf auf das höhere Land, und dort blieben sie, bis das Unwetter sich seiner Wut entledigt hatte. Dann kehrten sie in das Land zurück und bauten alles neu, was untergegangen war. Genauso ist es geschehen, vor vielen hundert-hundert Jahren. Alles übrige ist nichts als eine hübsche Geschichte.«

»Einschließlich jenes Teiles«, fragte ich, »in dem der Enlil zu dir trat, dich segnete und dich in das gelobte Land Dilmun entsandte, auf daß du dort für immer und ewiglich leben mögest?«

Er aber schüttelte nur den Kopf. »Der König von Shuruppak floh in Verzweiflung nach Dilmun. Und er kam hierher, als er erkannte, daß es eine Torheit gewesen war, das Menschengeschlecht zu erretten, da alle die uralten Übel auch weiterhin üppig gediehen. Und so gab er seine Königsherrschaft auf und floh aus dem Land; und er strebte nach Reinheit und Tugend hier auf dieser Insel. Genauso war es, Gilgamesch. Alles andere ist ein schönes Wahngespinst.«

»Aber in der Geschichte heißt es, daß die Götter dir das ewige Leben schenkten. Ist auch dies nur ein Wahngespinst? Hier herrscht doch ein ewiges Leben, oder jedenfalls sieht es mir fast so aus.«

»Den Tod gibt es nicht«, sprach Ziusudra. »Habe ich dir dies nicht bereits gesagt?«

»Ja, das hast du. Wir müssen sklavisch die Arbeit tun, die die Götter uns zuweisen, und dann gibt es keinen Tod mehr. Doch ich frage dich noch einmal: Was ist denn meine Arbeit, Ziusudra, was ist meine Pflicht. Wie kann ich sie erkennen? Was ist das Geheimnis, das ich herausfinden muß?«

»Warum glaubst du, daß da ein Geheimnis stecken müsse?«

»Aber so muß es doch sein. Du lebst schon seit so langer Zeit. Du hast die Flut mit deinen Augen geschaut – und das war vor zehn Menschenaltern, oder zwanzig Menschenaltern – und dennoch sitzt zu hier vor mir noch immer. Und um dich herum sind allerwege Männer und Weiber, die so alterslos aussehen wie du selbst. Wieviele Jahre zählt Lu-Ninmarka? Wie alt ist Hasidanum?« Und ich blickte den Ziusudra lang und bedeutend an. Mir bebten die Hände, und ich fühlte, wie in meinem Innern die ersten Anzeichen der Gottesnähe sich ankündigten, das Summen, das Knattern und Zischen, eben all jene Seltsamkeiten, die über mich kommen, wenn ich in meiner Not am höchsten angespannt bin und verkrampft. »Also, nun sage mir endlich, Vater, wie auch ich den Tod besiegen kann! Die Götter haben in ihrem hohen Rat dir das Leben zugeteilt – aber wer ruft sie zum Ratschluß zusammen um meinetwillen?«

»Das kannst nur einzig und allein du selber tun«, sprach der Ziusudra.

Ich vermochte kaum zu atmen. »Wie denn? Aber wie?«

Und er gab mir eine ziemlich beiläufige Antwort, ganz als handle es sich um eine Bagatelle. »Zuerst beweise mir, daß du den Schlaf beherrschen kannst, dann wollen wir weitersehen, was die Bewältigung des Todes angeht. Du kannst den Löwen töten, o du gewaltigster der Helden, aber kannst du auch den Schlaf besiegen? Ich bitte dich zu einer Probe und Prüfung. Setz dich hier neben mich und bleibe hier, sechs Tage lang und sieben Nächte, ohne daß du schliefest! Dann wirst du – vielleicht! – das Leben finden, das du suchst.«

»Und ist dies dann der wahre Pfad?«

»Es ist der Pfad, der zum Pfade führt.«

Das Summen in meiner Seele verklang. Wieder umfing mich ruhige Gelassenheit. So war er also doch bereit, mich zu führen und zu leiten.

»Ich werde es versuchen«, sagte ich.

Es war wahrhaftig eine schwere Prüfung: sechs Tage lang und sieben Nächte! Wie konnte ein Sterblicher dies durchstehen? Doch ich war zuversichtlich. Schließlich war ich ja mehr als ein bloßer sterblicher Mensch; jedenfalls hatte ich das seit meinen Knabenjahren geglaubt, und nicht ohne guten Grund. Ich hatte Löwen und sogar Dämonen getötet; wieso sollte ich nicht auch den Schlaf besiegen? Und hatte ich denn nicht auch, wenn wir zum Krieg auszogen, Tag um Tag gemeistert mit nur einer Stunde Schlafs, oder vielleicht auch deren zweien? War ich nicht durch die Wüsteneien gewandert, bei Tage und bei Nacht, als fordere der Schlaf nicht seinen Zoll von mir? Ich würde die Prüfung bestehen! Ich war mir dessen gewiß. Denn ich besaß die Kraft. Und der Eifer besaß mich. Also hockte ich mich auf meine Schenkel neben den Uralten und festigte meinen Blick auf sein rosiges, glattes und so heiteres Gesicht – und ging die Sache an.

Und zu meiner tiefsten Beschämung überfiel mich der Schlaf sogleich danach wie ein Windteufel. Aber ich wußte es nicht, daß ich schlief.

Meine Augen hatten sich geschlossen, und der Atem ging mir träge; wie ich euch sagte, es geschah im Handumdrehen. Ich glaubte nur, daß ich da vor dem Ziusudra säße und ihn wachen Auges ansähe, aber ich schlief. Und ich träumte. Und in meinem Traum erblickte ich den Ziusudra und sein Weib, und sie war ebenso alt wie er; und er zeigte auf mich und sprach zu ihr: »Da sieh dir diesen Helden an, den Starken, der nach dem ewigen Leben strebt! Der Schlaf hat ihn übermannt wie ein Wirbelwind.«

»So rühre ihn doch an«, sagte die Frau. »Erwecke ihn und laß ihn ziehen in Frieden in sein eigenes Land durch jene Pforte, durch die er es verlassen hat.«

»Nein«, sagte der Ziusudra meines Traums. »Ich will ihn schlafen lassen. Doch, Frau, während er so schläft, backe du an jedem Tage einen Laib Brot und lege das hier neben sein Haupt. Und mache Zeichen an die Wand für jeden Tag, den er verschläft. Denn das Menschengeschlecht ist trügerisch, und wenn er erwacht, mag er vielleicht versuchen, uns zu täuschen.«

Und sie buk die Brote und malte an jedem Tage die

Zeichen an die Wand, und ich träumte, daß ich weiterschliefe, Tag um Tag, und des Glaubens war, daß ich wachte. Sie aber wachten über mich und belächelten meine Torheit, und dann endlich berührte mich der Ziusudra, und ich erwachte. Doch geschah auch dies noch in meinem Traum. »Wozu faßt du mich an?« fragte ich, er aber antwortete: »Um dich zu wecken.« Ich blickte ihn erstaunt an und beteuerte ihm hitzig, ich hätte nicht geschlafen und es sei doch nur ein Augenblick verstrichen, seit ich mich zu ihm gekauert, und ich hätte doch meine Lider nur für einen winzigen Teil jenes Augenblickes sinken lassen. Er aber lachte und sagte mild zu mir, sein Weib habe an jedem Tage ein Brot gebacken, während ich schlief, und die Laibe neben mich gelegt. »So geh denn, Gilgamesch, und zähle und erkenne, wieviele Tage du geschlafen hast!« Ich besah mir die Brote. Es waren ihrer sieben: der erste Laib war hart wie ein Ziegel, der zweite beinahe so vertrocknet, der dritte aber feucht. Der vierte Laib war an der Kruste weiß von Mehltau; der fünfte dick von Schimmel überzogen. Und nur der sechste Laib war noch frisch. Und ich sah, wie der siebente über dem Kohlenfeuer buk. Und er wies mir die Zeichen an der Wand, und es waren ihrer sieben, eines für jeden Tag. So wußte ich, daß ich wider meinen Willen eingeschlafen war, und ich erkannte, daß mein Unterfangen fehlgeschlagen war. Ich war ein Unwürdiger. Nie würde ich meinen Weg finden auf dem Pfad zum Ewigen Leben. Verzweiflung drohte mich zu verschlingen. Ich glaubte den Tod über mich kommen zu fühlen wie einen Dieb in der Nacht, sich hereinstehlend in meine Schlafkammer und mir mit kalten Händen nach den Gliedern greifend. Und ich stöhnte laut und erwachte; denn alles dies war ja noch in meinem Traum.

Ich blickte zu dem Ziusudra und fuhr mir mit der Hand über den Kopf, wie um ein Leichentuch wegzuschieben. Ich war ganz versunken und verloren in meinen verwirrten Gedanken. Zu schlafen und dabei zu glauben, daß ich wachte, und zu träumen, und aufzuwachen in dem Träumen und dann wahrlich zu erwachen – und noch immer nicht zu wissen, ob ich wachte oder träumte ... ach, ich war sehr tief verloren und verwirrt!

Zögernd preßte ich die Spitzen meiner Finger gegen meine Augen. »Wache ich?« fragte ich.

»Ich glaube schon.«

»Doch ich schlief?«

»Du schliefest, ja.«

»Und schlief ich lange?«

Er zuckte die Achseln. »Vielleicht eine Stunde. Vielleicht einen Tag.« Er sagte es, als zähle ihm das eine so wenig wie das andere.

»Mir träumte, ich schliefe sechs Tage und sieben Nächte lang, und du und deine Gemahlin, ihr wachtet über mir, und sie buk an jedem Tag Brot, und dann wecktest du mich, und ich leugnete meinen Schlaf, bis ich die sieben Laibe vor mir sah. Und als ich sie gesehen, fühlte ich die Hand des Todes nach mir greifen, und ich schrie laut.«

»Ich habe dein Geschrei gehört«, sprach der Ziusudra. »Du schriest gerade vorhin, kurz bevor du erwachtest.«

»So bin ich also nun wirklich wach?« fragte ich, immer noch unsicher.

»Du bist wach, Gilgamesch, doch davor hast du geschlafen. Du wußtest es nur nicht: doch der Schlaf übermannte dich im ersten Augenblick deiner Prüfung.«

»So bin ich also gescheitert«, sagte ich mit dumpfer Stimme. »Ich bin zum Tode verdammt, und es gibt keine Hoffnung für mich. Wo immer ich meinen Fuß hinsetze, finde ich den Tod vor – sogar hier!«

Er lächelte mich mild und liebevoll an, wie ein Mann wohl einem Säugling zulächeln mag. »Hattest du gedacht, unsere Geheimlehren könnten dich vor dem

Tode erretten? Sie können nicht einmal mich bewahren. Begreifst du dies nicht? *Sie können nicht einmal mich bewahren!*«

»Es geht aber die Geschichte so, die sie erzählen, daß du verschont bleibst von dem Sterben.«

»Ja, so lautet die Geschichte. Aber wir hier erzählen sie anders. Wann hätte ich dir je gesagt, daß mir der Tod erspart bliebe? Sage es mir, Gilgamesch, wann hätte ich je solche Worte gesprochen?«

Ich blickte ihn verwirrt an. »Du sagtest, es gibt keinen Tod. Du sagtest, erfülle deine Pflicht, die dir aufgetragen ist, dann gibt es keinen Tod. Das sprachst du.«

»Das habe ich gesagt. Doch du hast nicht verstanden, was ich dir bedeuten wollte.«

»Ich habe aus deinen Worten herausgelesen, was ich in ihnen zu erkennen glaubte.«

»Das hast du. Und es war ihr leicht erfaßbarer Sinn; es war der Sinn, den du zu erfahren erwartetest. Doch ist dies nicht der wahre Sinn.« Und wieder flog dieses milde Lächeln über sein Antlitz, so traurig und so voller Liebe. Leise sagte er: »Wir haben hier an diesem Ort unseren Pakt mit dem Tod geschlossen. Wir kennen seine Wege, er die unseren; und wir haben unsere Geheime Wissenschaft, und diese schützt uns – eine Zeitlang – vor dem Sterben. Doch nur für eine Weile. Ach, armer Gilgamesch, so weit bist du gewandert – für so wenig!«

Da ergoß sich Erkenntnis über mich. Meine Haut prickelte; ich schauderte unter der eisigen Einsicht, als mir die Wahrheit deutlich ward. Ich sog schneidend die Luft ein. Es gab da nun eine Frage, die ich stellen mußte, doch ich wußte nicht, ob ich es wagen dürfe, den Ziusudra so zu fragen. Auch dachte ich, er werde mir wohl keine Antwort geben. Doch nach einem Augenblick bat ich: »Sage mir doch dies: Du bist der Ziusudra ... aber bist du auch der Ziusudra von Shuruppak?«

Er antwortete mir ohne Zögern. Und was er mir antwortete, das hatte ich bereits von selbst erkannt.

»Ziusudra von Shuruppak ist lange, lange tot«, sagte er.

»Er, der sein Volk auf die Höhen führte zu der Zeit, da die Regenfluten kamen?«

»Tot, vor langer Zeit.«

»Und der Ziusudra, der nach ihm kam?«

»Tot, auch er. Ich will dir nicht sagen, wieviele, die diesen Namen trugen, hier in dieser Kammer saßen; doch ich bin weder der dritte, noch der vierte, ja nicht einmal der fünfte Ziusudra. Wir sterben, und es kommt ein anderer und nimmt unsern Titel an und unsere Stelle ein, und so erfüllen wir beständig unseren Dienst an dem Mysterium. Ich bin schon sehr alt, aber auch ich werde hier nicht ewig sitzen. Vielleicht wird Lu-Ninmarka nach mir der nächste Ziusudra sein, vielleicht ein anderer. Vielleicht wirst du es sein, mein Gilgamesch.«

»Nein«, sprach ich. »Ich werde es nicht sein, denke ich.«

»Was gedenkst du nun zu tun?«

»Ich werde nach Uruk heimkehren. Mich wieder auf meinen Thron setzen. Und die Zahl der mir zugedachten Tage bis an ihr Ende leben.«

»Du weißt aber, daß du bei uns bleiben kannst, wenn du es wünschst? Du könntest an den Riten teilhaben und unsere Künste lernen.«

»Und lernen, wie man den Tod hinausschiebt – aber nicht ihn gänzlich überwältigt. Denn dieses ist unmöglich?«

»So ist es.«

»Doch wenn ich mich euch überantworte, kann ich niemals mehr von dieser Insel fort. Das ist doch so?«

»Du würdest es nicht wünschen, sobald du einer von uns geworden bist.«

»Und wie würde sich das vom Tod unterscheiden?« fragte ich. »Ich müßte die ganze Welt aufgeben und bekäme zum Ausgleich und zur Belohnung nur ein kleines sandiges Eiland. Ich müßte in einer engen Zelle hausen, auf diesen Feldern schwere Arbeit tun, an jedem Abend endlos beten, und dürfte nur bestimmte Dinge essen – ich würde hier leben wie ein Gefangener, auf einer Insel, die so klein ist, daß ich sie von einer Küste bis zur anderen in einer Stunde – oder deren zweien – durchmessen kann ...«

»Du wärest kein Gefangener. Denn wenn du hierbleibst, so geschähe dies aus deinem eigenen freien Entschluß.«

»Das ist aber nicht das Leben, für das ich mich entscheiden möchte, mein Vater.«

»Nein. Das hatte ich auch nicht erwartet«, sagte er. »Doch danke ich dir für dein Anerbieten.«

»Das nicht zurückgenommen wird. Du kannst zu jeder Zeit zu uns zurückkehren, Gilgamesch, wenn du es willst. Aber ich glaube nicht, daß du das wollen wirst.« Und wieder lächelte er und streckte die Hand aus, und wie beim erstenmal fuhr er mir segnend mit den Fingerspitzen über das Gesicht. Die Hand war sehr kalt, und die Berührung brannte. Dann geleitete mich Lu-Ninmarka wieder ans Tageslicht zurück. Aber die Stellen, an denen der Ziusudra meine Haut berührt hatte, fühlte ich nach wie vor, als wären es helle Druckstellen in meiner Haut.

SIEBENUNDDREISSIG

Dann traf ich meine Vorbereitungen zur Abfahrt von der kleinen Insel. Auf Anordnung des Ziusudra erhielt ich ein feines neues Kleid und ein Band für die Stirn, und ich badete und wusch mich, bis ich rein war wie frischgefallener Schnee. Der Fährmann Sursunabu sollte mich hinüber nach Dilmun bringen, und dort würde ich Vorkehrungen für meine Heimfahrt treffen. Meine Stimmung war düster, ja finster und bedrückt, aber wie hätte sie auch anders sein können? Der Ziusudra hatte es ja so klar und eindeutig ausgesprochen: Ich war so weit gewandert, und hatte so wenig Erfolg gehabt. Allerdings war ich nicht gänzlich am Boden zerstört. Ich hatte ein Spiel gewagt, und ich hatte das Spiel verloren, aber es hatte ja auch von Anfang an das Glück ziemlich stark gegen mich gestanden. Und nur Narren weinen, wenn sie Unmögliches von ihren Würfeln erwarten und diese es ihnen nicht gewähren.

Es war kurz vor meiner Abreise, da kam der Altpriester Lu-Ninmarka zu mir und sprach zu mir so: »Der Ziusudra ist tief besorgt, daß du dir so große Mühen aufgebürdet und dich so erschöpft hast, ohne irgendwelchen Lohn davonzutragen. Um dich zu trösten, beschloß er, dir ein Geheimnis aufzutun, das ein Geheimnis der Götter ist. Er bietet es dir als Geschenk an, auf daß du es mit dir nähmest in dein eigenes Land.«

»Und was wäre das?« fragte ich.

»Folge mir!«

Um die Wahrheit zu gestehen, ich fühlte mich damals dermaßen niedergeschlagen, daß mir so gar nicht der Sinn nach irgendeiner Gabe des Ziusudra stand. Ich wollte nichts weiter, als möglichst bald von diesem Ort zu verschwinden und so rasch wie möglich nach Uruk heimzukehren. Aber natürlich wußte ich auch, daß es eine grobe Unhöflichkeit und meiner unwürdig gewesen wäre, das Geschenk abzulehnen. Also schritt ich neben dem Priester her zu dem fernsten Punkt der Insel, wo das Land sich wie eine lange zugespitzte Messerklinge ins Meer erstreckt. Und an der Spitze dieser Landzunge sah ich einen gewaltigen Hügel von Tausenden von Meermuscheln, grau und von einer mir unvertrauten Form: auf der einen Seite waren sie ganz rauh und schrundig, doch auf der andern glatt und schimmernd. In ihrer Nähe lagen Steine von der Art, wie Taucher sie benutzen, um sich schwerzumachen, wenn sie in die See hinabsteigen, und daneben einige Stricke, mit denen man die Steine an den Beinen befestigt.

»Du überlegst dir, warum wir wohl hierher gegangen sind?« fragte Lu-Ninmarka grinsend. Ich vermute, er wollte mir angenehm sein, doch mir erschien es wie das Grinsen eines Totenschädels, so hager und ohne Fleisch war sein scharfgeschnittenes Gesicht. Er hob eine der grauen Seemuscheln auf, wog sie eine Weile mit der glatten Seite nach unten in der Hand und ließ sie auf den Boden fallen. Dann wies er aufs Meer hinaus. »Dort findet man die Pflanze mit dem Namen ›Werdduwiederjung‹, die auf dem Grund des Meeres wächst.«

»Werdduwiederjung?« fragte ich stirnrunzelnd. »Was ist das für ein Kraut?«

Er blickte mich erstaunt an. »Ja, weißt du das denn nicht? Sie ist die wundersamste aller Pflanzen, dieses Kraut. Aus ihr bereiten wir uns eine Medizin, die gegen die allerunerbittlichste aller Krankheiten wirkt: ich meine das Altern, die ewige Krankheit zum Tode. Es ist dies eine Medizin, die dem Mann seine frühere Kraft zurückgibt, die ihm die Gruben glattmacht im Angesicht und die sein Haupthaar wieder dunkel werden läßt. Und das Kraut, von dem sie kommt, wächst dort in diesem Wasser. Du siehst die Schalen da? Das sind die

Blätter dieses Krauts. Wir tauchen hinab nach ihm, wir tragen es herauf, wir destillieren seine Wunderkraft und werfen den Rest fort. Aus ihrer Frucht aber bereiten wir den Trank, der uns gegen das Alter schützt. Und dies ist das Geschenk, das Ziusudra dir zum Abschied bietet: ich soll dich die Früchte des Krautes Werdduwiederjung pflücken lassen, damit du sie mit dir nähmest auf deiner Reise.«

»Aha. Also so ist das?« Ich war verblüfft.

»Wir treiben keinen Spaß mit dir, o Gilgamesch.«

In Ehrfurcht und Erstaunen fand ich zunächst keine Worte. Dann aber, als ich wieder sprechen konnte, flüsterte ich: »Und wie kann ich dies Wunderkraut erhalten?«

Lu-Ninmarka deutete mit der Hand auf die Steingewichte der Taucher, die Stricke und das Meer. Er bedeutete mir, ich solle mich nackt ausziehen und in die See hinabsteigen. Ich zögerte nur kurz. Das Meer ist Enkis Reich, und mit diesem Gott habe ich mich noch niemals so recht wohlgefühlt. So würde es eben ein ganz frisches Erlebnis sein, mich ins Meer zu tauchen. Also schön, überlegte ich, auf meiner Überfahrt nach Dilmun hat mir Enki keinen Schaden getan, und als ich noch ein kleiner Junge war, bin ich doch oft genug ins Wasser des Flusses gehüpft. Wozu also sich fürchten? Dort draußen in diesem Gewässer wartete das Kraut Werdduwiederjung auf mich. Und so warf ich denn mein Gewand ab und schnürte mir die schweren Steine an die Füße und tapste stolpernd auf den Saum des Meeres zu.

Wie klar das Wasser war, wie warm, wie lind! Es fuhr mit seinen Zungen über den rosigen Sand der Küste und trug selbst einen Rosenschimmer davon mit sich zurück. Ich blickte Lu-Ninmarka an, und dieser bedeutete mir drängend, ich solle weitergehen. Durch das Gewicht der Steine behindert, kam ich nur langsam voran. Das Wasser war flach, und ich mußte knietief lange, lange waten. Doch endlich gelangte ich an eine

Stelle, an der der Sockel des festen Landes unter Wasser plötzlich abbrach, und vor mir gähnten die Schlünde der Abgrundtiefe. Noch einmal wandte ich mich um, und wieder bedeutete mir Lu-Ninmarka, ich müsse weitergehen. Ich füllte mir die Brust mit frischer Luft und stürzte mich nach vorne, und die Steine zogen mich hinab.

Ach, war das eine Wonne, so in die Tiefen zu taumeln! Es war mir, als flöge ich, schwerelos, mühelos, voll Heiterkeit, doch als wäre es ein Flug hinab und unterwärts, ein süßes, ein reines Hinabtauchen. Ich war völlig ohne Furcht. Das Meer um mich herum nahm eine tiefere Tönung an: es war nun wie ein leuchtender blauer Saphir, durch den die Lichter von oben züngelten. Und während ich so weiter hinabstieg, nahten sich mir Fische und starrten mich mit großen glotzenden Augen an. Und ihre Farben waren unendlich vielfältig, gelb mit schwarzen Streifen, scharlachrot, azurblau, topasgolden, smaragdgrün, türkisblau; und es gab Färbungen hier, wie ich sie nie zuvor erblickte, und Farbmischungen, wie ich sie nicht für möglich gehalten hätte. Die Fische kamen mir so nahe, daß ich sie mit den Händen hätte berühren können. Und sie tanzten schwebend um mich in einem unvorstellbar graziösen Tanz.

Und hinab ging es, hinab und hinab. Ich reckte meine Arme hoch über den Kopf und überließ mich willig dem Sog der Abgrundtiefe. Mein Haar wehte mir weit um den Kopf, und von meinen Lippen stiegen Perlen auf. Es dröhnte und hämmerte in meiner Brust. Und mein Herz war voll Jubel. Durch meinen ganzen Leib schoß eine scharfe Lust und Freude. Ich wüßte nicht zu sagen, wann ich zum letztenmal eine solche Wonne erfuhr. Gewiß nicht in all der Zeit, nachdem mich Enkidu verlassen hatte. Ach, Enkidu, mein Enkidu, warum konntest du denn nicht bei mir sein, als ich den Abstieg in den Abgrund wagte!

Hier unten war das Wasser viel kühler. Das Licht, das von weit oben herabschimmerte, war bleich und bläßlich-blau und fern, wie es das Licht des Mondes ist, das fahl durch dichte Wolken sickert. Auf einmal spürte ich festen Grund unter meinen Füßen: ich war auf dem Grund dieses versunkenen Reiches angelangt. Weicher Sand unter mir, und vor mir dunkle gezackte Felsgebilde. Aber wo war dieses Kraut! Wo wuchs die Pflanze Werdduwiederjung? Aha, da wuchs sie schon. Genau vor mir! Ich sah eine Vielzahl davon: steingraue Blätter, die sich an das Felsgestein klammerten. Voll Staunen berührte ich einige der Pflanzen behutsam und fragte mich: ist die es, die das Wunder bewirken kann? Ist es diese da, die den Lauf der Jahre umkehrt? Ich löste eine der Pflanzen aus dem Grund. Das war aber keineswegs leicht, denn ihre Außenseite war scharf und dornenbesetzt, fast wie mit kleinen Messerchen bestückt, und die stachen mir in die Hände wie die Waffen der wilden Rose. Ich sah, wie von meiner Hand den Arm hinauf eine hellrote Wolke meines Blutes aufstieg. Aber ich hatte dieses Lebenskraut ergriffen, das Kraut, das Atem und das Leben schenkt. Ich packte es fest; ich hob es triumphierend hoch, und ich hätte gerne laut gejubelt, wenn so etwas dort drunten in der Welt des Schweigens möglich gewesen wäre. Der Strauch, das Kraut, die Pflanze Werdduwiederjung! O ja! Vielleicht war es mir wirklich versagt, das ewige Leben zu gewinnen, aber hier hielt ich denn doch etwas in Händen, das mich gegen den scharfen Nager, die Zeit, schützen mochte.

Doch steige nun hinauf, Gilgamesch! Erhebe du dich an die Oberfläche der See! Das, was mir aufgetragen wurde, war erfüllt. Und erst jetzt nahm ich wahr, daß in meinen Lungen fast kein Atem mehr war.

Ich befreite mich von den Steingewichten, die an meine Füße gebunden waren, und schoß wie ein Pfeil durch die erschreckten Schwärme der Fische aufwärts. Dann stürzte die Helligkeit über mich, und ich drang hinaus und empor in die Luft und fühlte auf mir die göttliche Wärme der Sonne. Und ich jauchzte und lachte vor Lust und platschte das Wasser und wälzte mich und warf mich dem Meer an die Brust, und es trug mich eilends zum Strand hinauf. Bald war ich wieder in so seichtem Wasser, daß ich aufrecht stehen konnte, und ich rannte und lief, bis ich wieder auf festem, trokkenem Boden stand.

Ich streckte die Hand aus und zeigte dem Lu-Ninmarka das graue ungeschlacht-häßliche Ding, das ich gegriffen hatte. Aus den Schnitten, die es mir ins Fleisch gerissen hatte, rann noch immer mein Blut, und das Salz des Meeres brannte in ihnen. Aber das war mir in diesem Augenblick ganz ohne Bedeutung. »Ist es das?« schrie ich. »Ist es das richtige Kraut?«

»Laß mich mal sehen«, brummte der Priester. »Gib mir dein Messer!«

Er nahm das Messer und schob geschickt die Klinge zwischen die beiden steinernen Blätter. Und mit einer Kraft, wie ich sie bei diesem uralten heiligen Mann nie vermutet hätte, spaltete er die Blattschalen und öffnete sie. Und darinnen erblickte ich etwas Seltsames, ein zuckendes, rosiggefurchtes Ding, geheimnisvoll und verwirrend wie der geheime Ort einer Frau. Aber dem Lu-Ninmarka in seiner Priesterlichkeit machte dies gar nichts aus: er stocherte und stöberte mit seinen Fingern in den Fältelungen und Ausbuchtungen umher und stieß dann auf einmal einen Schrei aus und zog etwas hervor, das rund war und glatt und das schimmerte, nämlich die Perlenfrucht des Gewächses Werdduwiederjung.

»Danach suchen wir«, sagte er zu mir. Und er warf achtlos die zwei Steinblätter und das Rosige, das zwischen ihnen war, beiseite, und ein Vogel stürzte sich sogleich herab, um dieses zarte Fleisch zu verzehren. Der Priester aber hielt die Perlenfrucht so behutsam in der Höhlung seiner Hand und lächelte so töricht zu ihr hinab, als wäre sie sein allerliebstes Herzenskind. Die Frucht schien aber unter dem warmen Licht der Sonne von innen heraus zu erstrahlen – in einem zartblauen Schimmer, in den sich ein Hauch von sattem Rosa fast verlor. Der Priester berührte die Perlfrucht behutsam mit einem Finger und rollte sie in seiner Hand herum, und schien aufs allerhöchste über sie entzückt zu sein. Jedoch, nach einer langen Weile, legte er sie mir sacht in meine Hand und faltete meine blutbedeckten Finger um sie. »Tu dies in deinen Beutel«, sagte er, »und hüte es, als wäre es der allergrößte deiner Schätze. Und führe es mit dir nach Uruk, der hochummauerten Stadt, und bewahre es auf in deiner Schatzkammer. Und wenn du später, Gilgamesch, die Last der Jahre drückend auf dir lasten fühlst, so hole es hervor und mahle es zu einem feinen Pulver und mische es mit gutem starken Wein und trinke es in einem Zug hinunter. Und mehr mußt du nicht tun. Dann wird dein Auge wieder klar sein, dein Atem wird in tiefen Zügen in dich eingehen und aus dir herausfahren, und deine Leibeskraft wird sein die eines Löwentöters, der du ehemals gewesen warst. Und das ist nun unser Geschenk und unsere Gabe für dich, Gilgamesch von Uruk.«

Ich aber starrte nur mit weiten Augen diese Perle an. »Ihr hättet mir nichts Kostbareres schenken können«, sagte ich.

»Ach, aber komm jetzt! Der Fährmann wartet.«

ACHTUNDDREISSIG

Sauertöpfisch, störrisch und stumm wie gewöhnlich setzte mich Sursunabu am Nachmittag auf die Hauptinsel über. Wieder mietete ich mich in der größten Stadt Dilmuns für einige Tage in einem Gasthof ein, bis ich mir eine Schiffspassage an Bord eines zum Lande segelnden Schiffes erstehen konnte. Müßig schlenderte ich durch die steilen Straßen, vorbei an den offenen Ladengeschäften, in denen die Kunstwerker bei ihren geschickten Hantierungen mit Gold und Kupfer und kostbaren Steinen zu sehen waren; und ich blickte zum Strand hinab mit seinen Schiffen und hinaus über die weite blaue Meeresfläche zu dem sandigen Inselchen hinüber. Ich gedachte des Ziusudra, der nicht Ziusudra selber war, und gedachte der Priester und Priesterinnen, die ihm bei den kultischen Mysterien dienten, und ich dachte an die wahre Geschichte über die Flut, die so ganz anders lautete als jene, die sie im Land erzählen, und ich dachte auch nach über die steinige Frucht des Krautes Werdduwiederjung, die in einem Beutel von meinem Halse hing und auf meinem Brustbein brannte wie eine feurige Kugel. So näherte sich also meine Suche ihrem Ende. Ich kehrte nach Hause zurück; und auch wenn ich nicht das gefunden hatte, wonach ich suchte, so war mir doch wenigstens zum Teil Erfolg beschieden, ich war im Besitz des Mittels, um das Entsetzliche, das mir bestimmt war, doch hinauszuschieben.

So sei es denn! Und nun zurück nach Uruk!

Im Hafen lag ein Handelsschiff aus Meluhha, das hatte seine Geschäfte fast beendet und sollte bald nach Norden fahren, weit bis nach Eridu und Ur, um dort seine Ladung gegen die Waren des Landes zu tauschen; und dann, sobald es dort vollbeladen war, sollte es wiederum zurücksegeln zum Meer der Aufgehenden Sonne und weiter ostwärts zu jenem fernen und geheimnisumwitterten Land, von dem es hergekommen. Dies erfuhr ich von einem Kaufmann aus Lagash, der auch in meinem Gasthof wohnte.

Ich stieg also zum Hafen hinab und suchte den Kapitän des meluhhanischen Kauffahrers. Er war ein kleiner, zart wirkender Mann mit einer Haut so dunkel wie Ebenholz und edlen, stolzen und scharfen Gesichtszügen; er sprach meine Sprache recht gut und erklärte sich bereit, mich als Fahrgast an Bord zu nehmen. Ich ersuchte ihn, mir seinen Preis zu nennen, und er nannte ihn: ich schätze, es war etwa halb soviel, wie sein ganzes Schiff nebst Ladung wert war. Er blickte starr zu mir empor, mit Augen wie geschliffener Onyx, und er lächelte dabei. Erwartete er von mir, daß ich zu handeln begönne? Wie hätte ich dies tun können? Ich bin der König von Uruk, ich kann nicht feilschen. Vielleicht wußte er dies, und wollte dies zu seinem Vorteil nutzen. Oder er dachte, ich sei nur so ein gewaltiger kraftstrotzender Tor mit mehr Silber im Sack als Wissen im Kopf. Je nun, es war ein stolzer Preis, und er knöpfte mir fast das ganze Silber ab, das mir noch verblieben war. Doch bekümmerte mich das nicht sehr. Ich war so lange schon dem Lande fern gewesen, viel zu lange schon; ich wollte frohen Herzens dies und mehr bezahlen, wenn er mich dafür nur in die Heimat zurückbrachte.

Und dann segelten wir los. An einem Tag, an dem der Himmel so flach und so heiß war wie ein Amboß, heißten die kleinen dunkelhäutigen Seeleute aus Meluhha ihr Segel und sprangen an ihre Ruder, und wir fuhren nordwärts aufs Meer hinaus.

Die Fracht bestand aus verschiedenen Arten Holz aus dem Heimatland der Meluhhaner, das sie in Haufen auf Deck gestapelt hatten, und Truhen voll Goldbarren, Kämmen aus Elefantenbein, kleinen Statuen, Karneolen und dem Blaustein Lapislazuli. Der Kapitän erklärte mir, er habe diese Reise bereits fünfzigmal unternommen, und er gedenke noch weitere fünfzigmal die Strecke zu befahren, ehe er stürbe. Ich bat ihn, mir von den Ländern zu erzählen, die zwischen Meluhha und dem Lande liegen. Ich wollte erfahren, wie die Küsten geformt seien, welche Färbung die Luft habe, wie dort die Blüten dufteten, und viele tausend andere Dinge mehr; er aber zuckte nur die Achseln und sprach: »Was kann denn dich das scheren? Die Welt ist so ziemlich überall die gleiche.« Als ich ihn dies sagen hörte, empfand ich tiefes Mitleid mit dem Mann.

Zwischen diesen Winzlingen aus Meluhha kam ich mir wie ein Koloß vor. Ich war zwar seit langem daran gewöhnt, die anderen Männer im Land zu überragen an Kopfeshöhe und Schulterbreite und gewaltiger Brust; doch auf dieser Reise reichten mir die Schiffskameraden kaum höher als bis zum Bauch, und sie tollten umher, als wären sie kleine Affen. Bei Enlil, ich muß ihnen wie ein Ungeheuer erschienen sein! Und doch zeigten sie keine Furcht vor mir, noch irgendwelche Ehrerbietung; ich war für sie nichts weiter als ein absonderlicher Barbar, vermute ich, eine Erfahrung, die sie in ihr Seemannsgarn einspinnen würden, wenn sie wieder in ihrem Heimathafen angelangt waren. »Also, glaubt es oder nicht, aber wir hatten zwischen Dilmun und Eridu einen Fahrgast an Bord, der war so groß als wie ein Elefant! Und dumm dazu, auch wie ein Elefant, und genauso trampelfüßig, und wir mußten teuflisch aufpassen, ihm nicht in die Quere zu kommen, oder er hätte uns zertrampeln können und uns plattwalzen, ohne überhaupt zu merken, daß wir unter seinen Füßen waren!« Wahrlich, sie gaben mir das Gefühl, ich sei ein plumper gefühlloser Ochse, weil sie so winzig und so wuselig-geschwind waren; doch sei zu meiner Entschuldigung auch gesagt, daß ihr Schiff für Menschen von kleinerer Statur gebaut war, als die meine ist. Es war also wohl kaum mein Fehler, daß ich mit an den

Leib gepreßten Ellbogen und fast hockend mich umherbewegen mußte, ja kaum mich umdrehen konnte, ohne irgendwo anzustoßen.

Die Sonne brannte grellweiß und erbarmungslos vom Himmel. Die Brise war nur schwach, jedoch diese Seefahrer waren so geschickt, daß sich ihr Fahrzeug selbst im leichtesten Windhauch vorwärtsbewegte. Ich konnte ihnen nur voll Bewunderung zuschauen. Sie arbeiteten, als würden sie von einem einzigen Gehirn gelenkt; ein jeder tat sein Werk, ohne daß man ihm befehlen mußte, und tat es rasch und stumm in der drückend schwülen Hitze. Hätten sie mich aufgefordert, auch mit anzupakken, ich hätte es getan, jedoch sie überließen mich ganz mir selbst. Wußten sie gar, daß ich ein König sei? Und wenn ja, kümmerte es sie? Sie sind eine recht wenig neugierige Rasse, glaube ich; aber sie arbeiten sehr hart.

Wenn sie sich in der Dämmerung zusammenfanden, um ihre Mahlzeit einzunehmen, luden sie mich scheu ebenfalls dazu. Was sie aber an jeglichem Abend aßen, war ein Eintopf aus Fleisch oder Fischen und so feurig im Geschmack, daß ich dachte, mir müßten die Lippen davon verbrennen, und dazu gab es eine Art Brei, der nach gesäuerter Milch schmeckte. Nach dem Essen sangen sie, und das war wahrlich eine seltsame Musik, denn ihre Stimmen wanderten umher und verflochten sich ineinander zu einer nicht geheuren, schwirrenden Melodienfolge, die sich scheinbar endlos dahinwand wie sich ringelnde Schlangen. Und so verging die Reise Tag um Tag. Ich war eigentlich recht froh darüber, daß ich so von den andern abgesondert blieb und in mein eigenes Ich vergraben, denn ich war sehr müde, und auf meinem Herzen lasteten viele Dinge. Immer wieder einmal fuhr ich mit den Fingern zu der Perle Werdduwiederjung, die an meiner Brust hing; sehr oft dachte ich an Uruk, und was mich dort erwarten mochte.

Und endlich erblickte ich die ersehnten Küsten des Landes dunkel vor mir am Horizont. Wir stießen in die weite Mündung der vereinten Zwei Ströme vor und segelten da weiter und immer weiter, bis zu der Stelle, an der sich die Flüsse scheiden. Und dann war da der Idigna, der nach rechts abzweigte, und der Buranunu, der aber unser eigener großer Strom ist, der sich nach links wandte. Ich sprach ein Dankgebet zu Enlil. Noch war ich nicht zu Hause; doch der Wind, der mir in die Nüstern wehte, war der Wind, der gestern noch durch die Stadt meiner Geburt gezogen war, und dies allein schon ließ mir das Herz freudig höher schlagen.

Wenige Zeit später legten wir im Flußhafen des heiligen Eridu an. Dort wünschte ich dem Kapitän aus Meluhha gute Weiterreise und stieg allein an Land. Es wäre nicht klug gewesen, wenn ich auf diesem Schiff die Fahrt fortgesetzt hätte, denn der nächste Anlegeplatz sollte Ur sein, und dies war gewißlich nicht der rechte Ort, an dem ich mich als einsam Wandernder und in Verkleidung hätte blicken lassen dürfen. In Ur würden mich die Menschen erkennen. Und wenn ich meinen Fuß in diese Stadt setzte, ohne ein Heer von Kriegern hinter mir, dann würde ich Uruk niemals wiedersehen, dessen war ich mir sicher.

Man kannte mich aber auch in Eridu. Ich war noch keine dreimal sechzig Herzschläge lang vom Schiff gestiegen, da sah ich bereits die zuckenden Augen und die verstohlen deutenden Finger und hörte das Volk in Ehrfurcht und Staunen wispern: »Siehe da, der Gilgamesch! Gilgamesch!« Nun damit war zu rechnen gewesen. Ich war schließlich oft genug in Eridu zu den Herbstfestlichkeiten gewesen, die dicht auf die Heilige Hochzeit folgen. Aber jetzt war nicht Herbst, und ich war hergekommen ohne meinen Hofstaat. Kein Wunder also, daß sie flüsterten und mit dem Finger auf mich zeigten.

Es ist aber Eridu die älteste Stadt der Welt. Bei uns sagt man, sie war die erste unter den Fünf Städten, die bestanden, ehe die Flut kam. Vielleicht war dies so, obwohl ich den alten Erzählungen inzwischen nicht mehr so treulich Glauben schenke wie vor meiner Fahrt und Wanderung und meinem Besuch bei dem Ziusudra. An diesem Ort ist Enki der höchstverehrte Gott, er, der die Macht in Händen hält über das süße Wasser, das unter der Erde fließt: hier steht sein Haupttempel, und unter diesem liegt Enkis liebste Wohnung; so jedenfalls geht die Rede. Ich glaube aber, das ist wohl richtig so, denn wer immer irgendwo in dem tiefliegenden Land um Eridu die Erde aufgräbt, der stößt auf frisches Wasser.

Eridu liegt ein Stück abseits vom Buranunu, doch es ist mit ihm durch Lagunen und gute Wasserstraßen verbunden und ist darum ein ebenso bedeutender Flußhafen wie die direkt an dem Strom gelegenen Städte. Jedoch ist seine Lage eine schwierige, denn die Wüste stößt bis an den Rand der Stadt vor, und ich halte es für möglich, daß eines Tages die Sanddünen die ganze Stadt verschlingen könnten. Die Leute dort dachten sich dies wohl selber auch, denn sie erbauten nicht nur ihren Tempel, sondern ihre ganze Stadt auf einer erhöhten gewaltigen Terrasse. Es gibt rings um Eridu viel Gestein, und die Baumeister der Stadt benutzten das klüglich. Die Stützmauer dieser gewaltigen Terrasse ist beeindruckend, und ihre Fläche ist mit Sandstein verkleidet, und die Stufen des Tempels sind mächtige Marmorplatten. Das ist etwas, das in einem König Neid aufkommen lassen kann, wenn er sieht, daß da der Stein zum Bauen einer Stadt so nahe gefunden wird und daß sie nicht gezwungen sind, wie wir, das ganze Werk aus dem Lehm des Flusses zu errichten.

Die Kaufleute Uruks unterhielten schon seit langem in Eridu ein Handelshaus, und es befand sich dicht beim Tempel des Enki: und es ist ein Haus, das sie gemeinsam besorgen, in dem sie einander Kredit geben können und ihre Buchführung in Ordnung bringen, sich gegenseitig die neuesten Gerüchte vom Markt zuflüstern können und eben all das tun, was Händler sonst noch treiben. Dorthin begab ich mich vom Hafen aus, und ich ließ mich weder durch die immer größere Menschenmenge noch durch das Gewispere und Fingergezeige stören. »Gilgamesch! Gilgamesch!« raunte es die ganze Strecke über. Als ich aber in den Saal des Handelshauses trat, fand ich dort drei Männer aus meiner Stadt vor, die über ihrer Schreibarbeit mit Stichel und Täfelchen hockten; kaum hatten sie mich erblickt, sprangen sie auf, starrten mich mit offenem Mund an und sie keuchten, als wäre es Enlil selbst gewesen, der da auf einmal über sie gekommen war. Dann stürzten sie auf die Knie und fuchtelten hektisch herum und machten das Königszeichen, und schleuderten die Arme und gestikulierten und wackelten mit dem Kopf wie vom Irrsinn geschüttelte Verrückte. Es dauerte eine gute Weile, ehe sie sich wieder soweit beruhigt hatten, daß sie mir klare Rede stehen konnten.

»So bist du gar nicht tot, Erhabener!« stammelten sie.

»Allem Anschein nach, nein«, sagte ich. »Wer hat denn diese Mär verbreitet?«

Verstohlen und nicht ohne Argwohn schauten sie einander an. Am Ende wagte der wohl älteste unter ihnen, der Mann mit dem pfiffigsten Gesicht, eine Antwort: »Also, ich glaube, es war im Tempel, da hat man so etwas gesagt. Daß du aus Gram über den Tod des Enkidu, der dir ein Bruder war, hinausgezogen bist ins wüste, wilde Land und daß dich dort die Löwen zerrissen und gefressen haben ...«

»Nein, nein, das böse Geister dich hinweggetragen haben ...«, fügte ein zweiter hinzu. »Ganz richtig, üble Dämonen, die aus dem Wirbelsturm hervorschossen ...«

»Man hat das Vogelweibchen Imdugud auf den Dachterrassen der Häuser gesehen, wo sie fünf Nächte lang ununterbrochen Unheil krächzte ...« So sagte der dritte Händler.

»Und auf den Weiden ward ein Kalb geboren mit

zwei Köpfen ... und das hat man Ubshukkinakku geopfert ...«

»Und im Heiligtum der Schicksalswalterinnen haben sie ...«

»Oh, und es breitete sich ein grüner Nebel um den Mond, und der ...«

Ich drang mit einem lauten Wort in ihr Gebabbel und schrie: »He! Seid mal still! Und sagt mir an: in welchem Tempel hat man so vorschnell meinen Tod verkündet?«

»Ja, aber – natürlich im Tempel der Göttin, Erhabener!«

Ich lächelte. Es kam mir nicht als Überraschung.

Ich sagte ruhig: »Ach so, ja dann, dann ist mir alles klar. Natürlich. Und es war die Inanna in eigener Person, die euch diese schmerzliche Neuigkeit kündete, stimmt es?«

Sie nickten. Und sie sahen von einem Augenblick zum andern mehr und mehr besorgt drein.

Und da dachte ich an die Inanna und daran, wie sehr sie mich haßte, und an ihre Machtgier, und ich erinnerte mich, wie sie kaltherzig vor langer Zeit den König Dumuzi beseitigt hatte, als er ihren Zwecken nicht mehr dienlich war; und ich erkannte, daß mein Fortgang von der Stadt Uruk ihr wie ein Geschenk der Götter erschienen sein mußte. Und dann dachte ich: Da hast du aber wirklich die Torheit aller Torheiten begangen, als du in deinem wahnsinnigen Schmerz dich davonmachtest, um das ewige Leben zu suchen, wo es doch hier und jetzt in diesem Leben eine Pflicht zu erfüllen galt! Wie mußte dieses Weib gelacht haben und frohlockt, als man ihr berichtete, ich hätte mich heimlich aus der Stadt gestohlen! Es muß ein Freudenfest und Hochgenuß gewesen sein für sie, als Tag um Tag verstrich, und ich nicht wiederkehrte und keiner sagen konnte wo ich weilte!

Also fragte ich: »Und zeigte sie denn großen Kummer? Wehklagte sie und riß in ihrem Schmerz sie auch ihr Kleid entzwei?«

Sie nickten sehr feierlich, dem sei so gewesen. »O ja, ihr Schmerz war wirklich deutlich groß, o Gilgamesch.«

»Und schlugen sie die Trommeln für mich? Die Lilissu-Trommel und die kleinen Balag-Trommeln?«

Sie gaben mir darauf keine Antwort.

»Nun, taten sie's? *Haben sie die Trommeln geschlagen?*«

»Ja.« Es kam als heiseres Flüstern. »Sie schlugen für dich die Trommeln, König Gilgamesch. Sie trauerten höchst angemessen kummervoll um dich.«

Mein Kopf dröhnte. Ich dachte schon, daß eine meiner Ekstasen über mich käme. Ich spürte das Summen in meinem Kopf, ich hörte das Zischen. Ich trat näher an die Händler heran, so daß sie vor mir wegen meiner überwältigenden Nähe erbebten, und ich bebte selbst, als ich ihnen die Frage stellte, vor der ich am tiefsten zurückschreckte: »Und sagt mir nun an, hat man an meiner Statt bereits den neuen König gewählt?«

Und wieder schossen die furchtsamen Blicke her und hin. Diese armseligen, unseligen Krämer schauderten wie Blätter im herbstlichen Wind.

»Nun, haben sie es getan?« forderte ich barsch zu wissen.

»N-n-noch – nicht, o Gilgamesch«, stammelte endlich einer der Leute.

»Aha. Nicht schon bereits? *Noch* nicht? Dann waren wohl die Orakel ziemlich ungünstig, wie?«

»Man sagt, die Göttin fordert einen neuen König, aber man sagt auch, daß die Stadtversammlung es bislang vorzog, dem Verlangen nicht zuzustimmen. Es gibt da nämlich einige, die glauben, daß du lebst ...«

»Es ist nicht so ganz von der Hand zu weisen, daß dem so ist, oder?« sagte ich.

»... und sie ängstigen sich, daß es den Göttern mißfallen könnte, wenn man überstürzt den neuen König an deine Stelle setzen wollte ...«

»Es ist ziemlich gewiß, daß es das Mißfallen der Götter erregen würde«, sagte ich. »Und nicht nur das der Götter!«

»... aber es ist dringend vonnöten, darin sind sich alle einig, daß wir wieder einen König haben in Uruk. Denn wisse du, Herrlicher, daß der Meskiagnunna von Ur von Stolz geschwollen ist und sich brüstet, daß er sowohl Kish wie Nippur in seine Hand gebracht hat, so daß er nun sein Auge begehrlich auf unsere Stadt richtet – und in all diesen unruhevollen Monden, da hatten wir keinen König – wir hatten keinen Führer, du Erhabener ...«

»Ihr habt einen König«, sagte ich. »Gebt euch da keinem Irrtum hin, ihr habt einen Führer. Und hoffen wir, daß ihr inzwischen nicht deren zweie habt.«

Ich vermute, in meiner Stimme schwang eine gewisse Leichtigkeit, aber im Innern war mir gar nicht leicht zumute. Da fühlte ich eine schwere Bedrückung und große Verwirrung. War ich denn überhaupt noch König? Ja, verdiente ich denn noch, König zu sein? Die Götter hatten mich in die Herrschaft über Uruk eingesetzt, und ich war von meinem Posten desertiert, das war unbestreitbar. Und dafür, mag so mancher sagen, müßte man mich tadeln. Doch kann uns denn überhaupt je wirklich Schuld zugewiesen werden, wo es doch die Götter sind, die den Ton angeben? Hatten sie mir nicht den Enkidu geschickt und ihn mir dann entrissen? Und war es demzufolge dann nicht das Tun der Götter, daß in mir solcher Schmerz aufkam und die Angst vor dem Sterben und ich hinweggetrieben wurde auf meine Lebenssuche? Ja. Ja und ja! Ich fühlte mich nicht schuldig. Ich hatte nur in allen Stücken das Geheiß der Götter erfüllt. Wo aber blieb dabei der eigene Wille des stolzen Gilgamesch? War ich nichts weiter als ein Spielzeug jener erhabenen fernen unbekümmerten Mächtigen, denen diese Welt gehört? Ein Diener der Götter, gewiß, das will ich nicht leugnen. Wir alle sind

Sklaven der Götter, und anderes zu glauben, wäre Torheit. Jedoch – ihre Puppen? Ihr Spielzeug?

Je nun, ich konnte damals nicht gemächlich über derlei Fragen nachdenken. Ich schob sie beiseite. Wenn ich nicht länger König bin von Uruk, dachte ich bei mir, so soll mir dies die Göttin selber sagen. Nicht ihre Priesterin, sondern sie, die Göttin, selbst. Ich werde in meine Stadt gehen und mir dort meine Antwort holen.

Und dann spürte ich die Nähe meines Vaters, des Helden Lugalbanda, in mir. Ich hatte ihn lange Zeit nicht mehr gefühlt. Der große König erfüllte meine Seele mit Mut und stärkte mich beträchtlich. Und da erkannte ich daraus, daß ich mich keines Dinges zu schämen brauchte, das ich getan. Denn was ich getan hatte, das hatten die Götter so für mich bestimmt, und war demzufolge auch gut und richtig so. Mein großer Gram war nötig gewesen. Meine Suche war nötig gewesen. Es war der Ratschluß der Götter gewesen, daß ich zur Weisheit geführt würde: und ich, ich hatte nur gehorsam ihren Plan erfüllt.

Ich zweifelte da nicht mehr länger, daß ich immer noch der König sei. Ich sandte den Ältesten der Kaufleute sogleich in den Palast des Statthalters von Eridu und ließ ihm sagen, daß Gilgamesch von Uruk, sein Oberlehnsherr, in seine Stadt gekommen sei und sich für einen angemessenen Empfang bereithalte. Dem jüngsten der Kaufleute befahl ich, noch gleichen Tag einen Platz zu buchen auf dem nächsten Schiff nach Uruk, auf daß er dort die frohe Botschaft künde: der König kehrt zurück von seinen Wanderungen. Und einen dritten Mann entsandte ich, der sollte mir Wein bringen und gebratenes Fleisch und eine hochbrüstige Magd von sechzehn oder siebzehn Jahren; denn auf einmal schossen mir wieder die Säfte des Lebens durch den Leib. Denn in der ganzen dunklen Zeit der Wanderungen seit dem Tode meines Enkidu war ich mir selbst ganz fremd geworden. Ich hatte mit dem Gefühl gelebt, als wäre ich mitten entzwei gespalten und als habe sich der Teil von mir, der Gilgamesch gewesen war, nach irgendwo verirrt, so daß nur eine leere trockene Hülse zurückgeblieben war, und die war ich. Nun aber strömten die Energie und die Kraft und die Lebenslust, welche dem König Gilgamesch eigen gewesen waren, wieder in mich zurück. Ich war auf einmal wieder ich selbst. Ich war der Gilgamesch, und ich war heil und ganz. Dafür dankte ich dem Herrn Enlil und dem großen Vater An und auch dem Enki, dem Ortsgott der Stadt, in der ich jetzt weilte; doch meinen inniglichsten Dank sagte ich dem Gott Lugalbanda, aus dessen Samen ich entstanden war. Es hausen die gewaltigen Götter in großer Ferne von uns, und wir sind ihnen höchstens wie Körner Sandes. Lugalbanda aber stand stets treulich mir bei – damals und immerdar.

NEUNUNDDREISSIG

Statthalter in Eridu in jenen Tagen war der Shulutula, Sohn des Akurgal. Er war ein kleiner, rundlicher, dunkelhäutiger Mann mit einer gewaltigen derben Nase. Sie haben in Eridu keinen König; das Königtum ging schon vor langer Zeit, schon vor der Großen Flut, von dieser Stadt. Doch wenn er dem Range nach auch nur Statthalter und Regent war, so lebte Shulutula dennoch wie ein König in einem herrlichen Palast von zwei Zwillingshäusern, der von einer gewaltigen doppelten Befestigung umgeben war. Bei meinem Empfang war er nervös, denn ich weilte ja nicht zu der rechten Jahreszeit in seiner Stadt und war völlig überraschend über ihn gekommen; doch war er seinem Wesen nach ein heiterer und gelassener Mann, und sobald er erkannte, daß ich nicht gekommen war, um ihn abzusetzen oder große Forderungen an seine Schatzkammer zu stellen, wurde er merklich fröhlicher. Er befahl für den Abend ein großes Fest zu meinen Ehren und überschüttete mich mit Geschenken, mit guten Speeren und einigen Beischläferinnen und einer wundervoll gearbeiteten Alabasterstatuette, so lang wie mein Arm, mit Augen, die aus Blaustein in Muscheln eingelegt waren.

Wir besprachen uns bis spät in die Nacht. Er wußte natürlich, daß ich einige Zeit von Uruk ferngewesen war, doch wagte er nicht, mich zu fragen, warum, noch wohin ich gezogen war. Ich versuchte aus ihm einen genaueren Bericht über die jüngsten Begebnisse in meiner Stadt zu entlocken, doch er konnte oder wollte mir nicht viel sagen, nur soviel, daß er vernommen habe, die Ernte sei karg gewesen und in der Jahreszeit des hohen Wassers habe es an den Kanälen Überschwemmungen gegeben. Doch seine hauptsächliche Besorgnis galt eindeutig nicht Uruk, sondern Ur. Denn diese mächtige Stadt lag schließlich nur wenige Meilen weit von Eridu entfernt; und Meskiagnunna hatte bereits Kish und Nippur verschlungen. Was, wenn nicht Eridu, würde er sich als nächstes einverleiben wollen? »Wir dürfen einfach nicht mehr daran zweifeln«, sagte Shulutula zu mir. »Er will als Großkönig herrschen über das gesamte Land.«

»Die Götter haben Ur nicht mit dem Großkönigtum bedacht«, sagte ich.

Er blinzelte trübsinnig in seine Weinschale. »Können wir dessen sicher sein?«

»Es wäre unmöglich!«

»Ja, aber einmal hatte Eridu die Oberhoheit, war es nicht so? Vor langer, langer Zeit, noch vor der Flut. Und dann ging sie über auf Badtibira und dann auf Larak und dann auf ...«

»Jaja, schon gut!« unterbrach ich ihn ungeduldig. »Erspare mir die Litanei! Ich kenne die alten Jahrbücher so gut wie du.«

Meine Grobheit ging ihm zwar sichtlich wider den Strich, doch er ließ sich nicht abhalten. Ich schätzte ihn deswegen. »Ich bitte dich um Nachsicht«, fuhr er fort und sprach sodann mit erstaunlicher Kühnheit einfach weiter: »und dann auf Sippar und dann auf Shuruppak. Dann kam die Große Flut, und alles im Lande ward vernichtet. Und nach der Flut, als die Königsherrschaft über das Land erneut vom Himmel herabstieg, und der Ort, an dem sich das Königtum niederließ, war in Kish. Ist es nicht so?«

»Zugegeben«, sagte ich.

»Nun hat aber Meskiagnunna sich zum Herrn über Kish gemacht; und könnte man dann nicht sagen, die Herrschaft ist von Kish gewichen und auf Ur übergegangen?«

Und nun verstand ich, worauf er abzielte.

Ich schüttelte den Kopf. »Wohl kaum«, sprach ich.

»Das Königtum wohnte in Kish, das ist richtig. Aber du übersiehst dabei eine Sache. Im ersten Jahr meiner Regierung kam der Agga von Kish nach Uruk und wollte uns bekriegen, und wir besiegten ihn und nahmen ihn gefangen. Und damit ist doch wohl gewiß das Großkönigtum von Kish auf Uruk übergegangen. Und als der König von Ur sich der Stadt Kish bemächtigte, gewann er nur einen schönen leeren Schein. Die Herrschaft war daraus entwichen und ruhte längst in Uruk. Und dort bleibt sie auch.«

»Du willst damit behaupten, daß der König von Uruk auch König ist über das Land?«

»Höchstwahrscheinlich ist dies so.«

»Aber in all den letzten Monden gab es keinen König in Uruk!«

»Es wird aber sehr rasch wieder ein König in Uruk sein, o Shulutula«, sagte ich bestimmt. Ich neigte mich zu ihm, bis meine Nase fast die gewaltige Gurke berührte, die seine Nase war, und sprach in einem Ton, der keinerlei Unsicherheit verriet: »Meskiagnunna kann Kish getrost behalten, wenn ihm der Sinn danach steht. Aber ich werde nicht erlauben, daß er auch Nippur behält, denn Nippur ist eine heilige Stadt und muß frei sein; und ich sage dir noch eines: er wird auch niemals Eridu besitzen. Du hast nichts zu fürchten!« Darauf erhob ich mich und gähnte und reckte mich und trank die Neige Wein aus meiner Schale. »Ich denke, wir haben für diese Nacht genug gefeiert und gezecht. Und mich verlangt nach meinem Bett. Und morgen will ich dann die Besuche in den Tempeln erledigen, und sodann will ich meine Heimfahrt in die Wege leiten. Du brauchst mir nur einen Wagen und ein Eselsgespann zu geben – und einen Wagenlenker, der den Weg nach Norden kennt.«

Shulutula sah verlegen drein. »Du willst doch nicht etwa über Land reisen, Hoher Herr?«

Ich nickte. »So hat mein Volk mehr Zeit, mir den Willkomm zu bereiten für meine Heimkunft.«

»Aber dann werde ich dir fünfhundert Männer der Bewaffneten als Begleitung mitgeben, und was immer sonst du noch ...«

»Nein! Nur einen einzigen Wagen und die Zugtiere. Und einen Wagenlenker. Mehr ist mir nicht vonnöten. Mich werden die Götter schützen, wie sie es stets getan haben, mein Shulutula! Ich reise allein!«

Es fiel ihm schwer, dies zu begreifen. Er verstand nicht, daß es nicht mein Wunsch sein konnte, an der Spitze eines Trupps von fremden Kriegern nach Uruk einzumarschieren. Ich gedachte, so in meine Stadt zurückzukehren, wie ich sie verlassen hatte: schutzlos und ohne Furcht. Und mein Volk würde mich als seinen König begrüßen, weil ich der König war, nicht etwa weil ich mich durch Gewalt des Thrones wieder bemächtigte. Es ist nämlich so, daß Männer, wenn sie durch die Gewalt der Waffen niedergeschlagen werden, sich dem Sieger nicht in ihrem Herzen unterordnen, sondern nur, weil ihnen keine andere Wahl bleibt. Wenn aber Männer sich der überlegenen Seelenstärke und dem Wesen eines anderen unterordnen, dann tun sie dies aus ihrem innersten Herzen heraus und geben sich ganz hin. So etwas weiß ja jeder einigermaßen gescheite König.

Also ließ ich mir von Shulutula, dem Statthalter in Eridu, nichts weiter geben als das Erbetene: einen Wagen mit Zugtieren und einen Wagenlenker. Er drängte mir aber auch Wegzehrung auf und einen Köcher mit guten Wurfspießen, für den Fall, sagte er, daß uns auf dem Wege Löwen oder Wölfe in die Quere kommen sollten. Aber obwohl er die ganze Zeit besorgt um mich herumtänzelte und mir unablässig eine eindrucksvolle Eskorte aufzudrängen versuchte, ich gab ihm nicht nach.

Ich hielt mich noch weitere fünf Tage in Eridu auf. Das war nötig, wegen der Reinigungsopfer, die ich in den Tempeln des Enki und des An zu vollziehen hatte, aber auch wegen eines ganz privaten Ritus zu Ehren des

Lugalbanda. Darüber verstrichen drei Tage; der vierte Tag war, laut Auskunft der Zeichenleser des Shulutula, ein Tag mit einem ungünstigen Omen, also blieb ich bis zum fünften Tage. Dann aber machte ich mich bei Tagesanbruch auf die Reise nach Uruk. Es war aber der zwölfte Tag des Mondes Du'uzu, in welchem der Sommer mit all seiner heißen Last über das Land hereinbricht. Der Wagenlenker, den mir der Statthalter mitgab, war ein kräftiger, untersetzter Mann namens Ninurta-mansum, und war wohl schon uralt, an die dreißig Jahre, denn sein Bart wies die ersten grauen Strähnen auf. Und um seine Brust gebunden war das scharlachrote Band, das Zeichen, daß er sein Leben dem Dienste des Enki geweiht hatte. Seltsamerweise rief mir dies den feuerroten Schrund in Erinnerung, der von einer alten Wunde den Leib meines Namhani damals bedeckt hatte, der mein Wagenlenker vor langer Zeit gewesen war, als ich ein junger Prinz war und im Dienst des Agga von Kish. Dies war wirklich auf merkwürdige Weise passend, denn der einzige Wagenlenker, der mir jemals diente und der es an Geschicklichkeit mit meinem Ninurta-mansum aufnehmen hätte können, war mein alter Namhani gewesen; es waren sozusagen zwei aus dem gleichen Wurf. Denn wenn sie die Zügel in den Händen hielten, dann war es, als hielten sie an Fäden die Seelen ihrer Zugtiere.

Als die Stunde des Abschieds kam, umarmte ich den Shulutula und versprach ihm erneut feierlich, daß ich seine Stadt vor der Anmaßung des Königs von Ur schützen wolle. Und er schlachtete einen Widder und brachte ein Trankopfer dar von Blut und Honig vor dem Haupttor der Stadt, auf daß mir eine sichere Heimfahrt beschert werde. Und sodann fuhr ich hinaus in den frühen Morgen. Wir fuhren aber durch das Tor des Abgrunds und der Tiefe, die unten liegt, aus der Stadt, und vorbei an den sandigen Dünen, die sich hoch da türmten, und vorbei an einem weiten Hain von dornigen

Kiskanu-Bäumen, die so dicht und so zahlreich standen, daß sie fast einen Wall bildeten. Und als ich zurückblickte, sah ich die Türme des Palastes und die der Tempel der Stadt Eridu in der Luft schweben, und sie sahen gegen den aprikosenfahlen Morgenhimmel aus, als wären sie die Burgfesten von Geisterfürsten. Danach fuhren wir über einen ekelhaft steinigen Kamm und danach hinab in das Flußtal, und die Stadt Eridu war unseren Blicken entzogen.

Ninurta-mansum wußte sehr wohl, wer ich war, und er wußte auch, was geschehen mochte, falls wir einem Kundschaftertrupp der Männer von Ur in die Hände fallen sollten. Darum machte er um den Umkreis jener Stadt einen weiten Bogen und fuhr statt dessen hinaus in das menschenleere öde Land westlich von Ridu. Hier war nichts als Wüste, und es wehte ein schneidender, bitterscharfer Wind: der Sand wirbelte empor und verdichtete sich zu den Gestalten langer dünner Geister, die mich mit ihren traurigen Augen den ganzen Tag über verfolgten. Aber ich empfand keine Furcht. Denn was waren sie schon anderes als ein Wirbel und Gespinst aus Sand!

Die Zugesel schienen nicht ermüden zu können. Sie flogen Stunde um Stunde dahin und schienen nicht zu dürsten, noch Hunger zu spüren, noch Rast zu benötigen. Sie hätten mit einem Zauber belegt sein können, sie hätten auch Dämonen sein können unter einem Bann, so unermüdlich strebten sie voran. Als wir bei Sonnenuntergang anhielten, waren sie kaum außer Atem. Ich sorgte mich, wie es mit dem Wassern der Tiere in dieser wilden Ödnis gehen mochte, doch Ninurta-mansum begann sofort in der Erde zu graben, und wahrlich, sogleich begann eine kühle Quelle süßen Wassers aus dem Sand aufzusteigen. Es war unbezweifelbar, daß auf diesem Manne der Segen des Enki ruhte.

Als die Gefahr nicht mehr so drohend war, daß wir einem Trupp von Kriegsleuten aus Ur begegnen konnten, führte uns der Wagenlenker allmählich näher und näher an den Strom heran. Wir waren aber auf der Seite des Flusses, die gen Abend liegt, und so mußten wir den Buranunu irgendwo überschreiten, um nach Uruk zu gelangen. Aber auch dies war für Ninurta-mansum nicht übermäßig schwer. Er kannte eine Stelle, in der zu dieser Jahreszeit das Wasser des Flusses flach war, der Grund fest, und dort führte er uns hinüber. Es kam ein gefährlicher Augenblick, als der linke Leitesel den Grund unter den Hufen verlor und im Wasser versank, und ich dachte schon, der ganze Wagen müsse dabei umstürzen. Doch Ninurta-mansum packte die Zugriemen und stemmte sich mit all seiner Kraft dawider und hielt uns aufrecht. Und die anderen drei Esel behielten festen Boden unter dem Huf. Der Zugesel aber, der gestolpert war, tauchte schnaubend und spuckend herauf aus dem Wasser des Flusses und fand wieder festen Halt, und wir gelangten sicher hinauf an das östliche Ufer des Stromes. Ich denke mir, daß vielleicht nicht einmal Namhani das besser gemeistert haben würde.

Dann waren wir in dem Bereich, in dem das Volk der Stadt Uruk tributpflichtig war. Die Stadt selbst lag aber noch etliche Meilen nach Nordosten hin. Ich wußte nicht, in welches Land wir gekommen waren, in eines unter dem Gesetz der Inanna oder des An – oder das irgendeines Großen der Stadt ... es hätte sogar mein eigenes Land sein können, denn ich besaß weite Latifundien in diesem Gebiet; doch was es auch war, Tempelland, Götterland oder Privatbesitz – es war die Erde von Uruk. Ich empfand nach meinem langen Fernesein eine solch herrliche Freude, als ich diese reichen fruchtbaren Felder wiederschaute, daß ich beinahe von dem Reisewagen gesprungen wäre und den heimatlichen Boden geküßt hätte. Ich tat es aber nicht, sondern ließ mir an einem Trankopfer und mit den knappen Segenssprüchen der Heimkehr genug sein. Der Wagenlenker kniete an meiner Seite, obwohl er doch ein Fremdling war im Lande Uruk. Er war sein sehr heiligmäßiger Mann, dieser Wagenlenker, viel heiliger und gesegneter als viele Priester und Priesterinnen, die ich kenne.

Inzwischen trafen wir immer wieder auf mehr und mehr Menschen des ackerbauenden Volkes, und natürlich erkannten sie in mir ihren Herrscher und König, und sei es nur wegen meiner leiblichen Größe und meines Gehabes. Sie rannten neben unserem Gefährt her und brüllten meinen Namen. Ich winkte, ich lächelte, ich schlug das Gotteszeichen über sie. Ninurta-mansum zügelte die Tiere, und wir fuhren nur noch in einem langsamen Trab, auf daß das Volk mitrennen könne neben mir. Und sie scharten sich in gewaltiger Zahl und strömten herbei von den Feldern ringsum, je mehr sich das Gerücht ausbreitete, bis es ihrer Hunderte und Aberhunderte waren. Als wir in jener Nacht anhielten, um zu rasten, brachten sie uns vom Besten, das sie hatten: starkes Schwarzbier und das rote Bier, das sie so liebten, und Dattelwein und das gebratene Fleisch von Schafen und Kälbern. Und sie kamen, einer um den anderen, und stundenlang, vor mich und weinten vor Freude und knieten vor mir und dankten den Göttern, daß ich noch lebte und noch immer ihr Herrscher sei. Mir sind im Leben prächtigere Genüsse und Feste bereitet worden, doch ich glaube, nicht eines hat mein Herz tiefer berührt als diese schlichte Freude.

Es versteht sich, daß die Botschaft meiner Heimkehr nach Uruk vor mir in der Stadt eintraf. Immerhin hatte ich dies ja genau so geplant. Denn ich war mir sicher, daß die Inanna meine Abwesenheit dazu benutzt hatte, um große Macht in ihren Händen zu versammeln. Und ich wollte, daß ihr nach und nach diese Macht aus den Fingern gleite, Stunde um Stunde, je länger das Stadtvolk heimlich von der Wiederkehr des Königs flüsterte.

Aber dann, endlich, an einem Tage, an dem die Hitze unter dem Firmament tanzte wie die Wellen des großen weiten Meeres, erblickte ich wieder die Mauern Uruks, die sich kupferhell in der Ferne schimmernd vor mir erhoben. Wo könnte es auf der ganzen Erde einen schöneren Anblick geben als den der Mauern von Uruk? Ich glaube, nirgendwo! Denn ich glaube, es wäre mir zu Ohren gekommen, falls es etwas gäbe, das sich damit vergleichen ließe. Aber es gibt nun nichts dergleichen, denn unsere Stadt ist die Stadt der Städte, und ist die Königin unter den Städten. Es ist die Stadt, die im Herzen und Mittelpunkt der Welt liegt.

Jedoch, als wir näherrückten, erblickte ich etwas, das mich störte und mir unvertraut war. Auf der Ebene vor der Stadt, auf jenem flachen Sandgrund zwischen dem Hohen Tor und dem Nippur-Tor, prangten üppige farbige Flecken wie große Blumen am Fuße der Mauern: bauschige Kleckse, scharlachrot und schwarz und gelb und leuchtendblau. Dies war mir ein Rätsel, bis wir noch ein wenig näher herangefahren waren; dann erkannte ich, daß dort Zelte und Pavillons aufgestellt waren. Um meine Heimkehr zu feiern, dachte ich. Doch darin irrte ich mich.

An der Stelle meiner getreuen Edlen Bir-hurturre und Zabardi-bunugga, von denen ich erwartet hätte, daß sie an der Spitze einer Kriegerschar zu meiner Begrüßung angeritten kämen, um mich gebührlich in die Stadt zu geleiten, kamen aus diesen Zelten drei Frauen der Inanna zu Fuß heran. Und ich begriff sogleich, daß es Ärger geben werde. Ich kannte sie nicht beim Namen, doch ich hatte sie bei den Zeremonien gesehen. Es waren Hohepriesterinnen, alle drei. Sie trugen prächtige scharlachrote Gewänder und an ihrem linken Arm das Symbol der geringelten kupfernen Schlange. Als ich auf Rufweite herangefahren war, schlug die Priesterin in der Mitte, ein großes imposantes Weib mit schwarzem, zu dichten Zöpfen geflochtenem Haar, mehrfach das Zeichen der Göttin wider mich und schrie laut: »Im Namen der Inanna befehlen wir dir, halte ein und nähere dich nicht weiter!«

Dies aber war zu unverschämt, selbst von seiten der Inanna. Ich erstarrte und atmete tief ein, und Zorn begann in mir aufzuwallen, doch ich zwang mich zu Gelassenheit und fragte ruhig: »Kennst du mich, Priesterin?«

Sie blickte mir kühl in die Augen. Ich spürte, dieses Weib besaß große Stärke und eine furchtbare Macht.

»Du bist Gilgamesch, der Sohn des Lugalbanda«, sprach sie.

»So ist es. Ich bin Gilgamesch, der König von Uruk, und ich kehre von meiner Pilgerfahrt zurück. Oder willst du dies bezweifeln?«

Und sie sprach im gleichen gemessenen Tonfall, als vergäbe sie sich damit gar nichts: »Es ist die Wahrheit. Du bist der König.«

»Und warum gebieten mir dann die Frauen der Göttin hier Einhalt vor den Toren meiner Stadt? Ich will in meine Stadt einziehen. Ich war so lange fort, mich drängt es sehr, sie wieder zu schauen.«

Wir waren aber wie zwei Schwertkämpfer, die des anderen Kampfgeschicklichkeit mit vorsichtigen Stößen prüfen. »Die Göttin hat mir befohlen, dir zu sagen, wie hell ihre Freude leuchtet über deine sichere Heimkehr«, sprach sie, ohne den geringsten Anflug von Freude in der Stimme, »und gebot mir, daß ich dich nun zum Ort der Reinigung geleite, den wir außerhalb der Mauern eingerichtet haben.«

Ich starrte sie weiten Auges an. »Den Ort der Reinigung? Ja, bin ich denn unrein geworden?«

Und sie sprach kalt: »In ihren Träumen ist die Göttin dir auf deinen Wanderungen gefolgt, Herr und König. Sie weiß, daß dunkle Geister sich deiner Seele bemächtigt haben; sie wünscht, dich zu reinigen von ihrer unheilvollen Macht, ehe du in die Stadt eingehst. Es ist ihre Pflicht, dem Wohl der Stadt zu dienen, und sie will es tun. Das weißt du doch gewißlich.«

»Ihre Güte ist über die Maßen groß!«

»Es ist keine Frage ihrer Güte, o König. Es handelt sich um die Gesundheit deiner Seele und um die Sicherheit der Stadt und um das göttliche ausgewogene Gleichgewicht des Reiches, das gewahrt bleiben muß. Und darum hat die Göttin, in ihrer großen Gnade und Liebe, dieses Ritual angeordnet.«

Aha! dachte ich. Ihre große Gnade und Liebe! Fast hätte ich laut herausgelacht. Doch ich unterdrückte diesen Wunsch. Ich beherrschte mich. Schön, sagte ich bei mir selber, ich will dieses Spiel bis zum Ende spielen. Also sprach ich aufs allerhöflichste und mit meiner allersteifsten Stimme: »Die Güte der Göttin ist über alle Maßen groß. Wenn meine Seele in Gefahr ist, dann muß sie geläutert werden. So führt mich also zu dem Ort der Reinigung.«

Als ich von dem Reisewagen herabstieg, warf mir Ninurta-mansum einen Blick zu, und ich sah, wie er finster die Stirn runzelte. Es sollte ihn zwar eigentlich nicht bedrücken, ob ich mich vielleicht in Verrat und Hinterhalt begab, denn er war Shulutulas Mann, nicht der meine. Dennoch versuchte er, mich zu warnen. Und da erkannte ich, daß er ein Mensch war, der nötigenfalls für mich sterben würde. Ich drückte ihm zuversichtlich die Schulter und sagte ihm, er solle die Esel weiden lassen, sich aber nicht allzu weit von mir entfernen. Sodann folgte ich zu Fuß den Priesterinnen der Inanna zu den Zeltpavillons am Fuße der Mauern.

Es war nicht zu übersehen, sie hatte das alles seit langem geplant. Denn sie hatten hier draußen praktisch eine Art heiligen Bezirk angelegt. Es standen da fünf Zelte, eines davon groß und mit den Schilfbündeln der Inanna im Sande davor aufgerichtet, und vier kleinere, in denen sie allerlei heilige Gerätschaften aufgehäuft zu haben schien: Kohlebecken und Weihrauchschalen, heilige Bilder und Paniere und dergleichen mehr. Als ich herankam, begannen Priesterinnen Litaneien anzustimmen, Musikanten auf ihre Trommeln einzudreschen und ihre Pfeifen kreischen zu lassen, Tempeltänzer wirbelten mit untergehakten Armen unablässig um mich herum. Ich blickte zu dem großen Zelt. Dort dachte ich, wartet gewißlich die Inanna selbst auf mich, und mit einem war meine Kehle trocken, und Feuer knoteten sich in meinen Eingeweiden. Fürchtete ich mich? Nein, Furcht war es nicht einmal; es war mehr wie das Gefühl, daß etwas sich einem gewaltigen Ende zuneige um mich herum. Wie lange war es schon her, daß wir einander von Angesicht zu Angesicht gegenübergestanden hatten? Was für Veränderungen hatte sie hinter meinem Rücken in der Stadt bewirkt seit damals? Es war nur zu gewiß, daß sie heute meinen Untergang beabsichtigte, aber auf welche Weise? Wie? Und wie könnte ich mich dagegen schützen? Seit meinen Knabentagen – als dieses Weib selbst kaum mehr gewesen als auch nur ein Kind – war mein Geschick dem dieser Frau mit ihrer düsteren Seele verknüpft gewesen, und nun hatte es den Anschein – nein, es war eher schon Gewißheit, daß ich in diesem großen Zelt aus Schwarz und Scharlachrot, das vor mir auf der Ebene von Uruk aufragte, den letzten, äußersten Zusammenprall unser beider Geschicke erfahren würde.

Doch wiederum irrte ich. Die drei Priesterinnen hoben den Türvorhang des Zeltes um ein weniges und hielten ihn beiseite und bedeuteten mir, ich möge eintreten. Ich tat es und befand mich in einem duftenden Gemach voll reicher schimmernder Bodenmatten und durchscheinender Vorhänge; und in der Mitte kauerte knieend auf einer niedren Liege ein üppiges Weib, das mich zu erwarten schien. Sie war nackt, bis auf ein leuchtendes goldenes Amulett, das ihr zwischen den Brüsten hing, und bis auf die dickleibige, dunkeloliv getönte Schlange der Göttin, die um ihre Leibesmitte gewunden war und sich in langsamen, gleitenden Bewegungen um sie ringelte. Doch das Weib war nicht die Inanna. Es war die Abisimti, die heilige Hure, sie, die mich vor langer, langer Zeit in das Ritual der Mannheit eingeweiht hatte, sie, die desgleichen mit dem Enkidu getan, als er noch in der wilden Steppe lebte. Ich war auf die Inanna vorbereitet gewesen und gewappnet gegen sie; die Überraschung und der Schock, statt ihrer eine andere zu finden, betäubten und verwirrten mich dermaßen, daß ich zurückschreckte und beinahe von einem meiner heiligen Anfälle gepackt worden wäre. Ich hatte ein Gefühl, als stürzte ich über den Rand eines Abgrundes. Ich schwankte unsicher umher, ich bebte am ganzen Leibe, und endlich gelang es mir, mich mit dem letzten Quentchen meiner Stärke vor dem Absturz zu bewahren.

Abisimti schaute mich an. Ihre Augen schimmerten fremdartig; sie schienen in den Augenhöhlen zu glühen wie zwei brennende Karneolkugeln. Und mit einer Stimme, die wie von weither kam, wie aus einer Welt, die nicht die hiesige Welt war, sprach sie: »Heil dir, o König! Heil dir, Gilgamesch!« Und sie winkte mich an ihre Seite.

VIERZIG

Einen Augenblick lang war ich wieder zwölf Jahre alt und ging mit meinem Onkel in das Tempelkloster, um dort meine Initiation zu erleben; ich sah mich selbst in meinem Schurzrock aus weichem, weißem Linnen, sah den schmalen roten Streifen der dargebrachten Unschuld als Mal auf meinen Schultern, sah die Haarlocke in meiner Hand als Geschenk für die Priesterhure. Und ich sah wieder die wunderschöne sechzehnjährige Abisimti meiner Knabenzeit, deren Brüste rund waren wie Granatäpfel und deren langes dunkles Haar in Kaskaden an ihren goldgeschminkten Wangen entlangfloß.

Auch jetzt war sie immer noch schön. Wer könnte die Männer zählen, die sie, um der Göttin zu dienen, in ihre Arme geschlossen hatte, ehe ich sie traf, und wer die Männer, die ihr seither beigelegen hatten? Doch mag auch die Zahl derer, die sie besessen hatten, so groß sein wie die der Sandkörner in der Wüste, so hatten sie ihr doch ihre Schönheit nicht rauben können – nein, sie vermochten diese Schönheit nur zu steigern! Sie war nicht mehr jung; ihre Brüste waren nicht mehr so vollkommen gerundet, und doch war sie noch immer sehr schön. Allerdings, überlegte ich mir, warum ihre Augen so seltsam dreinblickten, warum ihre Stimme mir so unvertraut erschienen war. Sie schien wie unter einer Betäubung zu stehen. Sie haben ihr einen Trank zu trinken gegeben, dachte ich. Ja, so mußte es sein. Doch warum? Warum?

Ich sprach: »Ich hatte erwartet, die Inanna hier zu finden.«

Sie sprach schleppend, wie in einem Traum: »Und dies mißfällt dir? Sie kann den Tempel nicht verlassen. Du wirst danach zu ihr gehen, Gilgamesch. Danach.«

Es hätte mir natürlich klar sein müssen, daß die Inanna die Wälle der Stadt nicht verlassen würde. Und zu Abisimti sprach ich: »Es ergötzt mich genauso, daß ich dich hier finde. Ich war nur überrascht, mehr war da nicht ...«

»So komm! Leg dein Gewand ab! Knie dich vor mir nieder!«

»Aber was für einen Ritus werden wir denn hier vollziehen?«

»Du darfst mir keine Fragen stellen. So komm nun, Gilgamesch! Entkleide dich! Und knie nieder!«

Ich war auf der Hut, dabei aber seltsam ruhig. Vielleicht war dies ja doch ein echtes Ritual; vielleicht wollte die Inanna wirklich nur dem Wohl der Stadt dienen und hatte den ganzen Zauber ausgedacht, um mich von – weiß Enlil – irgendwelcher Schuld und Unreinheit zu säubern, ehe ich die Stadt betrat. Es erschien mir als undenkbar, daß die sanfte, liebe Abisimti sich an einem bösen Plan wider mich beteiligen könnte. Und so legte ich denn mein Schwert beiseite und streifte mein Kleid ab und ließ mich auf der Matte vor ihr auf die Knie nieder. Wir waren beide nackt – bis auf ihr Brustamulett und die lebendige Schlange um ihren Leib, und bis auf die Perle Werdduwiederjung, die an der Schnur um meinen Hals hing. Ich merkte, daß sie den Beutel ansah. Sie konnte unmöglich wissen, was sich darin befand, aber ich sah, daß ihre Brauen sich kurz zusammenzogen.

»Sag an, was muß ich tun!« bat ich.

»Dies ist das erste ...«, sagte Abisimti.

Sie beugte sich zur Seite und nahm mit beiden Händen eine alabasterne Schale von wundersamer Zerbrechlichkeit und Feinheit auf, die mit den heiligen Zeichen der Göttin verziert war. Sie nahm das Gefäß zwischen ihre Hände und hielt es vor sich zwischen uns hin. Es war ein dunkler Wein darin. Aha, wir werden also ein Trankopfer darbringen, dachte ich, und dann vielleicht ein Tieropfer – vielleicht die Schlange der

Inanna schlachten, aber war dies möglich? –, und darauf würden wir, so nahm ich an, ein paar Gebetsformeln sprechen und ganz zuletzt würde sie mich hinabziehen auf das Lager und mich in ihren Leib eingehen lassen. Und bei unserer Vereinigung würde ich alles aus mir herausschleudern, was immer da unrein sein mochte an mir, und rein sein, ehe ich einzog nach Uruk. So stellte ich mir den Verlauf der Dinge vor.

Doch Abisimti hielt mir die Alabasterschale hin und sagte mit einem gedehnten traumverzerrten Flüstern: »So nimm dies, Gilgamesch! Und trinke davon!«

Und sie reichte mir die Schale, und ich nahm sie in meine Hände und hielt sie so eine Weile und blickte auf den Wein, ehe ich sie an meine Lippen hob.

Und da spürte ich etwas Unheimliches. Abisimti war von Fröstelschauern geschüttelt, trotz der gewaltigen Hitze des Tages. Sie bebte am ganzen Leibe. Die Schultern hatte sie grotesk nach oben gezogen, die Brüste schaukelten wie Bäume in einem Sturm, die Winkel ihres Mundes zuckten absonderlich nach innen und nach auswärts wie in einem Krampf. Ich sah die Furcht auf ihrem Gesicht und einen Ausdruck, der beinahe so etwas hätte sein können wie Scham. Doch ihre Augen glitzerten noch stärker, und mir wollte scheinen, als blickten sie mich starr an, so wie die Augen der Schlange, wenn sie ihr hilfloses Beutetier lähmt, ehe sie zustößt. Ich vermag euch nicht zu sagen, warum ich die Abisimti da so sah – aber als ich das sah, erkannte ich sie. Sie beobachtete. Sie wartete. Worauf wartete sie?

Auf einmal überkam mich wieder mein Argwohn, und ich sprach zu ihr: »Wenn wir das Ritual gemeinsam vollziehen sollen, dann ist es rechtens, daß wir alles teilen. So trink denn du zuerst, dann will ich gleichfalls trinken.«

Ihr Kopf zuckte zurück, als hätte ich sie ins Gesicht geschlagen.

»Dies darf nicht sein!« keuchte sie.

»Und warum denn nicht?«

»Der Wein – er ist für dich bestimmt, du Gilgamesch ...«

»Aber ich gönne ihn dir! Komm laß ihn uns gemeinsam trinken, Abisimti!«

»Das ist mir nicht erlaubt!«

»Ich bin dein König. Und ich befehl es dir!«

Sie schlang die Arme um ihre Brüste und kroch ganz in sich zusammen. Sie zuckte am ganzen Leib. Ihre Augen wichen meinen Blicken aus, und sie sagte so leise, daß ich sie kaum hören konnte: »Nein – ich flehe dich an, nein ...«

»Nur einen kleinen Schluck, bevor ich trinke.«

»Nein – ach, bitte, ich flehe dich an ...«

»Wovor ängstigst du dich so sehr, Abisimti? Ist dieser Wein ein so heiliges Getränk, daß er dir schaden könnte?«

»Ach, bitte, Gilgamesch ...«

Ich hielt ihr die Weinschale hin, stieß sie ihr fast bis an die Lippen. Und sie wandte den Kopf ab; sie biß die Lippen zusammen; vielleicht fürchtete sie, ich könnte ihr den Trank gewaltsam in den Mund schütten. Und da war ich sicher, daß Verrat im Spiele war. Ich setzte die Weinschale neben mich, beugte mich vor und ergriff das Weib am Handgelenk. »Ich hatte stets geglaubt, daß zwischen dir und mir so etwas wie Liebe sei, aber nun erkenne ich, daß ich mich wohl getäuscht haben muß. Und nun sage mir, Abisimti, warum du den Wein nicht mit mir trinken willst! Und es wäre dir besser, wenn du die Wahrheit sprächest!«

Sie antwortete nicht.

»Sag es mir an!«

»Mein Herr und Gebieter ...«

»Sprich es aus!«

Sie aber schüttelte den Kopf. Und dann – mit einer heftigen Kraft, die mich erstaunte – riß sie ihren Arm aus meinem Griff und drehte sich so blitzschnell um, daß ihre Schlange sich erschreckte, sich von ihrem Leib löste und von ihr hinabglitt. Und ich erblickte den Kupferdolch in ihrer Hand. Den hatte sie hinter einem Kissen auf dem Lager hervorgezogen. Ich glaubte erst, er sei für mich bestimmt, doch sie richtete die Spitze gegen ihre eigene Brust. Ich packte rasch ihr Handgelenk und zog die Schärfe des Dolches weg von ihrem Fleisch. Das war nicht ganz mühelos, denn die Abisimti war von einer Art Krampf befallen, und ihre Kraft war wirklich fast unweiblich groß, wie man es kaum zu glauben vermöchte. Doch allmählich gewann ich die Oberhand und konnte die Klinge von ihr fortdrehen; dann entwand ich den Dolch ihrem Griff und schleuderte ihn quer durch das Zelt. Und sofort fiel sie über mich her wie eine Löwin. Unsere Leiber klatschten gegeneinander, denn wir waren beide schweißnaß, und wir kämpften wild. Sie schlug mir ihre Krallen in die Haut, sie biß mich, und sie schluchzte und sie kreischte; und während wir so rangen, verhakten sich ihre Finger in der Schnur, von der die Perle Werdduwiederjung auf meine Brust herabhing. Und sie zog daran, und ich spürte die Schnur wie Feuer um meinen Hals brennen, je fester sie zuzog. Dann brach die Schnur, und die Perle fiel mir den Leib hinab und sprang davon.

Als ich begriff, was geschehen war, stieß ich die Abisimti beiseite und begann verzweifelt nach diesem kostbarsten aller kostbaren Juwelen zu suchen. Zunächst sah ich nicht, wohin es gefallen sein mochte. Dann aber sah ich den schwachen Widerschein des Weihrauchbekkens auf der schimmernden Perle. Sie lag ein Dutzend oder mehr oder weniger Schritte von mir entfernt. Aber diese verfluchte Schlange der Inanna hatte die Perle ebenfalls erspäht und – nur die Götter allein können wissen, warum – glitt nun in raschen Windungen auf sie zu.

»Nein!« brüllte ich und sprang nach vorn. Jedoch, ich kam zu spät. Ehe ich halberwege durch das große Zelt gelaufen war, hatte die Schlange die Perle erreicht und

faßte sie sacht mit ihrem Maul, so wie die Katzenmutter ihre Jungen greift. Dann schwang die Schlange sich herum zu mir und sah mich an, wie um mir ihren Sieg zu künden. Einen Augenblick lang glitzerten die gelblichen Augen in bitterem Hohn, so scharf und spöttisch, wie ich derlei nie erfahren hatte. Dann richtete sich die Schlange hoch auf ihrem Leibe auf und öffnete die Kiefer, und meine Perle verschwand zwischen ihren Zähnen. Hätte ich diese Schlange fangen können, ich hätte sie gepackt und sie zermalmt, bis sie mir meinen Stein herausgespuckt hätte, doch zu meinem Entsetzen entkam das höllische Vieh geschickt meinem Zugriff und begann sich auf den Zelteingang hin zu winden. Auf meinen Knien und Händen kroch ich rasch ihr nach, aber es war mir nicht möglich, sie zu packen. Sie war gewißlich das allerhinterhältigste aller Tiere. Denn sie schob behutsam ihre Nüstern in den Sand und schlängelte sich blitzschnell hinab in die Erde und war sogleich meinen Blicken entschwunden.* Zurück ließ sie nur ein paar Fetzchen ihrer getüpfelten Haut, die sie bei ihrer Flucht abgestreift hatte. Also warf sie da schon ihr altes Selbst ab und erfuhr jene Erneuerung des Leibes, diese Urständ und Auferstehung, die durch die Perle *mir* zugedacht waren. Und so waren alle meine mühseligen Wanderungen und Prüfungen umsonst: ich hatte mich in einem fernen Land im Schweiße meines Angesichts geplagt – nur um den Preis des Neuen Lebens an eine Schlange zu verlieren. Und für mich selbst – was hatte ich errungen? Nichts.

Ich stand da, ein, zwei Lidschläge lang, und war wie betäubt. Dann aber wandte ich mich um und schaute die Abisimti an. Während ich die Perle wieder an mich zu bringen versucht hatte, hatte sie die Weinschale genommen und einen tiefen Schluck daraus getrunken:

* Daß die Schlange der Göttin-Priesterin die Perle der Erkenntnis, »die kostbarer ist als alles auf Erden«, verschlingt, ist mehr als nur ein hübscher erzählerischer Schnörkel des Autors.

ich sah die dunkle Nässe von ihrem Kinn träufeln. Sie setzte in wilden scheußlichen Zuckungen ihre Füße auf den Boden und taumelte auf mich zu und starrte mich mit solch einer tiefen kummervollen Liebe an, daß mir darüber fast das Herz zersprang. An ihrem Leib zuckte jeder Muskel in einem eigenen Krampf: sie sah aus wie eine Frau, von der eintausend böse Dämonen Besitz ergriffen haben.

»So versteh doch – ich wollte es nicht tun ...«, brachte sie mit einer grauenhaften breiigen und keuchenden Stimme hervor.

Und dann entfiel ihrer leblosen Hand die Weinschale, und sie stürzte fast direkt zu meinen Füßen zu Boden.

Ich fürchtete in diesem Augenblick, ich müßte wahnsinnig werden, oder doch jedenfalls in eine meiner Exaltationen verfallen, doch mich hielt eine seltsame innere Stille umfangen, ganz so als habe meine Seele unter den allzu harten Schlägen und Stößen sich abgeriegelt und sich in sich selber verschlossen, um nicht länger verletzlich zu sein. Oh, nein, ich bekam keinen meiner Anfälle. Und ich weinte auch nicht. Ich starrte zur Erde nieder und sah dort die dunklen Flecken des verschütteten Weins im Sand, und ich schob, ganz gemächlich, mit dem Fuß soviel weiteren Sand darüber, bis der Makel bedeckt war. Dann kniete ich nieder und drückte der Abisimti die Augen zu; ihr, die ausgeschickt worden war, mich zu töten, und die statt dessen ihr eigenes Leben verloren hatte. Nein, ich empfand ihr gegenüber keinen Groll, nur ein tiefes mitleidiges Bedauern: sie war Priesterin gewesen, und so hatte sie dem Geheiß der Göttin folgen müssen. Und nun hatte ihr Schwur sie hinabgestoßen in das Haus des Staubes und der Finsternis, wohin auch ich jetzt oder bald mich würde aufmachen müssen, ja wo ich *jetzt* schon kriechen würde, wäre da nicht jener Ausdruck von Furcht und Beschämung in dem Gesicht der Abisimti gewesen, als sie mir den Gifttrank reichte. Und nun war sie dahin. Und dahin war auch die Perle Werdduwiederjung. Und alles von einem Lidschlag zum andern. Siduri, die Schenkenwirtin, hatte mir die Wahrheit gesagt: *Dieses ewige Leben, nach dem du strebst, das wirst du niemals finden!* Doch zu diesem Zeitpunkt kümmerte mich das nicht sehr. Ich war es überdrüssig, hinter einem Traum herzujagen. Der Hohn der spöttischen Schlange hatte mir die rechte Antwort gegeben: Es hatte wohl nicht so sein sollen. Also mußte ich eine andere Lösung finden.

Ich legte mein Kleid wieder an, gürtete mir mein Schwert an die Seite und trat aus dem Zelt hervor. Da schlug mir das flimmernde heiße Sonnenlicht auf die Augen wie eine Faust. Doch bald vermochte ich wieder zu sehen. Die drei Priesterinnen der Inanna standen vor mir, und vor Erstaunen klafften ihnen die Mäuler weit. Ganz sichtbarlich hatten sie nicht damit gerechnet, daß ich ihnen jemals wieder leibhaftig und lebendig vor Augen treten würde.

»Das Ritual ist vollzogen«, sprach ich mit gelassener Stimme. »Ich bin nun frei und gereinigt von allem Unreinen. Ihr könntet aber jetzt hineingehen und euch um die Priesterin Abisimti kümmern, denn leider wird man über sie die Abschiedsworte sprechen müssen.«

Die von den drei Priesterinnen, die zuvor gesprochen hatte und offenbar die Oberin war, fragte verwirrt: »So hast du also von dem heiligen Segenswein getrunken?«

»Ich habe der Göttin ein Trankopfer damit gebracht«, beschied ich sie. »Und nun gedenke ich, in meine Stadt einzuziehen und der Göttin in eigener Person meine Huldigungen darzubringen.«

»Aber ... du ...«

»Du trittst jetzt wohl besser beiseite«, sagte ich wie nebenbei und legte die Hand auf den Knauf meines Schwertes. »Entweder, du machst mir nun Platz, oder ich schneide dich in Stücke wie eine gebratene Gans. Hinweg, Weib! Hebe dich davon!«

Sie wich von mir zurück, wie die Finsternis der morgendlichen Sonne weicht, sie kroch in sich zusammen, ja sie wäre am liebsten im Boden verschwunden. Ich schritt an ihr vorbei zu meinem bereitgestellten Streitwagen. Ninurta-mansum trat zu mir und legte mir die Hand auf den Arm und drückte fest zu. Es standen aber Tränen in den Augen meines Wagenlenkers. Es ist möglich, denke ich, daß er geglaubt hatte, mich niemals lebend wiederzusehen.

Also sprach ich zu ihm: »Die Geschichte hier haben wir hinter uns. Und jetzt ziehen wir in Uruk ein!«

Ninurta-mansum faßte die Zügel. Wir umfuhren die grellfarbenen Zeltpavillons der Göttin und wandten uns dem Hohen Tor zu. Auf den Wehrgängen erblickte ich Menschen, die mich von dort oben herab begafften, und als der Wagen am Tor angelangt war, schwang es weit auf und ich konnte unangefochten hineinfahren. Und das hatte ja auch nur seine Richtigkeit, denn das ganze Volk wußte, ich war Gilgamesch der König.

»Siehst du dort drüben?« sagte ich zu meinem Wagenlenker. »Dort, wo sich die Weiße Terrasse erhebt, dort am Ende dieser breiten Straße? Das ist der Tempel der Inanna, der Tempel, den ich ihr mit meinen eigenen Händen erbaut habe. Fahre mich dorthin!«

Zu Tausenden waren die Einwohner Uruks erschienen, um meine Heimkunft zu sehen; aber sie wirkten seltsam scheu und verschreckt, und nur wenige riefen preisend meinen Namen, als ich vorbeizog. Sie starrten nur; sie kehrten sich einer zum anderen und tuschelten und schlugen in ihrer großen Furcht die heiligen Zeichen. So fuhren wir die breite Prachtstraße durch eine schweigende Stadt dahin und auf den Tempelbezirk zu. Am Fuße der Weißen Terrasse hielt Ninurta-mansum an, und ich stieg ab. Allein schritt ich die hohen Stufen zum Portikus des gewaltigen Tempels hinauf, den ich aus Liebe zur Göttin an dem Ort des alten Tempels meines königlichen Großvaters Enmerkar errichtet hatte. Einige Priester kamen hervor und stellten sich mir in den Weg, als ich auf das Tor zum Tempel zuschritt.

Einer von ihnen sprach kühn: »Was hast du hier zu schaffen, o Gilgamesch?«

»Ich gedenke die Inanna zu besuchen.«

»Der König hat nicht das Recht, den Bezirk der Göttin zu betreten, außer sie hat ihn rufen lassen. Dies ist dir bekannt!«

»Der Brauch ist jetzt abgeschafft«, gab ich ihm zur Antwort. »Drum tritt beiseite!«

»Es ist verboten! Es ist wider die Schicklichkeit!«

»Tritt beiseite!« sprach ich sehr leise. Das genügte. Er gab mir den Weg frei.

Selbst in der größten Hitze des Tages waren die Hallen des Tempels dunkel und kühl, so dick waren die Mauern. Lampen brannten und warfen weiches Licht auf die farbigen Ziegelornamente, die ich zu Tausenden an jenen Wänden angebracht hatte. Ich ging rasch dahin. Es war mein Tempel. Ich hatte ihn entworfen, und ich kannte mich darin aus. Ich erwartete, daß ich die Inanna in der großen Kammer der Göttin finden werde, und so war es: sie stand in der Mitte des Gemaches, in vollem Ornat und mit ihren schönsten Brustplatten und Zieraten, ganz als hätte sie sich für eine hohe feierliche Zeremonie geschmückt. Aber sie trug zusätzlich einen Schmuck, den ich noch nie zuvor an ihr gesehen hatte: eine leuchtende Maske aus gehämmertem Gold, die ihr ganzes Gesicht, bis auf den Mund und das Kinn bedeckte und nur schmale Schlitze für die Augen freiließ.

»Es ist nicht recht, daß du gekommen bist, Gilgamesch«, sprach sie kühl.

»Nein. Du sagst es. Ich sollte jetzt tot dort draußen vor der Mauer in einem Zelte liegen. Ist es nicht so?« Ich vermied jeden Zorn in meiner Stimme. »Sie sprechen gerade die Abschiedsworte über die Abisimti. Sie trank den Wein für mich. Sie führte dein Geheiß aus und bot mir die Schale dar, doch ich mochte nicht davon trinken, und so trank sie den Wein alleine und aus eignem freien Willen.«

Die Inanna schwieg. Die Lippen unter der Maske waren zu einer schmalen dünnen Linie zusammengepreßt.

»Man hat mir, während ich in Eridu weilte, berichtet, daß du mich, als ich fern weilte, für tot erklären ließest und das Volk zur Wahl eines neuen Königs aufgerufen hast. War das so, Inanna?«

»Die Stadt muß einen König haben«, sagte sie.

»Die Stadt hat einen König.«

»Du hast dich aus der Stadt gestohlen. Du bist davongelaufen in die wüste Wildnis wie ein Besessener. Und wenn du nicht tot warst, so war es doch beinahe, als wärest du tot.«

»Ich war auf einer Suche. Nach etwas. Doch nun bin ich zurückgekehrt.«

»Und hast du gefunden, wonach du suchtest?«

»Ja«, sagte ich, »und zugleich, nein. Das ist bedeutungslos. Warum trägst du diese Maske, Inanna?«

»Sie ist bedeutungslos.«

»Ich habe dich nie zuvor mit einer Maske gesehen.«

»Es ist ein neuer Brauch«, sagte sie.

»Aha. Es hat den Anschein, daß es viele neue Bräuche gibt, nicht wahr?«

»Darunter auch den, daß der König sich unaufgefordert in meinem Tempel einfindet.«

»Und«, fuhr ich fort, »den Brauch, dem König bei der Rückkehr von einer Pilgerfahrt in seine Stadt eine Schale Weins zu reichen, der ihn tötet.« Ich trat ein paar Schritte dichter an sie heran. »Nimm diese Maske ab, Inanna, auf daß ich dein Gesicht wieder schaue!«

»Ich will nicht.«

»Nimm diese Maske ab! Ich bitte dich.«

»Laß mich! Ich will sie nicht abnehmen!«

Ich aber vermochte mit dieser Fremden mit dem metallenen Antlitz nicht zu sprechen. Mich verlangte danach, das Weib aus Fleisch und Blut wieder vor mir zu sehen, das tückische, wunderschöne Weib, das ich so lange schon gekannt, sie, die ich einst auf meine Art geliebt hatte wie kein anderes Weib. Ich war entschlossen, diese Frau noch einmal zu sehen.

Sanft sprach ich also: »Mich verlangt danach, die herrliche Schönheit deines Angesichts noch einmal zu schauen. Ich glaube, kein Gesicht auf Erden und in aller Welt ist schöner. Weißt du das nicht mehr, Inanna? Wie schön du für mich warst?« Ich lachte. »Gedenkst du noch der Nächte, in denen wir die Heilige Hochzeit feierten? Gewiß erinnerst du dich ihrer. Gewiß! Wie hättest du sie auch vergessen können? Damals, in jenem ersten Jahr, als ich der neue König war und die ganze Nacht in deinen Armen lag, und als der Morgen graute, kam der Regen. Ich ... ich erinnere mich. Ich gedenke der Zeit, ehe du die Inanna warst, als du mich in die Kammern tief unter dem alten Tempel riefest. Ich war damals nichts weiter als ein verschreckter Knabe und begriff kaum, welche Spiele du mit mir triebst. Oder jenes andere erste Mal, als sie die Thronbesteigungsriten für den Dumuzi sprachen und ich mich in den Gängen des Tempels verlor und du mich fandest. Du warst selbst fast noch ein Kind damals, obgleich dir schon die Brüste sprossen. Weißt du denn nicht mehr? Erinnerst du dich nicht? Ach, Inanna, bald lernte ich begreifen, welches Spiel du mit mir triebst! Doch nun verlangt mich danach, dein Antlitz wieder zu sehen. Also lege die Maske ab.«

»Gilgamesch ...«

»Leg diese Maske ab«, sprach ich. »Lege sie ab!« Und dann rief ich sie bei ihrem Namen – nicht ihrem heiligen Priesterinnennamen, sondern ihrem anderen, dem älteren Namen, dem Namen ihrer Geburt, den keiner mehr aussprach, seit sie die Inanna geworden war. Bei diesem Namen also beschwor ich sie. Und als sie ihn vernahm, stieß sie ein Keuchen aus und hob die Hände zu einem geheimen Zeichen der Göttin empor, um sich zu schützen. Ich konnte ihre Augen hinter den Schlitzen der Maske nicht erkennen, doch ich stellte mir vor, daß sie mich starr und ohne Liderzucken durchdringend und kalt anstarrten.

»Bist du von Sinnen, mich mit diesem Namen zu nennen?« flüsterte sie.

»Bin ich das? Nun gut, dann bin ich es. Ich wünsche dein Gesicht noch einmal zu schauen, ein allerletztes Mal.«

Und nun kam ein Zittern in ihre Stimme. »So laß mich doch sein, Gilgamesch! Ich wollte dir nichs Übles. Was ich tat, ich tat es für das Wohl der Stadt – die Stadt braucht einen König, und du warst nicht da ... die Göttin hat mir so befohlen ...«

»Oh, ja. Die Göttin hat dir auch befohlen, den Dumuzi zu beseitigen, und du gehorchtest. Die Göttin hat dir befohlen, den Gilgamesch zu beseitigen, und es wäre dir fast gelungen. Ach, Inanna, Inanna – es geschah zum Wohle der Stadt, o ja. Und dem Wohl der Stadt zuliebe sei dir vergeben. Ich verzeihe dir deine sämtlichen tückischen Pläne. Ich verzeihe dir, was du im Namen der Göttin getan hast, mich zu schädigen und meine Macht zu untergraben. Ich verzeihe dir deinen Haß, deinen Zorn, deine Wut. Ja, ich verzeihe dir sogar deine Rachsucht, denn du warst es ja, die den Spruch der Götter auf Enkidu herabgezogen hat, auf ihn, den ich liebte, und ich glaube, ohne dein Tun könnte er heute noch leben. Aber auch dies verzeihe ich dir. Ich verzeihe dir alles, Inanna. Wären wir nicht auserwählt, König und Priesterin zu sein, ich glaube fast, ich hätte dich noch mehr geliebt als meinen Enkidu, ja mehr noch als das Leben selbst. Doch war ich König und du Priesterin. Ach, Inanna ... Inanna ...«

Ich nahm nicht das Schwert. Ich zog den Dolch von meiner Hüfte und trieb ihn in ihre Seite, zwischen der Brustplatte und den Blausteinperlen um ihren Leib und ich drückte ihn nach oben, bis ich das Herz gefunden hatte. Sie gab einen einzigen kleinen keuchenden Laut von sich und stürzte nieder. Ich glaube, sie war sofort tot. Ich stieß langsam die Atemluft aus. Endlich war ich von ihr erlöst; aber es war, als hätte ich einen Teil meiner Seele geschlachtet.

Ich kniete neben ihr nieder, löste die Bänder und hob ihr die Maske vom Gesicht.

Ich wollte, ich hätte darauf verzichtet. Denn was aus ihr geworden war, seitdem ich sie zuletzt mit Augen angeschaut, das vermochte mein Verstand kaum zu erfassen. Die Augen hatten nichts von ihrer Schönheit verloren, auch nicht die Lippen; aber alles sonst war furchtbar und verwüstet. Eine krankhafte Wucherung hatte sie befallen und ihr das Gesicht zerstört. Es war voller Pusteln und Krater, an einer Stelle rotes, rohes Fleisch, an anderen graue hängende Hautlappen: eine alptraumhafte Hexe, ein scheußliches Dämonengesicht. Sie sah aus, als wäre sie tausend Jahre alt. Es wäre wirklich weiser gewesen, sie nicht zu enthüllen. Aber ich hatte sie entblößt, und nun mußte ich mit dieser lastenden Erkenntnis weiterleben. Ich neigte mich zu ihr, ich drückte meine Lippen auf die ihren und küßte sie zum allerletzten Mal. Sodann legte ich ihr die Maske wieder auf und band sie fest, und stand dann auf und trat hinaus auf den Portikus des Tempels und ließ alles Volk zusammenrufen und verkündete ihnen die Neue Ordnung aller Dinge, die ich einzuführen gedachte, nun da ich meine Königsherrschaft über Uruk wieder angetreten hatte.*

---

* Das Lösen der Maske und die (fast zwanghafte) Tötung der Widersacherin des Mannskönigs, ebenso wie die Erkenntnis, daß ihre Macht ein »leprazerfressenes Gesicht« hat, braucht eigentlich nicht weiter erläutert zu werden: Die Herrschaft des Patriarchats hat begonnen.

EINUNDVIERZIG

Es folgten Jahre voller Arbeit und Erfüllung. Die Götter gönnten Uruk Glück und segneten freundlich seinen König Gilgamesch. Die Stadt ist fett im Fleische und gedeiht gar üppig; hoch ragt die große Mauer auf; wir haben die Weiße Terrasse mit einer frischen Gipsverkleidung versehen, und sie leuchtet unter der Sonne. Alles steht zum besten. Es gibt noch viel zu tun, doch wir packen es an. Und alles steht zum besten. Ich sitze hier in meinem Privatgemach im Palast und schreibe auf die letzte meiner Tafeln. Denn ich glaube, meine Geschichte ist erzählt. Ich werde nicht aufhören weiterzustreben – das werde ich niemals tun –, doch es hat sich über mich eine gewisse friedfertige Ruhe gelegt, wie ich sie nie zuvor gekannt hatte, und das ist mir etwas sehr Neues. In all den Zeiten, über die ich euch berichtete, war mir der Frieden nicht vergönnt. Nun habe ich Frieden. Und ich sage euch: alles steht zum besten.

Es war recht leicht, den hochfliegenden Ehrgeiz des Meskiagnunna von Ur wieder auf irdisches Maß zurechtzustutzen: dies war die erste meiner Unternehmungen, sobald ich wieder auf dem Thron saß. Ich schickte ihm Botschaft mit Brief und Siegel, in welcher ich ihn in seinem Königtum über Ur bestätigte und ihm die statthalterliche Verwaltung über Kish als eine zusätzliche Gnade und ein Lehen gewährte. Und er verstand, was ich ihm sagen wollte, da ich ihn in meiner Gnade behalten ließ die Städte, die er bereits besaß. »Nippur hingegen und Eridu«, beschied ich ihn, »will ich für mich behalten, weil die Götter es so beschlossen haben. Denn dies sind die heiligen Städte, und so stehen sie unter der Herrschaft des Großkönigs im Land.«

Durch diese Botschaft aber erklärte ich meinen Anspruch auf die Oberherrschaft. Zugleich entsandte ich, unter dem Befehl meines getreuen Zabardi-bunugga, in Eilmärschen mein Heer, daß es in Nippur einrücke und die dort stationierten Truppen aus Ur zum Abzug bewege. Ich selbst verließ Uruk nicht, denn hier gab es so vieles zu tun: so mußte etwa die neue Hohepriesterin der Göttin ausgesucht werden, und man mußte sie in angemessener Form ausbilden und lehren, auf daß sie nur ja die Rolle erkannte, die sie in meiner Herrschaft zu spielen haben würde.

Während ich mich um derlei innere Dinge kümmerte, führte Zabardi-bunugga mit recht gutem Erfolg die Befreiung Nippurs durch – wenn auch nicht, ohne dabei geringfügigen Schaden anzurichten. Die Kämpfer aus Ur verschanzten und schlossen sich ein im Tummal, welches dortselbst das Haus des Enlil ist, und es erwies sich als unumgänglich, die Mauern dieses Tempels zu brechen, um sie daraus zu vertreiben. Ich habe aber inzwischen meinen Sohn, Ur-lugal, dorthin entsandt, da nun Nippur unser ist, um den Tummal wieder aufzubauen.

Meine Tage sind voll. Und wahrlich, es findet sich niemals ein Augenblick der Ruhe. Aber ich würde es mir auch nicht anders wünschen. Was gäbe es denn sonst, das es wert wäre, als das Planen, die Arbeit, das Bauen und Aufbauen? Darin liegt die Rettung für unsere Seelen. So hört doch auf die Musik drunten im Hof: der Harfner spielt, und indem er seine Melodie webt, entrichtet er den Preis für seine Geburt und sein Dasein. Und seht euch den Goldschmied an, wie er sich sorgsam über seinen Arbeitstisch beugt. Oder den Zimmermann, den Fischer, den Schreiber, den Priester, den König ... – in der Erfüllung unserer Aufgaben vollziehen wir doch nur, was die Götter befohlen haben und für uns bestimmt. Und einen anderen Sinn und Zweck gibt es nicht in diesem Leben, in das wir hineingestellt und für das wir geboren sind. Die willkürlichen Launen der Götter schleudern uns in eine Welt der Unsicherheiten, in der kein Ding gewiß ist und wir tastend vorwärtsgehen müssen. Und in diesem Tohu-wa-bohu und Wirbelsturm des Lebens ist es unsere Pflicht, uns einige Sicherheit und Festigkeit zu schaffen. Dies aber tun wir in unserer Arbeit. Und meine Arbeit ist es nun einmal, daß ich ein König bin.

Und so werken wir schwer, ich und mein Volk. Die Erhaltung der Tempel, die Ausbesserungen an den Kanälen, an den Wällen der Stadt, die Pflasterdecke auf den Straßen – wie könnten wir jemals ablassen, da neu zu bauen und zu restaurieren und das alles immer wieder zu reparieren? Aber so ist es nun einmal von den Göttern gefügt. Die Rituale und die Opfer, durch die wir die hereindrängenden Kräfte der chaotischen Wirrsal bändigen und von uns fernhalten wollen – wie dürften wir jemals aufhören, sie zu leisten? Es ist der Weg so und die Ordnung. Wir lernen erkennen, was unsere Aufgabe im Leben ist, und wir stellen uns ihr, und dann steht alles zum besten. So hört doch – diese Musik – da drunten im Hof! Hört doch! Hört!

Bald schon – aber mögen die Götter geben, daß es nicht allzu bald sein möge, obwohl ich durchaus bereit bin, wann immer es an meiner Zeit ist – werde ich meine allerletzte Fahrt antreten. Ich werde hinabsteigen in die dunkle Welt, von der es keine Wiederkehr mehr gibt. Und mit mir werden meine Hofmusikanten sein und meine Beischläferinnen und meine Palastoberaufseher und meine Kammersklaven, mein Wagenlenker, meine Gaukler und Hofnarren, meine Sänger … und gemeinsam werden wir das Opfer darbringen, das Opfer für die Götter, die in der Tiefe sind: die Gabe an Ereshkigal und Namtar, und an Enki, Enlil und an alle jene, die über unser irdisches Geschick verfügen. Nun, dann mag es doch so sein! Es trübt meine Seele nun nicht mehr, wenn ich mir diesen Ausgang vorstelle. Auch habe ich niemals daran gedacht, nach Dilmun zurückzukehren, um dort eine zweite Perle Werdduwiederjung zu erbitten. Denn so verläuft der Pfad des Lebens nicht. Jener uralte Priester, der den Namen des Ziusudra als Titel trägt, bemühte sich, mir all dies zu verklären und begreiflich zu machen. Aber lernen mußte ich es doch auf meine eigene Weise. Nun, ich habe meine Aufgabe gelernt. Ich weiß jetzt.

Das Licht wird schwächer. Ich muß mich eilen, denn heute abend gilt es, auf des Tempels Spitze das Ritual zu zelebrieren. Und ich bin König, und so werde ich es tun müssen. Es ist eine Feier zu Ehren der Ninsun, die meine Mutter war, ich habe sie vor genau einem Jahr zur Göttin erhoben, als ihre irdischen Tage beendet waren. Schon höre ich in der Ferne die Litaneien, und durch die Luft weht der Gestank des brennenden Opferfleisches zu mir her. So will ich denn nun hier ein Ende setzen aller meiner Geschichten und Begebnisse. Ich habe euch oft und viel vom Tode gesprochen, der mein mächtiger Feind ist und gegen den ich so wild und wütend kämpfte. Aber von ihm werde ich euch nichts mehr sagen. Gewiß, ich ängstigte mich schrecklich vor ihm. Ich wanderte eine große Zeit meines Lebens unter seinem lastenden Schatten. Doch nun habe ich meinen Frieden mit dem Tod geschlossen. Ich habe die Wahrheit erkannt. Und diese Wahrheit ist: Ein Mensch kann dem Tode nicht entkommen durch magische Tränke und Medizinen, sondern nur, indem er alles das tut, was in seinen Kräften steht. Denn nur da findet der Mensch seinen Frieden und lernt, sich zu fügen.

Ich habe mein Werk getan, und ich werde noch einiges mehr leisten. Ich habe mir einen Namen geschaffen, der über alle Zeiten hinweg genannt werden wird. Gilgamesch wird nicht in das Dunkel des Vergessens fallen. Er wird nicht trübselig seine Schwingen durch den Staub da unten schleppen müssen. Sie werden meiner gedenken mit Freuden und jauchzendem Stolz. Was aber werden sie sagen und sprechen von mir? Sie werden berichten, daß ich lebte – und daß mein Leben gut und ehrlich war; daß ich mich mühte, und daß mein Bemühen gut war; daß ich dann starb, und daß mein Sterben Würde hatte. Ich fürchtete den Tod, wie wohl kein Mensch ihn vor mir fürchtete, und ich rannte bis an die Enden der Welt, um ihm zu entrinnen. Das ist mir mißlungen. Doch als ich von dort zurückkehrte, da fürchtete ich den Tod nicht mehr. Denn das ist die Wahrheit, und ich kenne sie und weiß, wir brauchen unseren Tod nicht zu fürchten, wenn wir getan haben, wozu wir bestimmt gewesen sind. Und sobald wir den Tod nicht mehr fürchten – gibt es den Tod nicht mehr. Und dies ist die tiefste aller Wahrheiten, die ich erkannt habe: Es gibt den Tod nicht.

NACHWORT DES AUTORS

Es besteht für uns kein Grund, daran zu zweifeln, daß Gilgamesch von Uruk als authentisch historische Figur existierte. In den Königsregistern des sumerischen »Zweistromlandes« (Mesopotamien), des heutigen südlichen Irak, tauchte sein Name wiederholt auf. Wahrscheinlich lebte er um das Jahr 2500 vor der christlichen Zeitrechnung. Nicht bezweifelt werden kann wohl, daß er ein mächtiger und erfolgreicher Herrscher war; bis zum Untergang der bis dahin unabhängigen mesopotamischen Kultur, etwa zweitausend Jahre später, galt er stets als das Musterbeispiel des großen Volksführers, des unvergleichlichen Kriegshelden und Staatsmannes. Um ihn rankten sich die vielfältigsten Mythen. Er wurde der legendenumwobene Kult-Held, in dessen Persönlichkeit sich die idealen Charakteristika eines Herakles und Odysseus oder eines Prometheus der späteren griechischen Heldengeschichte verbanden.

Ich habe mich in diesem Buch vorwiegend auf den historischen Gilgamesch konzentriert; aber ich wollte auch keinesfalls den mythischen Helden Gilgamesch außer acht lassen, der die Zentralgestalt des ältesten uns überlieferten Werkes der tragischen Literatur ist. Ich meine damit die Gestalt des Gilgamesch im gleichnamigen Epos, das wohl an die viertausend Jahre alt ist (also mehr als tausend Jahre älter als die sogenannten Homerischen Epen, *Ilias* und *Odyssee*), ja das womöglich noch weit, weit älter ist. Die uns zugänglichen Texte sind bruchstückhaft, doch sie überliefern uns den Wesenskern des erzählten Geschehens, das durch schiere Glückszufälle aus den Trümmern der Vorzeit geborgen werden konnte. Die längste uns bekannte Version wurde von Archäologen im 19. Jahrhundert in der Bibliothek des Assyrerkönigs Assurbanipal gefunden. Die

Assyrer waren die letzten Erben der uralten Kulturen Mesopotamiens, lange nachdem deren sumerische Begründer in jüngeren und lebenskräftigeren Stämmen aufgegangen waren. Diese Fassung wurde im siebten Jahrhundert vor der Zeitrechnung auf Tontafeln niedergeschrieben. Daneben gibt es Fragmente des Epos, die wohl tausend Jahre älter sind, in babylonischer Sprache und Schrift. Die Babylonier beherrschten das »Zweistromland« (Mesopotamien) in der Zeit zwischen den Kulturen der Sumerer und der Assyrer. Und es gibt eine dritte Fassung in der Sprache der syrischen Hethiter. Daraus kann man schließen, daß die Erzählung im gesamten Nahen Osten weit verbreitet war. Wahrscheinlich basieren sämtliche uns überlieferten Versionen auf einem verlorengegangenen sumerischen Original.

Das Gilgamesch-Epos ist ein zutiefst beunruhigendes Werk: eine dichterische Meditation über die Unausweichlichkeit des Todes. Gilgamesch wird als Übermensch dargestellt, eine Figur, die selbstsicher bis zur Überheblichkeit ist, berstend vor Vitalität und Lebenslust; und dennoch bewirkt die plötzliche Erkenntnis, daß er sterben wird und muß, in ihm eine Art tierischer Angststarre; und als er daraus auftaucht, begibt er sich auf eine verzweifelte Suche und Pilgerfahrt zu dem unsterblichen Überlebenden der Großen Sintflut, zu Ziusudra (in späteren Fassungen: Utnapishtim). Es soll hier beiläufig erwähnt sein, daß der ganze Textkomplex der Bibel über Noah, die Arche und die Sintflut mit höchster Wahrscheinlichkeit auf der »Fluterzählung« beruht, wie sie das Gilgamesch-Epos bietet, das mindestens tausend Jahre, wenn nicht mehr, älter ist als die Bibel.

Ich habe mich in meiner Nacherzählung der Geschichte des Gilgamesch großzügig aus dem Originalepos inspirieren lassen; ich stützte mich dabei vorwiegend auf die beiden englischen Standardtexte, nämlich die Editionen von Alexander Heidel (1946) und E. A. Speiser (1955). Außerdem integrierte ich die viel älteren sumerischen Gedichtfragmente, die gleichfalls andere Aspekte im Leben des Gilgamesch behandeln, wobei ich mich auf die Übertragungen Samuel Noah Kramers (1955) stützte. Jedoch war ich durchweg bemüht, die kapriziösen und fantastisch erscheinenden Begebnisse dieser Dichtung realistisch zu interpretieren, d. h., ich bemühte mich, die Lebensgeschichte des Gilgamesch so zu erzählen, als schreibe er seine Memoiren eigenhändig nieder, und zu diesem Zweck führte ich zahlreiche eigene Interpretationen ein, die – so plausibel oder so unrichtig sie auch sein mögen – auf keinen Fall den oben erwähnten Gelehrten angelastet werden dürfen.

Es erübrigt sich vielleicht zu erklären (aber ich tue es dennoch), daß die beiden Flüsse, die in meinem Roman unter ihren sumerischen Namen auftauchen, also als Idigna und Buranunu, der Euphrat und Tigris späterer Kulturen sind. Die Ruinen der Stadt Uruk des Gilgamesch liegen in der Nähe der modernen Stadt Warka im Irak, etwa zwanzig Kilometer vom jetzigen Flußlauf des Euphrat entfernt; doch Textzeugnisse und archäologische Erkenntnisse lassen darauf schließen, daß in den Tagen des Gilgamesch das Flußbett viel näher bei der Stadt lag.

Und nun bleibt mir noch, einigen Freunden meinen innigen Dank auszusprechen, die meinen Text im Verlauf der verschiedenen Stadien seiner Entstehung lasen und mir mit ihrem kritischen Rat sehr geholfen haben. Aber mein ganz besonders herzlicher Dank gilt Merrilee Heifetz für ihre unerbittliche Genauigkeit und Strenge dem Text gegenüber und für ihr tiefes Einfühlungsvermögen und die Sachkundigkeit, die sie bei der Lektüre walten ließ. Sie hat mir und dem Buch auf höchst ungewöhnliche Weise einen unschätzbaren Dienst erwiesen.

ROBERT SILVERBERG
Oakland, California
im Februar 1984

NACHBEMERKUNG DES ÜBERSETZERS

Es ist das *gute* Recht jedes *guten* Romanautors, sich aus *guten* Quellenvorlagen so inspirieren zu lassen, wie es seinen Absichten und den Zwängen, die ihm das Werk auferlegt, entspricht. Silverberg hat dies, meines Erachtens, getan. Bestimmte Interpretationen, die er persönlich für plausibel hält, sind demzufolge ebenso erlaubt und legitim wie die diversen Bibelauslegungen, die es in unserer Zeit gibt. Wer eine klare Eindeutigkeit über einen menschengeschichtlichen Zeitraum von über viertausend Jahren hinweg verlangt, der kann nur ein Idiot sein (oder ein irgendwie sich im Besitz der »orthodoxen« Wahrheit Glaubender). Silverberg reduziert die uns westlich-christlich-abendländischen Menschen als »anstößig« erscheinenden Aspekte einer Männerfreundschaft, bzw. des gesamten religiös-sozialen Gewebes einer vorbiblischen Welt, auf das Niveau, das fundamentalistische Frauenverbände in den USA »gerade noch« ertragen können. Dies mußte er wohl, weil man sonst sein Buch in den USA nicht hätte drucken können.

Der Übersetzer betont, daß er dafür (und für die subtile Art, in der der Autor mit derlei neuralgischen Themen umging) große Bewunderung empfindet. Aber ebenso hat der Übersetzer es für nötig gefunden, an einigen Stellen erläuternde Anmerkungen anzubringen, einfach weil es die Pflicht jedes Menschen ist, jeder einfältigen Meinung die Vielfalt der menschlichen Möglichkeiten, in ihren Irrtümern und ihrer Größe, entgegenzuhalten. Dies ist keine Kritik an Mr. Silverberg, sondern eher ein Versuch, meine Bewunderung mit einer vorsichtig zum Händeschütteln auffordernden Bewegung auszudrücken.

Da die Transkriptionen altsumerischer etc. Texte stark variieren, benützte der Übersetzer (weitgehend) die von Silverberg eingeführten Bezeichnungen. Es ist schließlich auch für den heutigen Leser kaum von großer Bedeutung, ob man die Transskription *Dumuzi* oder *Tammuz* verwendet.

Einige Neologismen, die nicht in jedem Fall mit dem US-amerikanischen Originaltext übereinstimmen, wurden vom Übersetzer eingefügt, der an anderen Stellen wiederum bewußt einen stärker (luther)biblischen Ton verwendete, wo der Autor zuweilen einen etwas »modern-schnodderigen« Ton bevorzugte, der ihm möglicherweise für ein amerikanisches Publikum ratsamer erschien.

Zu danken ist von meiner Seite Herrn Hartmut Schmökel, dessen Textedition des »Gilgamesch« (Stuttgart, 1984) mir bei der Übersetzung sehr nützlich war.

ROLAND FLEISSNER
Hamburg 1987